Un thé en Amazonie

Tant pis pour eux !

Du même auteur
dans la même collection

Adiós muchachos (n° 269)

dans la collection Rivages/Thriller

L'Œil de Cybèle

Daniel Chavarría

Un thé en Amazonie

Tant pis pour eux !

Traduit de l'espagnol (Cuba)
par Jacques-François Bonaldi

Collection dirigée
par François Guérif

Rivages/noir

Titre original : *Allá ellos*

106, boulevard Saint-Germain 75006 Paris

ISBN : 2-7436-0355-0
ISSN : 0764-7786

Assurément, ces hommes-là passent des années en danger, mettent tout le front dans leurs salutations, n'ont pas de montre, ne se vantent jamais de respirer et, finalement, s'accoutument à se dire : « Tant pis pour les putains, Luis Tabaoda, les Anglais ; tant pis pour eux, tant pis pour eux, tant pis pour eux ! »

César Vallejo, *Gleba.*

Première partie

1970–1973

1

Sur le Tapajós

Né dans l'arrière-pays de l'État de Piauí, Zé Bonitinho avait poussé sans domicile fixe. Durant presque toute son enfance, ses parents avaient erré au gré des caravanes du sertão nordestin, fuyant la sécheresse ou les inondations. À quatre reprises, devenu adolescent, il s'était joint à une populace famélique qui mettait à sac des épiceries de village.

Zé Bonitinho était un parfait analphabète. Aucun médecin ni aucun dentiste ne l'avait jamais soigné, et il ne s'était jamais assis à une table devant une nappe et des couverts. Il mangeait avec ses doigts et remerciait Dieu quand une poignée de farine de manioc apaisait sa faim. À vingt-cinq ans, il n'avait pas encore dormi dans un lit. Ses parents et trois de ses frères étaient morts durant la famine de 1944. Un contremaître avait abattu Luizinho, son frère cadet, quand il avait douze ans, après l'avoir surpris en train de voler des bananes dans l'exploitation du *coronel* Parins, à Pernambouc. De ses trois sœurs, la benjamine s'était mariée à quatorze ans à un cordonnier de Ceará qui, ivre mort, l'assassina un jour à coups de machette, tandis que l'aînée, Maria Patrocinio, devenue la concubine du fils d'un *fazendeiro*, avait fini dans un bordel de Bahia. Quant à Dolores, qui s'était placée comme bonne dans une maison où un neveu du patron l'avait engrossée, c'est la qualité de son lait qui la sauva. On l'accepta comme nourrice, et c'est grâce à ce lien lacté qu'elle resta à jamais sous la protection de la famille Da Rosa.

À l'âge de dix-huit ans, Zé n'aspirait qu'à trouver un emploi stable, à manger tous les jours et à pouvoir accrocher son hamac sous un toit. Il priait tous les jours pour que Dieu ne le laisse pas tomber dans le crime, pour que le besoin ne le pousse pas au vol.

Un après-midi, dans un hameau de l'arrière-pays de Piauí, Zé Bonitinho rencontra Tomás de Andrade, un parent de sa mère, qui venait de rentrer d'Amazonie. Tomás avait travaillé plusieurs années comme récolteur de caoutchouc. Il portait un bracelet-montre, une grosse bague et une chaîne en or au cou, avec une médaille de saint Christophe. Tomás paraissait très content d'avoir rencontré un parent. Il lui donna l'accolade, l'invita à prendre une bière, ou alors de la *cachaça*, au choix. Tomás s'était enrichi en récoltant du caoutchouc. Oui, mon vieux. Il avait gagné beaucoup d'argent et il rentrait rendre visite à la famille et s'acheter, au comptant, une maison avec ce qu'il avait gagné. Et son patron l'avait chargé de lui ramener du Nordeste des hommes aussi travailleurs et honnêtes que lui.

C'était pas de la blague. Celui qui voulait s'enrichir et avait pas peur de bosser dur, eh ben, qu'il parte avec Tomás. Au village, y'en avait déjà douze qui l'avaient décidé. Et si Zé s'laissait tenter...

L'idée d'une fortune personnelle, d'un chez-soi, d'une terre passée à son nom par-devant notaire n'était jamais venue à l'esprit de Zé Bonitinho. Après avoir connu une vie d'indigence, avoir enterré ses parents semi-nus dans la poussière du sertão et Luizinho dans la petite caisse en bois qu'il avait fabriquée lui-même et portée ensuite sur son dos, suivi des larmes de ses sœurs, ce que lui offrait Tomás de Andrade tenait du miracle.

Encore un verre de *cachaça*, hein ? Oh ben oui alors, il partait avec Tomás ! Et le lendemain, après que le notaire lui eut lu les termes du contrat, où il le mentionnait par son vrai nom de José Gamos de Andrade, et lui eut barbouillé les doigts d'encre pour qu'il mette ses empreintes sur le document, Zé sentit qu'une nouvelle vie commençait pour lui. Pour la première fois, des gens en complet veston et à lunettes le traitaient avec respect et courtoisie. Cette ambiance d'étiquette le gonfla d'optimisme. Et Tomás lui répéta qu'effectivement, avec son patron, tout devait se faire dans les règles. C'était un homme riche et tout ce qu'il y avait de plus sérieux, qui aimait que tout se fasse par écrit, selon la loi, comme Dieu le veut.

En sortant de chez le notaire, Zé tomba à genoux devant une statue de la vierge de Fatima et la remercia de ce miracle. Et lui dit qu'il travaillerait comme un forcené pour que le patron n'ait pas à se plaindre de Tomás.

Zé Bonitinho connut alors la solitude de la forêt vierge et les fièvres paludéennes ; la terreur du jaguar tapi au détour de n'importe quel sentier, la langue grise, un éclat mat dans le regard ; la terreur de la nuit hantée de cris, du serpent, des contremaîtres. Et, de tous les contremaîtres, Tomás était le pire.

Pendant cinq ans, Zé dut se lever avant l'aube pour inciser au couteau les arbres confiés à sa responsabilité et incruster dans la blessure les petits godets qui recueillent le latex. Il avait bien dû faire des milliers de kilomètres, redoutant à chaque détour du sentier l'attaque du jaguar ou du *surucucu*. Et quand la fièvre le terrassait, son estomac refusait la moindre nourriture. Mais, même malade, grelottant, délirant, il devait saigner les arbres jour après jour et fumer dans sa cahute solitaire le latex qu'il avait récolté. Puis, à midi, le seau dans une main et le fusil de chasse dans l'autre, parcourir de nouveau le sentier au bord duquel se trouvaient dispersés, parfois sur des centaines de mètres, les cent quarante arbres qu'il devait exploiter dans son secteur. Il passait des semaines sans entendre une voix humaine. Des nuées de moustiques l'empêchaient de dormir. La nuit, le sang lui gémissait dans les tympans, houaou, houaou, et ce battement désespérément rythmique se convertissait en voix déjà entendues. Ses morts lui parlaient et une malheureuse créature de la forêt vierge battait des ailes dans sa poitrine.

Et quand, au bout de semaines de travail, il portait ses boules de latex à l'entrepôt, il constatait qu'il était toujours en dette : des outils, de la nourriture, d'une partie du fusil de chasse. Tout ce qu'il en tirait, c'étaient des humiliations et des menaces.

Quatre ans s'écoulèrent. Sa dette gonflait. Une nuit où la lune lui permit de se mirer dans une nappe d'eau dormante du fleuve, il s'aperçut qu'il était couvert de cheveux blancs. Il se regarda à plusieurs reprises. Oui, c'étaient bien des cheveux blancs.

Zé décida de s'enfuir. Il le fit, mais on le rattrapa et on le fouetta. Tomás en personne fut de la partie. Alors, comme ça, l'espèce de *filho da puta* voulait s'échapper sans payer ce qu'il devait ! Il allait s'enfuir comme un sale voleur avec le fusil de chasse qu'il avait pas payé ! C'était pour ça qu'il était venu, hein ? Pour que Tomás ait l'air d'un idiot !

Zé jura de se venger.

Il attendit un an de plus. Il prit son temps pour tout bien préparer. Et un jour, après avoir apporté le caoutchouc à l'entrepôt et fait semblant de regagner son poste, il prit un raccourci et s'embusqua à l'affût de Tomás, qui ne tarderait pas à passer par là en sortant de la cantine.

Il y mit un siècle, Tomás.

La nuit tomba.

Grimpé sur un arbre, Zé espérait que le chien ne flairerait pas ses traces.

Il l'aperçut enfin. Oui, c'était bien lui, suivi de son chien, comme de coutume. Zé Bonitinho fit lentement le signe de la croix.

Ce fut vite fait : de la main droite, un coup de la machette ; de la gauche, un autre du poignard. Tomás, dont le corps était imbibé de l'alcool habituel des samedis, ne se rendit même pas compte de l'attaque. Il resta allongé dans une mare de sang, la gorge tranchée, les yeux ouverts. Le chien, quand il reçut le coup de poignard, se mit à gémir, et Zé l'acheva à la machette.

Des aboiements se firent entendre au loin. Il devait fuir. Il se signa et, à genoux, demanda par trois fois à Dieu de lui pardonner d'emporter avec lui le fusil de chasse, le revolver et la montre du mort. Il marcha toute la nuit. Fit un large détour de l'autre côté du fleuve. Parvint à dépister les chiens et, avant le petit matin, ressortit tout près de l'entrepôt, mais de l'autre côté. Il y avait dissimulé des troncs déjà dégrossis, quelques lianes qu'il avait tressées des semaines durant et un peu de *farinha*. Il les avait cachés à différents endroits pour qu'ils ne forment pas un trop gros tas. Dès qu'il eut amarré tous les troncs, il poussa le radeau dans le sens du courant et s'allongea dessus pour respirer profondément. En amont, de plus en plus atténués, il entendait les chiens qui aboyaient. Il les avait dépistés.

Les trois premiers jours, ne s'estimant pas encore assez éloigné de la zone, il navigua la nuit et dissimula le radeau dès que l'aube pointait. Il survécut en mangeant de la *farinha* mouillée dans l'eau du fleuve. Au bout d'une semaine, il déboucha sur le Madeira. Il s'enfonça dans un large chenal et parvint à une zone de *garimpos* dont il avait entendu parler parmi les récolteurs du *seringal*.

Il eut de la chance. Le cuisinier était mort quelques jours plus tôt au cours d'une rixe entre *garimpeiros*.

Au début, tandis que les six autres lavaient l'or dans le fleuve, Zé Bonitinho préparait le repas, recousait les vêtements et réparait les pioches, les pelles et les tamis qui servaient à filtrer les sables aurifères. En quelques semaines, il apprit à laver l'or dans la batée. Il travailla quatre mois et posséda pour la première fois une somme importante. Il eut droit à deux kilos et demi d'or.

Il s'éprit de ce travail et n'en voulut plus d'autre.

C'était un travail dur, mais sans patron : un travail à la mesure d'hommes endurants, capables de manier la pelle et la pioche des heures et des heures au milieu des nuées de moustiques diurnes; capables de supporter la fièvre et de ne pas craindre l'Indien libre qui, poussé par la faim, rôde parfois autour des *garimpos*.

Et Zé Bonitinho devint un expert *garimpeiro*. Il chercha de l'or et des diamants sur le Tocantins, le Purus, le Madeira. Mais, à partir de 51, il ne ressortit plus du bassin du Tapajós.

Comme beaucoup de *garimpeiros* prestigieux, il avait coutume de claquer en deux ou trois jours l'or de plusieurs mois de forêt vierge. En faisant la foire avec les putains. Il offrait une tournée à quiconque le voulait. Et aussi à quiconque ne le voulait pas, s'il tenait à sa vie.

Et aussitôt les bruits couraient :

– Zé Bonitinho a verrouillé le Copacabana !

Dans le langage des *garimpeiros*, « verrouiller » un cabaret veut dire fermer ses portes, pour que personne ne puisse plus sortir. Quiconque entre sait qu'il doit boire jusqu'à plus soif à la santé du « verrouilleur ». Au plus fort de la fête, le verrouilleur décharge son arme contre les ampoules de couleur ou les bouteilles des rayonnages, tandis que la favorite du moment célèbre son adresse de grands rires édentés et de massages sur la braguette.

Un bon verrouillage comprend d'ordinaire des défis, des règlements de vieux comptes, et même de la roulette russe.

C'est chez les *garimpos* que Zé Bonitinho apprit les préceptes de la forêt amazonienne et les fit siens. « L'or n'aime pas le pingre. » Celui qui n'a pas assez de *culhões* pour claquer dans une nouba l'argent gagné durant une saison ; celui qui n'a pas assez de *culhões* pour verrouiller un cabaret, ou pour mépriser et gaspiller l'or, n'arrivera jamais à rien dans les *garimpos*. « *O ouro não quer homem tacanho !* » C'était plus que prouvé.

Les meilleurs lavoirs du Tapajós se trouvaient sur les flancs de la Serra do Cachimbo, peuplée d'Indiens belliqueux. Mais depuis que Zé Bonitinho avait cessé d'avoir peur de Dieu, à trente ans, après en avoir passé cinq à récolter du caoutchouc et sept dans les *garimpos* ; après avoir verrouillé une douzaine de cabarets ; verrouillé des hameaux entiers ; échangé des coups de feu avec les mecs les plus courageux des *garimpos* d'Ururú ; après s'être risqué à deux roulettes russes (écartez donc les morts et que la samba continue); après tout ce que Zé avait connu en cette vie, ce n'était pas un Indien, aussi dangereux soit-il, qui allait lui faire peur. De plus, pendant toutes ces années-là, il avait appris de nombreux sortilèges pour faire face à l'adversité.

En 53, Zé Bonitinho et six autres hommes décidés, qui n'avaient pas non plus froid aux yeux, remontèrent le Tapajós jusqu'aux flancs de la Serra do Cachimbo. Ils travaillaient depuis plus deux mois avec d'excellents résultats quand ils furent victimes d'un raid d'une quarantaine d'Indiens. Ses compagnons furent tués. Zé, lui, ils le laissèrent pour mort. C'est une oraison accompagnée d'un tas de signes de croix que lui avait apprise une sorcière du Madeira qui le sauva. D'autres Indiens le capturèrent un mois plus tard et il faillit y passer, mais un grand pouvoir le protégeait et le miracle se répéta. Il fut prisonnier un temps. Mais les Indiens prirent peu à peu confiance et finirent par le laisser libre. Il vécut trois ans parmi eux. Et durant ces années-là, il apprit des choses. Beaucoup de choses, une foule de choses que le Blanc ignore.

Zé Bonitinho revint aux *garimpos* en 57. Il travailla quatre ans de plus, sans succès. Enfin, en 61, il obtint un excellent lavoir près du village de Penedos, et parvint à laver douze kilos d'or. Mais cette fois-ci, il ne verrouilla aucun hameau, aucun cabaret. Il s'acheta une maisonnette à Santarem, une ville bâtie au confluent du Tapajós et de l'Amazone, et, avec l'argent restant, ouvrit un bar. Il voulait se rassir, fonder une famille. Cette vie d'aventurier ne lui offrait plus d'attraits. Il voulait vivre en paix.

Comme commerçant, le fiasco fut complet. La ruine survint en deux ans. Ses anciens compagnons, les *garimpeiros*, le saignèrent à blanc à force de crédits. Et il n'avait pas le cœur à faire payer des dettes à des gens que la déveine poursuivait. Il ne lui resta plus que la maisonnette. Et il dut retourner de nouveau aux *garimpos*. Mais cette fois-là ce fut un désastre. En une saison de quatre mois, ils n'obtinrent à huit que trois kilos. Il était évident que l'or les boudait. C'était bien sa faute après tout : il n'avait qu'à pas être radin, trouillard, vouloir faire des économies.

Ces jours-là, la station de la FAO de Santarem lui offrit du travail comme guide sur le Tapajós. Zé accepta aussitôt. Le dernier *garimpo* lui avait prouvé que ses os, ses poumons, n'étaient plus ceux d'avant. Il mit la maison en location et, avec le salaire qu'il gagnait, décida d'attendre sans angoisse le crépuscule de sa vie, désormais imminent.

Le directeur de la station était alors Charles Reeds, un ingénieur des eaux et forêts nord-américain, un type débonnaire et pas compliqué pour un sou, qui se prit d'affection pour Zé dès le début.

Il y avait quelque chose d'attirant chez ce Nordestin viril et bien fait de sa personne. Reeds supposa qu'il devait son surnom de Beau-Gosse à la régularité harmonieuse de ses traits, à ses yeux brillants et à sa denture impeccable. Au courant de ses aventures légendaires dans la forêt vierge, il le nomma son patron de vedette personnel. Dès la première incursion, Zé fit preuve d'une résistance physique inhabituelle pour son âge et d'une santé que Reeds parvenait d'autant moins à s'expliquer qu'il avait fini par savoir dans quelle misère noire il avait grandi. Il en arriva même à suggérer à un biochimiste de la FAO de faire des recherches sur les propriétés de la farine de manioc, la farinha. C'était, autant qu'il sache, un glucide qui ne contenait ni fer, ni calcium, ni phosphore, maigre en vitamines et très pauvre comme source de protéines. Et il constituait 80 p. 100 de ce que ce Nordestin vigoureux et tant d'autres comme lui avaient mangé dans leur vie. Inexplicable !

Zé révéla d'autres qualités à mesure qu'ils se connurent mieux : sa grande dignité, sa sollicitude sans servilité, son charme serein de conteur d'histoires, dont il possédait un répertoire étonnant ; et surtout sa capacité à rester silencieux en voguant sur les fleuves des journées entières ou en écoutant crépiter un feu de bois la nuit. Si Reeds ne lui demandait pas de parler, Zé restait muet.

Cet analphabète qui avait su faire face à tant de dangers et d'infortunes était le compagnon idéal dans la forêt équatoriale.

Charles Reeds, fils d'un exploitant agricole texan, mesurait plus d'un mètre quatre-vingts et avait joué au football américain au lycée, mais il savait bien que s'il ne prenait pas chaque jour ses comprimés de chloroquine, la malaria le terrasserait. C'était un miracle que Zé puisse survivre dans ce milieu paludéen sans prendre aucun médicament, supporter les fièvres sans broncher, faire les travaux les plus rudes dans ce climat vaporeux, inhumain.

Zé Bonitinho pesait trente kilos de moins que Reeds, mais il le surpassait quand il fallait ramer, manier la cognée, courir, nager. Il visait mieux et supportait mieux la boisson que Reeds. Mais celui-ci avait appris depuis longtemps à perdre sans rancœur et Zé, dès l'enfance, à ne pas se montrer arrogant. Et ainsi, après les tâtonnements prudents des rapports initiaux, un sentiment d'affection mutuelle grandit entre eux.

Zé avait trouvé en Charles Reeds le seul patron qui le traitât humainement. De son côté, il avait su se tailler une place, garder ses distances et exécuter avec ponctualité tout ce que lui ordonnait Reeds, qui avait eu avec lui des égards inouïs chez un patron. Ainsi, la seconde fois qu'ils passèrent Noël ensemble, il l'invita dans son *cottage* de la station et l'assit à sa table pour le dîner avec sa femme et ses enfants. D'autres fois, il allait le chercher pour aller boire ensemble dans quelque taverne de *garimpeiros*. Reeds aimait faire des incursions dans l'ambiance plus rude de Santarem. Et Zé se sentait flatté de cette marque de confiance.

Un jour où la femme de Reeds était allée avec un chauffeur de la station faire des achats en ville, vêtue d'une robe trop décolletée, des *garimpeiros* un peu éméchés lui lancèrent des obscénités.

Zé l'apprit par le chauffeur qui le lui raconta au retour. Sans dire pourquoi, il demanda à Reeds l'autorisation d'aller en ville. Il ordonna au chauffeur de le conduire au bistrot où se trouvaient les types de l'incident. Il s'assit à leur table, sortit le revolver, voulut savoir où était le fils de pute qui avait emmerdé la femme de l'ingénieur Reeds et les invita à tirer leurs revolvers pour avaler un peu de plomb tous les quatre. Aussitôt, quelqu'un d'autre prit son parti et les hommes n'osèrent pas relever le défi. À partir de ce jour, tout le monde sut à Santarem que celui qui embêterait Reeds ou sa famille aurait affaire à Zé Bonitinho.

Parmi le personnel de la station, Zé avait su se faire respecter sans passer pour un lèche-bottes ni pour un indic ; mais, en sa présence, personne ne pouvait, ni à la rigolade ni pour de bon, murmurer quoi que ce soit d'irrespecteux envers le directeur.

Ce Nordestin n'avait qu'un seul défaut aux yeux de Reeds, mais de taille : sa crédulité à l'égard des superstitions amazoniennes. C'était incompréhensible chez quelqu'un qui avait vécu ce qu'il avait vécu ! Un tel infantilisme dégradait son image légendaire.

Un soir, après avoir navigué plusieurs heures sur un chenal, ils campèrent près d' une plage du Tapajós. Tandis qu'ils grillaient un poisson à la braise, Zé se mit à raconter sa première rencontre avec le *mapicuarí*, un monstre anthropomorphe au bec métallique luisant et aux serres d'aigle qui parcourait la forêt vierge depuis que Dieu avait fait le monde.

Eh ben, oui, Zé l'avait rencontré nez à nez, dans un *garimpo*.

Ce que Reeds admirait le plus chez ce paysan brésilien, c'étaient ses exploits, semblables à ceux des cow-boys du Far West, aussi rudes et analphabètes que lui, qui avaient conquis un monde à coups de revolver.

Au début, quand il apprenait à connaître Zé, le côté surnaturel de ces histoires lui semblait amusant, nouveau ou, du moins, tolérable. Zé mentait sûrement pour le divertir. Et il tâcha de déchiffrer les clefs de cette vocation de comédien. Mais à mesure qu'il se prit d'affection pour lui, il commença à en avoir assez des êtres monstrueux, des âmes en peine, des chevaux sans tête que Zé jurait avoir vus de ses propres yeux. Et ce qui l'irrita le plus, ce fut de découvrir que Zé croyait à ses bobards. *Jésus-Christ* !

À la fin de cette soirée, Zé lui révéla qu'un Indien, un sorcier de la Serra do Cachimbo, lui avait appris à préparer une potion magique. Et elle avait un tel pouvoir que celui qui la buvait faisait ensuite tout ce qu'on lui ordonnait de faire. Mais, bien entendu, à condition de savoir tracer d'abord quelques signes par terre et de répéter les paroles magiques que l'Indien lui avait apprises...

Ce truc des paroles magiques avait fait perdre patience à Reeds.

Il se sentit offensé personnellement. Il soupçonna de nouveau que le Nordestin lui mentait à dessein. Le prenait-il pour un imbécile ? Comme on ne sait jamais, sous prétexte que son obligation d'homme civilisé était de lui ouvrir les yeux, il décida, car il était déjà un peu éméché, d'en finir. Il le coupa net et lui demanda de ne plus lui raconter dorénavant ses histoires absurdes. Il ne voulait plus entendre parler de bêtes à bec de métal, ni de poissons qui violaient les femmes, ni de décoctions magiques, ni de remèdes de bonne femme.

Ne comprenait-il pas que ces idioties fichaient en l'air tout le respect qu'il avait pour lui ?

Zé Bonitinho, à qui l'ingénieur n'avait jamais adressé de mots si offensants, se mit debout, pâle de rage. Alors, comme ça, Mister Reeds ne croyait pas au *mapicuarí* ? Ainsi donc, Mister Reeds ne croyait pas à ce que tous les récolteurs avaient vu tant et tant de fois... ? *Muito bem* ! Et Mister Reeds ne croyait pas non plus au *boto*, le poisson séducteur ? Eh ben, alors, qu'il demande un peu autour de lui, pour voir s'il n'y avait pas des milliers de témoignages de jeunes filles déflorées sur les berges des fleuves, quand le *boto* faisait son apparition par des nuits sans lune, sous la forme d'un jeune homme bien fait de sa personne et bien habillé. Qu'il demande un peu, pour voir si Zé était un menteur !

Charles Reeds, irrité par cette riposte arrogante, lui déclara qu'il n'était peut-être pas un menteur, mais qu'il était en tout cas un analphabète et un ignorant. Et un analphabète, c'est comme un aveugle. Reeds avait lu des centaines, des milliers de livres, écrits dans le monde entier par des gens instruits, où on disait que toutes ces croyances étaient le fruit de la barbarie et de l'analphabétisme : parce qu'un analphabète, qui n'a jamais lu un livre, vit dans un monde d'ombres, où il croit voir ce qui n'existe pas.

Mais le Nordestin était têtu.

Il ne voyait pas bien, peut-être, hein ? N'avait-il pas, de jour ou de nuit, bien plus d'adresse au tir que Mister Reeds ? Et si Mister Reeds croyait que tout ce qu'il avait vu dans la forêt amazonienne était des mensonges, pourquoi alors il faisait confiance à sa bonne vue quand il fallait éviter les récifs à fleur d'eau sur les rapides du fleuve ?

Não, *não*, Mister Reeds, Zé n'était pas aveugle. Il voyait très bien, *Deus* merci. Et même si Mister Reeds ne croyait pas à ses histoires, c'était la pure vérité. Et cette décoction, il l'avait bue, lui, et ces cicatrices qu'il avait sur la plante des pieds, il se les était faites en marchant sur des charbons ardents sans ressentir la moindre douleur. Oui, monsieur, c'est comme ça. Que Mister Reeds le croie ou non. Le sorcier avait fait des signes, avait prononcé des mots, et lui avait dit qu'il ne sentirait pas la brûlure. Et Zé n'avait rien senti. Ni à ce moment-là ni après.

Oui, bon, d'accord, d'accord. Ça va, ça va. Si Zé Bonitinho croyait avoir vu ça, eh bien, tant mieux. En tout cas, Reeds savait pertinemment les choses auxquelles il pouvait croire et les choses auxquelles il ne pouvait pas croire, et il n'avait pas besoin que Zé Bonitinho lui donne des leçons, un point c'est tout. Le mieux à faire, c'était de préparer les hamacs, parce que le lendemain il fallait se lever à l'aube.

Ce soir-là, ils ne se parlèrent plus.

Zé accrocha son hamac bien loin de celui de Reeds.

Pour qui il se prenait, ce gringo *filho da puta* ?

Pour la première fois, il pensait à son chef en termes vulgaires. Il mit du temps à trouver le sommeil. Peut-être même que le gringo allait nier aussi l'existence du *lobisomem*, le septième enfant mâle qui se transformait en loup le vendredi à minuit et rôdait dans les cimetières jusqu'à l'aube ? Et la main velue ? Et le gnome ? Et la pleureuse ? Et le cavalier sans tête, hein ?

Vers le milieu de l'année 1969, Reeds et trois techniciens de la station de Santarem firent un voyage de prospection forestière sur le cours moyen du Tapajós à bord d'une vedette que pilotait Zé Bonitinho. Au bout de trois jours de navigation, ils arrivèrent au hameau de São Luiz, là où les embarcations ne peuvent plus remonter le fleuve dont les premières chutes se trouvent à un kilomètre de là. Les voyageurs, pour la plupart des *garimpeiros* qui gagnaient le Haut-Tapajós, ou le Moyen-Tapajós, étaient obligés de débarquer à São Luiz, un hameau d'une centaine de foyers, en grande majorité de pisé ou de bois. Quelques dizaines d'années plus tôt, São Luiz avait été le centre d'une grande exploitation de caoutchouc. Les descendants de Luis de Amaral, un aventurier portugais qui l'avait fondée à la fin du siècle dernier, y vivent encore, dans les seules maisons de briques du hameau. Dans les années 60, les arrière-petits-enfants récoltaient encore un peu de caoutchouc et cueillaient des fruits sauvages qu'ils vendaient à des prix exorbitants aux chercheurs d'or que leur régime alimentaire déficient en sucre rendait avides de fruits frais comme le *cupuaçú*, la noix de cajou, la *graviola* et, surtout, le *buriti* qui, cuit, donne un gâteau d'un goût olympien qui, un jour ou l'autre, conclura les banquets de sybarites sur un pied d'égalité avec le caviar, les viandes truffées ou le champagne.

La famille Amaral exploitait aussi le bois de la forêt vierge, mais en petites quantités. Sa grande affaire à l'époque, c'était le commerce d'or en poudre et l'usufruit de sa situation stratégique près des grandes chutes qui lui permettait de dominer le transport et les communications entre le Haut et le Moyen-Tapajós et les rives de l'Amazone. Elle possédait une flottille et des entrepôts bien remplis de *farinha*, de riz, de haricots, de *javá*, un luxe du Nord-Est insolite au menu des fleuves. Ces victuailles, ainsi que les batées pour laver l'or, les vêtements et les instruments du *garimpeiro*, valaient à la Maison Amaral, fondée en 1892, de cinq à six fois plus cher qu'à Santarem ; mais les chercheurs d'or préféraient en général éviter de transporter leurs paquets sur des esquifs, toujours exposés au moindre hasard à chavirer au milieu des récifs du Tapajós que seuls les pilotes bien payés savent éviter.

Ils débarquèrent à midi.

Ils déjeunèrent chez João de Amaral, patriarche de São Luiz, qui, au bout de deux verres, aimait à se définir comme un type qui avait du poil et le feu au cul. Ce jour-là, *seu* João était d'excellente humeur, parce qu'il venait de jouer son coq gris perdrix dans le village voisin d'Ipanema et qu'au cours d'une mise au jeu mémorable, un défi d'hommes, il venait de gagner cinq kilos d'or. Et vous auriez dû voir comment ce coq, avec trois blessures colossales, alors qu'il avait déjà perdu les deux yeux, baigné de sang, avait éventré d'un coup d'éperon au gosier le coq clair du colonel Alençar.

À la vôtre, messieurs, à la bonne vôtre ! Encore un peu de *cachaça* ? Ou ces messieurs préféraient du whisky ?

Ah ! Alors, comme ça, monsieur Amaral avait du whisky ?

Bien sûr que oui ! L'armée et la loi n'arrivaient pas à São Luiz, mais du whisky, même les poissons en prenaient. João de Amaral en buvait beaucoup. Mais quand il risquait ses coqs, il préférait la *cachaça*, qui lui faisait passer *um ardorzinho* dans le gosier, pour encourager ses pupilles et crier dans les mises au jeu avec plus de décision. Mais quand il s'agissait de visiteurs de marque, il sortait toujours ses meilleurs whiskies. Allez, messieurs, vous n'avez que l'embarras du choix : Chivas Regal, Old Parr, Haig & Haig. À la santé du coq gris perdrix, messieurs ! Ça oui, c'était un coq de mec, *porra* !

Dans l'après-midi, ils montèrent dans une camionnette de *seu* João qui refusa absolument que ces messieurs de la FAO paient quoi que ce soit pour les conduire jusqu'à l'embarcadère de l'autre côté des chutes. Et avant de partir, la langue pâteuse, buvant sa *cachaça* chaude au goulot, il appela Mister Reeds à l'écart et lui redit que la visite des *senhores engenheiros* de la FAO, des *pessoas distinguidas* étrangères était un grand honneur pour la Maison Amaral et que, quand ils passeraient, de retour vers Santarem, il avait une affaire formidable à leur proposer, et que Mister Reeds ne manque pas de venir causer avec lui au retour, parce que l'argent était tout yeux tout oreilles, là, dans la forêt vierge, n'attendant plus qu'on aille le ramasser.

Euh, bon... oui, en principe, ça lui semblait intéressant, à Mister Reeds.

Muito bem ! Alors, au retour, on parlerait d'homme à homme. Mister Reeds savait ce que c'était de converser d'homme à homme ?

Oui, oui, bien sûr que Mister Reeds le savait.

La camionnette s'enfonça sur un sentier muletier, ouvert par les péons de la famille Amaral en pleine forêt. Les Amaral l'avaient élargi à l'arrivée des premiers véhicules automobiles au domaine de São Luiz.

Ouvrir des chemins à travers la forêt amazonienne, sans engins, est une rude tâche. Mais les Amaral entrevirent que les droits de péage, sous couvert de frets, amortiraient très vite l'investissement. De fait, que ce soit à dos de mule, en jeep ou en camion, toutes les cargaisons, en amont et en aval, étaient manutentionnées à São Luiz par les soins de la Maison Amaral à des tarifs exorbitants, confirmés par les pistolets enthousiastes des *capangas* de *seu* João. Ces tarifs ne se marchandaient pas, et personne n'était autorisé à traverser les 3 km de voie Amaral par ses propres moyens.

Mister Reeds prit place dans la cabine du camion aux côtés du chauffeur. Les trois autres ingénieurs et Zé Bonitinho voyagaient à l'arrière. Ils écoutaient en silence le ramage des oiseaux et les échos de la forêt environnante. Personne n'aurait su dire si, par leurs hurlements scandaleux, les singes dénonçaient l'intrusion des véhicules ou fêtaient leur passage sur leur territoire.

Il était 3 heures de l'après-midi, mais l'intense pénombre et la densité de la forêt sur certains tronçons convertissaient le chemin en un tunnel végétal.

La frondaison s'éclaircissait parfois pour céder la place à des espaces clairsemés où la vue pouvait traverser la forêt sur plusieurs centaines de mètres. Le camion stoppa près d'une de ces clairières. *Seu* João avait expédié, en même temps que le chargement de la FAO, des sacs de *farinha* qui penchaient dangereusement sur une des ridelles du camion, et le chauffeur dut s'arrêter pour les réinstaller.

On apercevait tout près, de l'autre côté de la clairière, une énorme palmeraie, dont le Dr Villiers, un Canadien fanatique de la photographie, décida de prendre quelques instantanés. Les autres membres du groupe se mirent à regarder la palmeraie, tandis que le chauffeur arrangeait les sacs.

Zé Bonitinho, qui était accroupi à côté de Villiers, se dressa d'un bond et attrapa son fusil.

Uma paca ! Oui, oui, si vous permettez, docteur, c'était bien une *paca*, un cabiai, un morceau de roi, la chair la plus succulente de la forêt amazonienne.

Il visa dans la même direction que celle où Villiers avait braqué son objectif. Le docteur, qui n'avait vu que les palmiers, dut s'écarter en hâte. Zé visa, tira et lança aussitôt une exclamation de dépit.

Porra !

Raté. Et c'était une pièce énorme ! Au moins trente kilos. Quel banquet ç'aurait été. Aucune chair, ni de cochon, ni de sanglier, ni de cerf, n'est comparable à celle du cabiai, rôtie sur la braise dans une saumure de tamarin qui en tue le relent, accompagnée d'une sauce de noix du Brésil, de jus de *maracuja* et de *cachaça*. Zé l'avait préparée à deux reprises pour les techniciens de la station, et tout le monde, en particulier Mme Reeds, s'en étaient léché les doigts.

Reeds avait pris ses jumelles. Mais oui, c'était exact, il était bien là, il venait de s'enfoncer dans la palmeraie.

Il boitait ! Aucun doute, Zé Bonitinho l'avait blessé. Mais celui-ci, le fusil dans une main et la machette dans l'autre, courait déjà récupérer son gibier, suivi de Reeds et du chauffeur.

Zé trouva aussitôt la trace, mais la perdit au bout d'une trentaine de mètres au bord d'un ruisseau. Il l'avait salement amoché, et il perdait beaucoup de sang.

En hâte, il traversa à gué, l'eau aux genoux, et, à une dizaine de mètres de la berge, s'arrêta pour regarder. Et soudain... Il appuya son fusil par terre, ôta son chapeau, se frotta les yeux... Oui, oui, pas de doute, c'était bien le même. Et quelques mètres plus loin, un autre. Et un autre, du côté opposé. Il avait sous les yeux ce qu'il avait cherché en vain des années durant. Il en oublia le cabiai et se dirigea vers un arbre. En arracha une feuille. Pas de doute. C'était bien les mêmes feuilles charnues à la même odeur répugnante, le même tronc renflé que ceux du Madeira.

Parfait. Mais il devait faire vite avec l'arrivée des autres. Il arracha une bonne quantité de feuilles, se mit torse nu, enveloppa les feuilles très serrées dans son tricot de peau et les attacha avec des lianes.

Là-dessus, il entendit qu'on l'appelait de l'autre côté du ruisseau. Reeds avait sans doute trouvé la trace. Il ne tarderait pas à passer par ici. Il devait se cacher jusqu'à ce qu'ils passent. Quelques minutes plus tard, il vit le chauffeur suivi de Reeds. Dès qu'ils se furent éloignés un peu, Zé rebroussa chemin en se hâtant. Il repassa à gué le ruisseau et revint au camion. Il déclara avoir perdu la trace.

Et Mister Reeds ?

Zé ne savait pas. Il ne l'avait pas vu.

Le balluchon n'attira l'attention de personne. Seule la chasse au cabiai les intéressait pour l'instant.

Très calmement, sans que personne le voie, Zé cacha les feuilles dans sa musette et s'assit pour mâcher du tabac. Les autres refirent leur apparition une demi-heure plus tard. Ils amenaient l'animal attaché par les pieds à une perche que deux hommes portaient sur l'épaule. Il devait peser ses trente-cinq ou quarante kilos. Reeds ne se tint plus de joie en apprenant que Zé avait perdu la trace qu'il avait lui-même trouvée. Zé fit semblant d'être un peu contrarié, mais le plus content, c'était bel et bien lui. Le tas de feuilles qu'il avait dans sa musette de grosse toile valait pour lui plus qu'un troupeau de cent gros cabiais. Monsieur l'ingénieur Reeds verrait bien, une fois de retour à Santarem, si Zé Bonitinho était aussi aveugle qu'il le croyait. On verrait bien ce qu'un Nordestin analphabète était capable de lui apprendre, avec tous ses livres et ses diplômes à la con.

Dix jours plus tard, ils rentrèrent à la station. Après avoir préparé une infusion des feuilles, Zé la mit en bouteille et la garda au frais. Il aurait bien l'occasion de l'employer. Il savait attendre. Celui qui n'apprend pas à attendre ne peut vivre dans la forêt vierge.

Au bout d'un certain temps, un après-midi, Reeds ordonna à Zé Bonitinho de se préparer à partir à l'aube pour Fordlandia, une zone située à une vingtaine d'heures de navigation, en amont, où la Ford Motor Company avait installé, quarante ans plus tôt, une énorme plantation d'hévéa. Selon Reeds, ils devraient s'enfoncer au moins six heures de plus sur un bras mort du fleuve qui marquait les limites méridionales du *latifundio*.

Oui, oui, Zé Bonitinho connaissait très bien le coin. Combien seraient-ils ?

Ils partiraient tous les deux, plus l'ingénieur Kraage, un Hollandais qui effectuait des travaux de topographie et dirigeait la construction des sentiers rudimentaires qu'utilisaient parfois les exploitations forestières pour transporter les fûts jusqu'aux berges des fleuves. Ces jours-ci, on avait découvert près de Fordlandia un gros bosquet d'ébènes, et les deux ingénieurs allaient y étudier la possibilité d'ouvrir un sentier d'environ 2 km jusqu'à la route centrale du *latifundio*, ce qui permettrait de transporter les gros troncs sans trop de frais jusqu'aux berges du Tapajós. C'était la seule manière de les tirer de là. Sur le bras du fleuve, c'était impossible parce qu'il n'était pas assez profond à certains endroits et que les remorqueurs qui servaient à haler les trains de bois flotté n'auraient pas pu passer par là.

À 4 heures du matin, Zé était fin prêt. Et comme il le faisait chaque fois qu'il partait en voyage avec Reeds, il mit dans sa musette un flacon contenant la décoction. Ce qu'il attendait depuis maintenant un ou deux mois pouvait arriver à tout moment.

Ils restèrent sur place un jour et demi. La veille du retour, Zé longea à la pagaie, jusqu'à une heure bien avancée de la nuit, les berges du fleuve afin de harponner un *tucunaré.* Pour dormir, les gros poissons ont coutume de reposer sur le fond des eaux dormantes. Le pêcheur fend alors les ombres du cours d'eau, debout sur sa pirogue. Renonçant aux pagaies pour ne pas faire de bruit, il avance en s'appuyant sur une perche qu'il plonge dans le lit du fleuve. Il la manipule d'un mouvement lent, l'empêchant de ruisseler. Quand il approche des eaux dormantes qu'il a choisies, il relève la perche et la met en travers de l'embarcation qui continue sur son erre. Le pêcheur saisit alors son harpon dans une main et la lanterne dans l'autre, se couche à plat-ventre en faisant passer presque tout le tronc par-dessus la proue, et une seconde avant que la pirogue ne s'échoue ou ne heurte la berge, et clic et tchasss ! il éblouit les poissons et plonge son harpon dans la chair du plus robuste. Il répète la même opération parfois pendant des heures jusqu'à ce qu'il parvienne à harponner un *tucunaré*, à la chair blanche abondante et sans arêtes.

Mais cette nuit-là, Zé n'eut pas de chance. Au retour, il longea une plage où l'eau, peu profonde, laissait voir le fond doré, millimétriquement ondulé, du fleuve.

Il était infesté de raies !

De ses yeux habitués à la nuit, Zé les voyait çà et là, de chaque côté de la pirogue. Des raies énormes, des plus venimeuses, qui s'éloignaient en agitant les nageoires sans se hâter, comme si elles rampaient sur le fond, tandis que le sable sous lequel elles gisaient un moment plus tôt, en un repos mimétique, dégoulinait de leurs dos fugitifs, troublant les eaux.

Il y en avait des dizaines !

C'est alors que l'idée lui vint.

L'aube était sur le point de se lever quand il rentra au camp. Le chant de l'*iti* et l'étirement frémissant des nénuphars le lui disaient.

Il prépara le café et réveilla les ingénieurs. Ils étaient convenus de partir à cette heure-là. Tout en les aidant à décrocher leurs hamacs et à enrouler les moustiquaires, il leur annonça que, durant la nuit, il avait repéré une excellente plage tout près d'ici et qu'il allait se baigner avant le petit déjeuner. Les deux ingénieurs décidèrent de l'accompagner.

Ceux qui sont nés en Amazonie savent que, pour éviter le terrible aiguillon de la raie, un poisson parfaitement stupide et sourd, il faut entrer dans l'eau en traînant les pieds sur le sable plissé du fond. La raie, qui gît enterrée, sent de loin les vibrations du sable et fuit sans importuner le baigneur. Mais si vous vous approchez en marchant, la raie risque de se rendre compte de vos pas, amortis par l'eau, seulement au moment du contact. Alors, faisant soudainement une pirouette, elle arque la queue et enfonce son aiguillon urticant dans votre cou-de-pied. Certaines espèces injectent une forte dose de venin qui provoque de terribles douleurs durant souvent des heures. Et le seul remède que connaissent les *caboclos* de l'Amazone, c'est de frotter le cou-de-pied endolori sur le sexe humide de pisse d'une vieille femme, la plus laide possible.

Tout comme Zé l'avait supposé, les deux ingénieurs entrèrent dans l'eau sans prendre la moindre précaution : ils n'avaient pas fait vingt pas que le docteur Kraage poussa un hurlement.

Zé se précipita, en traînant les pieds, et l'emporta sur son dos jusqu'à la pirogue qu'on leur avait prêtée à Fordlandia.

Le Hollandais, les yeux révulsés, le visage crispé de douleur, ne cessait de gémir. Sa jambe était raidie et immobile. Le cou-de-pied commençait à enfler.

Au camp, Reeds lui fit avaler quatre cafiaspirines, le seul calmant qu'il avait sous la main, mais une heure après l'homme continuait de gémir de douleur. Reeds, embarrassé comme tout, décida d'envoyer Zé à l'infirmerie de Fordlandia pour ramener un peu de morphine. Dans quatre heures, il pouvait être de retour. Zé Bonitinho cracha la chique de tabac qu'il était en train de mâcher, remplit sa timbale de café et s'assit, un sourire moqueur aux lèvres, pour le déguster à son aise.

Reeds lui demanda de se presser. Un homme était en train de souffrir. Zé n'avait pas l'intention de le secourir ?

Pour toute réponse, Zé avala une bonne gorgée de café, se mit debout et lui éclata de rire au nez.

Mais... mais qu'est-ce que ça voulait dire ? Ça signifiait quoi, ce rire ? Ne pensait-il pas aller à Fordlandia ?

Eh ben, non, Zé n'irait nulle part. Il n'irait pas chercher de morphine, ni rien du tout. Et il continua de le fixer droit dans les yeux, le chapeau renversé sur l'arrière du crâne, les poings sur les hanches, la tête inclinée, avec toujours ce sourire altier aux lèvres.

Pour la première fois, Reeds eut peur de cet homme qui le dévisageait d'un air de défi, les jambes écartées, la main sur la poignée de sa machette. Lui, qui s'était toujours montré humble et poli...

Reeds changea de ton.

Mais qu'est-ce qu'il lui prenait, Zé Bonitinho ? Il s'était passé quelque chose ?

Oui. C'était exactement ça. Il s'était passé que le *senhor engenheiro* l'avait gravement offensé, et c'était pour ça que Zé était plein de rancœur.

Mais quand, comment, à propos de quoi ?

L'ingénieur ne se souvenait pas de la fois où il l'avait traité d'analphabète ignorant et de menteur ?

Mais, Zé, c'était de la vieille histoire, ça ! Reeds, ce soir-là, était un peu éméché, un point c'est tout. Est-ce qu'il ne s'était pas excusé par hasard ? Comment, Zé allait ressortir cette histoire juste maintenant ? Est-ce qu'ils n'étaient pas toujours amis ?

Oui, oui. Zé était toujours son ami. Ses relations avec l'ingénieur Reeds avaient été pour lui un honneur, un motif d'orgueil. Mais c'est justement pour ça qu'il croyait que les choses devaient être très claires entre amis. Et si, cette fois-là, l'ingénieur avait cru que Zé était un menteur, il y avait sûrement une raison. Et ça, c'était une épine que l'ingénieur lui avait plantée dans le cœur. Et c'est pour ça que Zé avait cessé d'être comme avant avec lui, et qu'il ne pourrait plus l'être jusqu'à ce qu'il s'arrache l'épine.

Mais qu'est-ce que tout ça avait à voir avec ce pauvre Kraage, qui était en train de souffrir le martyre, avec son pied enflé ? L'important, c'était d'aller chercher la morphine. Pour le reste, on aurait toujours le temps de s'expliquer...

Não, engenheiro, não. Pour cette fois, ce menteur et cet analphabète de Zé n'allait pas obéir aux ordres *do senhor engenheiro*. Pour cette fois, on ne ferait pas ce que disait Reeds. On ferait ce que dirait Zé Bonitinho.

Mais Zé !

Oui, ingénieur. Vous avez bien entendu. Pour cette unique fois, c'est lui qui donnerait des ordres. Mais que Reeds se rassure : Ce qu'il allait voir serait tout bon pour l'ingénieur Kraage.

Et, faisant demi-tour devant un Charles Reeds médusé, il alla chercher sa musette et revint avec une bouteille de *cachaça* qui contenait un liquide verdâtre.

Mais... qu'est-ce que Zé allait donc faire ?

Ce qu'il allait faire, Mister Reeds ne l'avait jamais vu de ses propres yeux. Et il comprendrait alors que Zé ne racontait pas de mensonges. Qu'il se contente de regarder, qu'il ne dise rien et qu'il le laisse faire.

Cette conversation s'était déroulée à voix basse et, sauf les éclats de rire de Zé, rien de ce qui s'était dit n'était parvenu jusqu'au hamac où gisait Kraage.

Zé Bonitinho remplit une timbale du liquide de sa bouteille et fit signe à Reeds de l'accompagner.

– Buvez, ingénieur, dit Zé à Kraage, ça va vous calmer.

– Qu'est-ce que c'est ? voulut savoir Kraage.

– Un très bon remède. Buvez ! insista Zé.

Kraage redressa un peu la tête et but à contrecœur.

– *Very bitter*, dit-il en regardant Reeds.

Puis il se renversa de nouveau en arrière et ferma les yeux.

Zé Bonitinho coupa alors une branche sèche en morceaux qu'il disposa par terre en deux triangles et se mit à proférer des sons très gutturaux, les mains croisées sur le ventre. C'était un charabia incompréhensible pour Reeds. À quoi rimait cette comédie ?

En attendant, Kraage semblait s'être endormi.

Tiens ! Il s'était endormi en quelques secondes !

Ses joues, contractées de douleur jusqu'au moment où il avait avalé ce truc-là, s'étaient détendues ; sa mâchoire ne tremblait plus ; plus de tension des muscles du cou, plus de froncement de sourcils, tandis que sa respiration entrecoupée prenait un rythme tranquille, avec des inspirations profondes.

Zé Bonitinho fit alors signe à Reeds de s'éloigner. Reeds hésita un instant, mais le regard impérieux du Nordestin l'obligea à s'exécuter. Il se retourna au bout d'une vingtaine de pas. Zé était penché sur le hamac. Il resta un bon moment dans cette position, marmonnant quelque chose à l'oreille du Hollandais. Il semblait lui parler avec véhémence. Gesticulait. Sans ouvrir les yeux, Kraage opinait du chef.

Maintenant, il va falloir attendre un peu, dit Zé à voix basse, une fois de retour près de Reeds. Et monsieur l'Ingénieur va voir ce qu'il n'a jamais vu.

Reeds tenta de l'interroger, mais Zé lui imposa silence d'un geste de l'index sur les lèvres et s'adossa à un tronc d'ébène, les yeux cloués au sol. Il remuait les lèvres, comme s'il priait. Une mèche lui tombait sur le front.

Au bout d'un petit moment, Kraage se mit à ronfler. D'où Zé Bonitinho avait-il donc sorti cette mixture ? Il l'emportait toujours avec lui ? Serait-ce la fameuse décoction des Indiens ? Les minutes se traînaient...

Là-dessus, il vit Zé couper une branche d'arbre d'un coup de machette et se diriger vers le hamac du Hollandais, tout en lui faisant signe de le suivre.

Quand ils se trouvèrent devant le hamac, Zé lui tendit le bâton et l'invita à en frapper le cou-de-pied tuméfié.

Reeds protesta. Il ne pouvait pas faire ça.

Les oiseaux de la forêt vierge piaillaient à qui mieux mieux. Les yeux noirs et caves de Zé brillaient comme ceux d'un possédé.

– Frappez-le, ingénieur, ordonna Zé. Allez-y donc, il ne sent rien.

Reeds lui donna quelques petits coups légers en regardant le visage immuable de Kraage.

– Plus fort, Mister Reeds !

Reeds se sentit envahi par la rage.

Comment allait-il donc se laisser donner des ordres par ce fou sadique ? D'un geste de mauvaise humeur, il jeta le bâton par terre et s'éloigna du hamac. Dans son dos, il entendit un nouvel éclat de rire. Il frissonna. Se retournant, il passa de la stupeur à la panique : Zé était en train de lever le bâton et de le faire retomber avec une violence terrible sur le cou-de-pied meurtri de Kraage. Reeds rebroussa chemin en courant. Il lui fallait arrêter ce *son of a bitch*. Zé leva de nouveau le bâton tout en le regardant fixement. Reeds s'arrêta. *Fucking asshole* ! Mais il valait mieux le laisser faire. À peine arrivés à Santarem, il le licencierait. Les dents serrées, il le vit frapper une nouvelle fois Kraage sur sa blessure.

– Vous voyez ? dit Zé sans le regarder. Vous voyez bien que ça lui fait pas mal ?

De fait, le visage de Kraage restait imperturbable.

En appelant à son bon sens, Reeds l'implora de ne plus importuner ce pauvre homme.

– Ne bougez pas, l'interrompit Zé, autoritaire. Vous n'avez encore rien vu !

Il jeta le bâton et s'éloigna de nouveau du hamac.

Il marchait très lentement, plus droit que de coutume.

Reeds s'installa sur un petit monticule, près du hamac, d'où il pouvait observer Kraage.

– Il va se réveiller dans un moment, dit Zé en revenant près de lui.

Reeds consulta sa montre. Vingt minutes s'étaient écoulées.

– Regardez bien, ingénieur, dit Zé. Regardez de quel pied il descend du hamac.

Et il lança de nouveau un petit rire.

Quand Kraage ouvrit les yeux, il regarda autour de lui, mais son visage se crispa aussitôt de douleur.

– Ne dites rien, susurra Zé. Maintenant il va descendre du hamac et aller chercher du café sur le feu.

Une minute plus tard, Reeds n'en croyait pas ses yeux.

Kraage descendit en s'appuyant sur le pied enflé ! *Jésus-Christ* ! Et la jambe saine levée, il commença à sautiller en se retenant aux branches des arbres. Il parcourut ainsi les six mètres qui le séparaient du feu de bois.

Qu'est-ce que c'était que cette histoire de fous ? Il sautillait sur le pied malade, comme si c'était l'autre qui lui faisait mal. Absurde !

Arrivé près du feu, le Hollandais s'accroupit. Quand il appuya la jambe saine par terre, il poussa un gémissement. Il regarda autour de lui comme s'il cherchait de l'aide. Zé retint Reeds par le bras.

– Ne bougez pas, lui dit-il à voix basse.

Kraage se pencha au-dessus des braises, prit une timbale couverte de suie et y versa du café de la petite casserole.

– Maintenant, regardez bien, dit Zé Bonitinho.

Reeds, saisi d'étonnement, se tordant les mains, vit le Hollandais avaler une longue gorgée de café, poser la timbale sur une pierre, appuyer ses deux mains par terre, pencher la tête de côté et pousser un soupir de soulagement, puis se tâter les jambes. Kraage dodelinait de la tête. Ses mouvements devenaient plus souples. Soudain, il se redressa. Continua de se tâter les jambes. Puis commença à sautiller. Se palpa de nouveau. Puis d'autres sautillements, comme le font les athlètes quand ils s'échauffent.

Inexplicable ! Reeds se passa la main sur le front. Serait-il sous hypnose ? Devait-il croire ce qu'il voyait ? Quelle sorcellerie ! Son regard croisa celui de Zé, moqueur.

– Mister Reeds ? *Where are you ? Look ! I'm well again*, commença à s'exclamer Kraage, qui faisait maintenant le tour du feu de bois avec agilité.

– Qu'est-ce que tu lui as donné, Dieu du ciel ? murmura Reeds.

– Demandez-le donc à vos livres qui savent tout, lui répondit Zé en lui lançant un regard glacial.

Kraage s'était éloigné en direction du fleuve pour les mettre au courant de l'amélioration de son état.

– Pour que l'enflure diminue, il doit dormir, commenta Zé. Faites-le revenir pour qu'il reprenne un peu d'infusion.

Quand Reeds le lui proposa, le Hollandais refusa. Il se sentait parfaitement bien. Il se rappelait qu'au réveil, la jambe saine lui faisait mal. Serait-ce une douleur réflexe ? Étrange ? Il ne prenait jamais de café, mais il en avait eu envie en se réveillant. Et ce qui était *really* incroyable, c'est qu'en avalant la première gorgée, la douleur avait complètement disparu. *Very strange, indeed ! Look !* Il avait le cou-de-pied très enflé, *but no more pain at all*. Il se sentait la jambe un peu endormie, comme si on lui avait fait une anesthésie, mais, oh non, *please*, il ne voulait plus prendre de cette mixture. Elle puait.

Quand Reeds lui traduisit les propos de l'autre, Zé se prononça avec son humilité habituelle. Quand il vivait parmi les Indiens, il avait pris plusieurs fois ce remède, et pour qu'il agisse, il fallait en prendre deux fois. Zé lui garantissait, sur ce qu'il avait de plus sacré, que ça ne lui ferait aucun mal. Si Kraage ne faisait pas cas de ce qu'il disait, le pied enflé recommencerait à lui faire mal dans quelques instants.

Kraage accepta finalement à contrecœur et, couché dans le hamac, avala en grimaçant une timbale de plus.

Même pas une minute plus tard, il dormait de nouveau paisiblement.

Peu après, Zé Bonitinho lui dit à haute voix :

– Maintenant vous ne vous réveillerez plus jusqu'à demain à l'aube. Vous vous réveillerez sans douleur. Vous ne sentirez plus jamais de douleur.

Aussitôt, comme si Reeds n'existait pas, il commença à transporter des ballots pour entreprendre le voyage de retour. Reeds se mit à l'aider.

Alors, comme ça, Zé pensait qu'on pouvait partir ?

– Oui, ingénieur, sans problème. Le Dr Kraage voyagerait à l'aise et ne se réveillerait qu'à l'aube. On le remorquerait dans la pirogue. Zé lui préparerait un toit pour le protéger du soleil. Il n'y avait aucun problème.

Ayant repris tous ses esprits, Zé parlait et agissait avec son aplomb habituel. Pourtant, quand il lui certifia que Kraage dormirait dans son hamac, sans se réveiller une seule fois, durant plus de vingt heures, Reeds sentit un froid électrique lui parcourir le diaphragme.

Insolite ! Ce Hollandais qui devrait crier de douleur dormait comme un enfant. Et lui, Charles

Reeds, pouvait le constater. Personne ne le lui avait raconté. Ce n'était pas un rêve, ni du blablabla ni un mirage.

Quelques heures plus tard, ils naviguaient en silence. Ils avaient transporté Kraage dans son hamac jusqu'à la pirogue. Zé Bonitinho lui avait préparé en quelques minutes un toit bien épais, en disposant des feuilles de palmier attachées avec des lianes vertes sur trois branches souples. Le Hollandais dormait, bercé par le balancement de la pirogue. Au crépuscule, Reeds fit quelques tentatives pour engager la conversation, mais Zé lui répondit par monosyllabes, sans le regarder en face. Ce soir-là, ils ne campèrent pas. Il faisait pleine lune. Zé éteignit le moteur, et ils longèrent la rive gauche. Une brise soufflait de l'est. Reeds fit semblant de dormir.

Que pouvait bien être ce breuvage ? On dirait un somnifère super-rapide. Le rite des triangles par terre et les mots indigènes étaient des balivernes de Zé. Mais pas le reste ! Un homme qui hurlait de douleur avait sauté quelques minutes après sur son pied enflé. Ça, et le soulagement total après le café, est-ce que ça aurait quelque chose à voir avec ce que Zé Bonitinho lui avait bredouillé à l'oreille ? La nuit de la discussion, Zé avait dit que celui qui prenait le breuvage faisait ensuite tout ce qu'on lui ordonnait. Posséderait-il vraiment quelque propriété exceptionnelle ? Si Reeds rapportait ce qu'il venait de voir dans un milieu scientifique, personne ne le croirait.

Et au cours de cette nuit d'insomnie, il se proposa de vérifier comment Zé Bonitinho avait obtenu cette décoction.

Quinze heures s'étaient déjà écoulées. Il était évident que Kraage dormirait jusqu'à l'aube comme on le lui avait ordonné.

C'était ça qu'il devait vérifier. Et il le vérifierait coûte que coûte ! Il devait agir de façon que Zé accepte de tout lui raconter.

Cette nuit-là, il élabora un plan. Il agirait sans se hâter. Pour le moment, il ne reparlerait plus de la question à Zé Bonitinho.

Le Hollandais se réveilla en effet aux premières lueurs de l'aube. Il éprouvait un peu de nausée, mais aucune douleur. Il déclara n'avoir jamais tant dormi de sa vie. Si, une fois, pendant la guerre, il l'avait fait dix-huit heures d'affilée après trois jours de marche, mais il n'aurait jamais imaginé que ce breuvage le fasse dormir vingt-deux. Il remercia Zé Bonitinho de ses soins et voulut savoir d'où venait ce remède. Zé lui répondit que c'était un secret qu'il ne pouvait révéler. Reeds l'interrompit en anglais pour lui demander de ne pas lui poser de questions. Il lui dit que Zé croyait les yeux fermés aux mythes indigènes. Lui-même avait tenté de lui tirer les vers du nez pendant la nuit, mais sans rien obtenir. Mieux valait ne pas insister.

Reeds constata aussi que Kraage ne gardait aucun souvenir de ce qui s'était passé durant la nuit. Il ne se rappelait pas les coups de bâton, ni ce que Zé lui avait bredouillé à l'oreille. Et Reeds, bien entendu, ne fit aucun commentaire.

Ils arrivèrent à Santarem vers 7 heures du matin.

Au bout de deux jours, Kraage était guéri. Depuis que Zé lui avait donné ce breuvage, il n'avait plus ressenti de douleur.

Extraordinaire ! Kraage avait fait tout ce que Zé lui avait dit de faire. Et, autant que Reeds sache, il n'y avait au monde aucun autre médicament doté d'un tel pouvoir. Où se trouvait la plante ? Comment préparait-on la décoction ?

Mettant en œuvre son plan pour le vérifier, Reeds

redoubla d'égards envers Zé. Il l'invita plus fréquemment chez lui. Il le consultait sur n'importe quoi, l'écoutait avec un intérêt marqué et lui diminua son travail.

Quand il crut que les conditions étaient mûres, il trama une excursion de trois jours, seul avec Zé, sous prétexte d'évaluer une région forestière à sept heures de vedette de Santarem.

Et le second soir, à la lueur du feu de bois, sous l'effet de plusieurs verres, Reeds demanda à Zé s'il ne voulait pas apprendre à lire. Sous le coup de la surprise, le Nordestin se mit à rire.

Non, non, Mister Reeds. Il était bien trop vieux pour ça.

Mais Reeds lui dit que c'était facile d'apprendre à lire. Son épouse qui était institutrice pouvait le lui apprendre le soir. Deux mois suffiraient. Zé devait apprendre à lire et, surtout, à écrire.

– À écrire ?

Oui, Zé, à écrire des livres, pour révéler au monde les choses merveilleuses qu'il connaissait et que la science ignorait. Comment se pouvait-il que l'humanité ne profite pas des connaissances de Zé ? Est-ce que ses compatriotes de Rio et de São Paulo, et les hommes d'autres pays, n'avaient pas le droit par hasard de connaître l'histoire du *boto*, du *mapicuarí*, du *lobisomem* ? Zé devait divulguer ses formules contre le mauvais sort, ses connaissances sur les plantes qui soulagent les douleurs du prochain.

En quinze jours, il lui avait arraché ses secrets.

Zé avait retrouvé l'arbre à São Luiz.

– À São Luiz do Tapajós ?

– Oui, Mister Reeds. Durant la chasse au cabiai.

Et il lui expliqua en souriant que c'était pour ça, et pour rien d'autre, qu'il avait perdu la trace.

Tiens, tiens ! Ça lui avait semblé bizarre, tout ça. Et il ne lui restait aucun échantillon des feuilles ?

Non. Il avait utilisé jusqu'à la dernière pour préparer la décoction. Il en avait tiré six bouteilles, mais si monsieur Reeds voulait connaître l'arbre, il pouvait le lui montrer. Il suffisait de retourner à São Luiz.

Parfait, justement ces jours-ci, Reeds avait prévu d'y retourner pour passer un accord sur le halage de trains de bois avec João de Amaral.

Ils prirent un avion-taxi à Santarem et atterrirent à Ipanema, une localité proche de São Luiz, où il existait un aérodrome de fortune.

Eh bien, oui, *seu* João, au début l'affaire des trains de bois ne lui avait pas semblé si bonne que ça, et c'est pour ça qu'il n'avait pas voulu s'engager; de toute façon, il avait consulté les économistes de la station et leur rapport avait été très favorable. *Seu* João ne le lui avait-il donc pas dit ? L'argent était tout yeux, tout oreilles. Il se chargerait lui-même de frayer le chemin et d'organiser les trains de bois en aval de la chute. La FAO n'aurait plus qu'à s'occuper du transport jusqu'à Belem et là, faire jouer son influence auprès du gouvernement et tout le reste.

Maintenant, oui, les choses étaient claires pour Reeds; de toute façon, les démarches auprès du gouvernement allaient prendre deux bons mois, et il était venu suffisamment à l'avance pour établir les termes du contrat.

Un déjeuner plantureux : de la soupe de *tucunaré*, du cerf à la braise, du vin portugais, des gâteaux de *buriti*; et puis il avait préparé à monsieur Reeds, dans la maison d'à côté, une chambre où l'attendait une *cabocla* de quatorze ans, intacte, à laquelle personne n'avait encore touché, *seu* João le lui garantissait, pour l'éventer et chasser les moustiques durant sa sieste. Mais mister Reeds, à la grande surprise de *seu* João, ne faisait jamais la sieste. Il acceptait l'offre pour la nuit, mais, pendant l'après-midi, il préférait aller chasser avec son auxiliaire, et si *seu* João lui prêtait la jeep...

Il ne manquait plus que ça ! *Seu* João était son ami, et à São Luiz, on faisait ce que voulait mister Reeds. Bien sûr qu'il la lui prêtait ! Et après avoir passé le ruisseau à gué, de nouveau avec de l'eau jusqu'aux genoux, que mister Reeds regarde par là : il les avait devant lui, un, deux, sept, douze arbres au total, disséminés sur un ou deux hectares. Effectivement, les feuilles exhalaient une odeur pestilentielle, comme si c'était du soufre en état de putréfaction, quelque chose de très curieux.

De retour à Santarem, Zé lui apprit à préparer la décoction. Il fallait d'abord faire bouillir une poignée de feuilles dans de grandes quantités d'eau, laisser reposer une demi-heure jusqu'à ce qu'une substance noirâtre forme un précipité au fond du récipient. On jetait l'eau la plus claire et on faisait rebouillir le précipité, jusqu'à ce qu'un autre encore plus sombre se dépose au fond. On jetait à nouveau l'eau la plus claire, et ce qui restait c'était la mixture qu'avait bue Kraage. À contre-jour, elle avait un ton vert foncé.

Reeds en prépara environ deux litres et les rangea. Puis il coupa un certain nombre de feuilles en petits morceaux, à l'insu de Zé à qui il annonça le lendemain qu'il se rendrait à Brasília et à São Paulo pour discuter de l'opération proposée par João de Amaral.

Vingt-quatre heures plus tard, il partait en voyage.

Mais il ne se rendit qu'à São Paulo.

Auparavant, il était entré en contact avec São Paulo par communication radio pour s'assurer que

Ferdinando Pessoa et Clifton Payne s'y trouvaient bien.

Parfait. Le radio-amateur pauliste, après s'être renseigné par téléphone, lui indiqua que les deux hommes étaient bien dans la ville.

Une fois à São Paulo, il leur téléphona de l'aéroport. Il avait de la chance. En moins de dix minutes, il avait parlé aux deux hommes. Pessoa le recevrait ce même soir, et Clifton l'attendait à déjeuner chez lui le samedi à midi.

Clifton Payne était aussi nord-américain. Il était gérant de la Ribb Pharmaceutical Inc. pour l'Amérique latine et vivait à São Paulo. Ils s'étaient connus deux ans plus tôt dans une *party* de l'ambassade et avaient noué d'excellentes relations. L'hiver suivant, Clifton Payne l'avait invité chez lui. Reeds s'était fait accompagner de sa femme. Il y avait deux autres couples invités.

Payne était quelqu'un de renfermé, de peu causant, et il occupait un poste bien plus important que Reeds ; il lui témoigna toutefois de la sympathie dès le début. Ce soir-là, il se montra très intéressé par ce que Reeds, dans son style sans apprêt, quasi paysan, racontait des années qu'il avait vécues dans les forêts du Canada, en Patagonie et en Amazonie. Ils restèrent un bon moment à l'écart du groupe, conversant avec chaleur, près du bar du jardin. Leurs épouses semblaient aussi avoir fait bon ménage. Celle de Payne vivait à New York, mais elle passait certaines saisons auprès de son mari à São Paulo.

En le voyant arriver le samedi midi, une petite valise dans une main et une énorme marmite dans l'autre, Clifton Payne ne put dissimuler sa surprise.

– Je me réjouis que tu sois venu faire la cuisine, lui dit-il. Qu'est-ce que tu vas préparer ? Du singe bouilli ?

– Oui, répondit Reeds. Je suis venu cuisiner.

Reeds se rendit dans le jardin de derrière. Il y avait là un bâti de briques où on faisait du feu pour griller la viande.

En manches de chemise, Reeds prépara un feu de bois sous le regard amusé de Payne. Puis il prit un tuyau et remplit d'eau la marmite qu'il venait de poser sur le feu.

– *What the hell are you doing*?

– *Surprise*, répondit Reeds. Attends que l'eau bouille et tu verras.

– O.K., fit Payne en haussant les épaules. Je te prépare quelque chose à boire ?

– Non, pas maintenant, dit Reeds, en attisant le feu.

Une heure après, la décoction était prête et mise en bouteille. Reeds lui avait expliqué quelles en étaient les propriétés et ce qu'il avait vu.

En fait, il ne lui avait pas expliqué les choses exactement comme il les avait vues. Il avait inventé une histoire, censément survenue sur un autre théâtre et avec d'autres personnages, mais, pour l'essentiel, il lui avait dit la vérité.

Comme Reeds l'avait supposé, ce truc-là ne pouvait manquer d'intéresser le gérant d'une multinationale pharmaceutique. Pourtant, quand Reeds lui proposa de l'accompagner à O Salvador, une clinique proche de chez lui, pour lui faire une démonstration, Clifton Payne eut un moment d'hésitation.

– Tu penses expérimenter sur quelqu'un ? demanda-t-il.

– Oui, répondit Reeds, je veux que tu voies ça de tes propres yeux.

– Mais c'est risqué, rétorqua Payne. L'utilisation de médicaments non autorisés...

– Oui, oui, l'interrompit Reeds, je sais tout ça et

j'ai pris mes précautions. Nous ne serons que tous les deux et le médecin.

Payne décida de se risquer. Reeds était un type intelligent, pas une tête brûlée. Après tout, il dirigeait une section d'une organisation internationale.

Il n'arriverait rien. Il ne se mêlerait de rien de dangereux s'il n'était pas sûr.

O.K. Clifton Payne l'accompagnerait, mais qu'il ne dise à personne son vrai nom et sa vraie fonction !

Quand ils arrivèrent à la luxueuse clinique O Salvador, Reeds constata que le Dr Ferdinando Pessoa avait bien fait les choses. Tout était prêt comme ils en étaient convenus le jeudi.

Le malade, d'environ soixante-cinq ans, souffrait d'un cancer du côlon très douloureux. Il était dans une salle, tout seul. Pessoa avait demandé à la femme et au fils du malade de le laisser seul cet après-midi-là, car il voulait consulter d'autres spécialistes pour décider s'il valait la peine de l'opérer ; qu'ils en profitent pour se reposer et qu'ils reviennent le soir pour lui tenir compagnie.

Le patient avait reçu des doses de morphine maximales, qui ne produisaient toutefois quasiment plus d'effets depuis quelques jours. Il passait son temps à gémir, à se tordre de douleur et à demander à Dieu de lui envoyer la mort. Pessoa estimait qu'il ne survivrait pas plus de trois ou quatre jours. Il était irrémédiablement perdu. Ça ne valait pas la peine de l'opérer. Les radios étaient à leur disposition, s'ils voulaient les voir.

Reeds se rappela que Zé Bonitinho avait fait boire à peu près soixante millilitres du breuvage à Kraage, un costaud qui pesait une bonne centaine de kilos. Mais quand il sentit cette odeur si désagréable, Pessoa redouta que le vieillard déjà très affaibli ne vomisse. Il conseilla de ne pas lui en administrer plus du quart, ce qui fut fait.

Quand Pessoa dit au malade que ça lui procurerait un soulagement immédiat, l'homme avala le breuvage avec avidité et sans montrer le moindre écœurement. Il s'endormit en moins d'une minute, et les signes de douleur disparurent de son visage. Dans cet état de lassitude, il avait l'air d'un mort. Reeds en personne lui donna l'ordre de se réveiller dans vingt minutes et de ne plus éprouver la moindre douleur.

Pendant vingt minutes, il respira normalement, sans aucun trouble. Quand il se réveilla, il se montra surpris de ne ressentir aucune souffrance. Malgré les ravages évidents que la maladie avait laissés sur son visage, le vieux avait perdu cette expression de martyr que Reeds et Payne avaient observée en entrant. De toute évidence, il ne se souvenait de rien.

Au sortir de la clinique, Payne voulut avoir des détails, mais comprit aussitôt que Reeds ne lui fournirait pas d'informations gratis. Il était venu lui vendre son secret.

Payne ne prenait jamais de décisions à la hâte. Pour l'instant, il devait voir comment le malade évoluait.

Reeds repartit le lendemain. Il était sûr de ne pas tarder à avoir des nouvelles de Payne.

En effet, une fois que Clifton Payne, utilisant un détective privé, eut vérifié que l'homme n'avait plus jamais ressenti la moindre douleur et qu'il était décédé une semaine plus tard, un sourire aux lèvres, il se présenta sur-le-champ à Santarem. Il voulut savoir combien d'arbres Reeds avait repérés.

Douze, et d'après ses calculs, cela devait permettre de préparer environ mille deux cents litres du breuvage par an.

Combien lui en offrait la Ribb Pharmaceutical Inc. ?

2

Éducation conjugale

Don Ramón de Arnaiz, quatrième fils de don Luis Esteban, eut son baptême du feu durant la guerre de Cuba et vit mourir deux de ses frères aînés, en 1898, au cours de la bataille de Santiago.

Simples hidalgos, les Arnaiz manquaient de cette distinction propre à la noblesse en titre. Leur vie familiale de Campo Bermejo, vers la fin du XVIIIe siècle, se déroulait sans le moindre raffinement. Bien plus qu'aristocrates, ils étaient rustiques. Mais, dès le XIXe siècle, don Francisco Arnaiz de las Revillas apporta les mœurs courtisanes d'Aranjuez à Campo Bermejo. Ses descendants surent imiter le langage soigné et serein des petits comtes, des marquis et des ducs qu'ils fréquentèrent dès l'adolescence dans les académies militaires du royaume.

Bien que don Ramón de Arnaiz ait pu passer pour un bel homme, sa corpulence, ses épaules un peu voûtées, ses énormes mains velues et son nez proéminent dégageaient une masculinité mal dégrossie qu'il savait contrecarrer toutefois, dans la bonne société, par des manières soignées et un laconisme raffiné, très efficace dans les joutes de salon.

C'est en usant de ce style qu'il conquit Matilde Pinzùn.

Les Arnaiz s'étaient déjà beaucoup appauvris

depuis l'époque de don Esteban Lorenzo qui mourut en pleine folie, en se jetant par la fenêtre du haut d'une tour qu'il avait fait bâtir pour guetter l'arrivée d'un ennemi imaginaire. Les biens s'étaient réduits au manoir de Campo Bermejo et à ses pâturages alentour, au bord du Tormes.

Don Luis Esteban, qui devait passer quasiment toute sa vie sur les champs de bataille et qui avait eu l'idée, dans les dernières années, de se consacrer sans succès à l'élevage de taureaux de combat, admininistra à son tour ces biens de la pire manière.

Don Ramón hérita d'à peine 700 ha, lourdement hypothéqués.

Promu au grade de lieutenant-colonel cette même année, il apprit l'existence de Matilde, fille d'un propriétaire d'Estrémadure décédé récemment après avoir fait fortune à Cuba dans le commerce du sucre. Matilde avait hérité de deux fermes qui totalisaient quelque 1 200 ha et d'un moulin qui produisait des revenus considérables. Don Ramón chercha un prétexte pour se rendre en Estrémadure et la séduisit en quelques jours, après quelques péripéties galantes dans un boqueteau, près de la frontière portugaise. Les noces se célébrèrent six mois plus tard, en mai 1917. Et c'est ainsi que fut requinquée la piteuse économie de don Ramón. Matilde apportait en sus sa beauté basanée et ses dix-neuf ans virginaux.

Mais, pour chaque année vécue par Matilde Pinzùn, le lieutenant-colonel Arnaiz en avait vécu deux. Pour chaque heure que Matilde avait passée au piano ou en broderie dans sa chambre de jeune fille espagnole, don Ramón de Arnaiz en avait passé deux au milieu de la poudre et des casernes.

À peine don Ramón eut-il poussé le verrou de la porte de l'alcôve nuptiale qu'il cessa d'être le prétendant et le courtisan et se conduisit en soldat qu'il était. Il la posséda avec toute la violence de son corps velu et frémissant de désir. Il l'agressa. Il l'obligea à faire et à se laisser faire ce qu'une demoiselle catholique n'aurait jamais supposé qu'on fît. Que tout était différent, Dieu du ciel ! Mais c'était là le mari que celui-ci lui avait assigné et elle se disposa à l'accepter avec résignation. De son côté, don Ramón entreprit le soir même la rééducation de Matilde.

Celle-ci, fille unique et orpheline de mère, avait été excessivement gâtée par don Pedro Pinzùn, jusqu'à son décès soudain, et par la gouvernante. De plus, elle était belle, et dès ses seize ans, de nombreux prétendants lui avaient fait la cour. Très sûre d'elle, elle imitait les excentricités et les caprices des héroïnes romantiques avec lesquelles elle s'était identifiée au cours de ses nombreuses lectures.

Quand il lui avait conté fleurette, le soldat don Ramón, avec ses trente-huit ans, avait su occulter à quel point les caprices de la jouvencelle lui échauffaient la bile. Une fois le mariage acquis, il se chargerait bien de la dresser. Pour ce faire, il avait ses méthodes à lui : peu ou prou, celles qui lui donnaient de si bons résultats avec les faucons et les lévriers.

La nuit de noces, après s'être satisfait à plusieurs reprises, don Ramón abandonna le lit nuptial et disparut de Campo Bermejo pendant trois jours. Quand il revint, Matilde lui demanda où il était allé.

– À une veillée funèbre, lui répondit-il sèchement.

Au bout de deux jours, il disparut de nouveau et Matilde lui refit part de son inquiétude.

– J'étais à une veillée funèbre, lui répondit don Ramón.

– À... à une autre veillée funèbre ? balbutia Matilde.

– Non, lui répondit-il en la regardant dans les yeux. La même !

Ce regard furibond suffit. Matilde ne l'interrogea plus jamais au sujet de ses absences, qui continuèrent de se répéter. Il partait parfois pour Madrid sans prévenir, et quand il rentrait au bout de quinze ou vingt jours, il employait le ton de quelqu'un qui aurait été absent une demi-heure.

– Où sont mes pantoufles ?

Matilde se réfugiait en larmes dans sa chambre. Sa seule compagnie était un grand chat tout blanc. Elle passait des heures à caresser son pelage soyeux.

Au bout de trois mois de mariage, elle exprima le désir de faire venir à ses côtés la gouvernante qui l'avait élevée.

– Non, répondit don Ramón.

Elle insista.

Don Ramón ne répondit rien et ne leva même pas les yeux du livre de Polybe.

Elle s'arma de courage et continua d'insister.

Il marqua d'un cordonnet de soie la page qu'il était en train de lire, ferma le petit livre relié et la regarda quelques instants, pensif, se mordillant la lèvre supérieure, les yeux mi-clos. Puis il se leva, ajusta la ceinture de sa robe de chambre brodée et se dirigea vers le mur. Il ouvrit le tiroir d'un secrétaire et en sortit un pistolet qu'il déchargea en direction du chat qui ronronnait assoupi sur le bras moelleux d'un sofa. La cervelle sanguinolente de l'animal fut projetée sur le tapis.

Elle poussa un cri, porta la main à la bouche et se mit à pleurer. Elle tremblait de la tête aux pieds.

– Qui voulais-tu faire venir, Matilde ? demanda don Ramón, tout en soufflant distraitement sur le canon du pistolet.

Elle secoua la tête pendant quelques secondes en se mordant les lèvres. Quand elle put enfin recouvrer la parole, elle balbutia :

– Non... non, Ra...món, je ne veux f...faire ve...nir personne.

Don Ramón rangea le pistolet, rajusta le nœud du foulard entre les revers lustrés et rouvrit le petit tome de Polybe avec des mouvements délicats, le poignet ferme. Ces mains n'avaient jamais paru à Matilde si poilues et si noueuses.

Si le suicide n'avait pas été un péché mortel, elle se serait empoisonnée cette même nuit. Par la suite, son confesseur l'exhorta à faire confiance à Dieu. De toute façon, don Ramón était son époux, et il en avait toujours été ainsi des seigneurs d'Arnaiz avec leurs femmes au début ; mais une fois qu'elles se soumettaient à eux, ils commençaient à mieux les traiter. Telle était l'épreuve du feu par laquelle elle devrait aussi passer.

Mais Matilde avait encore à connaître un autre trait de don Ramón.

Ils étaient mariés depuis quatre mois et demi. Don Ramón avait toujours bu avec modération devant Maltide qui n'avait jamais vu son mari ivre.

Elle allait finir par le voir.

Ce fut un soir où il descendit de cheval au terme d'une course ventre à terre, criant aux serviteurs de sa grosse voix de corps de garde :

– Eh, canailles, bandits, venez ici saluer votre maître !

Debout sur le porche de la maison, frappant de sa cravache la tige de sa botte, il obligea les trois servantes de la maison, Paco, le garçon d'écurie, et les garçons du potager, à s'agenouiller et à lui baiser la main. Puis il entra dans la maison en riant à gorge déployée et en cravachant les fauteuils. Ce jour-là,

Matilde portait pour la première fois une robe de dentelles et s'était fait faire une coiffure relevée.

Il resta un moment à la regarder, bouche bée. Elle tenta de sourire.

– Et toi, qui t'a donné la permission de t'habiller ainsi, petite traînée ? lui cria don Ramón en se précipitant sur elle. Alors, comme ça, on se met des habits de grande dame, hein ? lui disait-il d'une voix sourde tout en réduisant sa robe en lambeaux, tandis qu'elle le contemplait muette, figée par la terreur. Toi, et ta mère, et ta grand-mère, et ton arrière-grand-mère et ton arrière-arrière-grand-pute, vous avez toutes été des plébéiennes. Alors, qu'est-ce qu'il te prend maintenant de t'habiller en grande dame ?

Elle ne pouvait pas parler. Elle se sentait clouée au sol. Il l'avait quasiment dénudée. Elle s'oublia et sentit que son œil gauche grandissait, grandissait et se durcissait. Elle se mit à papilloter fortement.

– Sais-tu qui je suis ? demanda de nouveau don Ramón.

Elle ferma les yeux.

– Réponds-moiii ! vociféra-t-il.

– Mon mari, parvint-elle à sangloter.

– Nooon ! lui susurra-t-il en lui soufflant son haleine alcoolique à l'oreille. Je suis ton maître. M'as-tu compris, petite dévergondée ?

Puis il fit venir la cuisinière, l'obligea à se dénuder et fit enfiler à Matilde ses sabots, sa robe noire et son foulard de tête à la paysanne.

Quand elle tenta de s'enfuir, il lui administra un volée de gifles et la traîna par les cheveux dans toute la pièce, lui criant : Servante ! Plébéienne ! Dévergondée ! Coquette !

– Et maintenant, lave-moi les pieds.

C'est tandis qu'elle lui lavait les pieds dans une

cuvette, devant toute la domesticité, que les premiers cheveux blancs de Matilde firent leur apparition.

Depuis, elle ne put contenir le papillotage incessant de son œil gauche et le tremblement, comme d'une chair récemment morte, de ses joues.

3

Le colonel Sampaio

Dans les derniers jours de septembre, au terme de plusieurs mois de tractations et d'expérimentations, Charles Reeds toucha un chèque de quarante mille dollars. Et exactement une semaine plus tard, la FAO lui proposa un contrat avantageux de trois ans en Polynésie.

À San Francisco, quelques jours avant de prendre l'avion pour Hawaii, Reeds sut que la Ribb Pharmaceutical n'était pas la seule à être mêlée à cette histoire de plante.

Deux hommes encore jeunes l'interceptèrent à la sortie de l'hôtel et l'invitèrent à faire une brève promenade dans un parc voisin. Seul l'un des deux, très parfumé, manucuré, et portant un costume blanc excellemment coupé, parla. Il était venu lui souhaiter un bon voyage. Et, débordant de bonhomie et tout mielleux, il l'avertit en passant qu'il serait sous surveillance durant longtemps, où qu'il soit. Et que s'il commettait l'impair de mentionner une certaine plante amazonienne, de l'évoquer en passant ou même d'en rêver tout haut, sa famille et lui se retrouveraient dans un sacré pétrin. *In a fucking mess*, pour le dire en termes scientifiques, ha, ha, ha. O.K. ? Le mieux à faire pour M. Reeds était donc de rayer de sa mémoire cette plante, l'Amazone, le

Brésil même. Un grand avenir l'attendait en Polynésie. Et, sans se départir de son sourire, le blanc-bec lui souhaita de nouveau bon voyage.

Le Dr Ferdinando Pessoa était un excellent professionnel ; un type jovial et optimiste qui, comme beaucoup de types optimistes et joviaux, aimait faire plaisir à ses amis et agrémenter les soirées d'anecdotes intéressantes. Il était vraiment très communicatif.

Reeds le connaissait depuis 1962, l'année où il avait vécu quelques mois à São Paulo tout en apprenant le portugais et en se préparant à occuper son poste à Santarem. Comme il n'avait pas encore fait venir sa famille, il s'était permis quelques escapades. Désireux d'apprendre la langue au plus vite, il s'était lié à des putes et à des Brésiliens qui ne parlaient pas anglais. Et c'était le cas du Dr Ferdinando Pessoa.

Ils s'étaient connus à une fête durant le carnaval de Santos, puis ils leur était arrivé de partir ensemble en virée dans des cabarets et des bordels de luxe.

Reeds entrevit d'entrée la grosse affaire qu'il avait en main. Il s'agissait d'une matière première révolutionnaire qui intéresserait l'industrie pharmaceutique. Sans prendre beaucoup de précautions, il demanda de l'aide à son ami Pessoa. Il lui dit qu'il avait extrait de la sève d'un arbre un produit avec lequel on obtenait des effets surprenants. Et il avait besoin de démontrer son efficacité à un compatriote. Aussi lui demanda-t-il de le conduire auprès d'un moribond définitivement condamné, qui souffrît intensément. Il lui promit, si l'affaire marchait bien, de lui donner une participation.

La bonne étoile de Reeds voulut que Pessoa eût

justement ces jours-là le patient idéal, et l'occasion se présenta dans les premiers jours de mars. Quand Reeds arriva à la clinique accompagné du directeur de la Ribb, il le présenta sous un autre nom. La démonstration terminée, il répéta à Pessoa qu'il devait garder la réserve la plus absolue.

Il ne manquerait plus que ça ! Pessoa était une tombe !

Oui, bien sûr, Reeds le savait bien, et c'est pour ça qu'il lui avait fait confiance. Pourtant, il se permettait de lui répéter que la moindre imprudence pouvait couler l'affaire.

Pessoa jura qu'il ne parlerait à personne.

Quinze minutes plus tard, il avait déjà violé son serment. Il raconta l'histoire à un collègue, un ami intime, un ancien condisciple, une autre tombe, qui travaillait aussi à la clinique.

Mais en vérité, tant que Reeds n'eut pas conclu l'affaire, ils ne firent plus aucun commentaire à personne. Enfin, à la mi-octobre, Reeds se présenta à la clinique O Salvador, remit à Pessoa un chèque au porteur pour l'équivalent de deux mille cinq cents dollars sur la Chase Manhattan Bank, et lui annonça qu'il partait ces jours-ci pour la Polynésie. Ils se séparèrent en amis et promirent de s'écrire.

Le lendemain, après avoir déposé ses dollars à la banque, Pessoa prit quelques verres chez un ancien condisciple et, dans le feu de la conversation, remit la question sur le tapis ; alors que l'alcool avait déjà bien dilaté verres et cœurs, un visiteur se présenta : un beau-frère de son hôte.

– Continue, continue, Betinho est de toute confiance, ses lèvres sont scellés.

Mais Betinho, émerveillé par la force et l'originalité de l'anecdote, n'eut pas le cœur d'en priver un grand ami et compagnon de luttes estudiantines, un homme de gauche, syndicaliste, un orfèvre dans l'art de garder des secrets ; mais il ne savait pas que c'est justement grâce à cette vertu que l'ami était entré récemment dans la police politique brésilienne.

Et voilà pourquoi le médecin Ferdinando Pessoa do Nascimento, son collègue Francisco de Paula Guimarães Neto et le beau-frère Betinho Saa de Alencar comparurent le 28 octobre 1970, dans une maison de la banlieue de São Paulo, devant le colonel Sampaio, chef de la police politique brésilienne. L'orfèvre en secrets ne fut pas invité, bien entendu.

Le colonel procéda à un interrogatoire en règle et, quand il les congédia, ils étaient dûment convaincus que le moindre commentaire supplémentaire sur ce qui s'était passé à la clinique O Salvador leur coûterait la vie. Comme ça, purement et simplement. Ils devaient bien comprendre que de très grandes forces étaient en action derrière cette plante. C'était un problème réservé au colonel et à ses supérieurs. Qu'ils la ferment donc, tous les quatre. Avec un gros cadenas allemand. Compris ? Et que le Dr Pessoa se présente le lendemain dans son bureau.

Le médecin comparut dans un état de grande nervosité. Il se calma peu à peu. Le colonel le confia à un officier qui le conduisit aux archives des Services d'immigration. Pessoa passa trois heures à scruter les photos de tous les Américains vivant au Brésil jusqu'à ce qu'il identifie l'homme qui était allé avec Reeds à la clinique O Salvador. Un certain Clifton Payne, gérant de la Ribb pour l'Amérique latine.

Quand le colonel Sampaio eut entre les mains toutes les informations, il appela M. Binetti, un conseiller de la PPB, et sans lui donner de noms, lui fit un résumé de ce qu'il avait vérifié. Vingt-quatre heures plus tard, dans le Maryland, un petit chauve à lunettes de myope lisait le télex que les décodeurs de chiffres avaient posé sur son bureau.

« On apprend de source bien informée que, dans un hôpital de São Paulo (Brésil), un malade atteint de fortes douleurs a ingéré un breuvage préparé à partir de feuilles d'un arbre amazonien et qu'il a cessé de souffrir au bout de cinq minutes jusqu'à son décès, survenu une semaine après. »

Le petit chauve du « dépotoir » (c'est ainsi qu'on appelle à Fort Meade le département connu officiellement sous le nom de Réception de routine primaire) lut le texte, y apposa un tampon, finit de mastiquer le sandwich qu'il avait rapporté du snack-bar et l'adressa au service du chiffre afin qu'on le code de nouveau pour le Tech. 3. Une demi-heure plus tard, un autre texte partait pour São Paulo :

« Vérifier urgence information SP186 : noms patient, clinique, témoins éventuels, et informer code source bien informée. »

Ce même après-midi, John Binetti s'efforçait d'obtenir l'information auprès du colonel Sampaio.

Le nom du patient, de la clinique, ainsi que celui du médecin et des deux Américains qui avaient trempé dans l'affaire, ça pouvait se vérifier, bien entendu, mais...

Le colonel fit un geste de consternation, leva les bras en signe d'impuissance et entama une réflexion sur l'honneur du militaire, sur les problèmes moraux, bref, sur le très difficile choix entre le devoir et l'amitié.

Binetti avait grandi dans le Bronx. Il avait vendu des journaux à la criée dès l'âge de douze ans. Les rues de New York lui avaient ouvert les yeux bien plus qu'à beaucoup d'universitaires. En sa qualité d'ancien flic, il savait quel était son devoir. Il n'avait jamais été très convaincu de rien. Il n'aurait su expliquer à ses enfants jusqu'où il fallait écouter la voix de la conscience ou se laisser guider par l'instinct de conservation. La morale était aussi un merdier bougrement compliqué. Mais John Binetti avait toujours su si le mec qu'il avait en face de lui était un homme d'honneur ou un *son of a bitch*.

– Combien ? l'interrompit-il en le regardant droit dans les yeux.

– Quatre mille dollars, sourit le colonel.

Binetti siffla entre ses dents et le regarda comme s'il n'en croyait pas ses yeux.

Et, vraiment fâché, il glissa :

– Franchement, mon colonel, après ce que nous vous allouons chaque année, ça me semble une exagération et un...

– C'est quelque chose de spécial, l'interrompit le colonel, et de compromettant. Quelque chose dont je devrais informer d'abord mon gouvernement, le ministère de la Santé publique, et puis, enfin... euh... quand vous cessez d'accomplir votre devoir pour faire plaisir à...

– Deux mille, dit Binetti. C'est à prendre ou à laisser.

– Eh bien, je laisse, *porra* ! cria presque le colonel.

Il s'était mis debout. Et, ayant oublié ses élans patriotiques et sa crise de conscience, il dit clairement à Binetti qu'il avait tort de confondre un colonel brésilien avec une pute qui baisse ses tarifs pour ne pas perdre un client. Avec lui, il n'y avait qu'un seul prix, irrévocable.

Cinq minutes après, la preuve fut faite qu'il n'en était rien.

Il transigea pour trois mille dollars, à condition qu'avant le paiement, Binetti vérifie la véracité et l'importance de ses informations.

Devant un magnétophone que Binetti tira de sa mallette, Sampaio lâcha tout ce qu'il savait :

L'ingénieur Charles Reeds, fonctionnaire de la FAO... Santarem... Clifton Payne, gérant de Ribbs... le patient Loureno Vargas de Morães, domicilé avenue Rio Branco, numéro... clinique O Salvador... cancer du côlon... criait comme un condamné... ne laissait dormir personne... oui, la veuve, les enfants, n'importe quel infirmier peut en témoigner... après avoir avalé la décoction, il n'a plus souffert, il ne faisait que sourire... les cancérologues Ferdinando Pessoa do Nascimento et Francisco de Paula Guimarães... le citoyen Adalberto Saa de Alençar qui avait entendu Pessoa puis avait parlé à... et tous sous l'effet d'une intimidation du premier degré, ont assuré n'avoir rien commenté de tout cela à personne d'autre... oui, oui, ils ont juré de ne pas ouvrir la bouche...

Une fois les faits vérifiés, Binetti en conclut que le colonel était un idiot. À sa place, il aurait lâché gratis les faits survenus à la clinique. Après avoir appâté le client avec la merveille de cette décoction, il aurait facilement extorqué vingt mille dollars rien que pour livrer les noms de Reeds et de Clifton Payne, les seuls connaisseurs de la plante fournissant la décoction.

John Binetti se trompait. Sampaio n'était pas du tout un idiot, et s'il avait agi ainsi, c'est qu'il était convaincu que Reeds tout comme le directeur de la Ribb travaillaient pour les services de renseignements nord-américains. Et s'il avait lâché d'entrée tout ce qu'il savait, c'était pour qu'on lui achète son silence, sous prétexte qu'on lui payait une information qu'il avait découverte.

Mais Sampaio se trompait à son tour. Ni Reeds ni le directeur de la Ribb n'étaient agents de quoi que ce soit. Ce qu'il avait découvert valait une fortune. Mais comme il ne le sut jamais, il s'estima satisfait des trois mille dollars. Il changea le mobilier de l'appartement de sa petite amie et lui acheta une moquette rouge pour la salle de bains.

4

Au bord d'une rivière tranquille

Don Ramón de Arnaiz resta éloigné du service actif pendant six mois. Il avait obtenu une autorisation du ministère de la Guerre pour s'occuper d'« affaires de famille ».

En quelques mois, il parvint à lever l'hypothèque qui grevait le domaine de Campo Bermejo et à organiser à sa façon la gestion de ses biens en Estrémadure. En février 1918, il fit part de sa décision de réintégrer le service actif et on lui assigna une place au Maroc, au commandement militaire de Melilla. C'est là qu'il reçut un télégramme lui annonçant la naissance de son fils Jaime, qu'il ne connut que huit mois plus tard quand il rentra à Salamanque pour Noël.

Il trouva un enfant très robuste, qui marchait à quatre pattes dans toute la maison et balbutiait déjà quelques mots.

Don Ramón fit à peine attention à lui. Il passa tout son temps à ajuster ses comptes avec les métayers de Campo Bermejo. Il resta trois jours et partit sans faire ses adieux, ni informer de la date de son retour. De Salamanque, il passa en Estrémadure, examina les livres avec le gérant du moulin et des deux fermes et poursuivit son chemin vers l'Afrique. C'est exactement ce qu'il fit durant les deux années suivantes.

Les temps étaient troublés au Maroc. La population du Rif, agitée par Abd el-Krim, menaçait de ses guérillas l'œuvre d'occupation coloniale que l'Espagne avait entreprise depuis 1909. Les choses s'étaient échauffées à partir de la signature de l'accord hispano-français en 1912, mais c'est en juillet 1921 qu'était survenue la désastreuse défaite d'Anual, qui avait abouti à l'effondrement de Melilla et de son commandement. Ç'avait le moment de pire discrédit pour le militarisme espagnol et pour son général en chef, le monarque Alphonse XIII. Mais don Ramón de Arnaiz, pour son attitude durant les combats de juin et juillet contre les guérillas du Rif, s'en sortit avec deux balles dans la hanche, une balafre de sabre sur la joue et ses galons de colonel.

Il passa deux mois dans un hôpital militaire et, quand on le laissa partir, répondit à l'appel du général Miguel Primo de Rivera y Orbaneja, deuxième marquis d'Estrella qui était alors chef d'état-major de la Catalogne et qui avait besoin près de lui, pour hâter les préparatifs de son putsch, de ce qu'il appelait des « soldats endocriniens ».

En fait, le putsch n'eut lieu qu'en septembre 1923. Don Ramón de Arnaiz le servit loyalement pendant trois ans, mais fut grandement déçu. Primo de Rivera s'avéra bien plus un homme politique qu'un militaire et exerça la dictature en prenant trop de gants. Il ne lui était pas facile de se débarrasser complètement de la tradition libérale de sa jeunesse, ni d'oublier que le marquisat lui venait des triomphes de son oncle contre l'absolutisme carliste. Aussi ne serra-t-il pas les vis de la dictature comme l'aurait souhaité Arnaiz, pas même en 1924, après sa visite en Italie, devenue fasciste. Ces jours-là, le colonel prit part à une conspiration contre Primo de Rivera qui fut étouffée en quelques heures.

Le général se montra clément envers lui. Il se borna à le casser de l'armée et à l'assigner à résidence sur ses terres de Campo Bermejo.

Conformément aux dispositions de la cour martiale, moins de vingt-quatre heures après son arrivée, Arnaiz se présenta aux autorités militaires de Salamanque. Sa surveillance fut confiée à un lieutenant-colonel qui avait servi avec lui sous les ordres du général Silvestre. Il fut établi que lorsque don Ramón aurait besoin de se déplacer hors de la province de Salamanque, son ex-camarade lui délivrerait un sauf-conduit, et don Ramón s'engageait sur l'honneur à ne jamais s'absenter plus de deux semaines. Ceci lui permettrait de voyager en Estrémadure de temps à autre et de s'occuper de ses biens. Par ailleurs, pour aller à Salamanque ou pour partir à la chasse jusqu'aux limites nord de la Sierra de Gredos, don Ramón n'aurait pas besoin d'autorisation. La seule chose que lui interdisait son collègue, c'était de boire dans des établissements publics de la ville. Et le lieutenant-colonel Bisbal savait pertinemment pourquoi il le lui interdisait.

C'est en octobre 1921, avant de partir pour Barcelone, que don Ramón avait vu son fils Jaime pour la dernière fois. L'enfant avait alors trois ans. À son retour, il en avait six, et il était accompagné d'un petit frère, Ramiro, né en juillet 1920.

À sa grande surprise, Jaime avait les traits du trisaïeul don Francisco Arnaiz de las Revillas, qui, affublé du costume des chevaliers de l'Ordre de Santiago, régnait du haut d'un cadre sur le vieux salon du manoir.

Le colonel découvrit que Jaime avait appris à lire tout seul, à quatre ans, et qu'il reproduisait au piano, presque sur-le-champ, n'importe quelle mélodie qu'il entendait sa mère jouer. Et il sourit en apprenant un autre trait de son caractère qui tourmentait Matilde : il semblait ignorer absolument ce qu'était le danger. Il vivait perché sur les toits et au sommet des arbres et, la nuit, Paco devait cadenasser les écuries pour que l'enfant ne fasse pas sortir les chevaux afin d'aller rôder dans les champs.

L'autre enfant était moins robuste et n'avait rien fait pour le moment qui permît de penser qu'il suivrait les traces de son frère.

Jaime avait la diction d'un garçon plus âgé, et don Ramón constata qu'il lisait couramment, avec une bonne intonation et sans balbutier. Quelques questions lui prouvèrent que Jaime comprenait ce qu'il lisait et possédait un vocabulaire bien supérieur à celui d'un enfant de son âge.

L'année précédente, Matilde avait engagé don Fabián, un instituteur à la retraite, qui venait deux fois la semaine à Campo Bermejo. La mère avait voulu qu'il instruise l'enfant en arithmétique et en écriture, jusqu'à ce que le père décide de son éducation définitive. Mais Jaime ne voulut pas apprendre l'écriture cursive et se mit tout seul à imiter les caractères d'imprimerie. En arithmétique, tout ce que don Fabián obtint, ce fut qu'il apprenne à compter. Il ne réussit jamais à lui faire faire des devoirs. Quand il les lui proposait, Jaime secouait de la tête. Comme il était évident que la mère n'avait pas d'autorité et que don Fabián était tout à fait heureux de ces douros hebdomadaires qui lui permettaient d'améliorer un peu sa pension d'instituteur public, il s'ingénia à désarmer l'hostilité de Jaime en lui racontant l'histoire d'Espagne, mais fortement romancée. Ça, oui, ça attira l'attention de l'enfant. Puis il se mit à lui lire des biographies des grands hommes, de celles qu'« Araluce » avait adaptées pour les enfants, et que don Fabián saupoudrait d'ajouts de son cru. La biographie de Fernand Cortez l'enthousiasma tant qu'il n'attendit pas don Fabián et la termina en un jour. Et c'est ainsi qu'on parvint à ce que cet enfant turbulent lise dans les quatre derniers mois les biographies, adaptées à son âge, d'Hannibal, de Jules César, d'Alexandre, de don Juan d'Autriche, de Miguel Servet, de Goya, et grave dans sa mémoire des épisodes marquants de l'histoire d'Espagne.

Voilà pourquoi le colonel perçut l'utilité de s'occuper personnellement de l'éducation de son fils. Il n'était jamais entré dans ses plans de se transformer en précepteur. Cela lui paraissait ridicule, impropre à un soldat. Mais, après plusieurs jours d'hésitation, il trouva un prétexte : cela servirait peut-être à tuer son ennui, et il décida de faire un essai.

Quelques jours plus tard, ce passe-temps singulier finit par devenir son principal centre d'intérêt et un palliatif efficace contre l'exaspération que le bannissement provoquait en lui. Les retombées de son intérêt pour le gamin furent, dès cette époque, ses égards inusités envers la mère. Le père Cosme vit là l'accomplissement de sa prophétie et ne rata pas l'occasion de lui faire constater avec quelle ponctualité Dieu la récompensait de sa résignation, bien que Matilde dût regretter la vie entière que Dieu ne lui ait pas rendu sa chevelure, jadis noire de jais, et la transparence de ses joues.

À vingt-six ans, doña Matilde Pinzón de Arnaiz évitait de regarder dans les miroirs sa chevelure grise et son visage asymétrique, toujours plus contracté par le tic de l'œil et par la vibration spasmodique de la joue. Au début, elle se réfugia dans la prière. Et quand ses rapports avec son mari prirent ce tour favorable, bien qu'elle ne fût plus capable de sourire, elle finit par s'assoir avec assiduité devant le piano.

De fait, le colonel Arnaiz ne la maltraita plus jamais, même en parole. Il cessa presque complètement d'exiger d'elle des rapports charnels. Il l'utilisait une ou deux fois par an à des fins de procréation, mais ils n'eurent que ces deux garçons.

Don Ramón commença l'éducation de son fils par l'art équestre. L'enfant savait monter à la façon rustique des paysans de Salamanque, mais don Ramón l'introduisit aux techniques de l'hippisme militaire, où il fit preuve d'une hardiesse digne des Arnaiz. Il tomba plusieurs fois lors des sauts d'obstacles, ce qui, au lieu de l'intimider, le mettait en fureur contre lui-même et l'incitait à persister.

Il y avait autre chose qui ravissait son père : l'avidité avec laquelle le gamin l'écoutait et son entêtement à suivre les instructions au pied de la lettre. En quelques jours, il apprit à marcher au pas et à obéir promptement aux ordres de commandement.

Mais le jour où don Ramón se sentit le plus fier de son fils, ce fut quand il lui apprit à nager. Il appliqua le procédé que don Luis Esteban avait utilisé avec lui. Il l'amena au bord d'unc rivière, à une demi-lieue de Campo Bermejo, là où les berges, assez escarpées, étaient séparées de quelque neuf brasses. Même le colonel, homme pourtant de belle stature, n'avait pas pied dans ces eaux, assurément très froides à ce moment avancé de l'automne.

On était au crépuscule, et le vent berçait les joncs. Ils descendirent de cheval, et don Ramón lui ordonna de se déshabiller. Il entreprit lui aussi de se dévêtir, en surveillant du coin de l'œil les réactions de l'enfant. Le petit corps commença à trembler. Jaime eut la chair de poule, mais il resta serein. Il contempla avec une admiration réprimée la nudité de son père, la poitrine couverte de poils, les énormes organes génitaux et, surtout, sa peau très blanche, couverte d'estafilades, de piqûres, de rides, de trous et de plis.

– Garde-à-vous !

– En position allongée !

– Sur le dos !

Même allongé, l'enfant gardait le menton relevé et les bras collés au corps.

– Bras et jambes étendues !

Une fois Jaime dans cette position, le père l'attrapa par un bras et par une cheville, le fit tourner deux fois en l'air, le lança au milieu de la rivière et s'éloigna le dos à la berge.

L'enfant coula, commença à agiter les bras désespérément, but de l'eau à plusieurs reprises et parvint finalement à s'accrocher aux branches d'un saule, à moitié étouffé par les hoquets et les halètements.

– Tu as vu comme c'est facile ? dit don Ramón, en lui tendant une serviette.

L'enfant eut une telle expression de folie furieuse dans le regard que don Ramón se mit en garde. Mais Jaime était en rage contre lui-même. Il lança la serviette loin de lui, poussa un cri, courut de nouveau vers la berge et se jeta la tête la première.

Il émergea en frappant l'eau à grands coups de poing. C'était bel et bien un accès de fureur. Don Ramón prit peur et plongea pour le tirer de là, mais Jaime se mit à crier en crachant de l'eau : « Laisse-moi, père, laisse-moi seul ! », jusqu'à ce qu'il soit parvenu à sortir sans son aide.

Ce fut une grande satisfaction.

D'un gamin pareil, le colonel ferait un bon soldat.

5

Plumer le gibier

Le colonel Sampaio demanda qu'on lui amène dans son bureau le Dr Ferdinando Pessoa.

« Il fait dans sa culotte », pensa-t-il en le voyant entrer, très pâle.

– Asseyez-vous, docteur, et ayez l'amabilité de m'écouter.

Si le colonel l'avait fait venir, c'est parce qu'il avait besoin d'une petite aide. Il s'agissait de faire un travail discret. Quelque chose qui resterait entre tous les deux. L'ami Pessoa était sans aucun doute la personne indiquée.

– Une cigarette ?

Non, merci, Pessoa ne fumait pas.

Le colonel le félicita. Un médecin doit toujours donner l'exemple. Tout à fait correct. Et, à propos de choses correctes, Pessoa n'avait-il pas revu le type de la Ribb ?

Pessoa sentit un frisson lui parcourir la colonne vertébrale depuis la nuque jusqu'au coccyx.

– Le... euh, le *gringo* ? demanda-t-il en feignant de ne pas remarquer le sourire goguenard du colonel ni le tambourinement de ses doigts sur le bureau. Euh, non... le *gringo* n'est plus revenu...

– Et vous ne croyez pas, docteur, qu'il serait temps de rendre visite à ce *gringo* ?

– Moi, rendre visite au grin... ?

– Combien t'a donné Reeds pour la démonstration à la clinique ?

Le tutoiement soudain et le regard méprisant du colonel lui firent perdre les pédales. Il se sentit tout con et eut envie de pisser.

– Combien il t'a donné ? Parle, *porra.*

– Mille cinq... mille cinq cents dollars, dit Pessoa en regardant par terre.

Et pour cette bagatelle, pour une cochonnerie pareille, le docteur s'était risqué à ce qu'on lui retire son titre et qu'on le foute en prison ? Ne savait-il pas par hasard ce qu'il lui arriverait si le ministre de la Santé apprenait qu'il avait favorisé l'utilisation de médicaments non autorisés ? Ne comprenait-il pas que si le colonel Sampaio l'avait dénoncé, il serait déjà en taule ? Heureusement qu'il était son ami !

Et Pessoa se tordait les mains, bien entendu, sûr qu'il comprenait, et il ne savait comment remercier le colonel de son geste, si humain, si compréhensif...

Humain, compréhensif, mes fesses ! Il l'avait fait venir pour parler affaires, pas pour qu'il lui fasse des compliments. Et que personne ne se trompe sur le dos du colonel ! Est-ce que le petit docteur croyait qu'il allait gober cette histoire que Reeds ne lui avait refilé que mille cinq cents dollars ?

– Mais, mon colonel... !

– Fermez-la !

Ça le rendait furieux, le colonel, qu'on l'interrompe, et si Pessoa voulait sortir du pétrin où il s'était fourré, qu'il écoute bien ce qu'il allait lui dire.

Pessoa se sécha la sueur du front. Le mouchoir tremblait dans sa main.

Le colonel alluma une autre cigarette et se mit debout. En fait, il voulait simplement l'aider. Que le docteur veuille bien l'excuser d'être sorti de ses gonds, mais il était outré de voir l'attitude de la Ribb, de vraies ordures, et de ce *gringo* de Reeds, qu'il aurait déjà coffré s'il avait été encore au Brésil.

Et de s'approcher avec un sourire et de lui donner une petite tape condescendante sur l'épaule, oui, oui, le colonel savait que le Dr Pessoa était un bon garçon, juste un peu naïf, et que les deux gringos avaient abusé de lui. Comment Pessoa n'avait-il pas obtenu une plus grosse part du gâteau? Violer l'éthique professionnelle pour mille cinq cents dollars, c'était indigne. Pessoa n'avait-il donc aucun respect de lui-même?

Le colonel s'arrêta pour le regarder fixement, presque avec dégoût.

Pessoa était sur le point de pleurer.

Aucun habitant de São Paulo n'ignorait qui était le colonel Sampaio. Depuis 1964, la dictature lui avait donné carte blanche pour exercer toutes les formes de terreur. Chef des Escadrons de la mort, il torturait et faisait disparaître les gens sans en rendre compte à qui que ce soit...

La transpiration intense et la pâleur extrême de Pessoa disaient tout.

« Il les a à zéro », se dit le colonel.

Le moment était venu de lui porter le coup de grâce.

– Le mieux à faire maintenant, c'est que vous alliez trouver le gérant de la Ribb et que vous lui disiez que s'il ne vous donne pas trois mille dollars, vous dénoncez l'affaire à la police.

– Mais, mon colonel, (et il se mit à pleurer) demandez-moi autre chose. Je ne suis pas quelqu'un à faire une chose pareille.

– Pourquoi ? Ça te semble désagréable ?

– Ça m'est impossible, pleurnicha Pessoa.

– Alors, tu préfères la prison, où ils vont te coincer à quatre dès le premier jour pour t'emmancher ?

Pessoa se cacha le visage dans ses deux mains et gémit en tremblant.

Le colonel lui tapota de nouveau l'épaule.

Allons, allons... Ce n'était pas si grave. Pessoa était un gamin. Le colonel avait l'âge d'être son père. Dans ce monde, il fallait s'habituer à faire des choses désagréables pour en éviter de pires. Ah, et à propos : quand le *gringo* lui remettrait les trois mille dollars, Pessoa devait les lui apporter pour en faire don à la Caisse de secours des veuves et orphelins de la police. Après tant de générosité, les autorités de la police seraient ses amis les plus loyaux. À compter de ce jour, elles défendraient le Dr Pessoa dans n'importe quelle mauvaise passe, qu'il ait raison ou qu'il ait tort.

Et, reprenant son ton autoritaire, il décrocha le téléphone, composa un numéro et, en signe d'adieu, signala la porte à Pessoa.

– C'est tout, docteur, ajouta-t-il. À la semaine prochaine.

Trois jours plus tard, fortement drogué, Pessoa gara sa voiture à une cinquantaine de mètres de l'édifice qu'occupait la Ribb Pharmaceutical. Il monta comme un automate jusqu'au bureau de M. Clifton M. Payne, qui, dans la matinée, lui avait fixé rendez-vous au téléphone pour 16 h 15.

Tout se passa bien mieux que Pessoa ne l'avait supposé. Faisant preuve d'une mansuétude inattendue, Payne lui dit que ça lui semblait tout à fait juste et qu'il lui donnerait ce montant dans un ou deux jours.

Pessoa n'eut même pas à le menacer. Incroyable !

Ce fut aussi une surprise pour le colonel Sampaio. Il avait pensé que Pessoa n'oserait pas faire du chantage et que, rien que pour se débarrasser de lui, il aurait remué ciel et terre afin de dénicher les trois mille dollars destinés à la Caisse de secours des veuves et orphelins de la police.

6

Paideia

Quand le colonel eut décidé de prendre en main l'éducation de Jaime, il mit au point un programme d'activités et renvoya don Fabian.

Ils se levaient à 4 heures du matin et partaient courir une demi-lieue sur les chemins proches, poursuivis par les aboiements des lévriers qui, à cette heure-là, éveillaient les habitants du manoir. Puis ils nageaient dans la rivière, près du potager, et rentraient s'habiller dans leurs appartements. Cinq minutes après, en uniforme de cadet, Jaime s'asseyait à table pour le petit déjeuner. Et quand l'horloge à balancier sonnait 4 heures et demie, le colonel faisait son apparition dans la salle à manger. Jaime le saluait au garde-à-vous, puis reprenait sa place en face de lui.

À 4 h 31, Paco, en livrée de valet de chambre, les servait sur une nappe impeccable et dans la meilleure vaisselle de la maison. La manière dont Paco, tout comme l'élève Jaime, respectait les normes d'urbanité militaire, fut d'emblée sévèrement contrôlée par don Ramón.

À 4 h 45, tous deux montaient dans la salle qui occupait le sommet de la tour, et les classes débutaient. Tout d'abord, le colonel donnait devant le tableau noir quinze minutes de mathématiques, puis, jusqu'à 8 heures, l'enfant devait résoudre des dizaines d'exercices, tirés du texte du père Jiménez.

Entre-temps, don Ramón travaillait à son Histoire de la milice espagnole sous l'empire autrichien. Le colonel et l'élève militaire travaillaient, chacun à sa table, la tunique d'uniforme boutonnée jusqu'au cou, sans reposer les coudes et le torse droit.

Venaient ensuite, de 8 h 05 à 8 h 55, les pratiques d'équitation. À 9 heures, Jaime remontait à la tour et étudiait seul, jusqu'à 10 h 30, les leçons d'histoire, de géographie, d'histoire naturelle, etc., que lui fixait le programme d'enseignement officiel. Pendant cette heure et demie, don Ramón lisait et vaquait à ses affaires personnelles, et à 10 h 30, montait faire réciter ses leçons à l'élève militaire. Il restait avec lui jusqu'à 11 heures pour élargir, préciser ou rectifier les connaissances que l'enfant venait d'acquérir. De 11 heures à 11 h 55, Jaime apprenait par cœur des poèmes, tirés essentiellement du Romancero et des œuvres du Siècle d'or, qu'il régurgitait ensuite tandis qu'ils se dirigeaient tous les deux vers la salle à manger pour le déjeuner.

De 12 h 30 à 13 h 30, ils faisaient la sieste. Dans l'après-midi, c'était le tour de l'escrime, du tir, des exercices de violon accompagnés au piano par la mère, mais en présence du colonel ; puis de l'entraînement des lévriers et, enfin, ce qui constituait pour tous les deux la partie la plus délicieuse de la journée, l'entraînement des faucons pour la chasse de haut vol.

Ils dînaient à 18 h 30, et, à partir de 19 heures, l'enfant lisait dans sa chambre les romans d'aventures que le père choisissait pour lui. À 20 h 30, il gagnait la chambre de sa mère pour le rosaire. À 21 heures, il demandait la bénédiction de don Ramón et se retirait pour dormir.

Hormis l'introduction de quelques variantes à la fin (physique, tactique et stratégie, balistique, héraldique, théorie des armements), ce programme devait durer six ans et s'exécuter strictement du lundi au vendredi.

Le samedi matin, Jaime partait à Salamanque dans la calèche de la maison, conduite par Rafael, pour assister à la leçon de catéchisme que donnait le père Cosme et à la classe de violon au conservatoire des dominicains, à côté de la cour des Petites Écoles.

Le dimanche, au petit jour, le père et le fils, accompagnés de leurs ordonnances Paco et Rafael, se rendaient à la Nouvelle Cathédrale pour y assister à la messe chantée de 5 heures, puis partaient à la chasse pour le restant de la journée, suivis de huit ou dix lévriers et de deux faucons. La plupart du temps, ils chassaient sur les domaines des Solis, des Fonseca, des Maldonado.

Les fruits de cette éducation-là ne se firent pas attendre. Le colonel s'était arrangé pour que son fils passe les examens de chaque fin d'année au collège Saint-Dominique pour y obtenir les diplômes correspondants, et il recevait tous les ans les félicitations du directeur pour l'excellente formation du garçon. De plus, dès huit ans, Jaime avait joué un morceau de violon à l'occasion des concerts que les meilleurs élèves du conservatoire offraient à Pâques ; il avait reçu des mains du baron du Pujol de Planés en personne, majordome de semaine et chambellan secret de Sa Sainteté, le trophée de la Pequeña Maestranza pour avoir décroché la première place à un concours hippique, auquel avaient pris part de jeunes nobles âgés au plus de dix-sept ans ; puis il avait gagné une récompense dans les tournois provinciaux de tir au pigeon, en 1926.

Le programme mis au point par don Ramón respectait les jours fériés et les vacances de l'enseignement normal, ce dont ils profitaient pour passer des semaines entières, tantôt seuls tantôt accompagnés de leurs pages, dans les endroits les plus reculés de la sierra de Gredos, se consacrant à la chasse et à la vie de montagne.

Don Ramón avait su équilibrer ce programme d'études intense par des exercices physiques, des passe-temps et des aventures. Jaime remplit sa vie d'événements et d'idolâtrie filiale.

7

First Report

DATE : January 8th, 71
FROM : 7-fol/Ph.D
TO : HQ/DO/Lenn.TT
SUBJECT : TAP TEA

Nous présentons ci-après les résultats de quelques expérimentations effectuées entre le 3/11/70 et le 3/01/71, durant lesquelles on a administré du TAP TEA, à des doses et concentrations diverses, à des animaux de laboratoire et à des êtres humains. Dans tous les cas, la décoction a été préparée en suivant rigoureusement le procédé indigène. (Pour les données techniques des doses et concentrations, cf. l'annexe ci-jointe, sous la cote chiffrée 11-Rh6.)

EXPÉRIMENTATION 1 (3/11/1970)
Il s'agissait d'établir s'il est vraiment possible d'obtenir des résultats analgésiques contre des douleurs équivalentes à celle du venin de raie et à celle d'un cancer aigu du côlon (aux valeurs 7 et 8 respectivement sur l'échelle de Tritt).

On a administré de fortes doses de térébenthine à un singe et deux chiens. Alors qu'ils hurlaient de douleur, on les a obligés à avaler 60 ml de TAP TEA. Moins de deux minutes plus tard, les trois animaux somnolaient et avaient cessé de hurler. Ils n'ont pas réagi quand on les a frappés ou piqués sur les zones endolories. Le singe s'est réveillé au bout de dix-huit minutes et a recommencé à hurler de douleur. Les deux chiens, des fox-terriers, ont dormi trente-cinq et cinquante-deux minutes respectivement. Tous deux ont hurlé en se réveillant.

Conclusions :

La décoction provoque un sommeil de courte durée, mais immédiat. Durant le sommeil, elle exerce un effet analgésique évident, qui cesse au réveil du patient.

EXPÉRIMENTATION 2 (6/11/1970)

Test d'assimilation chez des êtres humains et observation de réactions gastro-intestinales.

Un condamné à l'emprisonnement à vie, âgé de vingt-sept ans, pesant 80 kilos, de race noire et en bonne santé, a avalé 120 ml de la décoction et a vomi aussitôt, sans qu'aucun effet soit apparu.

Conclusion :

La décoction, à la concentration décrite par l'informateur et à des doses de 120 ml, risque d'être difficile à administrer par voie orale.

EXPÉRIMENTATION 3 (11/11/70)

Il s'agissait de vérifier les résultats de l'expérimentation 1 sur des patients humains.

Dix détenus d'une prison d'Indiana, choisis pour leur bonne santé, ont mangé au repas du soir de la daube contenant une forte dose de propalgine. Ils ont commencé à ressentir aussitôt de fortes douleurs. Arrivés dix minutes plus tard à l'hôpital, nous leur avons administré le TAP TEA. Tous les dix ont avalé les

120 ml, à la même concentration que dans les cas précédents. Six d'entre eux ont vomi, sans qu'on puisse constater d'effets particuliers, et ont été renvoyés en prison, soulagés par de la morphine. Les quatre restants se sont endormis sur-le-champ et ont cessé de se plaindre. Ils ont dormi de dix-huit à trente minutes. Tous quatre ont recommencé à se plaindre au réveil. Quand la douleur, prévue pour durer une heure, a disparu, ils l'ont attribué à l'effet de la décoction. Les patients 1, 3 et 4 ont déclaré ressentir des nausées et se sont montrés sans appétit durant la journée suivante. Le patient numéro 2, au contraire, s'est senti normal et a fait preuve de certaines réactions d'euphorie, peu courantes chez lui.

Conclusions :

Il se confirme qu'il s'agit d'un somnifère à action immédiate. Il se confirme qu'il agit aussi chez les êtres humains comme un très puissant analgésique. Il se confirme qu'il est très difficile à administrer par voie orale à cause de son odeur nauséabonde.

EXPÉRIMENTATION 4 (du 13/11 au 8/12/70)

Il s'agissait d'évaluer les possibilités d'assimilation du TAP TEA par des sujets recevant des doses renforcées graduellement.

Les quatre patients de l'expérience antérieure ont accepté de se soumettre à un traitement prolongé au TAP TEA. L'expérimentation s'est effectuée hors de la prison. On a de nouveau administré la décoction aux patients 1, 3 et 4, à des doses de 15 ml. Ils ont dormi de sept à douze minutes. 1 et 3 ont éprouvé de légères nausées durant les deux heures suivantes. 4 n'a pas éprouvé de nausées. Durant le reste de la journée, ils ont déclaré qu'ils se sentaient en pleine forme. Dans les 48 heures suivantes, 1 et 3 ont continué d'ingurgiter des doses de 15 ml. 1 a cessé d'éprouver des nausées le troisième jour, et 3, le cinquième. On a augmenté les doses de chacun de 15 ml à partir du jour où ils ont cessé d'éprouver des nausées. Quand la nouvelle dose leur provoquait des nausées, on répétait la même quantité jusqu'à ce qu'ils l'assimilent. Les trois sont ainsi parvenus à tolérer une dose de 120 ml sans ressentir de nausées ; le patient 1, en dix-huit jours ; le 4, en vingt et un, et le 3, en vingt-trois. Le patient exceptionnel, le numéro 2, qui n'avait pas éprouvé de nausées à la première ingestion de 120 ml, a fini durant ce laps de temps par tolérer une dose de 360 ml sans éprouver de nausées et a dormi durant soixante-cinq minutes.

Quand la drogue a cessé de leur causer des nausées, tous ont donné des preuves d'une certaine tendance à l'euphorie. Le patient numéro 3, qu'il avait fallu menacer pour qu'il accepte le traitement, a fait preuve d'une excellente disposition à collaborer durant les derniers jours.

Conclusions :

La quantité de TAP TEA ingérée semble avoir une relation directe avec la durée du sommeil provoqué, bien que celui-ci varie selon les sujets. Pour une dose de 120 ml, la durée du sommeil individuel a été la suivante :

1 : 17-21 minutes.
2 : 19 minutes (absolument stable).
3 : 18-24 minutes.
4 : 15-17 minutes.

Les rapports correspondant à 90, 60 et 30 ml sont absolument proportionnels. On peut conjecturer aussi que le processus d'accoutumance varie considérablement selon le sujet. (Comparer le comportement des patients 2 et 3.)

EXPÉRIMENTATION 5 (du 10 au 14/12/70)

Il s'agissait d'étudier la réaction des patients à divers stimuli somatiques et le comportement de la mémoire.

Les quatre patients ont ingéré de nouveau une dose de 120 ml. Durant leur sommeil, ils ont été soumis à de légers coups, à des piqûres, à des applications thermiques, à de petites décharges électriques. Aucun n'a donné l'impression d'éprouver de la douleur. On leur a relevé les paupières avec des instruments ophtalmologiques et projeté dans les yeux des lumières vertes, rouges et bleues de 100 watts sans la moindre réaction apparente de leur part. On a constaté que durant le sommeil, les yeux des patients reproduisaient, non le léger mouvement pendulaire caractéristique du sommeil physiologique, mais les mouvements propres du sommeil REM (*Rapid Eyes Movements*). Conformément aux observations cliniques, on a constaté qu'aucun des quatre patients ne présentait la configuration encéphalographique du sommeil naturel. Au lieu des larges courbes propres de la première heure et demie, ils ont produit une onde à fréquence rapide (cf. diagramme annexe, fig. B-3/4), caractéristique de l'état d'hypnose. C'était là la première donnée notable que nous a fournie la série d'expériences.

La seconde donnée notable est que les patients ont écouté durant leur sommeil une musique stridente et très forte ; compte tenu de leurs grimaces involontaires et de leurs gestes, il était évident qu'ils n'avaient pas perdu les connexions auditives.

Au réveil, les patients ne se souvenaient plus de ce qui s'était passé : ni des sévices épidermiques, ni des lumières, ni de la musique. On a répété la même expérience les 12 et 14 décembre, avec des stimuli olfactifs, papillaires et internes, ainsi que sur les zones érogènes, auxquels ils ont réagi négativement.

Conclusions :

1. L'utilisation de la décoction provoque une AMNÉSIE LACUNAIRE.
2. Les patients réagissent aux stimuli auditifs.
3. Les patients ne réagissent pas aux autres stimuli.

N.B. : Le fait que la décoction inhibe toutes les connexions externes, mais non les connexions auditives, est surprenant, pharmacologiquement parlant, mais très prometteur.

EXPÉRIMENTATION 6 (du 16/12/70 au 3/1/71)

Comme couronnement de cette série d'expérimentations, il s'agissait de savoir si les patients acceptaient des ordres posthypnotiques, dont celui de prolonger le sommeil, comme le suggère ce qui s'est passé au Brésil.

Pour la première fois dans une expérience conjointe, les quatre mêmes patients ont ingurgité 120 ml de TAP TEA.

Au bout de dix minutes de sommeil REM (16 h 10), on leur a ordonné à haute et intelligible voix de dormir jusqu'à 19 heures. Les expériences antérieures avaient montré que ces patients, après avoir ingurgité 120 ml de TAP TEA aux concentrations indiquées, dormaient vingt minutes en moyenne.

Le fait le plus significatif de ce mois et demi d'expérimentations est survenu le 16 décembre, à 16 h 15, quand on a pu constater sur les encéphalogrammes des quatre patients que l'onde de fréquence rapide du sommeil REM adoptait peu à peu, cinq minutes après que l'ordre leur eut été donné, la configuration en courbes larges, caractéristique du sommeil naturel. Du point de vue neurophysiologique, nous sommes en présence d'un fait notable, surtout à cause de la rapidité insolite de la transition.

Les patients se sont réveillés entre 18 h 57 et 19 h 02. Aucun ne se souvenait d'avoir reçu l'ordre de dormir.

Le 18 décembre, lors d'une seconde séance de cette même expérience, on a formulé aux quatre patients la suggestion posthypnotique qu'ils ressentiraient une soif dévorante à leur réveil. On a constaté chez les quatre patients une inhibition graduelle de la sécrétion salivaire, au point que leur langue s'est totalement séchée, et, en effet, quand ils se sont réveillés, ils ont absorbé de grandes quantités d'eau.

Lors des séances suivantes, on a leur a donné divers ordres qu'ils devaient exécuter bien des heures après leur réveil, voire dans les journées postérieures. Ainsi, par suite des ordres reçus, l'un d'eux s'est laissé pousser la moustache ; un autre, la barbe ; un autre a dormi tout nu ; un autre a fait de la gymnastique ; on leur a également ordonné de lire des titres donnés, disponibles dans la bibliothèque du centre ; d'avoir froid, d'avoir chaud, d'avoir mal, d'avoir envie de danser, de jouer au billard, etc.

Conclusions générales :

1. Le TAP TEA est un puissant analgésique.
2. C'est un somnifère à action immédiate et de courte durée.
3. C'est un inducteur notable du sommeil REM (état d'hypnose).
4. Il agit sélectivement sur les mécanismes corticaux, dans la mesure où il élimine toutes les connexions inter- et extrasectives, exception faite de l'audition.

5. Il provoque une amnésie lacunaire.
6. Il provoque de l'euphorie.

Étant donné la hâte avec laquelle on nous a réclamé la recherche sur le TAP TEA, nous sommes les premiers à reconnaître que notre travail, d'un point de vue scientifique, s'avère déficient sous plusieurs rapports. Nous n'avons pas étudié la plante en soi d'un point de vue pharmacologique, ce qu'il aurait fallu faire en tant que première étape de la recherche. Nous n'avons pas analysé les dépôts dans le sang et dans l'urine ; nous avons sauté plusieurs étapes de la recherche sur les animaux de laboratoire, et nous nous sommes attachés exclusivement en premier lieu, comme on nous l'a demandé, à vérifier si les informations fournies pouvaient être fondées. Les membres de ce groupe médico-pharmacologique croient toutefois que le TAP TEA pourrait servir de départ à la mise au point d'un produit très intéressant.

Dans l'immédiat, nous recommandons de vérifier s'il entraîne un effet de dépendance, et selon quels indices ; de connaître toutes ses propriétés pharmacologiques et d'entreprendre les études phytochimiques nécessaires pour isoler les principes qui déterminent son action inductrice du sommeil REM.

Et en ce qui concerne la question qu'on nous pose, ce rapport prouve que les témoignages fournis par les deux voies sont véridiques.

Pat O'Donnell éteignit le cryptophone.

Jésus-Christ ! C'était donc vrai...

Il avait pensé qu'il s'agissait d'une de ces exagérations si courantes qui s'avéraient ensuite n'avoir guère d'importance, voire aucune. En tout cas, le *boss* ne lui en avait concédé aucune, comme le prouvait le fait qu'il lui en avait confié la vérification à lui, et non à un de ses favoris du *staff*.

Il parlerait personnellement cet après-midi même au Dr Willoughby pour lui demander quelque chose de très précis. Et il ne voulait en laisser aucun témoignage, même pas sur le cryptophone. Il devait savoir si, d'un point de vue scientifique, il était possible d'isoler la substance qui produisait l'état d'hypnose. Si oui, on serait alors en présence d'un médicament exceptionnel, capable de révolutionner les techniques du renseignement. Ça donnerait lieu à un *big game*. Et si lui, Pat O'Donnell, avait fait partie des joueurs titulaires, il agirait avec beaucoup de prudence pour qu'on ne le remplace pas au beau milieu du match. Il tracerait son plan au fur et à mesure qu'il réunirait les informations. Si la déesse Fortune s'était enfin mise de son côté, il ne la laisserait pas filer cette fois-ci. Il la saisirait par les cheveux.

8

Champ de Mars

La formation de l'élève militaire Jaime avait duré les six années de bannissement que Primo de Rivera avait imposées à son père.

Dès le début, le colonel avait exposé les règles qui marqueraient le quotidien : en tant que père et fils, dans la vie non militaire, dans les parties de chasse, ils pouvaient être des compagnons ; mais dès qu'ils enfilaient leurs uniformes, il ne pouvait régner entre eux qu'une discipline rigoureuse.

Durant les deux premières années, Jaime eut à passer de temps à autre des journées à jeun, ou plusieurs nuits de garde, exposé aux intempéries, ou courir jusqu'à l'effondrement, mais le colonel ne lui avait pas encore infligé à ce jour de punitions sévères, de celles qu'il avait coutume d'administrer en Afrique.

Ce fut la troisième année qu'il connut la sévérité du colonel.

Un mois après son retour, don Ramón avait fait construire dans le pâturage, à l'extrémité la plus éloignée du corps de bâtiment, au bord d'un méandre du Tormes, ce qu'il appelait « la volière ». Une pièce rectangulaire, de quelque six pas de long sur quatre de large, aux murs épais de pierre et de mortier. À l'intérieur, des cabinets, et pour tout mobilier, un lit de camp et un moelleux fauteuil de cuir. Elle ne possédait pas de fenêtres et l'entrée était fermée par une porte de fer massif.

Il s'agissait en fait d'un cachot que don Ramón avait installé à son propre usage. Dès l'âge de dix-sept ans, il avait su qu'il n'était pas né pour la vie civile. Depuis son baptême du feu sur les champs de bataille, après avoir vu mourir ses frères aînés à Santiago de Cuba en 1898, le fracas des armes était la seule chose capable de l'apaiser. Aussi, quand le service le maintenait éloigné du combat, avait-il besoin de « lâcher le petit oiseau », comme il disait. Et son expédient le plus simple était de se plonger dans les taudis des quartiers de tolérance et de se mettre à boire. Invariablement, à la fin de la première bouteille de cognac, il était pris d'une furie malsaine et se mettait à chercher noise aux mauvais sujets et aux prostituées, à cogner, à blesser et à casser tout ce qui se trouvait sur son chemin.

C'était un calmant efficace. Il se réveillait apaisé et pouvait présenter de nouveau, durant une semaine ou deux, la façade de son style réservé et austère.

Parmi les rixes de son séjour à Barcelone, deux avaient pris des proportions singulières : à Lérida, il avait détruit une taverne; et à Saragosse, il avait ligoté une prostituée dans la chambre du bordel et l'avait brûlée avec la braise de sa cigarette. Ensuite, il avait arraché sa *Navaja* au souteneur qui, en écoutant les cris, avait forcé la porte de la chambre, puis il l'avait tué à grands coups de godillots dans les tempes.

La Garde civile étouffa l'affaire, et Arnaiz en fut quitte pour une sévère réprimande du commandant militaire de la région. Voilà pourquoi, quand il s'était présenté à l'état-major de Salamanque, Bisbal lui avait interdit de boire en public.

S'il voulait boire, qu'il reste chez lui.

Tant qu'il buvait du vin, comme il le faisait chaque jour en quantités considérables aux heures du repas, ou tant qu'il n'allait pas au-delà d'une demi-bouteille de cognac, l'alcool ne lui faisait rien. Mais il savait très bien que s'il buvait trop, il frapperait sa femme, les domestiques, et provoquerait des dégâts très coûteux dans le domaine.

C'est alors qu'il eut l'idée de construire la volière.

Avec de bons résultats.

Il s'y enfermait quand il avait « le petit oiseau ». Ce terme, c'est son grand-père, don Esteban Lorenzo, qui l'avait inventé : durant ses crises, il disait sentir dans la poitrine les « battements d'ailes d'un petit oiseau en cage ».

Don Ramón s'enfermait donc avec une outre volumineuse pleine de cognac. Il n'introduisait jamais de bouteilles ni d'objets contondants. Et, une fois ivre, il criait comme un possédé, le nez au judas de la porte, insultait sa femme et la domesticité et demandait qu'on lui ouvre. Parfois, quand le vent soufflait depuis la rivière, on entendait de la maison ses imprécations et ses blasphèmes. Le lendemain, au milieu de la matinée, Paco ramassait la clef qu'il avait lancée par-dessous la porte en entrant et le réveillait.

Il se levait au milieu des vomissures et des crachats, les yeux injectés de sang, pris de nausées et d'une phénoménale douleur aux tempes. Dans cet état, il enfourchait le cheval que lui avait amené Paco et partait chevaucher jusqu'au moment où il sentait que sa tête allait éclater. C'est alors qu'il se mettait à courir comme un dératé, faisant fuir le bétail dans les pâturages, jusqu'à un endroit de la rivière où, baigné de sueur, il nageait un moment.

En hiver, il courait pieds nus, s'enfonçant dans la

boue givrée de la pâture, et se baignait dans des eaux blanchâtres d'un trou de la rivière.

Un remède de cheval : À midi, il n'éprouvait plus aucune gêne. C'était un homme remis à neuf, en paix avec lui-même et avec le monde.

Et il l'avait bien précisé à Jaime : l'homme qui entrait dans la volière n'était pas son père, mais un colonel blanchi sous le harnois, qui avait besoin de se défouler parce qu'il se languissait du champ de bataille. Et ce colonel-là, en grand uniforme, avait interdit tout net à l'élève militaire Jaime de s'approcher de la volière quand il était dedans.

Mais, par une matinée d'hiver très rigoureuse, sortant de son cachot, don Ramón remarqua des traces qui prouvaient de toute évidence que Jaime était venu l'épier durant la nuit.

En guise de châtiment, il lui fit charger un sac à dos rempli de pierres qui pesait au bas mot dix kilos et creuser une tranchée de 10 m de long. Au milieu de l'après-midi, l'enfant, qui n'avait rien mangé ni bu depuis l'aube, s'effondra exténué, les mains et les aisselles en sang et couvertes de plaies. Il ne lui restait plus qu'un mètre pour finir la punition. Mais le colonel le remit debout à deux reprises à coups de cravache et l'obligea à achever la tranchée.

C'était une punition fréquente parmi les recrues de la Légion espagnole, et Jaime s'en était tiré comme un homme.

Le lendemain, son père (pas le colonel, bien entendu) le félicita de sa virilité.

Jaime se sentit fier. Et ne désobéit jamais plus au colonel.

9

Fou à lier

Moacyr de Oliveira Neto avait été pilote de ligne internationale pour la compagnie Varig. En 1965, des agents du Bureau des stupéfiants l'avaient surpris à New York alors qu'il transportait dans sa valise vingt kilos de marijuana comprimée. Il passa deux années en prison. Quand il rentra au Brésil, Varig lui fit comprendre qu'il n'y avait plus de place pour lui.

Oliveira tenta sa chance à Aerolíneas Argentinas, à Lan-Chile, à Apsa, à Avianca, à Pluna, à Viasa... En vain ! À chaque interrogatoire, son passé de trafiquant ressortait.

Il choisit de rester dans son pays. Il dénicha un peu d'argent, acheta un Piper-Cub, un monomoteur très usagé, et se mit à travailler en Amazonie.

Son premier contrat fut le transport de cigarettes. Il volait des berges de l'Amazone jusqu'aux laveries d'or du Haut-Tapajós et de ses affluents.

Le paquet de Continental, qui coûtait quatre-vingts cruzeiros à Santarem, pouvait se revendre à mille deux cents dans n'importe quel *garimpo* situé à plus de 600 km, en amont du Tapajós. L'avantage supplémentaire de cette affaire, c'était que les *garimpeiros* payaient en or, dont la valeur dans la forêt vierge était inférieure de presque 20 p. 100 à la cotation officielle en cours dans n'importe quelle agence de la Banco do Brasíl installée sur les rives de l'Amazone.

Pour quiconque s'enfonce dans la forêt vierge, les rives du fleuve Amazone constituent la civilisation. À Belem do Pará, à Parintins, à Santarím, à Manaus, au Brésil ; à Leticia, en Colombie ; à Iquitos, au Pérou, et d'autres cités riveraines, on trouve de la lumière électrique, des automobiles, du scotch, du chewing-gum Adams. Mais quand vous vous éloignez de 500 km sur n'importe lequel des affluents de l'Amazone, tout change. Pour atteindre ces parages, vous devez naviguer plusieurs jours sur une vedette à moteur jusqu'à ce que les chutes vous coupent le chemin ; puis, en pirogue, des semaines durant, à travers des territoires paludéens, remplis d'Indiens hostiles, de bêtes sauvages, de vermine, sous une température constante de 38° et au milieu d'une hygrométrie extrêmement élevée.

Il faut être un homme avec tout ce qu'il faut pour vivre six mois dans un *garimpo* du Haut-Tapajós.

Le *garimpeiro* n'utilise pas de moustiquaire. Il dort tout habillé, avec une chemise à manches longues, le col boutonné et, faute de gants, avec deux paires de chaussettes à chaque pied et à chaque main. Il doit s'envelopper la tête dans un morceau d'étoffe qui lui protège le visage, parce que la gaze d'une moustiquaire ne sert à rien là où règne le *pium*, un minuscule diptère hémophage qui traverse les mailles les plus serrées. Quand le *pium* suce le sang, il laisse une petite marque rouge sur l'épiderme. Rouge d'un sang frais qui, une fois coagulé, noircit. Au bout de plusieurs semaines, des milliers de piqûres laissent sur la peau une croûte noire, d'aspect répugnant. Voilà pourquoi il faut dormir les mains et les pieds gantés.

Et, en sus des nuits de hamac, de moustiques et de *pium*, le *garimpeiro* doit manier la pelle et la pioche dans la forêt torride. Son travail consiste à détourner le bras d'un petit ruisseau et à extraire de son lit la glaise aurifère. Il doit ensuite la pelleter, la filtrer dans un rustique canal de bois par l'intermédiaire de plusieurs mailles de différentes grosseurs. Utilisant la poussée de l'eau qui tombe d'en haut, il sépare successivement les pierres, le gros sable, le sable fin, le moins fin, jusqu'à ce que, batée en main, il provoque une danse liquide centrifuge qui sépare l'or du tout petit sable récalcitrant. Et pour pelleter du sable le jour entier au milieu de la vapeur vitreuse équatoriale, alimenté presque exclusivement de farine de manioc, il faut être un homme pour de vrai. L'unique repos de la forêt vierge est la fièvre. Quand elle arrive, le *garimpeiro* s'allonge un jour ou deux dans son hamac, sans rien prendre, parce qu'il vomit même l'eau. Puis, affaibli par la fièvre et le jeûne, le teint jauni, les yeux injectés de sang, le *garimpeiro* se crache dans les mains, recommande son âme à Dieu et reprend la pelle et la pioche.

Sa seule distraction arrive le samedi soir. C'est alors qu'il boit, qu'il se bat, qu'il tue, qu'il meurt. Et il ne lui est pas permis de ne pas aller au village le samedi soir. Ne pas boire ou rester dans le *garimpo*, ce ne sont pas des choses que font les hommes. Et celui qui n'est pas un homme doit supporter des humiliations.

Oui. Dans les *garimpos*, il faut être un macho : comme l'était le pilote Moacyr de Oliveira Neto.

Un samedi après-midi, les *garimpeiros* de l'Ururú virent le petit avion d'Oliveira survoler le hameau. Il se risqua à faire son premier atterrissage dans la forêt vierge, sur une plage du fleuve d'à peine 500 m de long. Il en sortit indemne.

Il amenait avec lui deux sacs de cigarettes Continental. Il les vendit dans l'après-midi et gagna une petite fortune. Et, le soir même, il releva tous les défis à boire, tira des coups de feu en l'air, jeta le gant à plusieurs reprises.

Oui, le pilote Oliveira était un homme. Rien à craindre avec lui. Le lendemain, les commandes s'accumulèrent : davantage de cigarettes, de boissons, de vêtements, de viande séchée ; pour le prix, on s'arrangerait toujours.

Muito bem ! Il leur apporterait tout ce qu'ils voulaient, mais ils devaient lui aménager une piste d'atterrissage, parce qu'il pouvait risquer sa vie une fois, ou deux, ou trois, mais pas constamment.

Bien sûr, bien sûr, les *garimpeiros* s'engagèrent à brûler un espace plat qu'il choisit lui-même, derrière le hameau. Le patron de la cantine promit de payer le défrichage, le nettoyage et le nivellement de la piste. Et si monsieur le Pilote lui baissait un peu les prix, il lui achèterait tout ce qu'il apporterait et se chargeait de recueillir les commandes.

Voilà comment débuta l'aventure d'Oliveira en Amazonie. En quatre ans, il avait bousillé quatre petits avions et avait dû faire trois « arborissages » forcés. C'était un miracle s'il était encore vivant.

Durant ces quatre années, il avait obtenu qu'on lui aménage quinze pistes d'atterrissage à différents endroits du territoire amazonien. En 1970, à l'époque de sa plus grande prospérité, il décrocha un crédit de la Banque de développement de l'Amazonie et ouvrit les bureaux de l'ATO (*Aerotransportes Oliveira*) à Manaus. Ses deux vieux coucous, les Piper rescapés de la forêt vierge, revenaient des incursions fort mal en point, ronflant, exténués, ailes basses, découragés, avec des rustines de sparadrap improvisées sur le fuselage.

Ce crédit lui permit d'acheter le *Sirène des fleuves,* un hydravion Catalina flambant neuf, dans lequel il dut investir par ailleurs la quasi-totalité de ses économies. Mais, par malchance, à la mi-71, au cours d'une incursion sur le Haut-Purus, Oliveira calcula mal l'affleurement de rochers qu'on voyait d'en haut, au beau milieu du fleuve. En se posant, le Catalina se brisa contre les rochers et Oliveira se fractura la clavicule.

Le *Sirène des fleuves* n'était pas assuré. Il gît encore sous les eaux du Purus. Comment récupérer un avion coulé à 500 km des berges de l'Amazone, à un endroit où n'arrivent ni les grues ni les tracteurs ?

À cette époque-là, il obtint qu'un politicard du gouvernement Castello Branco engage des démarches auprès de Varig pour qu'on le reprenne. Oliveira en avait assez de l'Amazone. Il avait perdu sept ans de sa vie. Tout ce qu'il était arrivé à sauver du dernier désastre, c'était un petit monomoteur. Et il était las de cette existence rude, au milieu de hors-la-loi et d'Indiens. Il commençait à prendre peur de tant de coups durs. Il se languissait de la vie cosmopolite, des grands aéroports.

Mais tout fut vain : Varig avait bonne mémoire et n'avait pas pardonné au trafiquant.

Il n'eut d'autre solution que de retourner à Manaus et d'essayer de relancer son ATO. Il accepterait tous les risques. Quitte ou double. Si tout allait bien, il monterait une affaire d'aviation agricole à São Paulo ou à Rio.

En octobre 71, il avait repris du poil de la bête. Il s'était bien sorti de trois vols très dangereux, mais lucratifs. Il parvint à éponger quelques dettes et à mettre quarante mille dollars de côté. Quand il en aurait réuni cent mille, il foutrait le camp une bonne fois pour toutes de l'Amazonie. Avec un petit capital et à quarante-deux ans, il pouvait encore tirer parti de cette putain de vie.

Ces jours-là, il fit connaissance à Manaus du *doutor* Da Silva, qui se présenta un jour dans son bureau pour lui proposer une affaire.

Da Silva était de Rio, comme lui, rouquin, grand et costaud.

Il paraissait la cinquantaine. Il avait une voix de stentor, des yeux très vifs et un teint de Scandinave.

Il était accompagné du *doutor* Zequeira, directeur de l'INPA (Instituto Nacional de Pesquisas Amazónicas), qu'Oliveira connaissait très bien. À plusieurs reprises, l'INPA avait engagé les services du *Sirène des fleuves* pour transporter du matériel ou du personnel scientifique vers diverses régions du territoire amazonien.

Le *doutor* Da Silva venait lui proposer une affaire peu banale : il voulait sauter en parachute au-dessus d'un village indigène de l'Aripuanã, un affluent de la rive droite du Madeira. C'était un village qui avait repoussé à ce jour toutes les tentatives d'approche du Service de protection des Indiens (SPI) et de quelques organismes privés.

Da Silva avait presque soixante ans. Il n'avait pas de fortune, mais vivait dans une aisance relative. Il possédait pour tous biens une maison à Rio et un domaine de 30 ha dans l'État de Guanabara, où il passait le plus clair de son temps quand il n'était pas en voyage scientifique.

Da Silva était ethnologue et linguiste. Il avait consacré trente ans de sa vie à l'étude des dialectes amazoniens et publié de nombreux articles dont le mérite était reconnu internationalement.

Il y a quelques mois, les médecins lui avaient dépisté un cancer des ganglions et l'avaient averti qu'il pouvait vivre aussi bien deux ans que dix. Ce n'est pas qu'il eut peur du cancer ou de la mort, mais il ne voulait pas mourir sans rassasier sa curiosité pour cette tribu.

Il s'agissait des *Mãos de macaco* (Mains-de-Macaques), un groupe tribal amazonien faisant partie de la vingtaine qui n'avaient pas encore eu le moindre contact avec le Brésil moderne. On savait où se trouvait leur village, on les avait photographiés au téléobjectif et on possédait quelques informations à leur sujet par l'intermédiaire de certaines tribus indigènes avec lesquelles ils maintenaient des rapports sporadiques. Leur origine avait déclenché récemment des controverses dans les milieux scientifiques.

D'après le témoignage de tribus voisines, ils parlaient une langue incompréhensible, très différente de celles de la région, ce qui représentait un mystère scientifique.

Et Da Silva, plutôt que de mourir sur un lit d'hôpital, préférait mourir en faisant ce qui l'intéressait. Il était prêt à périr aux mains des Indiens, si telle était sa destinée ; mais il espérait que son arrivée en parachute, sa descente du ciel, les impressionnerait suffisamment pour qu'ils ne lui décochent pas de flèches sur-le-champ. Et s'ils le laissaient poser pied à terre, il se faisait fort de gagner la partie.

Sa proposition était la suivante : Oliveira le conduirait en avion jusqu'au hameau des Mains-de-Macaques, où il sauterait en parachute. Cinq ou six mois après, le pilote passerait le reprendre. À cette date, s'il était encore en vie, il aurait construit avec l'aide des Indiens une piste d'atterrissage. Rien que pour faire les deux voyages, il lui paierait d'avance cinq mille dollars, la somme que la Rockefeller Foundation avait promis de lui allouer si le projet se réalisait ; mais si Oliveira parvenait vraiment à atterrir dans le village et à le récupérer en vie, il lui céderait en outre sa maison de Rio qui valait entre vingt-cinq et trente mille dollars. Bref, si, en revenant dans six mois, Oliveira voyait unc piste d'atterrissage et un signal convenu d'avance, il pourrait se poser sans crainte, parce que Da Silva maîtriserait la situation. Sinon, qu'il reparte sans atterrir. Que lui en semblait ?

Bon, d'accord... mais quelles garanties...

Da Silva pouvait lui signer tous les documents qu'il voulait, mais, comme le lui expliqua le *doutor* Zequeira, le pilote pouvait avoir une foi aveugle en la parole de Da Silva. Il avait des garanties morales plus que suffisantes et, de plus, le *doutor* Zequeira en personne garantissait sa probité...

Eh bien, alors, marché conclu. Oliveira n'avait besoin que de sa parole. Ça suffisait. Et, de fait, personne à Manaus ne mettrait en doute le crédit moral dont jouissait le directeur de l'INPA dans toute l'Amazonie.

Oliveira précisa toutefois que, pour organiser ce vol, il lui faudrait un peu de temps. Avant de signer, il devait s'assurer que son avionnette était en mesure d'atteindre le site. Il ne pouvait se risquer à voler plus de cinq heures d'affilée. Et, se levant debout et montrant l'énorme carte de l'Amazonie qui tapissait le mur, il demanda à Da Silva de lui indiquer l'endroit où se trouvait le village.

Da Silva enfonça une punaise rouge à 7°27' de latitude Sud et à 59°48' de longitude Ouest. L'endroit se trouvait entre l'Aripuanã et le Canumã, deux affluents du bassin méridional du Madeira.

Oliveira calcula que le village était situé à environ 450 km, à vol d'oiseau, au sud de Manaus. Le voyage direct, aller et retour, était très risqué. Mais en deux étapes, sait-on jamais...

Il fallait traverser environ 150 km de forêt pour arriver au Madeira, à la hauteur du village de Borba, puis survoler le fleuve vers le sud-ouest. Oliveira connaissait bien ce tronçon ; en cas de ratés, il y avait plusieurs plages le long du fleuve où on pouvait atterrir. Ils pourraient ainsi atteindre Manicoré, à quelque 230 km au sud-ouest de Borba, ce qui faisait pour la première étape un parcours d'environ 380 km, quelque chose de réalisable avec l'avionnette. Et de Manicoré à la punaise rouge, il y avait environ 270 km ; ainsi, pour cette seconde étape du voyage aller, la distance Manicoré-village indigène-Manicoré représentait 540 km. Ça aussi c'était encore possible, à condition qu'il parvienne à expédier l'essence sur le fleuve, pour en disposer à Manicoré.

Bien... d'accord... 380 plus 540, plus encore 380 pour le retour à Manaus, ça faisait un total de 1 320 km, qui, en trois étapes, pouvaient prendre de six à huit heures de vol, selon les conditions atmosphériques. Il faudrait expédier le carburant sur le Madeira, dans des bidons de plastique capables de flotter. Oliveira embaucherait un patron de vedette.

Oui, *muito bem*, affaire conclue. Ils pourraient partir dès que le carburant arriverait à Manicoré.

Bien alors, tout était dit. Oliveira avait-il besoin d'une avance ?

Non, ce n'était pas la peine.

Bon, parfait, dans une quinzaine de jours, un mois au plus, Da Silva signerait le contrat avec la Rockefeller Foundation et lui verserait les cinq mille dollars.

Ils convinrent de se revoir début décembre pour mettre la dernière main aux préparatifs de départ. Les yeux de Da Silva brillaient d'enthousiasme, et Oliveira ne pouvait se retenir d'admirer ce rouquin capable de sauter en parachute en plein dans un village de sauvages. Ils les avaient bien accrochées, le vieux ! Et pour quoi, en fin de compte ? Pour rien... Il risquait sa vie et faisait cadeau d'une maison à Rio rien que pour satisfaire son envie dc vérifier l'origine de sauvages. Il fallait être fou !

Oliveira ouvrit la porte de son bureau pour les voir s'éloigner dans la jeep. Oui, il fallait être fou à lier ! En tout cas, tant pis pour Da Silva ; mais cette occasion-là, Moacyr de Oliveira Neto ne la laisserait pas passer.

10

Une erreur fatale

En 1929, à seulement onze ans, Jaime de Arnaiz mesurait déjà un mètre soixante-dix. Il avait hérité la corpulence et la vigueur de son père. Don Ramón, soucieux de la santé du gamin, l'amena au bordel de la Rosario, dans les bas-fonds de Santiago, et donna des ordres pour qu'on s'occupe de lui chaque fois qu'il viendrait, désormais en pantalons longs. Trois mois plus tard, il lui apprit à se soigner lui-même la chaude-pisse.

À la fin de cette même année, durant une partie de chasse de trois jours dans la sierra de Gredos, survint un épisode qui convainquit totalement le colonel qu'il avait formé un homme et un futur soldat, un vrai Arnaiz.

Jaime avait apporté avec lui Bracaman, son faucon préféré, auquel il avait consacré des centaines d'heures d'entraînement au point d'en faire un oiseau de proie qu'admiraient tous les amateurs de la région. La fauconnerie était sa passion. Tout jeune, il avait surpris son père par son talent de fauconnier.

Bracaman était un chasseur sûr. Il ratait rarement une proie; et à l'entraînement avec des poupées humaines, il était le plus doué de tout l'élevage de Campo Bermejo dans l'art d'arracher les yeux.

Le père et le fils étaient partis dans la sierra accompagnés de Paco et de Rafael Sanchiz. Celui-ci, un garçon d'une quinzaine d'années, avait d'abord été apprenti forgeron. Venu un jour donner un coup de mains à des travaux de forge sur le domaine des Arnaiz, il avait fini par y rester, attiré par les trois douros mensuels que lui offrait le colonel, outre la nourriture abondante.

Il resta pour servir d'ordonnance à Jaime : lui nettoyer les bottes, conduire la calèche quand il devait se rendre à Salamanque et faire n'importe quoi au service du petit monsieur.

L'incident survint alors que don Ramón et Paco étaient partis derrière la meute qui avait débusqué un sanglier. Jaime, le faucon posé sur l'avant-bras, ordonna à Rafael de le suivre sur un sentier où il avait vu des brisées toutes récentes d'un cerf qu'ils ne tardèrent pas à apercevoir à quelque distance.

Rafael resta à l'affût à un embranchement. Distrait, il était perdu dans la contemplation de merles quand il vit sauter derrière des rochers un très grand cerf qui n'était sûrement pas celui qu'ils pistaient.

Bien que les instructions qu'il avait reçues aient été de sonner le cor et de ne pas tirer, tout excité par la grosseur de la pièce et convaincu que Jaime ne l'avait pas vue, il tira au moment où Bracaman piquait sur la ramure, mais en visant si mal qu'il abattit le faucon et laissa s'enfuir le gibier.

Quand Jaime arriva sur les lieux et comprit ce qui était arrivé, il abattit Rafael en lui déchargeant son fusil en pleine poitrine. Et sa fureur était telle qu'il gagna le camp, alors désert, prit une corde, revint à l'endroit où gisait Rafael et le pendit à un peuplier noir, jurant comme un charretier tout en hissant le cadavre avec une vigueur furibonde.

Le colonel qui arrivait à ce moment-là se fit expliquer ce qui s'était passé et ordonna aussitôt à Paco de creuser un trou et d'enterrer le cadavre, en l'avertissant que s'il se risquait au moindre commentaire, il lui ferait crever les yeux par un faucon.

Dès lors, le colonel fut tout à fait convaincu que son fils serait un grand soldat.

11

Second Report

DATE : October 15th, 71
FROM : 7-fol/Ph.D.
TO : HQ/Do/Lenn.TT
SUBJECT : TAP TEA

De janvier à octobre de l'année en cours, selon la décision prise à notre réunion du 18 janvier, la recherche sur le TAP TEA a été ventilée selon quatre grandes lignes de travail, en vue d'atteindre les objectifs ci-après :

A. – Étude phytochimique des feuilles du TT (Tapajós Tree), en tant que point de départ d'une vaste étude pharmacologique visant à isoler la substance inductrice du sommeil REM (état d'hypnose).

B. – Études de liquides corporels et de divers tissus d'animaux et d'êtres humains, en vue de déterminer les phénomènes de dépôt et d'accumulation provoqués par la consommation du TAP TEA.

C. – Étude à grande échelle des mécanismes et des processus d'accoutumance à la drogue, en tant que préalable à une étude de ses indices de dépendance éventuels, en vue d'établir des précisions quantitatives.

D. – Mieux connaître du point de vue médico-pharmaceutique les points 3 et 5 des conclusions générales formulées dans notre premier rapport du 15 janvier; autrement dit, portée qualitative et quantitative de l'induction du sommeil REM, et mécanismes provoquant la forte amnésie du moment hypnotique constatée durant la première série d'expérimentation sur des êtres humains.

N.B. Nous avons écarté pour le moment l'étude des processus corticaux qui déterminent le « décrochement » sélectif engendré par la consommation de la drogue; placés devant la nécessité de mieux connaître l'induction hypnotique, nous avons également ajourné l'étude d'autres aspects que, d'un point de vue méthodologique, il conviendrait d'entreprendre à cette étape.

Résultats de certaines expérimentations effectuées conformément aux lignes de travail précitées :

A. – Sur ce premier point, nous ne sommes pas encore parvenus à isoler la substance inductrice du sommeil REM. Nous excluons de ce rapport la description des différentes recherches phytochimiques entreprises, car il s'agit d'une matière éminemment technique et difficile à exprimer en termes simplifiés. Nous avons toutefois progressé dans ce sens plus loin que prévu, et nous avons des raisons d'espérer quelques succès dans des délais pas si lointains. À ce jour, nous avons utilisé 174 animaux de laboratoire, dont 36 mammifères supérieurs; et nous avons effectué des expériences sur trois êtres humains condamnés par les médecins.

B. – Sur cette ligne, nous avons très peu avancé. Tant que la substance visée en A ne sera pas isolée, il ne sera pas possible d'entreprendre l'étude des processus de dépôt et d'accumulation. Des observations cliniques permettent toutefois de supposer qu'il s'agit d'une drogue de dépôt, remarquable par ses effets accumulatifs, son action persistante et à renforcement autonome en rapport direct avec la durée du traitement.

C. – En ce qui concerne ce point-ci, nous avons fait les progrès suivants :

EXPÉRIMENTATION 16 (de mars à mai 71)

Sous prétexte de combattre le paludisme, nous avons administré, à compter du 12 mars, 15 ml de TAP TEA à 100 soldats d'une division de l'infanterie de marine cantonnée au Viêt-nam. Après avoir répété la procédure utilisée dans le cas des quatre patients de la prison d'Indiana (cf. EXPÉRIMENTATION 3 DU 11/11/70), nous avons obtenu les résultats suivants :

94 p. 100 des sujets sont parvenus à ingurgiter, sans souffrir de nausées ni de malaises, 120 ml par jour de TAP TEA à partir du vingt-cinquième jour de la période d'accoutumance. Les 6 p. 100 restants ont souffert de rejets allergiques de diverses natures : réactions cutanées, maux d'estomac, diarrhées persistantes et autres.

Conclusion

L'accoutumance à une consommation journalière de 120 ml est relativement aisée pour un fort pourcentage de patients au terme d'une période qui oscille de trois à quatre semaines.

N.B. : Nous avons choisi la dose de 120 ml, parce qu'elle provoque un sommeil REM d'une vingtaine de minutes en moyenne, ce qui peut constituer la durée idéale pour les tâches auxquelles serait destinée la drogue.

EXPÉRIMENTATION 17 (de mai à octobre 71)

Cinquante soldats, choisis parmi le groupe ayant participé à l'EXPÉRIMENTATION 16 et devant rester cantonnés au même endroit pendant au moins neuf mois de plus, ont ingurgité la drogue à raison de 120 ml chaque fois, selon des doses non journalières mais hebdomadaires. Le traitement a débuté le 17 mai et a cessé brusquement le 1er octobre. Durant les deux semaines écoulées depuis, aucun n'a présenté d'anomalies pouvant offrir un intérêt expérimental.

Conclusions :

Étant donné que différentes observations cliniques permettent de supposer qu'il s'agit d'une drogue de dépôt, il se peut que, au cas où elle engendrerait une dépendance, la suppression violente du médicament ne produise de conséquences pathologiques notoires qu'au-delà d'un laps de temps plus prolongé. Les patients sont maintenus sous observation dans l'attente de résultats ultérieurs. Nous manquons d'éléments pour nous prononcer sur ce point.

D. – Cette ligne de travail, sans doute la plus urgente pour une évaluation primaire de l'efficacité stratégique de la drogue, a été abordée selon trois objectifs, définis comme suit :

D-1. – Vérifier sur un grand nombre de patients si l'amnésie du moment hypnotique se produit effectivement dans tous les cas.

D-2. – Déterminer si les patients obéissent aux ordres post-hypnotiques, y compris longtemps après les avoir reçus.

D-3. – Déterminer à quel point les patients sont en mesure d'obéir à des ordres posthypnotiques qui contrediraient leurs goûts et leurs convictions.

À cet égard, on a procédé comme suit :

EXPÉRIMENTATION 19 (Objectif D-1)

Pour vérifier l'amnésie lacunaire sur un grand nombre de patients choisis généralement parmi des bagnards et des soldats, on a préparé la séquence suivante :

Première séance :	Musique populaire en vogue.
Deuxième séance :	Courtes blagues.
Troisième séance :	Récits érotiques excitants, par une voix de femme.
Quatrième séance :	Transmission d'un match de boxe.
Cinquième séance :	Annonce alarmante d'une attaque atomique.
Sixième séance :	Menace de châtiments et de tortures corporels.

N.B. : Toutes ces expériences se sont réalisées isolément. Aucun patient n'a su qu'il faisait l'objet d'une étude spéciale.

Nous n'avons pas le temps, dans ce rapport succinct, de décrire en détail l'expérimentation 19 pratiquée durant six séances auprès de 178 patients. (Cf. annexe cryptographe 11-R37.)

D-1. – *Conclusion partielle* :

92 p. 100 des patients soumis au TAP TEA oublient complètement ce qu'on leur a dit durant le sommeil REM.

EXPÉRIMENTATION 20 (Objectifs D-2 et D-3, de mars à août 71)

Un ingénieur civil de quarante-cinq ans, qui reçoit des soins psychiatriques pour des troubles de caractère, a été accoutumé en dix-sept jours à ingérer une fois par semaine 120 ml de TAP TEA, sous prétexte d'un nouveau traitement. Cette expérience visait deux objectifs : vérifier si les patients exécutent les ordres ou les suggestions donnés durant le sommeil REM, même plusieurs jours ou semaines plus tard, et si, de plus, ils obéissent à des ordres qui attenteraient à leurs goûts ou leurs principes. On observera que les ordres ont été gradués selon l'indice de rejet qu'ils pouvaient engendrer chez le patient, dont on connaissait parfaitement la vie intime par l'intermédiaire du psychiatre traitant.

A. – Le 22 mars, on lui a suggéré de changer la couleur verte du grillage de son jardin pour du gris perle. Il a exécuté l'ordre le 4 avril.

B. – Le 25 mars, on lui a ordonné d'aller à la messe tous les dimanches. Le patient est catholique, mais ne pratique plus depuis son enfance. Or, dès le dimanche suivant, il a commencé à aller régulièrement à l'église, sans manquer à ce jour un seul dimanche. Il a déclaré au psychiatre qu'il n'était poussé par aucun accès de mysticisme, mais qu'il aimait bien se trouver là, écouter les hymnes, se souvenir de son enfance. Il a aussi déclaré que prier un peu le réconfortait.

C. – Le 28 mars, six jours avant le début de la Semaine sainte, on lui a ordonné de jeûner totalement durant le Vendredi saint, le Samedi saint et le dimanche de Pâques. Il a jeûné scrupuleusement. Quelque temps après, il a expliqué au psychiatre qu'il ne savait pas très bien pourquoi il avait fait ça. Il a supposé qu'il avait prétexté un jeûne religieux parce qu'il se sentait un peu gros et qu'il voulait perdre quelques kilos.

D. – Le 14 avril, on lui a ordonné d'inviter sa femme, dont c'était l'anniversaire, dans un restaurant élégant pour y manger des cuisses de grenouilles, puis de l'amener danser dans un night-club. On savait que la femme du patient adorait les cuisses de grenouilles et qu'elle se plaignait constamment que son mari ne sache pas danser. Il avait toujours déclaré pour sa part qu'il vomirait à coup sûr rien qu'à voir des cuisses dans son assiette. En plus, il souffre d'une timidité maladive. Il ne boit pas, ne fume pas et a toujours affirmé que la danse lui semblait une idiotie. Il a exécuté l'ordre en partie. Effectivement, le 17 mai, il a invité sa femme au restaurant, mais sans oser commander des cuisses de grenouilles. Il a déclaré au psychiatre que, quand il avait eu le menu en main, il avait failli surprendre sa femme en commandant des cuisses de grenouilles, mais qu'il avait senti la nausée l'envahir et qu'il s'était abstenu. Durant le repas, il a bu plus que jamais dans sa vie, puis, à demi ivre, il s'est rendu avec sa femme dans un night-club où il n'a pas cessé de danser jusqu'au petit matin. Il a attribué son attitude à l'ivresse, et l'idée de commander des cuisses de grenouilles à un plan qui était censé le raccommoder avec sa femme.

E. – Le 12 mai, on lui a ordonné de prendre une semaine de congé durant laquelle il devait faire quelque chose d'insolite qui amuserait et scandaliserait un peu sa famille. On lui a suggéré de se percer le lobe de l'oreille et d'y suspendre une boucle comme les gitans ou comme les hippies. Il a bien pris un congé du 6 au 13 juin, mais il ne s'est pas percé l'oreille et ne s'est pas mis de boucle. À ce jour, il n'a fait aucun commentaire à son psychiatre. Il n'a pas exécuté l'ordre.

F. – Le 15 juin, on lui a ordonné d'entrer tout nu dans la chambre de sa belle-sœur, qui est célibataire et envers qui, selon ses aveux au psychiatre, il ressent une violente attraction, toujours réprimée. Il a obéi au pied de la lettre le 2 juillet. Trois jours plus tard, il a commenté l'incident avec le psychiatre. Il lui a expliqué qu'à minuit, il avait senti un grand désarroi et qu'il s'était levé pour prendre un calmant ; mais qu'il s'était mis à boire et que, fin saoul, il s'était dénudé dans la salle de bains et était entré avec beaucoup de décision dans la chambre de sa belle-sœur avec un succès inattendu. Puis, pris de remords, il a consulté le psychiatre pour savoir s'il devait l'avouer à sa femme. Le médecin l'en a dissuadé et nous a déclaré que le patient se sentait émerveillé et intimement fier de son insolite aventure.

G. – Le 7 juillet, on lui a ordonné d'empoisonner le danois de son voisin, un bel animal pour lequel le patient a toujours éprouvé beaucoup d'admiration. Il n'a pas obéi et n'a fait aucun commentaire au psychiatre.

H. – Le 6 août, on lui a ordonné de laisser tomber des excréments dans le bénitier de son église paroissiale. Il n'a pas obéi et n'a fait aucun commentaire au psychiatre.

Sept de nos psychiatres, dans diverses villes du pays, ont effectué des expériences analogues auprès de 52 patients qui ont tous été traités par des séquences d'ordres post-hypnotiques, soigneusement conçues dans chaque cas selon leurs goûts personnels et leurs critères moraux et idéologiques.

Analyse quantitative des résultats

Il est évident que l'immense majorité des patients exécutent au pied de la lettre, plusieurs mois après dans certains cas, les ordres concrets qui leur ont été donnés.

A. – 98 p. 100 ont exécuté des ordres simples, type A (peinture du grillage), qui n'impliquent pas d'efforts et ne violent pas leurs principes et leurs goûts.

B. – 86 p. 100 ont exécuté des ordres type B (aller à

la messe) qui ne contredisent pas leurs principes, mais qui constituent une petite gêne.

C. – 78 p. 100 ont exécuté des ordres type C (jeûne de trois jours) qui, tout en coïncidant avec leurs principes, ne sont pas de leur goût et demandent un sacrifice physique considérable, sans raison d'être apparente.

D. – 28 p. 100 ont exécuté des ordres type D (danser, manger des cuisses de grenouilles) qui demandent au patient de surmonter sa timidité ou des inhibitions organiques difficilement contrôlables (nausées).

E. – 32 p. 100 ont exécuté des ordres type E (porter des boucles d'oreille de gitan) qui, tout en ne contredisant pas des principes moraux, demandent au sujet de violer fortement ses goûts et son comportement social.

F. – 92 p. 100 (!) ont exécuté des ordres type F (aventure dans la chambre de la belle-sœur) qui violent une morale primaire, mais donnent libre cours à la satisfaction des désirs refoulés.

G. – 8 p. 100 ont exécuté des ordres type G (empoisonner un chien) qui violent des sentiments humanitaires sans cause justifiée.

H. – 4 p. 100 ont exécuté des ordres type H (profanation scatologique) qui, de par leur caractère sacrilège ou antipatriotique ou parce qu'ils contrarient des sentiments profondément ancrés dans l'individu, répugnent à la plupart des êtres humains.

Conclusion générale :

Si l'on envisage d'utiliser la drogue à l'avenir, le plus significatif est l'attitude des patients face à des ordres du type F (aventure avec la belle-sœur). Le fait que 98 p. 100 des patients aient exécuté l'ordre prouve que le TAP TEA agit comme un très fort libérateur d'instincts ou de désirs refoulés.

Pat sut ce jour-là que le moment était venu de mettre son plan au point.

Les pharmacologues isoleraient tôt ou tard la substance inductrice de l'hypnose ; et si cette substance parvenait à faire que 98 p. 100 des sujets aient l'audace de s'envoyer leur belle-sœur, il savait d'ores et déjà quel serait son plan. Ce serait un plan dévastateur. Avec cette drogue en son pouvoir, il se donnait un délai de dix ans pour faire tomber des gouvernements entiers ; pour ruiner les plus solides édifices politiques. Oui, un grand écroulement, comme dans la maison Usher...

Cette nuit-là, allongé sur le dos, les deux mains croisées sur la nuque, incapable de dormir tant il était excité, il décida de nommer son plan USHER. Et USHER exigeait deux experts : un sémiologue et un marxologue. Le marxologue serait Max Weiner, le meilleur de l'Agence de son point de vue. Et le sémiologue, eh bien, ce serait lui-même, Pat O'Donnell, le meilleur de cette Agence-ci et de toutes les agences. Ses détracteurs et les analphabètes du *staff* verraient bien à quoi servait la sémiotique.

Pour le moment, l'important était que le boss sache tout en ne sachant pas. Pat ne se risquerait pas à lui camoufler des informations, mais il ne commettrait pas non plus la stupidité de lui faire écouter les cassettes contenant les informations codées du Dr Willoughby. S'il écoutait la dernière, il s'emballerait devant les possibilités de la drogue et la gaspillerait à coup sûr en une série de bagatelles. Et ça, Pat ne le lui permettrait pas. Cette drogue devait être réservée à une opération grandiose. À l'opération de renseignements la plus grandiose du siècle. Elle serait la clef de voûte du plan USHER.

En attendant, il vaudrait mieux accabler le boss sous une documentation horriblement technique, volumineuse, ennuyeuse. Le boss détestait la lecture, ce qui l'inciterait à lui demander de très brefs détails ; et Pat les lui fournirait, pour sûr, mais verbalement et à sa manière, de façon à gagner du temps pour mettre au point USHER. En tant que sémiologue et cubanologue, Pat s'estimait dans des conditions rêvées pour proposer une expérimentation pilote. Cuba était un petit pays, et elle pouvait y débuter sans de gros moyens.

Ce soir-là, Pat O'Donnell décida de parler dès le lendemain à Willoughby et de lui demander un rapport exhaustif sur la recherche phytochimique, qui serait sans aucun doute un pensum imbuvable, pour le refiler au boss. Puis il parlerait à Max Weiner. Ce gars-là s'emballerait sans aucun doute devant ce qu'il lui révélerait de la drogue. Et à eux deux, alliant marxologie et sémiotique, ils concevraient le plan USHER.

Puis, comme les jésuites le lui avaient appris à Cuba, il ferma les yeux, fit table rase de tout dans son cerveau et parvint à s'endormir en quelques minutes.

12

Le jeune homme au visage balafré

Un jeune homme d'une vingtaine d'années, au teint basané, de petite taille et aux traits harmonieux, une balafre lui tailladant le visage de la tempe à la base de l'oreille, entre dans le grand amphi bourré de monde. Il porte la chemise bleue des phalangistes et un portefeuille sous le bras. Les gardiens le laissent passer sans le regarder. Ils sont attentifs au discours de Millán Astray qui brandit, menaçants, les deux seuls doigts de sa seule main.

...Aussi disais-je qu'un cancer, le cancer des rouges, a souillé le corps de l'Espagne. Sinon, comment expliquer la trahison des Basques et des Catalans ?

Miguel se gratte la barbe.

Don Miguel se tiraille la pointe de la barbiche.

Don Miguel de Unamuno y Jugo se mordille la moustache.

Les années pèsent lourd sur ses cheveux blancs hirsutes, mais seulement sur ses cheveux. Le regard profond et vif, les lèvres fermes, le menton audacieux, l'éclat résonnant de ses pommettes et son grand nez classique révèlent encore beaucoup de cette fraîcheur altière des laboureurs basques.

Il respire avec vigueur, relève le front. Au-dessus du cercle de ses petites lunettes rondes, s'arquent des sourcils noirs. Les grimaces de Millán Astray et ses gesticulations incomplètes ont suggéré à Unamuno une sage réflexion : à sa connaissance, il n'existe dans aucune langue, pas même en grec, de substantifs qui expriment la honte qu'on éprouve devant le ridicule d'autrui. L'évêque Plá y Deniel serait-il en train de ressentir la même chose ? Unamuno ne l'a jamais vu si ramassé sur lui-même, la tête si basse, comme s'il voulait disparaître sous la pourpre de sa mitre qui rivalise avec son visage violacé : de honte ? de crainte ?

Et le barbare continue d'insulter Basques et Catalans. Unamuno passe en revue les toges lustrées des membres du corps enseignant. Il pense que certaines, si usées, mériteraient d'être accrochées auprès des tapisseries murales. Il promène maintenant son regard sur la salle. Il a décidé de se distraire et de ne pas prêter l'oreille au discours. C'est une vieille recette de l'art oratoire cicéronien contre la colère, ennemie de cette lucidité dont il a besoin pour répliquer à Millán Astray et à son clan.

Son regard s'arrête enfin sur le jeune au visage balafré qui s'avance, serrant son portefeuille contre lui, dans une allée latérale. Il ne saurait dire pourquoi, mais il pressent quelque chose de dramatique dans cette silhouette menue. La chemise bleue, trop grande, flotte autour d'elle. Alors il se met à compter les chemises bleues et il n'est pas encore arrivé à 10 quand un colonel aux cheveux blancs, très maigre et très grand, se dresse soudain au troisième rang pour acclamer quelque chose que vient de dire Millán Astray et lance avec rage :

– *Viva la muerte !*

Unamuno connaît ce slogan. Il sait qu'il s'agit là d'une création personnelle de Millán Astray, mais il ne s'attendait pas à l'entendre ce matin.

De nombreuses voix rauques, excitées par le discours, résonnent, assourdissantes dans l'amphi.

Les volontaires carlistes observent. Certains membres du corps enseignant, depuis leurs chaires drapées de cramoisi, échangent des regards, mais ne disent rien. Ils sont inquiets. Les glands de couleur qui ornent leurs toques universitaires s'agitent à l'unisson.

Les étudiants de Salamanque ne disent mot.

Unamuno observe les instruments de la clique, qui attend le moment des hymnes, au fond de la salle. Et, tout près des musiciens, il voit de nouveau le jeune au visage balafré, qui se met debout pour applaudir.

Millán Astray a haussé démesurément la voix. Unamuno réfléchit à la frontière sémantique qui sépare crier, vociférer et hurler.

...et seuls le fascisme et l'armée peuvent rendre la santé à l'Espagne...

Le général Millán Astray est un Galicien de La Corogne, à qui il manque un œil, un bras et d'autres morceaux du corps qu'il a lâchés çà et là au cours de ses longues fiançailles avec la mort. Il avait fait preuve de sa folie durant la guerre du Rif où il avait mis à sac de nombreux hameaux et villages. Les baïonnettes de la Légion, qu'il avait lui-même fondée, embrochaient en l'air les petits corps des enfants berbères. Les têtes des partisans d'Abd el-Krim, exposées en plein air, pourrissaient sur les souks du Rif.

Les échos de la répression déclenchée par la soldatesque de Millán Astray en terre espagnole étaient déjà parvenus aux oreilles d'Unamuno. Mais, maintenant, ses yeux qui s'étaient ouverts au monde dans le fracas de la seconde guerre carliste, contemplent, au couchant de sa vie, ce sabbat qui l'avilit en tant qu'Espagnol, en tant qu'humaniste et en tant que recteur de la plus fameuse université du monde hispanique.

Devra-t-il se taire ? Se taire, juste un 12 octobre, Jour de la race ? Qu'il s'était mépris quand il avait commenté que le fascisme « était quelque chose de très voyant, mais de vide » ! Il l'avait sous les yeux, purement et simplement, plein de contenu !

Et que pensait l'évêque ? Bah, Son Illustrissime continue de baisser la tête et de fixer l'améthyste de sa bague épiscopale ! Un peu plus loin, Carmen Polo, la femme de Franco, feint de ne pas se rendre compte des diatribes de Millán Astray et converse avec le gouverneur civil.

Aux pauses du discours, une poignée de légionnaires crient à tue-tête. C'est la troupe d'élite du général. Leurs visages basanés, brûlés dans les déserts africains, sont maintenant verts, bleus, jaunes. Dans la pénombre iridescente qui filtre des baies vitrées, ces visages homicides se teintent d'une sainteté primitive.

À gauche surnagent quelques bérets rouges des volontaires monarchistes, tandis que, dispersées dans toute la salle, les chemises bleues de la Phalange scandent phrase après phrase l'allocution de Millán Astray.

... à cause des Basques... ces traîîîtres !... et des Catalans, ces lâches !... et des rouges qui empoisonnent le corps de l'Espagne.

Ces derniers mots prononcés, une chemise bleue s'avance et, le bras dressé à la mode fasciste, salue un portrait de Franco qui pend, sous un dai, au mur du centre où apparaissait peu avant une allégorie de la République. Toute l'assemblée se dresse et on n'entend plus, pendant plusieurs minutes, que le tapage syllabique de Fran-co, Fran-co, Fran-co...

Unamuno ne scande pas. Il est le seul à ne pas s'être mis debout et il dévisage le public de face, l'expression ouvertement méprisante.

Il s'aperçoit maintenant que le jeune au visage balafré a abandonné sa place près des musiciens et qu'il avance par l'allée centrale. Et Unamuno s'oblige de nouveau à réfléchir sereinement, malgré le tumulte. Quels terribles coups auront marqué la vie de ce jeune homme ? De quoi sera-t-il orphelin ? Quelles salissures de l'âme l'auront vêtu de la chemise bleue ? Est-ce cette balafre, contrastant avec la délicatesse de ses traits, qui imprime tant de fanatisme à son visage d'imberbe ? Et dans sa jeunesse, sur sa peau au teint de rose, il lui semble distinguer une haine encore plus déterminée que celle de l'âne du troisième rang, partisan de la mort.

Mais oublie donc le gamin. Maintenant que les braiements de l'âne en chef viennent de se calmer, c'est ton tour. Parle-leur, Miguel. Tu présides cette assemblée. C'est le Jour de la race, et ils doivent t'entendre. Lève-toi, allons, la tribune t'attend. Tu vois ? Ils font silence. Garde pour toi le discours que tu avais préparé. Parle-leur de la seule chose dont tu puisses parler en un tel jour. Dénonce-les. Tu ne les crains pas. Mais... ils ne voudront pas t'écouter. Peut-être ne te laisseront-ils même pas parler... Peu importe ! Oblige-les à faire silence. Le monde doit savoir que ta race n'a pas renoncé aux idées. Regarde. Sois serein. Mais attends... attends que le silence soit total. Entre-temps, regarde-les. Les voilà devant toi. Et dire qu'en juillet tu as affirmé qu'ils étaient à la tête d'« une révolte en faveur de la civilisation » ! Ah, Miguel ! Cette phrase-là, tu la dois à ton peuple. Vas-y donc, commence. Même s'ils te fusillent, paie ta dette, Miguel.

Vous êtes tous suspendus à mes lèvres. Vous me

connaissez tous et savez que je suis incapable de garder le silence. Je n'ai pas appris à le faire en soixante-treize ans. Et je ne veux plus l'apprendre maintenant.

Unamuno s'est adressé aux membres du corps enseignant, assis sur les côtés, qui l'écoutent pleins de déférence et de crainte. Maintenant, son visage olivâtre se tourne vers les étudiants qui occupent la partie la plus éloignée de l'estrade.

Se taire revient parfois à mentir, parce que le silence peut être interprété comme un acquiescement. Et je ne saurais survivre à un divorce entre ma conscience et mes paroles, qui ont toujours formé un couple très uni.

Quelques étudiants se mettent à applaudir. De nombreuses mains se crispent pour réfréner la tentation imprudente de les imiter.

Le jeune au visage balafré, qui a suivi la cérémonie accroupi dans l'allée, se met debout. À côté de lui, le colonel chenu et un chef de la Phalange signalent les étudiants au regard des autres. Plusieurs index se tendent.

Unanumo redresse le front et prend un ton altier.

Je serai bref. La vérité est encore plus vraie quand elle est dépourvue d'ornements et de verbiage. Je tiens à faire un commentaire à l'allocution, si tant est qu'on puisse l'appeler ainsi, du général Millán Astray, qui est ici parmi nous. Laissons de côté l'affront personnel qu'impliquent ses invectives contre les Basques et les Catalans...

– Ce sont des traîtres ! crie le colonel chenu.

Beaucoup font chorus. Les huées et les trépignements reprennent de plus belle, mais Millán Astray impose silence de l'estrade. Ce que va dire le recteur l'intéresse. A-t-il gardé quelque chose dans la manche ?

Je suis né à Bilbao. Plus tard, j'ai épousé cette ville

de Salamanque, si chérie, mais je n'ai jamais oublié ma ville natale. Et Monseigneur, que cela lui plaise ou non, est un Catalan de Barcelone. Mais je viens d'entendre le cri insane et nécrophile de « Vive la mort » qui équivaut pour moi à celui de « À bas la vie »; et moi, qui ai passé ma vie à composer des paradoxes qui excitaient la colère de ceux qui ne les comprenaient pas, je tiens à vous dire, en tant qu'expert en la matière, que ce paradoxe ridicule me répugne. Et puisque vous l'avez scandé en l'honneur du dernier orateur, je ne peux me l'expliquer qu'en supposant que cet hommage s'adresse, quoique d'une manière excessive et tortueuse, à celui qui est en soi un symbole de la mort.

Un rugissement ébranle les vitraux de la salle. Phalangistes et soldats ne parviennent plus à rester à leur place. Ils commencent à s'entasser dans les allées, mais Millán Astray se met debout à grand renfort de simagrées et les fait taire d'un geste tranchant. Il veut savoir jusqu'où ira Unamuno. Il sera toujours temps de lui régler son compte s'il va trop loin. Ils verraient bien, ces penseurs, ce que c'est que de se frotter pour de bon à un soldat.

Et, à présent, passons à d'autres questions.

Unamuno fait une autre pause. Il se prend le menton dans la main et regarde le plafond, comme s'il cherchait des idées parmi les caissons typiques du style de Salamanque.

Alors, comme ça, d'autres questions, hein ? Millán Astray savait bien que cet hypocrite allait faire marche arrière. Il allait sans doute tenter maintenant d'arranger les choses, et, après les fadaises archiconnues sur Christophe Colomb et le reste, il finirait par faire l'éloge de...

Le général Millán Astray est un mutilé!

Hein, quoi! Comment? Ces mots l'excitent comme un coup de gant sur son visage de cyclope.

Oui, un mutilé, disons-le tout net. Un invalide de guerre...

– Comme Cervantès ! crie un phalangiste.

Le jeune au visage balafré menace Unamuno du poing.

Le gorille de Millán Astray, appuyé au mur derrière son fauteuil, prépare sa mitraillette. Le colonel chenu dirige les huées, mais ce sont les chemises bleues qui le font taire cette fois-ci. La plupart veulent savoir où aboutira ce discours si téméraire.

Oui, Cervantès aussi, mais les exceptions ne constituent pas la règle, elles y échappent. L'Espagne compte aujourd'hui beaucoup d'invalides, hélas, mais elle en comptera bientôt infiniment plus si Dieu ne nous secourt pas. Je tremble à l'idée que le général Millán Astray puisse dicter des formules destinées à la psychologie des masses. Ce serait horrible ! Un invalide dépourvu de la grandeur spirituelle de Cervantès – qui fut un homme viril et tout d'une pièce malgré ses mutilations –, un mutilé, je le répète, qui manque de grandeur de pensée, peut trouver un soulagement ignominieux à voir des mutilés autour de lui. Et le général Millán Astray n'est pas un cerveau choisi, bien qu'il soit impopulaire ; ou, plutôt, c'est bien pour cela qu'il est impopulaire. Le général Millán Astray voudrait recréer l'Espagne ; une création négative, à sa ressemblance ; et c'est pour cela qu'il veut voir l'Espagne mutilée, comme il nous l'a dit sans le vouloir.

Là, le général Millán Astray ne peut plus se retenir davantage et crie, hors de lui :

Muera la inteligencia !

Un membre du corps professoral se met debout et riposte :

Que viva la inteligencia !

Tous ceux de l'estrade se mettent debout. Plusieurs professeurs en toges se groupent autour d'Unamuno. Légionnaires et chemises bleues entourent leur héros outragé.

On entend de nouveau retentir dans la salle la voix de stentor du colonel chenu :

– *España !*

– *Una !* crient de nombreuses voix en chœur.

– *España !*

– *Grande !*

– *España !*

– *Libre !*

Certains, qui avaient préféré ne pas faire cause commune, remuent les lèvres. Ils n'osent pas rester silencieux.

Dans l'amphi, d'autres chemises bleues menacent les étudiants qui ont acclamé le recteur un peu avant. À ce même moment, le jeune au visage balafré déboutonne une de ses manches et palpe, sans détourner les yeux d'Unamuno, la poignée du stylet qu'il porte attaché à l'avant-bras.

Carmen Polo fait un signe à la Garde du Palais qui l'accompagne, et les soldats font évacuer l'estrade.

Quand Millán Astray s'assoit, la salle l'imite. Le tumulte cesse rapidement. Tout le monde veut désormais savoir jusqu'où ce candidat au suicide, qui avale quelques gorgées d'eau calmement et sans que sa main tremble, ira en insultant ainsi le général.

Ceux de la Phalange pressentent un spectacle superbe. Au point où Unamuno a poussé les choses, le général impulsif est capable de lui décharger son pistolet en plein visage. Les légionnaires sont dans l'expectative. Beaucoup ont pâli. Mais sans rien pouvoir faire. Si ça ne tenait qu'à eux, ils détruiraient le grand amphi, mais ils savent que le général fusillerait quiconque lui volerait l'initiative contre le recteur.

Faisant preuve d'un aplomb lourd de défi, Unamuno se sèche les lèvres avec son mouchoir. Sans un seul tremblement dans la voix, le regard plein d'augures, il poursuit :

Car, dans ce temple de l'intellect, le grand prêtre, c'est moi. Et vous êtes en train de profaner cette enceinte sacrée. Et malgré tout ce que peuvent bien dire les proverbes, j'ai toujours été un prophète dans mon pays. Et c'est à ce titre que je vous dis : Vous vaincrez, mais ne convaincrez pas. Vous vaincrez parce que vous avez la force brutale ; mais vous ne convaincrez pas, parce que convaincre veut dire persuader, et que, pour pouvoir persuader, vous auriez besoin de ce qui vous fait défaut : la raison et le droit dans la lutte. J'estime futile de vous exhorter à penser à l'Espagne.

Lentement, accompagné d'un professeur qui s'est levé pour le prendre par le bras, le vieux recteur commence à descendre les marches, sous les invectives et les menaces de prison et de mort. Carmen Polo sort en même temps qu'eux avec son escorte, qui fait bonne garde et leur ouvre un passage. De nombreux officiers et les chefs de la Phalange, qui occupaient les premiers rangs, se pressent maintenant aux balustrades et au bord des allées. Certains ont grimpé les marches ; d'autres tentent d'interpréter les coups de poing que Millán Astray abat sur la table, tout en parlant au gouverneur civil et en signalant tour à tour le portrait de Franco et les membres du corps enseignant.

Quand le jeune au visage balafré voit passer Unamuno à deux pas de lui, il serre fort le manche du poignard et le plonge entre les côtes du colonel chenu, qui vocifère des insultes devant lui.

Le coup de poignard lui coupe le souffle et il tombe assis sur un siège. Avant qu'on puisse se rendre compte de l'attentat, le jeune au visage balafré gagne la rue, mêlé au groupe de phalangistes qui attend la sortie des étudiants et des partisans du recteur pour leur cogner dessus.

C'était le 12 octobre 1936.

Deux heures après la cérémonie, Franco édictait à Burgos l'ordre de fusiller sur-le-champ quiconque enfreindrait gravement la loi. Quelqu'un, plus avisé, démontra à Millán Astray que cela porterait préjudice au prestige du nouveau Mouvement de salut.

Personne n'osa toucher à Unamuno qui, dès midi, fut confiné dans sa maison de la rue des Brodeurs.

À cette même heure, le colonel chenu expirait à l'hôpital.

Une paysanne se leva d'un des bancs du couloir où on avait transporté le cadavre en direction de la morgue. Un fichu noir, noué sous le menton, lui dissimulait une partie du visage. Elle portait un paquet sous le bras.

Peu après, tandis que le paquet s'enfonçait dans les eaux paisibles du Tormes, elle pensa à sa mère, restée toute seule dans le village minier.

Cela faisait quatorze mois qu'elle ne la voyait plus.

Maintenant, le fait de s'en être sortie saine et sauve, d'être en liberté la poussait à la rejoindre.

Maintenant, elle pouvait le faire.

Elle avait fait payer au colonel ses morts, sa cicatrice et son honneur. Quand elle rentrerait dans les Asturies, elle pourrait même accepter un mari qui l'aiderait à assurer une vieillesse tranquille à la mère.

Si seulement ses trois morts la laissaient enfin dormir !

13

Les Mains-de-Macaques

Le *doutor* Zequeira et son chauffeur l'accompagnèrent à bord d'une jeep de l'INPA. Durant le trajet, les tentatives d'engager le dialogue se terminèrent sur des banalités.

À l'aérodrome, tandis que le pilote Oliveira et le chauffeur portaient les deux sacs à dos dans l'avionnette, les yeux bleu ciel de Da Silva errèrent sur le paysage matinal. Sa peau rose semblait très pâle. Une barbe rousse, poivre et sel, lui couvrait maintenant le visage. Quatre heures avant un parachutage sans préparation sur un village d'Indiens inconnus, les adieux n'étaient pas quelque chose de facile.

Oliveira fit chauffer les moteurs. Le chauffeur revint auprès d'eux pour faire savoir que le *doutor* pouvait monter dans l'avion quand il voudrait.

Da Silva et Zequeira se regardèrent enfin face à face.

Da Silva sourit.

Je reviens le 23 août, dans l'après-midi, dit-il.

À quelle heure ? plaisanta Zequeira, et Da Silva se mit à rire.

Zequeira frissonna.

Il fit semblant de s'intéresser au temps et fit demi-tour pour regarder vers le sud.

D'ici au 23 août, il restait encore six mois. C'était

la durée du séjour que Da Silva se proposait de faire parmi les Indiens. Ce jour-là, selon l'accord conclu, Oliveira repasserait le chercher.

Et la blague au sujet du jour et de l'heure du retour prouvait à quel point ce voyage était absurde et utopique. Da Silva volait vers la mort.

Oui, le 23 août, Zequeira reviendrait l'attendre ici même, en ayant la certitude funèbre que l'avion d'Oliveira rentrerait vide.

Il voulut dire quelque chose, mais il savait que, s'il ouvrait la bouche, sa voix se briserait et ses yeux s'embueraient de larmes.

Quand ils s'étreignirent, Zequeira sut qu'il lui faisait des adieux définitifs. Et il s'éloigna aussitôt sans se retourner.

De la terrasse de l'aéroport, il vit l'avionnette qui roulait sur la piste.

Da Silva le salua en agitant les deux bras.

Zequeira agita son mouchoir.

Le chauffeur ne put retenir ses larmes.

– Putain de vie ! dit Bernardinho.

Inexplicablement, Zequeira se sentit mieux. Il retrouva sa voix et tâcha de consoler Bernardinho.

Après tout, il fallait bien mourir, bordel de merde ! Si seulement tout le monde avait ces *culhões*-là...

Le chauffeur était inconsolable.

Un homme comme ça, mourir au milieu des sauvages ? Sans même un proche qui le pleure ? Non, docteur, non. Sauf son respect, il ne parvenait pas à se faire à cette idée-là. C'était un truc de dingues. Oh, il les avait bien accrochées, pour sûr, mais tout ce qu'il ressentait, c'était de la peine et de l'épouvante. Jusque-là, il n'avait encore rien dit, mais sauf son respect...

Nimbé de brume, le soleil s'était élevé de la hauteur de trois corps au-dessus du toit de la forêt amazonienne. Quand le Piper-Cub se fut converti en un petit point scintillant en direction du sud, Zequeira monta dans la jeep, et ils rentrèrent sans échanger un mot.

Trente ans auparavant, accompagné de celle qui était alors sa femme, Da Silva avait été l'une des rares personnes à être sorti vivant du territoire des Xavantes, dans le Haut-Xingú. En sa qualité d'ethnologue, il avait prétendu démontrer à l'époque que les tribus primitives respectaient le couple humain. Et il l'avait prouvé en risquant sa peau et celle de Mariana, morte voilà environ deux ans.

À cette occasion-là, au retour, les Indiens l'avaient escorté un jour entier dans leurs pirogues. Il avait noué avec eux des relations cordiales. Il avait rédigé un des premiers travaux de lexicographie scientifique sur les dialectes des Xavantes, parlés sur le Rio das Mortes. Ensuite, le SPI (Service de protection des Indiens) – ou SDI (Service de destruction des Indiens), comme l'appelait Da Silva – avait gâché son œuvre en y envoyant des fonctionnaires vénaux qui avaient fini par devenir les complices des spoliations et des massacres d'indigènes commis par des gros propriétaires terriens et des aventuriers du coin.

Au milieu des années 50, Da Silva avait pris la tête d'une croisade destinée à défendre les Parintintín et les Bouches-Noires, qu'on était alors en train d'exterminer sur le Madeira. Il avait dénoncé les massacres que Manuel Lobo, le plus puissant *seringueiro* de la région, orchestrait par l'intermédiaire de ses tueurs et avec la complicité des « pacificateurs » du SPI. À Porto Velho, il avait été la cible des tueurs de « Papa » Lobo, embusqués derrière les arbres de la Rondonia. Da Silva s'était élevé dans les journaux de Rio contre le génocide qui se perpétrait sur ces terres colonisées par le maréchal Rondon, philanthrope comtien, Brésilien éclairé, qui avait aimé et protégé les Indiens.

En vain ! C'était l'époque de Juscelino Kubitschek, l'« aventurier de l'idéalisme », comme celui-ci se plaisait à s'appeler. Et pour concrétiser contre vents et marées son rêve de Brasília, il stimula en douce l'extermination des Indiens dans le Goias. Il fallait ouvrir des routes en direction de Brasília. Il fallait coloniser la forêt vierge environnante, fonder des villages, construire des barrages. Oui. Les Indiens étaient une gêne dans le projet du nouveau Ptolémée, qui aspirait à l'immortalité en faisant frapper ses initiales J.K. sur l'œuvre augurale de l'architecte Niemeyer, éclectique « prix Staline », conciliateur des avant-gardes et du socialisme, partisan de constituer, avec Indiens et tout le reste, pourquoi pas ? le paysage de son architecture.

Mais Ptolémée Kubitschek, Juscelino mégalo, Juscelino dynaste, baptisait chaque nouveau groupe d'édifices du nom de l'un de ses fils et livrait la forêt vierge aux dompteurs, appelés à gagner leurs titres de propriété en abattant d'un même coup de cognée arbres et Indiens.

Da Silva contestait aussi les méthodes du SPI. Quand les fonctionnaires voulaient gagner la confiance de tribus qui n'avaient pas encore eu de contact avec le XXe siècle, ils survolaient leurs hameaux et y parachutaient des cadeaux : des objets métalliques, des couteaux, des scies, des seaux, des aliments. Ils appelaient ça la méthode de l'« approche par les dons ».

Au début, les Indiens se cachaient, mais, au bout d'une série d'« approches », quand ils voyaient apparaître les avionnettes du SPI, ils sortaient les saluer en manifestant de l'allégresse. C'était alors que les « civilisateurs » se lançaient en parachute. Les missionnaires catholiques et protestants qui avaient reçu la permission du gouvernement de catéchiser les indigènes employaient également cettc méthode.

Selon Da Silva, il était antiscientifique et inhumain de larguer des produits du xxe siècle sur une population préhistorique. Il avait publié plusieurs articles pour justifier sa critique de la méthode des dons. Au premier contact, il fallait arriver les mains vides. Ce n'est qu'ensuite, mais très graduellement, qu'on pouvait les introduire dans le monde moderne. Et il fallait arriver jusqu'à eux en pirogue, en naviguant sur les cours d'eau. Jamais en avion. Pour ne pas détruire leurs cultures primitives et aider les Indiens à survivre comme race, Da Silva assurait qu'il fallait travailler avec eux durant des années, forcer leur confiance, les aider à se développer dans le cadre de leur propre stade d'évolution culturelle et technique, de ce qui leur était compréhensible. Leur laisser voir une avionnette, faire étalage de fusils et de magnétophones, c'était les confondre ; cela revenait, comme il le disait, à les détruire « à coups de siècle ».

Da Silva l'avait compris du jour où le chaman d'un hameau *parukoto* avait insisté pour qu'il lui apprenne à fabriquer une montre et un appareil photo. Le sorcier ne se contentait pas du cadeau : il voulait à tout prix apprendre les rites nécessaires pour produire des Kodaks et des Rolex.

Da Silva demandait qu'on arrive à eux par les fleuves, qu'on gagne leur confiance en leur apprenant à fabriquer des objets rustiques, en rationalisant quelques opérations simples, comme les semailles, le transport de l'eau par des canaux de bambou, etc. Il proposait de ramener ensuite un ou deux adolescents dans des centres urbains pour qu'ils soient témoins de ce qui se passait dans le monde et qu'ils l'expliquent eux-mêmes aux leurs. Ce n'est qu'alors qu'on pourrait leur offrir quelques produits de l'industrie moderne.

Pourtant, en se préparant à sauter au-dessus du hameau des Mains-de-Macaques, Da Silva emportait dans ses sacs à dos des outils de métal, une montre, un appareil photo, un magnétophone, un projecteur, des pellicules couleur, des médicaments et des conserves.

Pour justifier devant Zequeira la violation de ses principes, il lui avait expliqué qu'il était impossible d'atteindre le territoire des Mains-de-Macaques en remontant les fleuves. Le hameau était trop loin dans la forêt vierge. Il avait aussi prétexté que ce contact pouvait dévoiler une énigme de l'ethnologie amazonienne, et que c'était peut-être son dernier travail. Il redoutait que la maladie l'empêche de le prolonger pendant plusieurs années. Peut-être ne pourrait-il pas réaliser un nouveau voyage dans la région. L'appareil photo et le magnétophone lui étaient donc indispensables.

Zequeira n'était pas un ethnologue, mais un phytochimiste de profession ; toutefois, en tant que directeur du plus gros centre de recherche amazonienne, il avait pris part aux polémiques entre ethnologues et, années durant, défendu véhémentement les théories de Da Silva, en opposition radicale avec les directives officielles.

Quand Da Silva lui avait fait part de son projet, Zequiera s'y était opposé. Tout d'abord, il lui semblait suicidaire. Ensuite, au nom de quel intérêt scientifique se permettait-il maintenant de détruire violemment l'évolution d'une culture préhistorique ? Allait-il bafouer ce qu'il avait si longtemps prôné ? Avait-il décidé de troquer la vraie science pour le cirque ?

Au bout de quelques jours, ayant constaté l'entêtement inébranlable de Da Silva, Zequeira avait néanmoins décidé de le seconder. Comment s'opposer à la dernière volonté du vieil ami qui préférait s'immoler plutôt que de mourir sur un lit d'hôpital ?

Ce matin-là, Zequeira fut obnubilé par l'image d'un gros champignon blanc d'où pendait un homme qui descendait sous les regards effrayés de centaines d'Indiens dissimulés dans la forêt vierge. Des arcs tendus, des flèches empoisonnées, et, horreur, le corps de Da Silva transpercé et sanglant !

Il ne put se concentrer au travail. Si tout se passait bien, le Piper-Cub devait être de retour peu après 3 heures de l'après-midi. Il téléphona à l'aérodrome : S'il vous plaît, qu'on l'avertisse à l'INPA dès que l'avion d'Oliveira serait en vue.

À midi, le Piper ronflait au-dessus de l'Aripuanã. Son ombre cruciforme se traînait sur la frondaison de la forêt vierge. Le hameau des Mains-de-Macaques devait se trouver à quelque 90 km au sud-est.

Décidé à sauter à moitié nu, Da Silva avait ôté ses vêtements en décollant de Manicoré. Il porterait en tout et pour tout un short et des tennis. Il était important que les Indiens voient qu'il n'était pas armé.

À peine un quart d'heure plus tard, Oliveira braqua ses jumelles vers le sud. Il les passa aussitôt à Da Silva par-dessus son épaule. À environ 3 km de là s'élevait une colonne de fumée blanche. Serait-ce le hameau ?

Da Silva acquiesça, mais en survolant le village, il secoua la tête.

Non, ce n'était pas le hameau des Mains-de-Macaques. En dessous d'eux, la grande case des hommes célibataires était orientée vers le nord, et la cage de l'épervier royal était située presque au centre. Dans le hameau des Mains-de-Macaques, en revanche, selon la photo que Da Silva apportait avec lui, la case des hommes était bien plus grande et se trouvait à l'ouest. Et elle n'était pas au centre, mais légèrement décalée en direction du nord-est, vers la partie la plus étroite d'une esplanade, non circulaire comme celle qu'ils avaient sous les yeux, mais en forme de poire.

Non, non. Ça ressemblait plutôt à un hameau des Tenharim. Presque à coup sûr, il devait s'agir de celui qui portait le numéro 7 sur la carte, mais il n'en était pas certain. Mais si c'était ça, alors le village des Mains-de-Macaques devait se trouver à quelque 20 ou 25 km en direction est-sud-est.

Oliveira rectifia le cap, et ils aperçurent rapidement de la fumée, à deux endroits distants entre eux d'à peu près 8 km du sud au nord-est.

Oliveira se retourna pour interroger le docteur du regard. Da Silva désigna la fumée la plus au nord. C'était égal ! Tôt ou tard, il devrait sauter en parachute sur un hameau de ces parages.

Il respira fort. Il continua de fixer la colonne de fumée qui montait toute mince en face de lui. Elle s'élevait d'environ quatre mètres au-dessus des arbres avant de se dissiper, aspirée par le vent.

Se tendait-il des pièges à lui-même pour retarder le saut ?

Il savait bien que la fumée des Mains-de-Macaques, c'était l'autre : celle de derrière, à sa droite.

Il sourit. Ferma les yeux. Avala sa salive. Tortueux labyrinthes que ceux de l'instinct de conservation !

En effet, en approchant, ils virent un autre hameau très semblable au premier. Oliveira descendit à moins de cent mètres. D'en haut, ils aperçurent un terrain d'atterrissage, non loin du hameau. À un bout, on voyait une grande croix verte formée d'herbes et traversée par un gigantesque INRI. Pas de doute. C'était bien le hameau où catéchisaient les jésuites nord-américains, dont l'un avait fourni le gros des informations les plus récentes sur les *Mãos de macaco*. À peu près six mois avant, le père Jones avait publié dans une revue catholique des États-Unis un article sur des thèmes linguistiques et ethnologiques au sujet des Oreilles-de-Bois. Da Silva avait eu ensuite un long entretien, à São Paulo, avec un autre missionnaire, et c'était justement cette conversation qui avait éveillé en lui son intérêt véhément pour les Mains-de-Macaques, que les Oreilles-de-Bois appelaient dans leur langue du nom approximatif de « guerriers qui souffrent en riant ».

Le nom de *Mãos de macaco* était traduit de l'aripaktsa, une langue non encore cataloguée dans une famille, mais dont l'étude avait été entreprise par un linguiste brésilien qui avait vécu plusieurs années dans un village du Canumã. Et, dans cette même région, les Itogapuk, les Tapayuna, les Apiaka et les Morerebi faisaient aussi allusion avec crainte aux Mains-de-Macaques. Selon eux, c'étaient de redoutables guerriers. Ils apparaissaient tous les quatre ou cinq ans dans leurs hameaux pour enlever des jeunes filles impubères. Ils arrivaient toujours dans les meilleures dispositions, offrant des cadeaux issus de leur art plumassier. En cas de refus, ils revenaient en masse et combattaient férocement. Ils gagnaient toujours. Mais ils ne mettaient pas le feu aux hameaux et ne faisaient pas de prisonniers. Ils parlaient une langue incompréhensible. Ils avaient des paumes rugueuses et rosées, comme celles de certains singes. Ils les brûlaient, disait-on, pour obtenir cette couleur. Ils mouraient en souriant. Ils ne se plaignaient jamais. Presque toutes les tribus environnantes avaient accepté, plutôt que de souffrir les terribles attaques des Mains-de-Macaques, de recevoir leurs présents et de leur livrer les jeunes pucelles qu'ils réclamaient.

Le missionnaire jésuite confirmait ce qui avait semblé à ce jour une légende. Et le plus intéressant, c'était que son information provenait des Oreilles-de-Bois, dont le hameau n'avait aucun contact avec les tribus Itogapuk et Aripaktsa qui vivaient très loin de là et parlaient des langues différentes.

La renommée que les Mains-de-Macaques avaient acquise parmi leurs voisins du Sud était maintenant confirmée par les Oreilles-de-Bois, situés au nord-ouest.

Quand le missionnaire jésuite montra aux ethnologues de São Paulo quelques exemplaires de l'art plumassier des *Mãos de macaco*, la qualité technique et artistique des pièces fit sensation.

Trois ans plus tôt, quelques mois avant que les jésuites n'installent leur mission au milieu des Oreilles-de-Bois, les Mains-de-Macaques avaient enlevé sept jeunes filles et laissé un ornement de plumes en cadeau pour chacune. Le *doutor* Da Silva ne parvenait pas à s'expliquer comment une tribu isolée en pleine forêt vierge était capable de produire un art plumassier d'une telle qualité. Ils recouraient à une technique très similaire, quasi identique, à celle des Indiens Urubu-Kaapor, distants de plus de 1 000 km en direction du nord-est.

Les jésuites avaient extrêmement bien organisé la recherche linguistique sur les dialectes de la région.

Grâce aux témoignages des différentes tribus voisines, ils avaient collecté une dizaine de mots de la langue parlée par les Mains-de-Macaques : guerrier, jeune fille, ornement de plumes, nourriture, fleuve, arbre, jour, nuit, soleil, lune, qui, décidément, n'appartenaient pas à la souche tupi. Seraient-ils de souche arawak ? Seraient-ils des Caraïbes ? Seraient-ils des Xé ? Et, s'ils l'étaient, comment expliquer que leurs artistes soient capables de rivaliser avec le meilleur art plumassier tupi-guarani ?

Tout ceci avait suscité un intérêt soudain pour les Mains-de-Macaques. Les jésuites eux-mêmes avaient survolé leur hameau à plusieurs reprises, pris des photos et parachuté des cadeaux. Chaque fois, ils les avaient vus s'enfuir de l'esplanade du hameau vers la forêt, avec femmes et enfants. Ils ne touchèrent pas aux cadeaux largués par les jésuites. Les objets métalliques, les seaux, les grands récipients de plastique n'avaient toujours pas bougé de l'endroit où ils étaient tombés. D'autres objets de bois et de plastique avaient été brûlés délibérément. Et on n'avait jamais plus rien su d'un groupe de onze *garimpeiros* qui avaient pénétré dans leur territoire pour y laver de l'or, vers le milieu des années 60. De toute évidence, ils ne voulaient pas de visites.

« Il est fou », pensa Oliveira quand Da Silva lui endossa le chèque de cinq mille dollars qu'il avait reçu de la Rockefeller Foundation.

« Il est fou », se redit-il tout en virant vers le sud-est, vers le point où devait sûrement se trouver le hameau qu'ils cherchaient.

Devant l'imminence du saut, Oliveira ajusta les ceintures de sécurité, l'une sur l'abdomen, l'autre sur les cuisses, pour résister aux soubresauts du parachutage, puis il se retourna et indiqua à Da Silva d'en faire autant. Il le vit, pâle, prendre les extrémités de la première ceinture. Il eut pitié. Il était en quelque sorte le complice d'une mort sûre.

« Fou, fou à lier ! »

Avec tous ces antécédents, comment cet homme allait-il droit à la mort rien que pour vérifier une idiotie au sujet de quelques plumes et d'un charabia de sauvages ? Et il eut alors la certitude, en apercevant la cour piriforme et en constatant que les seaux d'aluminium et le récipient de plastique luisaient encore au soleil, intacts, dans des essarts proches, que les os de ce vieux pourriraient là à jamais.

Da Silva, avec sa barbe rousse parsemée de taches poivre et sel, avec sa peau glabre et rosée, regardait, bouche bée, comme hypnotisé, en dessous de lui.

Oliveira sentit de la compassion, puis de la rage. Que ses proches le pleurent, *porra* !

Malgré les deux ceintures qui l'attachaient au siège, Oliveira parvint à renverser la tête par-dessus son épaule. Da Silva le regardait, souriant. Il lui fit un clin d'œil.

Suivant les instructions du pilote, il avait lui aussi attaché les deux ceintures et portait le petit parachute, ouvert et soigneusement plié, sur les genoux ; il portait également les deux sacs à dos, fixés l'un à l'autre et au parachute.

Il était prêt pour la manœuvre. Oliveira décida de larguer les paquets à l'autre bout de la friche, près de l'endroit où les cadeaux des jésuites gisaient abandonnés. Il n'y avait pas de vent. Plusieurs fumées verticales montaient du hameau. Pas un seul Indien en vue. Ils s'étaient sûrement déjà embusqués. Quand il se disposa à incliner le Piper-Cub, il fit le signe convenu, le pouce levé par-dessus l'épaule. Il poussa le palonnier vers la droite, assez pour que sa tête décrive un cercle latéral de 90°. Quand Da Silva constata qu'une des ailes était à la verticale, sans effort, il poussa les sacs qui tombèrent dans le vide.

Il eut la nausée. Il parvint à voir le parachute qui s'ouvrit aussitôt. Le ceinturon lui comprimait l'abdomen. Oliveira, qui avait viré brutalement sur le côté pour faciliter le largage des sacs, revenait à la position horizontale avec beaucoup de lenteur. L'avionnette vrombit sur un mode plus aigu. Da Silva ferma les yeux. Ses viscères mirent plusieurs secondes à reprendre leur place. Il avait perdu l'entraînement. Sans ouvrir les yeux, il se mit à dégrafer les ceintures. Il se sentit mieux. Le parachute descendait lentement vers l'endroit prévu. Pourvu que l'impact de l'atterrissage n'endommage pas le projecteur et le magnétophone ! Il regarda de nouveau le village. Pas une âme. Oliveira commença à tourner en rond. Il remonta un peu. Il y avait plus de dix ans que Da Silva n'avait pas sauté en parachute. Ce qu'il redoutait le plus, c'était l'atterrissage. Ses pieds n'étaient plus aussi solides qu'avant. La plante lui faisait parfois mal. Le métatarse était légèrement affaissé. Il espérait toutefois que le fort bandage le protégerait au moment de la chute.

Quand Oliveira amorça une nouvelle descente vers le hameau, il se tourna sur son siège pour l'interroger, les sourcils arqués.

Da Silva acquiesça. Oliveira lui tendit la main droite. C'étaient les adieux.

Ils avaient décidé que Da Silva resterait assis. Le pilote inclinerait de nouveau l'appareil, si bien qu'en essayant de se mettre debout, Da Silva tomberait dans le vide.

Encore quelques secondes, et il serait temps de sauter. Il reposa légèrement la main droite sur le bord de l'habitacle, le bras tendu, pour s'en désolidariser quand le Piper-Cub s'inclinerait. Il regarda fixement la nuque du pilote, dans l'attente d'un signe. Il pensa à Mariana, à sa mère, éclairs fugaces de l'enfance, son oncle Arnaldo lui achetant une tranche d'ananas sur l'avenue Rio Branco, et comme cela lui était arrivé d'autres fois à des moments difficiles, il se sentit envahi d'une douce sérénité.

Ça y est, le signal, Oliveira vient de dresser le pouce ! Yeux fermés, pression sur le bras droit, debout maintenant, partir la tête la première, l'air qui lui gifle le visage, les genoux ramassés, un, deux, chatouillement sensuel du vide, caresse dans la moelle, trois, quatre, ineffable jouissance du vertige, étirement des joues, crispation des testicules, cinq, désir de ne pas haler la corde du parachute, de prolonger l'accélération jusqu'à l'évanouissement orgasmique...

Il tira fermement.

Les nausées revinrent, plus fortes que jamais, un haut-le-cœur, un goût amer dans la bouche, des larmes aux yeux... Le Piper-Cub d'Oliveira descendit un peu, vira en rond devant lui, le pilote le salua des deux mains, tourna à droite, puis dans son dos. Da Silva allait tomber tout près du hameau, à moins de 100 m. Il entendait maintenant le bruit de l'avion sur sa gauche.

Oliveira vira de nouveau. Il voulait le voir tomber. Il braqua sur lui ses jumelles. Le voilà, le pauvre, accroché solidement aux suspentes du parachute. Il restait encore quelque 80 m... Pas une âme en vue. Le seul indice de vie humaine, c'était la fumée.

Oliveira regarda sa montre. Il était 12 h 17.

À 16 h 15, Oliveira atterrissait à Manaus. Le *doutor* Zequeira était là. Il était venu avant qu'on ne l'appelle. Il attendait avec impatience depuis 15 h 30, scrutant le ciel vers le sud.

Dès que le Piper-Cub se fut immobilisé, Zequeira s'approcha presque en courant, suivi de son chauffeur.

Oliveira ôta ses lunettes, coupa le contact et les salua le poing fermé et le pouce levé. Et une minute plus tard, tout en longeant la piste pour gagner l'édifice, oui, docteur, bien sûr que oui, Oliveira l'avait vu tomber, il avait fait trois tours avant de s'éloigner en direction du Madeira. Da Silva avait eu beaucoup de chance au moment du saut, il n'y avait pas de vent, il était tombé dans des essarts, sur de la terre meuble, à environ 80 m du hameau, il n'y avait pas d'Indiens en vue, mais des fumées. Oliveira l'avait vu se relever, se débarrasser du parachute, se diriger vers le village. Il l'avait vu à la jumelle s'avancer sur l'esplanade intérieure et s'arrêter, les bras en l'air, devant une espèce de cage. Mais comme Da Silva lui avait recommandé de s'éloigner au plus vite, eh bien, il l'avait fait. Selon le *doutor*, les Indiens ne se laisseraient pas voir tant que le Piper-Cub n'aurait pas disparu. *Porra* ! il s'était éloigné le cœur serré.

Parfait, du moins, il ne s'était pas accidenté en sautant.

Oui, du moins, ils ne l'avaient pas arrosé de flèches à la descente.

De toute façon, c'était horrible ; à l'heure qu'il était, il pouvait déjà être...

Oui, oui, il pouvait l'être, effectivement, il le pouvait. – C'était même le plus probable...

14

Souvenirs d'un général à la retraite

Les Arnaiz ? Bien sûr que je les ai connus. Ils ont servi tous les deux sous mes ordres, le père et le fils. Le colonel est resté avec moi de 32 à 36. Vous dites ? Oui, au Maroc. Euh, attendez voir... ça devait être... en juillet, ou peut-être en août 32. Oui, à l'âge que j'ai, la mémoire vous trahit un peu, vous savez ? Ce que je me rappelle bien, en revanche, c'est que, quand le général Sanjurjo a soulevé les troupes à Séville, Arnaiz commandait la garnison de Cordoue et qu'il a été un des premiers à se joindre à lui... Oui, bien entendu, et alors, comme le soutien que Sanjurjo croyait assuré à Madrid lui a fait défaut, il s'est réfugié au Portugal, et Arnaiz a dû partir avec lui, mais il a reparu quelque temps plus tard au Maroc. Vous dites ? À vrai dire, maintenant, je ne pourrais pas vous le certifier, mais je pense que le général Silvestre, ou Millán Astray en personne, a dû intercéder. Bien sûr que si ! Millán Astray disait que les Arnaiz étaient des soldats de race. Et ça, c'est vrai ; au moment d'Anual, en 21, Arnaiz a agi en héros, et c'est grâce à lui que le général Millán Astray s'en est sorti sain et sauf. Oui, oui, oui, je vous le dis, un vrai militaire, et qui n'avait pas froid aux yeux, je peux vous l'assurer. Comment ? Le fils ? Oui, c'est bien ça, Jaime, le capitaine Jaime de Arnaiz. Eh bien, écoutez, ce gars-là, il a donné du fil à retordre au Maroc, et lors de la révolte des Asturies, encore plus ! C'était encore un gamin, et c'est comme ça qu'on le traitait au Maroc. Il avait quinze ou seize ans, mais avec une taille et une force, je ne vous dis que ça ! Et autant de cran que son père et que son grand-père, je peux vous l'assurer. Comment ? Bon, eh bien, dans l'armée du Maroc, en 33 déjà, on était tous contre le gouvernement de la République, et faut croire que le gamin avait eu des ennuis à l'Académie militaire et son père l'avait fait entrer à la Légion. Maintenant, je ne me souviens pas, mais je crois qu'il était élève militaire à Madrid et qu'il avait tué quelqu'un ou qu'il avait fait des dégâts dans un bar ou quelque chose de ce genre, car vous savez, comme on dit, bon chien chasse de race... Et nous, alors, on l'a engagé comme simple troufion, mais, au bout de quelque temps, il est parti avec un peloton dans un village du Rif où on avait tiré sur quelques-unes de nos patrouilles... Si vous aviez vu ça ! Oui, oui, du tonnerre, et il est rentré à Tétouan deux jours après, avec une corde attachée à son cheval où il avait accroché les têtes d'une vingtaine de Maures. Si je vous dis qu'il avait de qui tenir ! Et ça, mon vieux, on l'a dans le sang. Bref, comme je vous disais, quand la guerre a éclaté, le gamin avait déjà obtenu ses galons de lieutenant. Bien sûr que c'était une violation, mais il les méritait bien ! Vous dites ? Ah, oui, mais ça, ça s'est passé à la fin de 34, au moment du soulèvement des Asturies. Oui, ils étaient tous les deux avec moi. Eh bien, alors, écoutez : fin septembre, les anarchistes de Gijón avaient causé du désordre, et les agitateurs communistes et socialistes faisaient leur travail de sape parmi les mineurs... Bon, le cœur de l'agitation, c'était les mines de Mieres, dans les Asturies. Et, un beau jour, le général en chef me fait venir et me dit : « Yagüe, vous devez embarquer sur-le-champ les régiments un tel et un tel pour Gijón. » C'est ça. Le hic, c'est que l'armée de la Péninsule et la Garde civile avaient perdu le contrôle de la situation. C'était chaque jour pire. Les mineurs avaient même occupé les usines d'armes de Trubia et de La Vega. Non, non, pas du tout ! Je vous parle de huit mille mineurs armés ! Et même les bombes de l'aviation ne pouvaient rien contre eux. Eh bien, alors, on a dû s'en occuper, nous. Et je peux vous assurer que l'Espagne n'aura jamais fini de payer sa dette aux régiments marocains pour le service qu'ils lui ont rendu ces jours-là. Exactement, comme la Commune de Paris, ni plus ni moins ! Eh bien, c'est justement à ça qu'on doit la mort du colonel Arnaiz. Non, non, ce n'est pas là qu'il est mort. Il est mort plus tard, à Salamanque, en octobre 36. Ça, je m'en souviens bien, parce ça s'est passé le Jour de la race, le 12 octobre. Oui, les Arnaiz étaient de Salamanque, mais ce n'est pas pour ça qu'ils étaient là ; ils étaient là parce que le généralissime avait installé ses quartiers au Palais épiscopal, plusieurs mois avant, et que c'est là que fonctionnait vraiment la capitale, avec son corps diplomatique et les journalistes et... Non, non, ce qui s'est passé, c'est qu'Unamuno, qui a toujours été un cinglé et qui se mêlait à la politique, même s'il n'y connaissait rien, a fait un discours, et il s'est mis à insulter le général Millán Astray sous son nez, et à raconter des conneries sur la liberté et la culture, et blablabla, et bien entendu, à cause de ce vieux crétin, il a failli y avoir du grabuge. Et ensuite, à la fin de la cérémonie... Non, non, mais c'est que, durant la révolte des Asturies, Arnaiz avait fait fusiller pas mal de mineurs... Attendez, comment on l'appelait ? Ah oui, ça y est, ça me revient, le Boucher de Trubia. Et faut croire qu'un coco avait juré de lui faire la peau, et il s'est glissé dans le grand amphi et il l'a tué d'un coup de couteau. Oui, le fils était là, il est devenu fou de rage et de douleur, et il a passé la journée à chasser du républicain. Oui, oui, un sacré nettoyage qu'il a fait !

15

A Fucking Report

Le directeur reçut la nouvelle le 13 septembre. Les pharmacologues de la Commission *ad hoc* étaient enfin parvenus à isoler la substance inductrice du sommeil REM. Et Pat O'Donnell avait dit au téléphone qu'il lui ferait parvenir un rapport circonstancié.

Deux secondes plus tard, le directeur appela Pat :

Circonstancié, mais bref, précisa-t-il par l'interphone.

Impossible de l'abréger, monsieur, dit Pat. Il constitue une unité démonstrative, scientifique...

Combien de temps me faudrait-il pour le lire ?

D'un bout à l'autre, ça peut vous prendre deux bonnes heures...

Deux bonnes heures ? *Are you cruzy, Pat* ?

...mais puis-je me permettre de vous suggérer, monsieur, de feuilleter les pages consacrées aux développements expérimentaux et de voir les conclusions ? De cette façon...

O.K., envoyez-le-moi.

Développements expérimentaux, unité démonstrative... *Shit* !

Le lendemain, quand on lui apporte un dossier de 400 pages, le directeur fronce les sourcils. Il demande à ne pas être interrompu et se met à lire. Il saute les premières pages qui contiennent une description chimique de la substance. Ça ne l'intéresse pas. Il tourne les pages : « évaluation primaire des actions pharmacologiques... un alcaloïde indole tiré des feuilles du TT »... Non, ça non plus. Voyons plus loin : « *screening* primaire... animaux *in vivo*... réduction de la mobilité... » *Shit* ! « Capacité de réaction... faible relaxation de la musculature lisse... », et il tourne d'autres pages bourrées de diagrammes et de tableaux, mais où on ne l'informe nulle part si la drogue répond ou ne répond pas, en fin de compte, aux objectifs de l'Agence, et pourquoi donc, bon Dieu de merde, a-t-on inclus dans ce *fucking report* ce qui se passe « dans une trachée isolée de souris contractée par une solution dépolarisante... » ? Ce qui l'intéresse, lui, c'est ce qu'on peut faire de la substance isolée, et la raison pour laquelle Willoughby et Pat croient qu'elle est si importante, et cet *asshole* d'O'Donnell croit donc qu'il va lui faire perdre son temps avec « la réponse de l'alcaloïde face à l'acétylcholine, à la brachydinine, à l'histamine, à la nicotine... », bordéline et poils aux « ines », « dans l'iléon isolé d'une souris » ? L'Agence veut savoir si la drogue sert à travailler le cerveau de l'ennemi, et pas tout ce *bullshit* sur la façon dont « la fréquence et l'amplitude des contractions se dépriment dans les auricules isolées de cobayes » ou sur « les variations de l'hypotension artérielle des chats », et il tourne des pages et des pages, et il passe des planches et des chiffres découlant du « test d'observation neuropharmacologique de Turner, 1965, décrit par Irving, 1964, où six groupes de trois souris mâles », et il ne voit nulle part dans ce pensum les *fucking* conclusions que Pat lui recommandait de lire. « Produit administré par voie péritonéale, avec application d'huile végétale comme véhicule », et il tourne encore des pages, « détermination de la dose létale moyenne sur 61 souris mâles, d'un poids moyen de quarante grammes, selon la technique de Lichtenfeld et Wilcoxon, 1949... » Pourquoi ne vérifiaient-ils pas tout d'abord à partir de quelle dose un salopard de Nègre de cent vingt kilos se mettait à table ? Et il arrive presque à la fin, « canal déférent de la souris », pouah ! « rectum abdominal de grenouille », « enregistrement chymographique avec un levier isotonique à inscription frontale... dissection hélicoïdale de Constantine... contraction isométrique... », et il appuie sur la touche de l'interphone :

Yes, sir ?

Qu'on lui passe O'Donnell, s'il vous plaît, « ...dissolution d'acide citrique », et il continue de tourner les pages trois par trois, les arrachant presque, « traducteurs force-déplacement couplés à des enregistreurs potentiométriques », et des tables, encore des tables, « enregistrement de la tension oculaire chez les chats... » Et quand il a sous les yeux l'image d'O'Donnell au vidéophone, il lui lit ce truc des « cellules lymphoïdes de souris immunisées aux érythrocytes de mouton ».

Intéressant, n'est-ce pas ?

Excuse me, sir, but...

Et vous ne savez toujours pas ce que fait « la tapagine sur le ton basique de l'iléon isolé d'un cobaye mâle » ?

Monsieur, je...

Et la « noradrénaline dans le canal déférent d'une souris » ?

Le patron referme le dossier et continue de le dévisager avec fureur.

Vous voudrez bien m'excuser, monsieur, mais comme il s'agit d'un résultat expérimental d'une telle importance, j'ai cru opportun que vous vous fassiez une idée générale...

Générale ? éclate le directeur, tout en rouvrant le dossier. Et ça vous paraît très général, vous, de m'informer de... de « l'action curarisante de la tapagine » ? Et très important que j'apprenne ce qui se passe sur « la plaque neuromusculaire » d'un cul de grenouille ?

Pat ne peut réprimer un sourire et lève les mains en un geste d'impuissance.

Le directeur se met debout, lance avec mépris le dossier sur le bureau et, pointant le doigt en direction du vidéophone :

Vous vous mettez d'accord avec Willoughby et vous m'apportez la semaine prochaine un rapport de pas plus de deux pages, ne contenant rien d'autre que les conclusions générales. O.K. ?

Clic.

Parfait ! C'est exactement à ça que Pat voulait aboutir : des conclusions si générales et collant de si près à la vérité concrète obtenue jusqu'alors, que le *boss* n'y verrait rien de l'autre monde. Et après avoir eu en main la totalité du dossier scientifique, il ne pourrait pas l'accuser de lui occulter des informations. Ne venait-il pas en personne de lui demander un rapport de deux pages ? Très bien. Pat ferait en sorte que ce rapport ne dise rien d'autre que la vérité, mais il se débrouillerait pour que le *boss* ne parvienne pas, tant s'en faut, à pressentir ce que le Dr Willoughby et lui-même pensaient de l'avenir de la tapagine.

Pat, satisfait, dodelina de la tête et éteignit le vidéophone. Sur le fond noir de l'écran, il n'y eut plus qu'une raie de lumière verte qui, avant de disparaître, fit des pirouettes kaléidoscopiques, s'achevant en une spirale centripète en fuite vers un point du micro-infini.

16

Viva Sevillà y olé

J't'ai pas dit qu'c'était un gamin ? Quand il est entré à la Légion, d'vait avoir quinze ou seize piges, mais l'était sacrément baraqué. En c'temps-là, j'étais cabot, et quand un nouveau troufion s'pointait, je l'faisais s'mettre au garde-à-vous et je l'reluquais bien lentement, d'bas en haut, pour l'impressionner, mais c'gars-là, l'était si long qu'j'étais pas encore arrivé à la hauteur du ceinturon qu'j'étais fatigué de l'zyeuter, eh, Manolooooo, sert donc une autre tournée et une doub' ration de calamars, tout d'suite, comme j't'dis, mais c'est après qu'j'ai appris qu'l'gamin l'était l'fils du colonel Arnaiz, et m'est avis qu'il avait fait une grosse connerie à Madrid et qu'il s'était barré en Afrique, une bouteille de Tío Pepe pour la 4, et il s'était engagé dans la Légion sans que son dab en sache que dalle et l'avait dit qu'il avait dix-sept ans et avec la taille qu'il avait tout l'monde l'croyait, et dès l'premier jour j'm'suis bien rendu compte que l'gamin l'avait fait la P.M., mais comme cet'année-là la Légion, l'était bourrée d'mecs en cavale et d'déserteurs, on vérifiait rien à personne, eh, Manolo, va t'faire branler, qu'tes calamars i sont plus noirs qu'les couilles d'un âne, et j'l'ai flanqué à nettoyer les chiottes et à balayer la caserne, et on l'bizutait comme n'importe quel bleu, jusqu'au jour où il en eu marre et l'a flanqué une barre d'fer sur l'cassis à un serpate qu'il a expédié à l'hosto, et quand l'capiston l'a été pour l'flanquer au mitard, il a dit qu'il était l'fils du colonel Arnaiz, et l'dab, quand il a appris c'qu'il avait fait, tout ce qu'il a trouvé d'mieux à dire c'est qu'c'était heureux qu'il ait cogné avec une barre d'fer, pasque s'il l'ui avait balancé une orange, l'aurait expédié au cimetière, ha ha ha, un sacré zozo, l'gamin, j'vous dis qu'ça, et l'avait une barbe aussi épaisse qu'un mec d'quarante ans, *je n'ai pas peur de la mer*, et des ongles longs et durs, *je n'ai pas peur de la mer*, c'romanichel, l'aura peut-être pas peur d'la mer, mais de l'eau, l'en a une trouille bleue, vise un peu la crasse qu'il a sur l'colbac et les portugaises, olé, et vrai qu'les ongles i les avaient comme des poignards, et quand i t'lançait les doigts ouverts, comme ça, *que j'ai peur du danger*, i t'balafrait la fraise en cinq sec, olé, et y'avait des fois qu'pour rigoler il attrapait un melon qu'il lançait en l'air et quand i r'tombait, clac, i lui enfonçait l'doigt dedans, pasqu'i l'avait des doigts qui r'ssemblaient à des boudins, r'luque un peu c'châssis, olé, elle vient de la Mararena, et maintenant elle bosse dans un bistrot, continue ton histoire, Paco, et c'qui lui plaisait l'plus au gamin, c'était de s'balader seul et sans flingue dans les quartiers et y cherchait des noises à tout l'monde, et quand l'mec s'mettait à balancer la main avec les doigs bien tendus, y faisait d'ces dégâts que j't'dis pas, et pendant la guerre, deux verres de manzanilla et un xérès pour la 7, moi j'étais dans la même compagnie qu'lui, non, non, l'étais déjà sous-lieute, et pendant toute la bigorne des Olivos, on a été ensemble, à s'serrer les coudes, lui, i devait avoir dix-huit ou dix-neuf ans, mais comme bigorneau, l'avait rien à envier à aucun ancien, et m'est avis qu'c'est l'mec qu'avait l'plus d'couilles au cul qu'j'ai connu dans la Légion, et il l'a prouvé quand on est restés encerclés au Sanctuaire d'la Vierge, pasque l'escouade marocaine où on était tous les deux avait perdu son chef et on nous a flanqué un capiston d'académie et quand les cocos nous ont encerclés, l'troisième jour, v'là-ti pas qu'c'gars-là nous dit qu'le mieux c'était d's'rendre et alors l'gamin l'a sorti son flingue et lui a dit, si tu veux pas que j'te bute aussi sec, largue-toi et va t'faire enculer ailleurs, espèce de pédé, et l'type s'est barré la queue entre les jambes, et c'est là que Queipo de Llano en personne l'a nommé lieute, et après on a été dans les oliveraies de Montoro, à Lopera, à Pozoblanco, et à la fin d'la guerre on s'est battus aussi sur l'front aragonais, et lui on l'a nommé capitaine en 39, après la bigorne de Bershite, coupe un peu d'fromage, Manolo, et après, presqu'à la fin d'la guerre, on s'est biturés dans un bistrot d'Calatayu, Manolo, verse-lui un cognac au romanichel et un autre au guitariste et qu'ils m'chantent un fandango de Huelva, et alors y'a une bagarre qu'a commencé pour une histoire d'fesses, et l'lieute Arnaiz, lui, l'a r'çu trois balles, et y'en a une dans l'dos qui l'a laissé à moitié paralytique, mais après ça on m'a dit qu'on l'avait vu dans les rues d'Madrid, et moi, quand j'ai appris qu'on avait flingué l'frère d'la Juana à Huelva, comme j'avais plus d'raisons d'm'planquer dans la Légion, eh ben j'suis rentré en Espagne et j'suis resté à Séville, et comme j'avais mes décorations et tout le reste, on m'a donné du boulot à la mairie, et après j'ai fait des affaires et là j'ai plus jamais boulonné...

17

L'aventure du *doutor* Da Silva

Ma barbe rousse m'avait sauvé. De plus, j'étais arrivé à un moment propice : quand fleurit le *ramblé-eng* et que se célèbre la cérémonie du *krim-xohó*, durant laquelle les guerriers se peignent la chevelure d'une espèce de décoction rouge et épaisse, obtenue par cuisson d'une écorce sacrée.

Ils sont arrivés, désarmés, par petits groupes. Ils me regardaient, chuchotaient entre eux. En quelques minutes, environ deux cents personnes avaient fait cercle autour de moi, conservant une distance, que j'appellerais révérencielle plutôt que prudente, d'une dizaine de mètres. Quand je ne pus garder plus longtemps les bras en l'air, je les croisai sur la poitrine et fermai les yeux. Je dressai la tête et me mis à remuer les lèvres comme si je priais. J'eus alors l'idée de chanter des chants de Noël. L'astuce du chant m'avait donné de bons résultats dans le Xingu, vingt ans avant. J'ai une voix puissante, et ils m'écoutèrent un moment en silence. Soudain, non sans une certaine inquiétude, je sentis qu'ils reprenaient mon chant en chœur. La foule se mit à émettre un bourdonnement monotone, très nasal, sur le même ton que mon *Noël.* Je continuai de chanter un bon moment sans les regarder. Quand j'ouvris les yeux, je me mis à sourire. Ils sourirent à leur tour, si bien qu'une ivresse de solidarité avec l'espèce humaine me monta à la tête.

Soudain, un tambour se fit entendre et la foule se tut. Je me sentis très fatigué. Je constatai que mes genoux tremblaient un peu. Je m'assis par terre, les jambes croisées et le torse bien droit. Je constatai que deux jeunes gens s'approchaient d'un vieillard. Ils apportaient un ornement de plumes sur un grand plateau fait de feuilles de palmier. Le seul vieillard à avoir les cheveux teints en rouge se passa une paire de colliers et un petit panache de plumes (cf. photo et dessin A-6). Son visage était couvert de tatouages. Il prit un bol de céramique (C-3) et, escorté des deux guerriers, s'approcha à environ un mètre de moi. Tous trois s'assirent devant moi et me tendirent le bol qui contenait des graines grillées. Je fis la plus profonde révérence que me permettent mes cinquante-huit ans. Je tendis la main et pris une poignée de graines. Elles étaient chaudes, molles et croquantes, au goût amer, mais agréable. Dès que j'eus avalé la première bouchée, le vieillard m'adressa ce que je supposai alors être des mots de bienvenue.

Je pus avoir la confirmation qu'ils ne parlaient aucun dialecte tupi. Étant donné la prononciation très nasillarde des voyelles, il me sembla que c'était une langue de souche *macro-xé*. S'il en était ainsi, je n'aurais pas trop de mal à l'apprendre. Je décidai d'improviser des remerciements en xavante, mais, bien entendu, ils ne me comprirent pas.

Soudain, le vieillard s'arracha une mèche de cheveux roux, la mit dans le bol d'un geste solennel et se mit à me regarder. Je décidai de l'imiter. Ceci produisit un brouhaha extraordinaire dans le cercle autour de moi. Les tambours retentirent. Le vieux sourit. Ma réaction avait produit un effet favorable. Le vieux leva la main gauche, et le silence se rétablit. Il prit ma mèche dans le bol, la mêla à une poignée de graines, la mit dans sa bouche édentée et l'avala ! Plein d'horreur, je sentis alors ma langue se dessécher. Comment ferai-je pour avaler cette énorme tignasse, puante et peinturlurée, que le vieux m'avait offerte dans le bol ? Je pris les cheveux, en fis la pelote la plus serrée possible, la mis sur le dessus de ma langue avec quelques graines et avalai le tout d'un seul coup. Si je vomissais, cela risquait de m'être fatal. Quand le vacarme reprit dans le groupe, je me mis debout, les bras de nouveau en l'air, et entrepris de me diriger vers la case par où j'avais débouché sur l'esplanade. Ils me firent place. Je sortis du hameau en direction de l'endroit où étaient tombés mes paquets. J'avais besoin de boire quelque chose. Une centaine de guerriers me suivirent. J'allai directement au sac à dos d'où pendait la gourde et bus avec délice le jus d'orange qu'elle contenait et qui était encore frais. Je m'efforçai de ne pas penser à ce que j'avais avalé. Je pris un sac à dos et l'offris en souriant à l'un des guerriers. C'étaient des adolescents. Il me regarda un peu effrayé. Il regarda aussi ses compagnons. Ils échangèrent des propos entre eux. Il crut comprendre que je lui demandais de l'aide et il s'approcha pour porter le sac à dos. Je pris l'autre, et nous rentrâmes au hameau. Les femmes et les enfants, qui s'étaient éloignés de quelques pas pour nous épier, retournèrent en courant à l'esplanade...

Le Pr Mac Callum interrompit sa lecture du rapport et laissa son regard errer au loin, entre Newark et le pont de Brooklyn, mais ce qu'il voyait vraiment à ce moment-là, de la baie vitrée du Rockefeller Center, c'était le visage de Da Silva, ce Brésilien rougeaud qui lui avait rendu visite voilà quelques mois à São Paulo pour lui parler de son projet de sauter en parachute au-dessus du village des Mains-de-Macaques.

Mac Callum s'était battu à New York pour obtenir les cinq mille dollars qu'on lui alloua finalement. Il avait dû admettre devant la commission des Placements que Da Silva avait très peu de chances d'en ressortir vivant, mais que l'importance scientifique du projet valait la peine qu'on coure le risque. Christophe Colomb lui-même avait servi d'argument au cours des discussions ! Son principal atout, en soi, avait été le *curriculum vitae* de Da Silva, un scientifique extrêmement qualifié, avec une carrière solide derrière lui, qui avait effectué d'importantes recherches sous les auspices de la *Foundation* au cours des années précédentes. Il ne fallait pas laisser filer l'occasion. Et maintenant qu'il avait les résultats en main, dans ce rapport de 230 pages qu'on venait de lui remettre, il pensa que Da Silva s'était effectivement lancé dans une aventure insensée. Mais il s'en foutait ! Il avait fait lui aussi des choses de ce genre, vingt ans plus tôt, quand Eugene Nida l'avait enthousiasmé pour la recherche de langues inconnues. Et il éprouva une admiration chaleureuse pour ce Brésilien, plus jeune que lui d'à peine cinq ans, encore capable de se lancer en parachute sur un hameau d'Indiens belliqueux.

Il se frotta les yeux et continua de parcourir le volumineux dossier. Les pages suivantes, qui finissaient de narrer les divers épisodes de la première journée dans le village, n'apportaient rien de neuf. La routine : exhibition d'objets métalliques, photos en couleur avec un appareil à tirage automatique, cérémonie de fraternisation, échange de cadeaux, etc.

Il passa plusieurs pages et chercha les références à la recherche linguistique et ethnologique. Da Silva abordait les deux points de concert, dans un chapitre de plus de 80 pages. Un encadré attira son attention.

MODÈLE DE LANGAGE COMPACT

Partir (1-2) chasser rentrer guerriers fleuve nuit (3)
Ton grave. Ton méd. Ton aigu
Index gauche levé (1) Main dr. montrant le fleuve (2)
Bouche en cul-de-poule (3)
Traduction : Les guerriers sont partis aujourd'hui dans la matinée vers le fleuve et rentreront avant la tombée du jour.

Dans cette syntaxe, les verbes, qui ne se conjuguent jamais, précèdent en bloc compact l'énoncé des substantifs. Le ton grave exprime le temps passé. L'index gauche levé avec une flexion du coude indique aujourd'hui dans la matinée. Le ton aigu est le morphème du futur.

La bouche en cul-de-poule signifie aussi bien l'adjectif « rapide » que l'expression « avant que »...

Tout à fait intéressant !

Avant de se consacrer totalement à la linguistique amazonienne, le Pr Mac Callum avait rencontré en Afrique et en Australie des langues à système verbal compact et antéposé. Il en existait également en Amazonie, mais aucune de celles qu'il connaissait ne faisait sienne des morphèmes tonals en tant qu'expression de temps, ni des éléments mimiques d'une telle précision lexicale. Ainsi donc, un doigt de la main gauche levé signifie : « aujourd'hui dans la matinée » ? Deux doigts devaient signifier sans doute : « hier », et trois : « avant-hier », et ainsi de suite, à condition que le verbe soit énoncé sur un ton grave. Parce que, énoncé sur un ton aigu, il devait vouloir dire : « demain », « après-demain », etc.

Mac Callum s'éloigna de la baie vitrée et s'assit sur le sofa pour examiner les autres exemples. Remarquable ! Cette seule découverte de Da Silva justifiait largement les cinq mille dollars. Ha ha ! Quand Chomsky apprendrait ça ! Il devrait inventer un dispositif pour pouvoir mettre les doigts dans la machine à traduire.

Da Silva avait placé en fin de chapitre un dictionnaire de 1 800 vocables et de 220 gestes. À première vue, cela paraissait une langue *xé*. Mac Callum passa rapidement aux conclusions du chapitre et lut :

...Et le fait que les Mains-de-Macaques se désignent eux-mêmes comme le peuple *krahoxen*, nom formé de racines de souche incontestablement *macro-xé*, ne peut laisser de doutes quant à leur ethnie d'origine.

Par ailleurs, la présence, que nous avons déjà signalée, de certaines racines de souche arawak et d'autres qui, bien que fortement camouflées, pourraient provenir de la famille caraïbe, permet de penser que les Mains-de-Macaques ont connu une longue étape de nomadisme à travers des régions très distantes entre elles. L'argument peut-être le plus convaincant qu'on pourrait avancer en faveur de cette migration est le témoignage de leur art plumassier, étonnamment semblable, aussi bien dans sa technique que par son inspiration artistique, à celui des Urubu-Kaapor. Ce serait par ailleurs trop de coïncidence qu'ils puissent désigner certains de leurs procédés plumassiers au moyen de termes de racine tupi-guarani analogues à ceux que les Urubu-Kaapor eux-mêmes utilisent encore de nos jours. (Cf. notes 17, 18 et 23 du chapitre III.)

Le chapitre III, consacré à l'art plumassier, contenait plusieurs pages de dessins et de photos en couleur. Mac Callum en lut un extrait au hasard :

Comparez ce collier, destiné aux femmes, au *tukaniwar* bien connu des plumassiers kaapor. Tous deux se composent d'un cordon de carau, très bien tordu, de quelque 75 cm de long, qui soutient au centre un médaillon de plumes jaune, bleu céleste, rouge et violet, et qui porte latéralement deux rangées de plumes orangées, tirées de la gorge d'un toucan... des plumes caudales écarlates... plus une série de plumes couleur lilas, prises de l'inambé bleu, en couches horizontales...

De fait, la ressemblance sautait aux yeux. Les deux dessins le prouvaient. Si, comme le disait Da Silva, leur facture était si analogue, cela pouvait constituer un précieux argument en faveur de la théorie d'une migration prolongée. Mac Callum constata, en consultant l'index du rapport, que le chapitre IV était consacré aux activités du travail, à la chasse et à la pêche, et le chapitre V, au folklore, avec des descriptions de plusieurs danses ; que le VI s'intitulait « Mariage et filiation » ; que le VII traitait des cultes des arbres, tandis que le VIII portait un titre suggestif : « Le mystère des *Mãos de macaco* : un rite d'initiation et la magie du *heng-xó* ».

Mac Callum avait envie de lire aussitôt la fin, mais il se mit à examiner des photos, intercalées entre différentes pages du chapitre IV en vue d'illustrer des scènes de chasse et de pêche. À la fin de la série de photos, son attention fut attirée par un sous-titre : « Le *timbo* des Mains-de-Macaques : un poison hors du commun. »

Mac Callum était un amateur de pêche, et il avait

connu, d'abord sur le Putumayo colombien, puis sur le Juruena, les poisons ou *timbos* que les indigènes utilisaient pour pêcher.

...et ils garantissent ainsi une pêche rationnelle et abondante. De tous les poisons de pêche que j'ai connus durant trente ans d'Amazonie, je n'en ai jamais vu aucun qui soit aussi efficace que celui-ci, qu'ils préparent aussi en macérant la feuille du *ramblé-eng*. Ils obtiennent un liquide très collant, quasiment de l'empois, d'une couleur ocre très intense, avec lequel ils badigeonnent une corde d'environ trente brasses qu'ils font descendre ensuite à environ deux mètres de profondeur dans un goulet du fleuve. Les poissons qui sentent ce *timbo* sont aussitôt étourdis et emportés par le courant. À peu près 200 mètres en aval, une demi-douzaine d'indigènes les attendent sur un radeau de joncs et se laissent glisser dans l'eau pour les attraper à la main. Certains poissons arrivent parfois en flottant sur le côté à la surface de l'eau. Ces parties de pêche peuvent fournir de cinquante à soixante gros poissons et plusieurs tortues, qui suffiraient à nourrir les trois cent vingt membres de la tribu, s'ils n'avaient pas d'autres ressources alimentaires.

Ils doivent aussi à cet arbre un autre produit très curieux. C'est de cette même résine tirée de son écorce qu'ils se teignent les cheveux quand ils réalisent la cérémonie du *krim-xohó*; mais, en plus de sa signification magique et ornementale, elle possède une valeur économique considérable.

Tous les mâles aptes de la tribu pratiquent la chasse individuelle ; mais une fois l'an, à l'époque la plus propice, ils organisent une grande battue collective. Au jour prévu, peu avant la tombée du jour, mais à condition que le vent souffle en direction du fleuve, ils mettent le feu à un triangle équilatéral de forêt mesurant plusieurs kilomètres de côté, et, sur le sommet qui donne sur le fleuve, ils pratiquent, non en brûlant mais en débroussaillant, une ouverture de 60 m au plus. C'est par là que, poussés instinctivement par la nécessité d'atteindre l'eau, les animaux cherchent à s'échapper dès qu'ils flairent l'odeur des flammes. Et c'est là que les attendent une centaine de chasseurs, leurs arcs prêts avec une bonne provision de flèches. Au cours d'une battue comme celle à laquelle j'ai pu assister, ils ont obtenu environ deux tonnes de viande : des dizaines de couleuvres, deux cabiais, un jaguar, trois tapirs, cinq cerfs, etc.

Et c'est ici qu'intervient la résine. De retour au village, ils dépècent les animaux et séparent des portions de viande d'environ deux cents grammes qu'ils recouvrent d'une boue noire pour former des sortes de boules qu'ils enterrent ensuite à environ cinquante centimètres de la surface, sur la plage la plus proche du fleuve. Puis, ils nivellent le sable et allument audessus un énorme feu qui brûlera pendant une douzaine d'heures.

S'il ne pleut pas, ce four naturel conservera sa chaleur pendant plus de deux jours. Au troisième jour, ils retirent du sable les milliers de boules de boue cuite qu'ils emportent au village. Chaque portion a été parfaitement rôtie, comme dans un four d'argile. Au village, après les avoir fait passer une nouvelle fois au feu pendant quelques minutes, les femmes recouvrent les boules de la résine dont j'ai parlé. Ils obtiennent ainsi les mêmes conditions d'asepsie que les conserves de viande empaquetées sous vide. Les soixante-douze heures de cuisson lente dans le sable de la plage durcissent l'argile au point d'en faire un récipient de céramique complètement stérilisé. Le second passage au feu élimine les restes superficiels de micro-organismes qui pourraient s'y être mêlés durant le transport. Enfin, la résine rouge, au contact avec l'argile cuite tout juste sortie du feu, forme une couche hermétique, luisante comme du vernis, qui protège la viande de toute pollution extérieure. On peut la conserver ainsi pendant plusieurs mois. Quand on frappe la boule sur une pierre, elle s'ouvre en deux, comme s'il s'agissait d'une marmite. Dedans, la viande est absolument propre, sans une particule de poussière.

Je peux certifier que certaines couleuvres, le cabiai et le cerf, assaisonnés à la noix du Brésil, au tamarin, à la *maracuja*, au poivre local et à d'autres espèces sylvestres, cuisinés par ce procédé, sont des mets dignes de la meilleure cuisine.

Le sens de l'économie et de l'épargne qui règne dans cette tribu semble militer en faveur de l'hypothèse d'une migration, au sens qu'elle aurait connu un développement plus poussé à une époque donnée peut-être avant la colonisation portugaise, peut-être dans des régions plus favorables. Sans doute a-t-elle hérité des habitudes de conservation propres des peuplades agricoles et les maintient-elle, bien que le milieu écologique l'oblige à l'économie destructive courante chez tout peuple chasseur. Ils pratiquent en effet une agriculture des essarts à très petite échelle ; mais, même ainsi, ils s'efforcent de tirer profit du milieu. Ils consacrent les triangles de forêt qu'ils ont brûlés durant leurs grandes chasses annuelles, en des endroits fort éloignés du village, à des essarts où ils cultivent des taros, des ignames, des patates douces, des calebasses, des bananes et des papayes. Qu'est-ce qui peut donc les pousser à semer des essarts à des endroits distants du village, d'où ils doivent rapporter ces produits aux prix d'efforts considérables, sinon un sens de la préservation économique de l'environnement hérité du passé? Et comment expliquer qu'un peuple de chasseurs cuisine et conserve des aliments dans des récipients d'argile en prévision des époques de pénurie, s'il ne possédait pas déjà des traditions productives qu'il lui serait impossible d'acquérir dans son milieu actuel? Seule l'hypothèse d'une migration depuis des sites éloignés me paraît acceptable, hypothèse renforcée, nous l'avons vu, par leur art plumassier et leur langue; par ailleurs, comme on le verra dans les conclusions de ce travail, il se peut que l'objectif de la migration ait été la recherche du *ramblé-eng*.

Une migration en quête d'un arbre? Un arbre totémique qui ne semblait pas être alimentaire à proprement parler? Mac Callum, faisant un geste sceptique et distrait, passa plusieurs pages pour tomber sur une autre série de photos collées. Da Silva était un excellent photographe. Il y avait surtout une photo de danse, prise au crépuscule, sur laquelle un prisme de lumière filtré par les arbres géants encadrait un danseur d'un nimbe bleuté qui semblait sortir d'un projecteur de scène.

Wonderful! Et cette autre? Ça alors, que c'était curieux! Cette estrade de lances, avec un Indien dessus, ressemblait beaucoup à quelque chose que Mac Callum avait déjà vu à... à... Au bas de la photo, Da Silva commentait:

Cette danse s'exécute durant la dernière pleine lune d'octobre, quand la sève du *ramblé-eng* lance ses excroissances dans le monde et purifie l'esprit des héros même au-delà de la mort.

Elle exige des danseurs une adresse d'acrobates. Les guerriers se présentent sur l'esplanade de danse munis de grandes perches, d'environ deux mètres, préservées ancestralement par la tribu à un endroit que le chaman est le seul à connaître, peintes en rouge, sillonnées transversalement de larges bandes vertes, au moyen desquelles ils exécutent une série d'évolutions individuelles tout à fait spectaculaires, au rythme d'une flûte solitaire, monotone et languide. À la fin, les indigènes se placent en rond ; chacun d'eux, tourné vers le centre, tend sa lance horizontalement, en faisant reposer l'autre bout sur les épaules de celui qui lui fait face dans le cercle. Avec beaucoup d'adresse, ils entrecroisent les lances qui finissent par former une trame serrée, une espèce de plate-forme circulaire sur laquelle un guerrier, qui utilise pour ce faire une autre lance en guise de perche, saute soudain, tout en poussant un grand hurlement. La musique de la flûte cesse alors et les vingt tambours sacrés commencent à résonner, tandis que les guerriers du chœur poussent des houhous pleins de solennité et rythmés par des martellements du pied droit qui font vibrer les cases du hameau. Le soliste, celui qui a sauté sur l'estrade de lances, chante d'une voix très puissante et, se maintenant au centre, accompagne son chant d'une mimique de marcheur si convaincante que le spectateur a l'impression qu'il traverse vraiment le cercle de perches. Les guerriers se mettent alors à tourner dans le sens des aiguilles d'une montre et, à un roulement de tambours, changent le sens de leur marche, mais le soliste, avec une adresse singulière, reste tout en haut, la poitrine toujours tournée dans la même direction. Il ne cesse de marcher à aucun moment, quel que soit le sens dans lequel danse le chœur. Les houhous représentent le cours du temps. L'ensemble de la danse constitue une allégorie selon laquelle la destinée humaine est immuable, quels que soient les tours et détours de la vie. Et la sève du *ramblé-eng* se mêle dans l'apothéose au sang des guerriers...

Soudain, Mac Callum se rappela. Oui, il avait déjà vu une danse semblable chez les Terenas du fleuve Mirando, au sud-ouest du Mato Grosso. Oui, c'était bien ça ; oui, oui, pas de doute. Les divinités forestières inspiraient maintes danses de communion. Plus loin, dans un chapitre consacré aux cultes forestiers, Da Silva continuait d'expliquer pourquoi les Mains-de-Macaques croyaient que l'esprit des ancêtres logeait dans les branches du *ramblé-eng.*

La cuisson de ses feuilles (qui, comme on le verra plus loin, exerce d'étranges effets sur ceux qui ingèrent cette décoction) exige une série de préparatifs rituels. Arracher ne serait-ce qu'une seule feuille de l'arbre sacré se punit par une mort horrible. La cueillette des feuilles a lieu une seule fois l'an, à la mi-août. Pour ce faire, ils construisent près du hameau, au centre du périmètre qui enferme les seuls quarante-sept arbres sacrés dont ils disposent (séparés entre eux par quelques dizaines de mètres), une case minuscule où ils déposent des bols contenant les meilleurs mets de la tribu : viande de cabiai rôtie, œufs de tortues revenus, anone sauvage, *buriti*, racines de *kren*, consommé de *tucunaré* au poivre du Pará, etc., pour attirer les esprits gourmands. Voilà donc le truc auquel ils recourent pour les éloigner des arbres. Et, à minuit, quand la masse éthérée des esprits se trouve dans la case, en plein banquet, une centaine d'indigènes arrachent aux arbres des milliers de feuilles. Et ce n'est pas un péché, puisque les esprits absents ne s'en rendent pas compte. Ils disposent ainsi tous les ans de la matière première nécessaire à la préparation de la boisson magique qui instille le courage ancestral des héros.

La sonnerie du téléphone grésilla.
Hello ?

There's a call for you, Dr. Mac Callum.

L'appel provenait du département des Placements. La commission était réunie depuis dix minutes et l'attendait.

Goddam ! La lecture du rapport lui avait fait oublier l'heure. Il rangea le dossier dans son attaché-case et sortit en hâte en direction des ascenseurs.

Il sourit, tandis que s'ouvrait la porte du deuxième étage. Il allait se faire un malin plaisir de leur flanquer ce rapport au visage.

Mac Callum avait renoncé à l'enseignement du jour où il avait été victime d'un accident pendant une expédition sur le Haut-Negro en compagnie d'ethnologues de Harvard. C'est un peu par plaisir et un peu pour avoir quelque chose à faire qu'il avait accepté, voilà trois ans, la direction des Recherches anthropologiques à la Fondation.

La réunion de la commission des Placements ne dura que trois quarts d'heure. Dans l'élan du succès obtenu par Da Silva, Mac Callum arracha en plus une autorisation de fonds pour prolonger d'une année les travaux d'un ethnologue vénézuélien et de deux linguistes de Columbia qui faisaient des recherches sur l'Orénoque depuis deux ans.

Il était 11 heures et demie. Ce jour-là, bien que le mois de novembre fût déjà bien avancé, il ne faisait pas froid à New York. Mac Callum vivait au troisième étage d'un immeuble de la 14e Rue.

En pantoufles et en robe de chambre, il bourra sa pipe et fit savoir qu'il ne déjeunerait pas avant d'avoir achevé une lecture urgente. Il desserra sa cravate, déboutonna les manches de sa chemise, se carra dans son fauteuil, le dos tourné à la fenêtre du jardin, et se plongea dans la forêt vierge amazonienne.

Il n'eut pas la patience de reprendre la lecture complète sans aller voir d'abord ce qui devait être la partie la plus intéressante du rapport : le chapitre final, intitulé de façon suggestive « *O misterio dos Mãos de macaco* ». Dans un portugais légèrement baroque, trop théâtral par moments, Da Silva décrivait le rite initiatique grâce auquel les adolescents abandonnent la case de leur enfance et commencent, une fois acceptés en qualité de guerriers adultes, à occuper une place dans la Maison des hommes. Da Silva discutait d'abord de l'idée du *ramblé-eng* comme arbre totémique des Mains-de-Macaques :

Malgré la très forte liaison cosmogonique et pratique existant entre la tribu et l'arbre ; malgré les cérémonies de communion sang/sève ; et bien que la quête de l'arbre les ait très probablement conduits, à un moment donné de leur développement social, à une période de nomadisme prolongée, j'estime que le *ramblé-eng* n'est pas un totem. Les Mains-de-Macaques ont dû sortir depuis très longtemps de leur phase totémique ; et la régression culturelle que leur imposèrent le nomadisme et la forêt vierge intérieure ne modifia pas pour autant leur cosmogonie et leur interprétation mythique du monde. Et comme le totémisme n'existe plus entre eux, on ne saurait dire que l'homme se convertit en arbre et l'arbre en homme. Par conséquent, le rite initiatique que je vais décrire ne consacre pas la transformation d'une étape vitale. Non ! Faisant preuve d'un sens bien plus pratique, typique d'un peuple guerrier, ils conçoivent le *ramblé-eng* comme la demeure des esprits héroïques de la tribu, lesquels attendent, mêlés à la sève de l'arbre, le moment de pénétrer dans un guerrier adolescent. Et pour mériter l'honneur de voir un esprit héroïque s'introduire dans son corps, le pauvre puceau doit soumettre sa virilité à une épreuve extrêmement dure.

Mac Callum sauta plusieurs pages de réflexions générales et aborda directement le récit de la cérémonie initiatique :

J'ai assisté voilà dix jours à ce rite qui implique, je le répète, non l'initiation de l'adulte, mais l'initiation du guerrier que la tribu choisit à ce titre pour sa vigueur et sa témérité, au cours d'un sacrifice sanglant. Je n'avais pas voulu écrire une seule note là-dessus jusqu'à présent, tellement j'ai été impressionné. Je ne cesse de me demander si ce que j'ai vu est vrai. J'ai dû laisser passer un certain nombre de jours pour parvenir à plus d'objectivité. Je tâcherai d'être succinct.

Les préparatifs au village ont débuté le 13 septembre, au milieu de l'après-midi. Au cours de cette cérémonie, tous les membres de la tribu ont arboré leurs plus beaux ornements. À la tombée du jour, ils allumèrent deux feux de bois d'une dimension normale au centre de l'esplanade. Et, au milieu de l'un d'eux, ils placèrent une pierre ovoïde qui devait peser de dix à douze kilos et qu'un guerrier escorté de huit autres a apportée d'un site de la forêt vierge. Ils arrivèrent d'un pas martial, abondamment parés de plumes et de peintures corporelles. C'est alors que commença la danse (décrite au chapitre V, sous le numéro 6), qui dura jusqu'au moment où les tambours annoncèrent l'ouverture de la cérémonie. Le silence se fit. Les quinze jeunes gens qui s'initiaient cette année-ci arrivèrent nus, sans peinture ni parures. Chacun était accompagné d'un guerrier de sa famille, armé d'une lance, qui faisait fonction de parrain. Ils se mirent en file à côté d'un des feux de bois. Les parrains, placés derrière les filleuls, fichèrent leurs lances en terre. Puis le vieux chaman, escorté de son adjoint, s'approcha par un côté, tandis que les mères ou les parents féminins les plus proches des adolescents se plaçaient derrière eux, chacune à côté de la lance plantée en terre. Le chaman portait dans ses mains un bol de céramique peint en vert, fermé par un couvercle de plumes conique. Et tandis qu'il entonnait le cantique de la harangue rituelle, les mères frottaient tendrement le dos des adolescents et leur caressaient le cou et la tête avec des feuilles de *ramblé-eng*. Toutes pleuraient en silence. Quand le chaman éleva le bol au-dessus de leurs têtes, les garçons regardèrent avidement le ciel et restèrent ainsi, sans bouger, les bras croisés sur la poitrine. Les mères se retirèrent à la queue leu leu, comme une procession de pleureuses. Le chaman recula sans se retourner jusqu'à l'autre côté des feux, s'assit sur un tabouret très bas, en bois taillé, et posa le bol sur une natte placée par terre à sa droite, à environ deux mètres de l'endroit où on m'avait installé en tant qu'invité d'honneur. À ce moment-là, le chef des guerriers entra sur l'esplanade en faisant des bonds belliqueux et en brandissant une lance, et finit par s'arrêter devant la rangée de garçons qui, toujours immobiles, contemplaient le ciel. Un tambour sonna. Le chef fit des cabrioles grotesques et frappa doucement du bout de sa lance l'épaule de l'un des jeunes gens. Celui-ci avança alors d'un pas serein vers le premier feu où la pierre brûlait depuis des heures, plongea les deux mains dans les flammes, saisit la pierre et, sans presser le pas, la laissa tomber dans l'autre feu de bois, distant d'à peu près cinq mètres. L'odeur de viande grillée parvint jusqu'à moi. Le jeune homme, d'un pas toujours martial, entreprit de traverser la vingtaine de mètres qui le séparaient du chaman qui l'attendait, assis. À mi-chemin, ses jambes commencèrent à flageoler. Une femme se mit à hululer. D'autres voix s'élevèrent pour l'encourager. À dix pas du chaman, il tituba et s'effondra, évanoui. Le guerrier se précipita vers lui et lui transperça le flanc de sa lance. Le parrain du garçon mort apparut aussitôt, arracha la lance qui serait revenue au jeune homme et emporta celui-ci, en le halant par un pied, afin de le jeter, comme je l'appris plus tard, dans une fosse creusée dans la matinée, non loin du hameau.

Le garçon suivant retira la pierre du second feu de bois et la plaça dans le premier, mais subit le même sort. Il ne parvint même pas à faire deux pas après avoir lâché la pierre. Quand il tomba à genoux, en se tordant de douleur, et que le lancier s'approcha pour le transpercer, je faillis m'évanouir. J'étais paralysé d'horreur. Ma vue se troubla. Je sentis une forte dyspnée, mais je parvins à rester droit, en appuyant les mains par terre.

Le troisième parvint à arriver d'un pas serein jusqu'au chaman. C'était un des plus robustes. Ses paumes étaient horriblement blessées et présentaient cette couleur brun grisé que prend la viande rôtie. Son visage ressemblait à celui d'un possédé. Il était lui aussi sur le point de s'évanouir. Ses mains, sa poitrine, ses lèvres tremblaient. Le chaman lui ordonna de se coucher à ses pieds. Le jeune homme se laissa tomber. Le vieux versa un peu du liquide du bol dans une petite cruche d'argile, terminée d'un côté par un bec très long, et l'introduisit dans la bouche de l'initié, qui en but avidement cinq ou six gorgées et laissa aussitôt retomber sa tête par terre, comme anesthésié. Je l'avais sous les yeux à un mètre de moi. Je vis son visage, jusqu'alors contracté par un rictus de douleur, se détendre et donner des signes de soulagement. Il aspira profondément. Il ébaucha un sourire placide. Sur ce, le guerrier arriva en bondissant. Il cloua sa lance au sol, étira les mains du jeune garçon en arrière, de façon à les placer les paumes en l'air, et s'assit à califourchon sur sa poitrine. Les tambours sacrés résonnèrent une nouvelle fois. On entendit des cantiques et des battements de mains rythmés. Le guerrier approcha ses lèvres de l'oreille droite du garçon et, plaçant ses mains en conque, maugréa quelques mots que je ne pus saisir à cause du bruit. Il répéta l'opération avec l'oreille gauche. C'est alors que plusieurs danseurs, hommes et femmes, consanguins du dormeur, apparurent et entreprirent une danse de fête devant son corps (cf. numéro 8 du chapitre V), tandis que le reste du village chantait en chœur et battait des mains au rythme de la danse. Le guerrier regagna sa place face aux autres jeunes gens, qui attendaient leur tour debout, les yeux toujours cloués au ciel. J'ai su plus tard que chacun se recommandait à l'étoile avec laquelle il croyait avoir un lien personnel. Ils semblaient très concentrés et absents de la danse et du vacarme. Quand la danse, qui semblait avoir duré une vingtaine de minutes, prit fin, les parents du jeune garçon le réveillèrent en le chatouillant et en le caressant. Son esprit d'enfant avait d'ores et déjà abandonné son corps, mis en fuite par les paroles du chaman, mais il s'était agi d'un esprit fort et courageux, capable de l'accompagner durant les quarante pas cruciaux, si bien que l'esprit d'un héros guerrier avait à présent pris possession de son corps pour lui inspirer les prouesses que la tribu attendait de lui.

L'initié regarda ses mains blessées qui commençaient à enfler et se dressa pour courir à travers l'esplanade en faisant d'énormes sauts et en proférant des hurlements guerriers, les paumes tournées vers le haut.

Arrivé à l'autre bout de l'esplanade, derrière les

feux de bois, il plongea les deux bras jusqu'aux coudes dans un liquide d'une couleur bleutée (cf. note 11 du chapitre IV, sur la racine antiseptique du *taru*). Puis, comme si de rien n'était, donnant des preuves évidentes qu'il n'éprouvait plus aucune douleur, il tendit les mains à deux femmes qui les lui bandèrent fortement de peaux de couleuvres préalablement cuites, dégrossies et imbibées du liquide de la jarre, qui pendaient d'une perche posée sur deux fourches, à côté de l'« infirmerie » improvisée. Le jeune homme regagna alors le centre de l'esplanade. Poussant un hurlement de triomphe, il arracha d'un seul coup la lance fichée dans le sol qui l'attendait et, la brandissant vigoureusement, se mit à courir au milieu des cris de la tribu. Il fit trois fois le tour de l'esplanade et se retira dans la grande case, d'où il ressortit quelques minutes plus tard, les cheveux teints de rouge et paré des plumes de l'âge adulte. Il ne riait plus. Il n'était plus l'enfant allègre. Il était un guerrier qui défilait martialement. Il s'assit au sommet d'une estrade de troncs construite dans la matinée, à côté de la Maison des hommes. Et c'est de là qu'il assista, immuable, au reste de la cérémonie. Je ne cessai de l'observer. À aucun moment, il ne se regarda les paumes ni ne donna des signes de fatigue ou de douleur.

Des quinze garçons, onze survécurent. C'est l'avant-dernier qui eut la mort la plus horrible...

Mac Callum préféra laisser de côté les horreurs finales du sacrifice et aller voir les autres choses que Da Silva avait vérifiées au sujet de cette incroyable cérémonie.

Le plus étrange, c'est que les onze survivants n'ont jamais plus ressenti la moindre douleur. Ils se promènent fièrement sur l'esplanade et montrent à tout le monde les plaies qui, une fois cicatrisées, leur laisseront à jamais le ton rosé et l'empreinte de la pierre striée sur l'épiderme des paumes.

Au bout de quelques années, ces paumes rosées et rugueuses prendront l'aspect simiesque qui a valu à la peuplade des *Krahoxem* l'appellation de Mains-de-Macaques parmi leurs voisins *Aripaktsa*.

Nous avons déjà expliqué au chapitre relatif au mariage comment leur organisation exogamique les pousse chaque année à rechercher des filles impubères dans les tribus voisines. Il vaut la peine de signaler que, exception faite de cette apparition sporadique, les *Krahoxem* n'ont aucun commerce avec les autres villages de la région. Économiquement parlant, ils n'en ont pas besoin. Leur développement technique, la chasse collective, l'efficacité de leurs appâts empoisonnés, la résine qui leur permet de préserver les aliments dans un climat équatorial, tout ceci les rend bien plus aptes à se nourrir que leurs voisins. Et bien qu'ils doivent tout cela, dans une bonne mesure, à l'arbre mentionné, le nom de *ramblé-eng* n'a aucune connotation économique ou vitale pour eux. Il signifie en gros dans leur langue : « L'arbre des esprits intrépides. »

Nous ne voulons pas conclure sans faire un commentaire qui a certainement à voir avec le nom, tout à fait juste par ailleurs, que leurs voisins du nord-ouest donnent aux Mains-de-Macaques. Selon les jésuites qui ont installé une mission dans ce village, les Oreilles-de-Bois désignent les Mains-de-Macaques d'un nom composé qui veut dire dans leur langue : « Les guerriers qui souffrent en riant. » Fin juillet, quand je ne connaissais pas encore bien la langue ni les coutumes des Mains-de-Macaques, j'ai été témoin d'un fait que je fus alors incapable de m'expliquer. Il semble qu'un groupe de chasseurs *Tapayuna*, d'un village situé sur la rive droite du Canumã, ait fait, au cours d'expéditions de chasse, des incursions dans le territoire des Mains-de-Macaques, dont les confins, selon leur pacte, se situent sur la rive gauche de ce fleuve. Les Mains-de-Macaques décidèrent alors de riposter par une expédition punitive. Et un beau jour, au crépuscule, chacun des trente guerriers qui formaient le détachement reçut une dose du breuvage tiré du même bol vert que le sorcier avait utilisé pendant la cérémonie d'initiation. Le fait que les guerriers soient tombés aussitôt endormis n'attira pas mon attention à ce moment-là. Je le considérai comme un sommeil rituel, de ceux que de nombreux indigènes simulent au cours de leurs cérémonies. Mais je fus très surpris de constater que le chef des guerriers s'accroupissait successivement devant chaque dormeur pour lui parler à l'oreille. Et ils se relevèrent quelques minutes plus tard, énergiques et souriants, pour entreprendre une marche pleine d'allégresse et d'enthousiasme, comme s'ils se rendaient à une fête.

Quinze jours plus tard, ils ne revinrent qu'à dix-huit, dont deux très grièvement blessés. Cette fois encore, ils souriaient, surtout l'un des blessés, qui avait reçu à l'épaule un terrible coup de lance qui l'avait transpercée de part en part. Et bien que ceci n'ait rien à voir avec ma recherche et que je ne sois pas professionnellement apte à émettre un jugement à cet égard, je me risquerais à affirmer que « les guerriers qui souffrent en riant » le sont effectivement grâce au breuvage du *ramblé-eng*, et allez savoir après ça comment les effets du breuvage se combinent avec les paroles que le chef guerrier leur murmure à l'oreille !

À mon retour à Manaus voilà quelques jours, j'ai décidé de donner des échantillons de feuilles que j'étais parvenu à ramener au Dr Emilio Zequeira de Andrade, un éminent spécialiste des plantes hallucinogènes. Je lui ai laissé aussi des photos de l'arbre et certains détails que j'avais pris soin de noter en observant la préparation de la décoction. Si les phytochimistes de la Rockefeller Foundation souhaitent avoir des informations sur cette plante, je peux les mettre en contact avec le Dr Zequeira...

Dans l'épilogue de son rapport, signé le 15 octobre à Rio de Janeiro, Da Silva s'excusait d'avoir mis quarante-cinq jours à le rédiger, mais il expliquait qu'il avait eu besoin de presque un mois pour se réacclimater à la vie urbaine et de beaucoup de temps pour mettre ses notes en ordre.

Il narrait aussi, d'une façon un peu trop romancée pour un travail scientifique, quelques anecdotes au sujet de ses relations avec les Mains-de-Macaques. Il parlait également de l'angoisse qui l'avait tenaillé dans les derniers jours, tandis qu'il attendait le retour d'Oliveira, qui était apparu avec une semaine de retard.

L'intérêt passionné des Mains-de-Macaques envers le Piper-Cub incita Da Silva à demander au pilote de rester une journée sur place. Les indigènes le prièrent de voler de nouveau. Oliveira leur fit une démonstration accompagnée de pirouettes acrobatiques. Puis il prit deux jeunes guerriers à bord et survola la zone durant quelques minutes. Les indigènes en firent un dieu. Ils lui offrirent des colliers et des bracelets de plumes de la plus grande valeur honorifique. Dans cette région, à l'écart de toutes les routes aériennes, les premiers avions n'étaient apparus qu'à peine deux ans avant, d'abord une avionnette du SPI, puis celles des jésuites avec leurs cadeaux. Les adieux avaient pris la forme d'une grandiose fête de confraternisation.

Mac Callum estima que cette recherche ethnologique et linguistique était, par sa teneur, l'une des meilleures de la décennie. Il se proposa de suggérer à Da Silva de la soumettre au Congrès mondial d'ethnologie, qui se tiendrait l'année prochaine. Il devrait l'alléger de son trop gros poids d'anecdotes et réorganiser l'exposé, un peu dispersé. Mais il décrocherait un prix, à coup sûr.

18

La Division bleue

– Camarades ! L'heure des discours est passée. Il est temps que la Phalange prononce son verdict et sa condamnation.

Muera Rusia !

Mueraaa !

Muera Inglaterra !

Mueraaa !

Devant le bâtiment où siège le ministère du Parti, la rue s'est remplie d'une masse compacte au sein de laquelle pullulent les chemises bleues.

Serrano Suñer parle tout en brandissant le poing pour ponctuer son discours.

– Le coupable, c'est la Russie, camarades ! Elle est coupable de notre guerre civile, coupable de la mort de José Antonio, notre fondateur !

Viva Cristo rey !

Viva José Antonio !

Vivaaaaaaa !

– L'histoire et l'avenir de l'Espagne exigent l'extermi-nation de la Russie !

Viva el Caudillo !

Vivaaaa !

Viva Alemania !

Vivaaaa !

Muera el comunismo !

Mueraaaa!

L'euphorie de la presse espagnole à la nouvelle de l'invasion de l'Union soviétique par l'Allemagne se reflète dans les titres des journaux du matin, le 22 juin 1941.

GUERRE POUR LA SAUVEGARDE DE L'EUROPE!

LA GUERRE CIVILE ESPAGNOLE S'ÉTEND À L'EUROPE : LE DERNIER ACTE!

L'ALLEMAGNE DIRIGE LA CROISADE ANTICOMMUNISTE!

C'est l'enthousiasme de germanophiles et de la majorité des catholiques devant ce virage inattendu que vient de prendre la guerre. En 1939, la presse phalangiste avait divulgué l'idée que la guerre européenne était le second acte de la guerre civile engagée trois ans plus tôt sur le sol espagnol « pour défendre la chrétienté contre le communisme, soutenu par la haine des franc-maçons envers l'Église ». Puis elle avait dû assister en silence à la signature du Pacte germano-soviétique.

La seule explication qu'elle avait réussi à donner de cet affront aux coreligionnaires, c'était que l'opposition entêtée de la France et de la Grande-Bretagne avait contraint Hitler, pour surveiller ses arrières du côté de l'Est, à transiger avec Moscou. Et ce renforcement immédiat des positions soviétiques en Pologne, sur la Baltique et en Roumanie, la remplissait d'exaspération et de découragement.

Aussi, dans la matinée du 22 juin 1941, à peine divulguée la nouvelle de l'invasion allemande, des milliers de phalangistes descendirent-ils dans la rue.

Ils se concentrèrent tout d'abord devant le ministère du Parti, puis, stimulés par le discours de Serrano Suñer, se dirigèrent vers l'ambassade allemande pour crier leur soutien au Führer.

Informaciones, le journal de l'ambassade, expliquait à ses lecteurs : « Nous étions sûrs que l'Allemagne ne baisserait pas pavillon dans sa lutte contre le communisme. »

Parfait.

La vérité brillait de nouveau.

La germanophilie se répandit en taches bleues dans les rues de Madrid. Une manifestation « spontanée » (tous les journaux du 23 firent de leur mieux pour souligner ce trait) parcourut les artères principales. À la Puerta del Sol, sur la place de Cibeles, dans la rue d'Alcala, les chemises bleues s'étreignaient, pleins de jubilation.

L'ambassade britannique manqua de protection durant toute la journée du 22 et, comme par hasard, un camion chargé de pierres se gara à quelques mètres de là, vers midi.

Toutes les vitres volèrent en éclats.

Toutefois, alors que ses oreilles résonnaient encore des insultes contre Churchill et du slogan « Gibraltar aux Espagnols ! », l'ambassadeur reçut un coup de fil de Serrano Suñer, qui demandait officieusement s'il devait envoyer des renforts de police pour protéger le siège de Sa Majesté.

– Ce n'est pas nécessaire, répondit Sir Samuel, sans lâcher sa tasse de thé. Il suffirait que vous ne m'envoyiez plus de phalangistes.

Une grande pancarte venait en tête du défilé de l'après-midi : LES VOLONTAIRES PHALANGISTES CONTRE LE COMMUNISME. Quelques heures plus tard, Serrano Suñer confirmerait en conférence de presse la formation d'une Légion de volontaires prêts à combattre sous les étendards hitlériens. À quoi donc servait le décret, promulgué à peine quelques semaines avant, qui interdisait aux Espagnols de se battre sous des drapeaux étrangers ?

Le lendemain, tandis que la presse fêtait les premières victoires allemandes, Arresa, le ministre du Parti, adressait une circulaire aux chefs provinciaux de la Phalange, leur ordonnant d'ouvrir un poste de recrutement dans chaque district.

La semaine suivante, la presse publiait des centaines de photos montrant de longues queues de volontaires enthousiastes.

C'est ainsi que se forma la Division bleue.

Beaucoup s'enrôlèrent par esprit d'aventure. Les phalangistes les plus convaincus marchèrent contre le communisme, contre l'URSS, négation du Christ et de l'humanité.

Ils partirent de Madrid le 14 juillet.

Ils partirent de la gare du Nord.

– À bientôt, criaient-ils, souriants.

Pendant quasiment un mois, les journaux et la radio s'étaient fait l'écho des affirmations du Führer : la guerre serait décidée avant l'automne. La Russie, minée de l'intérieur, s'effondrerait comme un colosse aux pieds d'argile.

– À bientôt !

Ils partaient en promenade.

Ils partirent au milieu des vivats et des salves de la Garde civile.

Quelques heures plus tard, leur enthousiasme faisait trembler les vieux murs de la gare de Ségovie.

À Valladolid, les fillettes de la Phalange, aux costumes typiques, les couvrirent de fleurs.

Les cloches sonnèrent à Burgos en l'honneur des nouveaux croisés.

Les vents des monts Cantabriques, au passage du train rédempteur, emportèrent l'hymne de la Phalange, *Face au soleil*, vers les campagnes de la Navarre et des provinces basques.

Et c'était encore le 14 juillet quand ils pénétrèrent en France.

À Bordeaux, on les conspua.

Le 15, au petit matin, à Poitiers, un piquet d'ouvriers leur chanta *La Marseillaise.*

À Orléans, il y eut des jets de pierre, des coups et des blessés.

– À bientôt ! répétèrent-ils à Paris au cortège de collabos qui les accompagnèrent à la gare du Nord.

À Berlin, ils furent reçus par les Jeunesses hitlériennes au milieu des hymnes et des discours.

Le premier à tomber fut le fils du maire de Madrid.

Et, deux années durant, beaucoup de sang de l'Espagne teinta les pâturages et les neiges de Russie pour défendre la chrétienté.

19

Seventh Report

DATE : October 23rd, 72
FROM : 7-fol/Ph.D.
TO : HQ/DO/Lenn.TT
SUBJECT : TAP TEA

EXPÉRIMENTATION 52-F (de février à août 72)
Destinée à l'étude du comportement de sujets soumis au sommeil REM pendant un interrogatoire.

On a effectué des tests sur 30 patients. Au bout de dix minutes de sommeil, on a posé à chacun des questions simples : Dire son nom, son âge, répondre par oui ou par non, et en aucun cas on n'est parvenu à les faire parler. On leur a suggéré alors de répondre oui ou non par un mouvement de la tête. On n'a pas obtenu non plus de réponses.

Conclusions :
On peut affirmer avec la certitude la plus absolue qu'aucun patient soumis au sommeil REM n'est en mesure de répondre à des questions. L'efficacité inductrice de la tapagine est donc limitée exclusivement aux ordres posthypnotiques.

EXPÉRIMENTATION 64-C (de mai à septembre 72)
Destinée à déterminer les taux d'absorption et d'élimination de la tapagine.

Comme on nous l'a demandé, nous avons omis dans ce cas toute information technique sur l'expérimentation effectuée avec de l'iode radio-actif et des compteurs de scintillement, ainsi que sur divers tissus d'animaux et d'êtres humains.

Conclusions :

L'élimination du médicament par l'urine est de l'ordre de 0,60 microgramme/ml, un taux extrêmement bas. Les diverses analyses réalisées permettent de conjecturer que la tapagine se métabolise en partie dans le foie et s'accumule de façon encore indéterminée dans le reste de l'organisme. Elle agit comme une drogue de dépôt, à effets persistants, de longue durée.

Euphorie

Nous ne sommes parvenus que tout récemment, on le sait, à isoler la tapagine, et nous n'avons pas encore pu tirer de conclusions, mais, dans cette même ligne d'observations cliniques, notre conjecture initiale semble se confirmer. En effet, on a constaté au bout de très peu de jours que les effets euphorisants augmentaient au fil du temps et ont été notables sur l'ensemble des 200 patients traités. Ceux qui ont absorbé 120 ml hebdomadaires de TAP TEA pendant plus de six mois demeurent en bonne santé et sont plus optimistes que de coutume. Dans certains cas, des douleurs chroniques ont diminué. On observe chez presque tous une compulsion au travail très nette, mais on n'a enregistré en aucun cas une hyperkinesthésie dont les niveaux quantitatifs s'avéreraient pathologiques.

Dépendance

Nous renvoyons à notre rapport du 15/10/71, point C. Au cours de la seconde expérimentation sur des patients qui avaient commencé à absorber du TAP TEA le 16 mai et à qui on l'avait supprimé le 1er octobre, nous avions signalé qu'à ce jour, autrement dit quinze jours après avoir supprimé l'administration de la décoction, on n'avait observé chez eux aucune anomalie digne d'attention. En revanche, à l'heure actuelle, autrement dit cinq semaines plus tard et cinquante-trois jours après la suspension de la drogue, 20 p. 100 des patients présentent de petits syndromes dépressifs, et chez 60 p. 100, on constate une tendance notable à l'agressivité intellectuelle et physique, même si, à ce jour, ces traits n'ont acquis en aucun cas un niveau morbide.

Quoique nous ne puissions pas formuler pour l'instant de conclusions définitives, il est très possible que les deux traits observés récemment s'accentuent durant les prochaines semaines, puisqu'il s'agit d'une drogue de dépôt.

20

Wolfram

Quand le colonel Arnaiz reprit du service en 1930, il confia l'administration de ses biens au notaire Vicente Rosado, qui s'acquitta de sa mission durant six ans de façon satisfaisante et passive. Mais, depuis la mort de don Ramón, le notaire ne se contentait plus de toucher les rentes, de faire des dépôts bancaires, de payer les salaires et les dépenses de Campo Bermejo ; sur autorisation de la veuve, il s'occupait en outre des biens d'Estrémadure et donnait des conseils en matière de placements.

Jaime de Arnaiz rentra à Campo Bermejo en juillet 1939, juste à la fin de la Guerre civile. Une balle dans la région lombaire l'avait rendu grabataire. Les médecins n'étaient pas sûrs qu'il puisse marcher de nouveau. Pendant cette année et demie de convalescence, il commença à traiter avec don Vicente. Celui-ci montait le voir à la tour où, dans la bibliothèque de son père, Jaime passait du lit à la chaise roulante, et de la chaise roulante au lit.

Il se rappela un jour que don Ramón tenait la comptabilité de ses biens dans un gros livre à couverture noire. Il demanda à Matilde de le lui chercher et se mit à l'étudier.

Le moulin et les deux fermes d'Estrémadure ne

produisaient plus comme avant. Don Vicente l'attribua à la détérioration de l'économie espagnole durant la guerre, mais Jaime soupçonna que le notaire les volait. Campo Bermejo se trouvait aussi en Espagne, et là où il pouvait surveiller la gestion du notaire, les rendements étaient aussi bons, voire meilleurs que lorsque le colonel était en vie.

Il pensa vendre les biens d'Estrémadure, acheter des immeubles à Salamanque ou à Madrid avec cet argent et en confier la gestion à une banque. Si son frère pouvait s'en occuper...

Ramiro n'avait pas encore vingt ans, et Jaime estimait superflu de lui demander son avis sur des problèmes financiers, mais il lui fit part toutefois de ses soupçons. Comme Ramiro était le chouchou de sa mère et savait l'enjôler, Jaime se proposa de l'utiliser pour la pousser à vendre.

Du jour où le colonel avait constaté l'attachement de Ramiro à Matilde, il avait cessé de s'en occuper. Il l'envoya étudier chez les dominicains. De ce gamin toujours fourré dans les jupes de sa mère, on ne pourrait faire qu'un curé. De plus, quand il avait sept ans, une poutre lui était tombée dessus, et depuis, il avait une épaule plus haute que l'autre. Avec un défaut pareil, aucune académie militaire ne l'aurait accepté.

Ramiro n'ouvrait quasiment pas la bouche devant le colonel, mais, seul à seul avec sa mère, il était vif et affectueux. Les deux frères n'avait eu que peu de relations quand ils étaient enfants. Pourtant, quand Jaime rentra estropié, Ramiro lui démontra de la camaraderie, de l'admiration, et eut pour lui des égards : il lui obtenait des journaux, des livres, tout ce qu'il voulait ; l'un des services les plus précieux qu'il lui rendait consistait à vérifier toutes sortes de qualités, de quantités, de poids et de mesures par rapport aux opérations que réalisait le notaire, de façon que le vieux se sache surveillé.

Ramiro, qui s'était consacré à Matilde durant la guerre, avait pris deux années de retard dans ses études. En 1940, il n'avait pas encore passé son baccalauréat.

Peu de temps après qu'ils eurent commencé à se traiter en adultes, Jaime se mit à ressentir de la sympathie pour son frère, au point d'attendre tous les après-midi son retour du lycée. Il avait également surmonté la répulsion que sa difformité provoquait en lui depuis l'enfance. Par ailleurs, Ramiro avait un visage agréable, une voix virile, et était un coureur de jupons. Il était communicatif, sympathique, et il était fier que son frère, d'à peine vingt-deux ans, soit déjà un ancien combattant du Maroc et de la Guerre civile. Il était impressionné par sa personnalité, par les bizarreries de son caractère et, surtout, par sa résistance inhumaine qui lui permettait de rester des semaines enfermé dans la tour à dévorer du matin au soir des traités d'histoire et de questions politiques dont Ramiro ne comprenait pas un traître mot, comme il le remarquait avec Matilde. Pour lui, les études étaient un mal nécessaire pour décrocher un titre et gagner beaucoup d'argent.

Quand Jaime proposa de vendre les terres d'Estrémadure, Ramiro usa de tout son art pour convaincre Matilde, mais ce fut en vain. Pour ne pas raviver des souvenirs chéris, elle n'était jamais revenue au pays, mais elle refusa de se défaire des biens de son père. Elle ne vendrait pas les terres, ni la maison ni le moulin ; elle n'accepta pas non plus de se débarrasser de don Vicente Rosado.

Et Jaime, qui avait alors d'autres chats à fouetter, décida de ne pas insister. Tant pis pour elle !

En 1942, remis de ses lésions, Jaime de Arnaiz

combattait en Russie. Ramiro, marié et père d'une nouveau-née, faisait des études de droit à Madrid et vivait de la très modeste pension que lui versait sa mère.

C'est alors que don Vicente Rosado s'efforça de convaincre Ramiro et sa mère de l'utilité de vendre les terres d'Estrémadure. L'occasion était excellente. Les deux fermes, plus le manoir et le moulin, estimés au meilleur prix, pouvaient valoir un million et demi de pesetas. Eh bien, don Vicente avait trouvé un fou qui en offrait quatre millions. Ramiro s'emballa sur-le-champ. À eux deux, ils convainquirent Matilde.

Elle accepta de vendre les fermes, mais conserva le moulin et la maison où elle était née. Quelques jours plus tard, elle signa la vente des terres, les larmes aux yeux. Son fils la consola : cet argent, placé dans des biens immobiliers et assorti d'intérêts bancaires, produirait de bien plus gros revenus.

Ramiro ne se demanda même pas quelle mouche avait piqué M. Castellot, l'acheteur. Qui était assurément une personne tout ce qu'il y avait de plus respectable, dirigeant de la Phalange et conseiller du ministre des Affaires étrangères, Jordana. Mais à cheval donné on ne regarde pas la bride.

Ramiro apprit un mois plus tard quelle mouche avait piqué Castellot. Il l'apprit par la presse. Sur les terres de sa mère, et dans presque toute la région d'Estrémadure, frontalière avec le Portugal, on avait commencé à exploiter des gisements de wolfram.

Ramiro faillit en mourir de rage. Il se rendit à Salamanque et pénétra comme une trombe dans le cabinet de don Vicente. Combien l'avait-on payé pour cette affaire ? Quelle commission avait-il reçue, cet escroc de notaire ?

On s'était joué de lui, comme le gosse qu'il était.

En mai 43, Ramiro n'avait pas encore vingt-trois ans.

Le wolfram, minerai de tungstène convoité à cette époque par les pays belligérants, allait faire l'objet d'une spéculation effrénée à laquelle le gouvernement espagnol lui-même ne fut pas étranger. Franco vit apparaître soudain une source de devises étrangères qui lui permettrait de remplir ses coffres vides.

Bien que les gisements de wolfram d'Estrémadure fussent connus depuis longtemps, personne en Espagne, sauf quelques industriels basques, n'avait montré d'intérêt pour leur exploitation. Mais les avatars de la guerre avaient, depuis juin, fait monter les prix en flèche.

En fait, les Anglais et les Nord-Américains n'eurent jamais besoin de la production espagnole. Ils disposaient de régions bien plus riches et productives. Mais l'Espagne était appelée à devenir la seule source de tungstène pour l'industrie de guerre allemande.

Quand la contre-offensive soviétique dans le Sud les eut privés des gisements ukrainiens, les Allemands tournèrent désespérément les yeux vers l'Estrémadure. Et cette situation déclencha pendant l'été 43 une lutte sourde autour du wolfram, doublée, dans le domaine des devises, d'une lutte péninsulaire entre le dollar et le mark. Dans le seul but de liquider au plus vite les devises dont l'Allemagne disposait en Espagne pour acquérir le minerai, les Nord-Américains élevèrent artificiellement les cours en achetant à n'importe quel prix.

En juillet, deux mois après que les Arnaiz eurent vendu leurs fermes, le wolfram d'Estrémadure atteignit le prix fabuleux de cent quatre-vingt-quatre pesetas le kilo. Mais, dès la fin juin, quand il n'était encore coté à la bourse de Madrid qu'à soixante-quinze, une foule de paysans, d'ouvriers, de bourgeois et de petits messieurs déchus s'étaient lancés, telle une avalanche, dans l'aventure de la prospection minière. Et l'on vit rôder, à travers les campagnes d'Estrémadure limitrophes du Portugal, les victimes hallucinées de cette soudaine fièvre nationale. L'épidémie fut si grave que la Garde civile dut surveiller les chemins pavés de roches de wolfram pour empêcher les prospecteurs frénétiques d'en arracher jusqu'à la moindre pierre.

Et le fait que la principale région productrice de wolfram fût coupée en deux par la frontière portugaise ajoutait une autre possibilité de gains. Même si Nord-Américains et Allemands rivalisaient pareillement dans les achats de wolfram au Portugal, les prix étaient bien inférieurs dans ce pays, et les producteurs préféraient écouler leur minerai par contrebande en Espagne. C'est ainsi que de nombreux Espagnols, qui n'exploitaient leurs « mines » que la nuit, s'installèrent juste à la frontière pour réceptionner les files de mulets, de charrettes et de camions que leur envoyaient leurs complices portugais. Et Madrid, qui voyait d'un bon œil se remplir les coffres nationaux grâce aux droits d'exportation élevés qu'engendrait ce trafic, fermait les yeux sur la contrebande. Personne ne voulait tuer la poule aux œufs d'or, si nocturnes que fussent ses pontes.

C'est quand il fit ses premiers calculs, début juin, que Ramiro de Arnaiz se rendit compte de l'ampleur de l'escroquerie dont il avait été victime de la part de don Vicente Rosado, sûrement sur les instances de Castellot, qui avait dû flairer l'affaire dans les coulisses du ministère des Affaires étrangères. Le minerai valant alors quarante-cinq pesetas, il calcula qu'il aurait pu gagner en un mois, sur les mille deux cents hectares vendus, les quatre millions qu'il avait touchés pour les deux propriétés. Mais il n'y avait plus rien à faire. Comment expliquerait-il ça à son frère quand Jaime rentrerait ?

De toute façon, les Arnaiz possédaient encore le manoir et le moulin sur un lot de 30 ha, à moins de 2 km de la frontière. Ramiro persuada sa mère de l'autoriser à utiliser une partie de l'argent obtenu grâce à la vente et encore intact. Il la convainquit des juteux bénéfices qu'ils pourraient tirer de la propriété, compte tenu de son emplacement frontalier.

Quand il arriva sur les lieux, il y avait déjà un mois que toutes sortes d'individus avaient commencé à exploiter les terres du moulin, avec l'assentiment complice du gardien. Ramiro délogea les intrus, acheta une centaine de mules et deux camions. Dès la seconde quinzaine de juin, il avait presque gagné trois cent mille pesetas.

Enthousiasmé, il abandonna ses études et s'installa au moulin. Il décida d'agrandir son affaire. Les prix, tout comme la fièvre wolframique de Ramiro de Arnaiz, indiquaient une tendance à la hausse soutenue. Le 5 juillet, il vendit ses derniers lots à quatre-vingts pesetas le kilo et, le 7, la cotation à la bourse de Madrid s'élevait à quatre-vingt-douze. La grande affaire était donc d'accaparer et d'attendre la montée des cours. Aux confins du Portugal, Ramiro se sentait dans une position optimale pour s'enrichir d'un seul coup. Il possédait de plus un capital intact à la banque. Sa mère, convaincue par le succès initial, l'autorisa à disposer de tout l'argent. Ramiro redoubla ses contacts avec le Portugal et se mit à spéculer. À la fin du mois, sa fièvre monta jusqu'au délire : il acheta à crédit une flottille de camions pour ne plus avoir à payer de fret jusqu'au port de Cadix, si bien qu'une montagne de wolfram commença à se dresser sur les terres du moulin, dans l'attente de la hausse.

Dès le début de la spéculation, la diplomatie anglo-américaine n'avait cessé d'exercer des pressions sur le gouvernement franquiste pour qu'il interdise l'exportation du minerai. Mais Madrid refusa tenacement de prendre cette mesure, qui n'aspirait qu'à porter préjudice à l'Allemagne, non seulement à cause du manque à gagner qu'elle aurait impliqué pour le Trésor espagnol, mais encore parce que l'honneur national était en jeu.

Les dirigeants de la Phalange expliquèrent au Caudillo les redoutables conséquences que la moindre reculade face aux pressions des Alliés pouvait entraîner dans le pays même et à l'étranger. Depuis que les actions du front de l'Est avaient commencé à s'inverser en faveur des Soviétiques, Franco, bien qu'effrontément germanophile, lança une campagne de proclamations neutralistes, et la presse espagnole ne dit pas un mot de la sourde lutte diplomatique qu'avait suscitée le wolfram. Les producteurs continuèrent de spéculer immodérément.

Mais Castellot, l'acheteur des fermes des Arnaiz, parfaitement au courant des dessous des conversations de par sa position dans la Phalange et au ministère des affaires étrangères, ordonna à ses agents de vendre toutes les réserves et de ne plus acheter.

Ramiro, lui, avait continué d'amasser sans vendre. Fin août, il acheta même des lots à crédit au prix plafond de deux cent quarante pesetas. Parmi les spéculateurs, on commentait « de bonne source » que la hausse se poursuivrait jusqu'à mille pesetas le kilo.

Le Krach eut lieu le 27 août. Convaincus que Hitler ne disposait plus de devises en Espagne, les Nord-Américains ordonnèrent de suspendre les achats. Le lendemain, les cours s'effondrèrent de deux cent quarante-trois pesetas le kilo à moins de dix.

C'est à peine si Ramiro de Arnaiz réussit à sauver un million. Castellot, lui, avait gagné vingt-cinq millions, plus la propriété des deux fermes.

Et, en novembre de cette année-là, décoré de la Croix de Fer, le capitaine Jaime de Arnaiz débarquait à Saint-Sébastien.

Franco avait ordonné le retrait de la Division bleue.

21

A Fabulous Report

DATE : October 26th, 72
FROM : 22-RO8/PS.D.
TO : HQ/DO/Lenn.TT
SUBJECT : Tapajine and « Scale of Truth »

EXPÉRIMENTATION 91 (d'août à octobre 72)
Résultats obtenus sur 4 terroristes uruguayens, dirigeants du groupe Tupamaros qui, voilà encore trois mois, avaient résisté en tant qu'« hermétiques irréductibles » à tous les degrés d'intimidation traditionnelle.

Échelle de la vérité
L'*Hypertrophy of Discordant Component (HDC)*, en tant que technique de suggestion psychologique à des fins de recrutement, a été décrite par Morrison en 1956 et enrichie par les apports de Lewis, en 1958, et de Vogel, en 1960. Elle consiste à détecter d'abord ce que Morrison a appelé la « composante discordante » dans un schéma de convictions général, en vue de produire ensuite, par des suggestions hypnotiques, une hypertrophie ou une augmentation telle de ce facteur discordant que la cohérence du schéma peut en être détruite ou profondément perturbée. De nombreuses expériences réalisées par Morrison à Taïwan, en Égypte et en Indonésie, sont décrites sous le titre

« Acts on HDC », *in Articles on Intelligence*, vol. III, IV et VII de 1957.

Pour la série expérimentale qui nous concerne, nos psychologues ont recommandé d'utiliser, non des inductions pures, mais la variante de la « désidéologisation justifiée » à laquelle Vogel a eu recours dans les années 60-62, plus connue sous le nom de *scale of truth*.

Cette technique proposait d'utiliser, en tant que point de départ d'un recrutement basé sur la suggestion psychique, non plus un élément discordant dans le schéma idéologique du sujet, mais n'importe laquelle de ses convictions les plus solides ou, mieux encore, un sentiment ancré en lui, mais susceptible d'atteindre, par une induction persistante, une hypertrophie telle qu'elle perturberait l'équilibre du système.

Néanmoins, dans notre cas particulier, comme nous disposions d'une drogue dont la consommation provoque de l'euphorie et dont la suppression semble engendrer des crises de dépression et de l'irritabilité, nous avons été amenés à concevoir une variante de la *scale of truth*, dans le but supplémentaire de mieux nous ajuster à l'expérimentation très empirique qu'on nous a proposé de réaliser sur trois mois à peine, un laps de temps très inférieur assurément à celui qu'a employé Vogel pour ses propres expérimentations. En l'occurrence, nous avons distribué le programme inductif comme suit :

Première semaine : Trois doses *exploratoires* pour contrôler d'éventuelles réactions allergiques et l'amnésie du moment hypnotique.

Deuxième semaine : Trois doses *confirmatives* durant lesquelles on parle au patient de choses qu'il ressent comme vraies ou auxquelles il croit rationnellement.

Troisième et quatrième semaines : Six doses d'*escalade réductrice* durant lesquelles on induit l'hypertrophie des sentiments ou des convictions du patient confirmés durant la seconde semaine. (Ceci constitue l'essentiel de notre variante, qui n'inclut pas la technique de Vogel.)

Cinquième et sixième semaines : Six doses *adversatives* qui, partant des inductions censément acceptées par le patient durant les deux semaines antérieures, constituent déjà une fissure importante de son schéma d'idées général et incitent à une altération très nette de son comportement.

Septième semaine : Trois doses *impératives* au cours desquelles le patient reçoit des ordres posthypnotiques à des dates et pour des objectifs concrets.

N.B. : La technique de Vogel, toujours appliquée par des pyschiatres, mais jamais sur des détenus, se réalise selon des fréquences variables et avec des drogues bien connues. Vogel n'inclut donc pas la première étape exploratoire et accorde beaucoup plus de temps que nous aux seconde et troisième étapes. Mais, pour gagner du temps, notre équipe est partie de l'hypothèse selon laquelle les effets euphorisants de la drogue prédisposeraient le sujet à accepter plus vite et tacitement les inductions pratiquées.

L'autre différence importante de notre variante par rapport à la *scale of truth* consiste dans le fait que Vogel ne donnait pas d'ordres de type compulsif pour les inductions finales, mais qu'il ouvrait chez le patient ce qu'il appelait des « brèches de doute » à travers lesquelles il introduisait, sans hypnose et par des séquences déductives soigneusement préparées, les arguments qui aboutissaient au recrutement du sujet.

En possession d'une drogue exceptionnelle, nous avons préféré effectuer les trois inductions finales sous la forme d'ordres post-hypnotiques tranchants, absolument impératifs, dans l'espoir que les patients les exécuteraient quand surviendrait la crise consécutive à la suppression de la drogue.

Dans le cas de la présente expérimentation, nous annonçons avec grande satisfaction que, depuis quinze jours, la tapagine a converti les trois « hermétiques irréductibles » uruguayens en collaborateurs de la police locale, en délateurs et tortionnaires de leurs propres compagnons. (Cf. l'ensemble de la séquence dans le volumineux *Protocole Montevideo* que nous a remis le Dr Willoughby, directeur de l'expérimentation. Qu'il nous soit permis d'ajouter que notre illustre collègue avait pronostiqué dès les premiers moments que la tapagine ouvrirait une ère de grande efficacité et d'humanisation accrue dans la collecte de renseignements.)

Conclusions :

Plus personne ne doute maintenant dans notre *team* que nous sommes en présence de la grande découverte psycho-pharmacologique du siècle.

22

Destination inconnue

En août 43, l'ambassadeur des États-Unis suggéra au généralissime de retirer les volontaires de la Division bleue du front de l'Est. Il insista sur un danger imminent dont les ministères des Affaires étrangères occidentaux s'étaient fait l'écho : si l'URSS déclarait la guerre à l'Espagne, ses alliés britanniques et nord-américains devraient la lui déclarer à leur tour.

Une semaine plus tard, une nouvelle sensationnelle diffusée par la BBC circulait dans les rues de Madrid : Sir Samuel Hoare avait exigé formellement du Caudillo, alors dans sa résidence d'été de Galice, le retrait des volontaires anticommunistes. Situation désagréable que celle du gouvernement espagnol !

Les premières réactions officielles reflétèrent l'intransigeance du Caudillo, qui ne semblait pas disposé à céder sur ce terrain. Quelques jours plus tard, dans un discours prononcé à Burgos, Arresa, le ministre du Parti, exalta le patriotisme et la vaillance des expéditionnaires dont la présence sur les champs de bataille de Saint-Pétersbourg (l'Espagne franquiste ne reconnut jamais l'existence d'une ville appelée Léningrad) reflétait l'unité hispano-germanique, indissoluble depuis l'époque de la maison d'Autriche, et symbolisait l'« unité de destin dans l'unité universelle ».

Tout le monde comprit néanmoins que ce n'était là que les râles d'agonie de la germanophilie franquiste. Le Caudillo sut d'emblée qu'il devrait céder, tôt ou tard.

Mais il fallait sauver l'honneur !

En effet, tandis qu'Arresa évoquait Charles-Quint et l'unité des destins, les pourparlers en vue du retrait des soldats espagnols allaient bon train à l'ambassade allemande.

La presse ne dit mot de la mesure. Des connaisseurs en la matière en virent toutefois une confirmation dans le discours que Franco prononça le 1er octobre, Jour du Caudillo, au cours duquel il insista plus que jamais sur la neutralité espagnole. (Jusqu'alors, on avait préféré parler officiellement d'une Espagne « non belligérante ».)

À peu près à la même époque, les volontaires commencèrent à arriver à Saint-Sébastien par contingents de cinq ou six cents hommes.

Cette fois-ci, il n'y eut ni fleurs ni hymnes.

Il n'y eut pas de manifestations enthousiastes, pas d'ovations, pas de slogans.

Seules quelques petites réunions intimes, organisées par la Phalange, saluèrent le retour des croisés du fascisme international.

Le capitaine Jaime de Arnaiz arriva le 14 novembre, dans le septième contingent.

Il avait gagné deux décorations.

Et trois nouvelles cicatrices.

Deux jours plus tard, son frère le mettait au courant de la situation financière désastreuse de la famille, de la vente des domaines d'Estrémadure et de sa folie du wolfram.

Jaime l'écouta en silence.

À la fin, il se borna à demander le nom de l'acheteur.

Il s'appelait Castellot, il travaillait au ministère des Affaires étrangères...

À la grande surprise de son frère, Jaime ne fit aucun commentaire. Ce soir-là, il se coucha tôt et, le lendemain, ordonna à Ramiro de rester à Campo Bermejo avec sa femme et sa fille. Il devait licencier don Vicente Rosado sur-le-champ, que cela plaise ou non à sa mère. C'était un ordre. Un ordre de lui. À compter de ce jour, il s'occuperait des affaires de la famille.

Dans la matinée, il partit sans faire ses adieux pour une destination inconnue.

23

Only One Solution

Pat O'Donnell acheva la lecture du rapport de Da Silva au petit matin. À 8 heures et quart, Hubert Raymonds, chef du *Scientific Intelligence Department*, convoqué de toute urgence, franchissait à pied les 500 m qui séparaient son bureau de celui de Pat, situé au siège central.

– Quand ce rapport est-il parvenu exactement à la Rockefeller ? demanda Pat sans autre préambule.

– Le 20.

– Qui l'a remis ?

– Le Dr Mac Callum, un scientifique qui...

Pat griffonna le nom sur son agenda et demanda de nouveau :

– Qui te l'a fait parvenir ?

– Notre homme aux archives de la Fondation.

– Pourquoi ne l'a-t-il pas envoyé avant ?

– Selon lui, parce qu'il ne l'a reçu que voilà deux jours, expliqua Raymonds. C'est alors qu'il a pu le photocopier.

– Parfait, dit Pat. Je veux trois choses de tes gens à la Fondation : qu'ils te fassent parvenir en urgence maximale tout ce qui y arrive depuis le Brésil ; qu'ils vérifient le nom de tous ceux qui ont déjà lu ce rapport ; qu'ils te disent combien il en existe d'exemplaires, et entre les mains de qui ils se trouvent.

Et il se mit debout pour tendre la main à Raymonds et conclure l'entretien. Il avait duré exactement une minute.

Pat ôta ses lunettes et se frotta les yeux. Il avait dormi dans son bureau de 4 heures du matin à 7 h 50. L'excitation que le rapport avait produite en lui l'avait contraint à avaler une forte dose de somnifère, et maintenant il se sentait hébété. Irait-il courir un peu pour réactiver sa circulation ?

Il finit par s'asseoir. Il s'inclina en arrière et fit tourner la chaise vers la baie vitrée. Il croisa les pieds sur le petit rebord de la fenêtre.

La première expérience avec le TAP TEA avait eu lieu le 3 novembre 1970. (À la veille du premier anniversaire de son petit-fils Alex, auquel il ne put assister à cause du branle-bas de ces jours-là.) Depuis, cela faisait presque deux ans, à raison de seize heures par jour, qu'il s'était attaché à coordonner la recherche de la plante sur quatre continents, à garantir le cloisonnement des diverses expérimentations, à créer tous les mécanismes compliqués qui doivent garantir la sécurité de quelque chose de top secret... Et tout ça pour qu'un parachutiste suicidaire vienne juste poser son cul le premier sur ce même *fucking* arbre et se mette à crier sur les toits où il se trouve, comment il est et quelles en sont les fabuleuses propriétés ! Et, par-dessus le marché, il fait cadeau d'échantillons de feuilles autour de lui et met toute la Fondation Rockefeller au courant...

Il se sentait toujours aussi hébété et coléreux, et, décidément, il n'avait pas envie d'aller trotter.

Il promena ses yeux las sur le paysage de Virginie. Les vents d'automne secouaient les pins et les sapins. Fouettaient les saules... C'étaient exactement comme cela qu'il se sentait, lui. Il avait déjà cinquante-quatre ans et vivait à coups de comprimés, alternant états d'effervescence et indolence. Il devait contrôler sa tension chaque jour. Ne pourrait-il donc jamais vivre dans la sérénité, comme ces superbes séquoias du Potomac, impassibles face à la fureur des vents ? Ou comme le corail au milieu des tempêtes ?

Si les évidences ne le trompaient pas, il ne restait plus qu'une solution. Ce qui était en jeu, ce n'était pas un projet scientifique parmi tant d'autres, mais la drogue du siècle. Il était en mesure de concevoir la *covert action* la plus ambitieuse qu'un officier des renseignements ait jamais mise au point : l'emploi subtil, stratégique, d'une drogue qui pouvait changer le monde en quelques années. Et voilà qu'un foutu hasard menaçait de tout foutre en l'air !

Ça l'ennuyait d'ordonner la liquidation de tant de personnes. Il aurait préféré que le boss en décide. Mais son plan n'était pas encore assez mûr, et que le *boss* connaisse les possibilités réelles de la drogue serait fatal. Tout son projet tomberait à l'eau. Et s'il le mettait au courant de la nécessité de liquider tant de gens sans en expliquer les vrais motifs, le patron penserait qu'il s'agissait d'une exagération, d'une brutalité inutile.

Il alla à l'armoire à pharmacie, choisit un puissant stimulant et demanda à Evelynn un café bien tassé. Il devait être lucide. Après tout, pourquoi ne pas profiter de la conjoncture pour tout expliquer au boss ? Sa conception du Plan USHER était assez avancée pour ça. Et, tôt ou tard, il devrait le mettre au courant.

Il se donna pendant un bon moment des prétextes de type stratégique, mais il savait que ce besoin soudain de parler au boss provenait d'ailleurs. Cet ailleurs était sa conscience chrétienne. Il savait pertinemment combien lui pèserait de devoir ordonner tout seul, dans le dos de ses supérieurs, tant d'éliminations.

Il décida de faire parvenir sans retard le rapport aux botanistes du *team*. Qu'ils lui confirment dans la matinée s'il s'agissait du même arbre. En fait, ce n'était que de la simple routine : la puanteur, les feuilles épaisses, le tronc bombé, les effets... C'était sans aucun doute le même arbre. Mais il fallait le confirmer avant d'ordonner les QL.

Il faudrait dépêcher immédiatement un commando au hameau des Indiens. Selon le rapport, il n'y avait que quarante-sept arbres, à environ deux cents mètres du hameau. Photos en main, il ne serait pas difficile de les trouver. Pourrait-on utiliser le même pilote ? Les Indiens le connaissaient déjà... En fait, quarante-sept arbres, c'était une bonne quantité... Mais il n'y avait pas d'autres solutions que les détruire. Avec les soixante trouvés sur le Xingú et les soixante-quatorze du Congo, il y en avait plus qu'assez pour les expérimentations.

En second lieu, il ferait disparaître l'original et toutes les copies du rapport adressé à la Fondation Rockefeller... Et ce, sur-le-champ et sans la moindre hésitation. Quelle autre solution pouvait-il y avoir ?

Quant à Da Silva, et au phytochimiste de Manaus, et à Mac Callum... Combien d'autres étaient au parfum ?

C'était regrettable, mais il ne voyait qu'une solution.

Il croisa les bras, se mordit les lèvres et, mécontent, hocha de la tête. C'était terrible de prendre, dans le secret et tout seul, la décision d'ordonner un tel massacre.

Pourquoi ne pas laisser les choses aux mains de Dieu ?

Oui. Ce serait peut-être le mieux à faire. Que le directeur apprenne une bonne fois pour toutes la situation réelle et, ensuite, à la grâce de Dieu... Si le directeur comprenait bien les choses et acceptait l'idée générale du plan USHER, Dieu aurait pris le parti de Pat et permettrait les éliminations comme une nécessité de la démocratie et du Monde libre.

Décidé.

Sur ces entrefaites, il vit un hélicoptère jaune se poser sur le toit de l'immeuble du boss. Celui-ci avait-il prévu de partir quelque part dans la matinée ?

Il retourna à son bureau et, debout, griffonna une note sur son agenda :

1. À l'équipe, qu'elle confirme si l'arbre...
2. Faire disparaître le rapport de la F.A.
3. Commando au village. Indispensable !
4. Localiser quiconque sait quelque chose du rapport.
5. Éliminer Da Silva, le phytochimiste, Mac C., les Indiens...

Il reposa le stylobille et appuya sur le bouton de l'interphone.

– *Yes, sir ?*

Il resta silencieux, parce qu'il commençait à se repentir.

– *Yes, sir ?*

Il courait le risque de voir le boss tout foutre en l'air. Mais il savait bien qu'il ne pourrait pas vivre avec le poids de tant d'éliminations sur la conscience. Elles étaient nécessaires, justifiées, irrémédiables, impossibles à ajourner, certes. C'était la seule façon de protéger le Plan USHER. Et pourtant...

– *Do you hear me, sir ?*

Et il s'apaisa de nouveau en pensant à Dieu.

Ce qui était juste émanerait de son omniscience et de sa bonté infinie.

Il déciderait si le plan USHER devait aller de l'avant.

– Passez-moi la direction, s'il vous plaît.

– *Yes, sir.*

24

De simples égratignures

José Pedro Castellot était le petit-fils d'un commerçant aragonais qui avait fondé à Valence, au début du siècle, une compagnie d'exportation. Son père avait inauguré les activités financières de la famille, raison pour laquelle il avait déménagé à Madrid, en 1923, en compagnie de sa femme et de son fils.

José Pedro avait été compagnon d'études de José Antonio Primo de Rivera et fondateur de la Phalange. Économiste formé en Angleterre, il avait montré très jeune, à la faveur de sa position officielle, une intuition exacte pour l'*inside trading*.

Son frère Juan dirigeait la société Armando Castellot Suc., qui poursuivait à Valence la vieille affaire d'exportation lancée par le grand-père.

Un autre frère, Félix, présidait à Madrid le conseil d'administration de la Banque de Crédit de Castille, et gérait les terres de la famille en Aragon. Mais le factotum des affaires des Castellot était José Pedro, inspiré, et surtout, très bien informé.

Aucune décision importante ne se prenait sans son avis. Très jeune, il s'était consacré à la politique. Sa sagacité lui avait permis d'acquérir un certain renom dans la Phalange et, en 1936, au début de la guerre civile, il occupait un poste de dirigeant dans les JONS [1] (Conseils d'offensive nationale syndicaliste).

Bien qu'on ne sût jamais très bien de quel mal il souffrait, il resta éloigné du front pour des « raisons de santé », mais il fit preuve d'une grande capacité aussi bien pour organiser les mobilisations militaires des syndicats que pour diriger la propagande politique contre les détracteurs de la République.

En 1943, âgé de quarante ans, il était devenu le principal conseiller économique de Jordana, le ministre des Affaires étrangères. De sa première femme, décédée en 1929, il avait eu deux garçons, alors pensionnaires dans des collèges privés de Madrid. L'aîné, Armando, un garçon turbulent, constituait une de ses préoccupations. On l'avait déjà expulsé de deux collèges malgré l'influence de son père.

De son second mariage, célébré en 1933, José Pedro avait eu une fille, María Cristina. Elle était la « prunelle de ses yeux », le havre où il se réfugiait quand il parvenait à s'évader quelques heures de la « frondaison épineuse du ministère ».

Il vivait depuis douze ans près du musée du Prado, dans un manoir emmuraillé qui occupait un îlot quasi complet et dont l'arrière était constitué d'un parc intérieur, avec piscine, gloriettes, statues, étang à canards, court de tennis, serre et animaux exotiques.

Outre sa femme et sa fille, le reste de la maisonnée était composé de sa sœur Elsa, d'un domestique, de deux bonnes, de la cuisinière et de la préceptrice de la fillette. Le jardinier, sa femme qui servait de buandière et le chauffeur vivaient dans un pavillon annexe, au fond du manoir.

1. Juntas de Ofensiva Nacional Sindicalista : Conseils d'Offensive nationale syndicaliste *(N.d.T.)*.

Douze personnes au total.

Avec la ponctualité qu'il avait apprise en Angleterre, José Pedro apparaissait tous les matins à 7 h 30 sur le seuil de la maison et montait dans la voiture qui le conduisait au ministère. Sa femme, sa sœur, la fillette et la préceptrice prenaient le petit déjeuner dans leurs chambres à 8 heures. Elles ne descendaient quasiment jamais au rez-de-chaussée avant 10 heures.

En dix jours, Jaime de Arnaiz avait tout vérifié.

Il agit avec patience et avec la plus grande prudence.

Il écouta de vieux militants de la Phalange ; parla avec des fonctionnaires et des huissiers du ministère ; prit des pots avec des soldats apparentés aux domestiques de la famille ; conversa avec des voisins, avec un chauffeur de la Banque de Crédit, avec un pharmacien, avec un professeur du fils aîné et avec le médecin de la famille.

Mais il obtint les informations sans rien demander à personne.

Il s'arrangea pour que les gens parlent sans se rendre compte de son intérêt pour les coutumes de José Pedro Castellot.

Et le 1er décembre, à 7 h 15 du matin, un attaché-case à la main, Jaime de Arnaiz sonna à la porte.

Un domestique en livrée, au port plus efféminé que distingué, parcourut les vingt pas qui séparaient le perron de la grille d'entrée.

– Je viens de la part du père Robledo, dit Arnaiz. Armandito a eu un accident ce matin...

– Qu'est-il arrivé au petit monsieur ? demanda le domestique, ouvrant la bouche et arquant les sourcils.

C'était un homme bien fait de sa personne, dont les traits virils rendaient la pompe efféminée encore plus grotesque.

– Il a été blessé dans une rixe, expliqua Arnaiz. Le père Robledo m'a chargé de parler personnellement...

– Attendez ici, dit le domestique. Je crois que don José Pedro est sur le départ.

Il retourna vers la maison en courant à petits foulées, monta les escaliers du perron les avant-bras en l'air et les poings serrés. En entrant, il referma la grande porte de chêne.

Les choses commençaient mal !

Arnaiz avait présumé qu'on le ferait entrer tout de suite. Sinon, il devrait renoncer à ce plan-ci et y recourir à un autre moment et d'une autre façon.

Un minute s'était presque écoulée. Ce laps de temps semblait indiquer que Castellot sortirait pour le voir et qu'on ne le ferait pas entrer...

Mais le chauffeur n'avait pas encore ouvert la porte du jardin comme il le faisait tous les matins autour de 7 h 10. L'Opel devait déjà être garée en haut de la rampe pavée, à côté du perron. Que Castellot n'ait pas au moins l'idée de téléphoner au lycée ! S'il le faisait, il pouvait...

Mais la porte s'ouvrit et le domestique apparut.

Tant mieux !

Au moment où Arnaiz franchissait le seuil de la résidence, il sentit que quelqu'un faisait chauffer le moteur d'un véhicule au fond de la maison.

Tandis que le domestique refermait la porte, Arnaiz eut le temps de remarquer qu'il n'y avait personne dans l'immense vestibule.

Encore mieux. Il aperçut un téléphone blanc dans une niche du mur.

Le domestique mourut sans proférer la moindre plainte. Le coup de poignard au bon endroit, entre l'omoplate et la colonne vertébrale, lui avait percé le cœur.

Un pédé de moins.

Arnaiz le dissimula derrière un sofa, à même le tapis, pour que le sang ne tache pas le dallage.

Il nettoya le couteau sur la livrée du cadavre. Au moment où il se disposait à débrancher le téléphone, il vit s'ouvrir une porte à un bout du salon. C'était Castellot, un petit homme, très maigre, légèrement chauve. Il portait un costume prince-de-galles gris et des souliers de daim. Ses épaules étaient un peu voûtées.

Arnaiz le salua d'une inclination respectueuse tandis qu'il s'approchait. À sa grande surprise, Castellot le reçut aimablement. Il lui tendit la main. Il avait les ongles manucurés. Il sentait la lavande. D'où il était, il ne pouvait voir le cadavre.

– Venez par ici, s'il vous plaît, dit-il avec un geste serein, en lui montrant la porte de son bureau.

Avant d'entrer, il tira sur un cordon de soie tressée qui sortait d'un trou ménagé dans le mur revêtu de boiseries. Sans doute sonnait-il quelqu'un de la domesticité.

Arnaiz comprit que s'il entrait dans le bureau, d'autres domestiques arrivant dans le salon depuis le couloir opposé risquaient de découvrir le corps.

Non. Il ne devait pas abandonner le salon. C'était trop dangereux.

Il entra pourtant d'un pas obséquieux et, dès qu'il vit que Castellot avait fermé la porte, se retourna avec une agilité d'épileptique et l'abattit d'un seul coup de poing.

De la poche de sa gabardine, il tira un des morceaux de fil de cuivre qu'il avait préparés et lui lia les pieds et les mains dans le dos.

Il regagna aussitôt le salon. Personne n'était encore apparu.

Le coup de sonnette était-il destiné au domestique mort ?

Il retourna dans le bureau. Il tira de l'autre poche un morceau de sparadrap et bâillonna Castellot, qui n'avait pas encore repris ses esprits.

Tout marchait comme sur des roulettes.

En sortant dans le couloir, il entendit le moteur de l'Opel. Il se pencha à une fenêtre et entrouvrit légèrement un rideau. La voiture avançait sur un côté de l'édifice. Le portail était maintenant ouvert.

Arnaiz tira le cordon avec insistance.

On entendit aussitôt des pas dans le couloir, et une domestique apparut, une coiffe sur la tête, encore en train de nouer un tablier de dentelle dans son dos.

– Mais qu'est-ce que tu fabriques, Antonio ? dit-elle, sans remarquer la présence d'Arnaiz qui, à côté de la porte, faisait semblant de se retirer :

– Parfaitement, don José Pedro, et merci beaucoup, dit-il en regardant dans le bureau et en faisant une légère révérence.

Il commença à se retirer en direction de la porte. Voyant que la bonne se heurterait au cadavre, il l'intercepta en trois enjambées.

Et, de face, lui enfonça le poignard.

Moins il y aurait de témoins, et mieux ça serait.

Et puis, il avait besoin d'impressionner Castellot.

Il la traîna sur le tapis jusqu'à l'cndroit où il avait déjà caché le cadavre du domestique. Il se remit à observer la rue par la fenêtre. Le chauffeur, qui avait déjà garé la voiture à côté de la porte, attendait debout, la casquette sur le crâne, le regard vers la rue.

Parfait. De ce côté-là, pas de danger. Par prudence, il verrouilla la porte d'entrée.

D'après ses calculs, il devait rester six personnes, toutes des femmes, à l'intérieur de la maison. Tant que le chauffeur ou le jardinier n'avait pas l'idée d'entrer, il n'y aurait pas de problème. Et puis, ils ne pouvaient pas le faire par la porte principale.

L'horloge indiquait 7 h 22.

Six minutes plus tard, il avait fait le tour de toute la maison.

Trois femmes adultes et une fillette, toutes abattues au préalable d'un coup de poing, gisaient, pieds et poings liés, dans la chambre de la femme de Castellot.

Il avait surpris la cuisinière et l'autre bonne dans la cuisine et ne leur avait guère laissé le temps de faire quoi que ce soit.

La bonne avait réussi à proférer un cri perçant, mais les portes et les fenêtres de la cuisine étaient fermées, et personne ne put l'entendre. Il les traîna toutes les deux jusqu'à la première chambre de service, qui était celle du domestique. Un crucifix pendait du mur, tandis que sur l'autre on voyait l'affiche d'un danseur de flamenco, la tête rejetée en arrière et les jambes arquées dans la posture des claquettes. Sur la table de nuit, un pot de fleurs contenant un œillet et la photo d'une femme aux cheveux blancs avec une dédicace en bas : « À mon Antonio, avec toute la tendresse de sa mère. Séville, 1942. »

Serait-il andalou, ce pédé ?

Il s'assura sans retard que toutes les portes et fenêtres étaient bien fermées. Puis il détruisit les téléphones des chambres et celui du bureau de Castellot. Il ne restait plus, bien que débranché, que le téléphone blanc du salon.

Durant toute cette partie-là de l'opération, il portait un béret et des lunettes noires, et il s'était pincé les lèvres et gonflé les joues pour se déformer totalement le visage.

Pour finir, il prit une tasse de café que la bonne s'était servie sur la table de la cuisine.

Ça ne ratait pas : le café était devenu introuvable dans toute l'Espagne, pourtant, les domestiques de la famille Castellot pouvaient se donner le luxe d'en prendre dans de grandes tasses.

Par la fenêtre du cellier, il vit le jardinier en train d'émonder un cyprès. De la fumée sortait de la cheminée du pavillon de service. Sans doute sa femme était-elle dans la cuisine de l'annexe.

Il parut sur le seuil et fit signe au jardinier de s'approcher en se dissimulant le visage derrière un mouchoir comme s'il était en train de se moucher.

– Entrez, don José Pedro vous demande.

Le jardinier se nettoya les bottes sur un paillasson de fer et entra.

L'homme, déjà vieux, accourut avec empressement, l'air très surpris, le béret à la main.

Il le réduisit à merci d'un seul coup sur le côté de la nuque. Il le ligota, le bâillonna et le poussa dans les toilettes.

La femme lui tournait le dos, en train de plier un napperon sur la table de cuisine.

Il lui flanqua un coup de crosse sous le chignon. C'était une femme toute menue, frisant la cinquantaine, ressemblant vaguement à sa mère. Il l'enveloppa dans un drap et la transporta comme s'il s'agissait d'un vulgaire paquet.

Il traversa sans ennui les 10 m qui le séparaient de la maison et la déposa, ligotée et bâillonnée, dans les mêmes cabinets que le mari.

Liquidé.

Il ne manquait plus que le chauffeur.

Il était 7 h 34.

Il devait se hâter.

Il tira de l'attaché-case une cagoule noire et l'enfila après avoir ôté le béret et les lunettes. Il retourna au bureau de Castellot, qui avait repris ses esprits et le regardait, épouvanté.

Il lui délia les pieds, lui enleva le bâillon et le fit sortir rudement dans le couloir, les mains ligotées.

Il lui montra tout d'abord les deux cadavres.

– Ils ont tenté de résister, expliqua-t-il du ton le plus naturel.

Castellot, dont les lèvres et le menton tremblaient, ne put rien articuler.

– Ils allaient crier, et je ne pouvais pas le leur permettre.

Était-ce un cauchemar ? Que voulaient dire les deux cadavres et cet homme à la cagoule ?

– Et ma petite fille ? balbutia-t-il. Et ma femme ? Dieu du Ciel, que voulez-vous ?

– Elles n'ont rien. Suivez-moi ! ordonna l'homme à la cagoule, qui commença à monter les marches conduisant à l'étage.

Quand Arnaiz ouvrit la porte de la chambre et lui montra le spectacle de ces femmes ligotées et bâillonnées, Castellot sentit ses genoux céder sous lui et commença à se laisser glisser vers le bas, une épaule appuyée contre le chambranle.

Sur le lit, la fillette le regardait, les yeux grands ouverts.

Elle ne pleurait pas, mais quelque chose dans son regard l'implorait, et elle dodelinait de la tête comme si elle disait non, non, non...

Sa mère était allongée sur le tapis, à plat ventre.

Elsa, la sœur aînée, assise dans un fauteuil, échevelée, un énorme bleu sur le visage, sanglotait, prise de spasmes, les yeux fermés, comme si elle avait eu une attaque.

Castellot était tombé à genoux, gémissant.

Arnaiz le remit debout en l'attrapant par le col de la veste et le refit descendre au vestibule. Là, il lui ôta le fil de cuivre qui ligotait ses poignets.

Il déboutonna sa gabardine et sa veste pour montrer le pistolet qu'il avait passé en travers de sa ceinture.

– Asseyez-vous dans ce fauteuil, ordonna-t-il. Et calmez-vous. Comme vous avez pu le constater, elles n'ont que des égratignures, ajouta-t-il, tout en installant un paravent afin que personne ne puisse voir le coin où gisaient les cadavres des domestiques depuis la porte d'entrée.

Il n'avait pas à s'inquiéter des autres.

Il avait passé plusieurs jours à répéter la façon de ligoter et de bâillonner.

25

Manaus

En 1910, Manaus avait déjà l'électricité.

Au confluent du rio Negro et de l'Amazone, elle fut la première ville brésilienne où circulèrent des tramways anglais. Située dans la plus grande forêt vierge du monde, elle n'offre aucune issue terrestre. Une muraille végétale la cerne.

Oui, mais elle possède un opéra (!), où sont représentés tous les échantillons du marbre italien, avec façade corinthienne, péristyle imitation Renaissance, dôme byzantin où chanta Caruso, dansa la Pavlova et joua Sarah Bernhardt. *Et voilà*[1] !

Ah, la Manaus de 1912 !

Ah, Babylone mal née, crapule, vampiresse ! Ville de hors-la-loi à haut-de-forme ; d'assassins qui envoyaient leurs redingotes et leurs enfants à Londres pour faire repasser celles-là et éduquer ceux-ci ; ville de hors-la-loi qui assistaient en grand uniforme à la messe de 11 heures ; d'esclavagistes qui présidaient des commissions d'œuvres pieuses – la construction d'une nouvelle cathédrale, l'érection d'un palais de justice –, de sangsues qui servaient Dieu et respectaient la loi, le revolver sous la casaque.

1. En français dans le texte *(N.d.T.)*.

Et dans les plantations d'hévéa, le fouet aux mains des contremaîtres, les massacres d'Indiens, l'endettement à vie du récolteur de latex.

Manaus n'eut jamais de port. Encore aujourd'hui, les rives ne sont pas bien définies ; mais les « barons du caoutchouc » installèrent des quais flottants où accostèrent des steamers à grand tirant d'eau d'où débarquaient des gentlemen britanniques, des Italiens descendants de papes et de condottieri, des chevaliers espagnols la tête couverte ou tirant le diable par la queue, ce qui était du pareil au même ; des aristocrates lusitaniens, aussi ruinés que bons à marier ; et aussi des divas *della Scala*, de la Comédie-Française, des *cocottes de la rue Saint-Denis* [1], et telle ou telle première-née du caoutchouc ensanglanté qui revenait exhiber ses *manners*, ou ses élégances de *jeune fille bien élevée* [2] ; arrivaient en outre les conjointes du caoutchouc, les mains couvertes de gemmes, s'habillant place Vendôme, saluant leurs « barons » du haut du bastingage, de dessous leurs ombrelles, de leurs petits mouchoirs de dentelles ou de leurs éventails lisbonnins. Et les cargos accostaient, les cales bourrées de marbres, de candélabres, de psychés vénitiennes, de linge de table de Bruges, de porcelaine de Sèvres, de fauteuils Louis-XV, de verres de Murano, pour orner les demeures conçues dans l'étrange goût gothico-ottoman, bavaro-versaillais ou – pourquoi pas ? – buckinghamo-vénitien des flambants barons, acharnés à se bâtir une vie privée à l'harmonie exquise, au milieu de conversations élégantes et de brillants compliments en l'honneur des nobles visiteurs de la ville. Tous les baroques, tous les amoncellements de bagues et de pendeloques pour applaudir aux soi-

1. En français dans le texte. *(N.d.T.)*
2. *Id.*

rées de l'Opéra les airs de Verdi, les trompettes de Lamermoor, les harmonies d'Offenbach ; pour danser sur du Strauss, balafres souriantes, revolvers chargés entre les plis du frac. *Voilà*[1] !

Quels caprices, quels luxes ne purent alors concevoir les monopolistes absolus d'un caoutchouc dont la demande ne cessait de croître dans le monde ! Du caoutchouc pour la flambante industrie automobile ; toujours plus de caoutchouc pour l'Europe de *la belle époque*[2] en plein essor. Les cotations augmentaient d'année en année à la bourse de Londres. Elles augmentèrent jusqu'en l'année 1913, funeste pour Manaus, bienheureuse pour la dignité de l'homme, où sir Roger Chasement annonça un beau jour que les plantations britanniques d'Asie avaient commencé à produire en quantités suffisantes pour satisfaire aux besoins du monde et à meilleur marché.

Et il en fut ainsi.

Les barons de l'Amazonie s'étaient bornés à extraire ce que la forêt vierge leur offrait. Ils ne semèrent jamais leur caoutchouc. En revanche, grâce à leur science agronomique et aux travaux entrepris sur les graines qu'avait volées Wicklam, les Britanniques purent inaugurer les premières plantations d'hévéa au monde.

C'étaient des semailles millimétriques. C'était le travail de botanistes et d'ingénieurs, une entreprise pacifique, méthodique. N'importe quel coolie de Singapour pouvait produire cinquante fois plus qu'un *seringueiro* amazonien. C'était un bond de plusieurs siècles dans l'histoire. Les hommes ne mourraient plus pour produire du caoutchouc. Ils seraient victimes du capital, non de l'esclavagisme.

1. *Id.*
2. *Id.*

Le boom de la Malaisie frappa Manaus de mort. Finis les ponts et les chenaux. Finis l'électricité et les tramways. Effondrement du gigantisme et de la superbe. Finie, à tout jamais, la prétention de se convertir en capitale du Brésil, ou d'être la métropole de l'Amérique du Sud. Oublié le projet de la Madeira-Mamoré Railway Company et de ses trains d'utopie. Un coup de poignard précis de la City londonienne au cœur de la forêt vierge !

Allégresse et paradoxe. L'heure de la Malaisie venait de sonner. C'étaient les millions des trusts britanniques, le calcul des profits en pennies, une heure qui se prolongerait jusqu'à l'apparition du caoutchouc synthétique.

Émigrés, les barons et les courtisanes françaises ; détruits, les bordels de luxe ; avalées, les demeures, par la voracité de la forêt vierge qui reparut *extra muros*, qui avança contre les places et les jardins, et la ville se rendit.

Un demi-siècle de léthargie ! Seuls quelques rares barons têtus continuèrent çà et là d'extraire du latex, défendant leurs *latifundios* au bord des fleuves, dans l'attente de quelque nouveau produit miraculeux de la forêt vierge qui leur rendrait leur splendeur. Les boules de caoutchouc, qui s'exportaient jadis par milliers, ne partaient plus maintenant que par dizaines.

Manaus ne la ramène plus. Libérée des crapules, purifiée dans la solitude et la souffrance, c'est de nouveau une ville en plein essor, sans gigantisme ni faste. Il lui reste toutefois quelques *vetera vestigia flammae*. Il lui reste encore son Opéra ; quelques tronçons de rue couvertes de pavés de caoutchouc ; il lui reste son air somnolent et la sieste paisible. Presque tous ses temples de mauvais goût se sont effondrés. Les murs de la ville se sont ennoblis de la matité du temps.

Manaus ne la ramène plus. Elle exhibe une élégance modeste. Et elle étonne encore le voyageur non prévenu qui la découvre d'en haut, en pleine forêt vierge. Quiconque ignore son histoire ne peut se l'imaginer en la voyant aujourd'hui. La plupart des Brésiliens continuent de la méconnaître ; tout comme elle, l'infâme qui n'avait d'yeux que pour Londres et Paris, méconnaissait le Brésil du début du siècle.

Carneiro eut sa première surprise avant même de voir la ville. Les pilotes, quand ils prennent la direction de l'aéroport, montrent toujours aux voyageurs le point exact où les eaux du Rio Negro se déversent dans le lit marron de l'Amazone. Merveille des fleuves d'Amérique ! Les eaux noires ne se mêlent jamais aux eaux marron. Une division tranchée, une division parfaitement tranchée indique la ligne de partage entre les deux fleuves. Le spectateur abasourdi éprouve de l'avion la sensation que le Rio Negro s'arrête net, comme le trafic devant une avenue principale.

Et le Rio Negro, qui arrive impétueux de la lointaine Colombie, cède le pas, paye servilement tribut au trouble seigneur des fleuves qui roule ses eaux dérobées en Bolivie, au Pérou, sur les versants orientaux des Andes, près de Lima, de Quito, très près même de Santa Fe de Bogota, et qui, après les avoir fait communier dans son lit, les déverse dans le delta. Fabuleux gaspillage ! Les eaux dont les déserts du Pacifique ont si besoin, sont à quelques kilomètres de là, derrière les Andes, mais, macabre moquerie de la nature, elles traversent le vaste buste du continent sud-américain et se déversent dans l'Atlantique. Ah, l'Amérique !

Quand le DC-6 de Varig s'inclina à tribord pour que les passagers de droite puissent voir la ligne de partage entre les eaux du Rio Negro et de l'Amazone, Carneiro, quoique insensible aux beautés du paysage, ne put s'empêcher d'admirer.

Porra! pensa-t-il. *É uma coisa fantastica!*

Quelques minutes plus tard, la masse cernée par la forêt lui réserva sa seconde surprise. Il s'était imaginé quelque chose de bien plus petit : des rues de terre battue, des chaumières. Et il survolait maintenant une vraie ville, urbanisée, avec de nombreux édifices, certains de plusieurs étages, avec des parcs, des places et des avenues.

Porra!

Il s'en réjouit.

Plus la ville serait grande, et plus son travail serait facile. En fait, dans une ville comme celle-là, les choses se présentaient *muito bem.*

L'important était de trouver un chauffeur, de le soûler et de verser un peu de whisky sur les sièges. Dans sa valise, il avait mis un tube de rouge à lèvres et une pièce de lingerie féminine.

26

Comme les brebis du Teruel

Qui pouvait être cet homme à la cagoule ? Que voulait-il de lui ? Il avait ligoté, bâillonné sa fillette de six ans... Que voulait donc ce monstre ? Et les deux cadavres derrière le sofa ?

– Où se trouve la chambre du chauffeur ? fit semblant d'ignorer Arnaiz.

– À côté du garage, au fond.

– Il vit avec le jardinier et sa femme ?

– Oui.

Castellot commença à sentir la brûlure que lui avait provoquée le fil de cuivre aux poignets.

– La petite aussi... ? commença-t-il à balbutier.

– Quoi donc la petite ?

– ...vous lui avez aussi ligoté ses petites mains avec du fil de fer ?

– Bien sûr, fit Arnaiz, c'est plus sûr.

Castellot se mit les mains sur les yeux comme s'il allait sangloter.

– Si vous aimez tant votre petite fille, je vous conseille de vous inquiéter pour sa vie, et non pour ses petites mains, répondit-il en se grattant le nez de la main gantée qui tenait le pistolet.

La voix glaciale de l'homme à la cagoule, la sérénité de ses mouvements produisaient un effet démolisseur sur Castellot. Que voulait-il de lui, doux

Jésus ? Serait-ce un simple cambrioleur ? Il n'en avait pas l'air. Il avait une prononciation cultivée, une voix bien timbrée. Serait-ce une vengeance ? Il lui offrirait de l'argent.

– Si vous tenez à votre vie et à celle de votre famille, vous feriez mieux de bien écouter ce que je vais vous dire...

– Combien ? interrompit Castellot.

Si seulement ce n'était qu'un simple cambrioleur...

– Vingt-cinq millions de pesetas, répondit-il.

C'était une grosse somme, mais Castellot se sentit mieux. Lui faudrait-il marchander ?

– Ici, je ne les ai pas.

– Ne soyez pas stupide, répliqua l'homme à la cagoule, posant le pistolet sur le bras du sofa pour allumer une cigarette.

Oui, la sérénité de cet homme lui en imposait. Par les trous de la cagoule, il aperçut des lèvres épaisses et une dentition très blanche. Ça devait être quelqu'un de jeune. Il avait eu cette impression quand il l'avait vu quelques instants sans la cagoule.

– Mais... vingt-cinq millions, c'est beaucoup...

– Alors, ça vous en coûtera trente.

L'homme à la cagoule l'avait coupé net, mais sans hausser le ton. Il n'acceptait pas de marchandage et semblait disposé à jouer le tout pour le tout dans ce coup qu'il avait étudié de toute évidence en détail. Et il devait savoir, bien entendu, qu'il pouvait payer ce qu'il lui demandait.

– Bon, d'accord.

Il avait marchandé avant tout pour se donner du cœur au ventre. Il souhaita que ça ressemble à une grande opération commerciale, et moins à un vol à main armée où il courait un danger mortel.

– Je savais que nous nous comprendrions, répliqua l'homme à la cagoule avec le sérieux d'un homme d'affaires. Montrez-vous à la porte et appelez votre chauffeur. Dites-lui de venir.

– Mais..., hésita Castellot.

– Non, je ne vais pas le tuer, dit-il. (L'horloge indiquait déjà 8 heures moins cinq.) Faites ce que je vous dis, ordonna-t-il.

Castellot se leva. L'homme à la cagoule aussi ; il appuya son dos au battant fixe de la porte, et mit Castellot en joue.

Ce dernier ôta le verrou, ouvrit l'autre battant et cria :

– Federicooo !

Arnaiz ne parvint pas à entendre la réponse. Castellot fit un geste de la main.

– Il vient, articula-t-il, presque sans bouger les lèvres.

– Faites-le entrer et fermez la porte.

Castellot avala sa salive. Arnaiz se plaça derrière une des épaisses tentures qui couvrait l'une des baies vitrées du devant.

Le coup de crosse l'abattit aussitôt. Castellot respira de soulagement. Il indemniserait ce pauvre Federico.

– Rasseyez-vous où vous étiez, ordonna l'homme en glissant le pistolet par-devant dans sa ceinture.

Après avoir ligoté les pieds et les mains du chauffeur, il le bâillonna et ordonna à Castellot de le prendre par les pieds. L'horloge était en train de sonner 8 heures quand ils le transportèrent dans la chambre où se trouvaient déjà la domestique et la cuisinière. Castellot vit fugacement les deux visages aux traits altérés. Les yeux de la cuisinière, une Galicienne d'une cinquantaine d'années, semblaient vouloir sortir de leurs orbites. La domestique ouvrait et fermait les paupières, regardant le plafond, comme si elle priait dans l'attente du coup de grâce.

– Liquidé, dit l'homme à la cagoule d'un ton presque jovial, quand Castellot eut fini de se laver les mains dans la cuisine. Maintenant, invitez-moi à prendre un verre et parlons affaires.

Ils revinrent au salon. Castellot ouvrit un placard de chêne ciselé et remplit d'un vieux Porto deux petits verres allongés et minces.

À 8 h 05, il téléphona à sa secrétaire pour lui annoncer qu'il n'irait pas au ministère aujourd'hui et qu'il passerait la matinée au Palais pour régler une question urgente. Il la rappellerait dans l'après-midi. En raccrochant l'écouteur, il ne put s'empêcher de se demander s'il entendait cette voix pour la dernière fois.

À 8 h 10, il téléphona à son frère Félix à la Banque de Crédit de Castille, mais il n'était pas là. Il l'appela alors à son bureau privé ; il n'était pas là non plus, mais un employé l'informa que don Félix avait une réunion à la chambre de commerce à 8 h 30.

À 8 h 15, il parvint à joindre la chambre et laissa des instructions au président pour qu'il dise à son frère de téléphoner à la maison de toute urgence.

– Absolument urgent ! répéta-t-il. Vous m'entendez, don Tomás ?

Tandis que l'homme à la cagoule guettait à la fenêtre, Castellot attendit l'appel de son frère, les yeux fixés sur le téléphone blanc, en se mordillant les doigts.

À 8 h 25, le téléphone sonna.

– Allô ?

Oui, c'était Félix : Qu'il vienne tout de suite à la maison, non, qu'il suspende tout ce qu'il avait prévu, non, non, qu'il laisse tout et qu'il vienne au plus vite.

Rien de grave, mais c'était très urgent. Oui. Il lui expliquerait en détail quand il serait là.

José Pedro raccrocha le combiné et se lissa les cheveux. Tandis que l'homme à la cagoule débranchait de nouveau le téléphone, il but une petite gorgée. Il se remit à trembler en pensant aux cadavres. Il se regarda les poignets. L'ecchymose augmentait. Il s'efforça d'effacer de son esprit les yeux de la petite bâillonnée. Il tâcha de penser lucidement. L'homme à la cagoule se promenait bien droit, les mains dans le dos.

Un quart d'heure s'écoula.

– Puis-je aller aux toilettes ? demanda Castellot.

Arnaiz l'accompagna jusqu'à de petits cabinets dans le couloir. Il les inspecta auparavant. José Pedro entra ensuite et resta assis sur la cuvette cinq bonnes minutes. L'homme à la cagoule lui avait ordonné de ne pas fermer la porte et resta aux aguets à deux mètres en attendant qu'il ressorte. Arnaiz riait dans sa barbe.

Au moment où Castellot sortait des toilettes, on sonna à la porte d'entrée.

– Occupez-vous-en, lui ordonna-t-il, mais n'ouvrez que le judas.

C'était le boucher qui venait livrer.

– Attendez, dit Castellot, tout en refermant le judas.

– Recevez-le, ordonna Arnaiz, mais n'ouvrez pas la grille.

L'homme lui passa deux paquets à travers les barreaux.

Quand Castellot était en train de refermer la porte de bois, il vit arriver l'auto de son frère. Le portail était resté ouvert depuis le petit matin.

Félix entra par la porte principale.

Une fois les deux frères installés dans les fauteuils

du salon, l'homme à la cagoule apparut, le revolver au poing.

Félix prit la chose avec un calme surprenant.

– Vingt-cinq millions ?

– Non, rectifia l'homme à la cagoule en se penchant un peu. Trente.

– Je peux apporter l'argent ici à 11 heures, dit Félix, sans presque le penser.

– Disons alors à 2 heures, dit l'homme à la cagoule, tout en jouant à faire tourner, de la main gauche, le bord du verre à pied entre l'annulaire et le majeur de sa main droite gantée. Il avait de nouveau glissé son pistolet dans sa ceinture. De toute évidence, il ne s'attendait à aucune résistance. Il restait debout, à deux mètres d'eux, face à la porte.

– Ce n'est pas nécessaire, je peux...

– Non, vous ne pouvez pas. Écoutez-moi, l'interrompit de nouveau l'homme à la cagoule. En pesetas, je n'ai besoin que de deux millions, mais pas en séries continues. Le reste, je le veux en dollars ou en livres sterling, ou dans les deux monnaies. Vous pouvez inclure des couronnes suédoises ou des francs suisses.

Félix comprit que l'homme à la cagoule avait raison. Il nc pourrait pas réunir une telle somme d'ici à 11 heures. Il calcula rapidement que les vingt-huit millions restants représentaient environ cinq cent mille dollars. Il supposa qu'en recourant aux deux plus gros cambistes de la ville et en payant un petit supplément, il pourrait réunir cette quantité en deux heures ; mais si le numéraire manquait, l'opération pourrait alors devenir plus difficile que prévu.

Arnaiz l'avait calculé. Il avait même calculé que Félix Castellot pourrait appeler la police, s'il le laissait partir, et tout détruire. Il avait décidé, en ce cas, de ne pas se laisser attraper vivant. Mais selon toutes probabilités, Félix allait faire les démarches pertinentes sans rien tenter. Les témoignages qu'il avait recueillis en faisaient quelqu'un de dévoué à son frère et au culte de la famille. Il pouvait se tromper, bien entendu, comme peut se tromper n'importe quel militaire quand il tâche de prévoir les actions de l'ennemi. Il fallait toujours miser sur la fatalité. En pleine guerre, on peut perdre même dans des situations très favorables.

– Dites à votre chauffeur d'approcher, ordonna-t-il soudain à Félix.

Les deux frères se regardèrent, alarmés.

– Faites ce que je vous dis, répéta Arnaiz, en se plaçant le dos à la porte, le pistolet au poing. Recevez-le sur le seuil et ordonnez-lui de rapporter vingt litres d'alcool.

Félix appela le chauffeur, sortit de l'argent de sa poche et lui fit la commission. Aucun des deux frères ne demanda à l'homme à la cagoule à quoi devait servir l'alcool.

Ils se rassirent et l'homme à la cagoule expliqua avec beaucoup de sérénité, s'adressant à Félix :

– Je n'ignore pas que vous pouvez entrer en communication avec la police. En ce cas, tant pis pour vous ! Si vous décidez de m'amener l'argent, vous me le remettrez à la porte et vous pourrez partir. Je sortirai cinq minutes après avec votre frère. C'est lui qui conduira la voiture. Nous ferons une grande promenade dans Madrid. Avant de sortir, je me banderai le visage comme si j'avais eu un accident. J'ai les bandes dans la valise. Bien entendu, je n'ai pas envie qu'on me reconnaisse, et ça ne m'inquiète pas que vous m'ayez vu quelques secondes sans la cagoule, parce ce n'est pas mon véritable aspect.

Les deux frères se sentirent soulagés. Cette précaution de l'agresseur pour qu'on ne le reconnaisse pas par la suite était une bonne garantie, surtout pour José Pedro, qui voyait maintenant s'accroître ses perspectives d'en sortir sain et sauf. Si l'homme avait l'intention de le tuer, il n'aurait pas pris tant de précautions. Pourquoi donc l'alcool ? Sûrement pour provoquer un incendie s'il se voyait acculé.

– Fais tout ce qu'il te dit, Félix, implora presque José Pedro.

– Je ne m'écarterai en rien de ce que demande monsieur, dit Félix d'un ton si formel qu'Arnaiz ne put s'empêcher de sourire sous sa cagoule.

– Rappelle-toi que nous dépendons tous de toi.

– Fais-moi confiance, frangin, dit Félix en lui posant une main sur l'épaule. Je ne tenterai rien. J'apporterai l'argent et, dans deux heures, tout sera fini. Monsieur paraît une personne sensée et sans doute...

– Gardez les salamalecs pour plus tard, l'interrompit Arnaiz.

Sur ce, la sonnette de la porte retentit de nouveau.

C'était le distributeur de journaux qui venait encaisser l'abonnement de novembre. José Pedro paya sans ouvrir la grille et lui fit cadeau de la monnaie. L'homme repartit convaincu que les domestiques, les autres fois, avaient gardé le pourboire pour eux.

Le chauffeur arriva peu après avec l'alcool. Arnaiz se dissimula derrière les rideaux. Sur les indications de Félix, l'homme laissa les deux boîtes à cinquante centimètres de la porte et ressortit.

Avant le départ de Félix, Arnaiz fit savoir qu'il avait du formol et un anesthésique intraveineux dans son attaché-case. Il n'était que 9 h 12. Il restait encore cinq heures jusqu'au retour de Félix. S'ils estimaient que ça pouvait éviter à leur famille la souffrance de l'attente, il endormirait tout le monde.

Les deux frères se regardèrent, indécis.

Arnaiz les laissa délibérer et s'éloigna en direction de la fenêtre.

Ils chuchotèrent un instant puis l'appelèrent pour lui proposer de faire descendre les femmes à la cave, où on entreposait le vin. Elles auraient de la lumière, de l'eau.

– La cave donne-t-elle sur l'extérieur ? demanda l'homme à la cagoule.

Il n'y avait que des soupiraux qui restaient fermés en hiver et qui donnaient sur le parc intérieur. Ils lui garantirent qu'ils les convaincraient d'attendre en silence. Puis ils lui demandèrent, une fois en bas, de les détacher et de leur enlever le bâillon.

Arnaiz fit quelques pas, pensif, puis se tourna vers eux :

– Laissez-moi voir la cave, dit-il.

On y accédait depuis le cellier, en soulevant une grande trappe qui donnait sur un escalier aux larges marches de pierre.

José Pedro alluma la lumière en actionnant un interrupteur fixé au mur du cellier, souleva la trappe et entreprit de descendre. Félix le suivit, puis Arnaiz, le pistolet au poing. Il les obligea à marcher jusqu'au fond de la cave et les obligea à se coller le nez au mur et les mains en l'air, tandis qu'il inspectait rapidement les lieux. L'endroit était très profond. Le plafond s'élevait à au moins six mètres. Les murs, faits d'une pierre calcaire, étaient impeccablement badigeonnés d'un revêtement huileux contre l'humidité. Il y avait une prise de courant dans chaque mur et quatre petits poêles tiédissaient l'atmosphère. L'air était extrêmement sec. Il était impossible qu'il y ait une issue secrète vers le parc intérieur. Arnaiz inspecta toutefois rapidement tout le périmètre, pouce par pouce. Trois soupiraux longs, mais très étroits, s'ouvraient dans le mur, près du plafond. On aurait dit des meurtrières horizontales, tapissées du dedans d'une très fine maille métallique pour empêcher l'entrée des rats et fermées, du dehors, d'un œil-de-bœuf de verre opaque.

Les rayonnages sur lesquels reposaient les bouteilles n'atteignaient pas trois mètres de haut. Dans un coin, il y avait une petite échelle double.

Oui, l'endroit était sûr. Plus sûr que les chambres. Par ailleurs, il fallait leur donner confiance. Le plus important, pour le moment, c'était que les deux frères nourrissent l'espoir de s'en sortir ; car, s'ils supposaient qu'ils allaient mourir de toute façon pour qu'il n'y ait pas de témoins, ils entreraient en contact avec la police ou avec l'armée, et feraient l'impossible pour lui tendre un piège.

Faire descendre les femmes à la cave était assurément une complication, mais ce geste contribuerait sûrement à ce qu'ils ne le considèrent plus comme un fou assassin. Il les induirait à supposer que dès qu'il aurait l'argent en main et se sentirait hors de danger, il leur laisserait peut-être la vie sauve. C'est pour leur inspirer confiance qu'il avait fait ce commentaire au sujet de son visage qui, même entrevu fugacement par José Pedro, était une altération de son vrai moi. Ça, plus la cagoule, plus les bandes de gaze dans la mallette disposeraient José Pedro en sa faveur. Ils devraient forcément se demander pourquoi il prenait tant de précautions s'il prévoyait de toute façon de les tuer.

Oui, ces égards envers les femmes renforceraient son image de criminel qui n'était pas absolument sans cœur. Il fallait que les Castellot s'accrochent à cet espoir.

Au travail, donc. Il monta le premier et ordonna aux deux frères de retirer l'échelle double de la cave. Puis ils montèrent tous les trois à la chambre des femmes. Il était 9 h 30. Ce tourment avait duré déjà deux heures. Leonor était parvenue à se retourner sur le tapis. Elle était extrêmement pâle, mais sereine. Elsa, la sœur aînée, semblait dormir. Elle respirait avec difficulté. La fillette était tombée du lit et on entendait faiblement ses gémissements. La préceptrice avait réussi à se traîner jusqu'à elle. C'était un spectacle horrible. José Pedro leur expliqua ce qui allait se passer. Il leur demanda du calme. Il n'y avait pas lieu de s'inquiéter. Elles seraient mieux à la cave. Elles auraient de l'eau, de la lumière, on leur donnerait des couvertures, et aussitôt en bas, l'homme leur enlèverait les liens et les bâillons. José Pedro n'osa pas une seule fois regarder la fillette qui le dévisageait avec des yeux hallucinés, déments.

Les deux frères transportèrent Elsa jusqu'en bas ; elle était toujours évanouie. Leonor et la préceptrice descendirent toutes seules. Arnaiz prit la fillette dans les bras et lui parla avec douceur. Les deux frères le regardèrent, étonnés. Quel diable d'homme !

Quand elles furent toutes dans la cave, l'homme à la cagoule leur demanda, avant de les détacher, si elles souhaitaient que le reste des otages les rejoignent.

Les deux frères se regardèrent :

– Oui, insista-t-il. Ici, ils souffriront moins. Après tout, eux aussi sont faits de chair et d'os. La femme du jardinier et la cuisinière doivent se sentir très mal.

L'homme serait-il un anarchiste ? Collecterait-il des fonds pour une organisation ?

Ils transportèrent les cinq autres en quelques minutes. La femme du jardinier semblait être dans le coma. Au moment où il la descendait, la sonnerie de la porte d'entrée retentit.

– Vite, tous dedans, sauf vous, dit l'homme à la cagoule, en indiquant José Pedro. Et vous ne déliez personne avant mon retour, intima-t-il à Félix.

Arnaiz se pencha à la fenêtre et vit une vieille femme en habits de deuil. Elle venait de descendre d'une voiture de luxe qui s'était garée derrière celle de Félix. Du pistolet, il fit signe à José Pedro de s'approcher.

– Tante Jacinta ! s'exclama Castellot en la voyant, faisant un geste de désolation.

– Faites-la passer, ordonna l'homme à la cagoule.

– Permettez-moi de la recevoir à la porte. Elle vient parler à ma femme et à ma sœur. Elle s'en ira dès que je lui dirai qu'elles ne sont pas là.

– D'accord, dit Arnaiz, mais n'oubliez pas que si elle a l'idée de demander un verre d'eau et de téléphoner, elle ira tenir compagnie à ses parents à la cave.

Dès que la vieille dame vit son neveu sur le seuil, elle lui demanda ce qu'il faisait là à cette heure, debout comme un idiot, pourquoi il avait si mauvaise mine, pourquoi on avait tant tardé à lui ouvrir, où s'était fourré Antonio, où étaient Elsa et Leonor...

– Elsa et Leonor viennent juste de partir avec le domestique, dit Castellot, en se penchant pour l'embrasser et l'empêcher de passer. Faire des courses.

– Je n'ai pas arrêté de téléphoner depuis 8 h 30. Votre téléphone est-il en dérangement ?

– Je l'ai débranché, tante, répondit José Pedro. J'ai passé la nuit à travailler sur un rapport que je dois remettre au ministre à 11 heures, et je ne voulais...

– Oui, je comprends, tu ne voulais pas être dérangé, hein ? ronchonna la vieille dame. Belle manière de se débarrasser des gens ! Eh bien, alors, je m'en vais. Gave-toi de travail et dis à ces impertinentes de me téléphoner chez moi dans l'après-midi.

Elle partit d'un pas décidé et monta dans la voiture. Il ne restait plus que le chauffeur de Félix près de la porte.

À 9 h 50, José Pedro refermait la trappe de la cave. Félix et lui traînèrent une machine à coudre depuis la lingerie et la mirent dessus. Arnaiz leur ordonna de placer aussi un sac de sucre qui se trouvait dans le cellier. Puis ils retournèrent s'asseoir au salon.

– Quelles autres visites habituelles peuvent se présenter ? demanda Arnaiz.

– Ma sœur Margarita ; mon beau-frère ; Felicia, une amie de ma femme ; le professeur de piano de ma fille...

– Bon, dit Arnaiz en s'avançant vers José Pedro. Je vais m'enfermer à la cuisine et vous, vous resterez dans le salon. De mon poste, je pourrai contrôler le devant et l'arrière de la maison. Vous recevrez comme bon vous semble les visites qui se présenteront à la porte principale. Je m'occuperai de la porte de service. Si je constate que quelqu'un prétend s'introduire dans la maison ou si je note des mouvements suspects dans les maisons voisines, je supposerai qu'on cherche à me cerner. Dans ce cas, je liquiderai tous ceux de la cave et, pour finir, je m'arroserai tout le corps d'alcool et je mettrai le feu pour que personne ne puisse me reconnaître.

– Ce ne sera pas la peine, s'empressa de dire Félix, je peux vous l'assurer.

– Ça dépend de vous, dit Arnaiz en se levant. Eh bien, dès que vous aurez réuni l'argent, vous viendrez seul dans votre voiture, sans le chauffeur. Vous vous garerez devant l'entrée de service, vous ouvrirez les portes et le coffre pour que je puisse bien voir l'intérieur depuis la fenêtre de la cuisine. Ensuite, vous laisserez la mallette à côté de la porte et vous partirez dans l'Opel de votre frère.

– La clef de contact est mise ? demanda Félix. Ce n'est pas le chauffeur qui l'aurait ?

– Allez vérifier, ordonna Arnaiz.

Félix sortit et revint les clefs à la main.

Les deux frères semblaient avoir repris vie et l'homme à la cagoule parlait maintenant d'un ton impersonnel, presque aimable.

– Quand vous serez parti, poursuivit Arnaiz, je me banderai le visage et votre frère conduira la voiture là où je le lui indiquerai.

José Pedro l'écoutait, bouche bée, et sentait renaître son inquiétude.

– Et comment allons-nous...

L'homme à la cagoule lui fit soudain un geste sec de la main, se mit brusquement debout, tira son pistolet de la ceinture et s'approcha de la fenêtre. Il venait d'entendre le bruit d'un véhicule lourd qui stoppait devant la porte d'entrée.

– Qu'est-ce que c'est ? demanda-t-il, en faisant signe à José Pedro de s'approcher de la fenêtre.

Les deux frères se levèrent, mais l'homme à la cagoule ordonna à Félix de rester assis.

– C'est une entreprise de meubles qui vient livrer une salle à manger.

– Donnez-leur un douro de pourboire et dites-leur de revenir à un autre moment.

– Ne vaudrait-il pas mieux leur dire de transporter le tout à l'arrière de la maison et de le laisser près de la cour du jardinier ? Ce ne sont qu'une table et huit chaises.

– D'accord, fit Arnaiz, en constatant que deux hommes avaient déjà ouvert la porte arrière du camion, tandis qu'un autre, des papiers à la main, s'approchait de la porte.

José Pedro le reçut sur le seuil, signa les papiers et lui donna un pourboire.

Cinq minutes plus tard, les hommes étaient repartis après avoir déchargé les meubles à l'endroit prévu.

José Pedro revint s'asseoir.

– Bon, poursuivit Arnaiz, debout. Vous me conduirez par où je vous indiquerai, et au moment et à l'endroit qui me sembleront appropriés, je vous ordonnerai de stopper la voiture et je vous passerai ça.

Il fit quelques pas vers la malette et en tira des menottes chromées. Castellot éprouva de nouveau une sensation réconfortante. Cet homme avait tout préparé, jusqu'au moindre détail. Non, il n'avait pas l'intention de le liquider.

– Ensuite, je vous ferai respirer cet anesthésique, poursuivit l'homme à la cagoule, en lui passant une petite boîte verte qui contenait six ampoules de verre ambré.

Les deux frères regardèrent les petites lettres noires du texte allemand sur fond vert où apparaissait la marque Bayer.

Ils se regardèrent de nouveau avec inquiétude et Félix fit un geste comme s'il voulait dire quelque chose, mais Arnaiz l'interrompit avant.

– Maintenant, dit-il d'un ton tranchant, répétez les instructions avant de partir.

– J'apporte deux millions de pesetas, récita Félix en regardant au plafond, ainsi que l'équivalent de vingt-huit millions en monnaie étrangère, je gare l'auto à l'entrée de la cuisine, je l'ouvre pour que vous voyiez l'intérieur, je laisse la mallette à côté de la porte et je pars dans l'Opel de mon frère.

– Parfait, approuva Arnaiz, mais n'oubliez pas aussi d'ouvrir le coffre à bagages. Autre chose, ajouta-t-il après une pause. Vous devez arriver en principe à 2 heures, mais si vous pouvez réunir l'argent avant, vous venez toujours à l'heure exacte ou à la demie.

– Hein, quoi ? demanda Félix.

– Je veux dire que vous pouvez venir par exemple à midi, à midi et demi, à une heure, à une heure et demie...

– Ah, je comprends, dit Félix.

– Réglons nos montres sur la même heure, dit Arnaiz. Il est 10 h 42.

– Et que ferez-vous de mon frère une fois anesthésié ? demanda Félix en ajustant les aiguilles de son Omega.

– Ça me regarde, répondit l'autre d'un ton moqueur, mais partez tranquille. Je me chargerai moi-même de faire savoir où il sera ; et puis il ne dormira guère plus d'une demi-heure.

Ils échangèrent de nouveau un regard lourd d'intentions et José Pedro dit :

– Je voudrais vous demander autre chose.

– Dites.

– Ma sœur Elsa est cardiaque et, vraiment, je...

– Oui, je l'ai traitée avec brusquerie, reconnut l'homme à la cagoule. De quoi s'agit-il ?

– Je voudrais lui faire parvenir sa coramine, balbutia José Pedro. Quand nous la descendions à la cave, elle n'allait pas bien du tout.

– D'accord, répondit l'homme à la cagoule. Nous la lui ferons parvenir dès que votre frère sera parti.

– Et j'aimerais aussi, ajouta José Pedro plus animé, leur passer un mot pour les rassurer. Elles doivent être mortes d'inquiétude...

– D'accord, accepta Arnaiz. Et vous pourrez descendre des poupées pour que la fillette s'amuse.

Tous deux devinèrent le sourire moqueur que dessinaient ces lèvres épaisses et rouges sous la cagoule. José Pedro sentit que ses cheveux se dressaient sur sa tête et que l'air lui manquait. Durant un bon moment, préoccupé de sa propre sécurité au moment critique du dénouement, il avait enseveli l'horreur que lui avaient inspirée les yeux hébétés de la fillette. Elle l'avait regardé comme s'il était un complice du bourreau et, dans ses yeux, il y avait du dégoût et de la déception, des reproches et de la folie. Le petit ange n'en porterait-elle pas la marque pour le restant de ses jours ? Ce cauchemar ne la rendrait-il pas folle, ne perturberait-il pas sa capacité d'expression ?

– Maintenant, vous pouvez partir, dit l'homme à la cagoule à Félix. À quelle heure pensez-vous être de retour avec la rançon ?

Félix regarda l'heure. Il était plus de 11 heures.

– Je voulais vous en parler, dit-il. Si tout va bien, je pense pouvoir être de retour ici à midi et demie ou à 1 heure, mais si des difficultés se présentent pour réunir l'argent...

– Vous pensez qu'il peut y en avoir ?

– Non, je ne crois pas, dit-il, mais comme il s'agit de presque un demi-million de dollars, il se peut qu'il n'y ait pas assez de numéraire disponible sur-le-champ...

– Dans ce cas, téléphonez à 1 heure et demie, coupa Arnaiz. Quelques minutes avant, je brancherai le téléphone du salon, mais je ne pourrai pas prolonger le délai au-delà de 3 heures et demie.

– C'est bien, dit Félix, et se tournant vers son frère, il ajouta : Courage ! Tout ira bien.

Il abandonna la maison à 11 h 08. Il sentit sur le visage le froid de décembre. Il constata qu'il suait. Le chauffeur l'attendait dans la voiture.

– À la banque ! ordonna-t-il, en se passant le mouchoir sur le front.

À 11 h 15, suivi de l'homme à la cagoule, José Pedro monta dans la chambre d'Elsa, prit le flacon de coramine, un compte-gouttes et un verre. Puis il griffonna un billet en hâte : « Tout ira bien. Félix ramènera l'argent demandé. Mes chéries, ne faites pas de bruit. Priez et faites-nous confiance. À 3 heures, nous serons libres. Je vous envoie la coramine d'Elsa. Un baiser à mon enfant et qu'elle reste tranquille. Son père et son oncle veillent sur elle. »

Il enveloppa le tout dans une serviette, et tous deux descendirent au cellier.

Ils déplacèrent le sac de sucre et la machine à coudre. Puis sous le regard vigilant de l'homme à la cagoule, qui suivait ses mouvements le pistolet au poing, Castellot souleva la trappe de la cave et déposa le paquet sur la première marche, ainsi que deux morceaux de pain et un pichet de lait qu'il avait rempli à la cuisine.

– Hello, c'est moi, prenez ça ! cria-t-il, à croupetons.

On entendit aussitôt des bruits de pas briser le silence de la cave. José Pedro rabaissa la trappe et s'apprêtait à traîner la machine à coudre, quand l'homme à la cagoule lui dit :

– Non, ce n'est pas la peine. Mettez seulement le sac de sucre et apportez-moi ensuite les boîtes d'alcool.

Quand il l'eut fait, il lui ordonna de les poser sur la trappe et de regagner sa place dans le vestibule.

Arnaiz commença à scruter tour à tour la rue et l'arrière de la demeure. À 12 h 10, un garçon gara son vélo à côté de la porte de service. Il avait un télégramme pour Elsa Castellot. Arnaiz ôta sa cagoule et lui dit à travers le judas de le donner à la porte principale.

Peu après arriva la camionnette d'une blanchisserie, et Arnaiz répéta le même procédé. À 12 h 30, quand il se rendit compte que Félix n'arrivait pas à cette heure-là, il appela Castellot. Il avait faim et il voulait qu'il lui fasse deux œufs au plat.

– Je ne sais pas faire la cuisine, prétexta José Pedro.

– Alors, comme ça, un expert en basse cuisine politique et financière ne sait pas frire des œufs au plat ! Allez-y ! C'est un ordre ! cria-t-il.

Et, lui lançant un tablier accroché à un cintre, il ajouta :

– Mettez ça ! Vite !

Et, après avoir posé le pistolet sur la table, il s'assit pour observer, amusé, les mouvements maladroits de sa victime.

– Mettez plus d'huile, ordonna-t-il. (Puis, voyant que l'autre s'apprêtait à casser les œufs, il lui dit :) Non, pas encore. Attendez qu'elle soit chaude.

Castellot était d'ores et déjà convaincu de se trouver aux mains d'un anarchiste. L'allusion à la cuisine politique n'était pas le style d'un délinquant de droit commun. Oui, c'était bien ça : un terroriste.

Pour sa part, Arnaiz se sentait rassuré à présent. Cinq heures plus tôt, il était entré dans la maison comme on s'engage dans une bataille difficile. Il avait confiance en son courage et en ses forces, et il ne craignait pas d'affronter la mort. Sa seule préoccupation avait été de pouvoir détruire son cadavre en cas d'échec. Et la question était maintenant réglée avec l'alcool. Il le verserait dans la baignoire de la salle de bains de service, s'y plongerait et craquerait une allumette. Une demi-heure après, plus personne ne pourrait reconnaître ses restes calcinés. Et dans la maison, il ne resterait plus la moindre trace de témoins. Dès qu'il avait été sûr de ne pas souiller le nom de ses ancêtres, il avait commencé à penser au dénouement avec optimisme. Ceci dit, malgré le fatalisme que lui imposait sa formation militaire, Jaime de Arnaiz était maintenant quasi sûr de la victoire. C'était une bataille de plus. La dix-septième de sa carrière.

Il avait vingt-cinq ans. Depuis l'âge de seize ans, il n'avait cessé de guerroyer que durant les dix-neuf mois de sa convalescence. Et, les sept années restantes, il était sorti indemne de situations autrement difficiles que celle-ci. À Vilna, il avait pris d'assaut un nid de mitrailleuses que les bombardements allemands n'avaient pu détruire ; près de Minsk, il avait été le premier volontaire à entrer, mitraillette en main, dans le local du Parti, où s'étaient retranchés les communistes de l'endroit ; puis le sauvetage de nuit de von Irmer dans la ferme porcine ; les combats d'octobre 1942, la capture des tankistes dans le bois de bouleaux ; l'embuscade de la scierie dont il s'était sauvé par miracle... Rien qu'en 43, il avait été blessé trois fois. De la guerre d'Espagne, il avait ramené trois cicatrices ; du Maroc, deux. Toute l'année 43, il avait eu faim et froid, tandis que José Pedro entassait de l'argent et utilisait sa position au ministère des Affaires étrangères au profit de ses propres intérêts, pour grossir la fortune de sa famille. Tout ce que méritait cette canaille, c'était le feu purificateur grâce auquel Hitler s'était proposé de nettoyer le fumier du monde. Porc ! Misérable juif déguisé en phalangiste ! Et maintenant, il en avait fait son domestique, son cuisinier. Et dans quelques instants...

Quand José Pedro voulut retirer les trois œufs de la poêle avec l'écumoire et les mettre dans l'assiette, ils se brisèrent :

– Je vous ai demandé des œufs au plat et vous me les servez brouillés, dit Arnaiz. Fichez le camp ! Regagnez votre poste !

José Pedro enleva le tablier et, alors qu'il avait déjà franchi le seuil de la cuisine, entendit l'homme à la cagoule lui ordonner :

– Branchez le téléphone !

– Entendu.

Oui, il valait mieux que Castellot réponde au téléphone. Ça pourrait éviter des visites inopportunes. Il referma la porte qui donnait sur le couloir, enleva sa cagoule, coupa une tranche de jambon fumé qui pendait des poutres du cellier et se mit à manger. Quelle différence entre le pain de ménage des Castellot et celui qu'il avait dû manger deux années durant sur le front russe !

À 12 h 55, il reprit sa faction devant la fenêtre de la rue, épiant le mouvement à travers les persiennes mi-closes.

Et à 1 heure, il vit apparaître la voiture de Félix qui se gara à l'endroit indiqué. De profil, il paraissait plus juif que son frère. Dès que Félix eut ouvert la portière avant pour sortir, Arnaiz aperçut une mallette noire comme celle que portent les médecins. Pensait-il qu'on pourrait l'identifier ensuite grâce à cette mallette ? Quels crétins !

Tandis que Félix déposait la mallette sur la première marche du perron, puis ouvrait la portière arrière de la voiture et le coffre, les yeux d'Arnaiz observaient le mouvement de la rue à travers les trous de la cagoule. Personne ne circulait par là.

L'heure de la vérité approchait. Son sort était jeté.

Félix s'apprêtait à monter dans l'Opel de son frère, quand il entendit l'homme à la cagoule lui dire dans l'entrebaîllement des persiennes :

– Vous avez apporté tout l'argent ?

– Oui.

– Parfait. Maintenant, je dois vous parler. Entrez par la cuisine. Les deux portes ne sont pas fermées à clef.

– De quoi s'agit-il ? demanda Félix très inquiet.

– J'avais oublié de vous expliquer un détail.

Félix hésita quelques instants. Puis il haussa les épaules, reprit la mallette, ouvrit la grille, la porte, et apparut sur le seuil de la cuisine.

Arnaiz, pistolet en main, l'attendait à un mètre de distance.

– Entrez et fermez le verrou.

Félix se mit à trembler. Il sentait à présent la terreur qu'il n'avait perçue à aucun moment de la journée. Il était sorti de la maison presque deux heures auparavant sans s'inquiéter pour sa propre sécurité. Ce qui était en jeu, c'était la vie de son frère, le seul à avoir vu le visage de l'homme à la cagoule. Et maintenant qu'il avait l'argent en son pouvoir...

Ses mains se mirent à trembler. Il ne pouvait détourner les yeux de la cagoule noire. Les ouvertures des yeux en forme d'amande lui donnaient un air chinois. Et la voix de l'homme révélait maintenant de la cruauté. Félix se mit de côté pour fermer la serrure, sans lui tourner le dos. Il ne parvenait pas à tirer le verrou.

– Ne soyez pas si maladroit, bon sang ! dit Arnaiz, en l'écartant d'une poussée.

Félix laissa échapper un gémissement.

– Vous croyez que je vais vous tuer ? Ne soyez

pas si maladroit, répéta l'homme à la cagoule. Je veux seulement compter l'argent, parler avec vous et faire quelques vérifications téléphoniques. Allez au salon !

Les deux frères s'assirent côte à côte sur un sofa et se prirent par la main. Arnaiz alla à une table située derrière eux et compta rapidement l'argent. Il y avait quatre cent soixante-dix mille dollars, la plupart en billet de vingt, apparemment sans numérotation successive. Et il y avait aussi les deux millions de pesetas, en gros billets. Ils ne portaient aucune marque visible et ils n'étaient pas sériés.

– C'est parfait, dit Arnaiz.

Et, s'adressant à José Pedro, il lui ordonna d'apporter sa mallette qu'il avait laissée sur la table de la cuisine.

Arnaiz savait que lorsque José Pedro aurait disparu dans le couloir qui conduisait à la cuisine, il devrait encore faire trente-quatre pas jusqu'à la table. Quand il eut calculé qu'il avait fait les vingt premiers, Félix s'effondra de côté sur le sofa, assommé par le terrible coup de crosse. En douze longues enjambées, Arnaiz atteignit ensuite la porte de la cuisine et, le dos collé au mur du couloir, se plaça de façon à rester, une fois la porte ouverte, hors de vue de José Pedro. Quelques secondes plus tard, celui-ci s'évanouissait à son tour sous l'impact du coup à la nuque. Dix minutes plus tard, les deux frères Castellot reprenaient leurs esprits, bâillonnés et les mains ligotées. Tous deux se sentaient le nez brûlé par les sels ammoniaqués que l'homme à la cagoule leur avait fait respirer pour les réveiller. Arnaiz attendit quelques instants qu'ils sortent de la torpeur produite par les coups de crosse ; et quand il se mit à retirer lentement sa cagoule, ces deux paires d'yeux passèrent de la stupidité à la panique. Les deux frères comprirent qu'il ne leur restait que quelques minutes de vie, peut-être quelques secondes. Il ne les laisserait jamais vivants, maintenant qu'il leur avait montré son visage.

Ils avaient sous les yeux un homme qui donnait l'impression de grandir comme un géant. Un visage anguleux, des yeux enfoncés, un nez long et affilé, et une bouche aux lèvres charnues qui leur souriait avec mépris.

L'homme les dévisagea quelques secondes sans rien dire. Aucun des deux ne tentait plus de comprendre. Ils le virent s'éloigner de quelques pas et observer la rue depuis la baie vitrée du devant. Puis il marcha d'un pas martial vers le fond de la maison. Sans doute allait-il contrôler le jardin. Félix pensa que cette précaution était inutile. Il ne l'avait pas dénoncé. Sans doute tout finirait-il dans quelques instants. Il n'y avait plus rien à faire. En le voyant revenir un couteau à la main, Félix se sentit défaillir. Il tourna la tête de côté vers José Pedro, le regardant les yeux tournés vers le haut. Il semblait regarder dans le vide. José Pedro avait observé bien des fois le regard doux, perdu, presque indulgent des brebis quand le couteau pénétrait leur chair dans la ferme de Teruel. Il sentit une odeur de sang.

– Je m'appelle Jaime de Arnaiz, entendit-il dire.

– Arnaiz ? Arnaiz ? Ar...

– Mon nom ne vous rappelle rien ? Réfléchissez, réfléchissez...

Arnaiz, Notre Père qui êtes aux cieux, pensez au notaire Vicente Rosado, que Votre nom soit sanctifié, Rosado, Vicente Ro... Oui, oui, le notaire de Salamanque, la veuve d'Arnaiz, que Votre règne arrive, les domaines d'Estrémadure, que Votre volonté soit faite sur la terre comme au ciel, et cette affaire de wolfram, notre pain quotidien, brillant et acéré, il avait gagné vingt-cinq millions, lâchetés, spéculations, tandis que lui, blessures, lui, sacrifices, pardonnez-nous nos offences, et se déboutonnant la chemise, qu'il regarde, que l'immonde juif regarde ses blessures, tandis que lui, argent, tandis que lui et Félix, des spéculateurs, des canailles, qui avaient escroqué sa mère, son frère Ramiro, reluisant, Félix en train de gémir, et ne nous laisse pas succomber à la tentation, de l'acier de Tolède, le manche ciselé, et lui en Russie, mais délivrez-nous du mal, pauvre fillette, pauvre Félix, pour le sauver, mais l'heure du poignard avait sonné, et prends, et aïe, que c'est froid, l'heure de la purification, aïe, pourquoi ne se hâtait-il pas ? la Russie, l'Estrémadure, le wolfram, *amen*, et maintenant aussi au cou, aïe, comme les brebis du Teruel.

27

Grand nettoyage

Un colonel se chargea personnellement de piloter l'avion militaire depuis Rio de Janeiro jusqu'à une base de la *Força Aérea Brasileira*, dans la Serra do Cachimbo. Un Beechcraft l'attendait au bord de la piste, les moteurs en marche.

Les sept hommes du commando passèrent d'un avion à l'autre dans l'obscurité. Ils décollèrent à 2 heures du matin, sans autres témoins que le colonel, son adjoint et le pilote de l'avionnette.

Aucun des sept n'était brésilien. Ils ne parlaient pas entre eux. Ils avaient été recrutés, une semaine plus tôt, à Kinshasa, Londres, Panama et Hambourg. Ils allaient faire un boulot facile et bien payé. Ils emportaient avec eux de la nourriture et des cadeaux. Les armes étaient dissimulées sous les sièges.

Personne parmi les recrues et les officiers de la base ne sut ce qui s'était passé en ce petit matin de décembre.

Le pilote avait assuré qu'avec des freins renforcés et un parachute de queue, le Beechcraft n'aurait aucun mal à atterrir dans le village des *Mãos de macaco*.

Le soleil commençait à pointer quand ils survolèrent les sources du Jamachim. Ils traversèrent le

São Manoel, le Juruena et le Cumanã. Ils atterrirent dans le village à 9 heures. Ils distribuèrent de la nourriture, des fruits, des confiseries. Il y eut une fête et des échanges de cadeaux. Le Beechcraft et les mitraillettes, que l'on avait fait passer pour des appareils photo, attiraient l'attention des indigènes.

Le tambour retentit pour avertir tous les chasseurs du village de rentrer au plus tôt afin de participer au festin. Le chaman de la tribu effectua les rites magiques qui président aux danses mimétiques. Quand les habitants furent réunis, les généreux visiteurs prirent leurs mitraillettes et demandèrent aux Indiens de se réunir en un groupe bien serré pour leur prendre des tas de photos.

Le massacre dura trois minutes.

Il n'y eut pas de survivants.

Aussitôt après, deux commandos, les seuls autorisés à le faire, entreprirent de repérer les quarante-sept arbres à l'aide d'une carte. Ils mirent deux heures à les marquer parce qu'ils étaient très dispersés. Comme le vent soufflait du sud, ils commencèrent par mettre le feu aux arbres qui étaient le plus au nord. Ils utilisèrent un puissant lance-flammes et filmèrent chaque opération. Quand ils eurent fini, l'incendie s'était déjà généralisé en direction du fleuve.

De retour au village, celui qui faisait fonction de chef réunit le commando, et ils descendirent les bidons d'essence pour remplir le réservoir du Beechcraft. Ils versèrent le reste sur le tas de cadavres qui furent brûlés à leur tour. Comme la brise soufflait vers le fleuve et non vers la clairière qui servait de piste d'atterrissage, ils n'étaient pas pressés de repartir.

Ils décollèrent à 4 h 10.

Mais leur travail n'était pas encore fini.

Ils survolèrent en rond la forêt environnante et larguèrent dix bombes incendiaires un peu au sud du village. D'une hauteur de trois cents mètres, ils virent l'énorme barrière de feu se diriger vers celui-ci.

Ils étaient arrivés du sud et repartirent vers le sud. Il était important que les jésuites du village des *Orelha de pau* ne puissent pas identifier le Beechcraft.

Les commandos regagnèrent la base de la Serra do Cachimbo à 11 h 05 du soir, le 9 décembre 1972.

Ils furent accueillis par le même colonel. Ils montèrent dans l'avion qui les avait amenés à l'aube. Et repartirent pour une destination inconnue.

Le pilote refit le plein du Beechcraft avec du carburant qui l'attendait sur un monte-charges au bord de la piste. Cinq minutes plus tard, il repartait vers le sud-est. Avant l'aube, il avait atterri à Brasilia.

Il se coucha aussitôt. Il était recru de fatigue et avait besoin de dormir. Une nouvelle vie commencerait demain pour Moacyr de Oliveira Neto.

28

Communiqué officiel

Le généralissime Francisco Franco Bahamonde, caudillo d'Espagne par la grâce de Dieu, a reçu hier au Palais le ministre de l'Intérieur afin de connaître personnellement l'évolution de l'enquête ayant trait au quadruple crime du Prado, au sujet duquel, selon nos sources, rien de nouveau n'est apparu dans la dernière semaine. Trente-cinq jours après ce crime abominable, la police madrilène n'a fait aucun progrès dans son enquête. Le suspect détenu à Carabanchel, dont nous avons fait mention la semaine dernière, s'est avéré absolument étranger aux faits et a été relaxé voilà deux jours. Mme Elsa Castellot se rétablit lentement de l'attaque cardiaque dont elle a souffert durant l'agression, et la fillette María Cristina, selon le diagnostic du Dr Castro Viejo, ne souffre d'aucune lésion optique, raison pour laquelle le prestigieux praticien de la clinique Barraguer pense plutôt que sa soudaine cécité est due à la commotion psychique qu'a provoquée l'irruption de l'homme à la cagoule dans sa chambre.

Arriba, 6 janvier 1944.

29

Adeus, professor!

Le Pr Farias de Carvalho était un autodidacte. Il n'avait même pas fini ses études secondaires ; mais son regard d'illuminé, sa longue chevelure blanchie par quarante ans de botanique transhumante, son érudition et ses publications légitimaient ce titre et compensaient largement ses carences universitaires. C'était un vrai savant. Ses contributions à la systématique de la flore amazonienne méritaient une reconnaissance mondiale.

Il n'était pas seulement savant : il avait la réputation d'être un excentrique. Ses sorties donnaient lieu à des commentaires amusés à Manaus. Et pour le Pr de Carvalho, le fait que les gens puissent considérer ses idées les plus sensées comme des plaisanteries était la preuve que le monde était plein de fous et d'aveugles.

Il était implacable avec les pédants. Un jour, Rio de Janeiro envoya un jeune conférencier qui, comme de nombreux *cariocas* et *paulistes*, arriva en Amazonie drapé dans l'attitude de l'intellectuel prétentieux.

Il fit un exposé ennuyeux et banal. Il parlait d'un ton didactique, répétitif, pour que ces pauvres scientifiques sylvestres, éloignés des chaires urbaines, puissent le comprendre.

Carvalho bâilla à plusieurs reprises et partit sans attendre la fin de la conférence.

Le lendemain, un autre professeur qui accompagnait monsieur Je-sais-tout dans un couloir de l'Institut vit venir Carvalho à sa rencontre, les mains dans le dos et le regard au sol.

Le collègue l'arrêta pour lui demander ce qu'il pensait du Dr Norões.

– Norões ? répéta Carvalho. Excellente rime pour *culhões*.

Et il poursuivit son chemin.

Oui, le Professeur était vraiment bizarre. Comment, un homme comme lui, qui vivait relativement à l'aise, n'avait même pas de réfrigérateur ? Personne ne comprenait non plus qu'il puisse faire 8 km par jour à pied, aller et retour, de chez lui à l'Institut.

Mais Carvalho expliquait que sa santé et la science amazonienne y gagnaient. Un scientifique devait penser tous les jours. Et lui, il pensait mieux debout qu'assis. Il pensait mieux quand le chant si varié des oiseaux l'accompagnait. Et pour son cerveau, pour ses yeux las de tant d'heures de loupe et de microscope, il n'y avait pas de meilleur repos que la tiède haleine de la forêt vierge crépusculaire. Le *vulgum pecus*, ignare et vicieux, qui préférait le cinéma ou les tables des cafés, ou ses collègues adeptes des pantoufles et des moelleux fauteuils du foyer, qui détestaient marcher à l'orée de la forêt, n'auraient jamais le privilège d'écouter le roucoulement de l'*agar* bleu quand il nidifie en octobre sur les hautes branches du *buriti*, ni les trilles du *socozinho* ou les trompettes métalliques de l'*urubú*.

Carvalho s'était efforcé très tôt de soumettre sa vie aux lois diaphanes de la nature. Voilà pourquoi il ne voulait pas de réfrigérateur chez lui. Boire de l'eau glacée dans un climat équatorial était un vice contre nature. N'était-ce pas évident ? Le fou, ce n'était pas lui, mais celui qui buvait de l'eau froide à Manaus.

Il poussait si loin son naturalisme qu'il ne consommait que des produits de la région. Ses aliments devaient s'inscrire dans un circuit écologique. Par conséquent, il ne mangeait que des fruits, des légumes, des tubercules, du poisson, des œufs de tortue. Il mangeait aussi des œufs de poule, mais à condition qu'ils proviennent des poulettes merdeuses des basses-cours ; il jetait l'anathème sur tout œuf suspect d'être passé par une ferme avicole ou par un frigorifique.

C'est ainsi qu'il avait élevé ses deux filles. L'aînée vivait au Mexique, mariée à un phytochimiste colombien qui avait été l'élève passionné de Carvalho, tandis que Gabriela, son *bichinho* de lumière, faisait des études de philosophie à São Paulo.

À la mort de sa femme, Carvalho engagea une gouvernante pour qu'elle s'occupe d'elles, mais il fut néanmoins un bon père. Dès le début, il joua avec elles. Il leur inventait des jeux, leur apprit à chanter, à jouer de la guitare. Les dimanches, la villa se remplissait de visiteurs, attirés par la cordialité et l'hospitalité du trio Carvalho. Ils interprétaient des pièces de théâtre, des sketchs, des pantomimes qu'ils composaient à trois.

Une fois, sans rien dire à personne, Carvalho inventa une grandiose aventure qui tint en haleine ses fillettes et une vingtaine de leurs condisciples de huitième pendant tout un mois. Il avait inventé un parchemin, avec le plan du pirate Molina.

Il dénicha un vieux coffre et l'enterra à environ 2 km de la maison, dans la forêt vierge. Puis il s'arrangea pour que les fillettes découvrent par hasard le parchemin qui contenait un texte en vieux portugais, si bien que, pour le déchiffrer, les fillettes et presque tous leurs camarades de classe durent passer plus d'un mois dans les bibliothèques de la ville le nez dans les livres, à lire de la géographie, à étudier des questions de géométrie et d'astronomie, à apprendre l'histoire de la colonisation du Brésil et le fabuleux voyage d'Orellana sur l'Amazone.

Quand toutes ces recherches eurent permis aux enfants de découvrir l'endroit de la cachette, ils s'enfoncèrent en colonne dans la forêt vierge, sous la conduite du professeur. Enthousiastes et excités, ils creusèrent à l'endroit indiqué et, quand la pioche résonna contre le métal oxydé du coffre, ils poussèrent des vivats et de grands cris. En assemblée solennelle, ils décidèrent d'ouvrir le coffre devant un représentant des autorités et, quand la nouvelle parvint à la mairie, ce fut un vrai remue-ménage.

Le coffre fut ouvert devant un notaire, les photographes et les journalistes, mais, à la grande déception de tous, on ne découvrit dedans qu'un autre coffre plus petit, en bon état, qui contenait un exemplaire de *Os Lusiadas*, publié au XVIIe siècle. Tel était le trésor que le pirate Molina avait enterré avec tant de soins !

Carvalho eut de petits ennuis pour s'être moqué des autorités, mais c'est grâce à cette découverte que les fillettes purent l'écouter leur lire à haute voix, le soir, à la lumière d'un quinquet, les vers de l'immortelle épopée portugaise.

De plus, Carvalho improvisait des poèmes en s'accompagnant à la guitare, racontait de merveilleuses histoires de la forêt amazonienne et imitait le chant des oiseaux.

Son imagination et l'amour qu'il vouait à ses filles firent de lui un excellent père, ce qui ne manquait pas d'être une autre excentricité de sa part dans la rude ambiance de Manaus.

Un jour de pluie, il prit un taxi pour traverser la ville d'un bout à l'autre et quand il voulut payer les quatre-vingts cruzeiros que coûtait la course, il s'aperçut qu'il n'en avait que cinquante. Il les tendit au chauffeur, en lui offrant ses excuses et en promettant de lui donner le reste le lendemain, mais l'homme, qui ne le connaissait pas puisqu'il était arrivé depuis peu à Manaus, ne voulut rien savoir de ses promesses. C'étaient quatre-vingts cruzeiros, et il devait payer quatre-vingts.

Pas un cruzeiro de moins.

– Mais puisque je te dis que je n'en ai que cinquante !

– Empruntez-les ! insista le chauffeur, indigné. Jusqu'ici, la course vaut quatre-vingts cruzeiros.

– Eh bien, d'accord, répondit le professeur en se renversant de nouveau contre le dossier, alors, fais trente cruzeiros de marche arrière.

Le chauffeur ne put s'empêcher de rire, puis il répandit l'histoire dans tout Manaus. Et les gens fêtèrent la nouvelle *brincadeira* du Professeur.

Une autre fois, accompagné de Gabriela, il embarqua à Rio de Janeiro sur un des bateaux qui remontent sur l'Atlantique jusqu'à Belcm do Para. Au deuxième jour de navigation, la fille du capitaine, d'une quinzainc d'années, s'approcha d'eux. Elle voulait se lier d'amitié avec Gabriela, la seule passagère de son âge. Sans la moindre timidité, elle demanda au Professeur pourquoi il portait les cheveux si longs. Celui-ci lui expliqua qu'il était un grand pianiste, qui rentrait d'une tournée de concerts en Europe. Et, bien entendu, Gabriela le seconda dans cette comédie. Puis, une fois la fille du capitaine repartie, le Professeur demanda à

Gabriela de ne pas le démentir. L'occasion viendrait bien d'expliquer la blague.

Durant la dernière étape du voyage, quand le bateau mit le cap sur le delta de l'Amazone qui se trouve à 0° de latitude, il y eut à bord la fête qui marque normalement le passage de la ligne de l'équateur.

Quand tous les passagers furent réunis dans la grande salle à manger, le capitaine prononça son allocution habituelle, qu'il savait par cœur depuis longtemps, puis annonça que la *Companhia Atlântica Brasileira* avait l'honneur de compter parmi ses passagers un excellent pianiste qui ne verrait sans doute pas d'inconvénient à leur donner un exemple de sa virtuosité.

Carvalho accepta les applaudissements, s'inclina respectueusement et, bien qu'il ne sût rien du piano, s'avança résolument vers l'estrade. Il y prit place, se frotta un peu les doigts, souffla dessus pour les échauffer, renversa la tête en arrière en quête d'inspiration, se mit debout pour relever un peu la banquette, attendit que les toux et les murmures cessent complètement, et entreprit enfin de cogner comme un sourd sur le clavier, accompagnant les accords horripilants de vigoureuses secousses de sa blanche chevelure.

Durant cette minute infamante, Gabriela, rouge de honte, se demandait comment son père se sortirait de ce pétrin. Le Professeur ne cessa son martèlement que lorsque retentirent les premiers rires. Il grimpa alors sur la banquette et fit une révérence si ridicule qu'elle déclencha un éclat de rire général, jusqu'ici réprimé.

Puis il sortit sa guitare, improvisa des poésies, dansa, raconta des blagues, imita le chant des oiseaux, chanta en duo avec Gabriela, et tous deux devinrent les vrais héros de la fête.

Quel délice de vivre à ses côtés !

Quand Gabriela eut dix-huit ans et dut partir à São Paulo pour y poursuivre ses études, elle fit jurer à son père qu'il lui écrirait tous les jours. Il devait lui raconter minutieusement ce qu'il faisait, ce qu'il prévoyait de faire, ce qu'il pensait. Sinon, elle abandonnerait ses études et rentrerait à Manaus.

Le Professeur tint sa promesse. Durant les quatre ans et demi que Gabriela ne vécut pas à ses côtés, il lui prépara chaque jour un résumé de ses activités. Il lui mentionnait ses travaux, ses recherches, ses plans, lui racontait les dernières anecdotes, pour que son *bichinho* de lumière ne se sente pas seule. Une fois par semaine, il réunissait les sept lettres et les expédiait en recommandé.

Un jour qu'il avait travaillé plus tard que de coutume au laboratoire de l'Institut et qu'il rentrait chez lui, plongé comme toujours dans ses pensées, il entendit soudain, alors qu'il lui restait encore 1 km : *Damdam damdam damdam damdam dararam.*

Quoi, comment ?

Il prêta l'oreille et commença à sourire.

Les notes de la *Danse du feu* lui parvenaient soudain de la forêt vierge. Elles se répétèrent deux fois. Trois fois.

Inouï !

Soudain, il comprit.

Bien sûr !

Ses yeux s'illuminèrent devant cette nouvelle merveille que lui offrait la forêt équatoriale : le *damdam damdam damdam damdam*, c'était le chant d'un *iti piranga*. Le *dararam*, en revanche, c'est un *vigarinho* qui l'ajoutait. Le chant des deux oiseaux, prodigieusement mêlé par le hasard, reproduisait la fameuse mélodie de l'Amour sorcier.

Incroyable ! Manuel de Falla en Amazonie !

Il s'imagina le bec noir et la tête jaune du *vigarinho* et le plumage royal de l'*iti piranga*, opale et saphir.

Il entendit un véhicule au loin. À la poussière qu'il soulevait, il devait rouler à toute allure... Un fou du volant, sans aucun doute.

Damdam damdam damdam damdam dararam.

Comme son *bichinho* de lumière serait contente quand il le lui écrirait !

La voiture s'approchait maintenant lentement.

Opale et saphir.

Quand la voiture accéléra et se précipita sur lui, il n'eut guère le temps de faire quoi que ce soit.

– Gabrieeeeeel...

La mort fut instantanée.

C'est un *caboclo* qui le découvrit deux heures plus tard. Allongé à l'orée de la forêt vierge, le corps défoncé par l'impact.

30

Un soldat de fortune

Sidi Bel Abbes, le 2 juillet 1944

Cher Ramiro,

J'ai quitté l'Espagne le 5 mai, pour bien longtemps, il me semble. Je suis resté trois jours à Monte-Carlo. J'ai gagné une fortune à la roulette. Le 9, je me suis présenté à un poste de recrutement de Menton et me suis engagé dans la Légion étrangère. J'ai signé un contrat de cinq ans. Je ne suis pas fou. Je sais très bien ce que je fais.

Il faut que je te voie. Du 15 au 20 juillet, je serai à Oran, à l'hôtel du Midi, sous le nom de Jacques Razain. Il y a des vols directs de Marseille. Si tu as du mal à obtenir un passeport, adresse-toi de ma part au général Muñoz Grande ou à Millán Astray.

Je t'attends.

Jaime

31

A Very Talkative Pilot

O'Donnell chercha le code sur la cassette, le saisit sur le clavier de l'ordinateur, mit le décodeur en marche et écouta :

DATE : July 29th, 73
FROM : CAD
TO : HQ/DO/Lenn.TT
SUBJECT : QL for TPZ 201/202/203

Dans votre note du 14 juillet, vous nous réclamez plus de précisions sur le FF de la question de référence.

Tout indique que les deux filles de TPZ-203 et ses collègues n'ont rien soupçonné. La police locale est convaincue de la culpabilité d'un chauffeur de taxi ivre et suit la piste d'une femme inexistante qui aurait laissé des traces de rouge à lèvres et un sous-vêtement dans le taxi.

Le FF ne semble exiger de notre part aucune intervention supplémentaire. Les écoutes installées dans l'Institut où travaillait TPZ-203 indiquent que personne ne soupçonne quoi que ce soit. L'attitude des deux filles n'indique rien non plus qui soit digne d'attention. L'aînée (dorénavant TPZ-2031), qui vit au Mexique, se comporte normalement, et la plus jeune (TPZ-2032) a fait une tournée d'environ deux mois en Uruguay et en Argentine, dans le but évident d'apaiser sa douleur. Les observations faites sur place révèlent que parents et amis de TPZ-203 ont accepté notre emballage de l'accident. Nous attendons des instructions pour savoir si nous devons continuer de les surveiller.

Nous sommes d'accord sur le fait que la QL de TPZ-202 a coûté très cher, mais nous nous permettons de vous rappeler qu'on nous a demandé de chercher absolument quelque chose de très convaincant. Il fallait éviter avant tout qu'on puisse associer la QL de TPZ-202 à celles de TPZ-201 et de TPZ-203. Pour que vous puissiez répondre avec plus d'arguments techniques au BS, nous vous adressons la photocopie des instructions qui nous sont parvenues de Special Projects, le 16 décembre, en vue de l'exécution d'une triple QL « dans un délai d'une semaine ».

Il faut faire en sorte que le personnel accepte le coût élevé de la QL de TPZ-202, en lui rappelant la participation d'AmPi qui avait déjà conduit le commando MM. S'il vous plaît, ne la taxez pas au coût moyen d'une QL isolée !

Nous reconnaissons que le FF de TPZ-202 est le plus complexe et qu'il exigera une intervention supplémentaire de notre part.

SUBJECT : AmPi

À propos de l'investigation demandée au sujet de la référence, nous avons découvert des éléments inquiétants. Vous trouverez ci-joint la traduction de quelques passages de la conversation qu'il a soutenue avant-hier soir avec une compatriote, une hôtesse de l'air, dans un bar de l'aéroport de Los Angeles, et des extraits de la semaine dernière enregistrés dans la cabine durant un vol New York-Paris. Les cinquante minutes d'enregistrement obtenues contiennent des preuves plus que suffisantes de sa loquacité dangereuse, surtout sous les effets de l'alcool. Nous nous permettons de rappeler que c'est vous qui nous avez imposé AmPi aussi bien pour le commando MM que pour l'autre QL. Veuillez vous reporter à notre note du 10 décembre dans laquelle nous exprimions l'utilité de recourir à sa place à un *full-timer* à nous. Il vous incombe maintenant de décider ce qu'il semble d'ores et déjà impossible de retarder davantage.

O'Donnell retira la cassette du décodeur, la passa au cryptophone et, une fois illisible, la posa dans la corbeille marquée *CONF* pour que sa secrétaire la verse aux Archives.

Oui, oui, ces emmerdeurs du CAD avaient eu raison. Ce pilote, il fallait le faire taire. Quant à la surveillance de la benjamine et du personnel de l'Institut, il fallait la maintenir plusieurs mois encore. Même sans signal d'alarme, il fallait redoubler de précautions. La fille aînée n'était pas un problème. Celle-là, qu'on la laisse tranquille.

32

Franco ? Une pute !

L'appartement était splendide. Trois chambres, deux salles de bains, un immense balcon donnant sur la promenade des Recoletos... Alors, c'était ça le cadeau que Ramiro lui faisait pour leur anniversaire de mariage ? Inés dansait de joie. Ils pourraient donc rentrer à Madrid ? Bien sûr ! Ils emménageraient dès qu'il serait meublé. Ne lui avait-il pas promis de trouver la manière de rentrer à Madrid ? Ramiro ne s'était pas marié avec une citadine pour la cloîtrer une vie entière à Campo Bermejo. Et puis, il devait finir ses études, se faire des relations, se frayer un avenir. En septembre, il se réinscrirait à la faculté de droit.

Ça alors, c'était incroyable ! Mais avec quel argent avait-il acheté l'appartement ? Ne s'était-il donc pas ruiné dans l'affaire du wolfram ? Comment avait-il fait ?

Il lui raconterait plus tard. Qu'elle visite d'abord. Ici, ce serait la chambre de Jimena. Ramiro avait déjà choisi des meubles blancs marquetés de rose, et il lui ferait en outre cadeau d'une gouvernante pour s'occuper de l'enfant. Comme ça, Inés pourrait sortir se promener. Ça lui paraissait bien ?

Oh oui, plus que bien, et de petits baisers, des étreintes, la main de Ramiro sur ses seins.

Ici ? Oui, ici même. Ou, encore mieux, dans l'autre pièce, qui serait leur chambre à coucher.

Oui mais... par terre ?

Et où, alors ? Inés préférait le plafond ? Rien de mieux qu'un sol dallé pour faire l'amour en été.

Ah, ah, ah !

Et il avait également apporté une bouteille de champagne... paf... la mousse par terre.

Et comme ça, au goulot ? Mais que Ramiro de son cœur comprenne bien, elle n'était pas accoutumée à boire du champagne, et lui qui la dénude en hâte, tout un mois séparé, oui, oui, et où donc était-il passé, hein ? canaille, bandit, noceur, et elle toute seule, elle qui s'ennuyait, elle qui devait supporter l'ennui de Campo Bermejo aux côtés de Matilde qui ne faisait rien que soupirer et prier, elle croyait en devenir folle, et lui, méchant, pas même un télégramme... D'où avait-il sorti cet argent ? Aaaah, toujours aussi fougueux, aaaah, et lui qui la mord, oui, comme ça, sûr que la canaille faisait la noce avec une garce, oui, comme ça, comme ça, mais plus lentement, oui, il avait raison, c'était délicieux sur le plancher, et une demi-heure plus tard, tout en prenant le frais sur le balcon, qu'il lui dise enfin comment il avait obtenu l'appartement.

Eh bien, c'est Jaime qui lui en avait fait cadeau.

Jaime ? Son frère !

Oui, il avait gagné une fortune en jouant à la roulette à Monte-Carlo puis il s'était engagé dans la Légion étrangère. Il avait ouvert un compte en banque en Suisse à leur nom à tous deux ; ils s'étaient rencontrés à Oran.

Vraiment ? Et elle qui ne savait rien !

Tout s'était fait à toute vitesse. Est-ce qu'elle se souvenait du télégramme qui était arrivé un jour à la maison et qu'il n'avait pas voulu lui montrer ?

Bien sûr qu'Inés s'en souvenait. Elle avait même été assez furax de le voir partir ! Elle était convaincue que Ramiro avait une maîtresse et que la salope lui envoyait des télégrammes jusque chez lui. Alors, comme ça, c'était de Jaime ?

Oui, il avait passé quelques jours à Madrid, le temps de régler la question du passeport, et, à la mi-juillet, il s'était entretenu avec lui à Oran. Très déçu, Jaime avait renoncé à la Phalange et disait que le généralissime était un tourne-casaque, un traître...

– Et pourquoi est-il entré à la Légion étrangère ?

– Parce qu'au bout de tant d'années sur le front, il lui arrive la même chose qu'à papa : il ne supporte pas la vie civile, qu'il dit.

– Et quels problèmes a-t-il eus avec la Phalange et avec le Caudillo ?

« La Phalange, c'est de la merde, et le Caudillo, du pareil au même ! » répondit Jaime, en se versant un autre Pernod, tandis que son frère essayait de s'accoutumer à cette étrange figure, brûlée par le soleil d'Afrique, aux cheveux coupés ras, qui le regardait fixement.

À la mi-décembre, le ministre de la Guerre avait fait distribuer une circulaire aux anciens de la Division bleue qui portaient des décorations allemandes pour leur demander un peu plus de discrétion, qu'ils étaient des héros dont l'Espagne et le Caudillo se sentaient fiers, c'est certain, mais qu'ils devaient comprendre : Madrid était pleine de réfugiés venus de l'Europe entière, qui avaient fui les occupants allemands, et le fait que les militaires espagnols arborent la Croix de Fer ne collait pas du tout avec la prétendue neutralité espagnole. Ensuite, le 1er avril, jour de la Victoire, Franco avait ordonné que la milice du Parti ne prenne pas part au défilé. Il voulait que la milice défile « dans l'intimité » dans le parc du Retiro. Franco était un traître, un minable, qui avait commencé à faire marche arrière quand il s'était rendu compte que les Allemands perdaient la guerre, et à flirter comme une vulgaire pute avec les Angliches et les Amerloques. Eh bien, lui, Jaime de Arnaiz, il ne voulait pas rentrer en Espagne. Même s'il était seul, il poursuivrait sa guerre contre le communisme. Et ici, en Afrique, il y avait de quoi faire. Ça lui était bien égal de se battre pour les Français. L'important était d'empêcher le communisme de s'étendre dans le monde. Et ce n'était pas avec des politiciens comme Franco qu'on réglerait quoi que ce soit. Ici, en Afrique, il prenait au moins plaisir à zigouiller des bicots.

– Ton frère ne serait pas fou, par hasard, Ramiro ?

– Je crois qu'il l'est un peu, moi aussi, dit Ramiro. Mais tous les grands hommes ont toujours été un peu fous.

Ils regagnèrent la chambre, burent à la santé de Jaime et se délectèrent à discuter du mobilier qu'ils achèteraient pour la maison.

33

Des œillets blancs

Le jour même où Los Angeles faisait part de l'inquiétante loquacité du pilote Oliveira, un autre crypto parvenait de São Paulo dans l'après-midi :

DATE : July 29th, 73
FROM : OB.23/84
TO : HQ/DO/Lenn.TT
SUBJECT : TPZ-2032

Hier, la référence a réservé une place sur Brannif vol 765, São Paulo-Mexico, pour le 14 août.

O'Donnell resta pensif un moment. Ainsi, Gabriela de Carvalho allait à Mexico... Alors, il faudrait saisir l'occasion. Si elle avait des doutes sur ce qui s'était passé à Manaus, elle en parlerait sûrement à sa sœur. Il fallait installer des écoutes dans la maison.

Il demanda par l'intercom le nom complet et l'adresse à Mexico du couple formé par TPZ-2033 et TPZ-2031. Quand Grace les lui eut apportés, il dicta un crypto :

DATE : July 29th, 73
FROM : HQ/DO/Lenn.TT

TO : OB.2
SUBJECT : Œillets blancs

Veuillez offrir en mon nom œillets blancs à Mme Amanda Carvalho (TPZ-2031), rue Benjamin Hill 242-2, Colonia Condesa, Mexico. Le mari s'appelle Leonardo Simón (TPZ-2033) et travaille à la faculté de pharmacie de l'UNAM. Il est indispensable que les œillets soient livrés avant le 14 août prochain.

34

Bonjour l'Espagne !

Ici la BBC de Londres. Vous écoutez son émission habituelle de 20 heures GMT, en espagnol, qui vous offre des commentaires sur l'actualité, des nouvelles et des reportages d'intérêt pour tous les Espagnols amis de la démocratie. Notre commentateur Marcelino de León vous parle.

Bonjour, compatriotes. C'est avec une énorme surprise que nous avons lu ces derniers jours un éditorial dans lequel le journal Arriba *se plaint avec son aplomb habituel de ce qu'il appelle l'« injuste » décision des pétroliers anglo-américains de suspendre les livraisons de carburant à l'Espagne. De fait, cette mesure a eu des répercussions immédiates sur la vie matérielle du pays. Les splendides autobus à impériale de fabrication anglaise qui avaient commencé à circuler dans les rues de Madrid depuis quelques mois ont cessé de rouler. Les taxis ont commencé à disparaître, et on a vu réapparaître les réservoirs de gazogène sur les véhicules. Entre-temps, la radio et tous les journaux se sont attachés à proclamer que les Espagnols « n'étaient pas disposés à vendre leur honneur pour un plat de lentilles ». Mais, à peine quelques jours plus tard, on a imposé aux rédacteurs des journaux le thème suivant : « La fermeté et la correction de la neutralité espagnole dès le début du conflit européen. » Selon eux, cette attitude exemplaire rend les sanctions prises contre le pays absolument injustifiables. Bien entendu, les journaux ne font aucune allusion aux demandes précises formulées par les Anglo-Saxons et qui trouveraient sans aucun doute un écho favorable dans un énorme secteur de l'opinion publique espagnole.*

Oublions la question de la Division bleue et la spéculation sur le wolfram qui laissent peu de doutes quant à la correction de cette neutralité dont les plumitifs de la Phalange ne cessent de faire l'article. Auriez-vous donc oublié, compatriotes, que fin octobre, quand la situation stratégique dans le Pacifique évoluait de manière catastrophique pour le Japon et que l'Armée rouge venait de franchir le Dniepr qui, selon les vantardises hitlériennes, marquait le point extrême de la reculade allemande, le général Franco a adressé un message de félicitations au Quisling philippin, José Laurel, placé à la tête du gouvernement de Manille grâce aux armes japonaises ? On nous parle de mesure politique, de stratégie. Balivernes que tout ça ! Seule la haine furibonde de la démocratie qui préside à tous les actes du général Franco peut lui avoir inspiré une décision aussi inopportune, aussi insensée, aussi provocatrice ! Seul un fou pourrait parler de la neutralité de l'Espagne quand il est de notoriété publique que les agents nazis pullulent à Tanger et qu'au lendemain même de l'occupation de la ville par les Espagnols, les Allemands y ont ouvert un consulat ! Comment expliquer que lors de leurs manifestations devant le consulat des États-Unis à Valence, les jeunesses phalangistes aient pu pénétrer jusque dans le hall et détruire des affiches et de la propagande sans même qu'un seul gendarme de la Garde civile pointe son tricorne dans les environs ? Par la suite, l'attitude de défi insolente adoptée par le gouvernement espagnol a contribué à empoisonner les esprits, déjà tendus depuis 1941. En décembre de l'an dernier, Franco a reconnu l'ancien consul italien de Malaga, l'un des rares diplomates à ne pas s'être plié au gouvernement Badoglio, en tant que représentant du gouvernement fasciste de Mussolini. Puis il s'est permis de reprendre des négociations commerciales avec l'Allemagne pour en obtenir du matériel de guerre, sous prétexte d'éponger de vieilles dettes découlant de l'intervention des nazis durant la guerre civile, raison pour laquelle il a concédé au Reich un crédit de quatre cents millions de pesetas. Et les Anglo-Saxons, qui ont fait preuve à ce jour de beaucoup de patience, ont dû recourir à l'argument irrésistible du pétrole...

35

À Mexico

Les tables d'écoute installées chez Leonardo Simón et Amanda de Carvalho commencèrent à fonctionner le 6 août. Et à partir du 14, jour de l'arrivée de Gabriela, un camion de distribution de pain, garé à cinquante mètres de la maison, capta des conversations en portugais qu'O'Donnell reçut dans son bureau le 20.

Le jour même de l'arrivée, des invités attendaient Gabriela, et les conversations durèrent jusqu'à très tard. On ne parla pas du père. Gabriela alla se coucher tôt. Aucune conversation intéressante ne fut enregistrée dans les chambres.

Pourtant, au petit déjeuner du lendemain, les trois personnes abordèrent le thème de l'accident du père. O'Donnell pouvait lire le portugais, mais il avait du mal à le comprendre à la vitesse à laquelle parlaient les deux sœurs. Il comprit aussitôt, néanmoins, que Gabriela soupçonnait un assassinat. Il saisissait assez bien le portugais espagnolisé de Leonardo Simón, qui manifesta beaucoup d'intérêt. O'Donnell découvrit par ailleurs avec beaucoup d'anxiété que Gabriela mentionnait *las folias duna árbore.* Il écouta le passage à plusieurs reprises pour en être bien sûr et fit venir Carmen pour qu'elle lui épelle en portugais « les feuilles d'un arbre ». En effet, elle disait bien *as folhas d'uma arbore*.

Pat rageait de devoir faire traduire quelque chose de si confidentiel, mais l'importance de l'enregistrement l'exigeait. Puis il se rappela que le *team* de Willoughby disposait d'un botaniste qui avait vécu en Amazonie... Mais, non, il valait mieux qu'il ne sache rien de l'histoire de Manaus. Et il choisit de téléphoner au TTS pour demander l'aide d'un traducteur de portugais. Une femme extrêmement laide et très ridée entra dans son bureau à midi. Quand elle mit l'écouteur, Pat crut se trouver en face d'un singe astronaute, mais elle lui traduisit tout l'enregistrement sur une autre cassette en lui faisant une interprétation simultanée impeccable, avec une efficacité qui n'avait rien de simiesque.

Le soir, Pat tapa personnellement à la machine un rapport destiné au *boss*.

DATE : August 21st, 1973
FROM : Pat O'Donnell
TO : Mr. Director
SUBJECT : TT, tables d'écoute à Mexico

Je vous transcris un choix des conversations entre les filles et le beau-fils du botaniste brésilien Farias de Carvalho, qui a fait l'objet d'une QL en décembre 1972, enregistrées à Mexico. (Amanda : fille aînée ; Gabriela : benjamine ; Leonardo : beau-fils. Les parenthèses sont de moi.)

GABRIELA. – ...la lettre est du 2 décembre, onze jours avant... (la mort)... et il était fasciné par les perspectives de la plante (le Tap Tree)... Écoute ce qu'il écrit ici (Gabriela lit) : « Zequeira m'a montré les dessins et les photos et m'a demandé de vérifier si elle était déjà cataloguée. Et je me suis rappelé aussitôt un arbre que j'avais découvert en 58, lors de cette grande expédition sur le Haut-Negro. Comme il n'apparaissait sur aucune liste, j'avais dressé une classification primaire à partir des photos que j'avais prises et de quelques échantillons, et je l'avais envoyée à l'Académie des sciences, qui l'a enregistré sous le nom de *Phyllantus zibethinus (Carvalho)*... et je n'en ai plus rencontré d'autres exemplaires, jusqu'en 1960, où j'en ai découvert plusieurs près du bras du Caciquiare (à la frontière vénézuélienne) ; mais je n'aurais jamais imaginé que la décoction de ces feuilles puantes produise les effets que disait Da Silva. (Le professeur répète une synthèse de l'expérience dont parle Da Silva dans son rapport sur les Indiens, où il en signalait les effets analgésiques.)... Et voilà à peu près deux ans (autrement dit, fin 1970), Celestino (un patron de vedette qui l'avait accompagné sur le Caciquiare) a trouvé de nouveau un grand bosquet de ces mêmes arbres à quelques heures (en vedette) de Manaus (et il décrit l'endroit)... et quand Zequeira a appris que Poivron (surnom de Da Silva) avait envoyé l'information sur l'arbre à la Rockefeller, il a piqué une colère, à juste titre. Ça aurait dû rester entre nous... Et à dire vrai, j'ai beaucoup d'espoir que nous en tirions quelque chose de très important... et si ça n'était pas venu de Poivron, j'aurais eu du mal à croire à ce qu'il avait vu chez les *Mâos de macaco*, mais vous savez toutes les deux (il parle au pluriel parce qu'il écrivait la même lettre au carbone à ses deux filles) à quel point il est sobre, et incapable de la moindre exagération. D'ailleurs, si ce cher homme a un défaut, c'est bien son manque d'imagination... »

GABRIELA. – Bien entendu, j'ai cru comme tout le monde à l'histoire du chauffeur ivre... (À Manaus, la mort a été attribuée à un inconnu. La voiture, volée dans la ville à un chauffeur de taxi, portait sur les garde-boue et sur le pare-chocs des traces incontestables de la collision ; et on a trouvé sur la banquette arrière une bouteille de whisky à moitié vide, avec des taches de rouge à lèvres sur le goulot et un sous-vêtement de femme. Mais le chauffeur et la femme n'ont jamais été retrouvés.)

...je n'ai rien soupçonné en apprenant la mort des autres ou en lisant la lettre... (Carvalho lui envoyait tous les quinze jours une lettre de plusieurs pages, une espèce de journal, et quand il meurt, le 12 décembre, il n'avait pas encore achevé la lettre de cette quinzaine, qui est restée dans un des tiroirs de sa table de travail.)

LEONARDO. – Et quand as-tu trouvé la lettre ?

GABRIELA. – Quand je suis arrivée à Manaus, le lendemain de sa mort... mais je n'aurais jamais pensé qu'il puisse s'agir d'un crime... Et puis, je te jure que j'y ai pas fait attention, c'est à peine si je l'ai lue. (Elle se met à pleurer.)... Et je n'ai commencé à avoir des soupçons qu'au moment de l'inventaire.

AMANDA. – Quel inventaire ?

(Gabriela explique que le responsable des publications de l'Académie de botanique de São Paulo est passé la voir fin juin à la résidence universitaire pour lui demander l'autorisation de transférer les manuscrits du Professeur aux archives de la Bibliothèque nationale, surtout ses travaux de botanique systématique recueillis dans des albums rangés par année et où figuraient les dessins et les descriptions des plantes et les commentaires qu'il faisait en matière de classification. Bien entendu, il fallait faire un inventaire, et une des deux filles devaient être présentes. Gabriela s'est rendue à Manaus à la mi-juillet dans un avion officiel, en compagnie d'un expert.)

GABRIELA. – ...et j'ai commencé à avoir des soupçons quand j'ai vu qu'il manquait les albums de 58 et de 60 dans les archives de papa... C'est là que j'ai eu mes premiers soupçons et que j'ai relu la lettre... Ensuite, je me suis mise à enquêter sur la mort des autres. Celle de Zequeira pouvait être un hasard. Un accident dans l'Amazonie, dans une avionnette de l'époque du déluge, ça peut arriver à tout le monde... mais quand je suis rentrée à São Paulo, j'ai téléphoné au frère de Da Silva qui m'a dit qu'il n'arrivait pas à comprendre que son frère ait pu se suicider. La veille encore, il était enthousiaste, il faisait des projets pour retourner au village des Indiens...

Je résume la suite : Leonardo Simón, le gendre colombien, a proposé que Gabriela aille à Manaus, parle à Celestino, le patron de la vedette, et lui demande de trouver, avec la plus grande discrétion et le plus vite possible, des feuilles de ces arbres qu'il avait vus en 1970 près de Manaus. Que Gabriela lui fournisse un appareil photo et lui apprenne à l'utiliser, et que, lorsque Celestino rentrera avec les feuilles, elle les soumette à un traitement donné en vue de les préserver et qu'elle cherche la manière de les lui envoyer à Mexico au plus tôt.

Nous pouvons garantir que le patron de la vedette ne trouvera pas les arbres qui intéressent Leonardo Simón. Devant la gravité des mesures qui s'imposent, j'attends les suggestions de monsieur le Directeur.

Pat O'Donnell

36

Des saluts au tonton

Madrid, le 2 octobre 1944

Cher frangin,

Depuis notre rencontre à Oran, je t'ai déjà écrit deux lettres sans obtenir de réponse. Envoie-nous au moins un télégramme pour dire que tu vas bien.

Dans ma dernière lettre, je t'informais en détail des achats que nous avions faits à Madrid. Le bail des deux appartements nous permet de vivre à l'aise, et, comme tu l'as ordonné, nous avons remis Campo Bermejo à trois familles qui le travaillent. J'ai vendu tout le bétail. Nous produirons maintenant des pommes de terre, du blé et un peu de maïs. Maman vit dans le manoir avec une dame de compagnie, mais elle a passé tout le mois de septembre avec nous et je crois que ses visites vont se répéter. Elle trouve tout très changé. On dirait que Madrid la rend de meilleure humeur. Elle a été assez communicative, presque joyeuse, et disposée à sortir ou à aller au spectacle. J'ai acheté une Austin et nous faisons des promenades dans tous les environs.

Jimena aura trois ans le mois prochain. Elle parle comme un perroquet et envoie des saluts à tonton Caime.

J'ai repris mes études en septembre et tout va bien.

Quand j'ai vu le général et que je lui ai remis ta lettre, il m'a dit carrément que s'il avait ton âge, il ferait pareil. Il ne semble pas très content non plus de la façon dont le gouvernement a agi ces derniers mois. Il s'est plaint qu'il ait fait marche arrière dans l'affaire Laurel et qu'il ait été si peu digne et se soit laissé intimider à ce point lors de la suppression des livraisons de pétrole. Je t'embrasse très fort. Inés aussi. Elle est très heureuse de cette nouvelle situation et dit que c'est à toi que nous le devons.

Ne manque pas de nous écrire, même une petite note.

Que Dieu t'accompagne.

Ramiro

37

Santo deus !

Celestino lève les yeux. L'*inambé* bleu est toujours là. Mais il ne va pas tirer. Il est très vieux, ça se voit. Ses plumes ne peuvent plus avoir beaucoup d'éclat. La vedette tangue un peu là où le courant est plus étroit. Il est sur le point d'arriver au chenal. Le soleil de midi verdoie entre les branches d'un ébène. Celestino porte sa chemise boutonnée au cou et aux poignets. Il brasse l'air pour chasser une guêpe, tandis que la vedette esquive des nénuphars.

Il lâche le gouvernail pour allumer une cigarette.

Porra ! Encore cette guêpe.

Il la fait fuir du poing dans lequel il tient son briquet. Il allume la cigarette dans le creux de sa main gauche. Il n'arrive pas à en trouver le bout parce qu'il continue de fixer la cime de l'arbre où s'est perché l'*inambé*. S'il ne s'est pas envolé au bruit de la vedette, ça veut dire qu'il est très vieux. Il reprend le gouvernail dans la main droite et s'assoit au fond de la vedette. S'il n'était pas vieux, il ne serait pas là si tranquille. Les vieux se fichent du danger. *A vida ? Uma merda, mesmo !* Comme il aimait le plumage de l'*inambé* bleu, le Professeur ! *O pobre Professor ! Puxa vida !* Vingt ans de suite, ils avaient parcouru cette forêt ensemble. Pour Celestino, ce n'étaient plus les mêmes merveilles. Il s'était accoutumé à tout voir à travers les yeux du Professeur. *Puxa vida!* Celestino lui avait toujours dit de faire attention, que c'était une imprudence de se balader au petit matin et le soir tout seul, sur la route. *Había muito bandoleiro* qui pouvaient l'attaquer, et même le tuer... Pauvre Gabriela!

Quelque chose scintille sur le fleuve, à la proue. Une petite tortue fuit vers le fond. Cent mètres derrière lui, l'*inambé* est toujours perché sur la cime du *cupuaçu*. Un bourdon bleuté vole au-dessus des épaules en sueur de Celestino. Il jette sa cigarette et le chasse. Il est quasiment arrivé. Au tournant, il pénètre dans le plus petit chenal. Il se rappelle qu'il y avait un *buriti* à gauche. Il lui faudra s'arrêter pour cueillir un panier de fruits. Il demandera ensuite à sa femme de préparer un gâteau pour l'envoyer à Gabriela. Quant à l'éventail, il avait déjà réuni dix plumes écarlates, de celles qui se dressent derrière la nuque de l'*agara canga*. Il en avait aussi trois, des jaune citron, provenant du gosier de la *guarajuba*, et, pour les bords, deux plumes noires à stries blanches, de celles que la *mutum* femelle porte sur le dos. Il ne lui manquait plus que quatre plumes de l'*inambé* bleu. Il lui enverrait le gâteau et l'éventail pour son anniversaire. Mais elle lui avait dit que s'il l'aimait vraiment, s'il voulait lui faire un cadeau qu'elle apprécierait plus que tout, alors, qu'il lui remplisse un sac des feuilles de cet arbre que son père avait découvert une fois quand ils naviguaient sur le bras du Caciquiare. Est-ce que Celestino se souvenait de cet arbre qui dégageait une telle puanteur? Oui, bien sûr, Celestino s'en souvenait, et d'ailleurs, il en avait ensuite découvert d'autres exactement pareils, près de Manaus. Eh bien, c'était ça le cadeau qu'elle souhaitait le plus. Elle le préférait à n'importe quel autre. Et elle voulait lui demander un service de plus. Celestino devait apprendre à faire des photos avec cet appareil-ci. Oui, oui, elle lui en faisait cadeau. Bien sûr que oui. C'était très facile. Et elle lui avait appris à s'en servir. Dès qu'il verrait l'arbre qui sentait si fort, il devait le photographier, en prendre des tas de photos depuis différents endroits, puis donner à Gabriela la pellicule sans la développer. Et quand tout serait prêt, il lui expédierait un télégramme à São Paulo, n'est-ce pas ?

Pourquoi l'enfant veut-elle ces feuilles puantes ? Et puis, pourquoi tant de mystère ! Qu'il ne parle à personne, qu'il ne dise pas où il va, qu'il dissimule les feuilles quand il les ramènera, que même sa femme n'en sache rien. Ça pourrait lui coûter la vie... *Porra !* Ce serait pas de la marihuana *u outra porcaría da fumadeira*, tout de même. Non, Gabriela n'était pas de ce genre-là. Celestino remplirait sa mission sans rien demander.

Ça y est, voilà le *buriti.*

Celestino modifie la vitesse du moteur, qui s'étrangle dans un grand bruit et asperge le fleuve d'une fine pluie d'essence irisée. Il râle. Il menace de s'étouffer, mais il finit par ronfler de nouveau d'un rythme égal, maintenant plus lent, toc, toc, toc, tandis que Celestino enlève ses bottes, retrousse son pantalon et pend sa machette à sa ceinture. À une dizaine de mètres de la berge, sous un dai de moucherons, il éteint le moteur et axe la proue vers la berge fangeuse. S'échoue. Fait tourner en l'air la corde lestée à un bout, qui s'emmêle dans un roncier. Débarque dans une boue de couleur plomb. Malmène des pontédérias sous ses pieds. Du bord, qui lui arrive à la taille, il attrape les sacs et se les croise sur l'épaule. Il suspend l'appareil photo autour de son cou. Dans quelle histoire l'a donc embarqué la gamine ?

Et il avance vers la berge, de l'eau aux mollets, faisant tournoyer les sacs de la main gauche pour chasser les moucherons. De la droite, il se fraye un passage entre les lianes à coups de machette. Il grimpe sur la berge glissante en s'aidant d'une liane. La muraille dc la forêt vierge lui lance son haleine poisseuse au visage. Il pose les paquets par terre. Il attache sa ceinture abdominale. Celestino, malgré ses quarante-cinq ans, monte avec agilité le long du tronc du *buriti*. Arrivé au sommet, il coupe plusieurs régimes mûrs à la machette. Redescend. Remplit un sac qu'il laisse au pied du tronc. Se suspend de nouveau l'appareil photo au cou. D'une main, il attrape les sacs vides, de l'autre la machette avec laquelle il recommence à cogner pour s'ouvrir une voie dans l'épaisse végétation. Sur le trajet, il se heurte à un tronc renversé qui lui arrive à la poitrine. Il doit s'appuyer des deux mains sur l'écorce pourrie pour pouvoir le franchir. Attention, surtout ne pas abîmer l'appareil photo ! Et, quand il se redresse pour poursuivre...

Mais qu'est-ce que c'était que ça, *santo Deus* ? Qui avait mis le feu à cet arbre ?

Et l'autre plus loin ! Oui, c'était bien là qu'ils étaient. Et un troisième, quelques mètres derrière. Tous brûlés ! Il ne restait guère que les troncs. Et ça ne pouvait pas être un incendie naturel. Quelqu'un avait brûlé ces arbres, et rien que ceux-là ! De ceux que Celestino avait vus un jour ici même, il n'en restait pas un. Rien que des troncs carbonisés, presque à ras de terre. Et ça ne faisait pas longtemps qu'on y avait mis le feu.

Porra ! À quoi la gamine était-elle mêlée ? Quel était donc le mystère de cet arbre ?

Ce serait pas de la marihuana, tout de même !

38

Légionnaire

Sidi Bel Abbès, le 25 août 1948

Cher Ramiro,

Je ne sais pas ce que tu crois, et je m'en fiche. Tu n'as pas besoin de me faire des professions de foi, ni de simuler ce que tu ne crois pas. Tu es quelqu'un de simple, apte à une vie normale, un point c'est tout. Je ne t'ai jamais demandé de changer, et je ne t'ai pas considéré comme un lâche ou un traître. La mauvaise humeur de ma dernière lettre ne te visait pas. Elle concernait ceux qui prétendent une chose et en font une autre. Ceux qui brandissent des étendards et lancent des proclamations auxquelles ils ne croient pas. Bah, c'est mon affaire. Toi, occupe-toi de toi et des tiens. Tu as bien fait d'achever tes études et de consolider tes amitiés au gouvernement. Je ne te censure pas. En plus, ça me paraît bien que tu acceptes le poste consulaire qu'on t'offre. Un changement d'air fait toujours du bien. Et si Mère ne veut pas t'accompagner, eh bien, laisse-la. Tant pis pour elle. Elle a toujours été lâche.

Moi aussi j'ai fait des progrès. J'ai décroché mon grade de capitaine, ce qui est inhabituel pour un soldat qui ne sort pas des écoles militaires françaises. Il se peut qu'on nous mobilise pour l'Indochine bientôt.

Nous avons été quasiment inactifs ces derniers mois. J'ai passé des semaines entières à lire et à écouter de la musique. Tes insinuations sur la possibilité d'abandonner la Légion l'an prochain, à la fin de mon contrat, n'ont pas de sens. Je n'arrive pas à m'imaginer en train d'élever des enfants dans la vie civile. Quand je passe beaucoup de temps sans combattre, je me désespère. Le jour où j'abandonnerai la Légion, ce sera pour engager une autre guerre encore plus grande qui, dans son essence, sera la même, sous n'importe quels cieux et en n'importe quel temps. La guerre de papa et de grand-papa. Tu ne le comprends pas? Peu importe. Va au Chili et sois heureux.

Je te salue,

Jaime

P.-S. *Ta fille est très belle, et sur la photo elle semble avoir plus de sept ans. Elle a quelque chose de maman, mais son regard est le même que celui du grand-père Las Revillas.*

39

À la guerre comme à la guerre

DATE : September 21st, 1973
FROM : Pat O'Donnell
TO : Mr. Director
SUBJECT : Leonardo Simón

Comme la recherche des feuilles a échoué, le phytochimiste de référence a demandé un congé de deux mois pour chercher personnellement la plante en compagnie du même patron de vedette. Ils entreprendront l'expédition autour du 6 janvier prochain. Je suis d'avis qu'on doit leur permettre cette recherche, parce qu'il est improbable qu'ils trouvent l'arbre. Peut-être pouvons-nous éviter ainsi de nouvelles QL...

Shit !

- Passez-moi M. O'Donnell.

Il tambourinait de rage sur le bureau, tout en attendant la communication. Pat savait pertinemment que ce Leonardo, les deux Brésiliennes et l'autre type allaient finir en QL ; et pourtant, il commençait par se dire à lui-même qu'on pourrait peut-être les éviter. Merde alors ! Personne n'aime ordonner une QL. Le directeur, pas plus qu'un autre. Ce damné Irlandais avait passé une semaine à plaider d'arrache-pied en faveur de son fameux plan

USHER et de la nécessité de réserver la drogue pour un seul et grand objectif stratégique de portée mondiale, et il avait fini par le convaincre. Et voilà que maintenant, après avoir conçu ce satané plan, il évitait de prendre personnellement la responsabilité du *dirty work* et voulait lui renvoyer la balle dans son camp à lui ! Si c'était comme ça, qu'il abandonne l'Agence ! Qu'il se fasse curé ou pédé ! Qu'il consulte quand il y avait des doutes valables, d'accord, mais quand un top secret était en jeu, quels doutes pouvait-il y avoir ?

Quand on lui passa la communication, il lui décocha sans préambules :

– O.K., Pat, moi aussi je crois qu'ils ne trouveront pas la *fucking* feuille.

Il attendit que Pat fasse un commentaire pour l'interrompre avec rage :

– De toute façon, que ces deux types trouvent la feuille ou qu'ils ne la trouvent pas, je vous demande de m'en informer quand vous aurez réglé le problème à votre manière, sans me consulter en quoi que ce soit. O.K. ?

– O.K., sir.

– À la guerre comme à la guerre, O.K. ?

– *Yes, sir.*

– *Never forget it, Pat.*

Et il raccrocha avec rage.

40

El comercio

Quito, le 12 octobre 1949

DERNIÈRE HEURE
Sauvetage d'une survivante du désastre

Le bureau de presse de l'armée a informé hier après-midi qu'un avion des Forces de l'air équatoriennes survolant la zone de la catastrophe a repéré, parmi un groupe de cadavres catapultés sur un tapis de neige, un survivant qui faisait des signes avec une veste.

Le sauvetage a eu lieu à 3 heures de l'après-midi : il s'agit de Jimena de Arnaiz y Pinzón, âgée de sept ans, née à Salamanque (Espagne). Ses déclarations ont permis de savoir qu'elle volait vers le Chili pour retrouver son père, un diplomate espagnol. Par la suite, notre rédaction a su que sa mère, doña Inés Pinzón de Arnaiz, sa grand-mère, doña Matilde Pinzón de Arnaiz, et les enfants Ramón et Jaime de Arnaiz y Pinzón, petits frères de la survivante, figuraient sur la liste des passagers.

À la grande surprise des médecins et des militaires qui se sont occupés d'elle, la malheureuse petite Espagnole ne présente pas de séquelles psychiques de la tragédie. Elle agit avec l'aplomb d'un adulte, s'exprime dans un langage précoce pour son âge, répond aux questions avec un grand luxe de détails et n'a pas encore versé une seule larme jusqu'ici. On a par ailleurs appris que l'ambassade d'Espagne à Quito se chargerait de son transfert à Santiago du Chili.

Deuxième partie

1974–1975

41

Rara avis

Kingston, le 14 octobre 1951

Cher Jaime,

J'étais convaincu que le 12 octobre était une date funeste pour notre famille. Tu te rappelles ? C'est à cette date que sont morts papa, puis maman, Inés et mes deux petits. Mais le Jour de la race ne doit pas être forcément un jour de deuil. Ce 12 octobre dernier a apporté un autre Jaime de Arnaiz dans la famille. Il pesait presque trois kilos et, bien que blond, il a aussi un air de famille. Je me suis senti très heureux.

Tu avais raison, comme toujours. Ma nouvelle épouse a rempli le vide qu'avait laissé en moi la mort d'Inés, et cet enfant, né depuis deux jours à peine, a commencé à remplacer dans mon cœur les petiots morts en Équateur. Tu avais raison. Il suffisait de les remplacer. Et je t'assure qu'il en viendra d'autres. J'ai dit à Carla que nous n'arrêterions pas avant le cinquième. Et elle y est disposée. C'est une femme courageuse, forte ; fille d'Allemands, des exploitants agricoles dans le Sud du Chili. Si je ne l'avais pas eue à mes côtés, je ne sais ce qu'il serait advenu de moi. Après l'accident, j'ai failli devenir fou. Tout ce que j'avais trouvé pour oublier ma tragédie, c'était boire. T'ai-je jamais raconté que, trois mois plus tard, je souffrais encore autant que le jour où j'ai reçu la nouvelle à l'aéroport de Santiago? Une nuit où je n'arrivais pas à dormir en pensant à eux, je me suis levé, j'ai pris la voiture et je me suis lancé à toute vitesse contre un poteau de la route de Valparaiso, pour me tuer. C'est à peine si je me suis fait une estafilade au front. C'est peu de temps après que j'ai connu Carla. Elle est tout de suite devenue l'amie de Jimena. Elles s'entendent comme larrons en foire, elles sortent ensemble. Carla lui donne des leçons de piano et lui parle en allemand pour que je ne puisse pas comprendre leurs confidences. Et comme ça, peu à peu, la vue de ma fille heureuse m'a aidé à me rétablir. Aujourd'hui, deux ans plus tard, je peux dire que j'ai surmonté la crise.

Jimena n'a que neuf ans et c'est une enfant bizarre. Elle a passé deux années dans un collège allemand de Santiago, où elle s'est tout de suite fait remarquer. Elle a une facilité surprenante pour les langues. Selon Carla, c'est incroyable ce qu'elle a appris en si peu de temps. Et puis, elle est méthodique et, surtout, orgueilleuse. Elle ne tolère pas que quelqu'un de la classe la dépasse en quoi que ce soit. Dès le début, et sans que personne le lui demande, elle a dressé des listes énormes de vocabulaire et les a apprises par cœur de son propre chef. On dirait ta fille, pas la mienne.

Et on dirait aussi ta fille par un autre trait de caractère. Quand elle se fâche, elle devient un vrai fauve. Quelques mois avant qu'on m'envoie à la Jamaïque, des garçons du collège, plus âgés qu'elle, avaient commencé à la houspiller et à lui dire des grossièretés. Eh bien, elle a pris un bâton et les a rossés à tel point que notre ambassade a dû intervenir pour qu'on ne l'expulse pas de l'école.

Mais ce qui m'inquiète le plus, c'est son mépris du

danger. Je suis vraiment préoccupé. Je pourrais te raconter plusieurs de ses coups, mais le plus effrayant s'est passé voilà un mois. Le consul honoraire de l'Argentine à Kingston, un aventurier qui s'est enrichi dans l'hôtellerie et qui est devenu un de nos grands amis, nous a invités à une croisière de plaisance sur son yacht, depuis le port de Falmouth jusqu'aux îles Caïmans. Et, en pleine traversée, il nous a montré un endroit infesté de requins.

Que crois-tu qu'a fait ta nièce après avoir vu ces ailerons noirs qui fendaient la mer ? Eh bien, elle s'est jetée à l'eau ! Imagine un peu la panique à bord. Et pour rien au monde elle ne voulait sortir. Elle montait et descendait au gré des vagues et nous faisait des adieux, morte de rire.

Nous avons dû finalement jeter à l'eau une chaloupe et deux Noirs costauds l'ont hissée de force. Quand nous l'avons remontée dans le yacht, elle était folle de joie. Je me suis mis à l'engueuler, et elle s'est moquée de moi. Que je ne savais rien de rien, qu'elle avait lu que les requins étaient lâches et qu'ils n'attaquent que s'ils voient du sang ; et puis elle ne voulait pas sortir de l'eau parce que ce truc de nager près des requins et penser qu'ils pouvaient lui manger ce que tu sais lui provoquait des démangeaisons incroyables. Elle est complètement toquée, comme tu peux le constater ! Je crois que, même toi, tu t'inquiéterais si tu étais son père.

Carla me dit qu'elle l'a surprise plusieurs fois en train de parler seule dans sa chambre, et d'après quelques confidences qu'elle lui a faites, elle est persuadée qu'un être supérieur la protège, comme il l'a protégée lors de l'accident dans les Andes.

Et toi, qui fais aussi des tiennes, tu ne crois pas que tu devrais écrire plus fréquemment ? Quand on lit des nouvelles de l'Indochine, il n'est pas agréable de savoir que son unique frère est là-bas au milieu des canonnades. Ou est-ce alors que tu as, toi aussi, un ange pour te protéger ?

Nous pensons passer Noël et le Jour de l'an à Campo Bermejo. Carla ne connaît pas l'Espagne. J'en profiterai pour arranger les comptes de cette année avec le gérant. Aux dernières nouvelles, les récoltes ont été bonnes et le gouvernement a autorisé récemment une hausse des loyers. J'espère que cela arrondira nos revenus de Madrid.

N'oublie pas de m'écrire plus souvent. Je vis dans la fierté d'être ton frère. Je t'embrasse avec l'affection et l'admiration de toujours.

Ramiro

42

Une partie de dominos

Hermosilla ? Un prétentieux, un sale con, maître. Je le connais depuis qu'on était mômes. Oui, d'accord, ce type-là c'est un vrai cheval de labour, et il fait de la clandestinité, et comme organisateur, chapeau, c'est un as, je dis pas le contraire, et c'est comme ça qu'il a emberlificoté le ministre, mais moi, ce qui me fout en boule, c'est qu'il soit si lèche-cul... Non, non, pas du tout ! Ah, quand il s'agit de cracher plus bas, il est le premier de la liste, vous pouvez m'croire ; mais plus haut, vous pouvez repasser ! Je sais ce que je dis, je le connais depuis qu'on était des mouflets dans le quartier, et ce mec-là, il a jamais eu un seul pote, c'est le genre de types qui se servent de toi, et après : au revoir et merci ! Et depuis qu'il est au Parti, il te passe devant et il regarde de l'autre côté... – Avec des glaçons, maître ? – Et l'autre jour, un certain Pedro Blanco, l'adjoint d'Hermosilla, un autre crétin, un lèche-cul du ministre... Vous dites ? Oui, celui-là même, oui, un économiste, un métis, maigre, aux cheveux blancs...

B-7 connaissait Pedro Blanco. Parfait ! Ce serait son tremplin pour joindre Hermosilla. B-7 et Blanco avaient participé aux travaux agricoles bénévoles.

Ils avaient coupé de la canne à sucre ensemble en 66 et ils avaient sympathisé...

Lundi, très tôt, sous prétexte de lui demander des conseils de statistiques, la spécialité de Blanco, B-7 obtient un rendez-vous et Blanco le reçoit avec effusion. Que devenez-vous, maître ? Et après les conseils, très brefs en fait, le dialogue se perd dans des souvenirs, des dates, des noms, jusqu'à ce que celui d'Hermosilla vienne sur le tapis, et B-7 tâche discrètement d'axer la conversation sur lui, mais Blanco passe du coq-à-l'âne. Se souvenait-il de la campagne sucrière de 66, quand ils avaient gagné le tournoi de dominos ? Et de la partie finale, de la fureur des deux culs-terreux quand ils avaient perdu ? Vrai, quel duo ! Exact, Blanco ne s'était jamais mieux entendu avec personne, et, à propos, Hermosilla était un joueur de dominos redoutable, et il faisait équipe avec sa femme, et « Butterfly » 7, attrapant la balle au bond, dis-lui qu'on le défie, que toi et moi on n'a peur de personne, oui, oui, bien entendu, très bonne idée, dès qu'il rentre de Prague, on organise une partie, et quinze jours après, un samedi matin, maître, un coup de fil pour vous, de Pedro Blanco, oui, passe-le-moi, allô ? oui, non, ça va, et toi ? oui, oui, j'ai utilisé les indices que tu m'as donnés et c'est allé au poil, je te remercie ; tu dis ? cet après-midi ? non, je n'ai rien de prévu. Chez Hermosilla ? Oui, ça me botte, attends que je note l'adresse, parfait, magnifique, je me pointe à 5 heures, et à Hermosilla, dis-lui de bien se préparer, oui, ha ha ha ! à bientôt, mon vieux.

En 1960, B-7, avocat de quarante ans, avait investi presque tout son héritage dans la pierre. La Réforme urbaine avait été le coup de grâce pour son économie. Mais il avait pris les choses calmement et décidé d'attendre, sans remuer le petit doigt, que les Yankees remettent les choses en place. Il était sûr que le communisme ne durerait pas longtemps à Cuba. Tôt ou tard, on lui rendrait ce qui était à lui, et on reviendrait à la situation antérieure.

À la baie des Cochons, il pensa que l'heure était venue : elle ne vint pas. Lors de la crise des Missiles, non plus. En 64, il pensa quitter le pays, mais il n'osa pas le faire sans le sou. Il n'allait pas repartir de zéro à quarante-quatre ans, dans un autre pays où il ne pourrait exercer sa profession sans homologuer ses études.

C'était très dur. Il décida de continuer d'attendre. Fin 64, le hasard lui mit dans les mains la preuve qu'un fonctionnaire du ministère des Industries vendait des informations stratégiques. Mais, au lieu de le dénoncer, il le couvrit et lui demanda des contacts.

B-7 avait une bonne culture générale, connaissait le pays et occupait une position intéressante comme conseiller juridique au ministère des Télécommunications. Il fut recruté après les vérifications de routine et effectua des tâches de renseignements mineures dans les premières années.

L'opération « Butterfly » débuta en 70. C'était là sa chance de se faire de gros revenus. Quand il aurait réuni cinquante mille dollars, il accepterait d'aller vivre chez sa sœur à Miami. Il détestait son beau-frère et ne voulait pas arriver les mains vides.

En attendant, à Cuba, il vivait bien : il possédait une maison élégante dans le Vedado, une voiture à lui, de 58, et une autre neuve, de l'État, dont il usait à sa guise. Il touchait un salaire de trois cent vingt pesos au ministère, plus cent cinquante pour un contrat à la faculté de droit, et jusqu'en 69, un supplément de six mille pesos annuels pour ses tâches d'agent.

Avec ça, on vivait bien à Cuba. Il n'était pas pressé de partir. Il était satisfait. Il travaillait sans courir de risques. Il réunissait peu à peu un capital à l'extérieur, et quand Cuba finirait par couler, sa famille et lui auraient de quoi vivre ailleurs.

Il livrait ses informations grâce à un système très sûr. Il touchait ses six mille pesos une fois l'an, cash, et durant ses huit années d'agent, on ne l'avait interrogé que trois fois à La Havane : en 65, pour discuter du travail qu'il accomplissait ; en 67, pour lui apprendre la technique du micro-point ; et voilà huit mois, pour l'instruire de ses missions dans le cadre de « Butterfly ».

Quand il se rendait dans des pays capitalistes, on l'interrogeait presque chaque fois. On lui avait appliqué à deux reprises le détecteur de mensonges. « Butterfly » n'était pas un travail aussi simple que celui qu'il avait effectué depuis 65, mais il avait l'intérêt d'être moins monotone et impersonnel.

Quelqu'un lui téléphona dans les premiers jours de mai 73 pour lui dire qu'il pouvait réclamer à l'hôtel Capri la chambre 715 réservée à son nom. « Salut », lui avait dit l'homme en raccrochant. *Salut* était le mot de passe pour des entretiens avec les émissaires de « Butterfly ».

À peine installé à l'hôtel, il reçut un coup de fil de quelqu'un qui, en bon espagnol mais avec un accent qui n'était pas cubain, l'invitait à se rendre à la chambre 1211 pour prendre un pot et bavarder un peu.

Il fut reçu par un petit gros, qui portait une cagoule. Son accent pouvait être chilien ou de Buenos Aires. La routine habituelle. L'émissaire venait l'instruire de sa nouvelle mission dans l'équipe de « Butterfly ».

D'une part, B-7 devait continuer d'informer systématiquement sur toutes ces vérifications au sujet des nominations et des mutations de fonctionnaires, des restructurations d'organismes, etc. Mais son nouveau travail à « Butterfly » consisterait à repérer des individus nés entre 1930 et 1940, qui auraient participé les armes à la main au renversement de Batista. Il devait, et c'était là un détail capital, choisir des individus foncièrement castristes, plutôt que marxistes. De plus, il devait étudier le document que l'homme à la cagoule lui laisserait. C'était un exemplaire de la revue *Cuba Internacional*, publiée sur de l'excellent papier. Dans les marges inférieures et supérieures de chaque page, il trouverait, écrit en caractères minuscules et à l'encre sympathique, un texte qui équivalait à 70 pages dactylographiées en double interligne.

L'article, qui s'intitulait : « Le langage des choses », abordait avec ingéniosité et d'une façon organique, mais non dépourvue d'humour, quelque chose que B-7 savait déjà par intuition, à savoir que les parures, les vêtements, les attitudes en public, les apparences constituent un langage. Et il devait s'exercer à interpréter ce langage.

La brochure rappelait que, quand on veut fabriquer une vedette ou un président, un conseil d'experts – des gens de chez McCann Erickson, de chez Walter Thompson, des sémioticiens, des publicitaires, des modistes – prescrit la façon dont il devra s'habiller et se coiffer, et ce jusque dans les plus minimes détails. Une cravate de côté, une chemise aux manches retroussées témoignent bien haut, dans un État agraire, de la bonhomie et de la simplicité d'un candidat à la présidence. La petite mèche qui tombait sans y prendre garde sur le front de John F. Kennedy lui avait valu des milliers de votes féminins.

Il fallait donc apprendre le langage des choses.

B-7 découvrit qu'en effet, les choses lui parlaient depuis bien longtemps. Il sourit en se rappelant que, peu de temps avant de lire l'article, il avait vu sur l'avenue La Rampa un type frisant la quarantaine, ventripotent, qui portait des pantalons fantaisie violets, une chemise aux scandaleuses raies vertes et rouges, des souliers pointus bicolores à talon cowboy et un radiocassette démesurée crachant d'impitoyables stridences. Cet homme, avec sa touche et son radiocassette, criait sur tous les toits sans même ouvrir la bouche : « Regardez-moi bien, messieurs-dames : je suis un gros con ! »

Et s'il avait pris le temps de mieux observer ce crétin, B-7 aurait sans doute découvert d'autres signes. Peut-être bien que le type disait aussi : « Je suis nul au lit », ou : « J'ai un Q.I. de demeuré » ou : « J'aspire à être un mec qui se la coule douce » ou : « Je suis un voyou qui se conduit bien et qui réclame un peu d'attention ». En fin de compte, il n'y avait pas de raison que le type ne soit qu'un crétin.

Ha, ha, ha ! La brochure avait raison. De fait, ne suffit-il pas d'un portrait de noces retouché, où l'on voit les tourtereaux entrelacer leurs bras terminés par une coupe de champagne, comme dans les films gringos des années 50, et de petits sourires coquins, commercialement concupiscents, et de roses en plastique bleu dans un vase sur le téléviseur, et d'un titre de bachelier dans son cadre doré accroché au mur, près de la porte d'entrée, pour avoir un tas de renseignements sur ce que sont et ce que pensent les locataires d'une maison ?

De toute évidence, la brochure avait été rédigée par des connaisseurs de la réalité cubaine. Elle citait 288 exemples typiques de conduites, de goûts, d'idéaux, numérotés pour faciliter le travail de classement de l'agent, et baptisés d'un néologisme : « phéno ». Et l'agent de « Butterfly » devait informer, selon le code en annexe qui comprenait les groupes et sous-groupes, de tous les « phénos » qu'il repérerait au domicile du sujet évalué, ainsi que dans son habillement, son langage et ses coutumes.

L'un des plus importants était le phéno 31. L'agent était invité à en bien comprendre toute la valeur. Il avait trait, non plus à l'image que projetait le sujet, mais à celle qu'il voulait projeter. Et l'agent devait prêter une attention toute spéciale au sous-groupe « O » de ce phéno, qui concernait l'ostentation consciente. Il y avait une foule d'exemples typiques, analysés d'une manière didactique. C'était vraiment un travail magistral, surtout par rapport à ce que les auteurs anonymes appelaient la « sémiotique du comportement social ». Celle-ci se fondait sur l'essence anticommuniste du dirigeant qui, dans un pays communiste en butte à de graves carences, tombait dans l'ostentation : produits étrangers, voitures, denrées alimentaires auxquelles le peuple n'a pas accès, vêtements à la mode, etc. (degré 1), puis venaient d'autres étalages : le courage physique (degré 3), les influences personnelles au sein du gouvernement (degré 5), la culture politique (degré 8), jusqu'à aboutir à la très subtile ostentation de la non-ostentation (degré 10), propre à celui qui s'efforce de faire connaître son mépris des biens matériels, son austérité personnelle et domestique, etc. Si le Nightingale démontrait que ces sujets mentaient, on pouvait en faire les vrais destructeurs du communisme.

Durant l'entretien, l'homme à la cagoule lui demanda d'être très prudent dans son évaluation des apparences. Une bagatelle pouvait être un indice utile pour jauger les individus.

Tous les membres de « Butterfly » étaient des gens du monde. On les avait choisis pour leur quotient intellectuel (Q.I.) élevé, leur bon goût, leur vaste culture générale, surtout littéraire, qui était là un trait indispensable. Un B n'avait pas besoin d'être versé dans la politique ni de posséder une culture technique. On n'en comptait que 15 à Cuba en 1974. Dans les pays de l'Est, ils étaient plusieurs centaines.

« Le langage des choses » insistait surtout sur la nécessité pour les B de ne pas convertir le manuel en une routine. Ils devaient réfléchir avant d'attribuer un phéno à quelqu'un. Ce n'est pas pour rien qu'on les payait, et cher.

Un phéno erroné pouvait gâcher tout un travail. Si l'agent n'était pas sûr, il valait mieux qu'il ne dise rien.

De mai 1973 à janvier 1974, B-7 avait réussi à fréquenter assidûment sept individus qui réunissaient les traits exigés par la brochure. De la partie de dominos, il tira la conclusion qu'Hermosilla était un dirigeant-né : ayant vu le jour en 1937, il avait participé modérément, mais précocement, aux luttes contre la dictature; très lucide, d'un grand magnétisme, il ne pouvait occulter son égocentrisme démesuré, à moins qu'il ne fût en présence des pontes du régime, auquel cas il s'empressait de le dissimuler sous un vernis de timidité bon enfant. Il avait une autre spécialité : deviner, pratiquement à coup sûr, ce que voulaient entendre ses chefs.

La décoration de son intérieur était simple, mais de bon goût. Sa femme, licenciée d'histoire de l'art, avait contribué à créer cette ambiance élégante que le mari savait apprécier. B-7 repéra une manifestation très nette des degrés 6, 7 et 8. Durant la première partie, il put caractériser sans l'ombre d'un doute 34 phénos. Sur sept autres, il eut des doutes et attendit de vérifier. Il en confirma trois dans les semaines suivantes.

Quelques jours plus tard, le nom de l'ingénieur chimiste Vicente Hermosilla, Cubain, apparaissait sur les registres de Patrick O'Donnell, parmi les candidats au Nightingale. Si le détecteur révélait ce qu'on devait savoir de lui, Hermosilla serait candidat au traitement à la drogue amazonienne.

Les gens de Butterfly avaient reçu pour instructions de travailler lentement, mais sûrement. Ils ne pouvaient se tromper dans leurs repérages. La moyenne des huit premiers mois de travail avait été de 0,7 localisation mensuelle par agent. O'Donnell calcula qu'à ce rythme, en deux ans, la récolte des 15 membres du groupe produirait non moins de 250 précandidats. Ils seraient le terreau cultivable. Il ne restait plus qu'à décider qui sèmerait, quand et comment.

43

Plus vert, tu meurs...

De tes yeux las, bouffis de sommeil et engourdis par le miroitement d'un soleil vert clair intermittent, tu t'entêtes à fouiller la rive. N'était-ce l'opiniâtreté piquante du moustique, du moucheron, du *pium*, des multiformes épingles aéricoles, des mouches dorées, des papillons ronfleurs, des translucides bourdons, des corpuscules vrombissants, des bestioles qui volent en marche arrière et qui s'immobilisent près de tes yeux, de tes narines, se mêlant à ton haleine, vibrant à tes oreilles, te mordant les lobes, n'était-ce cette humidité qui t'embrase les aisselles et les flancs, tu te serais endormi.

Elle te harcèle aussi, l'humidité. Tu la vois, omniprésente, dans les mousses, dans les duvets polychromes qui jaspent écorces et feuilles ; elle te guette, te surprend quand un nid de chenilles s'effondre en cascades de talc opalin qui t'imprègne d'une odeur de bigoterie, de moisi de vieilles savates, et trois jours plus tard, tes cheveux dégagent encore l'humidité tenace de la forêt vierge.

Les troncs tombés sur la berge, les joncs dont les longues tiges zigzaguent vers le fond, disloquent les plans du chenal. Les raccourcis subaquatiques escamotent les perspectives de la berge, elle aussi irréelle, inexistante ; et puis, de la fange séchée, des coquilles végétales, des lianes funiculaires qui glissent dans l'eau, des eaux qui stagnent dans les feuilles des grandes fougères, des macramés de lianes qui tombent à pic à la surface, qui se prolongent, coupées de leurs propres reflets, en des angles insolites. Et tes yeux hésitent. Tu les frottes. Ils trouvent par moments un asile dans les troncs élancés des palmiers. Tu montes la garde dans l'idée de ne pas te laisser attraper par les mimétismes sonores, par l'être et le non-être de la forêt amazonienne, par les racines semblables à des anguilles, par les callosités blanches qui pendent des arbres comme des régimes de baies séchées, mais adhèrent à tes mains et s'y étirent comme des franges de *mozzarella* chaude et collante ; des toiles d'araignées de filaments végétaux, des pierres de bois mou et spongieux, des champignons kaléidoscopiques qui s'ouvrent en d'imposantes tortues, des fonds striés, des sables nerveux qui, informes, battent des ailes et définissent dans le courant le trapèze d'une raie. Tu t'y perds toi-même. Fuis-toi toi-même. Ne te reconnais plus dans la léthargie et recommence à scruter la rive. Efforce-toi de reconnaître la forme, la couleur de l'arbre que t'a décrit Celestino. Mais comment chercher quelque chose là où chaque pan de la berge est différent et égal à lui-même ? Tu t'avoues d'ores et déjà vaincu. Et tu crains. Voilà deux jours, tu as commencé à entendre des voix en toi-même, au rythme des battements de ton cœur, des voix étouffées comme des palpitations, des voix mêlées, non identifiables, entassées tels les arbres qui plongent leurs racines parasitaires dans plusieurs troncs et, dans l'escalade amazonienne vers le soleil, étirent un panache exténué par l'étreinte hostile des plantes grimpantes, afin de s'ouvrir un trou, rudement, vers le toit de la forêt vierge.

Et Celestino dresse la tête par moments, comme s'il flairait. Il ne parle pas depuis des jours. Il ne fait que scruter la muraille végétale, avec la fixité d'un chien d'arrêt, sans ciller, les yeux mi-clos, fronçant les sourcils, sans cesser de fumer. Depuis 7 heures du matin, tu as le regard braqué sur la berge droite du chenal, tandis que Celestino explore la gauche. Et tu pressens, comme chaque jour, que tu accrocheras de nouveau ton hamac, la nuit venue, avec l'amertume d'avoir passé un jour de plus à de vaines recherches.

Vous voilà à l'embouchure du bras. Vous avez utilisé le moteur jusqu'au point où cela a été possible, et ensuite la pagaie et la perche. Quatre semaines durant, vous avez exploré les affluents et les bras de la rive droite du Rio Negro, et voilà maintenant presque trois semaines que vous redescendez le fleuve, de retour à Manaus, débarquant et entrant à coups de machette dans les endroits les plus clairsemés. Vous avez dépensé quarante-deux bidons d'essence, et il ne vous en reste que deux qui vous attendent, camouflés près de la colonie japonaise, et dont vous avez besoin pour regagner Manaus. Ton congé de deux mois se termine le 5 mars, et le 4, tu dois être de retour à Mexico. Et dans deux jours, le 24 février, tu rentreras bredouille à Manaus. Celestino t'explique que vous mettrez encore deux heures à atteindre l'entrée du prochain bras. Il te recommande de dormir un peu. Il te fait un clin d'œil et te sourit. Il occulte sa mauvaise humeur, il la dissimule. Il sait que tu n'en peux plus, toi aussi. En pénétrant dans le large lit du Rio Negro, la vedette descend le fil du courant plus rapidement. Tu t'allonges au fond de l'embarcation, sous la bâche de serpillière, les pieds appuyés sur un bidon d'essence. Tu te couvres la tête d'une chemise sale. Tu te grattes la barbe de deux semaines, humide, collante. Tu entends Celestino éteindre le moteur. Voguant en aval, il économise du carburant. Avant de t'endormir, tu vois Celestino lever une main en guise de salut. Tu te redresses sur les coudes, tu aperçois une vedette qui remonte le courant et tu salues du bras à ton tour et l'homme te répond, et Celestino commente que c'est le même patron que vous avez déjà vu dans les parages quand vous remontiez, il devait être nouveau dans le coin, Celestino n'avait jamais vu cette vedette avant, elle a un moteur très puissant qui pétarade différemment des autres, et il ne connaît pas l'homme non plus. Des Colombiens descendaient parfois le Rio Negro. Et tu lui dis que le Rio Negro prend sa source en Colombie, qu'il se forme des eaux descendant de la cordillère orientale de ton pays, et que là-bas on l'appelle le Vaupés, que ce nom du Rio Negro, il le prend quand il entre au Brésil, et Celestino ne te répond rien, la géographie de l'Amérique ne l'intéresse pas, il se demande qui peut bien être cet inconnu et ce qu'il fait dans le coin, c'est peut-être un Colombien, tu penses lui crier quelque chose en espagnol, mais le courant l'a déjà trop éloigné, et tu te rallonges au fond de l'embarcation, et tu penses que ce soir tu reposeras enfin sous un toit, à la colonie des Japonais, où Celestino t'a annoncé que vous arriverez dans à peu près trois heures, et tu t'apitoies sur le sort des conquistadores espagnols qui n'avaient pas où aller au XVIe siècle. Tu te demandes si Orellana et les siens, malades de paludisme et de monotonie, rendus fous de tant de vert et de fange, redoutant les flèches des indigènes, conservaient sur eux leurs cottes de maillles et leurs armures. Avec cette chaleur...

Tu te réveilles dans la pénombre. Tu es de nouveau dans un chenal étroit. Le soleil est sur le point de se coucher, et Celestino t'explique que vous êtes à seulement une demi-heure de la colonie japonaise, mais qu'il ne veut pas arriver les mains vides et que, dans ce bras, il connaît un endroit où il y a beaucoup de *tucunarés*, et que c'est une bonne heure pour les harponner parce qu'ils dorment près des berges, et il a arrêté la vedette et il a déjà préparé la pirogue pour continuer la route à la pagaie et il tend la main pour que tu y passes.

La voûte végétale qui couvre le tunnel du chenal saupoudre l'air d'un talc jaune, fuligineux. Le visage de Celestino prend une pâleur ictérique. Il rame d'une seule pagaie, assis à la poupe. Il aspire la fumée de la grosse cigarette, mal roulée, bosselée, qu'il a tachée de sa salive noire en collant le papier. Et, dans cette immobilité, l'air acide s'imprègne de l'odeur de levure, de cadavre, qu'éructent, sous forme de bulles, les verts marécages de la rive. Il te dit qu'il va pleuvoir. Ses yeux s'éclairent soudain. Dans ton dos, dans un méandre stagnant, une douzaine de pélicans, aux jabots rouges, volent fatigués au ras de l'eau avant de se perdre au fond du tunnel. Celestino jette la cigarette, redresse son sombrero de paille, sèche la sueur sur son front très blanc, s'essuie la main sur le devant de sa chemise, éclaboussée de crachats de boue, de croûtes, de baves végétales, et regarde le ciel assombri à travers un des trous que forme la voûte de branches. La pénombre s'accentue. Une risée froide frise l'eau. Au bout de quelques secondes, les arbres commencent à se secouer, à lâcher des tourbillons de feuilles, et le fracas de premiers grondements du tonnerre résonne dans les antres du chenal, en de multiples échos. Celestino s'empresse d'orienter la proue vers un endroit accessible avant que n'éclate l'orage. Quand il heurte la berge, il saute et amarre la pirogue à un tronc. Il dégaine sa machette et se fraye un passage à la recherche d'un abri. Tu le suis. Celestino s'accroupit sous un tronc dont trois hommes ne feraient pas le tour, renversé sur la fourche d'un noyer gigantesque. Des trombes d'eau s'abattent dans les espaces dégagés. La forêt vierge trépide, s'assombrit, fulgure. Plusieurs minutes s'écoulent avant que le déluge ne commence à goutter par terre. Ni toi ni lui n'avez envie de parler. L'endroit s'est rempli d'insectes. Vous agitez tous deux de petites branches pour les chasser. Les gouttes se font de plus en plus grosses. L'eau commence à ruisseler à travers un trou avec toujours plus d'intensité, au point de se transformer en une cascade continue qui crée un torrent sur le sol et se fraie un chemin vers le fleuve, entraînant boue et feuilles mortes. Le bruit de la pluie sur le feuillage redouble. De nouvelles cascades d'eau se forment entre les branches, et quand la pluie cesse enfin sur l'espace dégagé du fleuve, elle continue encore entre les arbres. Au bout d'une demi-heure, Celestino se redresse, se dégourdit les jambes, s'étire, regrette de ne pas avoir apporté un peu de café de la pirogue. Et il te tourne le dos pour uriner. Toi aussi, tu as bien envie de café et tu dis que tu vas le chercher. La pirogue n'est pas à plus de deux cents mètres. En attendant, Celestino part ramasser une brassée de feuilles mortes sèches pour faire du feu. Tandis que tu es en train de verser des cuillerées de café de la boîte dans la passoire, tu entends crier Celestino, une fois, puis une autre, puis siffler, qu'est-ce que ce sera donc ? et tu as soudain peur qu'il ne lui soit arrivé quelque chose, tu penses au jaguar, aux serpents, et tu rames comme un forcené pour revenir au plus vite, et tu sautes, le revolver dans la main gauche et la machette dans la main droite, et tu te mets à courir et tu entends un nouveau cri de Celestino, puis, aussitôt, un éclat de rire, et tu l'entends t'appeler, *seu Leonardo ! seu Leonardo !* et au bout de quelques mètres tu l'as perdu, tu ne sais plus d'où il t'appelle, tu tournes en rond jusqu'à ce que tu le voies enfin, te souriant, à cinq mètres de là, il a ôté son chapeau, et il te regarde et tu sais, tu comprends que ce que tu avais perdu l'espoir de voir arriver vient d'arriver.

– *Encontrou ?* lui dis-tu.

Et il acquiesce en souriant, te montrant un arbre et un autre, et vous en comptez plus d'une douzaine, aux troncs de la grosseur d'un palmier, à l'écorce rugueuse, de couleur ocre, aux feuilles épaisses, aux veines rougeâtres comme les bégonias, c'est exactement celui-là, et l'épouvantable mauvaise odeur, la puanteur des feuilles, et tu étreins Celestino, et l'attrapes par la taille et le soulèves et le secoues et lui fais tomber son chapeau et te mets à compter, 10, 11, 12, et là-bas un autre, et deux de plus là-bas, et au bout d'une demi-heure tu as repéré quarante-sept arbres touffus, pleins de feuilles, le mal que t'avait donné cet enfant de salaud d'arbre, et tu cours de nouveau à la pirogue et repars chercher les sacs dans la vedette, et aussi l'appareil photo et le flash, et tu reviens et te mets à prendre des photos, puis, possédé d'une frénésie irrépressible, tu commences à arracher les feuilles et à les fourrer dans un sac et Celestino en prend un autre et – à combien d'heures sommes-nous de Manaus ? – et Celestino te dit que sans se presser, depuis la colonie des Japonais, ça fait une vingtaine d'heures, et tu envoies chier l'arbre qui t'a fait bourlinguer plus d'un mois et demi, pour apparaître enfin à deux jours de Manaus, quelle déveine ! et tu arraches les feuilles puantes et les fourres dans le sac et penses qu'il ne vous convient pas de passer par la colonie japonaise, que le mieux est de camper à la sortie du chenal, n'importe où il y aurait un peu de brise, et ce n'était plus la peine de pêcher un *tucunaré*, le mieux était de faire cuire un peu de riz, de frire de la viande séchée et de se soûler la gueule pour bien dormir et repartir demain matin très tôt directement pour Manaus, et Celestino, oui, monsieur, fallait fêter ça, il leur restait encore deux bouteilles de *cachaça* sur la vedette, ils allaient se biturer, oui, j'vous dis que ça, enfant de salaud d'arbre, tapette d'arbre ! et vas-y que je t'enfourne encore plus de feuilles et que je te les tasse bien serrées avec le pied pour qu'il en rentre davantage, si bien que vous en remplissez cinq sacs – et avec ces mains puantes vous n'allez pas faire du café, hein ? – et vous retournez à la vedette et vous poursuivez jusqu'à l'embouchure sur le Rio Negro et vous cherchez un bon endroit pour passer la nuit et vous le trouvez à un coude avec une bonne brise et vous gardez les sacs loin de vous pour ne pas sentir la puanteur et vous vous lavez les mains et vous les frottez avec de la terre sablonneuse, puis, avec beaucoup de savon, et, heureusement que vous ne sentez plus la mauvaise odeur et tandis que tu accroches les hamacs, Celestino débouche une bouteille et vous commencez à boire et à préparer le feu de bois et la nourriture, et ni toi ni Celestino n'arrêtez de parler, et Celestino se moque d'un singe qui vous observe en faisant des grimaces, et au milieu des éclats de rire tu lui racontes l'anecdote du Portugais taré de la pension où tu descendais à Belén, qui s'était engueulé avec un voisin, propriétaire d'un singe qui grimpait sur le grillage mitoyen pour se branler avec ostentation en présence de messieurs les Pensionnaires, et le Portugais accusait le voisin d'élever un macaque immoral, et le voisin disait qu'aucun animal n'avait conscience de ça, et le Portugais que si, que c'était un macaque dévergondé, et Celcstino de se tenir les côtes – et refile-moi un autre verre – et il fait déjà nuit et entre la brise et la fumée les moustiques ont quasiment disparu, et aucun des deux ne veut dormir, et tu te mets à parler de ta Colombie, du fleuve Caquetá et des voyages que tu as faits sur son cours avec ton beau-père Carvalho, et on ne pouvait pas mentionner le Professeur devant Celestino parce que la tristesse l'envahissait et il n'arrêtait pas de répéter quelle vie à la con, *porra*, quelqu'un de si bon, et pour remettre un peu d'entrain, tu t'es mis à lui raconter des incidents comiques de ton voyage sur le bateau qui t'a conduit de Belén à Manaus, et Celestino t'écoutait avec la fascination dont sont capables les enfants et les paysans, et tu lui as raconté qu'un pasteur protestant était monté à bord à Santarem, accompagné d'un petit Indien, originaire d'une tribu du Tapajós, qui entrait pour la première fois en contact avec le Brésil civilisé ; et tu t'étais attaché à observer cet enfant qui, chaussé d'espadrilles, portant une chemise et un pantalon de velours bleu, une casquette de joueur de base-ball avec un écusson de Coca-Cola, venait de faire un saut historique de cinq cents siècles comme si de rien n'était, et Celestino qui ne savait pas très bien combien ça faisait cinq cents siècles appuyait ton raisonnement, c'est tout à fait ça, oui, m'sieur, fantastique, et le petit Indien fasciné par sa montre, contrôlant l'heure et le soleil à tout bout de champ ; le missionnaire lui avait appris à compter, c'était tout ce qu'il savait en portugais, il l'amenait étudier dans une école de la mission de Manaus, et le pasteur, environ vingt-cinq ans, brésilien, aux traits indigènes, travaillait six mois pour la mission, et les six autres il les passait sur le Guyana et sur le Tocantins, gagnant sa vie comme chercheur de diamants, quel monde incohérent, quel monde incroyable ! et le pasteur voyageait en première classe, et le petit Indien en troisième ; le capitaine avait toutefois autorisé le garçonnet à prendre ses repas dans la salle à manger des « première », et vous étiez quatre à table, un zoologue de São Paulo, Vicente Rada, le consul colombien à Manaus, dont tu t'étais fait un bon ami, une baronne allemande, et toi ; et l'Indien ne mangeait pas seulement ce qui lui revenait, mais aussi tout ce que laissaient les autres ; mais il arrivait toujours en retard à l'heure du repas, et le consul en avait découvert le motif et t'avait appelé un jour pour que tu voies l'Indien en train de faire la queue devant les cuisines des « troisième » où, à travers un guichet, on faisait passer un plateau dont les passagers avalaient le contenu assis n'importe où sur le pont, et l'Indien avait compris le truc pour manger deux fois, et à peine les garçons passaient-ils en agitant leur clochette pour annoncer le repas que le garçonnet descendait à fond de train pour occuper les premières places de la queue, d'où il ressortait avec un plateau bien plein qu'il dévorait en quelques minutes, et ensuite, remontant les escaliers deux par deux, il entrait dans la salle à manger des premières pour prendre place à côté du pasteur et des autres, et ce sacré Indien répétait le même manège aux cinq repas de la journée, et Celestino n'en pouvait plus de rire, et il s'enfilait dix repas par jour comme si de rien n'était, et le pasteur le savait et le laissait faire, c'était un instinct atavique et invincible des peuplades de chasseurs, accoutumées aux grandes famines et qui, face à une nourriture abondante, engloutissaient tout ce qu'elles pouvaient, mais le plus comique c'était la vitesse avec laquelle le garçon avait sauté les cinq cents siècles, et c'était déjà tout un expert pour faire la queue et manger double ration, et ensuite tu t'es mis à déblatérer contre le capitaine du bateau, un fasciste, un bel enfant de salaud, qui avait dit à un Brésilien, un jeune homme qui était monté à Parintins, qu'il ne le laisserait pas voyager s'il ne se rasait pas la barbe, qu'il ne voulait pas de Fidel Castro à bord, et c'est le consul colombien qui l'avait invité à leur table, je vais vous présenter un vrai sauvage, bonjour, capitaine, veuillez nous faire l'honneur, permettez-moi de vous présenter la baronne von Müffling, le pasteur Méndez, le Pr Lodi, mon compatriote Leonardo Simón, et le consul, ça l'amusait de bavarder avec la baronne qui, selon lui, n'était pas allemande mais russe, et dont le titre lui venait de son défunt époux, quelqu'un de la noblesse balte, et elle avait assisté quand elle était enfant aux fêtes de la cour de Pétersbourg, si bien qu'au bout de tant d'années elle ne savait plus très bien si elle était russe, lettone, allemande ou nord-américaine, parce qu'elle vivait à New York depuis 1940, et monsieur le consul don Vicente Rada, originaire d'une illustre lignée tout ce qu'il y avait de plus pur, avec des armoiries sur la façade de sa maison de Popayán, l'admirait non seulement pour sa noblesse, mais aussi parce que, bien qu'elle eût avoué soixante-deux ans, elle était encore baisable, et le consul n'avait jamais goûté à de la baronne, et avec elle, mieux valait parler anglais, mais elle insistait pour le mélanger avec son espagnol déplorable, et le consul lui disait à son nez les pires grossièretés, et un autre de ses attraits était qu'elle devait être très pute, et la nuit d'avant, le professeur Lodi l'avait vue fourrer un *garimpeiro* dans sa cabine, et le lendemain elle s'était collée à un grand gaillard costaud et aux bras nerveux qu'elle avait fait venir avec elle à la table du pont et présenté comme son ami João, un garçon très timide, et c'est pour ça qu'il lui plaisait, et le consul l'écoutait en intercalant des énormités que João ne comprenait pas non plus, et le professeur Lodi et toi, vous deviez vous retenir pour ne pas éclater de rire, et la baronne détestait les gens trop sûrs d'eux, ces types qui s'infatuent d'eux-mêmes lui paraissaient un *belch*, pouah ! et elle considérait que les *shy people* étaient plus attirants comme *human beings*, et le consul, oui, oui, surtout s'il leur pendouillait un calibre 24 extralong à corniche saillante, *what did you say ?* oui, oui, madame la Baronne avait tout à fait raison, que c'est intéressant, qu'elle continue de lui raconter, une vraie tour de Babel que ce bateau-là ! le matin tu conversais avec un *garimpeiro* analphabète qui allait chercher de l'or sur le Tapajós, ou avec le pasteur, ou avec les deux hippies californiens qui avaient fait la route à pied depuis Los Angeles jusqu'au Panama et étaient entrés en Colombie par Darién, et le hippy mâle, avançant les lèvres très en avant pour arrondir les *u* et ouvrant d'énormes yeux d'un bleu fou, avait découvert 2 700 ans après Héraclite, et tout comme lui sans recourir au moindre appareil, que tout se mouvait dans l'univers, et il divulguait avec enthousiasme sa découverte à quiconque voulait l'écouter, et quand il parvenait à se concentrer, il sentait le mouvement des particules cosmiques, *don't you feel the movement around ?* et la hippy femelle, disant la bonne aventure dans un cabaret de Belem do Pará, avait économisé assez d'argent pour voyager jusqu'à Iquitos, et de là ils poursuivraient en radeau jusqu'à allez savoir où, pour aboutir à Lima et prendre un bateau japonais qui les conduirait à Yokohama, où le hippy mâle pensait s'imprégner un peu plus de bouddhisme zen avant de continuer jusqu'en Inde pour se baigner dans les eaux du Gange, et Celestino ravi de la *cachaça* et de ta loquacité, te comparant au Professeur – mais le Professeur était toujours comme ça, c'était un plaisir d'aller avec lui, il avait toujours un sujet de conversation durant les veillées nocturnes, Celestino avait beaucoup appris avec lui – et il t'avait demandé de lui redire ces vers sur le fleuve que tu avais récités le premier jour, qui étaient ta traduction improvisée des *Sonnets* de José Eustacio Rivera, tout à fait à propos pour ce voyage :

Soy un grávido río y a la luz meridiana
ruedo bajo los ámbitos reflejando el paisaje,
y en el hondo murmullo de mi audaz oleaje,
se oye la voz solemne de la selva lejana,

et la partie qui plaisait le plus à Celestino c'était celle de l'aigle, jolie comme tout, et tu la lui redisais :

Y en las tardes un águila triunfadora y salvaje,
peinando en los vientos su sonoro plumaje,
vuela sobre mis tumbos encendidos en grana,

et vous avez continué comme ça à réciter des vers jusque très tard, et Celestino a la langue qui fourche un peu, mais soudain il fait silence et il ferme à demi les yeux, et toi aussi tu prêtes attention et tu entends très distant le bruit d'une vedette, et Celestino commente qu'au bruit, ça doit être la même que celle que vous avez vue avant d'entrer dans le bras du fleuve, drôlement puissant ce moteur-là, et avant de te coucher tu as envie d'un peu de café, et en t'inclinant pour puiser l'eau dormante, tu vois les étoiles scintiller au fond et tu te souviens d'autres vers du grand

Colombien quand il imagine le fleuve nocturne qui dort sous de placides frondaisons et purifie ses eaux en attendant une étoile qui descendra des cieux voguer sur ses ondes, et l'étoile te rappelle ce poète de Manaus qui avait raconté en vers comment le curé le punissait quand il faisait du chahut à l'école et, une fois les autres partis, le retenait en pénitence dans la cour de l'école où il devait rester debout, immobile, sans pouvoir rentrer chez lui tant qu'il n'avait pas vu dans le ciel l'éclat de la première étoile ; et le poème concluait, sur un ton pathétique : et moi, cher père Machin, je suis toujours en pénitence dans les cours de la vie, attendant l'éclat de ma première étoile, et Celestino cuve déjà sa *cachaça*, ronflant sous sa moustiquaire, et toi, qui as accroché ton hamac sur la berge, tu te relaxes sous la brise et t'endors en pensant que si Gabriela avait vu juste dans ses soupçons et que les trois morts étaient dus à cette plante, tu découvrirais tôt ou tard quel miracle elle opérait.

44

Une visite à Arsenio Fernández

Arsenio Fernández López
Commissions, courtages, gérance

Salamanque, le 22 décembre 1953

Monsieur Don Ramiro de Arnaiz y Pinzón
Consulat d'Espagne à Anvers

Cher monsieur,

Recevez tout d'abord, vous et votre famille, nos meilleurs vœux de joyeux Noël et de Nouvel An prospère.

Vous trouverez ci-joint la copie de votre état de compte à la Banque de Crédit, avec les déductions perçues par nos services durant l'année en cours. Comme vous pourrez le constater, nous avons inclus les dépôts correspondant à Campo Bermejo et à Madrid. Nous espérons votre prochaine visite pour ajuster certains détails en souffrance au sujet de la vente du moulin.

Je saisis l'occasion pour vous informer que nous avons reçu hier la visite de don Ignacio Pinzón Cáceres, un frère de votre grand-père maternel, qui est venu passer les fêtes de Noël en Espagne. Pendant son séjour dans notre pays, il a appris le décès de madame votre mère dans l'accident de l'Équateur et il a ensuite tenté d'entrer en contact avec vous-même ou avec votre frère don Jaime. Il s'est rendu en Estrémadure, où il ne lui reste plus de parents directs, puis à Salamanque. Il est passé par nos bureaux quand il a appris que nous nous occupions de l'administration de vos terres.

D'après ce qu'il nous a laissé comprendre, don Ignacio possède une fortune considérable à Cuba. Il est veuf. Très abattu par le décès récent de son fils unique, il semble être venu en Espagne pour chercher un peu de chaleur familiale parmi vous, ses seuls parents vivants.

Son adresse est la suivante :

Calle del Desengaño, no 21
Trinidad
Las Villas
CUBA

Sans plus, vous réitérant nos meilleurs vœux de Noël et de Bonne Année, nous vous prions de croire en l'assurance de nos sentiments distingués.

Arsenio Fernández López

45

Le Plan USHER

Le président secoua la tête, incrédule.

Le directeur prit la parole. Il admit qu'au début tout ce projet de la plante amazonienne lui avait, à lui aussi, paru délirant ; mais que, depuis la fin 72, compte tenu des résultats encourageants de l'expérimentation en Uruguay, il avait fini par se sentir plus optimiste. Et pourtant, même au milieu de l'année suivante, il avait trouvé que le Plan USHER n'était pas encore assez mûr pour distraire l'attention de monsieur le Président, et il avait attendu le temps suffisant pour pouvoir lui soumettre un projet mieux défini.

Des experts de diverses branches de l'Agence, poursuivit le *boss*, pharmacologues, psychiatres, marxologues, envisageaient maintenant comme une possibilité réelle de viser le communisme mondial à la tête même.

Le président exprima de nouveau son désaccord d'un sourire crispé. Tout ce truc de la *so-called tapajine* lui paraissait absurde. Il voyait mal comment une drogue pourrait convertir des gens comme Brejnev et Castro en collaborateurs de la démocratie. Quelqu'un lui répondit que la cible, ce n'était pas forcément les gros oiseaux, déjà vieux. Il fallait viser les oisillons qui venaient derrière.

Et dans combien de temps ces gentlemen pensaient-ils atteindre des résultats concrets ?

De quels résultats concrets parlait monsieur le Président ?

Eh bien, par exemple, que la Russie cesse d'être communiste.

Si on commençait maintenant, dans vingt ou trente ans peut-être. *Who knows?*

Que les gentlemen ici présents veuillent bien lui pardonner, mais le président avait eu l'impression, durant toute la matinée, de n'avoir écouté qu'un mauvais roman de science-fiction.

Après plusieurs échecs du *boss* et des gens de Fort Meade, ce fut enfin le cubanologue Patrick O'Donnell qui parvint, au bout de la deuxième journée de conversations, à obtenir du président qu'il opinât de la tête en signe d'approbation, à deux reprises.

– Si vous me le permettez, monsieur le Président, avait dit Pat sans demander la parole, il serait bon de rappeler le rôle de la personnalité des leaders dans l'histoire...

Le président, refusant la parole au *boss* qui s'apprêtait à la prendre, encouragea Pat d'un geste :

– Je me permets de vous rappeler qu'un homme comme Lénine, rien qu'en publiant des feuilles de choux, sans télé, sans micros, presque sans télécommunications, au milieu d'un peuple affamé par la Première Guerre mondiale, a été une force décisive, je dirais même *sine qua non*, dans l'instauration du communisme au sein d'une nation de moujiks et d'Asiatiques en pleine féodalité. Et comment expliquez-vous que Castro soit parvenu à entraîner un pays antillais, sensuel et anarchique comme Cuba, vers l'austérité et les privations du communisme, et à se maintenir dix-sept ans au pouvoir, n'arrêtant pas de nous défier, de nous faire des pieds de nez, d'ameuter le sous-continent, *and so on*, s'il n'était pas...

– Un vrai leader, compléta le président, intéressé par les paroles fluides de cet homme dont il n'avait pas encore entendu la voix.

– Je dirai aussi que l'histoire l'a chouchouté ; et en tant que spécialiste, je me permets (et c'était là le troisième *je me permets* qu'introduisait Pat) de vous assurer que si Castro décidait aujourd'hui même de réimplanter le capitalisme dans son pays, il y parviendrait en un ou deux discours.

– *Maybe*, dit le président, pensif.

– N'en doutez pas, monsieur, ajouta Pat. Et notre point de vue est que la tapajine nous donne l'arme du siècle, qui nous rend capables de fabriquer de nouveaux leaders et, sinon de liquider ceux qui sont déjà en place, du moins de ternir leur image.

– Comment vous y prendriez-vous pour ternir l'image de Castro ?

– Il faut reconnaître que dans son cas personnel, c'est très difficile, dit O'Donnell, pensif. Mais nous pouvons pourrir ses structures, convertir certains de ses proches collaborateurs en voleurs, en concussionnaires, et faire en sorte que la population l'apprenne ; nous pouvons faire en sorte que ses militaires de haut rang s'adonnent à la *dolce vita*, deviennent des toxicomanes, voire des trafiquants. N'oubliez pas que nous disposons d'une drogue exceptionnelle. Notre seul problème est de savoir comment l'appliquer, et vous avez pu voir à quel point nous avons progressé. Si cette expérimentation, monsieur le Président, a permis de prouver qu'on pouvait inciter un catholique à mettre des excréments dans un bénitier...

– Une expérimentation de fort mauvais goût, soit dit en passant, commenta Nixon, le Quaker.

– ...comment douter, poursuivit Pat, ignorant la réaction de mauvaise humeur présidentielle, que nous ne puissions convertir un militaire cubain, dont la disposition à mourir ne provient pas de ses convictions, mais de ses... hormones...

– Ça veut dire les roubignolles ? demanda le président.

L'éclat de rire fut général.

Le boss conserva son sérieux.

– Ça devient intéressant, sourit le président. Monsieur... euh...

– O'Donnell.

– ...me paraît plus persuasif que vous tous, ajouta Nixon, désireux de toute évidence de faire rager certains des gros bonnets présents dans la pièce.

Nouveaux rires et commentaires.

– Et comment allons-nous déstabiliser les dirigeants de l'URSS ?

– En URSS, pas besoin de déstabiliser qui que ce soit, répliqua O'Donnell. Vous n'ignorez pas que le discrédit est total dans les sphères intermédiaires du pouvoir et que les haines interethniques sont tenaces. Là-bas, notre plan est d'exciter les nationalismes contre le pouvoir central et de promouvoir de nouveaux leaders, des paladins de la pureté. Mais c'est là une tâche qui demandera une bonne dizaine d'années, et il faut commencer maintenant, monsieur le Président. Si seulement Brejnev vivait encore assez longtemps pour contribuer à accélérer la putréfaction du pays et pour nous laisser le temps de préparer le terrain parmi les plus jeunes du Parti. Notre idée est de trouver un communiste convaincu, un véritable communiste scientifique, pas hormonal, qui veuille sincèrement transformer le communisme, le purifier, rectifier son cheminement. Si cet homme apparaît, la population le suivra, et le reste, ce sont les faiblesses mêmes du système qui s'en chargeront.

– O.K., monsieur O'Donnell, *thank you*, l'interrompit le président.

Et après avoir dodeliné de la tête comme s'il voulait chasser une mauvaise idée, il déclara :

– Je continue de croire que tout ceci est de la science-fiction, mais je reconnais que M. O'Donnell, en tout cas, est plus éloquent et convaincant. Passons maintenant aux superagents. De combien de James Bond avons-nous besoin ?

Le mot « superagent » que les professionnels utilisaient avec le plus grand naturel sentait aussi pour lui la *crime fiction.*

Le troisième jour, sa maison de campagne bourrée de conseillers, de rapports, de photos, de films, d'enregistrements, le président finit par manifester de l'intérêt. Et c'est au crépuscule du 25 février qu'on parvint enfin à lui arracher l'approbation du Plan USHER. Il avait fallu trente-quatre heures, outre l'impressionnante documentation apportée de Langley et de Fort Meade. Ce fut une rude bataille. Au point où il en était arrivé, le Plan USHER ne pouvait aller plus loin sans son assentiment.

Nixon se coucha tôt et rentra en avion à la Maison-Blanche à minuit.

Pat O'Donnell et Max Weiner se disposaient à prendre l'avion de liaison pour Washington quand le *boss*, tout sourires et compliments, leur demanda de venir prendre le petit déjeuner avec lui, à 9 heures, dans son bureau.

Mais, dans le bureau, adieu les sourires. Dorénavant, c'est lui qui se chargerait personnellement de la direction d'USHER, que partageaient jusqu'alors Pat et Max.

À compter de ce jour, Pat ne s'occuperait plus que de Cuba. C'était un pays très difficile, qui exigeait un travail tout à fait spécifique, et là, sa compétence était irremplaçable. Quant à Max, il serait plus utile comme conseiller à la section Est.

Sur la route du retour, au volant de sa voiture, Pat chercha à comprendre pour quelle raison exacte on lui retirait son poste de coordonnateur général.

Bah, pas besoin de se creuser la tête. Le truc habituel. Personne ne supportait ses succès. Ça lui arrivait depuis qu'il était gosse. Il était bien fait de sa personne, il savait s'exprimer, il disait des choses intelligentes. Et dans le cas présent, cet *asshole* de boss n'avait pas encaissé les éloges du président. Une fois le Plan USHER entériné, le président devrait voir fréquemment les coordonnateurs généraux. Et c'était bien ça qui déplaisait au boss. Et voilà pourquoi il l'avait exclu avec perte et fracas. Maintenant, Pat devrait se borner à l'informer au sujet de Cuba, et lui, il se chargerait d'en faire part au président.

Le truc de toujours.

La stupidité d'autrui, quand elle s'exerçait contre lui, le déprimait plus qu'elle ne l'irritait. Et, dans ce cas, même pas. Il pensa qu'il avait de bonnes raisons de se réjouir. Se limiter à Cuba diminuerait son travail et son hypertension. Il avait cinquante-six ans. Et puis, après tout, TVM !

TVM, sigle espagnol de *« Todo en esta Vida es Mierda »,* était un précepte que Pat avait appris pendant sa jeunesse dans un bar de La Havane. Malgré son côté vulgaire et scatologique, il l'avait adopté. Il lui trouvait la même mystique consolatrice que les vers de Jorge Manrique.

TVM, donc.

Que tu engendres des idées au profit d'autrui, et alors ?

Que le rôle d'éminence grise soit ingrat, et alors ?

Que, parmi les participants de ce marathon avec

le président, il n'y ait pas eu un seul type honnête, capable de reconnaître dans ses mémos que Max et toi aviez été les pères de cet enfant baptisé maintenant USHER, et alors ?

TVM !

Et il klaxonna sans raison, comme pour fêter son limogeage.

46

Diên Biên Phu

Saigon, le 28 avril 1954

Cher Ramiro,

J'ai été blessé le 15 avril. Le 17, j'ai été envoyé à un hôpital militaire où on m'a retiré une balle de la base du cou, à côté de l'omoplate. Je vais mieux, mais je ne peux pas encore me redresser pour écrire. Je dicte ma lettre à un camarade de Madrid.

Je ne sais pas qui t'a expliqué la guerre en Indochine, mais en tout cas c'est un crétin qui n'y connaît rien. Informe-le que nous sommes battus. Qu'il aille voir les journaux et le dise. Il ne reste que quelques jours de vie à Diên Biên Phu. Je te jure que je ne le comprends pas, pas plus que les Français ni personne.

Explique à ce type que Diên Biên Phu n'est pas une forteresse, mais un camp retranché, un endroit zébré de dizaines de kilomètres de tranchées, de bunkers et de fortins souterrains, qui protégeait dix-sept bataillons d'infanterie, trois groupes d'artillerie, des unités du génie, des chars, des avions, des transports, et les meilleures unités du corps expéditionaire français en Indochine, nourris d'anciens combattants de Russie et d'Afrique. Nous avions tout le soutien logistique assuré et l'aide des Américains qui, en plus des armes, nous ont envoyé des conseillers avec leur expérience de Corée. Et nous avions le Plan Navarre, un chef-d'œuvre de stratégie militaire pour encercler et détruire les communistes du Nord.

Diên Biên Phu est un plateau quasiment inaccessible, où nous sommes arrivés en avion. À partir du moment où le camp retranché a été construit, personne ne doutait de la victoire. Ces avortons ne pourraient pas nous attaquer : ils n'ont pas de chars, pas d'aviation, et leur feu d'artillerie est minime. Et pourtant, ils nous ont attaqués et battus. Ils ont fait ce que personne n'avait jamais supposé qu'on puisse faire : ils nous ont encerclés par un autre camp retranché et ont construit à la pelle et à la pioche des centaines de kilomètres de tunnels et de tranchées. Nous ne sommes pas parvenus à les freiner, même sous un déluge de napalm. Ils ont ouvert des chemins au milieu des forêts et des montagnes, toujours à la pelle et à la pioche. Ils se sont mobilisés sur tout le territoire comme une grande fourmilière. Leurs arrières étaient à 500 ou 700 km de là. Ils se déplaçaient en convois de camions et de bicyclettes, ou à bord de sampans et de radeaux sur les fleuves, ou sur des chevaux bâtés... C'est incroyable, mais c'est de là-bas qu'est arrivée cette maudite pègre ! Et ce n'est pas surprenant. Clausewitz avait déjà remarqué que là où la vie ne vaut rien, les soldats sont courageux. C'étaient des dizaines de milliers de porteurs, surtout des femmes, avec des paquets sur le dos. Je les ai vus traverser les gorges des montagnes, passer des fleuves à gué, marcher jour et nuit sous la mitraille des avions et les bombes à retardement. Tout le pays s'est mobilisé pour apporter des approvisionnements, des victuailles, des médicaments à ceux qui nous attaquaient à Diên Biên Phu. C'étaient des démons infrahumains, des taupes mal nourries, des cafards insen-

sibles à la faim et aux bombes, des habitants de tunnels et de tranchées. Ils adorent un certain Hô Chi Minh et lui obéissent aveuglément.

Tous ces jours-ci, j'ai maudit les Américains pour leur stupidité de 45. Pourquoi, au lieu de lancer leurs bombes sur Hiroshima et Nagasaki, ne les ont-ils pas larguées sur Moscou et Saint-Pétersbourg ? Les Japonais étaient déjà vaincus. Si les Russes avaient été liquidés, nous n'aurions pas maintenant à combattre toute l'ordure qu'ils alimentent.

Mais les lamentations ne servent à rien.

Je t'avoue ne pas savoir quoi faire. Je ne crois pas pouvoir vivre sans combattre, mais je sais que je ne le ferai jamais plus comme ça.

Et, à propos, les nouvelles de l'oncle Pinzón m'intéressent. Tâche de vérifier tout ce que tu peux sur lui.

Une fois sorti de l'hôpital, je pense aller vous voir à Bruxelles et réfléchir sur mon avenir, même si, pour le moment, le mieux serait une bonne balle dans la tête. Mais, rassure-toi, je ne le ferai pas.

À bientôt, Jaime

47

La Saint-Patrick

C'est le 1er mars qu'O'Donnell lut le rapport, accompagné de la version portugaise, de ce qu'avaient enregistré les micros installés dans le domaine de Carvalho. Gabriela et sa sœur étaient à Manaus. Le beau-frère et le patron de vedette étaient arrivés le 24 février. Leonardo n'avait pas dissimulé à quel point il était enthousiasmé et souhaitait commencer à étudier la feuille au plus tôt. Il l'emporterait à Mexico pour entreprendre les analyses. La première chose à faire était de préparer la décoction pour vérifier si ce que Da Silva avait vu était vrai. Ils étaient tous très contents. Celestino avait décrit l'endroit où ils avaient découvert la feuille.

O'Donnell consulta son quadrillage de l'Amazonie et demanda aux archives une photocopie de la zone 2Br-Amz-N-34. Quand il l'eut en main, il signala le point décrit. Il demanda de réduire la carte aux dimensions de 28 × 23 cm. Puis il prit place devant le codificateur pour dicter deux cryptos :

March 1st, 1974
FROM : HQ/DO/Lenn.TT
TO : CAD
SUBJECT : TPZ

Veuillez mettre à exécution les QL de TPZ-2031/2/3/4. Les quatre QL doivent être du type NE-D. Pour effectuer la D, nous vous suggérons le vaste espace attenant au domaine où vivent TPZ-2031 et 2032. Il faut aussi éliminer tout reste de la matière végétale introduite par 2033 et 2034.

SUBJECT : AmPi :

Au sujet du poste de référence, nous sommes très étonnés de n'avoir plus reçu de nouvelles de la QL que vous avez vous-mêmes proposée le 29 juillet.

March 1st, 1974
FROM : HQ/DO/Lenn.TT
TO : TW
SUBJECT : TT

Autorisons affrètement par GS d'un hydravion vers la zone décrite sur la carte ci-jointe où doit apparaître un bosquet de plus de 40 TT. Recueillez échantillons et obtenez photos.

Pat écouta l'enregistrement quelques secondes. Il détestait dicter une QL, mais il détestait encore plus écouter sa voix en train de l'ordonner, même contre des ennemis dangereux et coupables au plus haut point. Et dans le cas de ces quatre malheureux, qui intervenaient sans le savoir dans une affaire top secret, ça le déprimait. Mais il n'avait pas le choix. Il se couvrirait de ridicule s'il consultait le boss.

Il secoua la tête et mit en marche le mécanisme de cryptage. Quand le voyant vert s'alluma, il retira les deux minicassettes et écrivit à la main les codes devant permettre à leurs destinataires de décoder sa voix.

Le 16 mars, O'Donnell travailla très tard et resta dormir à Langley. Le lendemain matin, à 9 heures, quand il se disposait à rentrer à Washington pour aller avec sa femme à la messe de 11 heures, on lui remit une enveloppe scellée du CAD, portant le cachet TS. Elle contenait une autre enveloppe et une cassette. Il vérifia le code, la plaça dans son décodeur et écouta :

March 15th, 1974
FROM : CAD
TO : HQ/DO/Lenn
SUBJECT : QLS in TPZ

Les quatre QL/NE-D demandées ont été effectuées sans contretemps et avec S/SP. La D demandée a été effectuée à dix minutes de l'endroit, comme le montre la photo ci-jointe. En ville, le bruit court qu'ils sont repartis en voyage sur le fleuve. La maison a été fermée et nous nous sommes assurés d'éliminer toute trace de violence.

SUBJECT : AmPi

Nous sommes très étonnés de votre réclamation du 1er mars, car, en date du 16 septembre de l'an dernier, nous vous avons envoyé un crypto pour vous informer de l'exécution de la QL demandée. À titre de complément d'information, nous vous joignons une photo...

Bien sûr qu'ils l'en avaient informé ! *Shit !* Sénile à cinquante-six ans ! Le pilote bavard était mort dans des bains à Bangkok, en pleine séance de massage thaïlandais.

Il déchira l'enveloppe. C'était bien le cadavre.

Quelle pâleur ! Les autres photos étaient épouvantables. Les deux filles de Carvalho, le beau-frère et le patron de la vedette... Ils portaient tous à la poitrine des blessures causées par des balles de gros calibre. Ces photos étaient le cadeau le plus sinistre qu'il ait jamais reçu pour sa fête.

Par tradition familiale, O'Donnell communiait à la Saint-Patrick. Depuis l'âge de raison, il n'y avait manqué qu'une seule fois : dans le Pacifique, quand, blessé, il s'était retrouvé dans un hôpital de campagne improvisé où il n'y avait pas de prêtre catholique.

Selon le rapport, le commando avait utilisé des silencieux spéciaux. La photo montrait la fosse de la sépulture, dans la forêt vierge. Le visage de Gabriela était d'une sérénité impressionnante. Elle semblait vivante. Elle avait les yeux ouverts et les sourcils légèrement arqués, comme si elle demandait pourquoi. Et son regard était triste. Un bandeau blanc, en guise de diadème, remontait ses cheveux très noirs qui retombaient ensuite sur ses épaules. On aurait dit que l'assassin l'avait arrangée pour la photo. La cinquième montrait les quatre cadavres dans la fosse. Ils étaient couchés en croix les uns sur les autres, de façon qu'on puisse voir leurs visages. Gabriela était au-dessus, le regardant de ses yeux ouverts. Et elle continua de le regarder interminablement, depuis les rues de Washington, dans le rétroviseur, depuis les feux verts et depuis la chaire dans la pénombre de la cathédrale.

Sainte Marie mère de Dieu, priez pour nous, pauvres pécheurs... Soudain, ce passage de la prière que lui avait apprise sa mère quand il avait cinq ans prenait tout son sens : *Priez pour nous, pauvres pécheurs, maintenant et à l'heure de notre mort.*

À la guerre, Pat avait tué. Il regrettait de devoir le

faire. Il regrettait surtout de faire tuer. En général, il ne vérifiait pas l'exécution des QL, mais, avec les Carvalho, il avait été forcé de le faire pour conserver les preuves documentaires qu'exigeait le *boss*. Il avait bien précisé qu'il n'admettrait pas une seule erreur. Et tout témoin vivant en était une.

Pat se demanda s'il devait s'en confesser comme d'un péché. Sa sensibilité chrétienne le lui imposait, mais l'archevêque Fennelly loua ce jour-là dans son sermon « l'œuvre pieuse et héroïque des croisés modernes au Viêt-nam ».

Oui. Pourquoi pas, après tout ? Au Moyen Âge et à toutes les époques, notre Sainte Mère l'Église n'avait-elle pas sanctifié les défenseurs de la foi ? Ne bénissait-on pas les armes et ne disait-on pas des messes en plein air assorties d'indulgences plénières pour les armées qui luttaient contre l'Antéchrist de service ? Et l'Antéchrist du XXe siècle, c'était bel et bien le communisme !

Non, il n'avait pas là de quoi se repentir. Ce n'était pas un péché, même si cela le mortifiait beaucoup. C'était juste l'horreur naturelle que ressent tout bon chrétien face à la violence. Non, il ne se confesserait pas. Et, bien entendu, il ne laisserait pas passer la Saint-Patrick sans communier.

Et pourtant, il ne communia pas. Ce 17 mars, la propreté excessive de sa conscience l'empêcha de recevoir le corps et le sang du Christ.

48

L'arrivée

Alfonso Torres Cisneros et Aurore Deschamps étaient arrivés à l'aéroport de Rancho Boyeros le 20 mars 1975 à bord d'un avion d'Iberia. Un fonctionnaire de l'Académie des sciences accueillit Cisneros et offrit de le conduire en voiture à l'hôtel Habana Libre où il lui avait réservé une chambre. Mais quelqu'un attendait également le Dr Deschamps pour la conduire à l'hôtel Nacional où le ministère de la Santé publique, de son côté, lui avait réservé une chambre. C'était un fonctionnaire de l'Institut d'endocrinologie.

Aucun des deux fonctionnaires ne savait que son hôte respectif était venu accompagné. Cette situation, un peu embarrassante, fut pourtant réglée dans la bonne humeur. Alfonso Torres Cisneros suggéra de tirer à pile ou face pour que le hasard décide dans quelle voiture ils monteraient. Le Dr Deschamps proposa en revanche que son époux et elle fassent le trajet chacun de son côté et se retrouvent en ville. Elle ne voulait vexer aucun des deux aimables messieurs qui avaient pris la peine de venir les attendre. Malgré ce geste de courtoisie, elle n'était pas affable. Son ton était celui des personnes accoutumées à commander.

L'endocrinologue se réjouit de voyager seul avec

elle. Il la connaissait déjà. Il s'était toujours senti attiré par cette femme. Durant le trajet jusqu'au Vedado, ils conversèrent de l'incidence du diabète à Cuba.

À 6 heures de l'après-midi, Aurore Deschamps et Alfonso Torres Cisneros s'inscrivirent à l'hôtel Nacional. Torres Cisneros avait insisté pour choisir l'hôtel à pile ou face.

Il déclara qu'après le mal qu'on avait en Europe à réserver un logement, il se sentait choyé par la fortune de pouvoir choisir un hôtel au hasard dans une belle cité tropicale !

C'était un homme de grande taille. Son visage traduisait beaucoup de vigueur et ses manières étaient énergiques, mais distinguées. Il parlait espagnol avec un accent latino-américain difficile à préciser. Il donnait l'apparence d'avoir un peu plus de la cinquantaine.

Elle pouvait avoir autour de trente-cinq ans. Elle était française, mais parlait très bien espagnol. Elle prononçait les *z* à l'espagnole, comme beaucoup de Français. Une grosse tresse de cheveux châtains, partant du haut du crâne, lui tombait jusqu'au creux des reins. Elle portait une tunique beige, à la manière d'un peplum, retenue à la taille par une ceinture foncée.

Elle était chaussée de sandales marron. Elle ne portait pas de bagues ni de parures au cou. Il n'y avait rien en elle qui attirât l'attention, mais on ne pouvait pas ne pas la regarder, comme tout le monde le fit quand elle entra dans le hall du Nacional. De face, la très dure beauté de son visage impressionnait : des lèvres serrées, des yeux impatients, un menton altier. De dos, c'était la taille et les mollets arrondis qui se remarquaient. « Un animal de race ! » commenta un liftier. « Bonne monture », confirma un valet de chambre. Ce qui impressionnait le plus, c'était l'extrême lenteur de ses déplacements. Le pas lui naissait des hanches. Quand elle fléchissait les genoux, on devinait ses cuisses bombées. Elle foulait le sol avec des tâtonnements félins, déclenchant dans les chevilles un jeu de tendons qui montaient, flexueux, et se perdaient sous le roulis de la jupe ; et une fois de plus, les yeux des badauds s'accrochaient à la taille, aux hanches où éclatait le nouveau pas, morbide, électrique, cadencé en haut par un léger étirement du cou et le heurt de la tresse dans le dos.

L'endocrinologue ressentit une fois de plus le choc, en la laissant devant l'ascenseur. Quand ils sortirent de l'hôtel, le fonctionnaire de l'Académie des sciences commenta que c'était une femme intéressante. « Oui, très intéressante. » Et chacun savait à sa manière quelle sorte d'intérêt éveillait cette femme.

À 6 h 10, Aurore Deschamps et Alfonso Torres Cisneros prirent possession de la chambre 713 de l'hôtel Nacional.

Le lendemain matin, « Butterfly » confirma l'arrivée à La Havane de ses deux agents B-1 et B-2.

49

Album de famille

Bruxelles, le 17 mai 1954

Cher Jaime,

L'annonce de ton retour a provoqué une commotion dans la famille. Dès que tu nous câbleras la date de ton arrivée, nous irons tous t'attendre à Paris. La plus enthousiaste est Jimena. Je dois te dire que, depuis environ deux ans, elle éprouve pour toi une véritable adoration. Tout a commencé le jour où je racontais à Carla des anecdotes à ton sujet. Depuis ce jour, elle m'a assailli de questions sur ta vie et tes aventures au Maroc et pendant la guerre d'Espagne. Ensuite, pour suivre tes pas – il me semble –, elle a lu tous les livres sur la guerre européenne qui lui sont tombés sous la main. Bien entendu, en plus de l'allemand, elle parle déjà parfaitement français, et a constitué un dossier sur la guerre d'Indochine, avec des cartes et des coupures de presse. Je ne t'avais pas parlé de tout ça, entre autres parce que ça me semble une nouvelle bizarrerie de sa part. Dernièrement, j'ai consulté un psychiatre, parce que je reste préoccupé par son attrait constant pour le danger. Le docteur dit qu'il n'y a pas de solution, que le mieux est de la laisser en paix, de ne pas montrer qu'on s'inquiète trop de ses histoires et d'attendre qu'elle se marie et qu'elle ait des enfants, et il prévoit que quand ça arrivera, il se peut que l'instinct maternel contribue à l'équilibrer. Tu parles ! Elle n'a que douze ans, et d'ici à ce qu'elle se marie, elle a le temps de m'en faire voir des vertes et des pas mûres ! Et puis, elle semble avoir très peu d'intérêt pour les gens de son âge. Elle ne va à aucune fête, elle dit que ça l'ennuie, que tous les garçons sont des imbéciles, et jusqu'à présent tu es la seule personne du sexe opposé pour laquelle elle ait éprouvé quelque intérêt. En plus, elle a fait main basse sur toutes tes photos, et elle a collé au mur, à la tête de son lit, une de celles que tu nous as envoyées d'Algérie voilà quelques années, sur laquelle tu apparais avec la barbe, dans l'uniforme de la Légion, et elle dit que dès ton arrrivée elle va t'amener sur les plages d'Ostende pour que tu lui montres toutes tes cicatrices. Je te raconte tout ça d'avance pour que tu saches à quoi t'en tenir.

Je passe à autre chose. Voilà quelques semaines, j'ai écrit à un bon ami à moi, qui travaille à l'ambassade d'Espagne à La Havane, et je lui ai demandé de vérifier discrètement tout ce qu'il pouvait sur les faits et gestes de notre oncle d'Amérique. Il s'avère que le tonton est millionnaire pour de bon, en pesos cubains, qui, comme tu sais, ont la même parité que le dollar. Selon les explications de mon correspondant qui, soit dit en passant, est le type le plus commère que j'aie connu dans le corps diplomatique espagnol, l'oncle Ignacio (dont j'ai souvenir que maman en avait parlé) possède une exploitation de 200 caballerías *et quelque. Et sais-tu ce que représente une* caballería *? Un peu plus de 13 ha ! Ça équivaut par conséquent à 2 600 ha, en plantations de canne à sucre, et il existe en plus, sur ce même domaine – selon ce que dit textuellement mon informateur –, « une résidence luxueuse, quatre résidences* *pour les chefs de plantation, quatre autres pour les contremaîtres, quatre autres pour les gardes assermentés (?), deux d'employés de bureau, dix* bateyes *(je n'ai pas encore pu préciser de quoi il s'agit), trois magasins et des logements rustiques pour soixante ouvriers, qui vivent aussi sur place ». Tous ces biens sont évalués à trois millions de pesos, et ses bénéfices nets ne descendent pas en dessous d'un demi-million de pesos par an. Il possède par ailleurs un manoir à Trinidad, une maison d'export à Cienfuegos et plusieurs immeubles à La Havane.*

Est-ce que tu ne commences pas à ressentir de l'affection pour tonton ? Mon agent a également vérifié qu'il a soixante-dix-sept ans et, à ce qu'il paraît, sa santé a chuté vertigineusement depuis quelque temps. Je ne sais pas pourquoi, mais il me semble qu'après ta visite ici, ça ne serait pas plus mal que tu prolonges ton congé de quelques jours pour une promenade aux Tropiques.

N'oublie pas de nous câbler à temps la date de ton arrivée à Paris.

Une accolade fraternelle.

Ramiro

50

Le chant du *Nightingale* [1]

Le Nightingale, construit fin 1974 à la demande de la National Security Agency, était un micro-magnétophone sélectif de la taille d'une pastille de menthe, qui pouvait accumuler cent heures d'enregistrement.

Le parler de chaque individu a des particularités qui le distinguent des autres. Le nombre de vibrations que produit un *o* prononcé par Jean n'est pas le même que celui que produit son frère Pierre ; l'explosion d'un *p* dit par Jean ne sera jamais égale en intensité à celle de Pierre ; l'ouverture d'une voyelle, la durée d'une consonne, la variation tonale d'une inflexion, la tension de l'articulation, les spécificités musicales et phonétiques d'un individu forment ce qu'on appelle en linguistique un idiolecte, autrement dit un dialecte privé, aussi exclusif à ce parleur que ses empreintes digitales.

Et les traits de cet idiolecte, organisés en code, peuvent sensibiliser certains dispositifs électroniques qui sont en mesure d'activer un magnétophone préparé pour réagir exclusivement à cette combinaison-là. Une fois qu'on a obtenu l'enregistrement de la voix d'un individu, on lui calibre un

1. Rossignol en anglais *(N.d.T.)*.

Nightingale, « son » Nightingale, plus sensible que l'ouïe d'un chien fidèle dans l'art de reconnaître, entre mille, la voix de son maître.

Une légion d'appareils met alors en morceaux la voix d'Untel, la passe par un ordinateur frénétique qui émet une kyrielle de paramètres grâce auxquels on crée un code destiné à Nightingale vierge. Le code consiste en une microcellule audiosensible qui, à la manière d'un réveil, activera un micromagnétophone, mais de façon telle que si la voix d'Untel n'apparaît pas dans le milieu sonore, le dispositif ne marche pas. On évite ainsi de gaspiller le temps précieux dont dispose la miniature électronique à enregistrer les monologues d'une maman énervée par la pénurie de victuailles ou des conversations auxquelles l'objectif ne participe pas.

Mais comment arriver à la chambre d'Untel ou à l'endroit de la maison où il se réunit parfois avec des amis de confiance ? Comment lui implante-t-on son Nightingale ?

Du 20 février au 2 mars, B-1 suivit un entraînement de dix jours aux États-Unis pour apprendre à utiliser les instruments complexes dont il devrait se servir en tant que nouveau chef de « Butterfly ». Il travailla intensément auprès des spécialistes. Les trois derniers jours, il eut plusieurs réunions personnelles avec un rouquin qui pouvait avoir son âge, bien plus grand que lui, qui se présenta comme Lennox. Ce serait son chef. Lennox lui parut quelqu'un de très intelligent et de modeste. Il avait des manières distinguées, il fut aimable et axa ses conversations sur le contenu d'une brochure intitulé le *Langage des choses*.

Pendant la dernière demi-heure, il lui expliqua que tous les instruments qu'il devrait emporter se trouvaient déjà à Paris. C'était du matériel inconnu.

Il les déclarerait comme des appareils de médecine appartenant à la technique de pointe que sa collaboratrice, Mme B-2, allait développer à Cuba à l'invitation du ministère de la Santé publique. Les autorités cubaines elles-mêmes l'aideraient sans aucun doute à les introduire sans contretemps. Le matériel le plus compromettant, comme le tireur de capsules congelées, l'émetteur laser manuel et les centaines de Nightingales, se trouveraient dans deux malles métalliques scellées qui passeraient pour des appareils d'auriculopuncture.

B-1 ne devait pas s'inquiéter si les hôtes de son épouse, qui l'attendraient à l'aéroport, s'offraient à porter les colis. Il devait en revanche veiller à ce qu'ils les manipulent avec soin, parce que, même si les instruments étaient très bien emballés, il s'agissait d'un matériel ultrasensible.

Quant aux *babblers*, il les recevrait *in situ*.

Il lui fit enfin mémoriser les quatre premières actions qu'il devrait accomplir à La Havane : vérifier l'arrivée d'un bateau allemand ; joindre un touriste belge ; assister à un match de base-ball et entrer en contact avec un certain Luis Antonio Larramendi.

Pat O'Donnell fut à son tour très satisfait de B-1. Il respirait la dignité et la capacité à commander. Et la lucidité de ses rares questions avait été à la hauteur de ses antécédents.

Pat regretta de ne pas avoir parlé personnellement avec B-2, bien qu'il connût parfaitement son *curriculum vitae* et qu'il eût écouté et visionné de nombreuses heures d'enregistrements et des films. Il eût été inutile de la faire venir aux États-Unis. Elle n'avait pas besoin d'entraînement. Elle maîtrisait parfaitement le travail qu'elle allait faire. Il ne restait plus qu'à attendre l'action personnelle de B-1, qui commencerait aux premiers trilles du Nightingale.

51

Les frères Pinzón

Durant l'été 1854, pour la première fois depuis la révolution de 48, des barricades font leur apparition en Europe. La population de Madrid libère les prisonniers politiques, envahit les palais, met le feu aux gentilhommières. La révolution trouve un écho immédiat à Barcelone. Saragosse se soulève. Devant le danger, la Couronne négocie avec les généraux bourgeois qui s'allient à elle. Les juntes sont dissoutes, les réunions publiques, interdites, les dirigeants du Club de l'union, arrêtés. Le 28 août, la révolte de la population madrilène est noyée dans le sang. En juillet 1855, quarante mille ouvriers se déclarent en grève générale à Barcelone. Entretemps, un certain Karl Marx, correspondant du *New York Daily Tribune,* écrit fébrilement ses « Chroniques » sur la révolution espagnole. Dès septembre 1854, il avait observé avec enthousiasme comment les ouvriers espagnols recouraient à l'arme de la grève générale pour la première fois dans leur histoire.

D'autres soulèvements éclatent. À Pampelune et à Malaga, par suite de la hausse du prix du pain, les affamés en colère descendent dans les rues. Valence dresse des barricades. À Valladolid, les émeutiers pillent les maisons des riches.

En 1878, Antonio Pinzón s'enfuit de son lopin d'Estrémadure après avoir conduit une émeute contre le propriétaire terrien local. Il a quarante ans. Il laisse derrière lui une femme et trois enfants. Il se réfugie en Andalousie. Il travaille comme journalier pendant quelques années. En 1882, il participe à une occupation violente de terres communales. Et, un beau jour, une terrible nouvelle arrive en Estrémadure : Antonio a été exécuté à Cordoue, aux côtés des meneurs de la révolte. Teresa Cáceres, sa femme, et ses trois fils survivent grâce au phylloxéra, qui était apparu quelques années plus tôt en France, où il n'avait pas laissé une seule vigne sur pied. De 1882 à 1892, l'Espagne monopolisera le commerce mondial du vin, mais, dès 1878, le phylloxéra ayant réussi à franchir les Pyrénées, dans les quinze années suivantes, il entreprit de détruire un par un les vignobles d'Espagne, du Nord au Sud.

C'est grâce aux prix élevés du vin que Teresa Cáceres put nourrir ses enfants, malgré sa très modeste vigne. Ils survécurent. Teresa et ses deux aînés travaillaient de jour, et montaient la garde la nuit pour que les oiseaux ne picorent pas les raisins.

Teresa porta pendant huit années le deuil de son mari. En 86, elle épousa son beau-frère, Federico Pinzón, qui l'avait aimée en silence des années durant et l'avait aidée dans les travaux que ses fils, encore trop jeunes, ne pouvaient assumer.

Le seul fils du second mariage, Ignacio Pinzón, naquit en 1887.

En 93, le phylloxéra arriva enfin en Estrémadure et détruisit l'éphémère prospérité de Teresa. Et c'est aussi cette année-là qu'une lettre terrible parvint d'Andalousie à la poste du village où Federico Pinzón alla la chercher : Antonio Pinzón était vivant. Teresa était bigame; Federico, adultère, et le petit Ignacio n'était pas fils de Dieu.

Antonio n'avait pas été fusillé. On l'avait condamné aux travaux forcés dans l'île de Fernando Poo. L'auteur de la lettre anonyme demandait de ne pas divulguer la nouvelle ni d'en dire la provenance. C'était peut-être un fuyard qui l'avait expédiée. Fedcrico savait lire, mais pas Teresa. Si la nouvelle se répandait dans le village, ils pouvaient s'attendre à l'excommunication et au bannissement.

Federico ne révéla jamais la nouvelle. Il raconta à Teresa que la lettre provenait d'un parent éloigné qui demandait des nouvelles du village.

Et, en 96, quand la famine les menaça de mort, ils décidèrent que les deux plus jeunes, Pedro, qui avait dix-sept ans, et Ignacio, qui en avait neuf, émigreraient en Amérique. Peut-être s'en sortiraient-ils. L'Argentine ouvrait ses portes à tous les émigrants. S'inspirant de la pensée de Juan Bautista Alberdi, la Constitution argentine de 53 avait proclamé que gouverner, c'était peupler, si bien qu'à la fin du siècle un habitant sur quatre était étranger. L'Espagne et l'Italie offraient de grandes facilités d'émigration.

Teresa et Federico leur firent leurs adieux près du cours d'eau qui traversait le village. Chaque enfant emportait pour tout bagage un balluchon contenant des noix, des figues et deux pommes grillées. Ignacio n'oublia jamais les yeux gonflés de Teresa. Ni l'aspect de son père, portrait même de la défaite et de la mort.

Les deux enfants marchèrent en silence tout le jour. La nuit, ils dormirent serrés l'un contre l'autre dans le grenier d'une ferme où on leur donna l'hospitalité. Et, le lendemain, ils prirent le train à Badajoz. Leur bateau appareilla de Vigo. Les Galiciens pleuraient aussi en embrassant les leurs et tournaient les yeux vers le terroir, vers la verte campagne de Galice tandis que le bateau remontait la ria en direction de la mer. Les Pinzón, qui ne comprenaient pas leur langue, s'installèrent à l'écart sur le pont. La seule personne qui s'approcha d'eux un jour fut quelqu'un qui était né à Cuba et qui y rentrait, après s'être rendu en Espagne pour rester au chevet de sa mère agonisante. Et quand le bateau fit escale à La Havane, il leur proposa de rester. Il leur donnerait du travail. Il possédait un moulin à sucre à Matanzas. Il avait besoin de gens honnêtes. À ses côtés, ils deviendraient riches.

Ils restèrent six mois avec lui. Pedro, l'aîné, s'occupa de l'un des magasins de vivres du moulin. Ils travaillèrent d'arrache-pied et firent des économies. Puis ils achetèrent une charrette et se mirent à vendre des vêtements et des ustensiles dans les villages. Ils travaillaient d'un bout à l'autre de la semaine. Le dimanche, ils allaient à la messe du matin et lavaient leurs vêtements dans les cours d'eau l'après-midi. En 1910, quatorze ans après leur arrivée, Pedro et Ignacio Pinzón étaient devenus des colons prospères de la région de Trinidad. Ils avaient défriché de leurs propres mains 536 ha de broussailles. Mais ils ne purent jamais aider les leurs. Ils avaient perdu leurs traces dès 1897. Pedro arriva pourtant un jour de Cienfuegos avec une lettre qu'on lui avait remise au consulat. Le curé du village leur avait enfin répondu. Teresa et Federico, après avoir vendu leur lopin, étaient partis faire fortune ailleurs.

Pedro et Ignacio furent des hommes solitaires. Ils n'avaient qu'eux-mêmes. Il n'y avait personne d'Estrémadure dans la colonie espagnole. Et leur vie transhumante les empêchait de se faire des amis. Pedro fut un père pour Ignacio. S'il achetait du savon, des confiseries, des sandales, c'était toujours pour deux. Un jour qu'on lui prescrivit un sirop pour la toux, il apporta un autre flacon à Ignacio qui se portait comme un charme et, à l'heure indiquée, tous deux avalèrent leurs cuillerées respectives.

Ils parlaient peu. Ils ne surent jamais dire des mots affectueux et ils évitaient les souvenirs tristes. Ils se démontraient de l'affection dans les petits détails de la vie commune. Une fois, un muletier maltraita Ignacio. Pedro l'attendit la nuit et le démolit à coups de bâton.

Tous deux étaient têtus et avaient mauvais caractère.

Une fois, ils se disputèrent à cause d'un élevage de canaris et ne se parlèrent plus pendant un an. Ce fut une stupidité. Ils le savaient, mais aucun ne voulut en démordre. Même s'ils l'avaient voulu, ils n'auraient pas su le faire. Et cette année-là, sans se parler toutefois, ils mangèrent à deux et prièrent ensemble. Puis ils firent la paix. Mais, en 1910, ils se séparèrent pour toujours.

Depuis au moins deux ans, Pedro se rendait tous les mois à Cienfuegos, sous prétexte de démarches au sujet de l'hacienda. Et, un dimanche où il était rentré fatigué et faisait la sieste, Ignacio eut besoin de certains documents pour payer les journaliers. Il supposa que c'était Pedro qui les avait. Il ne voulut pas le réveiller et fouilla dans ses poches. Mais, en plus de ce qu'il cherchait, il découvrit une enveloppe provenant d'Espagne. C'était une lettre qui parlait de Matilde, une fille de Pedro.

Quand Pedro se réveilla, Ignacio lui demanda ce que voulait dire tout ça. Pedro lui raconta que, quand la faim avait déjà commencé à faire des siennes à la maison, il partait avec ses frères aînés, parfois durant des semaines entières. Ils visitaient les villages et les fermes. Ils travaillaient à n'importe quoi pour un plat de nourriture. Quelques semaines avant leur départ, Pedro avait travaillé plusieurs jours dans une région proche de la frontière portugaise, chez une riche veuve, bien plus âgée que lui, qui avait vécu en France, jouait du piano et lisait des livres. La veuve s'était amourachée de lui. Six mois plus tard, alors qu'ils étaient déjà à Cuba en train de travailler dans le magasin du moulin à sucre, il avait reçu une lettre de la veuve, qui avait obtenu son adresse par l'intermédiaire de la famille. Quand elle s'était vue enceinte de trois mois, elle était partie pour la France, d'où elle lui avait offert de l'argent pour qu'il accepte de se marier par procuration. C'est de là, et de nulle part ailleurs, qu'était sorti l'argent avec lequel Pedro avait acheté la charrette et les choses grâce auxquelles ils s'étaient lancés dans le commerce. C'est avec une partie de cet argent, que Pedro avait placé dans une banque, qu'ils avaient acheté ensuite les premiers terrains. Entre-temps, la veuve s'était prise d'une énorme affection pour sa fille, et quand celle-ci avait eu un an, elle était rentrée définitivement en Estrémadure. Il avait aussi obtenu de la veuve qu'elle envoie à Federico, son père, la somme d'argent avec laquelle celui-ci avait abandonné le village, parce qu'ils avaient reçu la nouvelle qu'Antonio Pinzón n'avait pas été fusillé, mais qu'il vivait à Fernando Poo. Peu de temps après, la mère était morte à Barcelone, et Federico et le frère aîné avaient disparu sans laisser de traces. La lettre du curé avait été peaufinée par Pedro pour ne pas attrister Ignacio. Et, voilà deux ans, la veuve avait écrit une autre lettre dans laquelle elle lui disait qu'elle se sentait malade, et lui proposait de rentrer pour prendre la petite fille en charge. Pedro n'avait pas accepté et lui avait suggéré de vendre ses terres et de venir à Cuba avec l'enfant, mais elle avait insisté : Elle se sentait très malade et ne supporterait pas le changement de climat. Pedro avait enfin cédé. Il lui avait écrit voilà deux mois pour lui annoncer qu'il rentrerait en Estrémadure à la fin de l'année. Et il proposait maintenant à Ignacio de tout liquider et de retourner en Espagne. Ça faisait des jours et des jours qu'il voulait le lui dire.

Ignacio se sentit offensé. Il ne pardonna pas à son frère de lui avoir caché son mariage avec la veuve et sa propre condition de fils adultérin. Il ne partirait pas de Cuba. Que Pedro s'en aille où bon lui semble. Ils partageraient ce qui leur appartenait, et que chacun aille de son côté. Pedro fit plusieurs tentatives de réconciliation, mais Ignacio se montra orgueilleux et têtu. Pourtant, en sortant de chez le notaire, il savait bel et bien que son frère n'était coupable de rien. C'est lui qui était un abruti, un orgueilleux. Tout ce qui l'attendait, c'était une terrible solitude. Il n'aurait désormais plus personne. Mais il ne pouvait rien faire. Il était comme ça. Il ne savait pas reconnaître ses torts. Il se souvint du jour où il avait pris congé de ses parents, retenant ses larmes, debout sur la barque qui s'éloignait de la rive. Il se rappela que Pedro lui avait pris la main.

Fin 1910, Pedro rentra en Espagne. Ils ne se revirent plus.

Ignacio se réfugia dans le travail. Il fut brutal avec ses travailleurs, intraitable en affaires. En 1927, sa propriété atteignait déjà 1 200 ha grande productivité. En 1918, il s'était marié avec une Galicienne de Matanzas. Il l'aima beaucoup. En 1930, il eut un fils, Pedrín, mais Francisca mourut pendant l'accouchement. De nouveau la solitude.

Il n'avait pas d'amis. Il n'était pas capable de s'en faire et n'en voulait pas.

Il éduqua son fils avec l'amour d'un solitaire de quarante-trois ans. C'est tout ce qu'il avait. Il fut chaste pour le restant de ses jours. Son seul passe-temps était la lecture. Il s'instruisit sans maîtres. Dès 1940, il était devenu un expert dans les affaires sucrières. Il possédait 3 082 ha, qui lui rapportèrent cette année-là plus de sept cent mille pesos. Il fit des placements immobiliers à La Havane, à Cienfuegos et à Trinidad. À Cienfuegos, il ouvrit une agence d'import-export et installa un bureau extrêmement luxueux pour ses affaires. À part ce luxe-là, qu'il ne considéra jamais de la sorte, mais comme des frais de représentation, les seuls luxes personnels qu'il se permettait étaient les vins espagnols, qu'il buvait modérément aux repas, et surtout les pommes grillées, qu'il se faisait servir à raison d'une par repas. Et, dans son bureau de Cienfuegos, il avait accroché la photo agrandie et légèrement retouchée où on le voyait aux côtés de son frère, sur la place de la Cathédrale, le jour même de leur arrivée. Tous deux portaient leurs blousons noirs et leurs sandales, et ils avaient encore dans les mains le petit balluchon contenant toujours les noix qu'ils n'avaient pas mangées pendant la traversée, parce que la peur de l'inconnu les avait incités à les économiser. Il s'agissait presque d'un daguerréotype, très voilé, et sur le visage du plus petit, un visage circonspect et inquiet, personne n'aurait pu deviner le futur don Ignacio Pinzón, qui traitait ses affaires devant une énorme table d'acajou portant trois téléphones, donnait des ordres tranchants par l'interphone, impeccablement vêtu de sa saharienne et de sa petite cravate, signait des chèques pour des milliers de dollars et foudroyait du regard ses secrétaires bilingues.

Et si la photo était là, c'était pour que son fils la voie, pour qu'elle lui serve d'exemple, pour qu'il n'oublie jamais ses origines.

Pedrín fit sa scolarité primaire chez les maristes de Cienfuegos. Ce fut un enfant poli et studieux, le seul être capable d'arracher des sourires au bilieux don Ignacio, qui lui passait tous ses caprices. Quand il entra au collège de Bethléem, à La Havane, pour préparer son bachot, don Ignacio partait en voiture, le samedi matin, avec son chauffeur, et prenait son fils à midi, à la porte du collège.

Il l'introduisit dans les meilleurs clubs de la capitale. Il fit en sorte qu'il ait très tôt des relations. Et le dimanche, quand don Ignacio rentrait chez lui à Trinidad, le jeune homme disposait d'un chauffeur particulier qui avait pour mission de le surveiller, mais aussi de lui faire faire toutes les promenades qu'il souhaitait. La seule condition que lui avait imposée son père, c'était qu'il décroche de bonnes notes au collège.

En 1948, après avoir passé son bac, Pedrín déclara à son père qu'il ne voulait pas poursuivre ses études, parce qu'il souhaitait rester à ses côtés et être son bras droit en affaires. Ce fut une grande joie. Une récompense à l'amour paternel. Les deux Pinzón, coude à coude, l'un fort de son énergie, l'autre, de son expérience, feraient progresser les affaires, ça c'était sûr. Tout revenait comme au bon vieux temps, lorsque son frère était à ses côtés. C'était même mieux. Il avait désormais auprès de lui quelqu'un qui parlait et entrait en communication avec lui. Il s'arrachait enfin l'épine qui le mortifiait depuis des années, parce que la rupture stupide avec Pedro avait bel et bien été de sa faute : il avait fait preuve d'incompréhension et de rudesse envers son pauvre frère qui s'était donné tant de mal pour lui.

En 1929, dix-neuf ans après leur séparation, surmontant enfin son orgueil et son entêtement, il avait obtenu l'adresse de son frère. Mais il était trop tard.

Il apprit par retour de courrier que Pedro était mort, que sa fille Matilde avait épousé un militaire et vivait à Salamanque. Il tâcha d'oublier sa faute, mais sans y parvenir, jusqu'au jour où il vit son fils, assis à ses côtés dans l'agence de Cienfuegos, dans un bureau attenant, faisant des affaires, parlant anglais, remplissant cet endroit solitaire de la fraîcheur de ses vingt ans. Et, dans ce fils, il voyait ce Pedro qui était son âme sœur, une âme pour laquelle il faisait dire deux messes tous les ans à la cathédrale de Cienfuegos.

En août 1953, Pedrín se tua sur une route du Texas.

Ignacio ne perdit pas tout à fait la raison. Il implora Dieu de lui envoyer la mort au plus vite. Ne mangea quasiment plus rien pendant trois mois. Passa des semaines à délirer. Margarita, sa secrétaire depuis presque vingt ans, s'installa dans la demeure de Trinidad pour le soigner. La nuit, il déambulait dans les couloirs. Il se mit à fumer. Il ne mangeait parfois que quelques morceaux de pommes grillées. Il appelait Pedro, Pedrín, sa mère. « Adieu, adieu ! » disait-il dans ses rêves. Il laissait retomber sa tête sur ses bras et pleurait des heures durant, assis à table.

Début décembre, se sentant un peu mieux, il s'occupa pendant quelques jours de ses affaires à Cienfuegos. Malgré sa faiblesse, il lui suffit de jeter un coup d'œil aux livres pour se rendre compte que ses employés et le gérant à qui il avait délégué la direction de ses affaires le volaient. Tout comme le gérant de l'exploitation, les chefs de plantations, les contremaîtres. Tout le monde le volait. Et Margarita s'était disposée à le soigner en supputant qu'il la coucherait sur son testament.

Il était de nouveau seul. Et il n'avait plus assez

d'énergie pour se défouler, comme avant, dans le travail. Il pensa avec horreur aux fêtes de Noël qui approchaient.

Il eut alors l'idée de se rendre en Espagne et de passer Noël avec Matilde, la fille de Pedro. Ne trouverait-il pas en elle quelque consolation ? Peut-être y avait-il des petits-fils ? Quelqu'un qu'il pourrait...

Il arriva à Madrid le 18 décembre.

Le 20, il était dans son terroir natal. Il ne parla à personne. Ne se fit pas reconnaître. Se rendit au bord de la rivière. Retourna au vignoble. D'autres gens y vivaient. Puis il alla voir l'endroit où Pedro avait passé ses dernières années, dans ce qui avait été la ferme de sa femme. Il apprit qu'il était mort de méningite en 1917, en pleine force de l'âge, parce qu'il avait refusé avec entêtement de voir un médecin. Matildita n'était jamais revenue au village. Bien des années plus tard, à la fin de la Guerre civile, un fils de Matilde, un certain Ramiro de Arnaiz, était venu dans la région pour exploiter le wolfram. Mais depuis, ils avaient vendu la plupart des propriétés, et il ne leur restait plus que le moulin et la maison de la ferme. Et Matilde aussi avait disparu dans un accident d'avion en Amérique.

Inutile ! Tout était inutile !

La solitude l'avait vaincu.

Il se rendit toutefois au moulin et obtint l'adresse des petits-enfants de Pedro, qui vivaient à Salamanque, où ils avaient un représentant. Il y arriva le lendemain en taxi. Il s'informa de la situation de la famille et connut le domaine de Campo Bermejo. Il vit une photo de Matilde. L'homme qui s'occupait des affaires des Arnaiz l'accompagna dans sa visite de la ville et lui expliqua que le frère aîné, un héros de la Guerre civile, continuait de se battre en Indochine et que le plus jeune, marié et père de trois enfants, vivait en Belgique et travaillait au consulat d'Espagne.

Ignacio remercia l'homme de ses égards, lui laissa son adresse de Trinidad, demanda celle de Ramiro en Belgique et rentra à Cuba le 23.

Du 24 décembre au 10 janvier, il fit une retraite spirituelle à La Havane, dans une propriété des jésuites, implorant Dieu à maintes reprises de lui envoyer la mort.

Six mois plus tard, à Trinidad, quand Margarita lui annonça une visite d'Espagne, elle vit une lueur briller dans les yeux de ce vieil homme que plus rien n'intéressait.

Le visiteur s'appelait Jaime de Arnaiz y Pinzón.

Il se disait son petit-neveu.

C'était quelqu'un de très grande taille, au port viril et aux manières distinguées.

52

Les troubles et les transparents

On s'efforçait de repérer des précandidats dans tous les pays communistes. Mais les marxologues discutaient encore de la manière dont on les travaillerait. Ils n'étaient d'accord que sur un point : la drogue devait exalter une forme quelconque de patriotisme, qui adopterait forcément des modalités différentes dans chaque pays. La seule variante définie et approuvée par le conseil de marxologues au 15 février 1975 fut celle qui serait appliquée à Cuba, dans le cadre d'un projet mis au point et défendu par Patrick O'Donnell.

À Cuba, la drogue devait créer le « patriote trouble ». Selon O'Donnell, il s'agissait là d'un état naturel des dirigeants cubains. Ce qui était curieux, c'est qu'il apparaissait, peut-être comme un mécanisme d'autodéfense, parmi ceux qui avaient combattu la dictature de Batista dans les années 50. Ils se disaient communistes, mais ils n'étaient rien d'autre que castristes. Si Castro aimait le communisme, eh bien, qu'à cela ne tienne : ils l'aimeraient eux aussi, mais par réflexe, pas par conviction. Il y en avait des tas, et jusqu'aux plus hauts niveaux. Ainsi, des ministres répétaient des formules, mais sans avoir jamais rien compris au marxisme. La nouveauté de la théorie de Patrick O'Donnell c'était que, d'un fidéliste sincère, mais capable de haine et de mépris envers tout ce qui n'était pas Fidel et, surtout, doté d'une grande ambition personnelle et de beaucoup de confiance en ses propres capacités et son intelligence, on pouvait faire un « patriote trouble », catégorie optimale pour l'utilisation de la drogue à Cuba.

Pour aider la patrie, pour faire le sale boulot que Fidel, un idéaliste pur, n'admettrait jamais qu'on fît, le patriote d'O'Donnell, soumis aux effets de la drogue, commettrait des malversations, trafiquerait, s'arrogerait du pouvoir, monterait des groupes de pression, des mafias, etc. Seul ou en groupe, le patriote se salirait pour Cuba et pour préserver le leader.

Certains seraient induits à rectifier les erreurs commises par des dirigeants au plus haut niveau. Et pour éviter que d'autres ne gaspillent, ils voleraient et garderaient l'argent. Tout ceci, pour la patrie, pour préserver des fonds en vue de meilleures fins. Personne n'aurait de problèmes de conscience. Le patriote se salirait pour que Fidel puisse acheter des médicaments, construire des hôtels et des hôpitaux, développer les programmes scientifiques, les plans agricoles, et tous les caprices qui lui passeraient par la tête. Par cette tête qui était la seule capable de penser à Cuba. Les autres, qu'ils obéissent. Et le patriote soutiendrait Fidel économiquement depuis son anonymat héroïque.

La plupart des dirigeants cubains de cette catégorie étaient convaincus que Fidel était un génie militaire et diplomatique, mais une calamité en matière économique. Il n'avait fait que des conneries. Mais c'était le seul type pur, et n'ayant pas froid aux yeux, à pouvoir gouverner un pays si anarchique. La tâche du patriote serait de le préserver et de lui financer ses lubies. Qu'il continue d'embellir la patrie de son image, qu'il brille dans les conférences de presse et les réunions internationales, qu'il harangue les masses lors des meetings populaires.

Le Plan USHER était parfaitement cohérent. Deux douzaines de patriotes troubles, situés à un haut niveau, suffiraient à présenter au monde, d'une façon incontestable, avec documents et films à l'appui, un Fidel en rien idéaliste, l'anti-héros, le capo maffieux d'une clique dégradée. On lui ôterait d'un seul coup le soutien de la gauche internationale. Et quand les effets de cette révélation auraient, telle une boule de neige, parcouru le monde, Fidel Castro en personne se chargerait dans quinze ou vingt ans de laisser couler tout seuls Cuba et son communisme. Les États-Unis pourraient s'en désintéresser. Une chiquenaude, au plus, et tout s'effondrerait.

Dans les autres pays, c'était en URSS que le projet était le plus avancé. Mais les discussions se poursuivaient sans qu'on aboutisse à un accord. La théorie la plus en vogue était celle de Max Weiner. En URSS, la drogue devait mettre en place un modèle qui pourrait être l'opposé de Cuba. Puisque les hauts dirigeants, et le KGB en premier lieu, étaient corrompus depuis belle lurette – ce que le peuple soviétique n'ignorait pas –, il fallait créer des « communistes purs et transparents », capables de lancer des campagnes contre la corruption et les bandits du Parti. Et si les transparents parvenaient à gagner davantage de pouvoir durant ces deux décennies et à grimper à des positions à partir desquelles ils pourraient convaincre le peuple de suivre des voies démocratiques, le communisme s'effondrerait. Les Russes n'avaient jamais eu de démocratie, et ne savaient pas s'en servir. Ils étaient passés des tsars à Staline. Et, en voulant être transparents, en cherchant à purifier le communisme, ils contribueraient à le renverser.

C'était là le point de vue le plus en vogue, mais il se heurtait à une forte opposition.

Dans les autres pays communistes d'Europe, le travail devait se faire différemment. Là où la corruption en arrivait à son comble, de la Pologne où un Gierek affrétait des avions depuis Varsovie pour que sa femme se fasse coiffer à Paris, ou de la Roumanie, dominée par le népotisme et la rapacité de Ceaucescu, il ne fallait attendre que des résultats conjoncturels. Quand l'URSS commencerait à boiter, ils tomberaient d'eux-mêmes. Et il fallait trouver des variantes en fonction des particularités de l'Allemagne de l'Est, de l'Albanie, de la Bulgarie, de la Tchécoslovaquie, de la Hongrie et de la Yougoslavie.

Quant à l'Asie communiste, ce n'était pas l'affaire de la marxologie. Le sinologue Lin Futang présidait une commission d'orientalistes qui se prononcerait sur la possibilité d'appliquer la tapagine en Chine, en Corée et au Viêt-nam.

53

Un capitaine visionnaire

Dans son délire, il se mit à confondre Jaime et Ramiro, et tous deux avec son fils Pedrín et son frère Pedro, et il parlait à Jimena comme s'il s'agissait de Matilde, la fille de son Pedro, et il parlait tout seul avec sa mère, comme si elle était devant lui, et quand ils s'approchaient de son lit, il leur prenait la main.

Il se sentit entouré d'êtres chers.

Il passa les deux premiers mois de 1955 dans la prostration. Il fit son testament, dans un accès de lucidité, en faveur des frères Arnaiz Pinzón et expira deux semaines plus tard, la main dans leurs mains, *in nomine Patris et Filii et Spiritui Sancti, amen.*

On l'enterra en grande pompe dans le cimetière de Trinidad.

Ramiro et les siens rentrèrent en Belgique.

Jaime resta à Cuba.

Jusqu'en mai 55, il dressa des faucons et des lévriers dans l'exploitation. Il ne sortait quasiment pas. Le soir, il potassait la gestion et l'économie sucrières. Il donna des instructions pour que tout continue comme avant au bureau de Cienfuegos, et, dans l'exploitation, il laissa le gérant et ses gens poursuivre leur travail comme si de rien n'était. En juin, il entreprit de longues chevauchées de chasse dans les montagnes de l'Escambray. À la fin de la campagne sucrière, il embaucha deux contrôleurs des comptes de Santa Clara, ordonna un audit en règle au bureau de Cienfuegos et un autre dans l'exploitation. Il s'avéra qu'on lui avait volé plus de cent mille pesos. Il mit le gérant et son adjoint de Cienfuegos à la porte, et fit de même avec l'administrateur, les employés de bureau, les contremaîtres et les chefs de plantations de l'exploitation. Leur assurant des salaires très élevés, il fit venir du personnel des provinces de l'Est et de Matanzas. Il choisit lui-même des contremaîtres compétents. Deux d'entre eux avaient été des gendarmes ruraux. La première chose qu'il fit fut de leur prouver qu'il était meilleur cavalier et meilleur tireur qu'eux. À vingt pas, il brisa le cul d'une bouteille de lait couchée en lui mettant une balle par le col. Personne d'autre ne put le faire. Il feignit d'être saoul dans un bordel de Trinidad, éteignit cinq ampoules de couleur de cinq balles et, avec la sixième, qui était à blanc, défia un bravache du coin à la roulette russe. Le type releva le défi, et tous deux, après s'être tiré chacun une balle dans la tempe, burent ensemble et devinrent amis. Il flanqua une rouste monumentale à un lieutenant de la police qui lui avait dit : « Magne-toi, Galicien. » Il fut clair dans tout Trinidad qu'il était le Capitaine, ou don Jaime de Arnaiz, un mec à la redresse qui avait des roustons à revendre, et que personne ne pouvait le tutoyer ni lui dire : « Magne-toi, Galicien. »

Il paya avec largesse les dégâts, et le colonel de la police comprit le lendemain que son subordonné, le lieutenant, n'avait pas volé sa raclée. Il devint également l'ami du colonel. Avec son *curriculum* guerrier, il pouvait humilier n'importe quel colonel cubain de l'époque ; à preuve, ses blessures, ses photos, ses anecdotes et sa dextérité aux armes. Il se distinguait en plus dans le dressage de chevaux et à la chasse. Et puis, sa capacité à boire, sa force physique, sa virilité débridée, confirmée non sans alarme par les récits que répandirent les prostituées du coin, avec lesquelles il s'enfermait toujours par groupes de deux ou trois, forcèrent l'admiration des tueurs comme des policiers. Il était incroyable qu'un homme de seulement trente-sept ans ait combattu dans quatre guerres. Il connaissait de plus tous les trucs que pouvait connaître quelqu'un qui avait été légionnaire pendant dix ans, puis combattant du corps expéditionnaire français en Indochine. Et il faisait parfois des choses dingues. Un jour, il entreprit d'apprendre à couper la canne à sucre et, au bout d'une semaine, il le faisait avec autant d'habileté que n'importe quel ouvrier agricole, jeune et entraîné. Parfois, quand il avait beaucoup bu et qu'il rentrait au milieu de la matinée, le sang en ébullition à cause de l'alcool, il descendait de cheval, attrapait une machette, et s'en prenait aux cannaies avec une telle furie que même les coupeurs les plus experts ne parvenaient pas à le suivre. Au bout d'une ou deux heures, quand il avait lâché quelques litres de sueur, il se mettait dans la baignoire avec une barre de glace. Et au bout de deux heures de sommeil, il se levait pour se raser et prendre le déjeuner. Ce qui augmentait l'admiration et la crainte qu'il inspirait.

D'autres fois, il passait des journées entières à chevaucher dans l'Escambray. En peu de temps, il apprit à connaître la flore et les mœurs de la faune. Après avoir forcé l'admiration de la société conservatrice de Trinidad et jeté les bases de sa virilité parmi la paysannerie, il s'assura que la gestion draconienne imposée dans ses exploitations fonctionnât sans heurts. Dès qu'il fut sûr qu'aucun employé n'oserait lui jouer un mauvais tour financier, il commença à disparaître peu à peu de la circulation. Cette ambiance villageoise l'ennuyait.

L'échec de l'Indochine continuait de le mortifier de manière obsessionnelle. Il se mit à lire et à beaucoup réfléchir sur tout ce qu'il avait vécu durant ses années de guerre. Il prit des notes, écrivit. Il se procura des livres. Son frère avait reçu des instructions de lui adresser la moindre publication intéressante qui paraîtrait en Europe sur des questions d'actualité politique. Début 57, il était parvenu à la conclusion que lui-même, son père et son grand-père s'étaient engagés dans une lutte vaine. Ils avaient passé leur vie à éteindre des incendies. Ce n'était pas ça qu'il fallait faire. Il fallait au contraire empêcher les étincelles de prendre. Il finit par admettre que les gueux du monde risquaient de gagner la bataille à la longue si on ne les combattait pas autrement. L'erreur était de continuer d'attendre la formation des grands incendies. Il maudit la stupidité de 45. Pourquoi Washington n'avait-il pas largué les bombes du Japon sur la Russie ? Démocrates à la con !

Mais c'était de toute façon à eux qu'il fallait s'allier. Il n'existait plus aucune puissance capable de diriger la lutte contre la pègre mondiale. Au moins, ils avaient fini par apprendre quelque chose ces derniers temps. En 53, ils avaient liquidé Mossadegh ; en 54, Arbenz ; ils avaient fait du bon boulot en Hongrie et en Tchécoslovaquie. Il fallait porter la lutte à la racine, en éteignant les étincelles, en éliminant les hommes dangereux. Il était convaincu que, sans Lénine, il n'y aurait pas eu de révolution en Russie ; que sans Hô Chi Minh, l'Indochine ne se serait pas battue comme elle l'avait fait. Comment les Français ne s'en étaient-ils pas rendu compte bien des années avant ? Pourquoi l'avaient-ils laissé en vie ? Et, à Cuba même, le Fidel Castro en question, pourquoi donc l'avait-on relaxé ? Ce crétin de Batista, tout sergent qu'il était, pensait-il donc convaincre qui que ce soit qu'il était un démocrate ? Fidel Castro était aussi une étincelle, et il fallait l'éteindre.

Prophylaxie et guerre préventive. Voilà ce dont le monde avait besoin.

Au milieu de l'année 1957, Jaime de Arnaiz s'était lié d'amitié avec un colonel du gouvernement Batista, propriétaire d'un *latifundio* à proximité de Cienfuegos. Grand amateur de chasse, le haut gradé avait été ébloui par la fauconnerie dont Arnaiz lui avait démontré tout l'art au cours de chasses dans l'Escambray. Admirable, vraiment, ce que cet homme pouvait obtenir de ses faucons ! Il l'impressionna en plus par sa force physique, par ses connaissances militaires, théoriques et pratiques, et par ses authentiques décorations, gagnées sur de vrais champs de bataille. Il lui montra des photos prises en Russie, en Allemagne, en Indochine, des photos où il arborait la Croix de Fer ou l'uniforme de la Légion étrangère, où il tenait par les cheveux les têtes de deux Marocains alors qu'il n'avait que seize ans. Tout à fait admiratif et désireux de se lier encore plus d'amitié avec ce vrai soldat, le colonel finit par lui demander conseil. Il lui parla de la grande préoccupation que les guérillas organisées par Fidel Castro dans la Sierra Maestra avait déclenchée au sein de l'état-major de Batista. En juillet, il l'invita à survoler le théâtre des opérations dans un avion militaire. Arnaiz déclara aussitôt que la lutte contre la guérilla, telle qu'elle était envisagée, ne servait à rien. Ils ne délogeraient jamais Castro des montagnes avec une armée de soldats inexpérimentés et timorés. Tout ce qu'ils obtiendraient, c'était d'apeurer la paysannerie, de se discréditer encore plus et de contribuer à grossir les rangs de la guérilla.

La semaine suivante, Jaime de Arnaiz mit au point un plan à partir des cartes que lui avait procurées le colonel. Si on appliquait ce plan « immédiatement », il se faisait fort de liquider les guérillas de Castro en moins de trois mois. Mais il lui fallait dix millions de pesos. Il recruterait une colonne de deux cents vrais professionnels de la guerre, ayant l'expérience de la montagne et de la chaleur. Il faudrait les parachuter sur six sommets de la Sierra Maestra, accompagnés de chiens dressés, d'armements et de transmissions modernes, et leur fournir des livraisons aéroportées une fois par semaine. En trois mois, Jaime de Arnaiz liquiderait cette guérilla de pacotille.

Batista et Tabernilla s'enthousiasmèrent pour le projet et se dirent prêts à le financer, mais le conseil des assesseurs nord-américains le désapprouva, le qualifiant d'absurde. Même cinq cents anciens combattants d'Indochine et autant de chiens ne pouvaient annuler une guérilla comme celle de Castro qui, depuis trois mois, opérait avec une mobilité impressionnante et dont les rangs grossissaicnt dc paysans prêts à tout et bons connaisseurs du coin. Cet Espagnol devait être tombé sur la tête, pour proposer quelque chose d'aussi insensé ! Quant au général Tabernilla, et à Batista, ils avaient prouvé leur capacité à monter des opérations, certes, mais des opérations maffieuses, pas militaires.

Pourtant, quelques mois plus tard, pendant la grève d'avril 58, deux hauts gradés de Batista rendirent visite à Arnaiz pour relancer le plan. Mais celui-ci, qui avait suivi de près les événements de la Sierra, leur déclara que la situation avait changé. Ils arrivaient trop tard. Son plan de l'an dernier ne servait déjà plus à rien. Ce dont il était sûr, en tout cas, c'était que l'armée de Batista « ne pourrait pas » battre les guérilléros. Et si ces messieurs voulaient sincèrement son opinion, en toute franchise, eh bien, alors, qu'ils persuadent leurs amis américains, avant qu'il ne soit de nouveau trop tard, d'organiser un débarquement de l'infanterie de marine dans toutes les règles de l'art. S'ils ne le faisaient pas, Fidel Castro renverserait Batista dans un ou deux ans. Il en avait vu bien assez dans sa vie pour douter que ce remue-ménage de guérilléros, de paysans et de syndicats ne débouchât sur autre chose que le communisme. Quant à lui, il était en train de faire des démarches pour liquider ses biens à Cuba et se retirer du pays.

Une semaine après, une nouvelle série de cartes perforées portant les références du capitaine espagnol Jaime de Arnaiz entraient dans les ordinateurs du Pentagone et de la CIA, où on évalua de nouveau comme saugrenues, bien qu'intéressantes, ses appréciations politico-militaires de la situation cubaine. Les Américains se trompaient. La prophétie devait s'accomplir avec une seule erreur : au lieu des deux prévues et calculées par l'excentrique légionnaire espagnol, les patriotes cubains commandés par Fidel Castro n'auraient besoin que de six mois pour renverser Batista.

54

Au stade

Le *Völkerfreundschaft* n'était pas né sous ce nom. François Letelier, non plus.

Le *Völkerfreundschaft* fut jusqu'en 1953 le *Stockholm* ; lettre d'immatriculation : SEJT : tonnage brut : 6 356 m/tons ; longueur : 160 m ; armateur : A/B Svenska ; pavillon : suédois ; port d'attache : Göteborg.

François Letelier fut jusqu'en 1961 Julio Carrillo Puig, *alias* Le Blond ; poids : 77 kilos ; taille : 1,60 m ; fils de Vicente et de Concepción ; nationalité : cubaine ; lieu de naissance : La Havane.

Le *Stockholm* entra en collision avec l'*Andrea Doria* en 1960 dans les eaux de New York.

Julio Carrillo, né en 1933, près des chantiers navals de Casablanca, à La Havane, entra en collision avec la Sûreté cubaine, également en 1960. Très peu de monde apprit qu'il s'était enfui dans les cales d'un cargo cypriote.

Le *Stockholm* fut acquis aux enchères publiques sur les quais de New York par le gouvernement de la RDA.

Julio Carrillo fut acquis par la CIA sur les quais d'Anvers (Belgique).

Le *Stockholm* changea de nom et de pavillon en 1960.

Julio Carrillo, en 1961.

On pourrait reconnaître bien des choses de l'ancien *Stockholm* dans l'actuel *Völkerfreundschaft*.

On ne pourrait pas reconnaître grand-chose de l'ancien Julio Carrillo dans la physionomie du Belge François Letelier.

Völkerfreundschaft veut dire en allemand *amitié des peuples*. Son voyage à La Havane est un voyage d'amitié. Il amène des passagers de divers points d'Europe.

8 h 30. – François Letelier regarde au loin son paysage natal : la forteresse du Morro, celle de la Cabaña, la statue du Christ, Casablanca, l'Observatoire national ; à droite, les forts de la Force et de la Pointe, le palais présidentiel et, au-delà, la ligne sinueuse de la promenade du bord de mer, brillante sous la légère bruine. Il lève les yeux vers le ciel couvert. Une expression de contrariété apparaît sur son visage. Cette bruine le préoccupe.

9 h 15. – Le médecin monte l'échelle de coupée, vérifie l'état sanitaire du bateau et accorde la libre pratique.

9 h 36. – Meine Damen und Herren, das Schiff wird am Sierra Maestra Deck, nummer eins...

Ladies and gentlemen : The vessel will go alongside Sierra Maestra dock, number one, south...

Mesdames et messieurs, le bateau accostera au quai Sierra Maestra, numéro un, sud. Attention, voyageurs en transit, veuillez vous rendre à la salle à manger de la passerelle avant pour les formalités de débarquement auprès des autorités cubaines.

9 h 38. – Les inspecteurs d'immigration montent l'échelle de coupée. Douane, médecine vétérinaire, et les agents de Consignatarias Mambisas. Letelier regarde de nouveau le ciel. Heureusement qu'il se dégage.

10 h 15. – Le fonctionnaire d'immigration remet à François Letelier la carte jaune qui l'autorise à débarquer. Le touriste remonte à sa cabine, ouvre une valise bleue et en tire un corset. Il ôte son imperméable, son sweater et sa chemise. Il passe le corset et se rhabille. Il ne porte pas de vêtements qui attirent l'attention. Il a soigné jusqu'au moindre détail pour passer inaperçu dans les rues de La Havane. La seule chose qui l'identifiera comme étranger, ce sera sa carte jaune de passager en transit et son accent français.

10 h 35. – Letelier vient d'abandonner les quais. Il porte une petite valise contenant un appareil photo Leica. Il est encore trop tôt. Il part en direction du Parc central, où il prend un taxi jusqu'à l'hôtel Capri où on lui a réservé une chambre au nom de l'ingénieur cubain Enrique Bravo. Un garçon lui ouvre la chambre 510, lui remet ses clefs et se retire. Enrique Bravo ferme la porte et tire le verrou. Il enlève son sweater, sa chemise et son corset. Il ouvre la cartouche de cigarettes Vegueros qu'il vient d'acheter. Il vide un paquet avec soin pour ne pas le déchirer et laisse tomber les cigarettes au-dessus du journal qu'il a ouvert à ses pieds, sur la moquette. Il vide quinze paquets. Il enveloppe les trois cents cigarettes dans le journal et pose le tout sur la table. Il se rassoit sur le lit. Il tire du corset un objet métallique qui tient parfaitement dans le paquet de Vegueros. Il répète l'opération quinze fois. Il sort un minuscule tube de pâte adhésive de la poche de son pantalon et colle les étiquettes de façon que les paquets paraissent intacts. Il dispose avec soin les quinze paquets à côté des trois qui étaient restés dans la cartouche qu'il referme. Il met la cartouche dans la valise, où il place aussi le journal contenant les cigarettes défaites. Il a respecté les instructions au pied de la lettre.

11 h 15. – Letelier regarde l'heure. À 11 h 15 pile, le téléphone sonne.

– Allô ?

– Enrique ?

– Salut, mon pote. Quelle précision ! Comment va la famille ?

– Très bien, vieux. Eh bien, je t'attends à quelle heure ?

– À 3 heures et demie, à l'endroit habituel, ça te va ?

– C'est parfait.

15 h 15. – Enrique Bravo descend du taxi sur la place de la Révolution. Il jette dans une poubelle le journal contenant les cigarettes tirées des paquets. Comme convenu, il marche lentement sur l'avenue du 20-Mai. Dans une voiture grise, B-1 suit ses mouvements. Enrique ne le remarque pas. Avant de prendre contact avec lui, B-1 doit s'assurer que personne ne le suit.

15 h 24. – Enrique arrive au Stade latino-américain. Juste à ce moment... paf ! Ahhhhhhhh ! Le coup de batte ébranle le quartier du Cerro. L'énorme stade de base-ball vibre. Le Belge Letelier et l'ingénieur cubain Enrique Bravo restent au pied d'un escalier. Celui qui grimpe les marches, c'est Julio Carrillo, qui oublie son travail pour un instant et vibre comme tout le monde, sans pouvoir encore savoir pourquoi. Ça alors, qué coup ! Dis donc, vieux, qu'est-ce qu'il s'est passé ? L'a un swing du tonnerre, c'Marquetti ! Qué joueur ! Ceux d'en face lui ont mis un gaucher comme lanceu', et crac, du plemier coup l'a expédié la balle dans les t'ibunes !

Carrillo aime le base-ball. Il a vécu bien longtemps des paris, dans ce stade. Mais pour le moment, il ne peut se permettre de suivre le match. Il avance vers le *left field* par une des allées et s'arrête pour regarder, comme s'il cherchait quelqu'un dans le public. Et, en effet, à 15 h 30, il repère son objectif, qui vient d'entrer. Le type s'assoit dans le prolongement de la ligne qui va de la première à la troisième base, au onzième rang, et il porte une casquette à visière, en peau de chamois. Julio s'approche comme s'il avait rendez-vous à cet endroit.

– Ça fait longtemps que tu es arrivé ?

B-1 lui répond par le mot de passe prévu :

– Mon pote ! Je pensais que tu ne viendrais pas.

La transmission de la cartouche de Vegueros s'effectue à 15 h 31, et B-1 s'éloigne aussitôt, sous prétexte d'aller aux toilettes.

Carrillo se met aussi debout puis se place derrière le *home*, pour suivre un peu le match. Industriales vient de faire son second *run*. Score : deux *runs* à zéro au quatrième *inning*. Un fan de La Habana, indigné, explique que ce qu'il faut faire avec ces bons à rien à la con, c'est leur refiler une machette et les envoyer couper la canne à sucre. Et Julio Carrillo ne peut s'empêcher de mettre son grain de sel. Bien parlé, mon pote ! Pourquoi on est pas venu lui apporter la base sur un plateau, hein ? Et il se délasse une fois de plus dans le vert rafraîchissant de la pelouse, dans le rouge de l'argile, dans la couleur du ciel de Cuba, maintenant tout à fait dégagé, dans le contrepoint du base-ball, dans la dispute sur les moyennes de bons coups de batte, sur les *averages* des lanceurs, à écouter des conneries grosses comme des maisons, avec des statistiques et tout le saint-frusquin, caféééé, croquettes, sandwichhhhs, vrai, à Cuba, y'a pas de misère, les gens mangent, n'ont pas à payer le médecin ni l'école, ni l'entrée à aucun stade, mais rien que de penser qu'il devrait porter de nouveau ces vêtements-là, ces chaussures-là, prendre des bus bondés, se bagarrer pour une bière, un verre de rhum, une entrée au cabaret, il se dit que pour rien au monde il ne rentrerait vivre à Cuba.

55

De bonne source

Personal and Confidential
Inter-Office Memorandum
United Fruit Co. Washington Office
1521 L Street, N.W.
Washington DC 20036

TO : R.P. Crosby
FROM : J.H. Rheingold
SUBJECT : U.S. Politics on Cuba
REFERENCE : Your letter of April 12th.

Washington, April 18th, 1958

Dear Bob,

Notre sous-directeur s'est entretenu la semaine dernière avec l'ambassadeur durant sa visite à Washington. On ne saurait écarter la possibilité que les guérilléros de Castro renversent Batista, mais les observateurs militaires estiment que cela n'arrivera pas avant l'année 1961. L'ambassadeur assure qu'en cas de victoire, Castro ne mènera pas une politique trop résolument antiaméricaine. La Réforme agraire, comme les autres qui ont eu lieu en Amérique latine, est avant tout une plate-forme démagogique. Castro n'est absolument pas en mesure de harceler les compagnies américaines. Il dépend de nos achats de sucre et de nos ventes de pétrole.

Nous estimons pour notre part qu'il faut saisir toutes les occasions d'acheter bon marché, au cas où certains propriétaires prendraient peur.

Friendly yours,

Jim Rheingold

56

Rossignols d'alcôve

Luis Antonio Larramendi avait commencé à travailler à la Compagnie téléphonique cubaine quand celle-ci appartenait encore à ITT. En 1957, il avait trente-huit ans et gagnait deux cent quatre-vingts pesos. Il avait toujours dit que les gringos lui avaient appris à travailler et qu'avec eux, l'ouvrier sérieux et responsable avait un avenir assuré.

En 1958, un de ses fils de vingt ans avait été arrêté à cause de ses activités révolutionnaires. Les gens de Ventura l'avaient torturé. Puis le garçon avait disparu, et on racontait dans le quartier qu'ils l'avaient tué. Mais, en janvier 1959, le lieutenant Larramendi, barbu, portant deux cicatrices de blessures par balle, lui avait donné la plus grande joie de sa vie.

Luis Antonio fêta la chute de la dictature et se réjouit que son fils ait contribué à la renverser. Mais il n'était pas d'accord avec ce qu'on disait des gringos. Ça, c'était de l'agitation communiste. Et quand la Révolution nationalisa la Compagnie téléphonique et que les barbus se mirent en tête de vouloir tout changer et de discuter de ce qui était clair comme le jour et à mélanger le travail avec la politique et à faire des causeries aux gens après le travail et à demander des bénévoles pour n'importe quoi et à organiser des tours de garde et à poursuivre les anciens travailleurs lorsqu'ils critiquaient quelque chose et à favoriser le moindre fainéant qui se gargarisait d'éloges de la Révolution, il sut définitivement que ce truc-là ne lui plaisait pas. Tout ce que les communistes avaient apporté à la Compagnie téléphonique, c'était le désordre. Personne ne pouvait raconter d'histoires à Luis Antonio sur ce qui se passait et s'était passé à la Compagnie téléphonique. Mais il n'osa jamais faire le moindre commentaire devant ses enfants.

Le benjamin était aussi révolutionnaire. En revanche, ses deux sœurs aînées partirent aux États-Unis en 1961. Ses beaux-parents et une belle-sœur, également. Et il serait parti avec eux, n'étaient-ce ses deux fils. Il se proposa fermement de se taire, de feindre le révolutionnaire acharné au travail, de faire tout ce qu'on lui demanderait et d'attendre que les choses s'améliorent. Mais tout alla de mal en pis. À ses yeux, ce truc des discussions politiques et des travaux bénévoles n'était que du vent, une connerie monumentale. S'il n'avait pas été un catholique déclaré, qui ne ratait pas une seule messe dominicale, son grand dévouement et son efficacité au travail, sans compter qu'il était le père de deux combattants, lui auraient assurément valu la proposition d'entrer au Parti.

Depuis 68, on lui avait confié la tâche de répartir les interventions à domicile entre les différentes brigades de travailleurs et d'effectuer tous les jours des contrôles du travail réalisé ; en plus, quasiment tous les jours, il s'attaquait aux problèmes où s'enlisaient les autres techniciens. Il arrivait au boulot ponctuellement et n'avait pas d'heure pour repartir. Tous les ingénieurs en chef qui passèrent par l'entreprise vantèrent sa compétence, son sens des responsabilités et sa disposition au travail. Et dès 70, chaque fois que la Compagnie du téléphone devait régler un problème dans les bâtiments du comité central, dans des ministères ou aux domiciles des plus hauts dirigeants, la Sûreté de l'État recourait à Larramendi. Sa compétence et le dossier de ses deux fils lui servaient de caution.

Dès cette époque, la CIA l'avait repéré, mais sans prendre de contact. Malgré son catholicisme, on n'avait jamais entendu sortir de sa bouche un seul commentaire contre le gouvernement. Tout en vivant dans l'amertume, il sut se taire. En 1969, le capitaine Larramendi, son fils aîné, mourut accidentellement d'une balle en plein front, tandis qu'il nettoyait une arme. C'est du moins ce que dit le rapport officiel. Mais le père apprit par la suite que ce fut durant une orgie avec des femmes, dans une maison que les garde-frontières possédaient sur un caye des Jardins de la Reine : complètement beurrés, Alfredo et un collègue du ministère de l'Intérieur avaient, rien que pour la ramener et pour crâner, inventé le jeu de Mangue Tell, qui consistait à se poser sur la tête une mangue qu'un autre devait descendre d'une seule balle à dix mètres.

L'autre fils s'était marié à une mulâtresse intransigeante et dogmatique, qui se permit de lancer des campagnes contre le catholicisme de ses beaux-parents. Elle parlait d'obscurantisme, d'attitude de fuite, antiscientifique, etc. Et Pablito, qui avait reçu des décorations pour son comportement durant l'encerclement des bandits de l'Escambray, au lieu de clouer le bec à cette sorcière, prouva qu'il n'aimait pas ses parents et qu'il n'avait pas assez de couilles pour porter la culotte chez lui.

Dès lors, Luis Antonio décida de quitter Cuba, et écrivit à l'un de ses anciens chefs gringos qui avait un appartement à New York.

La CIA le recruta en 70.

Elle lui fit comprendre que s'il parvenait à rester chef des réparations à la Compagnie du téléphone, il pourrait gagner une fortune en quelques années, puis se retirer aux États-Unis avec sa femme.

Luis Antonio pensa que là-bas, aux côtés de ses sœurs et de ses neveux, il recouvrerait l'affection familiale que lui avait volée Fidel en gavant ses enfants de communisme.

En février 1975, on lui annonça qu'il pourrait recevoir à tout moment un coup de téléphone d'un certain Mario. Ce serait son nouveau chef.

Mario était B-1, et il lui fixa un rendez-vous, fin mars, au Rancho Luna, un bar bruyant et sombre du Vedado. Ce jour-là, B-1 portait un déguisement qui le rendait méconnaissable.

Ils conversèrent deux heures durant et décidèrent d'un plan de travail. B-1 lui remettrait des dispositifs spécialement conçus pour dérégler d'une manière tout à fait simple n'importe quel téléphone, en opérant près du logement du client, ainsi que la liste des téléphones qu'il devait détraquer. Quand l'usager demanderait à l'entreprise de réparer le téléphone en question, il devait s'en occuper personnellement.

Pourrait-il le faire ?

Oui, c'est possible. Normalement, il ne le faisait pas. Il se bornait à distribuer le travail aux différents techniciens, mais dans certains cas où des difficultés spéciales se présentaient, c'était lui-même qui s'en occupait.

Parfait.

B-1 se mit alors à expliquer à Larramendi comment installer les Nightingale, autrement dit des tables d'écoute qu'il lui décrivit sommairement, destinées à capter les conversations environnantes. C'était tout simple : une fois dans le logement où il devait effectuer la réparation, il placerait les Nightingale à l'intérieur des combinés, dans une lamelle de plastique qui faisait partie de l'appareil. Au cas où un autre travailleur démonterait ensuite le combiné, il ne pourrait rien découvrir, parce que, à moins de prendre un certain nombre de précautions techniques, le dispositif se carboniserait alors complètement, se transformant en quelques secondes en une pastille méconnaissable.

Il valait mieux les placer dans les combinés des chambres à coucher. C'était l'endroit idéal. Luis Antonio était-il en mesure d'obtenir que l'entreprise installe des postes dans les chambres s'il n'y en avait pas ?

Non, ce n'était pas dans ses moyens, mais il doutait fort que des gens d'un certain niveau social n'aient pas de postes dans leur chambre.

D'accord. De toute façon, faute de postes dans les chambres, il devait installer le Nightingale dans le combiné, où qu'il se trouve dans le logement.

Luis Antonio devait redoubler d'amabilité envers les gens de la maison, se montrer extrêmement serviable et offrir ses services en cas de besoin. Il devait laisser son nom, son téléphone personnel et celui du travail, et régler n'importe quel problème téléphonique qui surgirait.

Quatre mois plus tard, Larramendi déréglerait de nouveau le téléphone grâce aux « perturbateurs ». Dans la plupart des cas, les clients feraient appel à lui personnellement. Tout ce qu'il aurait à faire, alors, ce serait de retirer le dispositif, de le remplacer par un autre puis de déposer le premier à un endroit qu'on lui ferait connaître le moment venu.

C'était tout ?

Non, ce n'était pas tout.

– Étant donné que le dérèglement d'un téléphone

prend moins d'une minute et l'installation d'un Nightingale, pas plus de dix, combien d'écoutes pourriez-vous installer en une journée de travail ?

– Euh... pour ne pas attirer l'attention... (Larramendi fit ses calculs) une le matin et une l'après-midi.

– Parfait, ça suffira, dit B-1 en faisant un geste de satisfaction, mais pendant le mois d'avril, il faudra tripler cette quantité.

Larramendi le regarda, un peu inquiet.

– Euh... oui, mais... ça ne sera possible qu'en travaillant hors de mes heures normales.

– Magnifique, fit B-1. Ça veut dire que d'ici au 1er mai, soit vingt-cinq journées de travail, vous aurez installé environ cent cinquante écoutes...

« Putain de merde ! » pensa Larramendi.

– Mais ce n'est pas tout ; du 1er mai au 1er juin, vous devrez dérégler les mêmes téléphones à raison de six par jour, en retirer les Nightingale contenant les enregistrements du mois, les remplacer par d'autres, et me remettre les écoutes pleines.

Larramendi acquiesça. Ce serait beaucoup de travail, mais ça semblait simple : dérégler les téléphones, installer les écoutes sous prétexte de les réparer, attendre un mois, les dérégler de nouveau et retourner pour changer le tout. Dès qu'il aurait pris l'habitude, il liquiderait ça en deux coups de cuiller à pot. L'emmerdant, c'était le transport...

– Parfait, conclut B-1. Pour cet effort supplémentaire, vous recevrez dix mille dollars.

– Il n'y aurait qu'un seul problème, dit Larramendi : c'est que dans la journée je peux utiliser les véhicules de l'entreprise, mais le soir, ce travail...

– Vous savez conduire ?

– Oui.

– Vous connaissez quelqu'un qui peut vous louer une voiture pour cent pesos par jour ?

– Et même pour moins.

– Commandez un autre verre et attendez-moi, dit B-1 en se levant.

Ce n'est qu'alors que Larramendi put se rendre compte combien il était grand.

B-1 revint une vingtaine de minutes plus tard, régla l'addition, et ils sortirent.

Ils montèrent dans une Renault.

– Voilà pour deux mois de location, lui dit B-1, tandis qu'ils s'éloignaient le long de la promenade du bord de mer.

C'était une enveloppe contenant six mille pesos en coupures de vingt.

Dans l'heure qui suivit, ils visitèrent cinq points de la ville, tous proches de l'entreprise téléphonique. C'était là que se trouvaient les cinq boîtes aux lettres que B-1 avait choisies pour entrer en communication avec Larramendi. C'étaient de petits trous dans des arbres et des murs de maçonnerie, à un hauteur moyenne d'un mètre soixante-dix, d'où, sous prétexte de s'appuyer pour se reposer, Larramendi pourrait tirer une petite boule de papier de la taille d'un pois chiche.

Dans les cinq petits trous, B-1 avait déjà placé des messages d'essais, pour que Larramendi se rende bien compte qu'il s'agissait d'un mécanisme simple et sans risquc.

Quand B-1 aurait besoin de le voir, il lui téléphonerait d'une cabine publique, de la part de Mario, et lui mentionnerait un numéro de deux chiffres. Cinquante-cinq voudrait dire la boîte aux lettres n° 5, 22, la n° 2, etc.

Quand Larramendi aurait besoin à son tour de communiquer avec lui, mais seulement pour des raisons extrêmement urgentes, il lui téléphonerait chez lui et demanderait Armandito. Quand son épouse ou lui-même lui répondrait : « Vous faites erreur », il demanderait : « Je ne suis pas au numéro un tel ? » Et dans les quatre derniers chiffres, il devait donner l'heure d'un rendez-vous au croisement de la 23e Rue et de la Ruc A, selon les horaires de l'administration : s'il demandait le 2-09-15, ils se verraient cette même matinée, à 9 h 15 ; s'il demandait le 3-22-30, le rendez-vous était fixé pour le lendemain à 22 h 30 ; et s'il demandait le 32-12-00, ils se verraient le surlendemain, à 12 heures pile. Ainsi, 2 voulait dire aujourd'hui ; 3, le lendemain, et 32, le surlendemain.

B-1 ferait la même chose de son côté s'il avait besoin de le voir.

Restait une chose très importante.

Pour la remise de colis relativement volumineux, ils utiliseraient toujours le même point, assez éloigné du centre-ville, mais très fréquenté, le quartier La Lisa, où B-1 garerait sa Renault. Larramendi arriverait à l'heure fixée avec les clefs de contact et conduirait la voiture à un autre endroit distant de cinq îlots. B-1 récupérerait ensuite le paquet en question sous le siège.

Compris ?

Larramendi acquiesça de nouveau.

Eh bien, c'était tout.

B-1 stoppa la voiture au coin des rues Lamparilla et Mercaderes, à deux îlots de chez Larramendi. Il lui remit cinq cents Nightingale enfermés dans une petite boîte métallique dotée d'une combinaison de sécurité de cinq lettres. Le code d'ouverture était NIGHT. Les « perturbateurs » des lignes téléphoniques et quelques outils indispensables se trouvaient dans un petit coffret de bois, avec des brochures décrivant leur mode d'emploi. Puis il lui remit le double des clefs de la voiture et un résumé écrit de toutes les instructions qu'il lui avait données durant la conversation, dont son numéro de téléphone privé. Enfin, un petit plan où étaient indiqués les rues et les points de La Lisa où la Renault devait être garée pendant les échanges de paquets. Une fois qu'il aurait appris par cœur tous les détails, il devait détruire le plan et tous les documents écrits.

En se disant au revoir à ce coin de rue mal éclairé de La Vieille-Havane, ils se souhaitèrent mutuellement bon chance. B-1 le suivit lentement du regard. Larramendi boitait sous le poids du coffret de bois.

Quand il le vit tourner au coin de la rue, il avança jusqu'au carrefour suivant.

Il le vit s'arrêter un moment pour converser avec un voisin qui prenait le frais sur le trottoir, puis entrer chez lui.

Ce devait être le début d'une collaboration qui durerait plusieurs mois. Mais tout se fit à travers les boîtes aux lettres et la Renault. Ils ne se revirent jamais plus.

57

Rien ne va plus !

United Fruit Company
Cuba Headquarters
Calle M, 636, Havana, Cuba

TO : Arthur Jones, Investment Department
FROM : R.P. Crosby, Cuba General Manager
SUBJECT : Arnaiz Properties

Havane, July 17th, 1958

Dear Mr. Jones,

Nous avons finalement fixé un prix de douze millions de dollars.

L'expertise de la semaine dernière a confirmé l'estimation globale effectuée fin juin. Nous estimons que, pour douze millions, on ne pourrait acquérir que les trois immeubles de La Havane. Nous gagnerons dans l'opération les 3 082 ha de Las Villas et les propriétés de Trinidad et de Cienfuegos. Nous attendons votre O.K. par câble pour conclure l'affaire.

Truly yours,

R.P. Crosby

G.R.P.
S.T.
c.c. Mr. J.H. Rheingold

58

Vous aussi, vous pouvez avoir un *babbler*

Deux jours après avoir reçu les *babblers*, B-1 entreprit de téléphoner aux quinze agents de Butterfly.

B-6 se trouvait dans son bureau quand il reçut l'appel. La standardiste qui lui passa le coup de fil lui dit que le camarade Mario voulait lui parler.

– Oui, passe-le-moi, dit B-6, et quand il l'eut au bout du fil, il se hâta de demander : « Que s'est-il passé, Mario ? »

« Que s'est-il passé » voulait dire que B-1 pouvait délivrer son message.

– C'est pour te prévenir que j'ai reçu les données sur la pièce de rechange.

– Ah, parfait, je prends note.

Et il ouvrit son agenda sur le bureau pour écrire : 12AV-2016/18.

– Merci beaucoup, Mario. Rien d'autre ?

– Non, rien d'autre.

– Bon, alors, je te laisse, j'ai une réunion qui va commencer. Et merci beaucoup encore une fois.

– De rien, mon vieux, à ton service, répondit B-1, qui raccrocha.

B-6 contempla le messsage : 12AV-2016/18. Ça voulait dire qu'il devait être prêt à récupérer quelque chose dans sa boîte aux lettres le 12 avril, entre 20 h 16 et 20 h 18.

B-6 consulta son agenda. D'ici au 12, il restait encore trois jours. À cette heure-là, il était libre.

Et, de fait, trois jours plus tard, à 20 heures, B-1 déposait à la réception de la Bibliothèque nationale un petit colis doublement scotché à l'extérieur par du ruban adhésif bleu, prenait la plaque de carton portant le numéro de son casier que lui tendait l'employée, et entrait une minute plus tard dans la salle de lecture, où il commençait à consulter des fichiers. À 20 h 12, il passa aux fichiers thématiques (les moins consultés de la bibliothèque), en tira les fiches du X, également la lettre la moins consultée, et plaça la plaque derrière la fiche intitulée XÉNOPHOBIE. Puis il se retira à bonne distance pour ne pas perdre de vue ce meuble, au cas où le hasard voudrait qu'un curieux (bien qu'il ne restât plus que quelques minutes avant que B-6 ne récupère la plaque), ait l'envie de faire des recherches sur la question de la xénophobie.

B-6 entra dans la salle de lecture à 20 h 16 précises, ouvrit le fichier du X, en retira la plaque et, selon la routine habituelle, poursuivit ses consultations dans le fichier durant cinq minutes de plus, le dos à la porte et sans se retourner une seule fois.

B-1 se retira à 20 h 17. B-6 s'éloigna du fichier. À 20 h 21, il demanda un livre quelconque et lut un bout de temps. À 20 h 50, il regarda de nouveau le fichier et, faisant un geste de contrariété comme s'il n'avait pas trouvé ce qu'il cherchait, rendit le livre et se retira de la salle. La rotation du personnel à la réception avait eu lieu à 20 h 30. Il présenta sa plaque numérotée et récupéra le paquet que B-1 avait confié à l'autre employée.

Il ne l'ouvrit qu'une fois chez lui.

Il contenait un curieux appareil, de la taille d'un paquet de cigarettes, et un message chiffré qu'il mit vingt minutes à décoder.

Dorénavant, nous n'utiliserons plus les boîtes aux lettres. L'appareil ci-joint s'appelle *babbler*. Il contient deux minicassettes, un émetteur et un récepteur qui fonctionnent sur une fréquence que les services d'espionnage n'ont jamais utilisée, à cause de sa portée extrêmement limitée. Nous devons nous placer, vous et moi, à des distances ne dépassant pas 500 m. En appuyant sur le bouton vert, vous pourrez enregistrer un message de vingt minutes maximum. Le bouton jaune transformera ces vingt minutes en une « émission rapide » de sept secondes. Le bouton rouge actionne l'émetteur ; le bleu, le récepteur, que vous n'utiliserez que lorsque je vous en avertirai par téléphone selon le code « Ramón Méndez » (initiales de « recevoir message »).

Vous émettrez ou recevrez les messages en déambulant dans l'un des cinq points de la ville que je vous indique ci-après :

Point 1 : 25e Rue, des Rues A à B.
Point 2 : 23e Rue, des Rues B à C.
Point 3 : 21e Rue, des Rues C à D.
Point 4 : 19e Rue, des Rues D à E.
Point 5 : 17e Rue, des Rues E à F.

Votre horaire de réception ou d'émission, ou les deux à la fois, sera invariablement le lundi de 20 h 16 à 20 h 18. Si, pour une raison quelconque, vous ne pouviez venir, vous me le ferez savoir personnellement ou par l'intermédiaire de vos employés, quand je vous téléphonerai, toujours à 13 heures de ces mêmes jours.

Notre première communication d'essai s'effectuera lundi prochain au point 1 : la seconde, le lundi suivant au point 2 ; et ainsi de suite, en alternant les points. Pour la sixième communication, nous reprendrons le point 1.

Inutile de vous dire que vous ne devez laisser aucune trace écrite, même pas en code, de la teneur des messages. Tout est prévu pour que vous puissiez mémoriser aisément les sites, les horaires et les jours d'émission.

Dans le premier message, vous informerez de tout ce que vous aurez pu apprendre au sujet des dates et lieux où les douze hommes que vous contrôlez comptent passer leurs vacances.

Il est par ailleurs très important que vous vérifiiez s'ils font de la gymnastique ou du sport et, dans ce cas, où et quand. Vous pouvez saisir l'occasion pour m'informer aussi de tout ce que vous voulez savoir ou considérez utile, mais en veillant à ce que le rapport ne dépasse pas vingt minutes. Pour ce faire, vous procéderez comme suit :

1. – Vous enregistrez votre rapport en appuyant sur le bouton vert.

2. – Vous appuyerez sur le bouton jaune, ce qui effacera aussitôt l'enregistrement normal, et mettra en marche l'émission rapide dont la durée ne dépassera jamais sept secondes.

3. – Vous placerez le *babbler* dans un paquet de cigarettes, en veillant à ce que le bouton rouge dépasse par le bord supérieur, pour que vous puissez appuyer dessus facilement au moment de l'émission rapide.

4. – Au jour et à l'heure prévus (lundi prochain à 20 h 16), grâce à la ponctualité chronométrique que nous permet le « top » de l'horloge parlante, vous commencerez à parcourir la 23e Rue, de la Rue L à la Rue M. À mi-chemin, vous presserez le bouton rouge, compterez jusqu'à 15 et presserez de nouveau pour arrêter l'émission quelques secondes

après. (À ce moment-là, je ne serai pas loin, et à partir de 20 h 16, je mettrai en marche le récepteur d'un appareil qui captera votre message. Dès que je le recevrai, un signal me le fera savoir, et je disparaîtrai de l'endroit. À chacun des points, une fois que vous aurez émis ou reçu votre message, vous devrez continuer de marcher pendant encore trois îlots.)

5. – Si je devais vous transmettre un message (ce dont je vous avertirai par téléphone, autant que faire se peut), une fois que vous serez arrivé au bout de la rue où vous m'avez transmis votre message, vous traverserez devant vous et, tout en marchant dans la rue suivante, appuierez sur le bouton bleu du récepteur pour me recevoir. Entraînez-vous à faire les cent mètres de chaque îlot en quatre minutes. Cela facilitera notre synchronisation.

Il est pratiquement impossible que la police secrète cubaine, même si elle utilisait les détecteurs goniométriques les plus modernes, parvienne à détecter nos émissions ambulantes, qui durent au maximum sept secondes et s'effectueront à partir d'endroits toujours différents et sur une longueur d'ondes absolument inhabituelle.

Par mesure de sécurité, l'appareil contient un dispositif qui, en cas de tentative d'ouverture par la force, produit une combustion intense et le transforme en quelques secondes en un morceau de charbon. Votre *babbler*, pour une intensité de travail ne dépassant pas vingt minutes par semaine, doit fonctionner parfaitement pendant cinq ans. Pourtant, en cas de panne, vous me le ferez savoir quand je vous téléphonerai en me disant : « Savais-tu que Carlos a eu un accident de moto ? » Dans ce cas, nous devrons recourir de nouveau au vieux mécanisme de la boîte aux lettres, jusqu'à ce que je puisse vous faire parvenir un nouveau *babbler*. Je vous souhaite beaucoup de succès dans votre travail, tout en m'excusant de devoir vous rappeler une fois de plus avec quelle prudence vous devez utiliser le *babbler*. Choisissez un endroit très sûr pour le cacher. Ça ne sera pas difficile, vu sa taille. Fin de message.

B-1 avait préparé quinze messages identiques à celui-ci. Tous les agents de Butterfly devaient transmettre aux mêmes horaires que B-6. B-1 les avaient placés de façon à pouvoir, en s'installant lui-même à un point soigneusement choisi de La Havane, émettre ou recevoir en même temps cinq messages différents sur un appareil spécial qu'on lui avait remis à Langley, conçu pour un travail simultané. Ainsi, en travaillant seulement deux minutes le lundi, le mardi et le mercredi (toujours de 20 h 16 à 20 h 18), il pouvait recevoir les messages de ses quinze agents et émettre dans cinq directions différentes en deux autres minutes.

C'est le 2 avril 1975 qu'O'Donnell reçut la première émission rapide, *via* satellite, en provenance de La Havane. Il fut agréablement surpris de constater que, treize jours à peine après leur arrivée, ils avaient déjà réussi à se connecter sur le satellite. Une fois le texte décondensé, il écouta la voix de B-1 :

Salut, monsieur Lennox. Le ministère de la Santé publique nous a installés dans une maison qui donne sur la mer. C'est un penthouse, dont l'emplacement ne saurait être meilleur, dans le quartier de La Copa, à Miramar. Nous avons la chance de pouvoir disposer d'une terrasse au troisième étage, inaccessible de l'extérieur et sans aucun édifice élevé autour. Les seuls voisins avec lesquels communique la terrasse sont deux vieilles personnes quasiment impotentes, soignées par une cousine qui n'a ni la souplesse ni la force de grimper sur le muret séparant les deux terrasses. Au fond, il y a un autre bâtiment aussi haut que le nôtre. Les deux toits en terrasses sont distants d'environ six mètres. Les locataires ne l'utilisent que pour faire sécher le linge. Avec un minimum de précautions, on peut transmettre en toute sécurité depuis notre terrasse. J'ai pris du temps pour effectuer cette première émission rapide, parce que j'ai construit moi-même un petit socle de ciment où encastrer la plaque de plastique qui sert de base au trépied. Ainsi, je pourrai toujours disposer du même emplacement pour les transmissions, ce qui, selon les techniciens, facilite les contacts avec le satellite.

L'installation des Nightingale a commencé le 1er avril, à raison de six par jour. J'obtiendrai les premiers enregistrements à partir du 1er mai. J'espère en installer autour de cent cinquante d'ici au 30 avril. Si chacun recueille pendant le mois dix heures de conversation, cela fera un total de mille cinq cents heures. Dites-moi si vous souhaitez que je vous envoie les enregistrements tous les jours, à mesure que mon homme les récupère à partir du 1er mai, ou si vous préférez des envois toutes les semaines, tous les quinze jours, ou alors une seule fois, à la fin mai, avec tout ce qui a été enregistré en avril. Il n'est guère professionnel que LAR et moi ayons trop de contacts personnels. Par ailleurs, pour maintenir ce rythme de six installations par jour, notre homme doit travailler vraiment dur et sans horaire. S'il est contraint en plus de me faire des livraisons trop fréquentes, ses sorties nocturnes hors de chez lui pourraient lui attirer des ennuis. Les *babblers* ont été réceptionnés au stade sans problème. Je les ai testés un par un et ils fonctionnent tous. Douze des quinze membres de Butterfly ont déjà le leur et savent s'en servir. Les trois qui manquent (B-9, B-13 et B-14) sont en voyage, mais ils rentreront tous au plus tard en juin. Je dois préciser que, puisque nous sommes devenus B-1 et B-2, ceux qui avaient cette désignation avant seront dorénavant B-16 et B-17. Tous les autres membres maintiennent leur cryptonyme habituel.

Salutations. B-1.

59

Les deux font la paire

Au milieu de 1958, alors que Jaime de Arnaiz était sur le point de vendre ses biens à la United Fruit Co., il apprit que sa nièce Jimena voulait passer quelques jours avec lui avant qu'il ne parte de Cuba. Il ne fit pas d'objections. Cela lui servirait de distraction. Depuis qu'il l'avait connue, quatre ans plus tôt, il n'avait passé avec elle que quelques jours en Belgique, puis deux semaines à Cuba, au début de 55, lors du décès de l'oncle Pinzón. Depuis son retour d'Indochine, la fillette lui avait paru avoir du tempérament, être spirituelle, bref, un caractère trempé, comme une vraie Arnaiz.

Jimena arriva seule à La Havane dans les premiers jours de juillet. Jaime vit descendre un par un tous les passagers de l'avion d'Iberia, mais Jimena n'était pas parmi eux. Inquiet, il se rendit au comptoir d'embarquement de l'étage du dessous, où on lui confirma que Mlle Jimena de Arnaiz Santa Coloma figurait bien sur la liste des passagers envoyée de Madrid.

Allons bon, il ne l'avait pas reconnue. Il décida d'aller fumer dans la salle d'attente. Elle le reconnaîtrait sans doute. Une demi-heure plus tard, une jeune femme s'arrêtait devant lui. Jaime se mit debout sans pouvoir en croire ses yeux. Non, ce n'était pas possible. Cette femme était sa nièce? Mais... Si, trois ans avant, il avait fait ses adieux dans cette même salle à une enfant de douze ans... comment est-ce que... Elle lui prit la main, la serra vigoureusement et se jeta à son cou. Elle appuya son visage contre le sien pendant quelques instants. Elle sentait le parfum français. Elle avait la peau froide et douce. Il ne parvenait qu'à sourire, sans se remettre de sa surprise, tandis qu'elle l'embrassait sur les joues, tout près de la bouche. Dans la voiture, elle se colla à lui et passa son bras sous le sien. Il avait réservé deux chambres au Capri. Non, elle ne voulait aller à aucun hôtel. Elle n'était pas fatiguée. Elle avait dormi dans l'avion. Elle avait très envie d'arriver à la ferme, ou peut-être de dormir sur cette plage où ils étaient allés une fois, quand elle lui faisait des chatouilles sur ses blessures. Varadero?

Oui, c'est ça, Varadero. Mais, fillette, cette plage n'était pas sur le chemin. Elle s'appelait Jimena et n'était pas une fillette. Ne l'avait-elle donc pas surpris à l'aéroport? Qu'il aille plus vite!

Elle voulait voir se lever l'aube à côté de lui sur cette plage et lui raconter des tas de choses.

Jaime sentait ses seins tendus sur son avant-bras. Plus vite. *Allez, plus vite, plus vite* [1] *!* Aimait-il parler français? Croyait-il en Dieu? Elle passait du coq-à-l'âne, mais ça ne déplaisait pas à Jaime, bien au contraire. Non, Jaime n'y croyait pas. Et elle? Elle croyait dans les positions des astres et dans un destin tracé d'avance. Plus vite. Et quand ils passèrent près de la vallée du Yumurí, elle lui demanda de s'arrêter. Il y avait un clair de lune. Elle se mit à lui serrer les mains. Puis elle se colla à lui et lui effleura la poitrine de ses seins. Il nota son excitation et

1. En français dans le texte *(N.d.T.)*.

tenta de s'écarter, mais elle l'attira et l'embrassa sur la bouche. Avait-elle déjà fait l'amour ? Oui, avec plusieurs autres, mais toujours en pensant à lui. Il la laissa faire.

Il la posséda dans la voiture.

Elle le fit s'arrêter une autre fois en chemin et l'excita de nouveau. Elle avait de l'expérience, elle savait tout faire. Au lieu de l'alarmer, cette brutalité l'attirait. Que dirait son père ? Son père n'avait rien à dire. Sa vie, c'était elle qui la dirigeait, depuis l'enfance. Et puis, d'ailleurs, ce n'était pas nouveau pour son père. Il savait qu'elle n'était pas vierge et il savait qu'elle l'avait toujours aimé. Lui, son oncle ? Oui, lui. Et lui, pauvre idiot, il était le seul à ne pas le savoir. Elle avait attendu de grandir pour s'emparer de lui. S'il avait eu une femme, elle l'aurait tuée. Sa nudité n'inspirait pas de la lascivité. Dans son corps, il n'y avait pas un seul débordement excitant. L'harmonie du cou, la ligne des épaules invitaient à la contemplation. Toute sa sensualité brûlait dans son regard marron, moqueur, appétissant. Et elle avait le port et les mains d'une aristocrate-née. Évidemment ! Elle était de race par les deux branches. Inés, sa mère, provenait de la noblesse catalane. Mais Jimena était une Arnaiz. Une vraie Arnaiz, contrairement à Ramiro. Elle avait hérité, intacts, les gènes du grand-père. Ramiro était un Pinzón et n'avait servi que de véhicule.

À Varadero, ils s'inscrivirent comme mari et femme. N'avait-elle pas peur de tomber enceinte ? Il ne lui arriverait rien. Elle avait pris des contraceptifs. Ne lui avait-elle pas dit qu'elle était venue préparée ?

Pour la première fois de sa vie, Jaime de Arnaiz se sentit attiré par la personnalité d'une femme. Ils vécurent en amants, sans se cacher. Ils passaient la journée à chevaucher, à pêcher, à dresser des faucons. Elle était aussi capable de boire, elle jouait de la guitare. Elle montait à cheval comme une princesse de sang royal. Elle avait même gagné des concours d'équitation. Et de tir au pistolet. Ils faisaient des paris et elle rageait de perdre ; mais elle reconnaissait qu'elle aurait été encore plus déçue de gagner. Quand elle conduisait, c'était un coup de vent sur la route. Elle éprouvait du plaisir à jouer avec le danger et vivait convaincue que son destin était marqué. Elle était comme lui.

Au bout d'un mois, il comprit qu'il l'aimait. Il jouissait de chaque instant de leur relation. Il aimait la provoquer et se laisser persuader par son ardeur. À cause de son intérêt précoce pour les conversations d'adultes, qu'elle avait assimilées dès l'enfance dans le milieu diplomatique où elle avait grandi, elle s'y connaissait en politique contemporaine. Elle avait des opinions originales, parfois insensées, mais quand elle les défendait, elle s'avérait convaincante. Elle savait beaucoup de choses de la Guerre civile espagnole et de la Seconde Guerre mondiale, avec les dates, les noms de personnages et de batailles. Son rejet du communisme n'était pas une simple pose. Elle ne parlait pas de ce qui était juste ni de ce qui était vrai. Elle n'invoquait pas, comme les bourgeois, le droit de propriété. Non. Comme lui, elle le condamnait viscéralement et avait hérité de son grand-père, de pair avec la haine de caste, la vocation de le combattre.

À la mi-août, Jimena annonça qu'elle devait rentrer. Elle devait préparer son bac à Bruxelles. Jaime lui suggéra de rester avec lui. Et c'est alors qu'il éprouva encore plus d'admiration pour cette femme qui n'avait pas encore seize ans. Elle refusa de rester. Elle lui proposa de vivre un amour sans excès.

De ne jamais se rassasier. Ils vivraient séparés. Ils ne se verraient que deux mois par an. Il fut pris par surprise, mais il décida de la laisser faire.

Jaime signa ces jours-là, à Cienfuegos, la vente de tous ses biens et s'engagea à libérer la ferme fin octobre. Quand il conduisit Jimena à La Havane pour son retour en Europe, il lui annonça qu'il s'installerait en octobre à Campo Bermejo et qu'il pourrait ensuite lui rendre visite à Bruxelles. Mais elle insista : comme ça, ils finiraient par tout gâcher. Elle préférait qu'ils se rencontrent toujours au bout de plusieurs mois, pour qu'il puisse se passer des choses, pour pouvoir vivre et réaffirmer leur amour d'année en année. Ainsi, les retrouvailles seraient chaque fois plus riches.

Et que cela puisse venir à l'esprit d'une adolescente de quinze ans ! Elle avait tout à fait raison, c'était comme ça. Ces retrouvailles annuelles seraient à son avantage. Quand elle aurait vingt ans, il en aurait quarante-trois ; quand elle en aurait trente-sept, il en aurait soixante. Bien. On ferait ainsi, si elle le souhaitait. En plus de ses autres vertus, elle avait celle de la sagesse.

Il insista de toute façon pour passer Noël avec elle à Campo Bermejo. Elle accepta, à condition qu'ils ne se voient que les 24 et 25, et se comportent en public et en privé comme un oncle et sa nièce. S'il n'était pas capable de tenir parole, il baisserait dans son estime. Qu'il le comprenne bien : Comme un oncle et sa nièce ; des conversations banales, quelques promenades insipides, pas de confidences, pas de regards de passion. À mesure que Jimena improvisait son plan, ses yeux brillaient. L'idée séduisit Jaime. Elle cherchait sans doute à augmenter l'incertitude mutuelle et à favoriser la rencontre de juillet.

Après l'avoir laissée à l'aéroport, il ne rentra pas

à la ferme. Le surlendemain, il prit un avion pour Mexico. Il alla voir des corridas pour se distraire quelques jours, et surtout, il ne le savait que trop, pour ne pas rentrer chez lui seul, dans cette chambre à coucher vide de sa présence.

Il n'avait connu la solitude qu'en 1936, à la mort de son père, mais jamais plus ensuite, parce qu'il n'avait plus jamais eu besoin de personne. Mais à présent, c'était le cas, pour la seconde fois.

Il passa une semaine à Mexico, et quinze jours aux États-Unis. Il rentra à Cuba le 1er octobre. Le pays était sens dessus dessous, exactement comme il l'avait prévu et annoncé bien avant. Ils l'avaient bien mérité par leur stupidité. Il ne resta qu'un jour à Trinidad, emballant ses effets personnels. Il fit cadeau des faucons au colonel et expédia à Vigo trois malles de livres. Les deux jours suivants, il organisa le virement de ses fonds sur la First National City Bank, et le 6 octobre, il était installé à Campo Bermejo, anxieux de voir arriver Noël.

Il n'avait pu s'empêcher de penser à elle. Mais sans angoisse. Le programme de Jimena pouvait être un ancrage. Un mirage ? En tout cas, une façon raffinée et austère de stimuler l'amour, tout à fait bienvenue pour un soldat las de ce monde.

Il passa les trois derniers mois de 1958 à lire, enfermé dans la tour. Il ne partait même pas chasser. Vraiment étrange ! Il n'avait pas éprouvé de nouveau le besoin d'apaiser les ardeurs du « petit oiseau ». Vivrait-il vieux ?

Ramiro et Carla arrivèrent de Bruxelles le 20 décembre. Et le 23 au soir, ce fut le tour de Jimena, accompagnée d'un homme d'une trentaine d'années, qui conduisait une Maseratti et avait gagné un prix l'année précédente au Mans. Un fonctionnaire de l'ambassade italienne en Belgique, un très beau garçon.

60

En vacances

B-1 ferme les fenêtres de son bureau et la porte du couloir. Il s'assoit à la table et prend le *babbler* de contrôle. Il passe des écouteurs et appuie en même temps sur le bouton jaune de l'émission rapide et sur le bouton vert de déroulement normal. Pendant trois minutes et douze secondes, il entend la voix pausée et nasillarde de B-8 sur l'enregistrement qu'il a capté deux heures auparavant en ouvrant le coffre arrière de sa voiture, garée dans le Vedado, dans la 21e Rue, entre les Rues C et D. En émission rapide, le message de B-8 n'avait duré qu'une seconde et deux dixièmes.

VOTRE DEMANDE SUR VACANCES, GYMNASE, SPORTS. QUATORZE (je répète : quatorzième, quatorze) a obtenu la location d'une villa à Varadero du 5 au 20 août. S'efforcer vérifier si exact.

NEUF (je répète : neuvième, neuf) a aussi obtenu location de villa à Varadero du 15 au 20 août. DEUX (je répète : deuxième, second) fait des démarches réservations à Soroa pour fin août. ONZE (je répète : onzième, onze) passe d'ordinaire week-ends à Santa María del Mar. Aurai bientôt l'adresse. TREIZE (je répète : treizième, treize) fait du basket sur le terrain couvert de l'Université, l'après-midi, les jours où il a le temps. CINQ (je répète : cinquième, cinq) fait des tours de piste et joue au squash au Cerro Pelado, le samedi après-midi et le dimanche matin. ONZE (je répète : onzième, onze) l'accompagne d'ordinaire.

SITUATION EN FLEURS : Le nouveau directeur d'Orchidées est, depuis trois jours, l'ingénieur Enrique de la Maza Sandoval (dorénavant QUATRE-VINGT-SIX ; je répète : quatre-vingt-sixième, quatre-vingt-six). QUATRE-VINGT-QUATRE (je répète : quatre-vingt-quatrième, quatre-vingt-quatre), abandonnant la direction de l'organisme, rêve de devenir vice-ministre de Chrysanthème. QUATRE-VINGT-SEPT (je répète : quatre-vingt-septième, quatre-vingt-sept) voyagera en septembre à Londres pour négocier acquisition de machines destinées à Silex. Quand je saurai la date exacte, je l'inclurai dans mes rapports. QUATRE-VINGT-UN (je répète : quatre-vingt-unième, quatre-vingt-un), directeur d'Héliotrope, a été accusé par Armando Sánchez Furtado (dorénavant QUATRE-VINGT-UN-CONTRE) (je répète : contre, contre), dans lettre au ministre, de copinage et de malversation, à ce qu'il paraît, à partir de preuves irréfutables qu'il a recueillies en secret depuis des mois. On raconte que QUATRE-VINGT-UN (je répète : quatre-vingt-unième, quatre-vingt-un) sera sûrement exclu du Parti et recevra une sanction sévère, ce dont Héliotrope au complet semble se réjouir. Salutations. B-8.

B-1 inscrivit sur sa liste codée les numéros 886 et 881-CONTRE, avec leur nom respectif. Il plaçait toujours le numéro de ses agents avant celui du code des fonctionnaires qui l'intéressaient.

Il inscrivit également les dates des congés de 814

et 809. Ça en faisait déjà dix-huit qui avaient obtenu des locations à Varadero pour les mois de juillet-août. Il étudia la liste et décida qu'il lui conviendrait d'y faire un tour à la mi-août, quand il recevrait des nouvelles de M. Lennox. Si les agents de Butterfly ne s'étaient pas trompés dans leurs dates, B-1 trouverait à Varadero, durant ces jours-là, une douzaine de précandidats.

B-1 consulta sa montre. Il était 3 heures et demie de l'après-midi. Aurore devait arriver à 5 heures et demie. Il avait encore le temps de traiter les émissions rapides de B-6 et de B-13. Il laisserait celle de B-2 pour la soirée. C'était la plus longue. Elle contenait dix-sept minutes d'enregistrement, d'une élocution très rapide. Il en aurait au moins pour une heure à le préparer à l'intention de Lennox.

61

Un, deux, trois, essai

Les étudiants se levèrent quand les professeurs entrèrent. De Bernard, l'assistant d'histoire qui ressemblait à Jaime, était là de nouveau ! En fait, il ne lui ressemblait que dans l'allure, car son visage et son port étaient très différents. Il était pourtant beau gosse. Pendant les séminaires, il avait coutume d'arpenter sans arrêt la salle de cours. Chaque fois qu'il la croisait, il lui souriait. Un jour, il lui avait demandé son nom et elle avait répondu qu'elle n'était pas sur sa liste, parce qu'elle suivait les cours de l'Université comme auditrice libre. Comme auditrice libre ? Elle n'avait pas encore passé son bac ? Elle n'avait que seize ans. Surpris, il l'avait dévisagée. Il pensait qu'elle en avait vingt. Et, au snack, deux jours auparavant, il ne l'avait pas lâchée des yeux. Elle était sûre qu'il l'inviterait à quelque chose d'un moment à l'autre. Et s'il le faisait, elle irait dans son sens. Peut-être lui servirait-il. Ça y est ! Elle venait de découvrir en quoi il ressemblait vraiment à Jaime. Dans la démarche ! Quand il étirait la jambe, il avançait la partie intérieure des cuisses, comme les danseurs. Exactement ce que faisait Jaime. Quand elle le regardait de la taille aux pieds, il lui semblait le voir avancer vers elle. Ah, s'il avait le même cou et ses épaules de soldat... ! Ça faisait bientôt un mois qu'elle ne l'avait plus vu. À Campo Bermejo, elle avait passé le meilleur Noël de sa vie. Elle avait peut-être même plus joui que si elle avait été entre ses bras. Oui, le désir était plus beau que l'acte ; l'idée, plus noble que la matière. Ce jeu de la simulation lui avait procuré quelques jours de délectation royale. Son truc des lunettes de soleil avait dû l'irriter, mais il l'avait dissimulé comme un prince. Il fallait le voir, la traitant comme sa nièce espiègle et répondant à ses questions sottes en vrai tonton, sans se trahir une seule fois du regard. Et elle savait que les entrailles lui brûlaient de désir et de jalousie, tandis qu'il écoutait les propos dénués d'intérêt de Ramiro et qu'elle flirtait avec Mario.

La confirmation qu'ils ne se reverraient plus à Cuba l'avait un peu attristée. Elle savait que son père n'avait pas apprécié qu'il ait vendu à ce prix sans le consulter, mais qu'il n'oserait jamais le lui dire. Mais son Jaime avait eu raison. Castro était un autre fou furieux et, maintenant qu'il avait le pouvoir, il n'avait pas reculé face à la Réforme agraire. Jaime avait bien fait de vendre. Il avait eu du flair.

De Bernard s'était arrêté devant elle et faisait le cours comme s'il n'y avait pas eu d'autres étudiants dans la salle. De Bernard servirait-il à quelque chose ? Aurait-il au moins un peu de fermeté dans le dos ? Peut-être était-il dans l'intimité un autre crétin, comme ce bel acrobate qui lui avait tapé dans l'œil. Et Mario ne lui servait plus à grand-chose. Son seul attrait était la vitesse. Mais, au lit, il lui manquait de la fermeté ; fermeté de la chair. Ces derniers temps, elle avait eu beaucoup de mal à se concentrer. Elle devait fermer les yeux et ne pas le toucher, parce que la mollesse de son torse le dénonçait. Ensuite, cet effort lui faisait mal à la tête. Diable, elle avait besoin de quelqu'un qui ressemble plus à Jaime ! De Bernard lui servirait-il ? Sûrement que non.

Ils se reverraient en juillet. Quelques jours à Campo Bermejo, et ensuite, hop, on décamperait ! Partir seuls quelque part. Qu'elle avait envie de le voir chevaucher de nouveau ! Elle sentait que, rien qu'à contempler ses mouvements, oui, rien qu'à voir sa taille et sa poitrine en action, elle pouvait parvenir à l'extase, se sentir chevauchée par lui. À Campo Bermejo, elle lui ferait raconter de nouveau sa vie. Oui, il fallait qu'il la lui répète en détail, qu'il lui raconte son enfance au milieu des arbres, des odeurs et des pierres. Peut-être pourrait-elle éprouver ainsi, dans une situation absurdement inverse, l'attachement amoureux face aux objets de l'être aimé qu'avait senti Faust en contemplant le berceau de Marguerite. Et ils se baigneraient nus dans les douces eaux de la Tormes, et elle lui demanderait de la prendre par les chevilles et de la faire tourner en rond jusqu'à ce qu'elle ait des vertiges, puis de la lancer depuis un surplomb afin qu'elle sente, comme à Cuba, ses seins traverser l'air comme des mouettes et le choc qui lui rougirait la peau, et qu'il la calme ensuite de baisers. Après, elle lui demanderait de l'emmener bien loin, dans un lieu très différent. À New York, par exemple. Oui. Vive l'anonymat. Être et ne pas être. Ils pourraient inventer un autre jeu fantastique : se présenter comme des princes orientaux, pour vivre dans le faste d'un couple de millionnaires. Ils l'étaient, somme toute. Oui, elle le lui proposerait. Il irait là où elle voudrait. Ils en étaient convenus. Puis ils pourraient visiter le pays et s'aimer dans des paysages toujours différents. Surtout, fuir la répétition. Elle ne permettrait jamais que leur relation tombe dans la monotonie du quotidien.

Les étudiants commencèrent à abandonner la salle, et elle resta assise. De Bernard prenait son temps, rangeant des papiers dans son cartable. Quand elle se leva et marcha vers la porte, il la précéda et, feignant une rencontre fortuite, s'effaça devant elle. *Après vous, mademoiselle* [1]. Ils sortirent ensemble, puis continuèrent de converser dans les couloirs.

Dix minutes après, elle l'invita à monter dans sa Mercedes Benz. Puisqu'il s'intéressait à ce qui était typiquement espagnol, elle allait l'amener chez elle pour lui faire écouter des disques de flamenco.

1. En français dans le texte *(N.d.T.)*.

62

Trente-six candidats

En avril, dépassant les calculs de B-1, Luis Antonio Larramendi avait réussi à installer 172 Nightingale, dont 148 dans des chambres à coucher. Et le 31 mai, sous prétexte d'effectuer une nouvelle réparation, il en avait retiré un total de 161.

La moyenne d'heures d'enregistrement par appareil en avril fut de 13,4, ce qui dépassait aussi les estimations d'O'Donnell et de B-1. Au total, du 1er au 14 juin, B-1 recueillit 2 157 heures d'enregistrement, dont il considéra 294 utiles pour Lennox. Cette sélection parvint à Langley condensée en 14 émissions rapides de sept minutes chacune.

Pour O'Donnell, une moyenne si élevée était due à l'idée judicieuse qu'il avait eue d'installer les Nightingale dans les chambres à coucher. C'était une idée tout à fait de lui. Il avait pensé que les choses qu'il voulait entendre avaient plus de chance d'être dites dans des chambres à coucher que dans des lieux de réunion collective. Il était convaincu que le déshabillage du corps prédisposait au déshabillage de l'âme.

Pat O'Donnell s'enferma à Langley durant deux semaines pour étudier le matériel. Le choix de B-1 était excellent, subtil. Il y avait des détails qui semblaient insignifiants et qu'il avait pourtant conservés. O'Donnell ne put détecter un seul cas de conspiration. Mais les Nightingale permirent de classer les futurs candidats à la drogue en trois groupes, selon leur attitude face au milieu professionnel et politique où ils agissaient :

Satisfaits de leur situation : 98.
Insatisfaits de leur situation : 36.
Cas douteux : 27.

Les 98 satisfaits furent éliminés. Les 27 douteux attendraient qu'on en sache plus. La véritable récolte de ce mois d'avril avait été de 3 douzaines.

En consultation avec Max Weiner, Pat classa personnellement les degrés de cette insatisfaction :

Légère : 11.
Moyenne : 18.
Intense : 7.

Dans aucun des 7 cas les plus intenses, l'insatisfaction ne s'exprimait contre le système ni contre la personne de Fidel Castro. Il s'agissait d'une haine ou d'un mépris ouvert contre les nouveaux dirigeants qui n'avaient pas gagné leurs galons les armes à la main, mais grâce à leur compétence professionnelle, à leur éloquence ou à leur astuce. Et ces sept-là avaient un autre trait en commun : surestimation de leurs capacités pratiques et mépris de la théorie et des théoriciens ; en général, ils démontraient non une grande intelligence, mais bel et bien cette lucidité immédiate que les Cubains appellent débrouillardise et roublardise, et dont ils avaient su user pour survivre dans les luttes de la clandestinité, de la guérilla ou de la guerre. Au-delà de leur vénération pour Fidel, c'étaient des factieux en puissance. Selon Pat O'Donnell, là était le plus riche vivier de Cuba pour former des patriotes troubles.

À titre d'exemple, passablement réitéré et typique, Pat traduisit pour Max Weiner ce qu'avait dit dans sa chambre à coucher un ancien maquisard qui déversait sa bile et déblatérait contre un *homo novus* du régime :

– ... un bel enfant de salaud, oui, encore un crétin de théoricien qu'arrête pas d'la ramener et d'blablater, et qui s'vend enveloppé dans du cello, et c'qui m'fout le plus en rogne c'est son culot, tiens, à la dernière réunion j'suis en train d'exposer mon opinion, et c'mec-là, vlan, sans d'mander la parole ni qu'dalle, i m'coupe et s'met à déblatérer, fallait voir ça, comme si j'étais un minable qu'aurait rien fait dans c'pays, et qu'j'te blablate et qu'j'te blablate, pour baratiner, l'mec, ça oui, à lui l'pompon, alors que l'gars, il a jamais servi à qu'dalle, quand il était au ministère des Transports l'a rien réglé, et au Commerce intérieur ç'a été l'désastre, la bouffe qu'il s'était vanté d'distribuer avec ses trucs de planif scientifique et d'contrôles efficaces et tout c'merdier, on l'a jamais vue nulle part, et ça m'fait chier, j'te l'dis, qu'un mec qu'a jamais tiré un seul coup de feu ait cette influence-là et qu'on l'laisse bousiller un tas d'ressources, alors que c'type-là, l'est même pas communiste, ni patriote ni qu'dalle... Prépare-moi un aut' verre, mon chou, avec beaucoup d'glaçons...

– Et qu'est-ce que t'as fait quand il t'a coupé la parole ?

– Et qu'est-ce que tu voulais qu'j'fasse, mon chou, si c'mec-là et l'ministre i sont cul et ch'mise ? Tout ce qu'ils méritent, ces deux enfoirés, c'est une balle dans la peau, mon chou, tas d'salauds, quand j'pense qu'ils se foutent d'la gueule de Fidel comme ça, mais un jour j'prendrai ma r'vanche, tu verras...

– Eh, à propos, faut que tu téléphones à Chucho, qu'il reste que deux bouteilles ici...

– Ah oui, putain, j'avais oublié, j'dois lui d'mander deux caisses, parce que j'veux en filer une à Julio, sa fille va fêter ses quinze ans, demain j'envoie l'chauffeur, tiens, pour en revenir à mon histoire, t'as l'cas d'Chucho, c'en est un autre, un gars comme lui, avec tout c'qu'il a fait contre la dictature, et à la baie des Cochons et au Congo, tu crois qu'il mérite qu'on l'rétrograde chef d'entrepôt, comme un sous-fifre ? Un type qu'a été torturé, qu'a risqué sa peau dans c'pays, liquidé parce qu'il lui a dit ses quat' vérités au chef d'la rhumerie, un autre opportuniste qu'a jamais rien branlé pour c'pays, mais bien sûr, comme c'est l'pote du ministre et qu'l'ministre lui en a flanqué plein la vue au chef, qu'est-ce qu'on peut faire, nous, hein ?

– Je ne sais pas, moi, parler bien en face, bien clair...

– Mais dans quel pays tu vis, ma vieille ? Tu sais pas qu'Fidel, ils l'couillonnent, qu'il vit entouré d'un tas de fils de putes ? C'est incroyable, bordel, qu'il s'rende pas compte, mais c'est comme ça. Et quand il s'prend d'affection pour un gars, i voit plus rien, i pige plus rien, et si tu veux t'griller, eh bien, ma vieille, vas-y, parle-lui d'tromperie, d'gaspillage, et d'tout l'reste... C'est justement ça qu'il lui est arrivé, à Chucho. Et pourquoi tu crois qu'ils ont limogé Joaquín et Lázaro, hein ?

(Le téléphone sonne.)

– Allô ?

– C'est moi, Juan !

– Ah, bon, j't'écoute.

– J'peux parler ?

– Oui, pas d'problème.

– Bon, eh ben, c'est pour t'dire qu'dimanche, on part à la pêche sur l'îlot avec trois gonzesses. Le yacht est bourré d'whisky, d'langoustes et d'crevettes. Ça t'botte ?

– Dimanche, au comité central, eh ben merde alors !

– Ta femme est là ?

– Mais pourquoi c'est toujours sur moi qu'ça r'tombe ?

– T'es un bel enfant d'salaud, vieux !

– Évidemment, comme ça, qu'est-ce qu'tu veux qu'j'fasse ? J'suis ben obligé d'y aller. La cérémonie, elle commence à quelle heure ?

– On appareille à 9 heures du matin. Alors, tu vas venir ?

– Qu'est-ce que j'peux faire d'autre, Juan ?

Le cubanologue Pat O'Donnell, conseillé par les psychiatres et les pharmacologues du team Willoughby, estima qu'au bout d'une année d'inductions sur des sujets de ce genre-là, on pouvait fabriquer facilement un « patriote trouble ».

Et c'est le 28 juin que parvint aux mains de B-1 la liste des trente-six candidats sur lesquels il devait tirer des capsules d'aloxane. Si seulement il pouvait, durant les mois d'été, faire mouche dix fois !

63

Du gros gibier

Un long coup de téléphone réveilla B-1.

– Allô ?

– Bonjour, camarade : il est 6 heures et demie.

– Ah oui, merci beaucoup.

Il resta encore deux minutes allongé sur le dos puis se leva.

À 7 heures moins le quart, il avait pris sa douche et s'était habillé.

B-2 dormait dans l'autre lit.

B-1 ouvrit l'armoire, en sortit une radio portable et une canne longue et épaisse.

Il démonta la radio. En tira un étui de plastique, un peu plus grand qu'un paquet de cigarettes. Le posa sur la table. Dévissa le gros pommeau taillé de la canne et introduisit par le haut un objet cylindrique qu'il avait tiré de l'étui en plastique. C'était un barillet, comme celui d'un revolver, mais bien plus petit, qui contenait douze projectiles d'un liquide congelé. Aussi bien l'étui que le haut de la canne étaient des congélateurs à pile qui maintenaient une température constante de – 15° C. Une substance visqueuse empêchait les projectiles congelés de se souder aux conduits du barillet.

Le liquide congelé s'appelait aloxane.

La canne dissimulait une détente à air comprimé et un silencieux.

Les projectiles très effilés que lançait Alfonso Torres Cisneros grâce à sa canne mesuraient 2 cm de long et 1/2 cm de diamètre maximum. Quand il pressait le bouton, habilement dissimulé dans la poignée, ils passaient du dépôt congélateur au tube de la détente.

Les expérimentations réalisées à Fort Meade, dans le Maryland, sous la direction d'experts en minibalistique de la NSA, avaient permis de préciser qu'à la distance de vingt mètres, le volume du projectile d'aloxane congelé diminuait de moitié sous l'effet conjugué de la résistance que lui opposait l'air chaud de l'été tropical et de la température élevée que provoquait le tir. L'expérimentation médicale avait démontré qu'à la température de 37°, celle du corps humain, le projectile se liquéfiait complètement en une quarantaine de secondes.

L'aloxane a la propriété de détruire sélectivement les cellules *bêta* dans les îlots pancréatiques. Cette découverte, due au Dr Jacobs en 1937, avait constitué une grande contribution à l'étude du diabète. On continue de l'utiliser encore de nos jours pour induire des diabètes au cours d'expériences avec des animaux.

Les projectiles que lançait Alfonso Torres Cisneros avec sa canne-revolver avaient été préparés avec de l'aloxane extrêmement concentré. Après avoir pénétré dans le flux sanguin des cibles humaines, ils transformaient irrémédiablement celles-ci en diabétiques. Les symptômes typiques : hyperglycémie, polyurie, etc., apparaissaient en quelques heures. Quelques jours plus tard, les médecins traitants diagnostiqueraient la maladie. Beaucoup de ces malades voudraient dès lors se faire soigner par le

Dr Aurore Deschamps, réputée dans les milieux médicaux cubains pour les guérisons de DDR (diabète de diagnostic récent) qu'elle avait obtenues au cours de séances d'acupuncture.

Si Alfonso Torres Cisneros s'était levé tôt ce matin-là, c'est parce qu'il voulait être à 7 heures sur un court de squash où deux petits gros, désireux de perdre du ventre, venaient jouer tous les jours. Avant de sortir, il s'approcha du lit d'Aurore, qui dormait découverte, sur le dos. Il s'assit sur le bord du lit et lui caressa la taille. Elle serra les lèvres, avala sa salive, entrouvrit un œil, grogna dans un demi-sommeil et se retourna sur le ventre. Il aimait la voir de dos. Aurore leva les deux bras, encadrant son profil aquilin. La chevelure châtain, souple, glissa le long de son bras droit, lui couvrit le coude et apparut plus foncée quand elle se répandit sur le drap bleu clair. Un creux se dessina à la limite de l'épaule charnue et de la ligne délicate du trapèze qui se fondait, en une harmonie sinueuse, dans les versants lisses du cou. Tout son corps, bronzé par le soleil de Varadero, paraissait plus vigoureux.

Alfonso pensa lui dire quelque chose, mais il choisit de la laisser dormir. Il griffonna une note pour lui indiquer où ils pourraient se retrouver à midi, la mit sur le lavabo et sortit sans faire de bruit.

C'était dimanche. C'était le troisième jour qu'ils passaient à l'hôtel Internacional. Alfonso avait retenu les noms et les visages des dirigeants cubains sur lesquels il devrait, et lui seul, tirer les cartouches d'aloxane. Les vérifications de Butterlfy lui avaient permis de savoir que plus de vingt de ses objectifs se trouvaient à Varadero ce week-end. Voilà pourquoi il était venu.

Le vendredi, de midi à 6 heures du soir, il avait tiré sur trois hommes. Hier, il avait fait encore mieux : six tirs, qui avaient fait mouche. Et ce dimanche-ci, de 7 heures du matin à midi, il espérait pouvoir attraper cinq autres de ceux qui étaient sur sa liste. De discrètes enquêtes lui avaient permis de repérer l'endroit où ils se trouvaient.

Il était sûr de rencontrer le petit gros sur le court de squash. Il savait que trois autres se trouveraient sur la plage à partir de 9 heures du matin. Le cinquième, il le surprendrait sûrement avant midi en train de boire une bière sur le seuil de la villa qu'il avait louée pour deux semaines de vacances en famille.

Malgré ses cinquante-neuf ans, B-1 possédait l'agilité et la force d'un homme de quarante. Il faisait régulièrement de la gymnastique chez lui. C'était un expert du tir. Et quand il brandissait sa canne-fusil avec les mouvements naturels de quelqu'un qui signale un détail du paysage, il était capable de traverser à quinze pas le centre d'une carte à jouer. Il s'exerçait chez lui avec des capsules de plastique, conçues pour l'entraînement. Il faisait mouche sans mal, à vingt mètres, sur n'importe quel point du corps humain. Comme le silencieux n'éliminait pas entièrement le bruit des détonations, il tirait d'ordinaire quand il y avait assez de bruit autour.

C'est à 7 heures et demie que le petit gros du squash, qui courait à ce moment-là à demi courbé pour rattraper un « double rebond au mur » de son adversaire, reçut l'impact à la partie postérieure de la cuisse.

Excité par le jeu, il ne se rendit absolument compte de rien.

Sur la plage, B-1 en attrapa deux en train de se faire bronzer, puis un autre qui entrait dans l'eau en tenant sa fille par la main. Les trois esquissèrent un geste pour se taper l'épaule, convaincus d'avoir été piqués par un moustique.

Quant au buveur de bière, il le surprit en train de discuter avec passion un coup de domino, sur le seuil de sa maison. Deux couples d'adolescents dansaient au son de la musique d'une radiocassette à plein volume.

Il l'atteignit à la main.

Les moustiques étaient insupportables à Varadero ! L'année dernière, merde, il n'y en avait pas tant !

Ce dimanche-ci, Alfonso Torres Cisneros avait donc réussi à fabriquer cinq nouveaux diabétiques. Un excellent tableau de chasse pour le week-end : quinze cibles en deux jours et demi, dont deux patriotes troubles, un colonel des forces armées et un membre du comité central !

Selon M. Lennox, d'ici à la fin de l'année, B-1 devrait en fabriquer plusieurs dizaines de plus. Il pourrait en attraper beaucoup dans les gymnases, sur la plage, sur des courts, à la piscine, sur les stades.

B-1 apprit à la mi-août qu'il existait un endroit appelé Cerro Pelado, un centre d'entraînement d'athlètes de haut niveau dans presque toutes les disciplines sportives. Mais ce qui l'intéressa le plus, ce fut d'apprendre que des dirigeants au sommet s'y rendaient fréquemment pour faire des exercices, courir autour de la piste et faire du sport. C'était, bien entendu, un endroit fortement surveillé par la police secrète. B-1, mais surtout B-2, savaient jouer au tennis, et il ne leur serait pas difficile d'apprendre à jouer au squash ou à la pelote basque. Et comme le centre de Cerro Pelado comptait les meilleurs courts et qu'il y en avait assez pour en trouver toujours un inoccupé à toute heure du jour, et même de la soirée grâce à un excellent éclairage, Aurore s'arrangea pour que le ministre de la santé, par égards spéciaux envers elle et, compte tenu du peu de temps dont elle disposait, lui obtienne la permission d'aller y jouer.

Si c'était possible, Lennox pourrait disposer de gros gibier d'ici quelques mois. Dans cette chasse gardée, B-1 chasserait des tigres, des ours, des sangliers et des volatiles tropicaux de très haut vol.

64

Des semailles pour l'avenir

Bien qu'il ait vendu opportunément tous ses biens, Jaime de Arnaiz retourna à Cuba en juin 1959. Il resta un temps à La Havane, puis il parcourut quelques régions du pays. Il voulait voir la situation de près.

La loi de la Réforme agraire avait été signée en mai. S'il n'avait pas vendu ses 3 216 ha, l'INRA ne lui en aurait laissé que 402, et les 2 814 autres lui auraient été indemnisés en bons. Et, à cette époque, on commençait déjà à parler aussi de la Réforme urbaine. Les propriétaires ne dissimulaient pas leur inquiétude. C'était là un thème de conversation obligé dans les clubs, les cercles, les villas. Jaime ne put s'empêcher de rendre visite au conseiller de la United Fruit à Cienfuegos pour constater la désolation de cet homme, qui avait cru faire une bonne affaire en achetant pour douze millions ce qui en valait dix-huit, et constatait maintenant avec horreur le cours des événements.

Durant le mois de juin, Jaime prit des notes, parla à des gens de tous les milieux et mûrit l'idée de faire quelque chose. Il trouvait stimulant de constater que ses prévisions au sujet de Cuba avaient été exactes.

En juillet et août, il resta avec Jimena. Ils passèrent quelques jours à Campo Bermejo, absolument seuls. Ramiro et Carla vinrent ensuite pour seulement deux jours, ce dont Jimena profita pour répéter le jeu qui lui avait tant plu pendant les dernières vacances de Noël, et ils partirent passer quelques jours à Madrid, où ils avaient des obligations sociales.

Jaime comprit ces jours-là, non sans une certaine anxiété, que sa vie était liée à cette étrange femme de seize ans. Il n'avait jamais pensé qu'il pourrait dépendre de quelqu'un à ce point. Elle, de son côté, lui donnait des preuves sans équivoque de son amour. En plus de l'allégresse que lui produisait son corps vigoureux et beau, il était émerveillé par sa capacité d'inventer tous les jours quelque chose de singulier. Jaime finit par lui laisser l'initiative en tout, sentant qu'il vivait quelque chose qu'il ne pourrait jamais plus rééditer. Cette seconde rencontre eut en plus l'attrait d'un passé déjà vécu entre eux. Cette gamine lui avait découvert un univers inconnu, et le quotidien se remplissait de sa marque. Elle pouvait se montrer un jour impudique jusqu'à la fascination et donner le lendemain des preuves d'une pudeur sincère ; elle pouvait être transcendante ou superficielle, allègre ou solennelle. Et cette idée folle de ne se voir que deux mois par an promettait de prolonger leur amour allez savoir jusqu'à quand. L'effet le plus étrange que lui produisait cette relation était le désir de se livrer à sa vigoureuse imagination. Elle l'aimait de façon convaincante, mais elle laissait voir dans son don, plutôt que de l'amour pour un individu, une passion de toxicomane pour un archétype. Au plus fort des ébats amoureux, elle lui disait « mon guerrier ». Il était sûr de son amour. Il était impossible que quelqu'un reçoive d'elle plus que lui.

Ils passèrent tout le mois de juillet à Campo Bermejo. Au début, il avait suggéré un autre endroit, où on ne les connaîtrait pas, pour être plus libres, mais Jimena avait insisté. Et elle avait eu raison : Ces journées s'avérèrent inoubliables.

Elle le fit parler de son enfance, de l'éducation que lui avait donnée son père. Si Jaime mentionnait tel ou tel endroit du domaine ou des environs, il fallait ensuite qu'il le lui montre. Ils passèrent une semaine seuls dans la sierra de Gredos et parcoururent les terres environnantes.

Il avait valu la peine de s'abstenir durant dix mois. Un après-midi qu'ils étaient en train de se baigner dans la rivière, elle émergea d'entre les joncs, ruisselante comme une ondine bronzée, et se dressa toute nue sur la rive. Sa chevelure souple lui tombait jusqu'aux reins et jouait entre ses seins. Il la contempla, envoûté, sur fond de ciel gris. Il conserva cette image toute sa vie. Soudain, elle ouvrit tout grands les yeux et lui dit : « Allons en Californie ! » Jaime accepta, comme toujours et, une semaine plus tard, ils entreprenaient une balade en voiture de San Francisco à Tijuana.

Ils se dirent adieu à Paris, le 27 août.

Elle ne voulut pas qu'il l'accompagne jusqu'à Bruxelles.

À la gare du Nord, il la vit s'éloigner, sereine et souriante, vers le train, après qu'elle lui eut donné un de ses petits baisers de nièce. Au snack de la gare, elle lui avait dit qu'elle s'inscrirait *pour faire une licence classique en Belgique* [1]. Quand elle pensait à haute voix, elle le faisait d'ordinaire en français.

Tout comme l'année précédente, Jaime de Arnaiz fit de nombreux déplacements au cours du mois de

1. En français dans le texte *(N.d.T.)*.

septembre, puis s'enferma jusqu'en juin 60 pour travailler à ses projets. Selon ses prévisions, le triomphe de la Révolution cubaine déclencherait en Amérique latine l'apparition d'un tas de caudillos qui essaieraient de faire la même chose que Castro. Il avait visité presque tous les pays du sous-continent, dont il avait étudié les caractéristiques géographiques, les systèmes de communications, l'état de l'opinion publique et les personnalités risquant d'avoir des visées séditieuses.

Les deux derniers mois, il travailla une moyenne de quatorze heures par jour, enfermé dans la tour. Il rédigea un rapport de 573 pages, bourré de statistiques, de cartes, de biographies politiques et d'études militaires, avec des pronostics sur les lieux où pourraient surgir des foyers de subversion. Pour le Nicaragua, la Colombie, le Paraguay et d'autres pays où le mouvement guérilléro avait déjà pris une force et une organisation relatives, il avait mis au point des stratégies très concrètes. La base de ces plans était le recours à des troupes qui auraient reçu un entraînement spécial dans un environnement analogue à celui des futurs théâtres d'opération. Et le noyau de ces troupes devait être constitué par une sélection de professionnels de la guerre provenant de la Légion étrangère, des corps expéditionnaires coloniaux, des anciens de Corée et des campagnes africaines. Le rapport, intitulé *Guerre prophylactique*, analysait cinq aspects clefs : liquidation immédiate de toute étincelle factieuse surgie dans des zones montagneuses relativement peuplées de paysans en effervescence; acceptation de bandes armées dans des zones forestières et semi-forestières à faible densité de population; acceptation, voire, dans certains cas, stimulation de groupes de conspirateurs urbains, qui pourraient être utilisés comme des miroirs aux alouettes pour attirer les subversifs non soumis à la mouvance communiste ; infiltration systématique, et à long terme, de tous les groupes et partis de gauche ; enfin, liquidation physique des leaders, grands ou petits, qui auraient des perspectives pour gagner la faveur politique des foules. Certains figures clefs, comme Sandino et Jorge Éliecer Gaitán, faisaient l'objet d'une étude assez circonstanciée qui concluait sur cette mise en garde : « Dans tout gueux des campagnes latino-américaines, sommeille un Fidel Castro en puissance. »

En juin de cette même année, il localisa à Berlin Helmuth von Irmer, ex-commandant de la Wehrmacht, à qui il avait sauvé la vie dans les environs de Vilna en 1941 et qui, de 45 à 50, avait vécu avec lui à Sidi Bel Abbes, durant ses premières années à la Légion étrangère. Quand il avait été démobilisé en 50, von Irmer avait occupé un poste à l'Office de l'Allemagne de l'Est, une branche des services de renseignements d'Adenauer. En 53, il avait été inscrit sur les listes officielles de la CIA et, en 56, ayant appris que Jaime de Arnaiz était à Cuba, il lui avait écrit en lui proposant un entretien, qui eut lieu à La Havane début 57. Von Irmer avait besoin de quelqu'un de toute confiance pour diriger un bureau de la CIA à Madrid.

Il avait beaucoup insisté, mais Jaime n'avait pas accepté. À l'époque, il s'était attelé à l'organisation de ses activités sucrières à Las Villas et voulait vivre pour le moment en marge de la tempête politique, réfléchir et décider sur des bases solides de ce à quoi il se consacrerait dorénavant. Il savait d'avance que les affaires finiraient par l'ennuyer, mais, avant de se lancer dans une entreprise militaire ou politique, il avait besoin de se remettre du pessimisme dans lequel l'avait plongé la déroute de l'Indochine et de définir clairement ses idées pour l'avenir. Et puis, travailler avec les Américains ne le séduisait pas.

Ils en restèrent là. Mais maintenant, en 60, il savait pertinemment ce qu'il voulait et ce qu'il pouvait attendre des Américains. Avant de remettre son rapport à von Irmer, Jaime avait évalué d'autres intermédiaires éventuels. Il se décida toutefois pour celui-ci. Il le considérait comme un militaire d'honneur, incapable de le trahir. De plus, von Irmer était un nazi convaincu qui, pendant leurs cinq années de vie commune en Algérie, l'avait traité comme son meilleur camarade, sans occulter sa gratitude pour l'épisode de Vilna ni l'admiration que suscitaient en lui ses fréquents exploits.

Jaime revit Jimena en juillet. Cette fois-ci, elle avait tracé tout un programme. Ils restèrent deux semaines dans les îles Égée, puis partirent pour l'Extrême-Orient. Ils passèrent le gros de leur temps en Inde et au Japon. Ils rentrèrent à Campo Bermejo dans les derniers jours d'août.

Ils se dirent adieu à Valladolid, où Jimena prit le train qui la conduirait, *via* Irún et Paris, en Belgique.

Cette fois-ci, Jaime ne s'éloigna pas de Campo Bermejo. Il était convenu avec von Irmer de ne pas en bouger jusqu'à la fin de l'année, dans l'attente d'une réponse à son rapport. Il s'attacha pendant trois mois à réviser et compléter les manuscrits de son père relatifs à la Milice espagnole sous le règne autrichien ; il pensait en faire don à l'Académie militaire, qui souhaitait les publier.

Un certain Milton B. Chapman se présenta à Campo Bermejo en octobre. C'était un petit homme chauve, aux yeux protubérants. N'était-ce la prononciation défectueuse du *r*, rien n'aurait trahi son origine anglo-saxonne. Chapman avait fait des études de littérature espagnole à Harvard et servi comme correspondant de *Newsweek* pendant la Guerre civile espagnole. Puis, de 1939 à 1945, il avait vécu à Madrid en tant que fonctionnaire de l'UPI. Il avait fini par connaître la vie et la politique de l'Espagne franquiste dans ses plus subtiles nuances. En 1951, il avait publié une étude sur la presse espagnole depuis ses origines jusqu'au milieu du siècle et il avait écrit près d'une centaine d'articles sur des questions historiques et politiques, et des anecdotes d'ordre général, toujours en rapport avec l'Espagne, dans des journaux et des revues des États-Unis. Depuis qu'il était entré à la CIA en 1952, il conseillait le département des Affaires espagnoles à la Section de l'Hémisphère Ouest.

Trois mois avant l'entretien de Campo Bermejo, ses chefs lui avaient demandé un rapport analytique sur Jaime de Arnaiz. Il devait dans la mesure du possible reconstituer sa vie depuis le milieu des années 30 jusqu'à son apparition à Cuba en 1955.

Chapman s'y attela sur-le-champ. À mesure que son enquête progressait, son intérêt pour ce personnage au *curriculum vitae* impressionnant s'accrut : légionnaire au Maroc dès l'âge de quinze ans ; membre de la Phalange, deux fois décoré durant la Guerre civile ; expéditionnaire de la Division bleue, décoré par les Allemands de la Croix de Fer pour son attitude à Vilna et à Minsk ; démissionnaire de la Phalange en 1943 ; ensuite, selon le rapport de von Irmer auquel il avait eu accès, ses état de service dans la Légion étrangère avaient été des plus brillants, tandis que le colonel Malherbe le présentait comme un de ses vaillants du corps expéditionnaire indochinois, volontaire pour les opérations les plus risquées pendant le siège de Diên Biên Phu.

Mais Chapman avait tout de même un peu de mal à cerner pleinement ce personnage. Il savait que l'Agence souhaitait le recruter, mais qu'elle avait recommandé la prudence. Il savait par ailleurs qu'Arnaiz avait présenté une étude très intéressante sur la guérilla en Amérique latine. Et ce que Chapman devait établir, entre autres, c'étaient les mobiles pour lesquels il avait pris cette décision. Ce n'était pas de toute évidence pour des questions d'argent, car il possédait une fortune évaluée à plusieurs millions de dollars. Par ailleurs, selon la synthèse et l'évaluation qu'en avait fait le bureau militaire de Langley, l'auteur de la *Guerre prophylactique* apparaissait comme quelqu'un de conservateur, de prudent, de très sagace, ce qui ne correspondait absolument pas à l'image de fasciste mystique et brutal que Chapman avait recueillie dans ses enquêtes. Chapman n'écartait pas l'hypothèse que ses dernières années de soldat, notamment l'équipée indochinoise, aient pu fortement infléchir ses sentiments politiques. La seule manière de le vérifier était un tête-à-tête avec Jaime de Arnaiz lui-même. Il consulta ses supérieurs, et reçut l'autorisation de lui rendre visite et de lui parler ouvertement. Chapman ignorait de toute façon les véritables intentions de l'Agence et l'offre qu'elle pensait faire à Jaime de Arnaiz. Le Bureau du personnel demandait qu'aucun voyant rouge ne s'allumât durant les investigations de Chapman. Il fallait toujours prendre des précautions quand on voulait recruter des fonctionnaires destinés à des opérations d'envergure. Ce à quoi était appelé Jaime de Arnaiz.

Chapman passa trois journées à Campo Bermejo et enregistra, avec l'autorisation d'Arnaiz, quatorze heures de conversation. Une semaine plus tard, il présentait un rapport volumineux, louangeur au plus haut point, dans lequel son sujet d'enquête apparaissait comme un fasciste sincère et convaincu, que les années et les défaites avaient infléchi vers des positions plus modérées. Mais il était avant tout un ennemi implacable des Rouges. Chapman estimait en l'occurrence qu'il n'était mû que par l'intérêt de ne pas renoncer à une lutte qui avait été l'axe de sa vie depuis l'adolescence. Il ne serait jamais un démocrate, mais c'était quelqu'un d'intelligent, de cultivé, d'une vaillance légendaire, et ce n'était pas un mercenaire : il était poussé par une vocation aristocratique sincère.

Chapman lui donna rendez-vous, début novembre, dans un club de Madrid, et le présenta à quelqu'un qui discuterait avec lui de sa *Guerre prophylactique*. Une fois le contact établi, il se retira. Ce même jour, dans la soirée, Jaime de Arnaiz assista à une réunion à laquelle participèrent deux autres Américains, dans une luxueuse résidence de l'avenue La Castellana. On lui faisait une proposition concrète : l'envoyer en Amérique centrale pour travailler à la préparation d'une invasion contre Cuba. Quant il eut appris que la plupart des expéditionnaires seraient des Cubains vivant aux États-Unis, Arnaiz se leva pour se retirer.

– Je regrette, messieurs, dit-il. De toute évidence, vous n'avez absolument rien compris à ce que je propose dans mon rapport.

Et, sans se rasseoir, il expliqua qu'il n'avait pas écrit près de 600 pages dans lesquelles il prônait un nouveau genre de guerre pour qu'on vienne lui proposer maintenant la vieille idiotie de toujours : éteindre des incendies qui, loin de s'éteindre, ne cessaient de s'étendre. Si le gouvernement américain s'était décidé à faire la seule chose à faire dans le cas de Cuba, autrement dit organiser une invasion en bonne et due forme avec l'infanterie de marine et avec un soutien aérien massif, il n'aurait absolument pas besoin de lui. Quant à lui, il ne se rabaisserait pour rien au monde à travailler comme instructeur de mercenaires cubains. Et il tenait à les avertir que si c'est ce qu'ils pensaient faire contre Cuba, cela risquait de leur retomber sur le nez.

Deux jours plus tard, les mémoires des ordinateurs de Langley emmagasinaient pour la troisième fois un rapport concernant les positions farfelues du capitaine Jaime de Arnaiz. Pourtant, quelques mois plus tard, les événements de la baie des Cochons lui donneraient de nouveau raison, et ce, d'une façon écrasante.

Guerre prophylactique se transforma en avril et mai 1961 en une lecture d'intérêt pour de hauts fonctionnaires de la CIA et du Pentagone.

En 57, le Pentagone avait ignoré le plan d'Arnaiz en vue de liquider dans l'œuf les guérillas castristes. N'aurait-il pas eu raison ? Dans l'histoire militaire, bien des folies apparentes s'étaient avérées ensuite des idées géniales. En 58, il avait prédit que la Révolution cubaine se retournerait contre les compagnies nord-américaines et entreprendrait la Réforme agraire contre vents et marées. La Maison-Blanche était sûre en revanche de la contenir rien qu'en prononçant les mots magiques de « contingentements sucriers » et de « pétrole ». Jaime de Arnaiz avait eu raison pour la seconde fois. Il était si convaincu de son point de vue, d'ailleurs, qu'il avait liquidé ses biens à Cuba au milieu de l'année 58, perdant beaucoup d'argent dans l'opération. Et le comble était qu'il avait mis en doute qu'une invasion de mercenaires soutenue par la CIA puisse vaincre les castristes. L'histoire des quatre dernières années lui avait donné raison sur toute la ligne.

À Langley, ceux de l'Hémisphère Ouest se prononcèrent en faveur du rapport Arnaiz, et proposèrent le recrutement définitif de son auteur; *Area Divisions* et le *Directorate of Operations* approuvèrent aussitôt l'idée. L'*Office of Security* opposa toutefois son veto, estimant que si Jaime de Arnaiz participait à un plan à l'échelle continentale, il aurait accès à des fonctionnaires et à des niveaux d'information tels qu'il faudrait absolument redoubler les mesures de sécurité avant tout recrutement.

Et c'est ainsi que par une chaude matinée de mai 1961, un vendeur de la General Electric se présenta à Campo Bermejo pour faire de la réclame en faveur de la climatisation d'exploitations rurales. Ces jours-là, Ramiro et Carla passaient une saison en Espagne avec leurs plus jeunes enfants, et Jaime était allé à Madrid pour des démarches. Le vendeur le savait pertinemment. Ramiro fut aussitôt emballé par le projet. L'année précédente, en juillet-août, la chaleur avait été suffocante. Ramiro estima qu'il fallait un appareil dans chaque chambre, deux au salon et un dans la tour. À son retour, Jaime approuva l'idée, et les appareils furent installés dans les premiers jours de juin.

Cette année-là, la CIA eut de la chance. Les tables d'écoute installées à Campo Bermejo fonctionnèrent sans une seule anicroche pendant le printemps et l'été. Elles enregistrèrent quatre heures de conversations Jaime-Ramiro-Carla; trente-six minutes de conversations Jaime-Velázquez (un capitaine qui avait été son compagnon d'armes à la Division bleue); sept heures de conversations diverses entre Jaime et d'autres visiteurs accidentels; mais c'est en juillet que les écoutes en enregistrèrent de très intéressantes entre Jaime et Jimena de Arnaiz, pour un total de soixante-quinze heures, malheureusement interrompues à la mi-août par le départ du couple. Et ces soixante-quinze heures révélèrent une singulière histoire d'amour entre cet homme de quarante-trois ans et sa nièce de dix-neuf. Milton B. Chapman avait vu juste dans son rapport. Aucun doute n'était plus possible. Il était évident que Jaime de Arnaiz était mû par une mystique chevaleresque aux profondes racines anti-populaires. C'était un aristocrate médiéval, un militaire de vieille souche. Ce ne serait jamais un démocrate. S'il ne cachait pas un certain dédain pour les Nord-Américains et leur *American way of life*, il leur reconnaissait en tout cas le leadership dans la lutte anticommuniste, à laquelle il avait consacré sa vie depuis son adolescence.

Les spécialistes en recrutement conseillèrent également de prendre en considération le cas de Jimena de Arnaiz, cette jeune fille dont les photos révélaient la beauté éclatante, et qui se signalait à son tour comme une aristocrate n'ayant pas froid aux yeux et d'une grande intelligence. Elle était, à l'instar de son oncle et amant, convaincue d'appartenir à une classe biologiquement et socialement supérieure ; mais son trait le plus attirant était sa délectation pour la double vie, son goût de la simulation et de l'anonymat, comme le reflétaient la grande série d'anecdotes recueillies par les écoutes. Excellente perspective d'en faire un superagent, digne d'une « semaille » future selon la technique Jean-Valjean.

65

Un petit gros devenu cycliste

B-3 avait reçu à midi l'appel habituel de B-1, qui avait inclus un « Ramón Méndez ». B-3 devait donc se préparer à recevoir le soir un message de B-1, une fois qu'il aurait émis le sien, comme il le faisait normalement tous les mercredis. Il devait opérer ce soir au point 4.

B-3 arriva au carrefour de la 17ᵉ Rue et de la Rue D à 8 h 13. Quand la trotteuse de sa montre indiqua le début de la seizième minute, il se mit en marche dans la Rue D en direction de la 19ᵉ Rue. Au milieu de la rue, il appuya sur le bouton rouge du *babbler* qu'il portait dans la poche de sa chemise, dissimulé dans un paquet de cigarettes. Quand il calcula que les cinq secondes nécessaires à l'émission rapide s'étaient écoulées, il appuya de nouveau sur le bouton rouge et arrêta le mécanisme. Il poursuivit son chemin jusqu'au coin de la rue. Traversa la 19ᵉ Rue et, dès qu'il eut posé le pied sur le trottoir de la rue suivante, appuya sur le bouton bleu qui déclenchait le mécanisme de réception. Continua de marcher jusqu'à la 21ᵉ Rue. En traversant le carrefour, il attendit qu'un taxi ait fini de passer et appuya de nouveau sur le bouton bleu. Poursuivit son chemin jusqu'à la 23ᵉ Rue puis tourna à droite. Monta dans sa voiture garée devant la droguerie au coin de la

23e Rue et de la Rue C, remit le *babbler* dans une calculette qu'il avait vidée de son contenu pour en faire une cache et prit le chemin de retour. Une fois chez lui, il garda la calculette dans un tiroir qu'il ferma à clef sous prétexte d'empêcher son fils de dix ans de jouer avec. Prit une douche, dit à sa femme qu'il ne mangerait pas ce soir parce qu'il l'avait déjà fait au ministère, s'enferma pour travailler dans son bureau. Mit les écouteurs et écouta le message de B-1 :

Durant les dix prochains jours, observez la moustache de QUARANTE ET UN (je répète : quarante et unième, quarante et un) ; la coiffure de CINQUANTE-TROIS (je répète : cinquante-troisième, cinquante-trois) ; le déjeuner et le menu de QUATRE-VINGT-DOUZE (je répète : quatre-vingt-douzième, quatre-vingt-douze) ; les cigarettes que fume SOIXANTE-NEUF (je répète : soixante-neuvième, soixante-neuf) ; et confirmez si le petit ventilateur disparaît du bureau de QUATRE-VINGT-ONZE (je répète : quatre-vingt-onzième, quatre-vingt-onze). Décrivez vos observations avec la plus grande précision. Merci. Fin.

Que tout cela était étrange ! Trois semaines avant, B-3 avait déjà reçu une autre mission comme celle-ci, où on lui demandait des idioties de ce genre. Mais le plus inexplicable, c'était que quelque chose d'insolite était arrivé dans tous les cas mentionnés. B-1 lui avait ordonné, par exemple, de contrôler la barbe de son vice-ministre d'Athénée. Et, de fait, deux jours plus tard, le type s'était pointé au bureau sans s'être rasé. Et 72, qui était toujours habillé à la diable, avait commencé à se rendre au ministère en complet veston, en plein mois de septembre ! Et le gros Ray, le directeur du personnel, était arrivé un lundi absolument crevé parce qu'il s'était tapé un aller et retour jusqu'au Salado en vélo. Qui aurait pensé ça de lui !

Oui, que tout cela était étrange ! Il était incontestable que B-1 recevait des informations sur bien des gens du ministère, qui ne provenaient pas de lui. Comment pouvait-il prévoir ce qui allait se passer ? Quelle salade y avait-il derrière tout cela ? Se rendant compte qu'il ignorait tant de choses, B-3 ne put s'empêcher d'éprouver de l'inquiétude. Que diable pensaient-ils faire du gros Raymundo, par exemple ? En quoi cela pouvait-il bien les intéresser de savoir s'il faisait ou non du vélo ? Le gros travaillerait-il donc pour eux ? Sinon, comment B-1 avait-il fait pour apprendre qu'il jouerait au cycliste ce dimanche-là ? Car, autant qu'il sache, Ray n'avait fait aucune allusion à qui que ce soit du ministère. Qui pouvait bien avoir informé B-1 de tout cela ? Quand ? Comment ? Pourquoi ? Et, surtout, dans quel but B-1 voulait-il être informé de toutes ces idioties ?

66

La méthode Jean-Valjean

C'est Jaime en personne qui transmit la proposition à Jimena : la CIA envisageait, dans le cadre d'un projet à long terme, de lui faire suivre un entraînement de quelques mois, puis de la « semer » en France par un procédé d'implantation : l'agence estimait pouvoir la convertir en un agent de première ligne d'ici aux années 70. Jimena accepta. L'idée de changer de nom et de personnalité, d'être et de ne pas être, l'éblouit. Mais elle imposa la condition de pouvoir disposer, deux mois par an, de la liberté de disparaître de la scène française et de faire ce que bon lui semblerait, à l'endroit qu'elle choisirait elle-même.

Les experts voyaient en elle des conditions formidables pour une « JV ». Certains la considérèrent pourtant comme superflue ; somme toute, de nombreux dirigeants communistes de première ligne étaient d'origine bourgeoise, et les intellectuels de gauche provenant de milieux aristocratiques abondaient en France et en Italie. Mais les experts de la CIA pensaient que cette femme exceptionnelle pourrait devenir d'ici à quelques années un super-agent. Il était donc préférable de dissimuler ses origines et de la faire naître en milieu ouvrier, si possible de parents victimes du fascisme.

L'appareil de la CIA travailla durant trois mois. Il passa au peigne fin la vie privée de milliers d'immigrants français arrivés aux États-Unis durant et après la guerre; il révisa des actes de décès, des archives de morgues, des listes de disparus, des documents, de la correspondance.

En novembre 1961, les responsables de l'opération disposaient de quatre propositions, dont l'une fut approuvée par l'*Office of Security*. Il s'agissait d'Aurore Deschamps, fille de communistes bordelais, et juive par ascendance maternelle. Née en 1941, elle était morte en Californie écrasée par un camion, à l'âge de onze ans. Elle avait en fait un an de plus que Jimena. Ses grands-parents paternels, paysans de la Charente, ne l'avaient jamais connue, et ceux du côté maternel étaient morts aux mains des nazis. Une tante qui avait survécu était morte en 1955 à l'hôpital de Bellevue, dans un état de démence totale. À Bordeaux, seule une vieille femme qui l'avait recueillie à la mort de ses parents et quelques habitants de la rue de la Fusterie la connaissaient.

Décision fut donc prise de faire subir à Jimena de Arnaiz une « Jean-Valjean ». Et c'est ainsi qu'en mai 1962, au terme de sept mois d'entraînement, une Aurore Deschamps ressuscitée descendait à l'aéroport de Mérignac, à Bordeaux. Une heure plus tard, elle frappait chez Mmc Delacroix.

Troisième partie

1977

67

Quelle puanteur !

DATE : 17th January, 77
FROM : Alfa
TO : George
SUBJECT : L'ODEUR

S'agissant de votre inquiétude pour l'emploi sophistiqué et coûteux de la tapagine, nous devons vous informer, monsieur, qu'il a été impossible à ce jour de l'administrer par voie orale à cause de l'odeur soufrée très pénétrante qui caractérise tous les composés du Tap Tree. Nonobstant, l'équipe pharmacologique étudie actuellement une nouvelle formule, mise au point à partir de la sève même des arbres, qui pourrait être la base d'une « anti-saveur », ou substance neutralisante.

SUBJECT : L'APPROVISIONNEMENT

Après les découvertes faites près des fleuves Madeira (Brésil) et Congo (en territoire équato-guinéen), nous pouvons assurer des approvisionnements suffisants pour notre travail à l'échelle internationale.

SUBJECT : CUBA

Le travail réalisé là-bas par notre endocrinologue peut être considéré comme conclu avec succès. Nous avons obtenu, en deux ans et demi, 47 sujets situés aux instances supérieures du gouvernement, qui forment d'ores et déjà le prototype désiré. (Cf. rapport du 14/06/76 sur « Le patriote trouble ».

Les écoutes de « Butterfly » nous ont permis de recruter récemment deux femmes, toutes deux divorcées, qui entretiennent une très discrète relation homosexuelle, et n'ont eu besoin d'aucune induction car elles étaient toutes deux déjà mûres pour le recrutement, qui s'est effectué avec succès. Leurs cryptonymes sont Arès, trente-deux ans, commandant des services de contre-espionnage, et Aphrodite, vingt-quatre ans, capitaine d'un groupe d'action dénommé Services spéciaux, qui se trouve actuellement en Angola et maintient des relations avec les plus hauts gradés. Aussi bien Arès qu'Aphrodite ont reçu des instructions de ne prendre pour le moment aucun amant, d'aucun sexe, jusqu'à ce que les résultats de la recherche sur la drogue permettent de décider à quels candidats on les réservera.

SUBJECT : URSS

Un de nos dermatologues de Moscou, d'origine lituanienne, a entrepris avec beaucoup de succès des traitements du psoriasis et d'autres maladies de la peau par un procédé très similaire à celui qui a été décrit à Cuba. Il soigne par des applications d'un sérum que la pharmacologie internationale avait écarté voilà des années parce que commercialement non rentable. Nos laboratoires en fabriquent, au coût de presque trois millions de dollars par an, des quantités suffisantes pour que notre Lituanien puisse traiter une centaine de patients choisis.

Le plus efficace à ce jour en URSS a été l'utilisation de la tapagine comme prétendu vomitif dans les traitements contre l'alcoolisme. Les patients reçoivent d'abord une décoction extrêmement concentrée qu'ils vomissent, puis le psychiatre traitant les reçoit en consultation privée dans son bureau. Là, il leur fait des piqûres intramusculaires de tapagine, contenue dans des ampoules d'un somnifère courant. Les alcooliques, qui attribuent leur guérison à l'effet du vomitif, sont soignés en fait par les inductions. Le fait que les dirigeants soviétiques soient sans aucun doute les plus éthyliques au monde a favorisé ce travail, à quoi s'ajoute, en tant que facteur de grand poids, l'immense trafic d'influence qui règne à tous les niveaux dans le pays. Notre spécialiste peut ainsi se permettre de choisir les plus gros pontes, parmi lesquels figurent d'ores et déjà, en seulement trois mois, douze militaires de haut rang, six membres du comité central et plusieurs personnalités du Parti à Moscou.

68

Putain de merde, Ramiro !

Ramiro fait entrer des femmes dans la station-service vers 6 heures du soir, quand le gérant est parti. Celui-ci le sait. Ça ne lui plaît pas, mais il doit se faire une raison. Ramiro sait des choses sur lui. Et puis, après tout, le Nègre n'est pas un type qui fait du tapage. Il écluse son rhum et culbute ses femmes sur un sofa branlant et graisseux, qu'il rembourre de serpillières et couvre d'un drap. Il invite parfois un pote, tout aussi discret, et ils baisent les femmes moitié moitié. Le seul problème de Ramiro, c'est pour ressortir.

Le type qui le préoccupe le plus, c'est Crescencio, le président du Comité de défense de la révolution, un vieil extrémiste et un con, et en plus un mouchard de première. Avec celui-là, oui, faut qu'il soit sur ses gardes, parce que s'il apprend qu'il organise des séances de baise dans l'atelier, dès le lendemain, tout le monde le saurait, l'entreprise, la police et tout le saint-frusquin.

Le gérant l'a bien averti : Nègre, fais fonctionner ton ciboulot et surveille bien ce que tu dis, tu sais que si Crescencio te chope, il va t'emmerder jusqu'au trognon et te dénoncer aux flics, et dans ce cas, déconne pas, hein, moi, tu m'éclabousses pas, compris ?

Ramiro répare les pneus dans ce garage depuis vingt-cinq ans. Il n'est jamais absent et fait bien son boulot. Bien sûr, dans ce garage qui appartient à un organisme artificiel et anémique, il n'y a pas grand-chose à faire et on a du temps pour causer avec les potes, vendre, revendre, faire la fête ou se fumer un joint de marihuana quand on en trouve.

Mais depuis qu'il est venu s'installer dans cette rue, l'année dernière, Crescencio le tient à l'œil. Et Jorgito, qui vit au coin de la rue, et Heriberto aussi. Un sacré raciste, ce vieux chnoque ! Même qu'une fois il s'est pointé à l'atelier pour demander des choses sur ceci et sur cela, comme s'il était flic ou je sais pas quoi ; heureusement que Ramiro, comme il commençait à les lui gonfler, l'a envoyé chier.

Depuis, Crescencio le surveille. Il attend de pouvoir choper ce Nègre m'as-tu-vu dans une partouze ou dans une combine quelconque, et, avec des preuves à l'appui, le baiser dans les grandes largeurs. S'il le chope, il lui flanque les flics aux fesses.

Cette nuit-là, Ramiro a beaucoup bu et il ne se réveille qu'à 5 h 25. Il secoue la gonzesse pour qu'elle se lève. Y'a même pas le temps de faire un café. Faut qu'elle se tire tout de suite ! Au cas où Crescencio serait déjà debout. Tout nu, il va jeter un coup d'œil par le trou qu'il a percé dans le mur de façon à pouvoir surveiller l'ennemi, qui vit en face du garage, au troisième étage d'un immeuble de cinq. Et ce connard se lève toujours très tôt pour aller acheter le journal, qu'il lit ensuite assis sur son balcon.

Ramiro retire le portrait de Benny Moré et la cheville de bois munie d'un fil de fer qui bouche le trou donnant sur l'extérieur. Il a du pot. Aucune lumière n'est encore allumée au troisième étage.

Et il est sur le point d'aller dire à la nana de s'habiller quand...

Putain de merde ! C'est quoi ça ?

Il enfile un short, laisse la fille à l'intérieur et sort pieds nus dans la rue.

À travers le trou, il a vu quelqu'un sur le toit en terrasse du bâtiment de Crescencio, en train de traverser sur un madrier en direction du toit de la Française, les bras écartés pour conserver l'équilibre.

Quand il parvient à se camoufler dans un coin sombre à côté du bureau, le type en train de traverser a déjà disparu. Est-ce qu'il se dirigerait vers la terrasse du penthouse ? Est-ce que ça serait un voleur ?

Et là-dessus, un autre ! Oui, mais... mais celui-ci c'est Rubén, le fils de Juan ! Qu'est-ce qu'il trafique, grimpé là-haut, ce môme ?

69

Retrouvailles

Jaime et Jimena se retrouvèrent à Campo Bermejo en juillet 62. Lui, arrivait du Panama ; elle, de Bordeaux.

Depuis octobre 61, Jaime avait travaillé au recrutement et à la mise au point de plans d'entraînement des futurs instructeurs de la lutte antiguérilla en Amérique latine.

Après que les milices cubaines eurent liquidé le débarquement mercenaire de la baie des Cochons planifié par l'administration Eisenhower et exécuté par celle de John F. Kennedy, un conseil d'experts du Pentagone et de la CIA s'était attaché à élaborer un plan en vue de liquider tout mouvement armé qui fût en mesure de rééditer des faits analogues dans l'arrière-cour des États-Unis, à savoir l'Amérique latine. Et Jaime de Arnaiz, grâce à ses prédictions sur Cuba et ses idées de prophylaxie, avait été invité à faire partie des conseillers du plan.

La situation la plus difficile à l'époque était celle de la Colombie, où les guérillas du Parti libéral, nées à la fin des années 40 dans le sud du pays après l'assassinat de Gaitán, avaient connu un processus de radicalisation qui les avaient conduites à s'allier au Parti communiste. Convaincus que les conditions d'une prise de pouvoir immédiate n'étaient pas réunies, les rebelles avaient créé une « république indépendante » dans la région de Marquetalia, cœur d'un plan d'« autodéfense de masse ». La guérilla avait mis fin aux actes arbitraires et à la « géophagie » des gros propriétaires terriens. À Marquetalia même et dans ses zones d'influence, des milliers de paysans autrefois libéraux ou conservateurs obéissaient massivement, depuis 61, aux guérilléros communistes conduits par Manuel Marulanda Vélez, le légendaire « Faitmouche ».

Il en allait à l'avenant dans les régions voisines du fleuve Chiquito, de Pato et de Guayabero.

Arnaiz avait souri de satisfaction en apprenant que la CIA l'avait baptisé dans ses codes du nom de Calchas, le « devin du malheur ». C'était au moins une reconnaissance. La mise en place du Plan Marquetalia (Plan « M » dans le jargon de la CIA, « Plan Lasso » pour l'armée colombienne) prendrait deux ou trois ans. Son application était prévue pour le milieu de l'année 64. Les premiers mois, Arnaiz travailla comme conseiller d'un colonel du Pentagone et fut chargé du recrutement des instructeurs. Il les chercha parmi les *hispanophones,* les anciens de la guerre de Corée et de la Légion étrangère et, surtout, les mercenaires d'Indochine, d'Algérie et d'Afrique noire. Puis il participa à l'élaboration des programmes d'entraînement. Enfin, il choisit et prépara personnellement les Colombiens qui devaient infiltrer les guérillas et maintenir l'état-major du Plan « M » au courant de la situation à Marquetalia.

Arnaiz s'installa à Bogota début 62 et se mit au travail. Bien qu'il n'eût jamais fait d'espionnage, il avait réussi en deux mois à établir des méthodes de pénétration d'une subtilité et d'une rigueur dignes d'un espion chevronné. Il s'agissait en fait d'une tâche de renseignement militaire, et il en tomba amoureux dès le début. Elle exigeait non seulement une connaissance pratique des questions de guérilla, mais encore de la sagacité, de la discipline, de la prudence. Cette tâche-là, qu'elle était nouvelle et stimulante ! C'était une autre forme de lutte, plus efficace et plus intelligente que ce qu'il avait fait à ce jour. Il apprit à utiliser des détecteurs de mensonge, des langages chiffrés, des mécanismes de communications radio, des boîtes aux lettres, des encres sympathiques, et toute la panoplie de l'espionnage avec laquelle ses hommes devaient travailler. Il sentit qu'il avait enfin trouvé ce qu'il voulait. Il s'y lança à fond.

Il arriva à Campo Bermejo en juillet 62, d'excellente humeur.

Jimena qui, après deux années d'études classiques en Belgique, s'était inscrite à des cours de langues germaniques à Heidelberg, accepta de faire des études de médecine à Paris. Ce serait son destin. De novembre 61 à avril 62, elle suivit un entraînement aux États-Unis afin de pouvoir « incarner » Aurore Deschamps. Dès janvier, elle était capable de préciser, avec lieux et dates, les représentations artistiques auxquelles avait participé sa tante Rachel ; elle avait visité les écoles et les logements où s'était écoulée la vie de son personnage ; et, sept mois durant, sous la conduite d'un professeur de phonétique, elle apprit à prononcer l'anglais avec l'accent nord-américain. En février, elle avait repris sa correspondance avec Mme Delacroix et, en mai, elle s'était rendue à Bordeaux pour s'inscrire dûment en classe terminale.

La vieille dame fut remplie de joie et insista pour la loger de nouveau chez elle, rue de la Fusterie. Présentant des documents dûment peaufinés qui attestaient des études effectuées par Aurore Deschamps dans un collège de New York, elle s'inscrivit au lycée Montaigne pour y préparer le bachot, qu'elle devrait passer au milieu de l'année suivante.

L'imposture fut considérée comme parachevée en juillet 62. Jimena expliqua à Mme Delacroix qu'elle allait profiter des vacances pour liquider des affaires en souffrance aux États-Unis, en particulier la vente de la maisonnette qu'elle avait héritée de tante Rachel et grâce à laquelle elle pensait vivre en France et payer ses études. En partant, elle lui annonça qu'elle reviendrait en septembre pour la rentrée des classes. En fait, elle allait retrouver Jaime à Campo Bermejo. Elle devait également remplir une très importante mission : empêcher que son père et Carla ne se mêlent de sa nouvelle situation. Jaime se chargea de leur parler en sa présence. Sans entrer dans les détails, il leur expliqua clairement qu'ils ne pourraient voir Jimena que durant quelques jours de juillet ou d'août. Le reste du temps, ils ignoreraient où elle se trouvait et ce qu'elle faisait. Ils pouvaient être tranquilles et se sentir fiers : Jimena accomplirait dorénavant une tâche très importante, et Jaime garantissait qu'elle ne courrait aucun danger. Ramiro haussa les épaules et se contenta de déboucher une bouteille de champagne et de porter un toast. Il venait de se rendre compte que sa fille était majeure.

Ramiro, Carla, et leurs enfants Jaime et Ramón partirent pour Madrid. Jaime et Jimena restèrent quelques jours de plus sur le domaine puis partirent pour Tahiti. Jimena voulait connaître les mers du Sud et l'ambiance des tableaux de Gauguin.

La mission d'Aurore pendant sa première année en France était très simple : elle devait réussir son bac puis s'inscrire en médecine à Paris. Compte tenu du travail qui l'attendait, elle serait plus utile comme médecin que comme philologue. De plus, à la fac de médecine, elle nouerait des liens plus directs avec les militants communistes au sein desquels elle devait agir.

Au cours de l'année qu'elle passerait à Bordeaux, elle devrait assister à des réunions culturelles, aux meetings de gauche, et bien faire comprendre qu'elle avait quitté les États-Unis pour ne plus jamais y retourner : c'était une société où elle étouffait, un pays d'énergumènes et d'analphabètes politiques. Ses camarades apprendraient que son père et sa mère étaient morts aux mains des nazis, raison pour laquelle elle se solidarisait avec les souffrances du peuple juif, mais qu'elle était à fond aux côtés des Arabes dans la guerre arabo-israélienne. Elle serait un peu bohême, assez négligée dans sa manière de s'habiller, et couperait bien court ses cheveux châtains pour pouvoir porter des perruques, le cas échéant. Elle devrait faire preuve d'un discret libéralisme dans sa vie amoureuse et se faire remarquer comme étudiante dans tous les sens : par son talent, par son acharnement et, surtout, par sa camaraderie et sa générosité.

Quand Jaime prit connaissance du plan, il ne put cacher sa préoccupation. Le plongeon dans ce milieu ne risquait-il pas d'ébranler les convictions de Jimena ? Qui pouvait garantir qu'un communiste talentueux, courageux et viril, n'éveillerait pas son intérêt et qu'elle ne commence ainsi à voir le monde sous un autre jour ?

Quand ils se rencontrèrent en juillet 63, Jaime constata que ses craintes étaient injustifiées. Jimena se donna à lui avec plus de passion que les autres fois. Elle lui avoua avoir passé tout ce temps dans l'abstinence. Elle n'avait pas cessé de penser à lui. Et son contact avec la gauche l'avait confortée dans ses convictions que le communisme était une philosophie de la faiblesse, contre nature et antiscientifique, une expression de la décadence humaine, dont l'essence était l'anéantissement du sens héroïque de l'existence sous forme de santé, de confort, de justice sociale, de conversion de l'être humain en simple cellule d'une monstrueuse fourmilière ; le communisme était la négation même de la dialectique dont il se réclamait, car il ignorait que les fleurs naissent du fumier, que la douleur et le plaisir sont des entités corrélatives, qui n'existent que par contraste. Jimena avait toutefois atteint son équilibre en assumant une personnalité introvertie, austère. Elle parlait et discutait peu, mais elle le faisait avec véhémence. Elle n'avait d'intimité avec personne. Elle ne recevait pas de visites ; mais si quelqu'un avait des ennuis d'argent, elle était la première à lui offrir son aide. Plus elle étudiait le marxisme, plus elle avait d'arguments pour le nier. Elle avait pris son travail très au sérieux. Elle était sûre d'être en mesure de lui faire beaucoup de mal.

Un jour, Jaime déclencha sa fureur quand il avoua que, de toute façon, l'histoire marchait en leur faveur à eux. *C'est pas vrai* [1] *!* lui avait-elle jeté au visage. (Quand elle s'irritait, elle parlait toujours français.) L'histoire fonctionnait par cycles, et revenait toujours au point de départ. La société pouvait bien avoir des lois internes, mais elle ne pouvait se soustraire à l'ordre cosmique auquel étaient soumis les étoiles, les galaxies, l'homme. Et que diable pouvait signifier la misérable fourmilière de l'humanité face à cet immense mécanisme d'horlogerie qui engendrait l'ordre universel ? Cette philosophie-là, régie par l'estomac et l'instinct de conservation, pouvait-elle par hasard altérer l'organisation

1. En français dans le texte *(N.d.T.)*.

immuable, éternelle, de l'univers? Concevoir le triomphe du communisme, c'était accepter le triomphe de l'animalité sur le divin.

Et la Russie? Et Diên Biên Phu?

Oui, tout ce qu'il voulait. Cuba aussi. Le monde entier pouvait bien devenir communiste, mais les communistes seraient pris tôt ou tard à leur propre piège et disparaîtraient annihilés par leurs propres contradictions.

Elle parlait avec une véhémence sauvage dans les yeux, comme si elle voyait en Jaime un marxiste, un autre de ces êtres abominables face auxquels elle avait dû, des mois durant, dissimuler son mépris.

Les marxistes étaient méthodologiquement des filous, et mourraient victimes de leur propre inconséquence. Héraclite et Hegel avaient été les seuls vrais penseurs dialecticiens, et le juif Marx les avait détruits avec sa lutte de classes, qui est la négation de la lutte des contraires. Au cas où la pègre mondiale viendrait à triompher, elle engendrerait elle-même ses contraires, et périrait en masse. Et de ses cendres renaîtraient les héros homériques, les Vikings, les paladins de l'essence divine de l'homme, protagonistes d'un nouveau cycle.

Elle lui dit un jour que seul le héros était dialectique et, à ce titre, partie prenante de la vérité : Quiconque ne redoutait pas la mort pourrait vivre; quiconque la redouterait ne serait capable que dc mourir en pleine vie, de végéter. Le « *Viva la muerte !* » de Millán Astray n'était en aucun cas un paradoxe, comme l'avait prétendu Unamuno, mais la meilleure dialectique.

Pourquoi aurait-elle accepté cette existence de grisaille, au milieu de gens abominables, sinon, justement, pour vivre par contraste, pour savourer la douceur quotidienne de l'indignation, pour nourrir d'une nouvelle luxure ses rencontres avec Jaime?

Elle s'installa à Paris en septembre 63 pour commencer ses études de médecine. Elle s'inscrivit au Parti communiste début 64. Elle restait une femme solitaire. D'abord, elle fut assaillie d'admirateurs. Elle commença à porter des vêtements qui lui seyaient mal, à se coiffer très court, à se mettre des maquillages qui l'enlaidissaient, à avoir des manières gauches. Elle n'accepta jamais d'avoir un amant fixe et, en général, elle se satisfaisait dans la solitude. Les rencontres avec Jaime, d'année en année, n'en seraient ainsi que plus intenses.

Jaime lui fit savoir en mai 64, depuis Bogota, qu'il ne pourrait pas venir à Campo Bermejo en juillet, comme ils en étaient convenus. Il lui proposa de la voir en Colombie. L'opération contre Marquetalia était en marche, et il ne pouvait pas quitter le pays.

70

Une ortographe épouvantable

Colonel Diego Diéguez Torres
c.i.c.
E.S.D.

Camarade colonel,

Aujourd'hui, à 8 heures, s'est présenté par-devant moi le camarade Hector Mendez Palacios, mon ami personnel, de quarante-deux ans, militant du PCC, ingénieur mécanicien, travailleur de Cubana de Aviación, pour informer d'un fait survenu à l'aube, dans lequel a été impliqué un de ses fils, de quinze ans, nommé Lázaro, en compagnie de Rubén Segovia Millán, un camarade d'école vivant dans la même rue.

Eugenio Segovia, employé du Service des eaux de La Havane, père du dénommé Rubén, a été intercepté ce matin, alors qu'il se rendait à son travail, par Ramiro Amorós, réparateur de pneumatiques du garage sis au carrefour de la 1re Avenue et de la Rue 40-B, à Miramar.

Le réparateur de pneus l'a informé qu'il avait vu, vers 5 h 30 du matin ce même jour, son fils Rubén en compagnie d'une autre personne qu'il n'avait pu identifier, en train de marcher sur un madrier situé entre les deux toits en terrasse d'édifices jumeaux de cinq étages.

Informé par ce moyen, le père a aussitôt parlé à Rubén, qui a reconnu avoir traversé sur le madrier pour aider son camarade d'école Lázaro Méndez à attraper un canari qui s'était envolé sur le toit d'à côté.

Les faits sont survenus au 103, Rue 40-B, entre les 1re et 3e Avenues. Lázaro est passionné par l'élevage de canaris, et son favori lui avait échappé des mains pour aller se poser sur l'avant-toit voisin, appartenant à l'édifice no 101.

Interrogé à son tour par son père, Lázaro a déclaré qu'au moment où son camarade et lui s'aprochaient pour capturer le canari, ils avaient aperçu un homme sur le balcon du penthouse correspondant au no 101 ; il était en train de faire fonctionner un curieux happareil.

À un moment donné, les jeunes gens ont vu une lumière verte et un tube d'environ 40 cm a commencé à se déplasser automatiquement, tandis que l'homme observait le ciel. En regardant en l'air, les deux jeunes gens auraient remarqué, selon les paroles mêmes de Lázaro, « une étoile qui se déplassait ».

L'ingénieur Hector Mendez, prévoyant la possibilité qu'il s'agisse d'une communication clandestine, est venu m'informer. Le logement dont dépend ce balcon est habité par un couple d'étrangers. Nous avons estimé opportun de notre part d'informer immédiatement les autorités supérieures, ainsi que de nous présenter au plus vite à l'établissement scolaire où se trouvent en ce moment les deux jeunes gens pour préciser des détails et pour éviter qu'ils répandent des bruits, en attendant que les instances supérieures décident des démarches à suivre. De même, nous avons assumé la responsabilitée de contrôler le réparateur de pneumatiques.

Révolutionnairement,

COMMANDANT COSME DE LA HOZ
22/09/77

De la Hoz reçut la transcription de sa dictée et se mit à la lire, stylo-bille en main. Heureusement que le colonel acceptait les ratures. Rosita était quelqu'un de sérieux, d'ordonné, elle n'avait pas d'enfants, elle ne tombait jamais malade, elle était rapide à la machine à écrire, réservée, et, en tant que secrétaire, elle avait le mérite supplémentaire d'être très laide, mais question orthographe, c'était vraiment la panique !

De la Hoz ajouta les accents manquants à « Héctor Méndez », corrigea « responsabilitée », enleva le *h* d'« happareil », remplaça dans les deux cas pertinents les deux *s* de « déplassait » par le *ç* qui convenait et rajouta un *p* à « s'aprochaient ». Il regretta une fois de plus que le colonel soit si maniaque. Dans des cas pareils, la communication par écrit était antiprofessionnelle, conspirait contre la rapidité exigée... Mais le colonel avait déclaré que, comme ça, ses subordonnés apprendraient à être concis et à ne pas dire de conneries. Là-dessus, il avait raison. Mais l'emmerdant, c'était que ça retardait beaucoup le travail.

Après avoir placé toutes les virgules manquantes, de la Hoz signa au bas de la page et appela Rosita. Qu'elle remette ça au colonel sans le moindre délai.

71

Cartagena de Indias

Selon les calculs réalisés par un groupe de jeunes officiers de l'armée colombienne qui avaient eu accès à des sources très confidentielles de l'état-major du Plan Lasso, l'ensemble de l'opération avait coûté un peu plus de 30 millions de dollars, ce qui représentait en monnaie colombienne 373 millions de pesos, ventilés de la façon suivante : 42 millions comme fonds initial de l'opération ; 170 millions, en qualité de prêt des États-Unis ; 20 millions comme contrepartie allouée au compte « guerre » du ministère de l'Intérieur ; 60 millions provenant d'organismes internationaux tels que le Conseil interaméricain de défense et autres, et 181 millions sortis du budget ordinaire d'Ordre public, rattaché au ministère de la Guerre.

Ceci avait permis de tirer un demi-million de projectiles calibre 50 ; 50 000 de 9 mm ; 20 000 de lance-missiles multiples ; 1 000 fusées de tir aérien ; 20 bombes d'une tonne ; 20 bombes de 2, 3 et 5 tonnes, et 50 000 projectiles de 32, 38 et 45 mm ; de maintenir 16 000 hommes sous les armes dans la zone des opérations militaires et dans la zone d'encerclement ; de louer six hélicoptères à la US Air Force à raison de 20 000 dollars pièce par mois ; 2 avions pour tournage et photographie aériens, au prix de

50 000 dollars mensuels, 4 bombardiers équipés de mitrailleuses de 50 mm ; des canons lance-missiles et d'autres armes automatiques, et 2 avions d'observation et de renseignement.

Il fallait aussi ajouter la solde des officiers, sous-officiers et hommes du rang ; les services spéciaux ; l'achat de 1 000 mulets harnachés ; les investissements en matériaux pour la construction de casernes ; les uniformes et les frais de la Force de l'air colombienne (FAC), les télécommunications, les sapeurs et les mines, les dépenses des missions militaires nord-américaines, l'Institut géographique A.-Codazzi, les médicaments, médecins, infirmiers de la troupe, les marchés Care, l'Action civico-militaire, les dépenses en propagande et guerre psychologique qui permirent de préparer 4 millions de tracts, d'affiches, de bandes dessinées, et de payer les frais de diffusion à la radio et dans la presse. Les frais d'espionnage et de services spéciaux de renseignement national et étranger se montaient à 18 millions de pesos.

Les résultats de ces investissements paraissent insignifiants à première vue : les forces armées colombiennes réussirent à incendier 100 maisons et à s'emparer de 100 fermes. Elles parvinrent à occuper les terrains ouverts de la région, et consommèrent sans indemnisation 100 000 volatiles de basse-cour et 10 000 têtes de bétail. Les cours martiales emprisonnèrent 2 000 paysans, tandis que l'armée en assassina plus de 200 et tortura des centaines de personnes.

Bien maigres résultats en apparence.

L'état-major du Plan « M » considéra toutefois que l'opération avait été un succès. Elle avait permis de détruire l'autodéfense de masse, et la guérilla, son bras armé, dut se replier vers les montagnes pour se convertir en un groupe mobile, coupé de sa base d'action populaire. Et quoique « Faitmouche » ait réussi à échapper, il était politiquement annihilé en tant qu'éventuel Fidel Castro *bis*.

Pour les États-Unis, le Plan « M » avait été un succès. Jaime de Arnaiz fut lui aussi satisfait des résultats de l'opération et de son travail personnel, qui lui valut des éloges de la CIA. Trois des agents qu'il avait recrutés et entraînés personnellement avaient réussi à infiltrer la guérilla. L'un d'eux, un certain Nicolas, s'était taillé une bonne place dans l'état-major guérilléro et avait passé à Arnaiz des informations précieuses, au point que la direction du Plan Lasso s'en remit à lui pour lancer l'opération. Quand la mission militaire nord-américaine donna l'ordre d'ouvrir le feu, elle avait fait confiance à Arnaiz et à ses hommes.

Et Arnaiz avait réussi, depuis plus d'un an, à infiltrer également certains de ses agents dans les régions du fleuve Chiquito, de Pato et de Guayabero, dont les mouvements d'autodéfense de masse ne perdaient rien pour attendre et recevraient leur dû une fois conclue l'opération Marquetalia.

Le Pato, situé dans la cordillère orientale aux limites des départements d'Huila, d'El Meta et de l'intendance du Caquetá, avait été peuplé, depuis le milieu des années 50, de paysans qui avaient émigré de Villarica au terme d'une lutte héroïque durant la seconde vague de la violence colombienne. Grâce à son influence, le Parti communiste était parvenu à y créer un syndicat agraire et à organiser des comités d'autodéfense de masse sous la direction de la guérilla des commandants Alfonso Castañeda, Januario Valero, Figueredo, Arboleda et Manolete.

Il fallait annihiler le syndicat, détruire les comités

d'autodéfense, tuer les leaders et disperser les paysans. Ce serait la seconde expérience de la « guerre prophylactique » inspirée des théories d'Arnaiz.

Tandis que les événements de Marquetalia se déroulaient, un des agents d'Arnaiz avait informé en juin que le gros des colonnes de combattants se retireraient à la fin de l'année ou au début de l'année suivante, pour une période d'au moins soixante jours, en vue d'accomplir une mission spéciale. La mission militaire nord-américaine avait « suggéré » à l'état-major du Plan Lasso d'ajourner l'attaque contre le Pato, prévue en principe au début de septembre, jusqu'à ce que le groupe de guérilléros se soit éloigné. Le plan était simple : il s'agissait de préparer une guerre psychologique en recourant à des informations falsifiées sur les événements de Marquetalia, puis de lancer les troupes en zone ouverte et de décimer la paysannerie en utilisant des armes bactériologiques. Comme on ne savait pas si l'attaque contre Marquetalia aurait des répercussions sur les plans de l'état-major des guérilléros, il était très important qu'Arnaiz continue de suivre de près, au jour le jour, le cours des événements au Pato et informe la mission militaire nord-américaine. Deux de ses infiltrés étaient pourvus de petits émetteurs qu'ils pouvaient dissimuler dans leurs sacs à dos et qui leur permettaient d'informer régulièrement un agent de liaison installé dans la ville de Neiva. Celui-ci utilisait à son tour les services publics de télécommunications pour expédier des dépêches chiffrées à « Calchas » Arnaiz, à Bogota.

Voilà pourquoi Jaime ne put quitter la Colombie ces mois-là. Il attendait, de plus, des informations de Río Chiquito et de Guayabero. Ce fut en réalité, à partir des premiers jours de juillet, un travail passif. Il lui suffisait de rester dans l'expectative et, une fois reçues les informations par téléphone, de les coder et de les faire parvenir à la mission. Le travail d'entraînement de ses agents en Colombie était terminé.

Le 20 juillet, il télégraphia à Jimena qui, impatiente, l'attendait depuis deux semaines à Madrid, en compagnie de sa famille.

Jaime ordonna à ses opérateurs radio de Neiva et de Tolima de lui faire parvenir les renseignements obtenus par les infiltrés, à partir d'une date dont il les informerait opportunément, non à Bogota, mais dans un hôtel de Cartagena de Indias, où il avait décidé de passer le mois d'août avec Jimena. Il pensa que cette cité historique, l'une des plus belles de son genre en Amérique, avec ses plages, ses casinos, son architecture coloniale, son ambiance touristique, pourrait être un cadre idéal pour recevoir Jimena sans cesser de s'occuper de son travail.

Jaime n'était jamais allé à Cartagena.

Jimena arriva à Bogota sur Iberia, dans les derniers jours de juillet. Elle s'était mis une perruque blonde, courte et bouclée ; elle portait de grandes lunettes de soleil et s'était habillée en homme, avec une veste bleue croisée, un pantalon gris, une large cravate et des mocassins.

Elle se moqua de nouveau de lui, parce qu'il ne la reconnut pas cette fois encore.

Il avait réservé un Beechcraft au service des taxis aériens d'Avianca, et ils atterrirent avant le crépuscule sur l'aéroport de Crespo, à Cartagena.

Quand Jaime demanda au porteur de valises combien il lui devait, l'homme, avec la désinvolture typique des Cartagenois, lui répondit :

– Ça fait deux cocos, don Alfonso.

– Et combien font deux cocos ? demanda Arnaiz.

Un *coco* est un peso, dans l'argot populaire de la

côte ; mais l'homme l'avait confondu de toute évidence avec quelqu'un d'autre, et s'étant rendu compte, à l'accent espagnol, que ce n'était pas la personne qu'il avait cru, il fit rapidement un calcul et lui dit :

– Un coco, ce sont cinq pesos, monsieur.

Arnaiz présuma que l'homme l'escroquait, mais son culot lui parut sympathique.

– Tiens, voilà tes deux cocos, lui dit-il en lui tendant un billet de dix.

Le lendemain, plusieurs personnes le saluèrent familièrement dans la rue.

Que se passait-il donc ?

Quant ils entrèrent à midi dans un restaurant français, le maître d'hôtel vint à leur rencontre pour les accueillir et leur indiqua une table de deux personnes.

– Par ici, je vous prie, don Alfonso, lui dit-il.

L'accent de Jaime le dénonça de nouveau. L'homme fit ses excuses et lui expliqua qu'il ressemblait énormément à un certain Alfonso Torres, qui venait souvent.

Et la confusion se répéta les jours suivants, chaque fois qu'ils étaient dehors. Ils vérifièrent enfin que le sosie de Jaime était un Bogotais nommé Alfonso Torres Cisneros, qui vivait le plus clair de son temps à Cartagena, et ce depuis de nombreuses années. Tombé amoureux de la Cité héroïque, il en connaissait tous les recoins et avait fouillé dans toutes ses archives. Membre correspondant de l'Académie d'histoire et collaborateur de journaux nationaux et étrangers, il avait publié plusieurs livres de chroniques, un recueil d'anecdotes sur Cartagena et deux gros volumes intitulés *Histoire de la piraterie sur les côtes de la Nouvelle-Grenade.*

Un matin, tandis que Jaime devait se consacrer à

la rédaction et au chiffrage d'un rapport destiné à la mission, Jimena se procura l'adresse de Torres Cisneros et décida de lui rendre visite.

Il vivait seul avec une jeune Noire qui lui faisait la cuisine et s'occupait dc ses besoins domestiques. Vu la désinvolture avec laquelle elle se conduisait, elle semblait s'occuper vraiment de tous ses besoins domestiques. Sa maison, située dans le quartier autrefois élégant de Manga, était un petit musée colonial, fruit de vingt ans de labeur, de voyages, d'études et de dépenses considérables. Sans être riche, c'était un rentier aisé, austère dans sa vie privée, qui ne portait que du noir et d'autres couleurs sérieuses. Un grand amour déçu l'avait précipité dans un célibat romantique et impénitent. Il avait toutefois la renommée d'être très coureur de jupons, un domaine dans lequel il faisait preuve, là aussi, d'une préférence marquée pour les couleurs sobres. Il avait milité dans les rangs du Parti libéral, mais, après la mort de Gaitán, il était devenu un franc-tireur de gauche et passait son temps, avec un humour assez excentrique, à fustiger verbalement tous les gouvernements colombiens. Sous la dictature de Rojas Pinilla, sa langue bien pendue lui avait valu trois mois d'emprisonnement. Pourtant, grâce à sa bonne humeur et à ses publications sur la ville, il s'était gagné une célébrité de bonhomme pittoresque, même au sein de l'aristocratie collet monté du Club Cartagena.

Pour Jimena, ils n'étaient pas identiques. Elle ne les aurait jamais confondus. Mais la ressemblance était énorme : la même taille, le même style de visage et de physionomie générale. La différence la plus notoire était dans le menton : celui de Jaime était saillant et vigoureux. Torres Cisneros avait même un discret double menton, un peu flasque. Sa lèvre supérieure était bien plus mince, et il portait une cicatrice sur la paupière droite, qui était légèrement plus petite que la gauche. Un autre trait les différenciait, surtout pour Jimena : le port. Torres Cisneros avait un peu de ventre, et ses mouvements manquaient de grâce.

Les gens exagéraient. Ils n'étaient pas identiques, mais on pouvait les confondre.

Elle resta une demi-heure avec lui et, pour justifier sa visite, se présenta comme une journaliste française qui prétendait écrire un article sur la piraterie dans les Antilles. Il la reçut aimablement, flirta un peu avec elle et lui fit cadeau d'un de ses livres avec une dédicace spirituelle. C'était quelqu'un de sympathique, mais qui manquait absolument, aux yeux de Jimena, de l'attrait viril de son amant.

Dans l'après-midi, elle raconta sa visite à Jaime qui, rendu grognon par des difficultés de communication avec Neiva, ne montra aucun intérêt pour ce sosie.

Deux jours plus tard, ayant reçu le rapport qu'il attendait, il rédigea un autre rapport qui le satisfit, l'expédia à la mission et annonça à Jimena qu'il pouvait maintenant lui consacrer tout son temps.

Ils passèrent au total trente-cinq jours à Cartagena. Jimena rentra à Paris à la fin août. Ils se dirent adieu à Bogota, mais Jimena demanda qu'ils se retrouvent en secret cette année-ci à titre exceptionnel, ne serait-ce qu'un week-end, à un endroit quelconque en France. Pour la première fois, Jimena se sépara de lui avec une tristesse évidente.

Tout le temps qu'ils passèrent à Cartagena, elle s'était montrée plus ardente que les années antérieures. Elle était insatiable.

Quand il le lui fit remarquer, elle blagua au sujet de l'influence aphrodisiaque du soleil antillais et des hors-d'œuvre d'huîtres et de pinces de crabes, trésor de la cuisine de Cartagena dont elle ne semblait non plus jamais rassasiée.

Jaime la voyait mûrir d'année en année. Elle continuait de prendre l'initiative dans les relations amoureuses, avec une virtuosité croissante. Un jour, il exprima ses doutes quant à l'abstinence qu'elle disait s'être imposée. Elle lui répéta que cela n'avait rien d'étrange. Elle pouvait parfaitement, une année durant, ne faire rien d'autre que s'imaginer avec lui. Et c'était ça qui attisait en elle jour après jour cette imagination de l'amour. Certains jours, elle se l'imaginait trois ou quatre fois. Et voulait-il vraiment savoir, en toute franchise ? Eh bien, l'abstinence ne lui coûtait plus autant d'efforts qu'au début. Elle avait atteint une telle maestria dans la solitude que si elle venait à le perdre un jour, elle préférerait continuer de l'imaginer que de coucher avec un autre. Il pouvait être sûr qu'aucune femme n'avait jamais été aussi fidèle à son amant en pensée. Son image l'avait accompagnée depuis son enfance. Et elle savait maintenant qu'elle ne pourrait plus jamais s'en passer.

C'était une femme hors pair ! À mesure qu'elle mûrissait, Jaime se sentait plus lié au don d'improvisation très original dont elle faisait preuve dans les ébats amoureux.

Un jour, ils montèrent en taxi en haut d'un promontoire dont la forme imite la coque renversée d'une galère, pour visiter l'ancien couvent de Santa Cruz de la Popa. Le soir tombait quand ils arrivèrent. Le moine qui leur servit de guide leur expliqua qu'au début du XVIIe siècle, les gens célébraient là des rites d'invocation du démon, que les indigènes appelaient Buziraco. Tandis que le moine racontait l'histoire en la pimentant d'anecdotes, Jaime sentit que Jimena lui prenait vigoureusement la main, lui pinçait les doigts et lui adressait des regards inquiets. Elle interrompit le récit une ou deux fois pour demander des détails. Le frère, satisfait de cet intérêt, lui expliqua que, selon les chroniques, un cacique jetait de petites pierres dans une marmite d'argile qu'il agitait ensuite en invoquant Satan. Le rite était suivi d'une épouvantable orgie. Jusqu'au jour où le père Alonso de la Cruz Paredes, qui venait en pélerinage depuis Bogota, arriva en ce lieu après avoir traversé des mois durant les montagnes, les fleuves et les marécages, désireux de plaire à Marie Immaculée, qui lui était apparue une nuit pour lui ordonner de lui bâtir une église sur la première colline qu'il rencontrerait en entrant dans Cartagena de Indias.

Le démon, que les impies adoraient sous la forme d'un bouc, se voyant vaincu par les exorcismes du père Alonso, se jeta du haut d'un précipice que l'on connaît encore aujourd'hui comme le « saut du bouc ».

Jimena s'approcha si près du bord du précipice pour regarder en bas que le frère dut l'avertir du danger. Ses yeux avaient pris un éclat inexplicable. Elle ne voulut plus écouter le moine et se mit à cheminer seule. Quand Jaime quitta le religieux après lui avoir fait un don pour la restauration du couvent, il partit à la rencontre de Jimena. Le taxi les attendait pour redescendre. Quand Jaime lui proposa de rentrer, elle lui prit la main et, sans rien dire, le fit entrer dans le couvent. À l'intérieur de l'édifice, habité alors par deux moines, il y avait un verger, entouré d'un péristyle où le jasmin et les orchidées se mêlaient au chèvrefeuille. La nuit était tombée. Elle l'amena près d'un citronnier touffu, dans un coin du jardin, où elle supposait que personne ne les verrait, et lui demanda de l'embrasser, oui, de continuer de l'embrasser encore et toujours, et de rester tranquille tandis qu'elle entreprenait de le caresser avec véhémence jusqu'à ce qu'elle lui provoque par ses attouchements un orgasme foudroyant qu'elle atteignit elle aussi du même coup. Alors, elle soupira et le regarda, soulagée. Elle remit de l'ordre dans ses vêtements, souriant avec une timidité infantile, et lui expliqua que les histoires de démon l'excitaient toujours.

Elle était unique, et incontestablement authentique. Jaime ne la surprit jamais en train de simuler, de faire de la littérature avec l'amour, ni de feindre ses ardeurs. Jimena, c'était l'aventure et la surprise. Elle aimait par exemple se baigner en haute mer, et Jaime loua une puissante vedette pour toute la durée de leur séjour dans la ville. Le propriétaire, un vieil homme, les attendait depuis le matin sur un des quais pour les conduire là où ils voulaient aller. Un après-midi où ils rentraient en direction de la baie, le vieux pêcheur leur expliqua que tout près de là, de nombreux requins se réunissaient peu avant le coucher du soleil pour manger des *bocachicos*. Aussitôt, Jimena voulut qu'il l'y conduise. Jaime supposa pourquoi, mais ne fit pas d'objections. Au contraire, il aimait encore jouer avec le danger : ça le rajeunissait.

Dès qu'ils furent arrivés à l'endroit, elle plongea. Il n'y avait pas de requins en vue, mais l'homme se mit à balbutier et à lui crier des avertissements. Jaime lui ordonna de se taire et d'attendre qu'ils l'appellent. L'homme, épouvanté, vit Jaime plonger à son tour et tous deux s'éloigner de la vedette d'environ cent cinquante mètres.

Là, ces mains nerveuses, ce corps bronzé et vibrant, ces seins turgescents de vingt-deux ans, ce regard pressant, lui dirent tout. Il était évident qu'elle s'était jetée à l'eau pour qu'il la possède là même. Peut-être voulait-elle le mettre à l'épreuve et voir s'il était capable de faire l'amour en plein danger.

Et Jaime en fut capable.

72

Raconte-moi la suite, Lázaro

– Du calme, du calme ! Ne bafouille pas comme ça !

Le commandant Cosme de la Hoz reprend son stylobille et commence à griffonner quelque chose sur son bloc-notes.

– Tu dis que tu t'es levé à peu près à 5 heures et quart et qu'avant 5 heures et demie, tu es allé chercher Rubén pour réviser parce que vous aviez un examen, c'est bien ça ?

– Oui, c'est comme ça, mon lieutenant.

– Dis-moi camarade.

– Bien que le type soit en civil, Lazarito sait que c'est quelqu'un de la Sûreté. Et dans les séries télévisées, les jeunes Noirs sont tous des lieutenants...

– Et vous avez mis combien de temps pour rentrer chez vous ?

– Rien du tout, camarade, dit Lázaro. Je suis monté frapper à la fenêtre de sa chambre et il est sorti tout de suite.

– Autrement dit, vous avez été de retour chez toi en moins de dix minutes, d'accord ?

Lázaro pense, calcule.

Cosme frappe la table de la pointe de son crayon-bille.

– Dix minutes ? Cinq minutes ? Combien ?

– Sûrement pas, camarade. Même pas cinq minutes. Ç'a été très rapide ! Rubén a enfilé un short, un pull, et hop ! on est partis aussitôt.

– Donc, vous étiez de retour chez toi au plus tard à 5 h 35.

– Oui, oui, mon lieut... camarade, c'est ça.

– Bon, et alors ?

– Eh bien, on est entrés dans ma chambre pour se mettre à étudier et... et, alors, je me suis souvenu du remède que je devais préparer pour le canari, et j'ai dit à Rubén qu'avant de réviser on montait sur le toit pour lui donner de l'huile, vous comprenez, camarade ?

– Et toi, tu avais déjà tout préparé ?

– Non, non, je suis allé d'abord à la cuisine et... j'ai mis l'huile dans une boîte de lait concentré.

Lázaro s'interrompt, comme s'il doutait.

– Et alors ?

– Ben, rien... on est montés tous les deux, j'ai ouvert la cage et puis j'ai commencé et le canari s'est envolé, pffff ! comme ça.

– Et alors ?

– Je suis descendu chercher le filet.

– Quel filet ?

– Mon filet à papillon.

– Ah bon, et ensuite ?

– Ben, rien, quoi, à tous les deux on a mis le madrier, on a passé, et alors on a vu c'type-là...

– Mais le type en question, tu l'as vu avant d'attraper le canari ?

– Non, mon lieut... – euh, pardon – camarade...

– Ah, vieux, arrête ton char ! dit de la Hoz en éclatant de rire. Appelle-moi comme tu veux, et raconte-moi la suite. Vas-y.

Le garçon rit à son tour, soulagé.

– J'en étais où, camarade ?

– Si tu avais vu le type avant...

– Non, non, pas du tout, d'abord j'ai assuré mon coup et j'ai attrapé le canari, qui était juste au bord de l'auvent, et alors je fais comme ça, je regarde en bas, et alors, je vois ce monsieur-là.

– C'est ça. Et tu l'as reconnu ?

– Bien sûr, tout de suite, c'est le type qui vit avec la Française.

– Et comment était-il habillé ?

– Il portait un bermuda, c'est tout.

– D'accord. Et il était comment ?

– Comment ça, comment ?

– Oui, demande de la Hoz en écartant les bras. Dans quelle position il était ?

– Ben... il me tournait le dos, il était accroupi, en train de traficoter l'appareil.

– Et vous, dans quelle position vous étiez ?

– Ben, nous, quand on l'a vu, on s'est mis à plat ventre sur le toit, pour passer rien que la tête, pour pas qu'il nous découvre, et l'appareil avait la forme de...

– C'est bon, c'est bon, Lázaro, l'interrompt de la Hoz. Après, tu m'expliques bien comment était l'appareil. Maintenant, le lieutenant va te conduire à la cantine. Tu te reposes un peu et, plus tard, on reprend notre conversation, d'accord ?

Un lieutenant, au visage poupin et aux yeux rieurs, lui pose la main sur l'épaule.

– Viens, Lázaro, dit-il. Suis-moi.

Avant qu'ils ne passent la porte du bureau, de la Hoz les rappelle :

– Dis donc, à propos..., dit-il distraitement, comme s'il était plongé dans ses notes, en fin de compte, tu ne m'as pas dit comment tu avais attrapé le canari.

– Si, si, bien sûr que oui je vous l'ai dit, répond

Lázarito. Je l'ai attrapé avec le filet tout au bout de l'auvent.

– Alors, comme ça, avec le filet, hein... ?

De la Hoz se mordille un côté de la lèvre inférieure, dodeline de la tête, claque la langue, se prend le menton.

– Et dis-moi une chose, ajoute-t-il. Ton filet, il est de ceux qui sont attachés à un cercle de métal ?

– Oui, de ceux-là, mon lieutenant, de ceux-là, camarade, s'embrouille Lázaro.

– Et il a fallu que tu donnes un drôle de coup de filet pour qu'il ne s'envole pas... ?

– Ben, oui... camarade...

– Dis donc, l'interrompt de nouveau de la Hoz, mais en cognant l'auvent avec le cercle de métal, tu n'as pas fait de bruit ?

Lazarito comprend, mais trop tard, que le lieutenant lui a tendu un piège et qu'il s'est fait avoir.

– Ben, euh... (il ouvre les yeux, hausse les épaules, se passe le bout de la langue sur les lèvres, à vrai dire... il cherche désespérément quoi dire, se gratte la joue, n'ose pas regarder en face, sent que ces yeux très vifs le scrutent maintenant avec impatience), je... (il note du coin de l'œil que l'homme lui sourit) ben, euh, à vrai dire... (il sent qu'il est en train de se moquer de lui, putain, j'ai gaffé)... ce qui s'est passé, c'est que j'aime... ben oui, j'aime beaucoup ce canari et alors... (il s'interrompt, tousse).

– Continue, Lázaro, tu l'aimes beaucoup, bon, et alors ?

– Ben, camarade, je lui ai pas lancé si fort que ça, parce que j'avais peur de le cogner avec le fer.

– Bien sûr, et alors tu as fait un mouvement rapide, mais sans cogner par terre, et tu l'as attrapé au vol...

– Oui, oui, c'est ça, exactement ça, ca... camarade !

Je l'ai attrapé au vol, comme ça, quand il s'envolait, respire-t-il, soulagé. Ouf, putain !

– C'est bien ce que je pensais, commente amicalement de la Hoz. Parce que si tu avais cogné les tuiles de l'auvent avec le métal du filet, le type aurait dû entendre le bruit, pas vrai ?

– Oui, mon lieut... oui, bien sûr, ç'aurait fait un sacré putain de boucan... pardon (il se met la main devant la bouche), je veux dire que...

– Tu peux dire aussi « putain de boucan », Lázaro. On est entre hommes, hein ?

Le lieutenant au visage poupin se met à rire et tapote l'épaule du garçon qui laisse échapper un rire étouffé.

– Bien, allez déjeuner, dit de la Hoz.

Avant que le lieutenant ne ferme la porte, Lazarito se retourne pour demander à de la Hoz avec le plus grand naturel qu'il parvient à feindre :

– Et dites-moi, camarade... et Rubén ?

– Rubén ? répète de la Hoz, s'enlevant une poussière imaginaire de l'œil avec le coin de son mouchoir. Bien, merci.

Et il continue de le regarder, cette fois en se moquant ouvertement.

– Et, euh, je pourrais pas le voir ? se risque Lázaro.

– Oui, bien sûr que tu peux, répond de la Hoz, en se mettant debout, mais plus tard, Lázaro. Il n'est pas ici pour le moment. Il y a le temps. Va manger.

Et il lui tourne le dos pour que le garçon ne le voie pas rire.

« Je savais que ce foutu môme se fichait de moi. On va bien voir maintenant ce qu'invente l'autre. »

De la Hoz se rassoit et retire le magnétophone du tiroir.

Il veut écouter de nouveau les réponses de Lázaro avant d'envoyer chercher Rubén.

73

Le Plan « MER »

Les particularités de la relation médecin-patient attirèrent pour la première fois l'attention des services secrets nord-américains en 1952, quand un médecin britannique qui traitait Mossadegh parvint à fournir à l'*Intelligence Service* de précieuses informations sur les projets de l'excentrique ministre iranien quant à sa politique pétrolière, très hostile aux intérêts de l'Occident.

En effet, un malade traité avec succès ressent d'ordinaire tant de gratitude et d'admiration pour son médecin qu'il en fait parfois son intime.

Des événements analogues survenus en Chine en 1957, puis dans des pays européens et aux États-Unis, incitèrent Allen Dulles à concevoir un vaste plan qui permettrait d'utiliser certains médecins dans des opérations de renseignement concernant de grandes personnalités.

Mais il n'est pas aisé d'avoir accès aux chevets d'hommes d'État notables. Tout homme politique en vue a ses propres médecins de confiance qui, par ailleurs, sont surveillés de près par les corps de sécurité.

C'est en 1958 que le Plan MER (*Medical Eminences Recruitment*) fut mis en place en vue de recruter des praticiens de renom. Une étude préalable effectuée des mois durant permit d'établir qu'une trentaine de brillants médecins, spécialistes de diverses pathologies, avaient eu fréquemment accès à un total de plus de deux cents personnalités politiques de premier plan, dont de nombreux chefs d'État. Le Dr Castro Viejo, spécialiste des greffes de la cornée, avait à lui seul traité en vingt ans dix-sept chefs d'État et des milliers de personnalités du monde des grosses affaires, de la politique, de la diplomatie internationale, etc. Mais le Plan MER, dont le projet initial était le recrutement de médecins internationalement célèbres, ne donna pas de résultats. La trentaine de spécialistes sur lequels la CIA avait jeté son dévolu étaient presque tous millionnaires et touchaient des revenus bien supérieurs à ceux de Dulles en personne. Généralement consacrés à un travail scientifique et humanitaire, même les plus droitistes, ennemis jurés du communisme, n'étaient pas disposés à risquer leur renommée au profit d'intérêts politiques, dont la plupart étaient douteux ou obscurs. Bien qu'on ait recouru aux techniques de recrutement les plus subtiles de l'époque, l'échec fut total, et le projet tomba dans l'oubli. Jusqu'à un jour de 1964 où une équipe biomédicale de la *National Security Agency* suggéra la possibilité de fabriquer les éminences en question. Il fallait faire les choses exactement à rebours : au lieu d'aspirer, ce qui était insensé, à convertir des spécialistes renommés en agents de la CIA, il était plus facile de convertir des agents en spécialistes renommés. C'était un plan à long terme.

En ces années-là, la NSA fournissait 80 p. 100 des renseignements que consommait la Maison-Blanche ; elle disposait d'un budget bien supérieur à celui de la CIA, et d'un personnel extrêmement qualifié. Pendant plus de dix ans, elle s'était attachée à recruter en Europe et aux États-Unis des hommes extrêmement talentueux. La collecte d'informations sur la recherche scientifique dans les pays développés faisait partie de ses activités prioritaires. Et c'est l'équipe biomédicale ayant proposé de relancer le Plan MER qui entreprit, à partir de 1965, à la demande du *Board of Scientific Research* de la NSA, de passer au peigne fin toutes les recherches NPR (*Non Profitable Results*) qui pourraient, malgré leurs coûts élevés, être utilisées à des fins de renseignement. Sur des milliers de recherches biomédicales de ce genre, il en détecta plusieurs dont les résultats scientifiques avaient été considérés comme positifs, mais non utilisables pour diverses raisons : technologiques, économiques, sociales, morales.

Les plus intéressantes pour la NSA furent celles dont on ne pouvait envisager aucune possibilité d'application massive. Tel était le cas de certains médicaments qui exigeaient des livraisons de matières premières très onéreuses et qu'aucune société pharmaceutique de l'époque n'aurait accepté de mettre au point commercialement.

Jusqu'en 1967, l'agent Jimena de Arnaiz se borna, sous sa couverture d'Aurore Deschamps, à un travail nettement informatif, mais dont la qualité toujours croissante atteignit une très grande efficacité à partir du moment où elle parvint à s'infiltrer parmi les dirigeants soixante-huitards.

Diplômée en 1969, elle fut destinée au Plan MER qui commençait déjà à produire ses premiers résultats. On lui indiqua de se spécialiser en endocrinologie.

Au début des années 70, aux côtés de Jaime de Arnaiz, elle accomplit une mission au Pérou, en vue de quoi son oncle et mari adopta la personnalité d'Alfonso Torres Cisneros, son sosie colombien. Pour favoriser la mission, ils se marièrent avec de faux papiers sous les noms d'Aurore Deschamps et d'Alfonso Torres Cisneros, mais continuèrent de vivre séparément et de ne se rencontrer que durant le bref laps de temps de l'été européen. Ils firent du bon travail au Pérou. Un haut gradé fut l'amant du Dr Aurore Deschamps pendant quinze jours. Un mois plus tard, Torres Cisneros le recrutait pour la CIA.

Entre-temps, le travail conjoint de la CIA-NSA avait relancé le Plan MER. À la fin des années 70, deux endocrinologues américains avaient conclu une « recherche aux résultats non utilisables » qui suscita un grand intérêt à Langley et à Fort Meade, car elle offrait la possibilité réelle de « fabriquer » une célébrité en endocrinologie.

L'activité de certains organes du système endocrinien est régie par une hormone que secrète l'hypophyse. Dans bien des cas, ces hormones ont été isolées et s'emploient à des fins thérapeutiques pour contrôler des fonctions endocriniennes. Mais l'hormone hypophysaire qui contrôle les fonctions du pancréas n'avait pas encore été isolée. Dans les années 60, les cerveaux électroniques de la NSA enregistrèrent plusieurs recherches dans ce sens, rien qu'aux États-Unis. Aucune n'avait produit de résultats positifs jusqu'à ce que, en octobre 1966, deux endocrinologues de Chicago fussent parvenus, en extirpant l'hypophyse de certains singes africains, à mettre au point un produit qu'ils appellèrent l'hymonex (*Hypophyseal Monkey Extract*) et qui possédait effectivement la propriété de stimuler, à un niveau jusqu'alors inconnu, l'activité d'un pancréas humain dont les cellules *bêta* auraient été partiellement détruites. Les deux chercheurs n'étaient pas non plus parvenus à isoler l'hormone hypophysaire en question, mais l'action surprenante de l'hymonex permettait de supposer qu'elle en contenait un gros pourcentage.

Malheureusement, la fabrication massive de l'hymonex était hors de prix. Les médecins poursuivirent deux ans encore, leurs tentatives pour isoler au sein de l'hymonex l'hormone hypophysaire qui commande les fonctions du pancréas, mais sans succès. Dès 68, ils avaient cessé de travailler dans ce sens et leur expérimentation, qui avait suscité tant d'intérêt en 66, tomba dans l'oubli. De 67 à 70, recourant au procédé utilisé par les médecins de Chicago, une équipe de la NSA commença à produire l'hymonex. On organisa des chasses systématiques de singes en Afrique et en Amérique latine et on créa des parcs sauvages pour assurer leur reproduction. Les hypophyses extraites de singes récemment morts étaient congelées sur-le-champ et expédiées par avion aux États-Unis. On tenta de faire la même chose avec des hypophyses humaines prélevées sur des condamnés à mort ou au peloton d'exécution dans des pays du tiers monde, mais sans résultat.

Fin 70, l'hymonex ayant permis de guérir une vingtaine de diabétiques, on put affirmer qu'il stimulait la fonction du pancréas au point d'en normaliser l'activité, même dans les cas où jusqu'à 70 p. 100 des cellules *bêta* étaient détruites. Décision fut alors prise d'utiliser l'hymonex pour fabriquer une célébrité en endocrinologie.

Le médecin qui recevrait ce produit de la CIA et l'utiliserait en secret était appelé à se convertir en quelques années en une éminence internationale du fait de ses guérisons spectaculaires. Il faudrait mettre au point une nouvelle thérapeutique à laquelle attribuer les succès de l'hymonex et, bien entendu, sans jamais mentionner ce produit qui continuerait d'être préparé, quel qu'en soit le coût, à l'usage exclusif de ce médecin-là, et sous la réserve la plus stricte.

En 1971, les renseignements nord-américains choisirent l'endocrinologue française Aurore Deschamps dont ils feraient une spécialiste réputée pour ses succès dans le traitement des diabètes.

À cette époque-là, le Dr Aurore Deschamps, qui avait déjà terminé sa spécialisation et n'avait pas encore trente ans, s'était liée à Paris à l'école du Dr Paul Nogier, un éminent acupuncteur qui avait introduit en France la technique de l'auriculopuncture : d'après lui, le pavillon de l'oreille représente en miniature un fœtus humain en position inversée, et on y trouve donc les mêmes centres d'acupuncture que dans le corps entier. Et, à la mi-71, Aurore Deschamps se consacrait à la recherche d'un procédé d'auriculopuncture permettant de soigner l'obésité.

On lui donna rendez-vous un beau jour dans un hôtel de Paris et on lui remit deux grammes d'hymonex dans quatre cents ampoules dont chacune contenait cinq milligrammes en solution aqueuse. Elle devait les appliquer à ses lapins, à quinze jours d'intervalle. Dans trois mois, elle ferait savoir à ses collègues que son expérimentation sur des lapins rendus diabétiques à l'aloxane avait abouti à un résultat absolument étonnant : en effet, en seulement six séances, les animaux étaient guéris, l'hyperglycémie, la polyurie, etc., avaient disparu... Ses collègues feraient preuve sans aucun doute d'un grand scepticisme. Elle leur proposerait alors de le leur prouver sur une demi-douzaine de lapins qu'elle aurait préalablement soumis à l'hymonex. Elle pouvait être sûre que son traitement provoquerait un grand remue-ménage parmi les spécialistes. Elle devrait ensuite effectuer des expériences sur d'autres animaux et demander enfin l'autorisation de l'Ordre des médecins pour entreprendre des expériences sur des êtres humains, qu'on lui accorderait sans doute. Aucun patient ne courrait de risques en se soumettant à d'anodines séances d'auriculopuncture. Les experts de la CIA lui garantissaient que sa guérison du diabète par des piqûres dans l'oreille ferait jaser le monde scientifique. En 1973, ils lui remettraient la communication scientifique qu'elle devrait lire au Congrès mondial d'endocrinologie.

C'était tout.

– *Au revoir, madame, et bonne chance*[1] !

1. En français dans le texte *(N.d.T.)*.

74

Pour qui tu te prends, Rubén ?

– Bon, ça suffit.

De la Hoz se lève, ouvre le réfrigérateur, en tire deux sodas, en tend un à Rubén et l'autre au lieutenant au visage de bébé. Tous deux le savourent, tandis que de la Hoz entre un moment dans les W.-C. voisins. Il urine et pense : Les garçons mentent. Ils se contredisent sur cette question de l'huile et sur celle du filet. Et peut-être mentent-ils aussi, ou exagèrent-ils au sujet de ce que faisait le vieux avec cet appareil.

Il se lave les mains et pense. Le mieux serait peut-être de ne s'occuper que de ce que faisait le type et ne pas se mettre à vérifier au sujet des gosses...

Non, non, il faut leur tirer toute la vérité : voir ce qu'ils foutaient, perchés tout là-haut, quand, comment et pourquoi. S'ils étaient en train de traficoter allez savoir quoi, ils étaient bien capables de mentir en tout pour se couvrir.

Il se sèche les mains et réfléchit. Il commencera par harceler Rubén, par l'effrayer un peu, pour le convaincre ensuite qu'il ne lui arrivera rien.

– Dis donc, mon garçon, dit-il en reprenant place derrière son bureau, explique-moi un peu comment vous lui avez mis l'huile, au canari ?

– Sur la poitrine, mon capitaine, sur la poitrine, comme ça, en le frottant avec le doigt.

– Et Lazarito, d'où tu m'as dit qu'il avait pris l'huile ? demande de la Hoz, en regardant de côté et en fermant à demi les yeux.

– D'un flacon, mon capitaine.

– D'un flacon de verre ?

– Oui, oui, de verre.

– De quelle grandeur ?

– Comme ça.

De la main ouverte, Rubén indique entre l'index et le pouce une dizaine de centimètres.

– Alors, tu as eu le flacon entre les mains ?

– Non, mon capitaine, je l'ai vu seulement.

– Hum, dit de la Hoz, pensif. Alors, Lazarito maintenait le canari dans une main, et de l'autre il tirait l'huile du flacon et la mettait directement sur la poitrine du canari ?

– Oui, oui, exactement comme ça, mon capitaine, et c'est parce qu'il était en train de faire ça que le canari s'est envolé et qu'on a dû mettre le madrier et...

– Oui, oui, bien sûr, l'interrompt de la Hoz pour empêcher le gamin de monter sur le madrier et d'esquiver la conversation en pente glissante au sujet de cette fameuse huile qui n'a jamais existé, ou que Rubén n'a pas vue, puisque Lázaro l'avait dans une boîte de lait concentré. Explique-moi maintenant comment vous avez attrapé le canari.

– Ben, le canari, c'est Lázaro qui l'a attrapé.

– Hum... Et comment il a fait ?

– Euh... il a... eh ben... il a commencé à marcher bien lentement, comme ça, sur la pointe des pieds, et quand il a été tout près, il l'a attrapé avec la main.

– D'une seule main ?

– Oui, mon capitaine, et c'est alors qu'on a vu ce type-là et...

Ce truc de canari n'était pas vrai non plus, ou alors Rubén n'avait pas vu Lázaro l'attraper. Mais qu'est-ce qu'ils étaient allés foutre sur le toit?

– Très bien, dit de la Hoz, désormais disposé à lui arracher la vérité. Ce que l'homme faisait, on le laisse pour plus tard. Et toi, Rubén, arrête un peu de bluffer, ajoute-t-il, en le regardant dans les yeux d'un air narquois et en constatant que la peau blanche du garçon, bien que bronzée par le soleil de Miramar, se couvre d'une rougeur intense.

– Bluffer, moi! dit-il en ouvrant de grands yeux et en pointant l'index sur sa poitrine.

– Oui, tu es un sacré bluffeur! dit de la Hoz, en se mettant debout d'un air menaçant. Lázaro, tu ne l'as pas vu avec l'huile, et tu ne l'as pas vu non plus attraper le canari. Alors, maintenant, pourquoi tu ne me dis pas une bonne fois pour toutes ce que vous traficotiez tous les deux?

– Non, camarade, je vous le jure, Lázaro... Lázaro...

– Lázaro quoi? s'impatiente le commandant. Lázaro quoi? Vas-y, merde, dis-le-moi!

– Euh, ben, moi... je ne suis passé qu'une fois.

– Et les autres fois, alors, avec qui il est passé, Lázaro?

– Non, non, lui tout seul, et personne d'autre, et même que je le croyais pas...

– C'est quoi que tu ne croyais pas, Rubén?

Rubén baisse la tête et ne répond pas. De la Hoz fait un signe au lieutenant, qui se retire de la pièce.

– Écoute, lui dit-il d'un ton amical, en lui posant une main sur l'épaule. Rubén ne relève pas la tête. Écoute-moi, mon garçon, lui répète-t-il, en s'accroupissant et en lui attrapant maintenant le genoux de l'autre main, tu ne peux pas me traiter comme si j'étais un con...

Rubén lève les yeux et le regarde.
De la Hoz sait qu'il va lui tirer toute l'histoire dans quelques instants.
– ...et en plus, je ne suis pas ici pour vérifier ce que vous traficotiez ce matin-là, mais pour savoir ce que faisait ce type avec son appareil, tu piges ? Parce que si c'est un ennemi, vous êtes les seuls à l'avoir vu, et j'ai besoin de croire à ce que vous me dites, mais si vous passez votre temps à me bluffer avec cette histoire de canari à dormir debout, alors, je vais devoir me foutre en rogne, et ce sera tant pis pour vous !
Il se remet debout. Il allume une cigarette et s'assoit en face de Rubén, qui a de nouveau piqué du nez.
– Combien de fois Lázaro est-il passé par le madrier ?
Rubén se sent coincé. De la Hoz attend tranquillement l'aveu imminent.
– Combien de fois, Rubén ?
– Deux fois, et quand il m'a raconté ce qu'il avait vu la première fois, je l'ai pas cru...
– Il avait vu une autre fois ce type-là avec son appareil ?
– Non, la première fois, c'est elle qu'il avait vue, et j'ai pensé que c'était pas vrai.
– Elle aussi manipulait l'appareil ?
Rubén marque un temps d'hésitation.
– Non, elle, non... Lázaro m'a dit qu'il l'avait vue en train de dormir...
– Comment ça, en train de dormir ?
– Oui, sur un matelas pneumatique, parce qu'il faisait chaud...
– Et elle était en maillot de bain ?
– Non, euh... elle était... ben... Lázaro m'a dit qu'elle était toute nue.

– Eh bien, merde alors !

De la Hoz éclate de rire.

Il a tout compris. Ces sacrés lascars étaient allés jouer aux voyeurs, et c'est pour ça qu'ils ne voulaient pas...

– Et, entre nous, Rubén, poursuit le commandant, comme entre potes : Elle est bien roulée, la Française ?

Rubén sourit, soulagé, et se déboutonne.

– Oui, oui, une sacrée gonzesse, selon Lázaro...

– Bien sûr, et tu n'as pas voulu le croire...

– Non, camarade, ça, ça se pouvait, mais comme Lázaro est un sacré baratineur, j'ai pas voulu croire qu'il avait traversé sur le madrier à cette hauteur-là (et maintenant, il parle très vite et bafouille) parce que Lazarito arrête pas de la ramener et je lui ai dit, ça, t'y crois même pas toi-même, et il m'a dit, alors viens avec moi, toi ce que tu as, c'est que t'oses pas parce que t'es un sacré froussard, et alors, qu'est-ce que je pouvais faire, camarade ? alors pour ça je lui ai dit que j'allais traverser avec lui et quand j'ai grimpé là-dessus et que j'ai regardé en dessous, j'avais les guibolles qui flageolaient... mais tout le reste, ce truc de l'homme et de son appareil, c'est vrai, je vous le jure, camarade, je voulais pas, c'est exactement comme je vous dis.

– C'est bien, Rubén, dit de la Hoz, en sortant deux autres sodas. Maintenant, oui, on va pouvoir parler du vieux en bermuda, tu vois ?

Dix minutes plus tard, le contre-espionnage cubain obtenait la première version complète des faits.

À 8 h 20 du soir, le colonel en lisait un résumé dans son bureau :

...et, en effet, Lazarito a traversé seul la première fois, pour capturer un canari qui lui avait échappé, et, à sa grande surprise, il a vu une femme très attirante qui vit là, en train de dormir nue. Quand il a raconté son aventure à son ami Rubén, celui-ci ne l'a pas cru, et cela a déclenché une discussion et le défi qui a abouti à la traversée des deux adolescents.

Une fois éliminées les contradictions provoquées par la peur de dire la vérité, tous deux ont collaboré à la description des faits qui nous intéressent.

La seconde fois, ils ont vu un homme que tous deux sont d'accord pour décrire comme le mari de la Française. Ils disent qu'il manipulait un appareil, monté sur une espèce de trépied, et ils ont vu un tube qui tournait tout seul comme le canon d'une mitrailleuse antiaérienne, tandis que l'homme regardait en l'air. Les deux garçons ont déclaré avoir vu une étoile qui se déplaçait. Et Lazarito s'est souvenu avec beaucoup de précision que quand il l'a vue, elle traversait entre « les trois petites étoiles qui sont ensemble au milieu de quatre autres plus grandes » et que, ces étoiles-là, sa grand-mère galicienne les appelait « les trois Marie ».

Comme vous pourrez le constater dans l'enregistrement du dernier interrogatoire ci-joint, tous deux sont d'accord sur le fait que l'appareil a émis une lumière verdâtre, mais ils décrivent de façon très confuse l'opération qu'ils ont vu l'homme effectuer.

Suite à des recherches faites cet après-midi aux Services d'immigration, on sait que les seuls locataires de cette maison sont le médecin français Aurore Deschamps et son époux, l'historien colombien Alfonso Torres Cisneros.

À 16 h 30, on a expliqué aux deux garçons, en présence de leurs parents, qu'on était peut-être en présence de faits très graves, découverts grâce à eux. On les a avertis avec toute l'insistance requise que tout commentaire serait considéré comme une action contre-révolutionnaire, sujette à de sévères sanctions, car il entraverait les démarches secrètes que nous devons entreprendre. Tous les quatre ont juré sur l'honneur qu'ils ne diraient rien de ce qui s'est passé dans la nuit.

Le réparateur de pneus n'a rien su de ce qu'avaient vu les garçons, mais pour éviter qu'il puisse colporter ce qui s'est passé sur la terrasse des étrangers, on l'a envoyé dans une maison de visite du ministère de l'Intérieur à Pinar del Río, sous prétexte de remplir une mission de notre part et de vérifier certaines anomalies parmi le personnel des transports. Tout le temps qu'il y restera, on s'occupera dûment de sa famille, et il aura plus de rhum et moins de travail qu'à La Havane.

– Qu'Alba et de la Hoz viennent tout de suite, c'est urgent ! ordonna le colonel sur l'interphone.

Incroyable que deux gamins, pour vouloir reluquer une nana à poil, aient détecté un laser clandestin ! Le hasard est parfois dingue...

75

Sur un plateau

D'août 71 à mars 72, les travaux du Dr Aurore Deschamps provoquèrent un vif intérêt et de fréquentes polémiques dans le petit groupe d'endocrinologues parisiens qui put suivre de près son expérimentation sur des animaux. La plupart des acupuncteurs soutinrent ses travaux, mais non les endocrinologues, pour qui la perspective de normaliser la fonction du pancréas par des aiguilles dans l'oreille s'avérait farfelue.

L'équipe médicale de la CIA, qui avait recommandé de choisir le Dr Aurore Deschamps pour travailler avec l'hymonex, avait jeté son dévolu sur elle en sa double condition d'endocrinologue et d'acupunctrice, et surtout, parce que, dans ce dernier domaine, elle s'était consacrée à la spécialité tout à fait nouvelle et controversée de l'auriculopuncture que quasiment personne, exception faite du Dr Paul Nogier et de quelques disciples, ne connaissait en Occident.

L'acupuncture est une thérapeutique empirique, un artisanat chinois millénaire dont on connaît mal les vrais fondements scientifiques. Praxis trouble, forte de ses maintes applications réussies, elle est toujours suspecte aux yeux de la science occidentale, qui n'apprécie que le savoir étiologiquement validé.

Mais elle a des partisans dans le monde entier. Et comme il était indispensable d'occulter l'usage de l'hymonex, il fallait justifier d'une certaine façon les succès qu'obtiendrait le médecin choisi. Rien de mieux en l'occurrence que cette acupuncture empirique, enveloppée d'un halo de magie et de hasard. Le médecin qui appliquerait l'hymonex devait convaincre par ses résultats, sans jamais se risquer dans des explications théoriques. Il offrirait au monde scientifique des faits incontestables, sans verbiage.

Aurore Deschamps, une fois terminée sa spécialisation en endocrinologie, était entrée en contact avec le Dr Nogier et les auriculopuncteurs français de son plein gré. Elle se justifia devant Jaime par son attrait pour le mystère et l'antiscience.

Au début de 71, l'équipe biomédicale qui travaillait sur le Plan MER reçut des instructions de choisir, parmi les agents disponibles, un endocrinologue à qui l'on confierait le secret de l'hymonex. L'acupunctrice française Aurore Deschamps fut considérée comme la plus appropriée d'une liste de neufs agents, endocrinologues de profession. Son travail serait facile. Elle ne saurait rien de l'hymonex. Elle l'appliquerait sans en connaître l'origine et accumulerait des succès dans le traitement du diabète de récent diagnostic. Elle avouerait en toute modestie dans les milieux scientifiques en ignorer les vrais motifs. Pour le moment, elle accumulerait des expérimentations et ne s'aventurerait à formuler des opinions que lorsqu'elle serait absolument sûre de ses fondements. Cette attitude, exprimée avec humilité et franchise, lui forcerait à la longue le respect et la crédibilité des milieux spécialisés.

L'auriculopuncture offrait un avantage supplémentaire. Très peu d'acupuncteurs en connaissaient la technique. On courait le risque, en effet, que les succès d'Aurore Deschamps ne déclenchent dans le monde des endocrinologues un intérêt pour des recherches partant des mêmes bases, de sorte qu'un cumul d'expérimentations qui ne confirmeraient pas ses succès pouvait la discréditer. Il était douteux en revanche que quelqu'un s'aventure dans un domaine aussi peu connu en Occident que l'auriculopuncture. Et pour écarter encore plus la possibilité de voir surgir des concurrents dans le domaine expérimental d'Aurore Deschamps (ils ne pourraient jamais réussir sans l'hymonex, bien entendu), les conseillers du Plan MER proposèrent de la doter d'un complexe émetteur de faisceaux de protons, dont la prétendue précision, aussi bien pour influer sur les minuscules centres d'acupuncture localisés dans le pavillon de l'oreille que pour graduer l'intensité et la durée des séances s'avérait – et tel était bien le but de l'opération – très supérieure aux applications d'aiguilles manuelles. Aurore reçut l'ordre de divulguer l'excellence de cette technique, tout en faisant savoir que le procédé manuel était sujet à des erreurs, qu'il n'était pas fiable et que seuls les faisceaux de protons lui avaient enfin permis de rationaliser la méthode. Elle devrait mettre l'accent sur le fait que le succès du traitement dépendait d'une combinaison exacte de facteurs où intervenaient la grosseur du faisceau, son intensité, la durée des applications, mesurables en dixièmes de seconde, et la fréquence des séances. Elle insisterait sur le fait que le procédé manuel ne permettait pas une vraie expérimentation scientifique.

L'important était de décourager toute concurrence.

La CIA s'était habilement arrangée pour qu'une institution française s'offre à financer la conception et la construction de cet appareil unique en son genre et très coûteux, sans lequel toute expérimentation dans ce domaine était dépourvue de valeur scientifique.

Ainsi, Aurore Deschamps monopolisa dans le monde, grâce à son appareil, la guérison du diabète par auriculopuncture. Bien installée dans un *no man's land*, à cheval entre la physique nucléaire, l'endocrinologie et l'auriculopuncture, sans la moindre concurrence, elle avait les coudées franches. Et comme prévu, dès le début de 72, ses travaux avaient suscité un vif intérêt. Devant une commission de l'Institut d'endocrinologie de Paris, elle avait fait une piqûre d'aloxane à une demi-douzaine de lapins marqués, leur inoculant un diabète aigu. Et, au grand étonnement des spécialistes, elle les avait presque complètement guéris en à peine six séances d'auriculopuncture. À la fin de la même année, son nom était désormais connu des endocrinologues européens et nord-américains. Puis elle entreprit des travaux avec les faisceaux de protons et sur des patients humains. La communication qu'elle lut au Congrès de diabétologie en 73 retint toute l'attention des participants. Modeste, elle déclara prendre ses résultats avec la plus grande prudence et n'avoir à offrir au Congrès aucune explication rigoureuse; quoi qu'il en fût, ses résultats étaient là, et elle se proposait de continuer ses recherches.

Elle souleva des applaudissements.

De fait, le Plan MER parvint à la catapulter au firmament des sommités médicales. Patients et invitations commencèrent à pleuvoir du monde entier. Les services de renseignements nord-américains espéraient que ce superagent, patiemment mis au point, commencerait sous peu son vrai travail. Sa lucidité, sa jeunesse et son grand attrait physique la favorisaient. Les gros pontes commenceraient vite à tomber. On attendait beaucoup de sa filiation gauchiste. Ce n'était qu'une question de temps. La CIA comptait en outre sur la possibilité de lui fabriquer des diabétiques grâce à des inoculations d'aloxane. À la mi-74, les laboratoires de la NSA entreprirent de travailler à la mise au point d'un pistolet capable de lancer de minuscules capsules congelées de ce composé toxique.

Le travail d'Aurore Deschamps visait à l'époque à lui ouvrir l'accès aux personnalités que choisirait la CIA. Mais le hasard voulut qu'en octobre 74 le ministère cubain de la Santé publique l'invitât à participer à un symposium sur le diabète et lui proposât formellement, à la fin de la rencontre, de travailler deux ans à La Havane.

C'est ainsi que les directeurs du Plan USHER virent soudain apparaître, comme sur un plateau, l'agent B-2, le médecin, le superagent dont ils avaient besoin pour administrer la fameuse drogue amazonienne aux candidats cubains repérés par « Butterfly » depuis 73.

Langley ordonna à Aurore Deschamps, en décembre 74, d'accepter l'invitation des Cubains et de se préparer à voyager à La Havane en mars 75.

Entre-temps, il fallait trouver l'agent le plus important du Plan TAP, qui aurait pour mission de coordonner le travail de « Butterfly » avec celui d'Aurore Deschamps et avec la direction d'USHER à Langley.

Il fallait trouver B-1.

76

Avec le Dr Quiroz

Il y a un téléphone public près de la porte. Ils composent de nouveau le numéro. Encore pareil. Ça sonne, ça sonne, mais personne ne répond. Tandis que le Noir téléphone, l'autre déambule les poings sur les hanches. Le ciel, désespérément bleu, annonce une autre canicule. Ce que confirme la mer étale.

Inutile. Personne ne décroche à l'autre bout du fil. Ils décident d'entrer dans l'immeuble, mais la porte principale est fermée. Ils cherchent le nom sur la liste, juste à côté du petit standard téléphonique. Le Dr Quiroz n'y figure pas.

La résidence Someillán a trente étages. C'est l'une des plus élégantes du front de mer havanais. Mais ce n'est guère plus qu'une petite aiguille, un mât fragile face au Focsa, superbe masse à deux façades, vedette exubérante, soliste de la chorégraphie inachevée des gratte-ciel dont se vantait La Havane en 1959, parmi les premières capitales d'Amérique latine. Mais « le *Comandante* arriva et mit le holà ».

Une femme qui passe avec des bouteilles de lait dans la main leur conseille de chercher le concierge dans le garage. Ils descendent une rampe. Ils trouvent l'homme en train de laver une Cadillac

1960 dont l'état est si impeccable qu'elle semble sortie tout droit de l'usine. Couleur crème, antiquité digne d'un musée, mais pleine de modernité au milieu des guimbardes qui roulent à La Havane. Desiderata, *nec plus ultra*, lettre de créance, sésame ouvre-toi, déflore-vierge des années 60. Et toujours, en 1977. Belle. Lignes impeccables. Dans le garage, l'énorme voiture occupe la place de deux. Elle occupe en même temps l'endroit le plus commode pour manœuvrer. À qui est-elle ?

Le concierge, un gros homme presque aussi bien conservé que la voiture, fait preuve d'efficacité. Le médecin qu'ils cherchent vit au vingt-neuvième étage. Pour prendre l'ascenseur, il leur faut tourner à gauche.

Ascenseur Otis. Bien entretenu, comme la voiture et le concierge.

Au vingt-neuvième étage, il n'y a qu'une porte. On entend de la musique. Une... flûte ? Les hommes échangent un geste de doute.

Quelqu'un est déjà levé dans l'appartement. Ils appuient sur le bouton, mais rien ne se passe à l'intérieur. La sonnerie serait-elle défectueuse ? Ils attendent une minute. Un des hommes, sur la pointe des pieds, frappe de la jointure des doigts l'imposte en vitrail aux losanges verts et lilas. Le coup fait vibrer les carreaux. On entend enfin des pas s'approcher. Un type blond, en pyjama, ouvre la porte. Trente-cinq ans ? Le front large, les yeux jaunes, le nez aquilin, le visage nerveux, le regard intelligent. Il observe avec surprise l'identification que lui tend un des visiteurs. Une carte de la Sûreté de l'État. Les deux hommes sont bien habillés, mais simplement. L'un est noir. Tous deux sont maigres.

– Entrez, camarades.

Et il leur indique des sièges, la paume de la main en l'air.

Le Noir, au physique longiligne, à la démarche souple, aux mouvements élégants, à la prononciation cultivée, un Noir sorti de l'Université, s'excuse d'être venu si tôt, sans préavis, mais comme personne ne répondait au téléphone...

– Oui, oui, le téléphone est en dérangement depuis deux ou trois jours. Eh bien, de quoi s'agit-il ?

Ils ont besoin de son avis en tant que médecin spécialiste pour un cas relevant de la sûreté de l'État.

– Sûreté de l'État ? Mince alors !

Tandis que le Dr Quiroz s'habille, Alba reste debout devant la baie vitrée qui donne sur l'avenue du bord de mer. Il a le vertige, mais il ne peut résister à la tentation de contempler le fantastique spectacle. Du vingt-neuvième étage, le nez collé à la grande baie renforcée par des bandes de sparadrap, quel dommage ! Alba suit de ses yeux bleu clair en amande la lente procession des voitures qui roulent sur le bord de mer. Le vertige lui donne la chair de poule, le fait trembler, mais il ne peut se décoller de la vitre. Un monde lent et silencieux s'étend à ses pieds. Du vingt-neuvième étage, on dirait que les voitures n'avancent pas, longeant une mer immobile. Le rapport espace-temps se concrétise à ses pieds. À quelle altitude le monde s'immobilise-t-il complètement ? Quand il sent que les choses commencent à tourner, il ferme les yeux et appuie sa main sur le dossier d'un fauteuil. Goethe surmonta le vertige en grimpant au clocher de l'église de Weimar. Il rouvre les yeux. Il contrôle sa nausée. Il se console en pensant que Goethe devait être bien plus foutu que lui, parce que s'il avait déjà le vertige sur le clocher d'une église, il en aurait perdu le souffle à la hauteur d'un vingt-neuvième étage.

Il entend une porte s'ouvrir dans son dos. Il se retourne. Le médecin est prêt à les écouter.

– Cela prendra-t-il beaucoup de temps ?
– Au moins deux heures.
Quiroz regarde sa montre et fait une grimace. Impossible. De 8 à 11, il a ses consultations à l'hôpital Covadonga.
Et après ?
À 11 heures et demie, il doit donner une conférence au Centre national de la recherche scientifique.
Qui durera... ?
Au plus une heure et demie.
Et à 1 heure, il n'y aurait pas moyen de trouver un moment creux ?
Oui, à cette heure-là, c'est possible. Il avait des cours à donner à l'hôpital, mais il demanderait à un collègue de le remplacer.
Parfait. Alors, ils iraient le chercher au Centre à 1 heure et il déjeunerait avec eux dans le coin. D'accord ?

La voiture descendit en direction du quartier de l'Étang. Alberto Quiroz s'était promené une fois dans le coin. C'était quand il était étudiant, quand il vivait à Girón. En général, il l'avait toujours traversé en bus. Du pont, on apercevait un coin de l'étang. L'après-midi, au crépuscule, on pouvait entrevoir un paysage de rêve. On voyait aussi le parc voisin, rempli de fougères, de vieux troncs recouverts de plantes grimpantes. Des frondaisons, pendaient de grosses lianes, comme les cordons ombilicaux de la terre mère. On devinait un silence frais, et le seul bruit audible était les répétitions des élèves boursiers de l'École de musique, logés tout près. Du bus, on pouvait les voir dans les vastes jardins confisqués par le peuple aux millionnaires émigrés, s'exerçant sans pitié avec leurs trombones, leurs saxos, leurs trompettes, leurs batteries, sans crainte de la colère populaire.

Ces années-là, Quiroz avait eu une fiancée pâle et belle, étudiante de l'École des lettres, qui aimait la poésie et la solitude. Lui, croyant abonder en son sens, lui parla de ce paysage de rêve, de cette retraite ignorée, où le disque cuivré du soleil crépusculaire se brisait en morceaux dans le feuillage exubérant de troncs centenaires qui, reflétés dans l'eau opaque, prenaient un halo spectral, tels des feux follets connaisseurs des arcanes de l'étang. Il avait mémorisé le texte pour la séduire. Il pensait, à grand renfort de poésie et de paysage, obtenir la reddition de la beauté instruite, mais, hélas, l'odeur de pourriture de l'étang, qu'on ne sentait pas depuis le bus, frustra ses plans. La fille déclara qu'elle n'était pas disposée à faire l'amour dans ce cloaque et rentra invaincue à la résidence.

Quiroz avait une dent contre l'endroit. Et maintenant, douze ans plus tard, une fois la zone drainée en vue d'y construire le Palais des congrès, il admirait de nouveau ce paysage et ces villas fabuleuses. Quels connards, ces riches d'avant, de s'être laissé enlever tout ça...

La voiture pénétra dans le jardin d'une demeure coloniale. Façade blanchie à la chaux, fenêtres ogivales, créneaux, une très haute porte couronnée d'un arc et d'une archivolte aux moulures grises. Deux heurtoirs annulaires brillaient sur l'acajou obscur des battants.

Quels cons !

Ils longèrent le jardin par une large allée. Ils contournèrent la maison. Au fond, il y avait un garage avec trois voitures. Plus loin, on ne voyait qu'un mur blanc de quelque trois mètres et, de l'autre côté, un épais rideau de pins.

Une fois dans le garage, ils montèrent directement par un escalier en colimaçon à un couloir de l'étage. Ils entrèrent dans la première pièce à gauche.

Du chêne ?

Non, du santal. Quiroz se souvint aussitôt de l'odeur. À la mort de son père, il avait travaillé deux ans comme apprenti ébéniste, jusqu'au début de la campagne d'alphabétisation. Et, à l'intérieur, le santal tapissait les quatre murs. Le bois sombre tranchait sur le plafond badigeonné. Dans un coin, adossé à un vitrail, un petit bureau, et, au milieu, une solide table rectangulaire, d'un noir mat.

De la Hoz l'invita à s'asseoir en bout de table et lui offrit un fauteuil monacal à haut dossier.

– Un café ?

– Oui, bien volontiers.

De la Hoz sortit par une porte latérale.

Le commandant Alba était biologiste. Il connaissait un peu la médecine. Il décida de parler sans attendre le retour de l'autre. Il connaissait par cœur le *curriculum vitae* de Quiroz : alphabétiseur, diplômé en 67, militant en 69, spécialiste de premier ordre en endocrinologie, professeur titulaire à trente-quatre ans, vingt-sept publications scientifiques, vingt et une communications à des rencontres sur sa spécialité, deux fois lauréat de concours internationaux, de nombreuses mentions...

Ils commencèrent à le bombarder de questions au retour de De la Hoz. D'abord sur l'étiologie du diabète et sur sa thérapeutique actuelle. Ils lui demandèrent quelque chose de très synthétique et l'enregistrèrent.

Quand il eut fini, ils lui demandèrent si l'auriculopuncture faisait partie des méthodes de traitement du diabète.

Merde alors ! Un problème avec la Française ? C'était donc ça ?

Quiroz expliqua qu'il avait lu des articles du Dr Paul Nogier, un médecin français qui avait introduit cette technique en Europe. Il leur exposa en détail ses théories : l'oreille représente un fœtus inversé en miniature, qui offre la réplique de tous les centres d'acupuncture distribués dans le corps humain. Il leur raconta qu'il avait lui-même commencé une expérience avec cette technique pour contrôler l'obésité.

Quand ils enclenchèrent la seconde cassette, ils lui posèrent enfin la question qu'il attendait :

– Et que penses-tu du travail du Dr Aurore Deschamps ?

Eh bien, le travail du Dr Deschamps avait suscité dès le début une grande expectative parmi les endocrinologues du pays...

Quiroz la connaissait-il personnellement ?

Bien entendu.

L'avait-il vue travailler ?

Oui, à plusieurs reprises.

Que faisait-elle aux patients ? Comment justifiait-elle son travail ?

En réalité, le Dr Deschamps ne justifiait quasiment rien. C'était un cas curieux. Elle se bornait en général à divulguer ses résultats, mais elle faisait toujours preuve de réticence quand il s'agissait de présenter des énoncés théoriques. Comme Quiroz le leur avait expliqué il y avait un instant, le diabète se caractérise par la destruction des cellules *bêta* du pancréas. Eh bien, selon Aurore Deschamps, une forte concentration de faisceaux de protons aux points de l'oreille qui stimulent les fonctions pancréatiques entraînait la régénération des cellules *bêta* atrophiées. C'était tout ce qu'elle expliquait.

Elle disait avoir observé le phénomène par hasard en faisant certaines expérimentations avec les lapins. Au cours de la demi-douzaine d'interventions publiques qu'elle avait faites, elle avait ennuyé les spécialistes en leur décrivant par le menu les cas qu'elle avait traités, mais sans en tirer de conclusions théoriques. Elle se bornait à exposer des données et des chiffres. Elle ne formulait pas de concepts. Quiroz qui, toute modestie mise à part, possédait un excellent niveau parmi les spécialistes cubains, avait tenté de la sonder, mais elle avait toujours éludé tout engagement théorique. Cela avait déclenché des débats entre spécialistes. Ceux qui, comme Quiroz, connaissaient la portée limitée de l'acupuncture, savaient que des piqûres, que ce soit avec des aiguilles, des rayons laser ou des faisceaux de protons, pouvaient stimuler ou inhiber une fonction organique, mais personne ne s'expliquait qu'on pût par ce moyen régénérer des cellules atrophiées. Quiroz avait lu quasiment toutes les publications de Paul Nogier et des plus célèbres acupuncteurs occidentaux, et personne ne semblait accepter une chose pareille. Mais le fait surprenant, incontestable, était que le Dr Deschamps avait bel et bien guéri de nombreux diabétiques.

Et comment se passaient d'ordinaire ses consultations ?

Elle employait un faisceau de protons à grosse pointe (environ 18 micras) qui émettait en quinze minutes quelque 90 faisceaux, équivalant à autant de piqûres avec des aiguilles. La méthode était assez douloureuse, et cela l'obligeait, selon elle, à recourir à une anesthésie générale. C'était tout. Le patient arrivait à sa consultation et l'adjointe du docteur, ou parfois elle-même, lui faisait une piqûre pour l'endormir. Puis elle lui posait un casque spécial et commençait à décharger les faisceaux. Une fois le patient réveillé au bout d'un quart d'heure, elle le laissait se reposer cinq minutes sur une chaise, lui faisait un examen rapide et lui fixait un nouveau rendez-vous.

Et quel anesthésique utilisait-elle ?

Un produit suisse qui avait la caractéristique de provoquer un sommeil profond, mais de très courte durée. Vingt minutes, quelque chose dans ce genre. Elle avait apporté elle-même le premier lot. Ensuite, le ministère de la Santé publique avait obtenu de nouvelles livraisons depuis Zurich, à l'usage exclusif du Dr Deschamps.

! ?

77

Son dernier pique-nique

De 64 à 67, l'agent Calchas avait mené le gros de ses activités en Amérique latine. De Colombie, il était passé au Pérou, au Venezuela et en Bolivie, en qualité de conseiller à la liquidation de foyers de guérilla. À partir de 68, il avait travaillé au Nicaragua et au Guatemala. Et tout ça commençait à le lasser. En sept ans, il avait formé plusieurs dizaines de techniciens et d'instructeurs, et supervisé la formation de milliers de rangers. Le travail était sur les rails. Sa gestion sur place n'était plus nécessaire. Il refusa plusieurs propositions de postes de direction et de conseiller. Ni les fortes rétributions ni le travail de cabinet ne l'intéressaient.

Si l'Agence ne lui offrait pas d'action, il préférait se retirer.

Ce qui l'avait le plus attiré dans son activité de contre-guérilla, c'était le travail d'infiltration : coordonner les contacts clandestins, organiser des opérations du renseignement militaire et recruter le personnel approprié.

Fin 67, il accepta de suivre un stage de trois mois pour apprendre la technique du TLR (*Top Level Recruitment*), destinée à former du personnel en vue de recrutements de haut niveau. Il apprit à utiliser une panoplie d'espionnage extrêmement subtile qui incluait des miniatures électroniques, des sérums de vérité et des techniques modernes de chantage et de persuasion. Deux ans plus tard, dans le cône Sud de l'Amérique, il convertissait quatre hommes politiques et cinq militaires haut gradés en agents à la solde de Langley.

C'était un homme de cinquante ans, plein de santé, énergique, qui s'était signalé dès le début comme un bon *recruiter*. Mais, fin 69, un journal de gauche de Montevideo avait toutefois dénoncé les mystérieuses démarches d'un prétendu commerçant espagnol, très lié à certains milieux de la haute politique uruguayenne, un certain Jaime de Arnaiz, fils du Boucher de Trubia, expéditionnaire de la Division bleue, fasciste notoire, etc. Quelqu'un l'avait sans doute reconnu dans cette ville, où abondaient les exilés espagnols.

Agir sous son propre nom n'avait pas été un obstacle tant que son activité s'était bornée à l'organisation de la lutte antiguérilla, où il n'avait pas à s'avancer sur le devant de la scène ; mais en tant que recruteur, il devait s'introduire dans de nombreux milieux sociaux et se laisser voir en public. Cette dénonciation le compromettait sérieusement. Si, outre son physique si caractéristique, il continuait d'apparaître sous son vrai nom, peu de perspectives s'ouvraient devant lui dorénavant en tant que *recruiter*.

Ce faux pas compromit en plus une mission délicate au Pérou, où il devait opérer en compagnie de Jimena. Pendant les quelques jours qu'elle passa à Paris, Jaime se lamenta devant elle de l'incident de Montevideo. Elle lui rappela alors cet historien colombien de Cartagena avec qui les gens le confondaient dans la rue. C'était un célibataire, sans famille et...

Il la regarda. Les yeux de Jimena brillaient.

Pourquoi pas, après tout ? On ne perdait rien à le tenter. Ça pourrait même être amusant.

Le *Curricular Analysis Service* étudia la proposition et la considéra réalisable. Un plan en vue d'une « JV » fut mis au point en quelques jours.

Jimena passa une semaine à Cartagena et se lia d'amitié avec l'homme en question.

Les experts étudièrent les photos et les films qu'elle ramena.

Oui, c'était parfaitement possible. Les seules différences notoires pouvaient s'effacer facilement. Torres Cisneros avait un peu de ventre, une allure bien plus dégingandée, une cicatrice sur la paupière inférieure gauche. Le menton moins proéminent et le double menton étaient les différences les plus notoires qui disparaîtraient sous une barbe. La cicatrice s'obtiendrait par chirurgie esthétique ; quant au port, il suffirait que Jaime s'entraîne un peu pour se débarrasser de sa rigidité militaire. Le reste des traits, et surtout les cheveux, étaient identiques. Le timbre de la voix était assez semblable, mais Jaime souffrait d'un certain enrouement qu'il pourrait attribuer à un rhume au cas où il rencontrerait inopinément un ami de Torres Cisneros. C'était une occasion fantastique. En quelques mois d'entraînement, Jaime apprendrait à parler avec l'intonation hybride, mi-bogotienne mi-côtière, qu'utilisait Torres Cisneros. Ensuite, en vivant hors de Colombie et en évitant le plus possible les contacts avec les Colombiens, il pourrait se refaire une couverture et apparaître en public comme l'historien Alfonso Torres Cisneros.

C'est dans ce but que Jimena, utilisant sa couverture d'Aurore Deschamps, vécut à Cartagena comme amante du Colombien en janvier et février 1970. Elle enregistra deux cent trente heures de conversations durant lesquelles Torres Cisneros, un type loquace, plein d'anecdotes et bon causeur, lui raconta pratiquement toute sa vie. Ces enregistrements, une fois traités dans les laboratoires dc la CIA, permirent dc confectionner une liste de cent vingt-sept noms, et de déterminer qu'une vingtaine correspondaient à des personnes qui avaient noué une amitié étroite avec Alfonso Torres Cisneros à différents moments. Jaime reçut un choix des extraits les plus significatifs afin de mémoriser les personnages, les idées, les anecdotes, les expressions et les interjections les plus courantes chez Torres Cisneros. Une copie, d'où avaient été soigneusement effacés les noms et les références à des situations concrètes, fut remise à une phonéticienne pour qu'elle prépare un entraînement devant permettre à Jaime de s'approprier l'idiolecte de ce Colombien, qui parlait un mélange à cheval entre la langue de Bogota et celle de la côte caribéenne.

Jaime écouta et répéta ce texte de mai à août 1970, au point de pouvoir en reproduire exactement l'intonation et les particularités. La phonéticienne déclara que son élève, qu'elle n'avait pas eu le plaisir de connaître, avait une ouïe exceptionnelle. Ils travaillèrent quatre heures par jour. Elle prenait place derrière une vitre opaque. Jaime la voyait parfaitement. Elle, en revanche, ne pouvait que l'écouter.

Le *Curricular Analysis Service* obtint par ailleurs des photos et des références de plus de trente personnes mentionnées dans l'enregistrement et, en guise d'essai, réalisa quelques expériences. À Bogota, Jaime s'arrangea pour en rencontrer certaines et engager la conversation. Il fut parfait dans son rôle. Personne n'eut le moindre doute. Dans tous les cas, Jaime fit semblant d'avoir mal à la gorge.

Sur ce, Jimena retourna à Cartagena, renoua pour quelques jours son aventure avec Torres Cisneros et finit par le convaincre de l'accompagner à Medellín, où elle voulait participer à une conférence sur le diabète, qui devait commencer un mardi. Comme ils arrivèrent la veille, elle lui proposa de visiter le carmel du Viboral, fameux pour ses poteries. Une fois là, éblouie par la beauté des montagnes d'Antoquia, elle eut envie d'y faire une excursion.

Le vrai Torres Cisneros gît enterré près d'un torrent aux eaux qui chantent. Ce fut son dernier pique-nique.

Les faux Alfonso Torres Cisneros et Aurore Deschamps reparurent à Cartagena trois jours plus tard. Au cours d'une réunion intime d'une demi-douzaine de personnes, le couple laissa tomber une nouvelle insolite : Le célibataire endurci avait enfin cédé aux charmes de la Française. La nouvelle fit le tour de la ville dès le lendemain. Beaucoup voulurent connaître les détails, mais il était trop tard. Le couple était parti passer sa lune de miel en Europe.

De 1971 à 1974, Alfonso Torres Cisneros ne rentra en Colombie qu'à deux occasions. À Cartagena, il ne se laissa voir que de très rares personnes. Comme le mariage lui avait réussi ! Et que la barbe lui allait bien ! Et depuis quand sa voix était-elle devenue si rauque ? Et il expliquait que les froids européens abîmaient les gosiers des Tropiques...

En 1973, il vendit sa maison et annonça qu'il se retirait définitivement à Séville. Il voulait travailler au musée des Indes et être près de sa petite Française, qui lui rendait parfois visite ou le recevait dans son appartement parisien. Il avait atteint son idéal. Il était marié à une femme intelligente, fine, riche, qui ne lui cassait absolument pas les pieds et lui permettait en plus de poursuivre en Espagne sa vie de célibataire.

Eh bien, alors, quel coup de pot !

En Europe, Alfonso Torres Cisneros évita les contacts avec ses compatriotes. Il ne passait que quelques jours par an dans sa maison de Séville. Quand il voulait travailler ou être seul, il s'enfermait à Campo Bermejo. Ses rencontres avec Jimena continuaient d'être sporadiques. Il voyagea beaucoup. Une fois terminée la mission du Pérou en décembre 1970, ils passèrent Noël et le Jour de l'an à Paris. Pour les rares personnes qui les connaissaient comme un couple, ils s'étaient mariés en Colombie. Ils semblaient bien s'entendre. Elle passait pour une communiste un peu mystique et assez revêche ; lui, pour un libéral de gauche excentrique, anti-yankee, passionné de recherches sur l'Amérique coloniale, ce qui l'obligeait à se déplacer constamment en Espagne et en Amérique latine. À Madrid et Séville, ils fréquentaient aussi, mais très sporadiquement, quelques personnes, sans avoir d'intimité avec aucune.

C'est derrière cette façade que Jaime de Arnaiz réussit à Santiago du Chili, à Lima et à Buenos Aires, une douzaine de recrutements de haut niveau en à peu près deux ans. Des ministres, des hauts gradés des forces armées, des hommes politiques de première ligne, figuraient sur sa liste de recrues. Fin 74, l'imposteur Torres Cisneros était déjà l'un des plus efficaces *Top Level Recruiters* de Langley.

Quand, en décembre 74, décision fut prise qu'Aurore Deschamps se rendrait à Cuba et qu'on lui dit qu'elle devait se mettre aux ordres de quelqu'un qui coordonnerait son travail avec celui des membres d'un groupe d'information, elle proposa de choisir son mari. Elle n'eut pas à insister. La direction d'USHER avait déjà jeté son dévolu sur lui.

78

La station de Jaruco

À quelle heure disait le camarade ? À peu près à 5 h 40 du matin ? D'accord, qu'il le laisse calculer. Et l'ingénieur de chercher sur des tableaux, de faire des opérations sur une calculette, de passer une règle sur une feuille quadrillée, de repianoter sur l'ordinateur, de noter sur un agenda, d'une écriture illisible, douze, treize, oui, entre 5 h 30 et 5 h 50, qu'il le laisse rectifier, voyons voir, un, deux, de frapper l'agenda de son crayon, neuf, dix, onze, douze, treize, oui, c'est ça, il y avait treize satellites passant dans le ciel de Cuba durant ce laps de temps, mais s'ils étaient visibles à simple vue depuis La Havane, alors l'ingénieur dirait qu'il n'y avait que ces trois-là qu'il avait entourés d'un cercle, le 113-AC, le 405-IS et le 96-AS, ah, ah ! et de la Hoz de noter, et, à propos, ingénieur, quel est le nom scientifique des Trois Marie, et l'ingénieur, mais oui, mais oui, bien sûr, c'est comme ça qu'on appelait en Espagne et en Amérique du Sud les trois étoiles centrales de la constellation d'Orion, et Cosme de noter, et dis-moi donc, ça te prendrait beaucoup de temps de me calculer laquelle des trois était en train de s'approcher à cette heure-là, depuis le sud-sud-est, de la constellation d'Orion ? Et l'ingénieur de regarder, intrigué, l'agent, ben, oui, si tu attends un petit moment, je te le calcule avec précision, mais je peux déjà te dire... s'il venait de cette direction-là, sûrement que... et de regarder de nouveau, voyons voir... oui, c'était sûrement le 133-AC, qui était très brillant à cette heure-là, parce que les satellites sont bien visibles un peu avant l'aube et jusqu'à une heure après la tombée du jour, et le soleil se levait ces jours-là autour de 6 heures du matin, de sorte que, voyons voir... voyons voir... et de tourner encore une fois les pages, 131, 132, c'était celui-ci, 133-AC, satellite américain de télécommunications, parce que l'ECRINE (Station cubaine de suivi d'engins spatiaux) avait créé ses propres désignations pour les satellites qui passaient en orbite dans l'espace cubain, et celui-là on le connaissait comme le 133-AC, oui, oui, voyons un peu, vitesse orbitale – et de faire glisser la réglette sur la feuille quadrillée de la main gauche, et de noter de la main droite sur le bloc-notes – distance, zénith, apogée, périgée, de nouvelles notes, de la Hoz allume une cigarette avec celle qu'il a aux lèvres, et de s'asseoir devant l'ordinateur, une rapide vérification, oui, ça se pouvait, et de consulter maintenant l'atlas du ciel, hémisphère Nord, 23°, constellations septentrionales du début de l'automne au zénith du 23°, équateur céleste, écliptique, premier quartier, deuxième, troisième, oui, oui, elle était là, Alpha d'Orion, oui, et de consulter ses calculs sur le bloc-notes, oui, oui, à 5 h 43 exact, le 133-AC devait passer entre Rigel et Bételgeuse, Rigel et Bétel... quoi ? Bételgeuse, ça s'écrit *g, e, u, s, e,* de la constellation d'Orion, parfait, mon vieux, je te remercie beaucoup, et il se pourrait qu'on ait encore besoin de ta coopération, il fallait disposer d'un calendrier de tous les jours et de toutes les heures où le satellite passerait dans le ciel cubain, bien sûr que oui, je peux vous avoir ça dans l'après-midi, sensass, bon, eh bien, ravi d'avoir fait ta connaissance, une poignée de main, à votre service, quand tu veux, merci beaucoup, et l'ingénieur, qui voit s'éloigner de la Hoz, de se demander ce que peut bien foutre le 133-AC dans le ciel de Cuba pour mettre dans tous ses états ce type du ministère de l'Intérieur.

79

Attention aux points de contrôle

Diego Diéguez Torres était le petit-fils d'un colonel des guerres d'Indépendance cubaine. Son père avait possédé une sucrerie à Matanzas et beaucoup d'argent. Il envoya Diego faire des études à Baton Rouge, en Louisiane, où il avait obtenu un diplôme d'ingénieur chimiste et, en 52, à Berkeley, en Californie, où il avait décroché un Ph.D. [1]. À son retour, son père voulut qu'il s'occupe de chimie sucrière et des affaires de la famille. Lui, voulait se consacrer à la recherche pure. Après une dispute avec son père, il alla vivre chez un ami d'enfance, lui aussi enfant de riches. C'est là qu'il connut Marta, la première Cubaine à l'éblouir par une combinaison d'intelligence et de mollets. Mais Marta était anti-yankee, et s'occupait de certaines choses. Et Marta, Fulgencio Batista –, soutenu sans le moindre scrupule par les États-Unis –, et deux marines yankee photographiés en train de pisser sur le monument dédié à José Martí contribuèrent à transformer Diego en révolutionnaire. En 1959, il descendit de la Sierra Maestra avec les galons de capitaine.

Il resta un an à la Sûreté de l'État, puis fut choisi début 61 pour suivre une formation à l'École de

1. Équivalent du doctorat aux États-Unis (*N.d.T.*).

contre-espionnage du KGB. En 1965, il était reçu *summa cum laude*. Sa thèse fut lue *summo cum gaudio* par les spécialistes soviétiques.

À son retour de Moscou, on l'assigna à la Section de contre-espionnage scientifique, dont il devint chef en 1967. Quand les grades de l'Armée rebelle furent modifiés, il fut nommé commandant, puis lieutenant-colonel et enfin, en 1975, à cause de ses états de service, colonel. Pour les vieux compagnons de la lutte clandestine et de la Sierra Maestra, il était le colonel DTT, un surnom bien mérité non seulement à cause de ses initiales, mais encore par sa causticité de notoriété publique.

À Moscou, il était tombé amoureux de la technique de la « greffe », un thème qu'il avait voulu choisir pour sa thèse au KGB, mais qu'on lui refusa : les greffes étaient une matière épineuse, dont on ne donnait que la théorie ; il était impossible de citer des cas réels, actuels ou du passé, pour des raisons de sécurité, qui coulaient de source.

Il proposa alors qu'on lui permette d'étudier les dossiers ouverts de Sorge et de Kim Philby, pour évaluer ce qu'il en serait advenu si, au lieu de « semailles » normales, ils avaient été « greffés ».

Son directeur de thèse reçut la permission, et Diego se lança à fond dans l'étude de tout ce qu'il était possible de savoir au sujet des deux fameux espions, en particulier de la vie publique et de la personnalité de leurs chefs et collaborateurs à différentes périodes. On appelle « semaille » dans le jargon du KGB une technique d'infiltration grâce à laquelle l'espion est préparé très longtemps à l'avance. Les résultats qu'on attend d'un agent « semé » ne sont prévus que pour une ou plusieurs décennies plus tard, quand il a atteint des postes de haut niveau dans les rangs ennemis. Certaines semailles ne fructifient pas parce que l'agent change de conviction ou prend peur ; d'autres restent enfouies toute la vie et se dessèchent sans rendre aucun service à l'appareil.

Une « greffe » est aussi une espèce dc semaille. Au sens agronomique du terme, il s'agit d'une opération consistant à « semer » une plante sur une autre plus développée. En techniques de renseignement, cela signifie quelque chose de très analogue : semer un espion sur une personne connue.

Le Komintern sema beaucoup dans les années 20 et 30, et l'URSS en récolta les fruits dans les années 50 ou 60. Grâce à l'immensité du territoire multiethnique de l'URSS, de l'intense émigration russe d'avant 1917, les Soviétiques étaient dans une situation très favorable pour faire des greffes. Ils étaient aidés en cela par les milliers de personnes disparues sans laisser de traces pendant la Première Guerre mondiale. Par les grands déplacements forcés de populations organisés par Staline, sans parler du chaos énorme et des convulsions qu'engendra la révolution d'Octobre, avec la guerre civile et ses séquelles, dont les incendies d'églises, de bureaux d'état civil, de cabinets de notaires et de tribunaux. De plus, on comptait en URSS de nombreux citoyens d'origine allemande, descendants des immigrations stimulées par Pierre Ier et Catherine ; enfin, les mystiques et les suicidaires prêts à s'immoler sans rétribution au profit de cet avenir que la patrie et le Parti de Lénine offraient à l'humanité par leur exemple, abondaient dans les rangs du mouvement ouvrier international.

Quand Diego suivit les cours théoriques, il apprit que l'Allemagne hitlérienne et, en particulier, le Parti nazi avaient été « greffés » des racines à la frondaison. Il apprit en outre qu'en 1944, la découverte d'un greffon soviétique dans l'état-major SS avait déclenché une grande alarme chez les nazis. L'amiral Canaris commenta que cette histoire était aussi fantastique que celle de Jean Valjean.

En recourant à cette technique, les Russes n'auraient-ils pas infiltré d'autres espions dans les structures allemandes ? Himmler s'occupa personnellement de monter un appareil ultra-secret pour tenter de détecter d'autres « Jean Valjean ». Il ordonna de passer au peigne fin tout haut gradé ou tout fonctionnaire important du Parti qui n'aurait plus de parents vivants ou qui aurait vécu hors de son lieu d'origine durant de nombreuses années. Plusieurs dizaines de gros pontes tombaient dans cette catégorie. Ainsi, des Allemands avaient été rapatriés d'Union soviétique, d'Europe centrale et de la Baltique. Comme il s'agissait de personnages de haut rang, Himmler avait recommandé de procéder aux enquêtes avec la plus grande discrétion, si bien que celles-ci furent très lentes. Et en 1944, il eût fallu une organisation et un personnel bien plus importants que ceux dont disposait, ou plutôt ne disposait plus l'Allemagne, alors que l'Armée rouge était aux portes de Berlin.

Le chef de cet ultra-secret *J.V. Abteilung* fut l'*Obersturmführer* SS Rudolph Wagner, qui fut persuadé en janvier 1945 d'avoir découvert un groupe de trois imposteurs liés entre eux, qui se servaient mutuellement de témoins et de couvertures ; mais il n'eut pas l'occasion d'en informer Himmler. Ces jours-là, trois hommes l'arrêtèrent chez lui. Soupçonné d'espionner en faveur des Alliés, Wagner fut soumis à des interrogatoires et des tortures, jusqu'à ce que la Gestapo et Müller se convainquent de son innocence et le relâchent en lui faisant leurs excuses. Devant cette preuve de force de la part des imposteurs soviétiques, Wagner prit peur. Durant les interrogatoires, il en arriva à penser que Müller en personne pouvait être un agent ennemi. Et quand son information parvint aux mains d'Himmler, il était trop tard. Aucun des trois Valjean ne se laissa prendre. On ne sut plus jamais rien d'eux.

En avril 1945, Rudolph Wagner se rendit volontairement aux troupes d'Eisenhower. On sut qu'il avait sur lui tous les documents et renseignements obtenus durant l'enquête sur les suspects et que ceux-ci furent d'un intérêt énorme aux États-Unis. Le service de renseignement soviétique l'apprit justement par l'intermédiaire de son agent double, Philby, quand, en 1949, l'*Intelligence Service* envoya ce dernier, aux côtés d'autres experts britanniques, conseiller Allen Dulles lors de la fondation de la CIA.

Né en Inde, comme le *Kim* de Rudyard Kipling, Philby était fils d'un célèbre arabisant, une espèce de Lawrence qui coudoyait Ibn Séoud et les dirigeants du monde arabe d'alors.

Dans les années 20, quand Kim faisait des études à Cambridge et qu'il était déjà un homme de gauche bien connu, ce qui était de mode chez de nombreux jeunes aristocrates, les renseignements soviétiques s'intéressèrent à lui. Il est probable que son recrutement ait eu lieu à Vienne, autour de 1924. Sa seule mission d'alors fut de décrocher un poste élevé dans l'*establishment* et, si possible, de se faire engager un jour ou l'autre par les services secrets britanniques.

Philby, de fait, parvint à se faire recruter par l'*Intelligence Service* à la fin des années 30. Les Soviétiques l'avaient semé dans les années 20, et il fructifiait dans les années 40. En 49, il était l'un des principaux dirigeants du Circus britannique. Son vrai travail d'espionnage au jour le jour dura dix ans. Quand le « scandale Profumo » éclata, il fut à deux doigts d'être découvert, mais il passa à travers les mailles du filet, et en 1956, complètement grillé, gagna l'Union soviétique par la frontière turque.

Diego Diéguez, tremblant d'admiration, le reconnut un jour dans le jardin Alexandre en train de jeter du riz aux pigeons du Kremlin.

Mais Kim Philby fut une semaille normale : il ne changea pas de nom, conserva la même physionomie, resta le même personnage.

Tout comme le fut Richard Sorge. Comme semaille, elle fut bien moins technique que celle de Philby, quasiment du bricolage, selon l'instructeur soviétique. Il existait à cela deux obstacles capitaux : Sorge avait été communiste, avait participé à la révolution de 19, à Berlin et, de plus, sa mère était Russe. Il était voué d'avance à ne jamais devenir une figure importante en Allemagne : dès qu'il aurait acquis quelque notoriété, ses origines seraient apparues au grand jour. Mais dans le cadre des nombreuses erreurs du Komintern, celle-ci fut une excellente idée. Peut-être même sa meilleure idée. On l'envoya en Extrême-Orient, sous la couverture d'un journaliste *free lance,* spécialiste en économie et collaborateur de publications en languc allemande.

Vingt ans plus tard, durant la Seconde Guerre mondiale, devenu d'ores et déjà un orientaliste de premier plan qui parlait et lisait à la perfection le chinois et le japonais, il fut le conseiller héréditaire, *ad honorem*, des ambassadeurs nazis à Tokyo. À partir de 1938, quasiment tous les rapports confidentiels du Reich passaient entre ses mains. Il parvint à communiquer à Moscou des informations capitales, notamment que les Japonais n'envahiraient pas l'Union soviétique par la frontière de la Mandchourie, ce qui aurait permis à l'Armée rouge de transférer d'abondantes troupes de l'Extrême-Orient vers le front Ouest. Mais comme il semblait incroyable qu'un simple journaliste fût en possession de tels secrets, Staline refusa d'y ajouter foi et, jusqu'en 1941, jeta ses rapports au panier. Sorge obtint des informations sur le jour et l'heure où Hitler attaquerait l'URSS en juin 1941 et sur la quantité de troupes qu'il déploierait. Staline ne le crut pas davantage, alors qu'il s'agissait pourtant de renseignements exacts. Dès lors, le Kremlin attendit ses messages comme l'assoiffé sa ration d'eau. Mais il ne put l'utiliser intensément que pendant quatre ans. Les Japonais finirent par découvrir son émetteur mobile et le pendirent en 1945. Il mourut en chantant *L'Internationale.*

Diego Diéguez fonda sa thèse sur une connaissance détaillée de la vie et de l'œuvre de ces deux personnages. Et, recourant au calcul des probabilités, mais selon une analyse très conservatrice et objective, il déduisit les résultats que Sorge aurait tirés de son charme, de ses relations sociales et professionnelles, de son rayonnement culturel, etc., si, au lieu d'avoir été semé, il avait été greffé.

L'étudiant cubain soutint que, même si Philby avait flirté durant sa jeunesse avec la gauche britannique des années 20, son statut d'agent soviétique en Angleterre équivalait à celui d'une excellente greffe.

Et il conçut alors un parallèle avec ce qu'aurait été Richard Sorge s'il avait été greffé à Berlin autour de 1933, quand les nazis avaient suffisamment montré leurs griffes pour que Staline sût largement ce que l'URSS pouvait en attendre.

Selon Diego, Sorge aurait pu être infiltré chez les nazis comme le fils d'un propriétaire terrien prussien ruiné, ou comme originaire de ce milieu petit-bourgeois antisémite et revanchard d'où provenaient tant de nazis de la première fournée. Sorge aurait pu peut-être se substituer aisément à un quelconque soldat allemand disparu durant la Première Guerre mondiale, et dont les parents ou la famille proche n'existaient plus. Il aurait suffi d'une légère ressemblance physique. Puis les années, l'embonpoint, les rides auraient éliminé les différences. On aurait pu également le greffer plus tard, vers 1936, comme le fils d'un émigrant mort en Argentine, au Brésil, au Chili ou aux États-Unis, amoureux fervent de la mère patrie. Tel fut le cas de milliers de gens qui furent reçus avec beaucoup de gratitude quand leurs compatriotes se préparaient à la guerre. Les services secrets soviétiques auraient pu réunir toute l'information requise sur le personnage réel, avec des documents, des lettres et des anedoctes à l'appui, pour que Sorge pût même se présenter aux proches de l'émigrant encore en vie et renouer avec eux une relation familiale qui l'aurait ensuite avalisé.

Greffé de la sorte, doté de la capacité de manœuvre d'un Philby à Londres, Sorge aurait pris d'assaut la forteresse des nazis. Dans ce milieu intellectuellement médiocre, sa capacité à théoriser, à concevoir et à exécuter l'aurait catapulté à l'une des premières positions au sein du Parti ou dans le service de renseignements. Il aurait pu devenir un Martin Bormann, un Canaris ou un Schellenberg. Et le dossier de Philby avait fourni de nombreux exemples pour permettre à Diego de justifier son point de vue.

Dans les conclusions de sa thèse, il affirmait que la greffe de Sorge à Berlin dans les années 30 aurait donné des fruits sûrs et presque immédiats. En revanche, sa semaille en Extrême-Orient fut un coup au hasard et à l'aveuglette, qui donna des fruits inattendus, certes, mais uniquement grâce au talent du personnage et à sa chance peu commune.

Quand le ministre cubain de l'Intérieur apprit que DDT avait conclu ses études par une thèse sur les greffes, il demanda si le KGB enseignait l'agronomie. Quand Diego lui expliqua de quoi il retournait, le ministre fit une grimace. Il supposait que dans un petit pays comme Cuba, qui n'avait pas connu de convulsions ni de déplacements de populations, sans émigrants ni incendies d'archives, ni rien de tout ce foutoir, l'ennemi pouvait difficilement utiliser ce truc-là. Et pour se moquer de son ancien ami, il commenta au cours d'une réunion avec d'autres combattants de la clandestinité que tout ceci lui rappelait ce fonctionnaire du ministère du Commerce extérieur qui avait acheté pour Cuba des chasse-neige, ou le neveu de sa femme qui était entré à l'École de cirque de Moscou et s'était spécialisé comme montreur d'ours.

Ce matin-là, tout en attendant le Galicien Rafael Navarro, le colonel pensa à la joie qu'il allait lui donner. Le Galicien, fils d'anars espagnols, était né à New York en 18 ; en 36, il était allé se battre en Espagne. Après la défaite de l'armée de l'Ebre, il avait franchi les Pyrénées puis combattu dans les rangs de la Résistance française. En 57, il s'était lié aux révolutionnaires cubains, qui le « semèrent » en 64 à Miami où il travailla jusqu'en 76. Mais il fallut le griller. Carbonisé comme il l'était, il rentra à Cuba. Il avait cinquante-huit ans. Mais il ne voulut pas prendre sa retraite et se fâcha tout rouge quand on voulut le mettre derrière un bureau à donner des ordres. Et depuis maintenant un an, il n'arrêtait pas d'emmerder son monde, réclamait des tâches qui n'étaient plus de son âge, voulait des missions solides où il pourrait mettre à profit son expérience. Un casse-pieds, le Galicien, quoi!

Quand le colonel soupçonna pour la première fois qu'Aurore Deschamps pouvait être une greffe ennemie, il pensa aussitôt à lui. Il parlait bien français, connaissait le pays, avait été semé lui-même pendant des années et avait assurément de l'expérience.

RENSEIGNEMENTS GÉNÉRAUX

Carte d'identité d'étranger : n° 41.11.23.10421.
Aurore Deschamps Levy (mère juive).
Lieu de naissance : Bordeaux.
Domicile en France : 13, avenue Victor-Hugo, Paris 16e.
Nationalité : Française.
Domicile à Cuba : Calle 40-B #101, apto. 7, e. 1a y 3a, Playa, La Habana.
Catégorie d'immigration : Résidence temporaire.
État civil : Mariée.

OBJECTIFS : VÉRIFIER (renseignements tirés d'une interview accordée en 1975 à un journal bordelais) :

* Au décès de son père, recueillie par une voisine avec laquelle elle vit de 1944 à 1947. (On ignore le nom de la voisine.)
* En 1947, à l'âge de cinq ans, une sœur de sa mère l'emmène vivre avec elle aux États-Unis.
* En 1962, rentre à Bordeaux. Elle loge chez la femme qui l'a recueillie enfant. Reste avec elle jusqu'en juin 1963, date de son bachot.

* En 1963, s'inscrit à la Faculté de médecine de Paris.

* Dès le début, sympathise avec la gauche.

* En 1964, s'inscrit au Parti communiste français. Son père et sa mère furent des communistes bien connus dans les Charentes et le Périgord, tous deux victimes du fascisme.

* En mai 1968, participe activement aux événements.

* En 1969, obtient son titre de docteur en médecine. Perd une année d'études pour se consacrer à des activités politiques à l'Université. En 1970, se marie avec le Colombien Alfonso Torres Cisneros.

* En 1971, achève deux années de spécialisation en endocrinologie. Dès cette époque, commence à faire des expérimentations en auriculopuncture et se lie à l'école du Pr Paul Nogier. Dès la fin de 1973, ses expériences sur le traitement du diabète par des séances de faisceaux de protons dans l'oreille des patients commencent à soulever l'intérêt des milieux spécialisés européens. La guérison de nombreux cas de diabètes de récent diagnostic donne à ses travaux un renom international dès 1974. Elle participe à des rencontres scientifiques et développe sa méthode sur l'application quantifiée de faisceaux de protons. En octobre 1974, est invitée à participer à un symposium sur le diabète à Cuba et, de retour en France, formule des déclarations très enthousiastes sur ce qu'elle a vu dans l'île, notamment dans le domaine de la santé publique. Au cours d'une interview télévisée, le journaliste lui demande si elle serait disposée à vivre à Cuba, et elle répond que ce serait pour elle une expérience enrichissante du point de vue scientifique et une profonde satisfaction personnelle. Sur proposition du Gouvernement révolutionnaire, elle arrrive à Cuba en mars 1975. En 31 mois, elle a réalisé un travail

extraordinaire. Elle a soigné plus de 80 diabètes de récent diagnostic. Les informations fournies par le ministère de la Santé publique sont des meilleures. Elle se consacre à son travail, n'a pas d'amis, on ne lui connaît pas de relations personnelles à Cuba. Elle ne fait pas de visites et n'en reçoit pas.

– Apporte-nous du café.

Le colonel se gratta la tête vigoureusement, puis laissa retomber son poing serré sur le bureau, comme s'il avait ramené une poignée d'idées.

C'est surtout ce dernier renseignement qui le chiffonnait. Cette nana avait déclaré que vivre à Cuba serait « une profonde satisfaction personnelle ». Et si c'était vrai, mon vieux, elle devrait montrer un peu plus d'intérêt pour connaître des gens, parcourir le pays, voir de près les acquis de la Révolution...

Oui, oui, le Galicien le comprenait, surtout de la part d'une femme de ce milieu.

– Mais le plus grave, poursuivit le colonel, c'est que nous avons appris voilà quelques jours que son mari émettait, *via* satellite, avec un laser manuel. Qu'est-ce que tu en dis ?

– Bordel de merde ! Et... et d'où ?

– De la terrasse de cet appartement où ils ne reçoivent pas de visites.

Quand Rafael Navarro apprit qu'il partait le lendemain pour Paris, il fit semblant d'avoir reçu une mission normale. Et il le fit très bien. Le colonel savait qu'il lui donnait une sacrée joie, mais le Galicien ne broncha pas et resta impassible.

En une demi-heure, le colonel lui expliqua sa mission.

Une femme avec ses antécédents qui vit avec ce

type-là, non, ça ne collait pas. Et le colonel s'était mis dans la tête qu'il pouvait s'agir d'une greffe, d'une imposture, en substitution de la véritable Aurore Deschamps.

Le Galicien le regarda avec incrédulité.

– Écoute, elle réunit toutes les conditions techniques pour être un imposteur : en 47, quand elle a cinq ans, on l'emmène aux États-Unis et quand elle revient à Bordeaux en 62, elle en a vingt.

Le Galicien dodeline de la tête, pensif.

– Et puis, quand elle rentre en France, elle n'a plus de parents qui puissent la reconnaître...

– Et la femme qui l'a élevée... ?

– Elle a pu être bernée, l'interrompit le colonel. Elle ne l'avait plus revue depuis quinze ans, et il n'y a pas de raisons qu'une femme de vingt ans ait à son retour des souvenirs de quand elle en avait cinq...

– Oui, bien sûr, admit le Galicien. Eh bien, alors, qu'est-ce que je dois faire ?

– Avant tout, dit le colonel, agir avec une prudence que je n'ai pas besoin de t'expliquer et te fourrer dans le crâne que c'est une mission très difficile.

– Tu déconnes, DDT, ou quoi ! dit le Galicien en se mettant debout et en levant les bras. Tu veux me foutre maintenant la pétoche avec une filature... ?

– Non, ce n'est pas ce que tu penses, mon vieux, dit le colonel en désignant le fauteuil. Reste tranquille et écoute-moi, vu que t'entraves que dalle à tout ça, et moi, si !

Le Galicien se rassit, résigné, et alluma un cigare. Le colonel lui approcha un cendrier et s'éclaircit la voix.

– Quand un service de renseignements peaufine une implantation, qui peut mettre vingt ans à se réaliser, ce n'est pas pour des vétilles (et il ouvrit les yeux tout grands pour souligner *vétilles*). Tu saisis ?

Le Galicien acquiesça.

– Et on ne dépense pas ce temps et ces ressources pour disposer d'un simple informateur, ajouta le colonel sur un ton plus didactique. Dans le contre-espionnage, cette technique s'appelle une « greffe », et ça se fait toujours en vue de créer des agents destinés à des tâches majeures.

Rafael commençait à écouter avec intérêt.

– Nous avons enquêté sur le couple depuis deux semaines. Lui, on l'a observé au téléobjectif, et il est sorti à deux reprises avec quelque chose sur la terrasse, un peu avant qu'un satellite gringo de télécommunications, et toujours le même, passe au zénith de La Havane.

Le colonel se gratta de nouveau.

– Mais on l'a vu émettre ?

– Oui, une seule fois, ce sont des adolescents qui l'ont vu. De notre position, le téléobjectif n'a pu capter que le moment où il apparaît sur la terrasse, et ça a toujours eu lieu le soir, coïncidant avec le passage du satellite. Il communique, ça ne fait pas de doute.

– Et elle ?

– Elle, on n'a encore rien détecté, mais elle fait des piqûres aux gens, elle les endort. Va donc savoir ce qu'elle peut bien leur faire !

Le colonel marqua un temps d'arrêt pour que Sœur Juana pose les deux cafés. (La secrétaire du colonel, avant de prendre le maquis, avait été religieuse.)

– Je t'avoue que je suis effrayé, poursuivit le colonel. Une nana greffée, en train de faire des piqûres aux gens, c'est un sacré danger. Ce qui est étrange, c'est qu'elle n'est pas venue de son propre chef. C'est le ministère de la Santé publique qui l'a invitée, parce que c'est une endocrinologue de première...

– Oui, maintenant, je me rappelle, une note dans *Bohemia*...

Et là, le vieux conspirateur qu'était Diego Diéguez baissa le ton sans raison dans son propre bureau pour expliquer le plus important au Galicien :

– Quant on peaufine une greffe, on installe toujours des points de contrôle pour protéger l'agent. Si tu te pointes demain à Bordeaux et que tu t'installes en face de chez la femme qui l'a élevée pour vérifier les faits et gestes d'Aurore Deschamps, il se peut que l'ennemi ait monté un point de contrôle et qu'il apprenne ainsi que nous suivons une piste. Tous les éclaircissements que nous te demandons, tu dois les obtenir indirectement. Tu ne peux pas te pointer dans des institutions ou des bureaux d'état civil. Il peut y avoir des gens auxquels on a promis mille dollars rien que pour informer que quelqu'un a demandé un extrait de naissance d'Aurore Deschamps. Et le connard en question donnera l'information en étant convaincu que c'est pour régler un litige testamentaire, sans avoir la moindre idée que le renseignement aboutira à Langley. Et quand on concocte une greffe, il ne peut pas ne pas y avoir de points de contrôle, parce qu'ils sont la seule garantie de savoir si l'ennemi n'a pas découvert l'imposture. Tu piges maintenant ?

– Oui, putain, je pige, vieux !

– Personne ne doit soupçonner que tu lui files le train. C'est pour ça que je t'ai appelé. Il s'agit d'un boulot pour un mec qui a beaucoup d'expérience dans le sondage indirect. Tu n'as pas droit de gaffer. Parmi les jeunes, je n'ai personne capable d'agir avec aisance dans un milieu français.

Le Galicien resta impassible, mais le colonel savait que son commentaire le flattait.

Quand DDT eut la certitude que l'enquête se déroulerait comme il le voulait, il l'envoya au Service de maquillage. Qu'on lui coupe les cheveux et qu'on les lui boucle, qu'on lui colle une moustache postiche, qu'on lui épaississe les lèvres, qu'on lui donne des chaussures avec des talonnettes, etc. Quand il en aurait fini avec le maquillage, qu'on l'envoie au Département des trucages, pour qu'on lui fasse des photos et un passeport dominicain. Le colonel avait déjà donné les ordres correspondants. Il partirait pour le Panama demain à midi. Sœur Juana lui remettrait son billet dans la matinée. Au Panama, on lui délivrerait un passeport espagnol et il irait jusqu'à Mexico, d'où il volerait le soir même sur Air France jusqu'à Orly. Le reste, c'était ses affaires. On lui donnerait des contacts à Paris et Londres en cas d'urgence.

– Bonne chance, Galicien.

80

Les techniques d'Arès et d'Aphrodite

DATE : October 8th, 77.
FROM : Alpha.
TO : George.
SUBJECT : Tapajine : voie orale, nouvelles techniques.

Monsieur,

Le produit oral que nous vous disions rechercher dans notre rapport du 17 janvier a été mis au point. Il s'agit d'un liquide légèrement ambré qui, mêlé à des sodas ou à des boissons alcooliques, ne présente aucune saveur détectable pour un palais normal. Certaines personnes peuvent aussi l'ingérer dans de l'eau, du thé ou du café sans le remarquer.

SUBJECT : CUBA

Notre agent Arès, encore en Afrique, après avoir été courtisée par des colonels et des généraux cubains, avait résisté jusqu'à la semaine dernière, quand elle a reçu des instructions d'accepter comme amant éventuel une figure importante de l'armée cubaine (cryptonyme : Capone), dont nous soupçonnons qu'il pourrait se convertir en un excellent candidat d'USHER. La mission d'Arès est de le rendre amoureux fou, par ses propres artifices et par la tapagine qu'elle lui administrera dans l'alcool qu'ils prendront, *post rem*. Si Arès parvient à confirmer nos soupçons, Capone recevra une série inductive à long terme pour en faire la figure centrale d'un grand scandale. Le conseil travaille à diverses conceptions, applicables aux personnages du plus haut rang, comme c'est le cas.

De son côté, Aphrodite a noué des relations avec un des chefs des services spéciaux (cryptonyme : Luciano), chez qui on n'a pas réussi à placer d'écoutes, mais nous avons des raisons de le supposer capable de toutes les audaces par ambition et par vanité.

Capone tout comme Luciano vénèrent Castro, mais tous deux le considèrent comme un naïf trompé par les bureaucrates, et quelqu'un d'absolument incompétent en questions économiques. Ceci nous ouvre un créneau très prometteur.

SUBJECT : URSS

Le fait d'avoir rendu potable la tapagine nous pousse à réduire au minimum le travail extrêmement coûteux du dermatologue lituanien mentionné dans notre rapport du 17 janvier. Nous lui avons demandé de prétexter des raisons de santé et de ne traiter dorénavant que quelques rares cas, quand des grosses huiles se présenteraient à lui. Il a commencé, voilà deux semaines, à traiter un jeune dirigeant qui semble promis à un grand avenir dans les rangs du Parti.

Permettez-moi d'ajouter, monsieur, que le gros de notre travail en URSS durant la prochaine décennie consistera à former une équipe féminine spécialisée dans les techniques d'Arès et d'Aphrodite. Deux des experts les plus qualifiés en méthodes de recrutement sont passés en qualité de *full timers* dans l'équipe de pharmacologues, psychiatres et marxologues qui conçoit les schémas généraux d'USHER.

81

Automne à Paris

Quand Rafael se regarda dans le miroir de sa chambre du Panama Hilton, il sourit de satisfaction. Même sa mère ne le reconnaîtrait pas. Il débarqua à Orly comme Julio Vargas Triana, né à Séville. C'est lui-même qui avait choisi les noms et l'origine andalouse. Au bout de tant d'années dans les Antilles, il avait perdu la prononciation gutturale du *j* et celle du *z* entre les dents. Il lui était plus facile d'imiter le parler sévillan, avec des fautes d'orthographe.

Il avait défini son plan de travail en France durant le vol. Premièrement : vérifier le nom et le domicile de la femme qui avait élevé Aurore. Si elle était encore de ce monde, tout serait plus facile : il suffirait d'étudier un peu son entourage et chercher quelqu'un qui parle à sa place. Elle devait avoir des parents, des amis, des voisins à qui tirer les vers du nez au sujet de la fillette et de son départ aux États-Unis.

Deuxièmement : apprendre comment s'appelait la tante qui l'avait emmenée avec elle et ce qu'elles avaient fait là-bas toutes les deux, pour que DDT suive leur piste.

Et ce matin-là, en sortant de l'hôtel, ah, l'automne à Paris !

Rafael marche dans des rues connues qui

exhalent des souvenirs. Mais il les tient à l'écart. Passant devant le vieil édifice de la Faculté de médecine, rue des Saints-Pères, il dédie un sourire au souvenir de la fougueuse Mme Thérèse, dont l'*auberge* [1] étudiante avait été baptisée par un pince-sans-rire argentin comme la pension Angulo qui offrait toit, bouffe et cul.

Rafael passe le gros de la matinée assis dans la *Librairie médicale*, rue de l'École-de-Médecine, lisant distraitement des publications nationales d'endocrinologie, mais sans rien découvrir. Heureusement que dans le solennel édifice néoclassique qui abrite la salle des revues médicales, les fichiers contiennent une quinzaine de références bibliographiques à Aurore Deschamps, et que des données intéressantes apparaissent dans une revue médicale de 1975 : il s'agit d'une interview du Dr Yvonne Barnèche, une autre endocrinologue, spécialiste de l'obésité, qui avait été camarade de classe d'Aurore au *lycée Montaigne* de Bordeaux.

Parfait. Aurore y avait préparé son *baccalauréat*. Sans avoir besoin de poser des questions sur elle, Rafael s'arrangerait pour vérifier où elle avait vécu durant ses deux séjours dans cette ville.

Taxi ! Hôtel du Palais-Royal, s'il vous plaît. Passant devant la rue Monsieur-le-Prince, il se rappelle la vieille librairie espagnole et l'atmosphère de ce quartier qui avait été un centre d'agitation antifranquiste, bourré d'étudiants latino-américains. Il est sûr que s'il descendait de voiture et se mettait à se balader dans le coin, il rencontrerait des visages connus du vieil exil espagnol.

Il éprouve de la tristesse en constatant que Paris est toujours là. Ses places, ses monuments n'ont pas

1. En français dans le texte, de même que tous les passages en italique de ce chapitre *(N.d.T.)*.

changé. Il se sent tout à coup envahi par la sensation d'être passé là la veille. Il est sur le théâtre de sa jeunesse, mais il a cessé d'être jeune. Il se sent éphémère et très triste.

Alors, comme ça, tu deviens sentimental ? À Bordeaux, bordel de merde !

Et en descendant de voiture, vlan, la portière qui claque.

Les Champs-Élysées !

Rafael marche à toute allure. Il marche à toute allure pour laisser derrière lui la sensation désagréable que la vie prend fin et que Paris reste. Il se fraye un passage au milieu de la foule des promeneurs. Il va, foulant aux pieds souvenirs et feuilles mortes.

82

Luciano

DATE : October 11th, 1977
FROM : Alpha
TO : George
SUBJECT : LUCIANO

Monsieur, je m'acquitte de mon obligation de vous maintenir au courant des activités d'Arès et d'Aphrodite. C'est avec une grande satisfaction que je vous joins les crypto-enregistrements obtenus voilà cinq jours à La Havane par notre Aphrodite qui, comme vous pourrez le constater, fait des merveilles grâce à la tapagine orale, au point de provoquer la loquacité imprudente d'un aussi vieux routier des services secrets cubains que Luciano. Ses commentaires sur Castro et, en particulier, ses concepts sur les investissements que Cuba devrait faire dans des pays capitalistes pour fournir des ressources au peuple, à la manière de Khadafi, révèlent une ignorance crasse des mécanismes économiques qui régissent le monde actuel. Les spécialistes comprennent que son égocentrisme patent, sa soif de collectionneur et la nostalgie de son passé d'enfant riche jurent totalement avec ses proclamations communistes. C'est là un autre cas typique de « patriote trouble » et d'analphabète politique, prostré d'admiration – et passez-moi l'expression, monsieur – devant les couilles de Fidel Castro.

Le cubanologue Patrick O'Donnell, qui a connu personnellement le sujet dans un club élégant de La Havane, assure que dans dix ans au plus tard, Aphrodite et la tapagine en auront fait la clef de voûte d'un scandale ignominieux, catastrophique pour le prestige de Castro. (Les dix ans, selon le spécialiste, sont la durée requise, non pour le convaincre, mais pour lui donner le temps de peaufiner une énorme fraude sous prétexte d'aider Cuba.)

83

Entre porcs et violons

Air Inter, Orly Sud, attention, mesdames et messieurs, le vol numéro 115 à destination de Bordeaux [1]... Décollage, Orléans, Tours, Poitiers, Angoulême, enfin l'estuaire de la Gironde, et la descente vers l'aéroport de Mérignac, *oui*, pas de bagages, rien qu'un sac à main. Taxi ! *Avenue de la Marne, avenue d'Arès, cimetière de la Chartreuse*, puis un labyrinthe de ruelles jusqu'au *cours du Chapeau-Rouge*.

Rafael descend à l'hôtel de la Douane, odeur de mer, odeur de vin. Taxi ! *Lycée Montaigne, s'il vous plaît*, chaudes et chères odeurs. Au rectorat, tout s'avéra plus facile que prévu. M. Vargas, avocat espagnol, avait la mission de localiser M. Yves Deschanel, seul prétendu héritier d'un monsieur décédé en Espagne, et M. Deschanel n'avait pu être localisé par les voies normales, mais quelqu'un avait informé M. Vargas que Deschanel avait préparé son *baccalauréat* au lycée Montaigne, en 63, et, vrai, ça aiderait beaucoup Vargas, et bien entendu l'heureux ancien élève, de connaître le domicile où il habitait en 63 à Bordeaux, et *Mme la Directrice du lycée*, qui avait été nommée voilà cinq ans ne pouvait pas s'en

1. En français dans le texte, de même que tous les passages en italique de ce chapitre *(N.d.T.)*.

souvenir, bien entendu, mais un adjoint du secrétariat s'efforcerait de retrouver le dossier où figuraient les données personnelles de chaque élève et, bien entendu, les adresses. Et une aimable jeune femme aux taches de rousseur souffle sur la poussière d'un gros registre portant un « 1963 » rouge à la verticale sur la tranche, voyons, Debierne, Debré, Decauville, Dechelette, Decoux, Desaix, Deschamps, Desportes, Dessalines, *non monsieur*, ce devait être une erreur, Deschanel n'apparaissait pas en 63. Et serait-ce abuser du temps de mademoiselle que de lui demander de regarder à l'année 62 ou 64, au cas où il y aurait eu une erreur de date ? *Mais non, pas du tout, monsieur.* Et tandis que l'employée cherche en 62, le Galicien, hochant la tête comme s'il était incrédule, feuillette de nouveau le registre de 63, AURORE DESCHAMPS, NÉE EN..., PRIMAIRE..., SECONDAIRE..., NOTE PAR MATIÈRE... et, en bas de page, ça y était ! 19, rue de la Fusterie... Et l'employée, *désolée, monsieur*, mais Yves Deschanel ne figurait pas non plus en 62. Eh bien, de toute façon, merci beaucoup, une autre erreur regrettable, un voyage inutile, *très aimable quand même.*

Taxi ! *À la porte des Salinières.* À pied, deux pâtés de maisons. *Rue de la Fusterie ? C'est la deuxième à gauche. Merci bien, mademoiselle.* Et à côté du 19, à mi-rue, « Le Troupeau d'Épicure, maison fondée en 1928, gérée par ses propriétaires », un odeur de porc propre, une vraie clinique, de grands égards pour le client, un patron qui vous découpe des jambons, des *côtes de porc,* des tranches de *pâté de foie*, qui vous enveloppe les boudins et les saucisses dans du papier à petites fleurs de couleur, tandis que la *patronne*, encore jeune, la quarantaine, peignée et maquillée comme une vedette, vous annonce, depuis la caisse, des chiffres d'une voix de soprano et avec un sourire professionnel fatigué, en accord avec le sérieux porcin de la maison, et dans un coin, sur un rocking-chair, une femme de soixante-dix ans et quelque, dans une attitude de fondatrice, tricote, se balance et observe le mouvement d'un œil de censeur, et Rafael se dit, cette vieille, j'en fais mon affaire. *Bonjour, madame. Bonjour, monsieur*. Que désirait monsieur ? Eh bien, monsieur voulait préparer quelque chose de spécial pour des invités, et il lui semblait que madame était la mieux indiquée pour lui recommander... *Évidemment*, qui mieux qu'elle, ha ha ha, qui vivait depuis presque soixante-dix ans au milieu des jambons et jambonneaux, et connaissait tous les secrets d'un porc. Magnifique ! Alors, comme ça, madame était une des fondatrices de la maison ? Bien entendu. Et madame ne se souvenait pas de lui ? Pendant la guerre, il avait vécu dans une pension, tout près d'ici, et il était un client habituel de sa *charcuterie*, et il avait toujours recommandé à ses amis le *pâté de foie gras* de la maison, mais non, elle ne se rappelait plus, et puis, monsieur, à son âge on commençait à perdre la mémoire. En revanche, lui se souvenait d'elle, et il se souvenait aussi d'une dame qui vivait dans cette rue, qui élevait une fillette. Monsieur ne se souvenait pas de son nom ? Non, le nom, il l'avait oublié, en tout cas elle avait recueilli une fillette orpheline de guerre. Ah, oui, *madame Delacroix*, oui, oui, bien sûr ! Elle vivait encore dans la maison d'à côté, mais elle était très vieille, elle ne voyait quasiment plus, et elle passait le plus clair de son temps chez une belle-sœur, et la petite fille était l'enfant de Ruth Lévy, qui avait été tuée par les nazis dans un camp de concentration, et ensuite, Rachel, sa sœur, une grande violoniste, soit dit en passant, qui était partie en Amérique avant la guerre, était venue s'occuper d'elle et l'avait prise avec elle aux États-Unis, oh, oui, elle avait très bien connu les deux sœurs Lévy, et même si elles étaient juives, elles mangeaient de la viande de porc et elles n'étaient pas sales ni radines, elles avaient grandi dans le même quartier qu'elle, et la fillette venait toujours *à la charcuterie*, tout le monde avait pitié d'elle dans la rue, la pauvrette, et monsieur ne savait pas que *la petite Aurore* était devenue un médecin fameux ? Vraiment ? Oui, oui. On l'avait vue à la télévision et tout et tout, et elle paraissait aussi dans les journaux, et chaque fois qu'elle venait à Bordeaux, elle passait *à la charcuterie* pour saluer tout le monde, et tous les vieux voisins étaient tout contents d'elle, et quand elle était devenue orpheline, tout le monde l'avait aidée, et quand elle avait eu quatre ans, elle-même lui avait préparé un gâteau, et on avait fait une photo *à la petite*, ha, ha, ha, si vous aviez vu ça, *monsieur* ! qu'elle était mignonne ! on passe par-dessus cette histoire de sang, *une question d'humanité, n'est-ce pas*, le gâteau était plus grand qu'elle. Que ça lui ferait plaisir, à M. Vargas, de voir la photo de la fillette ; il lui donnait toujours des bonbons ! Et la vieille femme, à qui plus personne ne faisait attention à cause de son gâtisme, ravie de trouver ce bon monsieur qui lui faisait rappeler un moment le vieux temps. Ah, *monsieur*, les temps ont bien changé ! Le monde était devenu fou, *monsieur*. Oui, oui, elle lui recommanderait quelque chose de bon, mais la photo de la petite, elle ne pourrait pas la lui montrer parce qu'un jour, Aurore, quand elle était revenue déjà grande, la lui avait demandée parce que, disait-elle, elle n'avait aucune photo de son enfance, et elle lui en avait fait cadeau, et de toute façon Rafael avait dû se taper une quarantaine de photos, connaître le mari, les frères, le papa et toute la parenté de la *charcutière*. Et deux heures après, M. Vargas va au marché central, déambule dans un quartier paisible de vieilles rues et entre dans le très noble édifice, du XVIIIe siècle, de la *Bibliothèque municipale*, et demande dans la salle des revues la collection complète du *Bulletin des arts*, des années 38 à 42, et, de fait, la vieille du Troupeau d'Épicure n'était pas si gâteuse que ça, puisque, dans le numéro de septembre 1939, on voit Rachel Lévy, une jeune femme de dix-neuf ans, exécution talentueuse du concerto pour violon et orchestre de Brahms, encore une disciple du notable professeur Lateulade dont l'enseignement inspiré avait fourni à Bordeaux une pléiade de virtuoses.

Le maître vivrait-il encore ?

Taxi ! Au Conservatoire.

Oui, oui, effectivement, le maître Lateulade avait pris sa retraite à Pau, sa ville natale, et venait parfois à Bordeaux à l'invitation du Conservatoire, mais vraiment de temps à autre, et il fallait insister beaucoup pour qu'il accepte de faire partie d'un jury ou de donner une conférence, il était bien vieux, maintenant, et il n'aimait pas abandonner sa ville, et surtout, son jardin ; il n'avait que deux élèves triés sur le volet qui allaient à Pau le consulter régulièrement ; oui, oui, oh, pour ça, il était parfaitement lucide, mais il n'avait plus la vitalité de son jeune temps, il préférait contempler le paysage des Pyrénées et cultiver ses roses. Rafael Navarro aurait pu obtenir, là même, toute l'information dont il avait besoin sur Rachel Lévy, mais un vieux routier comme lui n'allait pas commettre maintenant les bévues qu'il avait su éviter quand il était jeune, et il s'abstint de mentionner Rachel Lévy au Conservatoire de Bordeaux.

De l'exagération ?

Se chercherait-il des prétextes pour revoir les Pyrénées ?

Peut-être. Mais DDT n'avait-il pas dit que dans ce type de chasse aux renseignements, aucune précaution n'était superflue ?

Direction les Pyrénées ! Pour parler avec le maître Lateulade, un vieillard très maigre, aux longs cheveux blancs. Rachel Lévy ? bien sûr que oui, un grand talent, Menuhin, après l'avoir entendue, l'avait invitée à New York, et quand les Allemands étaient entrés dans Paris en 40, elle était déjà aux États-Unis, mais elle lui adressait tous les ans une carte de Noël et des nouvelles de ses concerts et de ses projets. Monsieur l'avait donc connue ? Oui, maître, M. Vargas l'avait connue en 38 à Bordeaux, et il était toujours bon de savoir ce que les gens étaient devenus. Vargas était venu à Pau en touriste, et on lui avait dit que c'était là que vivait le maître Lateulade, et, quand il s'était rappelé qu'il avait été le professeur de Rachel, il avait pris la liberté de le déranger pour savoir ce qu'elle était devenue. *Oui, oui, monsieur, un talent notable*, une femme exceptionnellement douée, mais pessimiste, hallucinée, qui, paradoxalement, se distinguait par son interpétation de Couperin, de Lully et de Rameau, et elle disait que cette géométrie sereine des baroques lui apportait la paix et, pourtant, elle les peuplait de lutins. Curieux, n'est-ce pas ? Aux États-Unis, quand elle avait appris la mort de toute la famille, elle était restée prostrée durant des mois. Ça avait dû produire en elle une fissure, parce que, depuis, elle ne s'était jamais plus produite comme soliste, et ensuite, plus ou moins remise, elle avait fait partie d'un quatuor à cordes qui interprétait les classiques français des XVIIe et XVIIIe siècles. Il avait eu du succès au Canada, le maître conservait.., voyons voir... oui, voilà sa photo, elle la lui avait envoyée à Bordeaux pour la Noël de 1950. Elle lui avait toujours envoyé un petit bonjour de fin d'année, puis elle avait cessé de le faire.

– Qu'est-ce qu'elle est donc devenue, maître ?

– Oh rien, *monsieur*, l'histoire habituelle : quand ces femmes tristes rencontrent un homme qui leur font connaître les rigueurs de la matière, elles remisent leur violon dans son étui, se marient, se remplissent de gosses, et au bout de cinq ou six années passées à nettoyer la morve et le caca, les lutins les ont désertées et le violon ne leur répond plus. C'est là une vieille tragédie des professeurs d'art, *monsieur*.

– Elle se serait donc mariée ?

Lateulade l'ignorait, mais quand une violoniste de talent remise son instrument, ça se doit généralement ou à un grand amour ou à une tragédie. Et Rachel avait aussi remisé son professeur. Elle ne lui avait jamais plus écrit. Ça non plus, ce n'était pas nouveau.

Et comment s'appelait le quatuor, maître ?

Il s'appelait *Saint-Gervais*, *monsieur*.

Au sortir de l'entretien, M. Vargas visita le château natal d'Henri IV, puis s'assit à la terrasse d'un café, en haut du *boulevard des Pyrénées*, où il commença à chiffrer son message pour DDT.

Ses yeux s'égaraient pourtant sur la ligne bleutée des Pyrénées. Il la voyait à travers les branches d'un marronnier que l'automne avait dépouillé de ses feuilles, au-delà de la mer de brume qui s'étendait au pied de la ville. Les Pyrénées navarres ! Rafael n'était jamais passé par là, mais c'étaient les mêmes. Il les avait franchies à pied. D'abord, en Catalogne, par la route d'Hannibal, et deux autres fois par Andorre, en 42.

Il sut qu'il ne pourrait écarter ses pensées de l'Èbre et des champs d'Aragon pendant plusieurs jours.

Il monta enfin dans la Peugeot qu'il avait louée à Bordeaux et rentra en hâte vers les Landes, sans tourner une seule fois le regard vers cette frontière qu'il ne franchirait plus jamais.

Chemin faisant, ses yeux s'embuèrent.

Con el Quinto, Quinto, Quinto,
Con el Quinto Regimiento...

Et on voulait l'asseoir à un bureau, putain de merde !

84

Parti, ministre, résultat...

La voiture de police n° 12 termine sa patrouille à 4 heures de l'après-midi. Les caporaux Pedro Palenque et Isidoro Sánchez sont fatigués. Ils ont dû intervenir dans une bagarre de rue, transporter un poignardé depuis la brasserie de la rue Infante jusqu'au service des urgences de l'hôpital Calixto-García, retrouver une voiture dont la plaque minéralogique a été signalée, chercher une nouvelle fois Teodorito (que tout le monde au commissariat appelle Teojodito), un arriéré mental de sept ans, neveu du sergent García, qui, après avoir pris le bus dans l'après-midi à la Rampa, était réapparu au diable Vauvert, et, par-dessus le marché, la vieille Ramona s'était mise à poil, on peut imaginer le scandale, sur un balcon de la 23e Rue.

Une rude journée, oui. À 5 heures, avec un peu de veine, le caporal Palenque sera à Mantilla. Il pense faire un petit somme et aller au stade. Le match promet.

Quand ils arrivent à la hauteur du commissariat, la radio de bord grésille : « Attention, 12, attention. Arrêtez le chauffeur de la voiture 92-BA-88, garée 19e Rue entre les Rues F et G ! »

Quelle déveine, putain de merde ! Manquait plus que ça ! À cinq minutes de la fin de la journée !

« Vous devez l'amener sans délai au commissariat. À vous. »

« Compris. À vous. »

Emilio Vázquez Vázquez sort d'un bâtiment de la Rue F. Il traverse et tourne au coin de la 19e Rue. Il s'arrête devant une Lada, sort une clef et s'apprête à ouvrir la portière quand quelqu'un, derrière lui, lui demande :

– Cette voiture est à vous ?

– Oui, pourquoi ? demande Emilio Vázquez, en fronçant les sourcils.

Il tâche d'imaginer l'infraction qu'il a pu commettre.

– Veuillez nous suivre, lui dit le caporal Palenque.

– ? ?

– ! !

– ! ! ! !

– Ah ça suffit, mon vieux, tu dois nous suivre, un point c'est tout, explose enfin le caporal Palenque, qui a perdu les pédales devant ce gars-là qui se prétend une grosse huile et lui a sorti une demi-douzainc de cartes, et à qui il aurait fallu expliquer pourquoi il devait les suivre, et...

En fin de compte, il a dû les suivre.

Merde de mcrde !

– ! !

– ! ! ! ! !

– Messieurs, c'est un abus de pouvoir ! J'ai une réunion urgente de haut niveau, vocifère Vázquez. Vous allez voir les ennuis que vous allez vous attirer !

« Possible, dit le lieutenant qui les accueille au commissariat, mais calmez-vous : je suis sûr que tout va s'arranger. »

Emilio commence à arpenter le couloir d'un bout à l'autre, indigné. Ils vont bien voir, ces flics à la con, qui est Emilio Vázquez Vázquez.

À cette heure-là, il y a une demi-douzaine de personnes en train de déambuler comme lui. Ce couloir ressemble à la Rampa. Plusieurs détenus polémiquent en chœur, près du bureau. Un vieux sergent transcrit les déclarations d'un blond au regard lombrosien. Le blond n'avait pas l'intention de voler la valise : il l'avait vue dans le hall de l'hôtel et il avait pensé qu'un touriste l'avait oubliée et c'est pour ça qu'il l'avait prise pour l'amener à la réception, et il illustrait ses protestations d'innocence d'un florilège de slogans révolutionnaires qui inspiraient au sergent d'énormes bâillements.

Mais Vázquez Vázquez est furax et il n'entend que les mugissements de son âme râleuse. Des gens ne cessent d'arriver, et personne ne s'occupe de lui.

C'est maintenant un cuisinier d'une cantine ouvrière qui explique que les six kilos de morue qu'il a dans son sac, il les a pris avec la permission de son chef d'intendance, qu'une voiture de police est allée chercher chez lui :

– Bien sûr que je te l'ai dit, Éliseo ! dit le cuisinier. Tu m'as pas bien écouté ?

– Tu m'as rien dit, réplique Éliseo.

Et le cuisinier de baisser le nez, à deux doigts de chialer, vrai, sergent, sa grand-mère fêtait le lendemain son quatre-vingt-quatorzième anniversaire, et ce qui lui plaisait le plus au monde à la pauvre vieille, c'était la morue aux pommes de terre...

Mais comme le sergent ne semble pas s'émouvoir devant l'aspect sentimental du cas, le cuisinier répète avec insistance qu'il avait prévenu Éliseo.

– Fais pas chier, tu m'as dit que dalle !

– Surveillez votre langage, citoyen, dit le sergent

en le regardant avec une sévérité d'avocaillon, si vous ne voulez pas... article blablabla alinéa blablabla du code bla pénal...

Le lombrosien, quant à lui, a renoncé aux slogans révolutionnaires et jure maintenant sur la tête de sa pauvre mère – qu'elle repose en paix ! – qu'il voulait simplement rendre la valise à la réception, et enfin on avait de nouveau arrêté Vittorio de Sica, et de toute façon la morue commençait à moisir, eh oui, mon bon monsieur, elle l'avait poignardé parce qu'elle l'avait surpris de nouveau avec cette pute, attention, citoyenne, un peu de décence, article 366 code et patati et patata, et de Sica, depuis sa sortie de prison, avait déjà volé quarante-cinq vélos et se baladait avec une casquette à visière enfoncée sur une coiffure afro plus volumineuse que celle de Pablo Milanés, et un type avec une sacrée cicatrice sur la joue demande à Emilio :

– Et toi, mon pote, pourquoi qu' t'es au violon ?

– Parce que j'ai piqué les fesses à un duchnoque, répond Emilio, qui s'éloigne du mec pour ruminer tout seul sa colère. Que foutait-il là au milieu de cette racaille ? Lui, il était Emilio Vázquez, titulaire d'une licence universitaire, et il n'avait volé aucune morue, aucun vélo, aucune valise, il n'avait flanqué aucun coup de poignard à aucun fils de putain ! Qu'est-ce qu'il foutait là, bon Dieu de merde ! Pourquoi on le traitait comme ça ? Et là-dessus, le lieutenant se pointe et l'invite en y mettant les formes à monter de nouveau dans la voiture de patrouille.

– Mais de quoi m'accuse-t-on ?

– Suivez les camarades et calmez-vous.

– Mais... je...

– Du calme, du calme, dit le lieutenant. Tout va s'éclaircir.

Qu'ils aillent se faire foutre !

On le fait monter dans la même voiture de patrouille, mais c'est un autre duo qui conduit. Avant le démarrage, le caporal qui l'a arrêté sur la 19e Rue s'approche. Il prend les cigarettes qu'il avait oubliées dans la boîte à gants et échange des commentaires de base-ball avec le nouveau chauffeur. Il est maintenant en pékin et sent la pute bon marché ; et cet enfant de salaud ne daigne même pas le regarder, comme si Emilio était une autre de ces racailles. Comment ne se rendaient-ils pas compte qu'il était autre chose ? Vrai, y'a pas plus con qu'un flic. Oui, mais Emilio se plaindrait, ça ils y coupent pas, il était du Parti, lui, chef d'un département, conseiller d'un ministre, ils allaient la payer cher, cette saloperie.

Dix minutes plus tard, on le fait descendre dans une clinique du ministère de l'Intérieur, où on lui annonce qu'on va devoir lui faire une petite prise de sang. Oh, juste un centimètre cube.

– Quoi donc ? Comme ça, sans explication ? Mais c'est un abus de pouvoir, un scandale, et il se plaindrait !

On lui explique que, deux mois plus tôt, un type complètement soûl avait provoqué une rixe dans un bar, dont il était ressorti en perdant son sang, et après être monté en voiture, il avait écrasé une fillette ; mais son sang encore frais avait été analysé comme preuve éventuelle, et, récemment, un témoin avait déclaré avoir vu cet homme monter dans une voiture dont l'immatriculation correspondait à la sienne ; alors, pour ne pas lui faire perdre de temps, à lui, ni au ministre, ni au Parti, ni aux enquêteurs, le mieux était d'éclaircir ce doute par une très rapide analyse de sang.

– Mais, messieurs, amenez-moi donc ce témoin ! proteste Emilio. Je ne bois jamais ! Je suis diabétique !

Que oui, que non, qu'il ne se laisserait pas piquer, quelle horreur, que c'était un peu fort de café, que ça leur coûterait très cher, le ministre, le Parti, la police, qu'il remuerait ciel et terre, que tout le monde allait être au courant de cette vexation, de cet abus, eh bien non, c'est non, il ne se laisserait pas faire.

En fin de compte, il dut se laisser faire.

Il voit une infirmière, tout sourires, introduire une seringue dans ses chairs contractées par l'indignation.

C'était la seconde piqûre qu'on lui faisait ce jour-là.

La première lui avait été faite, deux heures plus tôt, par le Dr Deschamps.

85

Gare à tes fesses

DATE : October 14th, 1977
FROM : Alpha
TO : George
SUBJECT : TAPAGINE ORALE, PREMIERS RÉSULTATS EN AFRIQUE

Tout comme à La Havane, nous avons aussi obtenu à Luanda (Angola) des résultats étonnamment rapides avec la tapagine orale qu'Arès a appliquée en l'occurrence à Capone. Les conjectures de notre rapport du 8 octobre étaient bien en dessous de la réalité. Nous pouvons assurer que le sujet n'a pas besoin d'inductions. Il est capable de son propre chef de tout ce qu'on peut imaginer rien que pour satisfaire son désir de se sentir le sauveur de son peuple. Compte tenu de son statut de héros, il a carte blanche pour agir à sa guise et ne s'en prive pas. Il dirige un groupe de trafiquants qui spécule sur le marché noir angolais avec les approvisionnements de l'armée cubaine. Arès a appris qu'il en destine les bénéfices à un plan à long terme, dont nous ne savons encore rien. Il ne court pas après l'argent personnellement, car il vit avec assez d'aisance et de privilèges pour ne pas en avoir besoin. Il n'aspire pas seulement à être un héros militaire, il veut en plus être le pilier occulte qui soutiendra l'économie de Castro. Arès n'a pas encore pu obtenir de détails. Mais nous sommes sûrs que le hasard nous a mis entre les mains le plus trouble des patriotes. C'est le résultat de presque quatre ans de prospection dans le cadre d'USHER. Et compte tenu du lien affectif existant entre Arès et Aphrodite, nous pensons que la tapagine obtiendra tôt ou tard que Capone et Luciano s'unissent au sein d'une mafia patriotique.

Nous pouvons donc vous annoncer d'ores et déjà, avec une grande satisfaction, que Castro ferait mieux de faire gaffe à ses fesses. Nous lui lancerons, et passez-moi l'expression, une bombe à merde. Il ne lui restera pas un seul sympathisant dans le monde. La bombe à merde, monsieur, est parfois bien plus efficace que la bombe à neutrons.

86

De abundantia cordis

La Havane, 14/10/77

Nous soupçonnons une imposture au sujet des personnages de Rachel Lévy, née à Bordeaux autour de 1920, et d'Aurore Deschamps, Bordeaux, 1942. AD part aux États-Unis en 1947 et regagne Bordeaux en 1962. Nous n'avons de photos d'aucune des deux. Nous savons que toutes deux avaient les cheveux noirs et la peau très blanche. RL a rejoint le quatuor à cordes Saint-Gervais en 1946 et a vécu à New York. Le quatuor a obtenu du succès au Canada. L'enquête doit être indirecte. Ne demander sous aucun prétexte des actes de décès, ne pas faire de vérification dans des registres publics, les collèges et les lieux où l'ennemi peut avoir installé des points de contrôle.

Salutations.

Warren

John décoda le message du colonel à 3 heures de l'après-midi. À 7 heures et demie du soir, un jet de Braniff atterrissait à New York. À 11 heures moins le quart, un autre *jet* atterrissait à Montréal. Le 15 octobre, à 9 heures du matin, John se présentait dans la principale bibliothèque de revues du Québec et, à 9 h 10, repérait, dans *La Revue des arts et des lettres*, un article relatif à un concert donné par le quatuor Saint-Gervais au Grand Théâtre de l'Opéra du Québec, en mars 1951, au cours duquel il avait exécuté des œuvres de Lully, de Louis Couperin, de Couperin le Grand, et d'autres compositeurs. Les membres du quatuor : Rachel Lévy, violon ; Émile Bachmann, violon ; André Lutrat, alto ; Sarah Cohen, violoncelle ; Lucien d'Anglars ayant assuré la basse continue au clavecin.

John regagnait New York à 2 heures de l'après-midi. Il vérifia au syndicat des arts musicaux que Sarah Cohen vivait dans le Bronx. Avant de se présenter, un voisin l'informa qu'elle donnait des classes de violoncelle à domicile. John se rendit à une bibliothèque proche, feuilleta durant deux heures une biographie de Pablo Casals, mémorisa les noms de quelques œuvres fameuses écrites pour violoncelle et se rendit le soir chez Sarah.

Mme Cohen accepterait-elle de donner des cours à sa fille, qui semblait avoir beaucoup de talent ou, du moins, une grande vocation ? Et Sarah, la cinquantaine, nez aquilin, front bombé, était pareille, mais alors exactement pareille, *just exactly the same*, que sur la photo qui était au mur. De quand datait-elle ?

Cette photo datait de 51, mister Groves. Elle avait alors vingt-six ans.

Incroyable ! Absolument identique !

Oh, come on, monsieur était très aimable, mais le temps est implacable.

Elle datait de l'époque où elle était interprète ?

Oui, de l'époque du quatuor Saint-Gervais.

Comment ? Elle avait fait partie du quatuor Saint-Gervais ? Mr. Groves l'avait entendu jouer à Montréal, en 51. Ça alors ? Bien sûr ! Non, non, non. Il était américain, mais à l'époque il avait des affaires au Canada. Il se rappelait qu'ils avaient eu du succès. La critique en avait fait beaucoup d'éloges.

Quel plaisir pour un artiste retiré de trouver un témoin de ses vieux succès !

Quel plaisir pour un espion de constater qu'il a eu une intuition juste ! Il n'avait fait le voyage à Montréal que dans ce but.

Désormais, cette femme interromprait n'importe quelle activité en cours pour continuer de parler avec lui.

Et Mr. Groves, pensif, s'était toujours demandé ce qu'il avait pu advenir de cet ensemble si prometteur...

Oh, une tragédie, monsieur ! Une véritable tragédie. L'âme du quatuor était Rachel Lévy, ce petit bout de femme qu'il pouvait voir dans l'autre cadre, là, sur le piano.

Et que lui était-il arrivé ?

Ce fut horrible, monsieur ! Ses parents et son unique sœur étaient morts en camps de concentration. La seule survivante de la famille était une nièce qu'elle avait élevée. Mais, durant une tournée en Californie, la fillette, qui avait alors onze ans, avait été renversée par un camion.

– Elle est morte ?

– Sur le coup ! Et la pauvre Rachel a été incapable de supporter cette nouvelle attaque du destin. Elle l'adorait. C'était tout ce qu'elle avait dans la vie. Que ce fut douloureux, monsieur ! Rachel en perdit la raison et mourut deux ans plus tard à Bellevue.

Le 16 octobre, à 9 heures du matin, le contre-espionnage cubain sut qu'Aurore Deschamps n'était pas Aurore Deschamps.

Et, à 3 heures de l'après-midi, le Laboratoire de criminologie révéla que le sang de deux patients parmi les quinze analysés sous des prétextes frauduleux contenait des traces d'un alcaloïde inconnu.

87

À bas les minus !

Au journal télévisé, un commentateur citait Fidel, selon qui la Révolution cubaine était une révolution « des humbles, par les humbles et pour les humbles ».

– Un peu redondant, tu ne crois pas ?

– Humain et humble ont la même racine ? demanda Jaime.

Jimena se mit à rire.

– Non. Humain vient de *homo* et humble, de *humus*.

– De humus, le sol ?

– Exact, dit-elle tout en mastiquant.

Il leur servit un peu de vin à tous deux et acquiesça en silence.

– Humble vient du latin *humilis*, qui veut dire ce qui est bas, ce qui est le plus près de la terre.

– Bien entendu, dit-il. Un slogan de reptiles.

Elle éclata de rire, leva son verre et dit :

– *Viva la muerte !*

Il sourit à son tour. Ils continuèrent de dîner en silence et d'écouter les informations. Quand le journaliste commença à inverviewer un ouvrier du sucre, Jaime éteignit l'appareil avec la télécommande.

– Après tout, Unanumo avait peut-être raison.

– À propos de quoi ? demanda-t-elle.

– Que crier *Viva la muerte* ne pouvait passer par la tête que d'un mutilé et d'un cinglé comme Millán Astray.

– Et tu ne le criais pas à la Légion ?

– Oui, on le criait tous.

– Et que ressentais-tu ?

Il pensa un peu. Il chercha ses mots.

– De la haine contre les ratons.

– Et pourquoi de la haine ?

– Je ne l'ai jamais très bien su..., dit-il, pensif.

– Très simple : Tu les haïssais parce que c'étaient des humbles...

Jaime la fixa avec curiosité.

Elle s'essuya les lèvres et but une gorgée.

– Être en faveur des humbles, dit-elle, est une approche morale de l'histoire, antiscientifique et vicieuse, dans laquelle se retrouvent les communistes et les chrétiens. Mais la loi du plus fort, dans le cycle biologique, ne peut être jugée d'un point de vue moral : il s'agit d'une loi de la nature, de l'œuvre de Dieu.

De tous les Arnaiz, Jimena était la seule capable de théoriser. Jaime connaissait déjà ses points de vue sur la loi du plus fort, mais il avait envie de l'entendre ce soir-là. Elle ajoutait toujours quelque chose de nouveau, comme cette idée qu'il haïssait les ratons parce que c'étaient des humbles. Peut-être avait-elle raison...

– Le tigre, qui est aussi un enfant de Dieu, ne va pas en enfer parce qu'il a éventré un cerf et l'a mangé. Pas plus que l'Anglais qui chassait les moricauds en Afrique pour les vendre dans les Antilles. La première loi de la vie est de vivre. Et le *Viva la muerte* de Millán Astray, comme exaltation de l'héroïsme, est le slogan de la plus haute humanité.

Ça aussi c'était nouveau. Appeler ça « haute humanité »...

– Le héros est l'homme supérieur. N'est-ce pas vrai ? demanda-t-elle.

Il fit une grimace d'approbation discrète.

– Est-ce que, par hasard, les autres ne révèrent pas le héros et ne lui obéissent pas ? Tiens, prends Fidel. Malgré toutes ces sornettes rouges, il s'est imposé à cause de ses roustons...

Jimena se leva et entreprit de ramasser les assiettes, sans cesser de parler.

– Le héros se réalise dans l'exploit ; exalter la mort, c'est exprimer sa volonté de lui faire face. Le héros méprise la sécurité du présent : Hannibal dans les Alpes, Colomb appareillant de Palos, Cortez brûlant ses vaisseaux, les jeûnes de saint Ignace à Manresa. Est-ce que passer sa vie à chercher un trésor, ou une découverte scientifique, dans l'anonymat et la pauvreté, n'est pas l'équivalent de la flagellation et du cilice ? Crier *Viva la muerte*, c'est condamner la vie obscure...

Elle s'était couchée tôt et il était resté écouter de la musique et lire. Ce soir-là, il devait transmettre à 10 h 44. Soudain, il entendit du bruit sur le toit. Sûrement un autre chat.

Quand ils avaient emménagé voilà deux ans et demi, Jaime avait étudié les possibilités d'accès à l'appartement qui s'offraient à un voleur ou à un ennemi. Du logement mitoyen, il serait très facile de passer sur le balcon, mais celui qui le ferait ne monterait pas sur le toit. Jaime avait installé à une extrémité du toit une alarme barométrique qui déclencherait sept discrètes sonnettes situées dans les chambres, la salle de séjour, les deux salles de bains et la cuisine. Il l'avait enterrée sous les dalles, à un endroit que devrait forcément traverser quiconque entrerait en cachette. Au début, à deux reprises, les chats lui avaient flanqué une belle frousse, si bien qu'il avait dû rouvrir le dallage et réinstaller l'alarme, après l'avoir graduée pour un poids minimum de cinquante kilos. Et il avait fait la même chose sur toute la partie du toit à laquelle on pouvait accéder depuis celui de l'édifice de derrière.

Deux semaines auparavant, une nuit qu'il était en train d'émettre, Jimena avait cru entendre des pas sur le toit et s'était levée, alarmée, pour le lui dire. Mais il était impossible que ce soient des pas. Il était monté sur le toit et n'avait rien vu. Fausse alerte. De plus, quand il avait marché sur la zone sensibilisée, Jimena put constater que les sonnettes de l'alarme fonctionnaient normalement. Impossible qu'aucun adulte se promène par là. Et seul un enfant pouvait peser moins de cinquante kilos. Et quel enfant traverserait cinq mètres à cette hauteur rien que pour le plaisir ? L'appartement était hermétiquement fermé, et il n'y avait rien à voler sur le toit.

Le bruit qu'il venait d'entendre pouvait donc être un objet lancé par quelqu'un, l'espièglerie d'un gamin, quelque chose tombé du ciel, d'un avion, un autre chat. Bah ! En tout cas, ce n'était pas un adulte. Et puis, s'il y avait un jour des ratés parce que la Sûreté cubaine attrapait quelqu'un de « Butterfly » et le faisait parler, elle ne viendrait pas par le toit. Elle frapperait à la porte.

Il écarta la possibilité d'un danger et poursuivit sa lecture.

Jaime avait une bonne connaissance de l'histoire, notamment du Moyen Âge européen. Les études d'héraldique dont son père lui avait communiqué la passion lui avaient fourni un vaste arsenal de faits divers dynastiques. En matière d'anecdotes, son étonnante mémoire lui permettait de briller devant n'importe quel spécialiste. Mais il regrettait de ne pas avoir la capacité de théorisation de Jimena. Que de choses n'aurait-il pas alors déjà écrites ?

L'Amérique des XVIIe et XVIIIe siècles n'était pas son fort. Mais les informations qu'il s'était appropriées avant d'adopter la personnalité de Torres Cisneros lui avaient permis en quelques mois de bien maîtriser l'essentiel des connaissances spécialisées de l'historien colombien sur son thème favori : La piraterie dans les eaux de la Caraïbe. C'était un grand roman d'aventures dans lequel, durant son séjour à Cuba, Jaime était allé aussi loin qu'un bon spécialiste.

Couverture mise à part, la question l'avait intéressé et il avait pris des tas de notes pour entreprendre une recherche ambitieuse. L'année suivante, quand il aurait fini son travail à Cuba, il visiterait des archives en Flandre, en Hollande, en France et en Angleterre. Il remerciait Torres Cisneros de lui avoir légué son intérêt pour la recherche systématique, qui promettait d'être un bon passe-temps dans sa vieillesse.

Oui. Si seulement il avait la capacité de Jimena de théoriser. De toute façon, qu'il écrive ou non, une fois retiré à Campo Bermejo, il oublierait le XXe siècle et passerait le reste de sa vie à étudier, exilé dans un passé héroïque. Exactement comme son père qui, durant les années de bannissement, avait trouvé dans son travail sur la Maison d'Autriche un palliatif contre le « petit oiseau ». Oui, c'est ce qu'il ferait. Il ne lirait même pas les journaux.

Il voulait, à la fin de sa vie, vivre en paix. Les journaux ne servaient qu'à l'inquiéter ou à l'énerver.

Il découvrit un beau jour avec surprise qu'il n'avait jamais plus eu d'accès de colère. L'emportement ancestral semblait s'être éteint en lui. Fouillant dans ses souvenirs, il se dit que certains des actes terribles qu'il avait commis étaient l'expression d'une haine née de ses échecs. Quand il avait assassiné trois militaires colombiens lors de l'encerclement de Marquetalia, ça n'avait pas été pour les punir de leur stupidité. Ils n'étaient peut-être même pas coupables. Il les avait tués tout simplement sous l'emprise de la colère, devant l'échec d'un plan qu'il avait peaufiné des mois durant. La même réaction que quand il avait appris que Ramiro l'avait ruiné en se lançant dans l'aventure du wolfram. Il avait été à deux doigts de lui mettre une balle dans la peau le jour même de son retour. Heureusement que les juifs Castellot lui avaient offert un meilleur défoulement. D'autres fois, il se haïssait lui-même. Son mépris subit pour Franco, quand celui-ci l'avait obligé à se retirer du front de Russie, s'était converti en haine contre lui-même pour avoir cru en lui. Et il s'en était débarrassé en prenant des risques suicidaires dans la Légion étrangère, en cherchant la mort chaque jour. Il s'était calmé avec le temps, en décapitant des arbis et en massacrant l'ennemi en Indochine. Ses trois roulettes russes dans la cantine du fortin, quand la déroute de Diên Biên Phu était imminente, c'était aussi ça. En revanche, les offenses, les bravades des autres, leurs tentatives avortées pour lui porter préjudice ne le mettaient jamais en colère.

Et comme il n'avait subi aucune grande frustration ces dix dernières années, il avait connu pour la première fois les bénéfices d'une vie paisible.

Si, une fois retiré à Campo Bermejo, il se languissait de l'action, il chasserait dans la sierra de Gredos, il chevaucherait à n'en plus pouvoir, mais il n'irait jamais plus à la recherche de Jimena, où qu'elle soit. Si elle voulait le voir, eh bien, qu'elle vienne le rejoindre dans son exil. Elle aussi était une louve, solitaire comme lui ; à trente-cinq ans, elle cherchait encore des voies. Jaime, lui, ne regardait plus en avant. Son dernier engagement avait été de l'aider dans cette chimère d'USHER. En fait, c'est elle qui l'avait convaincu. Il avait accepté malgré son grand scepticisme, mais il avait commencé à y croire en voyant les résultats. De toute façon, il ne manquait jamais de regretter l'occasion perdue en 45, quand les États-Unis étaient la seule puissance nucléaire. Quels imbéciles ! Les bombes d'Hiroshima et de Nagasaki auraient dû tomber sur Moscou et Saint-Péterbourg. Quels connards ! Si seulement il y avait eu aux États-Unis un mec avec les couilles, ou même une seule couille, de Hitler... Et maintenant, si USHER ne réglait pas le problème, ce qui était très douteux, le XXIe siècle serait témoin du triomphe du communisme ou de la destruction de la planète. Une guerre mondiale en cette fin de siècle serait catastrophique. On disait ici que, dans la pagaille nucléaire, la Terre risquait de sortir de son orbite. Et penser qu'ils auraient pu régler ça en 45 avec seulement deux bombes et par la simple extermination d'un milliard d'humbles. Maîtres absolus des armes nucléaires, ils auraient décidé au sujet de ceux qui auraient eu le droit de peupler la planète : une fois éliminés les cafards humains en trop, leur saloperie de démocratie aurait été enfin assurée.

En tout cas, Jaime avait tenu la promesse qu'il avait faite à son père : Il avait été sur tous les fronts possibles. Sur les vrais fronts. Jusqu'à celui, farfelu, d'USHER.

Il méritait la retraite.

Depuis septembre 77, son activité avec Lennox avait diminué. Une ou deux émissions par semaine, plus le lundi, le mardi et le mercredi, les deux minutes de communication avec « Butterfly », voilà tout son travail. Il consacrait le reste de son temps aux archives historiques.

Ce 4 novembre, le satellite passerait à 22 h 44. Jaime enregistra dix minutes d'informations et de commentaires généraux pour Lennox. À 21 h 15, il passa l'enregistrement par le travestisseur phonétique. Puis il introduisit le petit tube dans l'accélérateur, et le message fut réduit à trente-trois dixièmes de seconde.

Jimena avait déjà éteint la chambre.

Il se servit un cognac, alluma un cigare et se mit à lire dans la salle de séjour un inédit sur le pirate Grillo, qu'il avait emprunté ce même après-midi à l'Académie des sciences. Il écoutait du Vivaldi en sourdine.

Le réveil sonna à 22 h 30. Arnaiz interrompit le concerto et éteignit toutes les lumières de la maison, sauf celle de son bureau. Il ouvrit l'armoire encastrée dans le mur. Il fit glisser sur sa droite une rangée de chemises et introduisit une pointe dans un trou minuscule de la traverse métallique d'où pendaient les cintres. Aussitôt, un déclic se fit entendre au plafond. Arnaiz repoussa vers le haut, en un angle de 130°, le panneau rectangulaire où était accroché un tube de néon, introduisit le bras dans le trou ainsi créé et en tira successivement trois étuis allongés. L'un d'eux contenait trois tubes d'acier inoxydable qui s'articulaient comme un trépied. Avec le contenu des deux autres étuis, il monta le laser émetteur-récepteur, introduisit la capsule contenant l'émission rapide et, avant de sortir, tira de la cachette son .38 court. Il le glissa dans la poche de son bermuda, éteignit le néon dans l'armoire et la lumière dans le bureau.

Il porta les deux appareils jusqu'à la porte donnant sur la terrasse. Il était 22 h 36. Et juste au moment où il était en train de faire tourner la clef, il entendit grésiller la sonnette de la salle. Il ouvrit rapidement le rideau de la baie vitrée et constata que personne n'entrait depuis la terrasse voisine. C'était donc qu'il y avait quelqu'un sur le toit.

Il ramassa les deux appareils, retourna dans le bureau et, au moment où il y entrait, entendit de nouveau la sonnette. Deux hommes sur le toit. Sans doute passaient-ils sur un madrier. De nouveau, la sonnette. Ils étaient trois. Quand il eut fini de tout remettre dans la cachette et de la refermer, il avait compté sept sonnettes. Que pouvaient faire sept hommes sur le toit de sa maison ?

Il actionna le mécanisme nucléaire qui fondrait l'émetteur, les cassettes destinées aux inductions de Jimena, les *babblers*, le réservoir de tapagine, l'aloxane et le reste des instruments d'espionnage. Toute tentative de soulever la cloison de l'armoire provoquerait une chaleur de 3 000° pendant quinze secondes, et l'incendie serait inévitable. Si les pompiers se dépêchaient, ils éviteraient peut-être que tout le bureau ne se carbonise.

Le pire était donc arrivé.

Sept hommes sur le toit, ce n'étaient pas des voleurs.

C'était la Sûreté cubaine.

Et s'ils ne frappaient pas à la porte et arrivaient juste cinq minutes avant qu'il ne commence une émission, il était très possible qu'ils l'aient repéré et qu'ils connaissent déjà les horaires du satellite.

Ils voulaient le surprendre en flagrant délit. S'emparer de l'émetteur et des messages. Inutile de supputer la façon dont ils l'avaient appris.

Manque de pot !

Ç'aurait été si bon de se retirer au XVIIe siècle...

Il s'assit sur la chaise tournante et, dans le plus grand calme, poursuivit sa lecture du pirate Grillo. À 22 h 50, il entendit de nouveau la sonnette. Sept fois.

Se retireraient-ils pour attendre une nouvelle occasion de le surprendre en flagrant délit, en train d'émettre ? S'il en était ainsi, ça lui donnait un répit de trois jours. Et si Jimena et lui parvenaient à déjouer la filature qu'ils leur imposeraient sûrement, ils se réfugieraient dans la planque, située dans le quartier de Lawton, pour attendre que quelqu'un vienne les récupérer et les faire sortir du pays. C'était cela qui avait été convenu s'il cessait d'émettre trois fois de suite.

À 23 heures, il enfila un pyjama et se mit au lit avec Jimena. Il commença à lui bécoter le cou et les oreilles.

88

Des pieds d'argile

DATE : November 4th, 1977
FROM : Alpha
TO : George
SUBJECT : USHER EN URSS. STRATÉGIE GLOBALE

Monsieur, peut-être n'ai-je pas bien saisi votre demande d'information. Si, dans mon rapport du 8 octobre, je n'ai pas mentionné le travail de fond relatif à l'URSS, c'est parce que j'ai pensé que vous ne demandiez d'informations que sur les moyens d'administrer la drogue. Les objectifs du travail sont essentiellement : Repérer parmi les jeunes dirigeants du Parti des communistes sincères et purs, menant une vie transparente, qui serreraient les rangs et formeraient des groupes de soutien mutuel, des sortes de loges maçonniques, en vue de se promouvoir et de faire surgir dans les dix ou quinze prochaines années un leader capable de dénoncer la corruption imposée par les vieilles structures à toutes les instances dirigeantes soviétiques et de prôner la nécessité de mettre en place des formes démocratiques dans les rapports entre dirigeants et peuple. Une telle consigne forcerait sûrement la sympathie immédiate de vastes secteurs. La tapagine doit les induire à proclamer deux vérités que ne saurait ignorer aucun dirigeant sensé et ayant accès à de hauts niveaux d'information : avant tout, la stagnation patente de l'économie soviétique, du fait surtout de la démoralisation du peuple soviétique qui, voilà dix ans, travaillait encore plein d'espoir et sans rien demander ; deuxièmement, la possibilité d'inverser et de perfectionner en partie la situation en introduisant des éléments d'économie de marché. Mais tout dirigeant sensé sait en même temps que ceci n'est plus viable en URSS, et que si cette politique s'implantait, le pays s'effondrerait comme le colosse aux pieds d'argile contre lequel Hitler avec ses armées ne put rien. Les Russes n'ont jamais connu la démocratie et ne sont pas en mesure de s'en servir. Notre conseil de soviétologues assure qu'une expérimentation de ce genre finirait dans l'anarchie, la vendetta et l'autodestruction. Et, sur le plan économique, toute aventure capitaliste les conduirait à la ruine. Mais la tapagine doit convaincre les communistes transparents que tout est possible pour améliorer le communisme, et il est sûr que le peuple écœuré les soutiendrait massivement.

Nous étudions aussi la possibilité d'utiliser la tapagine pour attiser la lutte inter-ethnique des républiques. Notre équipe a envoyé des émissaires pour prendre la température de la haine locale sur certaines frontières, comme point de départ de la mise au point d'un projet viable à l'avenir.

SUBJECT : URSS, TAPAGINE, UTILISATION

On utilisera tout à fait éventuellement les médecins du Plan MER (quatre pour l'instant : un psychiatre qui traite les alcooliques, un orthopédiste, un urologue et notre dermatologue lituanien). Mais le gros du travail s'effectuera grâce aux techniques utilisées à Cuba par Arès et Aphrodite. Nous supposons que ceci peut nous prendre plusieurs années, mais l'ensemble de notre équipe, et moi personnellement, sommes convaincus du succès d'USHER, d'autant que la tapagine orale a diminué énormément les coûts de gestion et simplifié son utilisation.

89

Une technique orientale

Le colonel Diego Diéguez aurait préféré attendre une autre occasion, qui se produirait dans soixante-douze heures, pour surprendre Torres Cisneros en train d'émettre. Mais la présence de l'alcaloïde dans le sang des patients d'Aurore Deschamps, la certitude que celle-ci était un imposteur, les transmissions depuis la terrasse, tout cela révélait une activité ennemie de gros calibre. Surprendre Torres Cisneros en flagrant délit aurait facilité les choses, mais il était sûr qu'il utilisait des codes extrêmement complexes et que, s'il ne les révélait pas lui-même, les cryptologues pouvaient passer des mois à déchiffrer les messages. Peut-être même n'y parviendraient-ils jamais. Il était plus probable qu'on arriverait à le faire parler. Continuer d'attendre n'avait pas de sens. Et ses supérieurs furent d'accord.

Le lendemain, un jeudi, à 7 h 30 du matin, comme le couple se préparait à sortir, de la Hoz, Alba et trois agents se présentèrent à l'appartement, munis d'un mandat d'arrêt et de perquisition.

Elle se montra très surprise, mais sereine.

Lui, indifférent.

Dans la nuit, ils avaient décidé que, s'ils n'avaient pas le temps de se réfugier dans la maison de Lawton, elle feindrait la surprise devant les activités de son mari. On ne trouverait rien à son cabinet de consultation. Elle n'y laissait jamais les cassettes contenant les inductions déjà préparées aux États-Unis. S'ils découvraient le mécanisme émetteur dans les casques, celui-ci serait vide, de toute façon.

On la conduisit à une villa de Miramar ; lui, à une autre.

Il affirma qu'il ne ferait pas la moindre déclaration sans avoir consulté un avocat qui devait venir de l'étranger.

Il fut transféré dans une cellule le 5 au soir.

Le 6, à midi, il sut qu'ils avaient découvert sa cachette dans l'armoire de l'appartement. Deux autres délits s'ajoutaient à son dossier : mettre le feu à des biens du peuple, et causer des brûlures du troisième degré à deux agents de la Sûreté.

Jaime regarda avec hauteur le colonel Diego Diéguez, mais ne dit pas un mot.

Quand le colonel repartit avec ses deux subalternes, Jaime passa le jour et la nuit à penser sereinement. Il analysa toutes les possibilités une à une. Il parvint à la conclusion qu'attendre quoi que ce soit n'avait pas de sens. Avec ou sans avocats étrangers, il s'en sortirait au mieux avec plusieurs années de prison. Et il ne le supporterait pas.

Son heure avait sonné.

Il avait cinquante-neuf ans.

Un autre Arnaiz qui mourrait à Cuba.

Le 7 novembre, à 10 heures du matin, le gardien qui le surveillait de l'autre côté de la grille entendit le son de sa voix pour la première fois :

– Apportez-moi du papier et un crayon, demanda-t-il.

Le gardien partit consulter ses supérieurs. Quelque temps plus tard, on lui apporta une recharge de stylobille et quelques feuilles.

Il n'en utilisa qu'une.

Il l'eut bientôt remplie, et il se rallongea, le dos tourné à la grille. Il entendit qu'on lui demandait s'il avait encore besoin d'écrire.

Arnaiz dit non. Le gardien entra dans la cellule et emporta la recharge et les feuilles.

Elles étaient vierges.

Il avait sans doute gardé sur lui celle qu'il avait écrite. Le gardien estima qu'il ne risquait rien à la lui laisser.

Peu après, un cuisinier passa avec un Thermos de café pour les gardiens de service. Au moment où celui d'Arnaiz était en train de tendre sa tasse de carton pour qu'il la lui remplisse, il vit le corps du prisonnier s'agiter, en proie à des convulsions. Il posa le verre sur la table et entra à toute allure dans la cellule. La cyanose envahissait le visage d'Arnaiz. Ses yeux étaient révulsés et sa bouche saignait. Les spasmes du diaphragme et la couleur bleutée du visage indiquaient un cas d'asphyxie. Le gardien pensa qu'il allait mourir. Il sortit de la cellule en deux enjambées et appuya sur une sonnette.

Quand le médecin arriva, le prisonnier était mort.

Il avait avalé sa langue !

On trouva près de l'oreiller un morceau d'ongle, extrêmement dur, qu'il s'était arraché du gros orteil du pied droit. Sa partie concave formait une scie effilée, avec laquelle il s'était coupé le frein de la langue, pour pouvoir la retourner en arrière plus facilement, la pousser et l'avaler.

Arnaiz avait connu la technique de la glossophagie en Indochine. Mais se couper le frein avec un morceau d'ongle était une invention à lui.

On trouva dans ses vêtements le papier sur lequel il avait écrit peu avant :

Ma dernière volonté est que ce cadavre soit remis à Ramiro de Arnaiz. Adresse : Campo Bermejo, Salamanque, Espagne.

La Royale Chancellerie de Valladolid atteste de mon lignage. Je meurs orgueilleux de ma lignée. Nous avons combattu avec honneur durant plus de quatre siècles. Les déserts d'Afrique, la steppe russe et les tranchées de Diên Biên Phu me connaissent. Publiez mon vrai nom. Je m'honore de mourir en luttant contre la pègre que vous protégez.

Viva la muerte!

Jaime de Arnaiz

7 novembre 1977.

90

Le clergé de Salamanque

Alba et de la Hoz interrogèrent Aurore Deschamps le 7 novembre.

Elle les reçut comme quelqu'un qui se dispose à donner une conférence de presse. La seule chose importante qu'elle avait à déclarer était qu'elle était devenue absolument certaine de son immortalité.

Il fut impossible de lui tirer une seule réponse.

On lui dit que la Sûreté connaissait son imposture ; qu'Aurore Deschamps était morte encore toute petite dans un accident en Californie ; qu'on était au courant de l'alcaloïde injecté aux patients. Elle écouta le regard dans le vague, avec l'attention somnolente d'un enfant qui écoute un conte.

Quand Jimena lut la lettre de Jaime et apprit les détails de son suicide, elle pâlit et ne dit pas un mot. À partir de ce jour, elle refusa de prendre la moindre nourriture.

Le 21 novembre, quand on l'attacha pour l'alimenter par sérum, elle se mit à crier comme une possédée et tomba en état de choc, cliniquement indéniable.

Lors d'une seconde tentative, au bout de trois semaines de jeûne, fébrile et très pâle, elle réagit de nouveau avec la vigueur d'une épileptique. On lui fit toutefois, après l'évanouissement, une injection de glucose. Elle commença alors à délirer d'une manière soutenue, sur le thème de l'infini et des grands cycles cosmiques. Quand son père, arrivé à Cuba le 23 pour récupérer le cadavre de Jaime, lui rendit visite, elle ne le regarda pas et ne lui dit pas un mot. Pour l'hygiène personnelle, elle n'accepta de contact physique qu'avec une religieuse française qui s'offrit à l'assister grâce aux bons offices de son père. Sœur Micheline, peut-être parce qu'elle parlait français, parvenait parfois à dialoguer avec elle. Parmi les conversations enregistrées par la Sûreté, voici la plus longue et la plus cohérente :

J.A. – De l'eau.
Sœur – *(Elle la lui donne.)* Voulez-vous autre chose ?
J.A. – Oui.
Sœur – Que désirez-vous ?
J.A. – Voyager.
Sœur – Où ?
J.A. – Jusqu'aux territoires extrêmes de mon moi.
Sœur – Et comment est-il, ce voyage ?
J.A. – Par la voie de l'infini intérieur.
Sœur – Et vous allez voyager seule ?
J.A. – Absolument pas. Monsieur Le Pin va avec moi.
Sœur – Qui est monsieur Le Pin ?
J.A. – Mon bon ami de la neige, un solitaire.
Sœur – Et que fait-il ?
J.A. – Il évite les chutes et prépare un nouvel aménagement des astres.
Sœur – Et Dieu, notre Seigneur ?
J.A. – C'est une main dans la nuit.

Elle mentionna également avec insistance, dans les derniers jours, une main salvatrice. Elle parlait surtout français. Mais elle délirait presque toujours en espagnol, dans un style châtié.

On ne put savoir que bien peu de son travail d'espionne. La Sûreté cubaine apprit sa véritable identité par l'intermédiaire de son père, qui assura ignorer qu'elle fût médecin. Il la considérait comme diplômée de philologie germanique. Le 30 novembre, alors qu'elle était dans un état d'inconscience totale, on lui fit un encéphalogramme. Les médecins ne constatèrent aucune lésion somatique. Selon leur diagnostic, à une forte dose de simulation initiale s'ajoutait l'intention authentique du suicide par la faim. Elle avait réagi avec une fureur insane aux deux tentatives de la nourrir par perfusion. On ne le tenta plus.

Le seul indice de culpabilité trouvé dans son cabinet de consultation apparut dans les casques de l'appareil qu'elle utilisait pour appliquer les faisceaux de protons. Habilement dissimulé, on trouva un émetteur de la taille d'un œuf de poule doté d'un mécanisme mettant en marche des cassettes. Le contre-espionnage ne put que se perdre en conjectures quant à la raison d'être de cet appareil inconnu. Comme on ne découvrit pas non plus de preuves documentaires de sa culpabilité chez elle, décision fut prise, le 5 décembre, devant sa détérioration physique et mentale accélérée, de la déclarer pénalement irresponsable et de la confier à son père. Elle refusa de l'écouter quand il lui proposa de la ramener avec lui en Espagne. Elle accepta enfin, aux instances de sœur Micheline, qui l'assura que monsieur Le Pin voyagerait avec elle.

Jimena persista toutefois dans sa grève de la faim et mourut le 22 décembre durant le trajet Miami-les Bermudes. Elle fut victime d'un arrêt du cœur quand l'avion, pris dans une tourmente, fut violemment secoué l'espace de cinq minutes.

L'avion affrété emportait aussi le cadavre congelé de son oncle.

Ils furent enterrés à Campo Bermejo.

Et comme les suicidés ont sombré dans le désespoir, qui est un péché démoniaque, le clergé de Salamanque leur refusa les rites funèbres.

Épilogue

1991

91

Le palais de verre

C'était l'année 1913.

Frank Lloyd Wright avait déjà vécu quarante-quatre de ses glorieuses quatre-vingt-dix années. Édouard Jeanneret-Gris, l'autre géant de l'architecture contemporaine, adoptait ces jours-là son surnom de Le Corbusier.

Frank Lloyd Wright, le grand innovateur, n'avait pas encore atteint l'âge mûr, bien que Wachmuth eût déjà attiré l'attention sur son génie, exprimé dans sa première série de maisons de campagne et dans des ouvrages comme la Unity Church (Oak Park, 1906) et Mason City (Iowa, 1909). Les formes cubiques, les développements tridimensionnels, l'emploi sensuel de nouveaux matériaux, l'intégration au paysage de cet ouvrage précoce poseraient les bases du « style international » qui devait le consacrer.

C'était donc l'année 1913.

Wright entrait dans son étape baroque avec la construction des Midway Gardens, à Chicago. Et au beau milieu de la cérémonie d'inauguration, un certain Joseph Leiter se présenta à lui, qui s'était mis en tête de vivre dans un palace de verre, en haut d'une colline surplombant une contrée aux douces ondulations, sur les rives du Potomac.

Joseph Leiter était fou. Il appartenait à la catégorie des beaux et des maudits. Il avait bon goût et des millions à gaspiller. Ses ancêtres maternels avaient vécu à cet endroit-là, depuis le début du XIXe siècle. Il avait passé son enfance à cet endroit-là, qu'il aimait. Son oncle Gregory était mort non loin de là au cours d'une escarmouche, près du fleuve, durant la guerre de Sécession. Et c'est là que Joseph Leiter, voulait mourir, aux côtés de sa troisième épouse, avec qui il venait de se marier une semaine avant de se présenter à Wright à Midway Gardens.

Joseph Leiter ne délirait pas encore. N'importe quel architecte sérieux de l'époque l'aurait éconduit. D'autres auraient tenté de le satisfaire à un coût impitoyable. Mais Frank Lloyd ne fit ni l'un ni l'autre. Frank Lloyd était un homme honnête, et un fou, lui aussi. Il avait la folie du génie.

Il s'enthousiasma aussitôt pour le projet. Il visita l'endroit, s'enivra du silence liquide de ses crépuscules et de la fragrance des bois, et il comprit que Leiter possédait une rare sensibilité envers le paysage et la même conception osée de l'habitat que lui.

Il lui bâtit son palace en quatorze mois. Leiter fut ravi, mais Wright bien plus. Cet amalgame révolutionnaire de béton coulé, de bois et de verre, parmi les tendres bocages de la Virginie, qui n'avaient rien à envier en polychromie à la Sicile de Théocrite, ni en douceur à la Cisalpine de Virgile, fut une de ses créations préférées. Et il fut convaincu que le monde entier la fêterait.

Hélas, *quandoque bonus dormitat Homerus* ! L'étape baroque de Wright fut toujours la moins appréciée de la critique, et marqua un temps d'arrêt dans l'essor de son prestige.

En fait, Wright ne se convertirait en un nom universel qu'à la fin des années 30. C'est alors qu'on commença d'étudier son art dans les facultés d'architecture de tous les pays et qu'on publia les grands recueils de son œuvre. Malheureusement, le palace de verre n'y figure pas, parce que ce fou de Joe Leiter, en proie au délire, convaincu que les eaux du Potomac charriaient des fleuves de sang à cause de la guerre fratricide et pris d'une furie néronienne, y mit le feu en 1932, avec sa femme dedans, tout en chantant à tue-tête la *Marche des Carabiniers de Virginie.*

Des années plus tard, Wright apprit que le grand-père de Leiter n'avait rien à envier à son petit-fils comme homicide et incendiaire, et que ce fichu endroit avait été, au XVIIIe siècle, le théâtre de fréquents massacres d'Indiens et de chasses aux sorcières.

Wright fut convaincu qu'il avait bâti la Maison d'Atrée et que tout édifice qui se dresserait à cet endroit exécrable périrait victime de la malédiction ancestrale.

C'est sur ce site qu'est installée aujourd'hui la CIA.

Il s'agit de Langley, dans le comté de Fairfax, en Virginie.

Quand Wright apprit en 1956 qu'un certain Allen Dulles venait de vanter, devant la Sous-Commission des assignations de la Chambre, les avantages de cette retraite rustique pour y installer les *headquarters* de l'Agence centrale de renseignements qui avait opéré jusque-là à Washington, dans un vétuste complexe du quartier de Foggy Bottom, son âme s'emplit d'abominables pressentiments. Et quelle ne fut pas son horreur quand le dénommé Allen Dulles se pointa, quelques jours plus tard, dans son domaine du Wisconsin afin de lui demander un avant-projet pour l'édifice de la CIA à Langley !

Wright, qui avait alors quatre-vingt-sept ans, lui expliqua son aversion pour l'endroit ; mais, comme Dulles, ironique, repoussa la mise en garde, Wright, arguant de son âge avancé, déclina courtoisement l'offre et lui recommanda d'en parler à Harrison & Abramowitz, architectes de New York.

Dulles ordonna, au cas où, d'exorciser l'endroit en secret, et pour plus de sûreté, sait-on jamais, si le vieux Wright avait raison, purifia l'endroit d'une inscription en marbre, tirée des Évangiles, que tout visiteur peut lire sur le mur de gauche : « Vous connaîtrez alors la vérité, et la vérité vous fera libres. » *(Saint Jean, 8, 32.)*

92

Éminence grise

Pat O'Donnell était né à La Havane en 1918. Son père et sa mère, des Irlandais naturalisés aux États-Unis, vécurent à Cuba à partir de 1915. Le père travailla plusieurs années pour la United Fruit, puis acheta des terres dans la province de Matanzas, où il construisit une sucrerie. Pat fut éduqué par les jésuites, au collège Bethléem de La Havane. Il s'inscrivit à dix-sept ans à l'Université pontificale de Comillas, en Espagne, pour préparer un doctorat de théologie. Il renonça au sacerdoce en 1941 et adopta la voie de saint Ignace de Loyola. Il ne serait pas un prêtre, mais un soldat du Christ. Il lutta d'abord contre les nazis, puis contre les communistes. Il combattit en Europe et dans le Pacifiquc. Il fut blessé et décoré.

Il rentra à Cuba en 1946 et y vécut jusqu'en 1961. À la mort de son père, en 1947, ses deux frères cadets prirent la tête de la sucrerie et des plantations. Pat détestait la campagne et leur céda la part de ses droits, à condition de recevoir, sans travailler, le dixième des bénéfices. Ce dixième lui permit de vivre en Europe et aux États-Unis pendant l'hiver, et de passer l'été à La Havane.

Il parlait l'espagnol de La Havane sans accent. Ses études de théologie lui avaient donné une solide culture qu'il ne négligea jamais. C'était un bon latiniste. Il parlait couramment anglais et espagnol ; très bien français, et il pouvait lire l'allemand, l'italien, le portugais et le grec du Nouveau Testament. Il naviguait avec aisance dans les questions d'art et les humanités. Mais sa vraie passion fut la sémiotique. Dès 1955, il fit des cours, donna des conférences et publia plusieurs travaux.

En 1961, la Révolution cubaine expropria les O'Donnell.

Pat entra à la CIA en 1962, un an après l'échec de l'administration Kennedy à la baie des Cochons.

Fin 1991, l'URSS avait dissous le Parti de Lénine et réclamait la démocratie et le capitalisme à cor et à cri. Toute l'Europe communiste avait déserté. Les guérillas d'Amérique latine, les gouvernements anti-nord-américains du Chili, de la Grenade, du Nicaragua, avaient cessé d'exister. Cuba tomberait toute seule un jour ou l'autre. Les communismes chinois, coréen et vietnamien ne menaçaient personne. Les États-Unis préféraient les aider sur cette voie. Un seul Japon capitaliste leur suffisait bien. Les Arabes avaient reçu une bonne correction pendant la guerre du Golfe et n'exerceraient plus leur chantage pétrolier.

La cause pour laquelle Pat avait lutté avait triomphé sur toute la ligne.

Le spectre du communisme était un vieil animal édenté. Plus personne ne le craignait. Et Pat avait contribué à cette lutte avec efficacité et courage. Son succès personnel ne se bornait pas à Cuba. En sa qualité de sémioticien le plus éminent de l'Agence, il avait conçu le premier projet d'USHER et prévu aussitôt ce que la plante amazonienne pouvait apporter à long terme. Nul ne saurait jamais la résistance qu'avaient opposée ses chefs, qui avaient taxé tout ça de science-fiction, d'illusions, de stratégie farfelue. Mais il avait abattu magistralement ses atouts pour convaincre, une à une, les différentes instances de pouvoir et de décision. Et nul ne saurait non plus que sa sémiotique, renforcée par les idées géniales du marxologue Weiner, avait produit cet inappréciable instrument d'espionnage appelé « Le langage des choses », décisif pour le travail de « Butterfly » dans le cadre de l'opération USHER. Et le boss, qui avait approuvé aussitôt le sigle contraint de *United States Handling Earth's Recovery*, ne saurait jamais qu'USHER avait été un hommage de Pat au génie de Poe.

Pat aurait dû devenir le directeur de la CIA si sa contribution avait été appréciée à sa juste valeur. Quand il se retira en 1986, à soixante-huit ans, son œuvre de dix années contre l'ennemi communiste commençait à porter des fruits. Et Pat la céda sur un plateau, sans rien demander en échange. Après tout, il savait que son destin était celui d'une éminence grise.

Quand il se retira, il s'installa dans sa bibliothèque. Une fois conclue sa mission de soldat, il vit renaître sa misanthropie conventuelle.

Son seul ami était Max Weiner. Ils étaient liés par leur goût des échecs et de la couleur grise, et par le fait d'avoir été des victimes de l'*homo faber* de service à l'Agence qui, malgré son inculture, les écrasait de sa personnalité brillante. De toute façon, Pat estimait ne pas avoir d'amis. Si Max mourait, il le regretterait, mais sans en souffrir pour autant. Était-ce cela un ami ? *Anyway*, à soixante-treize ans, Pat n'avait pas le moindre souci de préciser la nature de ses sentiments.

Ses deux frères et leurs familles respectives

vivaient tous, *Deo gratias!* en Californie. Eux, c'était une autre paire de manches. Pat détestait les avoir chez lui quand ils venaient de loin en loin lui rendre visite à Washington. Ils apportaient avec eux une ambiance de péquenauds. Son frère Anthony sentait encore la mélasse.

Ses relations avec son épouse, plus âgée que lui, étaient paisibles et supportables, mais aucun dialogue n'allait au-delà des questions du ménage. Son fils, sa fille et les cinq petits-enfants étaient agréables, affables, et quand ils venaient chez lui, lui apportaient des moments de joie. Il avait créé une famille exquise, décente, utile, et il se plaisait à le constater. Mais, au bout de cinq minutes, après avoir vu que tout allait bien, il se retirait dans la solitude de sa cellule, *ad angulum cum libro*.

Un jour, un de ses petits-enfants profana sa bibliothèque et le surprit, un gros bouquin aux caractères tout à fait étranges ouvert sur la table. Qu'est-ce que c'était que ça, *good God*?

Pat étudiait le sanscrit.

– Une langue morte de l'Inde! s'exclama son petit-fils, qui étudiait l'informatique. À quoi ça te sert, grand-père?

– À vivre, répondit Pat, en ôtant ses lunettes et lui adressant un sourire indulgent.

Pat lisait chaque matin, partait se promener l'après-midi jusqu'à 2 heures, rentrait se doucher et reprendre ses lectures.

Il engageait parfois de très courtes conversations en espagnol avec la femme de ménage dominicaine. C'était une paysanne à la langue bien pendue et sympathique, qui l'amusait. Le soir, tandis que sa femme ou la famille regardait la télévision, il lisait au lit. Il s'efforçait d'avoir le cerveau occupé jusqu'au dernier moment. Pour vivre.

Le dimanche, il allait à la messe, mais ça faisait des années qu'il ne communiait plus.

Sa vie sociale s'était réduite à la visite hebdomadaire de Max et de sa femme. De 6 à 8, enfermés dans le bureau ou assis au bord de la piscine quand les enfants ne tourbillonnaient pas autour, ils commentaient la situation mondiale, tandis que les femmes parlaient de leurs affaires.

Puis, Pat et Max faisaient une partie d'échecs. Le perdant payait le repas dans un restaurant cher, où une table de quatre personnes leur était réservée tous les vendredis, à 10 heures du soir.

À la Saint-Patrick de l'année 1992, les Weiner allèrent dîner chez les O'Donnell. Ils arrivèrent en milieu d'après-midi et trouvèrent la maisonnée en deuil.

Pat était parti avant midi pour sa promenade habituelle. Et Grace avait découvert, il y avait juste une demi-heure, une note dans laquelle il faisait ses adieux à la famille. Il leur demandait de le considérer comme mort. Ils ne le verraient plus jamais. Il allait payer une vieille dette envers son âme.

Deux jours plus tard, Max Weiner reçut un coup de téléphone. C'était Pat. Il lui demanda d'aller chercher une enveloppe à son nom dans un hôtel voisin. Et il raccrocha, sans lui laisser le temps de rien demander.

Max se rendit à l'endroit, demanda la lcttre et lut :

Mon vieux Max,

Mon petit-fils Alex est venu me voir, le 14 mars, pour me présenter sa fiancée, une jeune fille d'origine latino-américaine. Il espère l'épouser dès qu'il décrochera son diplôme, l'an prochain. J'ai su aussitôt que cette femme était une envoyée de Dieu.

Voilà dix-sept ans, un 17 mars, j'ai reçu à Langley la photo d'un massacre collectif que j'avais ordonné. Il s'agissait de Brésiliens, deux hommes et deux femmes, qui s'étaient interposés dans notre travail et en savaient plus qu'il n'était permis. Je n'ai pas hésité à ordonner leur élimination. Mais la photo d'un des cadavres m'a poursuivi durant des années. J'ai fait pire que ça dans ma vie et, pourtant, rien ne m'a plus pesé. Voilà pourquoi je sais que cette jeune fille est une envoyée de Dieu.

Cette même année, j'avais réussi à faire ordonner par le boss le massacre complet d'un village d'Indiens amazoniens. Et j'ai vu aussi les photos horribles de centaines de cadavres entassés les uns sur les autres. Des innocents !

Et la fiancée de mon petit-fils est une autre Gabriela de Carvalho. Elle a la même pâleur de visage ; elle regarde les yeux grands ouverts, et elle porte un bandeau sur ses cheveux noirs et raides. Elle est identique.

Si Dieu ne décrétait pas la damnation éternelle des âmes qui se suicident, il y aurait beau temps que j'aurais abandonné ce monde. Je n'ai même pas eu la consolation de la confession. Aucun prêtre ne pourrait m'absoudre de tout ce que j'ai fait au service de mon pays et de mes idées. Seul un acte de contrition absolue pourrait me sauver, et Dieu seul a le pouvoir de me l'accorder.

J'ai pris la décision de me retirer dans un endroit solitaire et de vivre les jours que Dieu me laissera dans la pénitence et le jeûne. Je passerai toutes mes heures de veille dans une prière permanente. Je prierai pour l'absolution de mes péchés et pour la grâce d'une mort rapide.

Je sais que je vais achever la pauvre Grace, mais elle et toute la famille doivent s'accoutumer à ne plus jamais me revoir. Je n'ai le droit de me concéder aucune trêve dans ma pénitence, aucune jouissance, aucune joie, ce que serait la proximité des êtres que j'aime. Je me livre au martyre, dans l'espoir que Dieu aura un jour pitié de mon âme.

Ne leur raconte pas de détails. Je sais que tu trouveras la façon de leur dire que je suis vivant, que je les aime, mais que je dois les abandonner. Dis-leur que mon cas est semblable à celui des pilotes qui lancèrent la bombe sur le Japon. Dis-leur, à titre de consolation, que moi non plus, à l'époque, je ne savais pas ce que je faisais.

(Dans mon exemplaire des Évangiles en grec, tu trouveras une copie du testament que j'ai rédigé avant de partir et les coordonnées du notaire à qui j'ai laissé l'original.)

Merci, et que Dieu te bénisse.

Pat

Table des matières

Première partie : 1970-1973

Deuxième partie : 1974-1975

TROISIÈME PARTIE : 1977

ÉPILOGUE : 1991

Rivages/noir

Joan Aiken
Mort un dimanche de pluie (n° 11)

Robert Edmond Alter
Attractions : Meurtres (n° 72)

Jean-Baptiste Baronian
Le Tueur fou (n° 202)

William Bayer
Labyrinthe de miroirs (n° 281)

Marc Behm
La Reine de la nuit (n° 135)
Trouille (n° 163)
À côté de la plaque (n° 188)
Et ne cherche pas à savoir (n° 235)
Crabe (n° 275)

Tonino Benacquista
Les Morsures de l'aube (n° 143)
La Machine à broyer les petites filles (n° 169)

Pieke Biermann
Potsdamer Platz (n° 131)
Violetta (n° 160)
Battements de cœur (n° 248)

Michael Blodgett
Captain Blood (n° 185)

Paul Buck
Les Tueurs de la lune de miel (n° 175)

Edward Bunker
Aucune bête aussi féroce (n° 127)
La Bête contre les murs (n° 174)
La Bête au ventre (n° 225)

James Lee Burke
Prisonniers du ciel (n° 132)
Black Cherry Blues (n° 159)
Une saison pour la peur (n° 238)
Le Bagnard (n° 272)
Une tache sur l'éternité (n° 293)

W.R. Burnett
Romelle (n° 36)
King Cole (n° 56)
Fin de parcours (n° 60)
Jean-Jacques Busino
Un café, une cigarette (n° 172)
Dieu a tort (n° 236)
Le Bal des capons (n° 278)
Daniel Chavarría
Adiós muchachos (n° 269)
Un thé en Amazonie (n° 302)
George Chesbro
Une affaire de sorciers (n° 95)
L'ombre d'un homme brisé (n° 147)
Bone (n° 164)
La Cité où les pierres murmurent (n° 184)
Les Cantiques de l'Archange (n° 251)
Les Bêtes du Walhalla (n° 252)
L'Odeur froide de la pierre sacrée (n° 291)
Andrew Coburn
Toutes peines confondues (n° 129)
Michael Collins
L'Égorgeur (n° 148)
Rosa la Rouge (n° 267)
Robin Cook
Cauchemar dans la rue (n° 64)
J'étais Dora Suarez (n° 116)
Vices privés, vertus publiques (n° 166)
La Rue obscène (n° 200)
Quand se lève le brouillard rouge (n° 231)
Le Mort à vif (n° 241)
Bombe surprise (n° 260)
Peter Corris
La Plage vide (n° 46)
Des morts dans l'âme (n° 57)
Chair blanche (n° 65)
Le Garçon merveilleux (n° 80)
Héroïne Annie (n° 102)
Escorte pour une mort douce (n° 111)

Kinky Friedman
Meurtre à Greenwich Village (n° 62)
Quand le chat n'est pas là (n° 108)
Meurtres au Lone Star Café (n° 151)
Le Vieux Coup de la sauterelle (n° 197)
Elvis, Jésus et Coca-Cola (n° 264)

Samuel Fuller
L'Inexorable Enquête (n° 190)
La Grande Mêlée (n° 230)

Barry Gifford
Port Tropique (n° 68)
Sailor et Lula (n° 107)
Perdita Durango (n° 140)
Jour de chance pour Sailor (n° 210)
Rude journée pour l'Homme Léopard (n° 253)

David Goodis
La Blonde au coin de la rue (n° 9)
Beauté bleue (n° 37)
Rue Barbare (n° 66)
Retour à la vie (n° 67)
Obsession (n° 75)

James Grady
Le Fleuve des ténèbres (n° 180)
Tonnerre (n° 254)

Russell H. Greenan
Sombres crapules (n° 138)
La Vie secrète d'A. Pendleton (n° 156)
C'est arrivé à Boston ? (n° 205)
La Nuit du jugement dernier (n° 237)
Un cœur en or massif (n° 262)

Joseph Hansen
Par qui la mort arrive (n° 4)
Le petit chien riait (n° 44)
Un pied dans la tombe (n° 49)
Obédience (n° 70)
Le Noyé d'Arena Blanca (n° 76)
Pente douce (n° 79)
Le Garçon enterré ce matin (n° 104)
Un pays de vieux (n° 155)
Le Livre de Bohannon (n° 214)

John Harvey

Cœurs solitaires (n° 144)
Les Étrangers dans la maison (n° 201)
Scalpel (n° 228)
Off Minor (n° 261)
Les Années perdues (n° 299)

George V. Higgins

Les Copains d'Eddie Coyle (n° 114)
Le Contrat Mandeville (n° 191)
Le Rat en flammes (n° 243)
Paris risqués (n° 287)

Tony Hillerman

Là où dansent les morts (n° 6)
Le Vent sombre (n° 16)
La Voie du fantôme (n° 35)
Femme-qui-écoute (n° 61)
Porteurs-de-peau (n° 96)
La Voie de l'Ennemi (n° 98)
Le Voleur de temps (n° 110)
La Mouche sur le mur (n° 113)
Dieu-qui-parle (n° 122)
Coyote attend (n° 134)
Le Grand Vol de la banque de Taos (n° 145)
Les Clowns sacrés (n° 244)
Moon (n° 292)

Chester Himes

Qu'on lui jette la première pierre (n° 88)

Dolores Hitchens

La Victime expiatoire (n° 89)

Geoffrey Homes

Pendez-moi haut et court (n° 93)
La Rue de la femme qui pleure (n° 94)

Dorothy B. Hughes

Et tournent les chevaux de bois (n° 189)
Chute libre (n° 211)

William Irish

Manhattan Love Song (n° 15)
Valse dans les ténèbres (n° 50)

William Kotzwinkle
Midnight Examiner (n° 118)
Le Jeu des Trente (n° 301)

Jonathan Latimer
Gardénia rouge (n° 3)
Noir comme un souvenir (n° 20)

Michel Lebrun
Auroroute (n° 165)
Le Géant (n° 245)

Elmore Leonard
Zig Zag Movie (n° 220)
Maximum Bob (n° 234)
Punch créole (n° 294)

Bob Leuci
Captain Butterfly (n° 149)
Odessa Beach (n° 290)

Ted Lewis
Le Retour de Jack (n° 119)
Sévices (n° 152)
Jack Carter et la loi (n° 232)
Plender (n° 258)

Richard Lortz
Les Enfants de Dracula (n° 146)
Deuil après deuil (n° 182)
L'Amour mort ou vif (n° 206)

John D. Mac Donald
Réponse mortelle (n° 21)
Un temps pour mourir (n° 29)
Un cadavre dans ses rêves (n° 45)
Le Combat pour l'île (n° 51)
L'Héritage de la haine (n° 74)

John P. Marquand
Merci Mr Moto (n° 7)
Bien joué, Mr Moto (n° 8)
Mr Moto est désolé (n° 18)
Rira bien, Mr Moto (n° 87)

Richard Matheson
Échos (n° 217)

Helen McCloy
La Somnambule (n° 105)

William McIlvanney
Les Papiers de Tony Veitch (n° 23)
Laidlaw (n° 24)
Big Man (n° 90)
Étranges Loyautés (n° 139)

Marc Menonville
Jeux de paumes (n° 222)
Walkyrie vendredi (n° 250)
Dies Irae en rouge (n° 279)

Ronald Munson
Courrier de fan (n° 226)

Tobie Nathan
Saraka bô (n° 186)
Dieu-Dope (n° 271)

Jim Nisbet
Les damnés ne meurent jamais (n° 84)
Injection mortelle (n° 103)
Le Démon dans ma tête (n° 137)
Le Chien d'Ulysse (n° 161)
Sous le signe du rasoir (n° 273)

Kyotaro Nishimura
Petits crimes japonais (n° 218)

Jack O'Connell
B.P. 9 (n° 209)

Liam O'Flaherty
L'Assassin (n° 247)

Jean-Hugues Oppel
Brocéliande-sur-Marne (n° 183)
Ambernave (n° 204)
Six-Pack (n° 246)
Ténèbre (n° 285)

Abigail Padgett
L'Enfant du silence (n° 207)
Le Visage de paille (n° 265)

Hugues Pagan
Les Eaux mortes (n° 17)
La Mort dans une voiture solitaire (n° 133)
L'Étage des morts (n° 179)
Boulevard des allongés (n° 216)
Last Affair (n° 270)
L'Eau du bocal (n° 295)

Andrea G. Pinketts
Le sens de la formule (n° 288)

Bill Pronzini
Hidden Valley (n° 48)

Bill Pronzini/Barry N. Malzberg
La nuit hurle (n° 78)

Michel Quint
Billard à l'étage (n° 162)
La Belle Ombre (n° 215)
Le Bélier noir (n° 263)

Diana Ramsay
Approche des ténèbres (n° 25)
Est-ce un meurtre ? (n° 38)

Philippe Setbon
Fou-de-coudre (n° 187)
Desolata (n° 219)

Roger Simon
Le Clown blanc (n° 71)
Génération Armageddon (n° 199)

Pierre Siniac
Les mal lunés (n° 208)
Sous l'aile noire des rapaces (n° 223)
Démago Story (n° 242)
Le Tourbillon (n° 256)
Femmes blafardes (n° 274)

Les Standiford
Pandémonium (n° 136)
Johnny Deal (n° 259)

Richard Stark
La Demoiselle (n° 41)
La Dame (n° 170)

Richard Stratton
L'Idole des camés (n° 257)

Vidar Svensson
Retour à L.A. (n° 181)

Paco Ignacio Taibo II
Ombre de l'ombre (n° 124)
La Vie même (n° 142)
Cosa fácil (n° 173)
Quelques nuages (n° 198)
À quatre mains (n° 227)
Pas de fin heureuse (n° 268)
Même ville sous la pluie (n° 297)
La Bicyclette de Léonard (n° 298)

Ross Thomas
Les Faisans des îles (n° 125)
La Quatrième Durango (n° 171)
Crépuscule chez Mac (n° 276)

Jim Thompson
Liberté sous condition (n° 1)
Un nid de crotales (n° 12)
Sang mêlé (n° 22)
Nuit de fureur (n° 32)
À deux pas du ciel (n° 39)
Rage noire (n° 47)
La mort viendra, petite (n° 52)
Les Alcooliques (n° 55)
Les Arnaqueurs (n° 58)
Vaurien (n° 63)
Une combine en or (n° 77)
Le Texas par la queue (n° 83)
Écrits perdus (1929-1967) (n° 158)
Le Criminel (n° 167)
Écrits perdus (1968-1977) (n° 177)
Hallali (n° 195)
L'Homme de fer (n° 196)
Ici et maintenant (n° 229)
Avant l'orage (n° 300)

Masako Togawa
Le Baiser de feu (n° 91)

Armitage Trail
Scarface (n° 126)

Marc Villard
Démons ordinaires (n° 130)
La Vie d'artiste (n° 150)
Dans les rayons de la mort (n° 178)
Rouge est ma couleur (n° 239)
Cœur sombre (n° 283)
Du béton dans la tête (n° 284)

Donald Westlake
Drôles de frères (n° 19)
Levine (n° 26)
Un jumeau singulier (n° 168)
Ordo (n° 221)
Aztèques dansants (n° 266)
Kahawa (n° 277)

Janwillem Van De Wetering
Comme un rat mort (n° 5)
Sale Temps (n° 30)
L'Autre Fils de Dieu (n° 33)
Le Babouin blond (n° 34)
Inspecteur Saito (n° 42)
Le Massacre du Maine (n° 43)
Un vautour dans la ville (n° 53)
Mort d'un colporteur (n° 59)
Le Chat du sergent (n° 69)
Cash-cash millions (n° 81)
Le Chasseur de papillons (n° 101)
Retour au Maine (n° 286)

Harry Whittington
Des feux qui détruisent (n° 13)
Le diable a des ailes (n° 28)

Charles Willeford
Une fille facile (n° 86)
Hérésie (n° 99)
Miami Blues (n° 115)
Une seconde chance pour les morts (n° 123)
Dérapages (n° 192)
Ainsi va la mort (n° 213)

Charles Williams
La Fille des collines (n° 2)
Go Home, Stranger (n° 73)
Et la mer profonde et bleue (n° 82)

Timothy Williams
Le Montreur d'ombres (n° 157)
Persona non grata (n° 203)

Daniel Woodrell
Sous la lumière cruelle (n° 117)
Battement d'aile (n° 121)
Les Ombres du passé (n° 194)
Faites-nous la bise (n° 296)

Rivages/mystère

Charlotte Armstrong
Le Jour des Parques (n° 13)
L'Inconnu aux yeux noirs (n° 15)
Une dose de poison (n° 21)

Francis Beeding
La Maison du Dr Edwardes (n° 9)
La mort qui rôde (n° 12)
Un dîner d'anniversaire (n° 18)

Algernon Blackwood
John Silence (n° 8)

Jypé Carraud
Tim-Tim Bois-Sec (n° 22)
Le Squelette cuit (n° 25)

Collectif
La Griffe du chat (n° 28)

F. W. Crofts
Le Tonneau (n° 24)

Amanda Cross
En dernière analyse (n° 23)
Insidieusement vôtre (n° 26)
Justice poétique (n° 27)

Mildred Davis
Crime et chuchotements (n° 14)
Passé décomposé (n° 16)
Un homme est mort (n° 20)

Michael Dibdin
L'Ultime Défi de Sherlock Holmes (n° 17)

John Dickson Carr
En dépit du tonnerre (n° 5)

William Kotzwinkle
Fata Morgana (n° 2)

Alexis Lecaye
Einstein et Sherlock Holmes (n° 19)

John P. Marquand
À votre tour, Mister Moto (n° 4)

Anthony Shaffer
Absolution (n° 10)

J. Storer-Clouston
La Mémorable et Tragique Aventure de Mr Irwin Molyneux (n° 11)

Rex Stout
Le Secret de la bande élastique (n° 1)
La Cassette rouge (n° 3)
Meurtre au vestiaire (n° 6)

Josephine Tey
Le plus beau des anges (n° 7)

Achevé d'imprimer
par Maury-Eurolivres S.A.
45300 Manchecourt

Imprimé en France
Dépôt légal : juin 1998